全国优秀教材
二等奖

普通高等教育"十五"国家级规划教材
面向21世纪课程教材
国家精品资源共享课配套教材

中国现代文学史
1915—2018

第四版

U0659829

上册

主编　朱栋霖　朱晓进　吴义勤

高等教育出版社·北京

内容提要

　　本书是中国现当代文学课程最具全国性影响的权威教材之一。本次修订，在保留第三版编写特色的前提下，根据新的研究成果和文学发展状况更新百年中国文学史叙述，体现本书内容的前沿性。全书分为上编现代文学（1915—1949）和下编当代文学（1949—2018），学术观点严谨、新颖，史料翔实，思路清晰，突出对经典作家和作品的解读。每章设"研习导引"，提炼重要的学术争论问题，供提升性学习。

　　本书为"互联网＋"新形态教材，每章后设二维码，链接：①专家专题讲座；②提升性参考论文。本书可作为高校中文、新闻、文秘等专业的教材，也可供文学爱好者阅读。

图书在版编目（CIP）数据

　　中国现代文学史：1915—2018. 上册/朱栋霖，朱晓进，吴义勤主编. --4 版. --北京：高等教育出版社，2020. 5（2024.11 重印）

　　ISBN 978-7-04-053322-4

　　Ⅰ. ①中… Ⅱ. ①朱…②朱…③吴… Ⅲ. ①中国文学-现代文学史-1915—2018-高等学校-教材 Ⅳ. ①I209. 6

　　中国版本图书馆 CIP 数据核字（2020）第 016948 号

中国现代文学史 1915—2018

Zhongguo Xiandai Wenxueshi 1915—2018

| 策划编辑 | 胡蔓妮　梅　咏 | 责任编辑 | 胡蔓妮 | 封面设计 | 杨立新 | 版式设计 | 杨　树 |
| 插图绘制 | 于　博 | 责任校对 | 吕红颖 | 责任印制 | 刁　毅 | | |

出版发行	高等教育出版社	网　　址	http://www.hep.edu.cn
社　　址	北京市西城区德外大街 4 号		http://www.hep.com.cn
邮政编码	100120	网上订购	http://www.hepmall.com.cn
印　　刷	北京市鑫霸印务有限公司		http://www.hepmall.com
开　　本	787mm×1092mm　1/16		http://www.hepmall.cn
印　　张	19	版　　次	1999 年 8 月第 1 版
字　　数	460 千字		2020 年 5 月第 4 版
购书热线	010-58581118	印　　次	2024 年 11 月第 21 次印刷
咨询电话	400-810-0598	定　　价	37.20 元

出版与使用说明

《中国现代文学史 1915—2018》（第四版）是高等学校中国语言文学专业、新闻传播专业的必修课程"中国现当代文学"的主教材，系普通高等教育"十五"国家级规划教材《中国现代文学史》的第四版，面向 21 世纪课程教材，国家精品资源共享课"中国现当代文学"配套教材。

本教材以新的文学观、文学史观重新阐释中国文学 1915 至 2018 年的发展。上册为现代文学（1915—1949），下册为当代文学（1949—2018）。

本教材立足于本科教学，加强对经典作家作品的研读，旨在提供一个贯彻新时代高等教学改革理念的新教材，提倡开放式、探究型的专业课教学，探索建构思考型、探究型、教学互动型的教学方法与教学模式。

为此，本书第四版被修订为"互联网+"新形态教材，有如下新特点：

1. 每章后加设二维码，链接专家学者相关专题学术讲座的视频，所讲专题为本章内容的提升性研讨。

2. 每章后加设二维码，链接若干篇研习提升性文章。其中有：①本章叙述涉及的史料、文献；②环绕一个文学现象，不同学术观点的争论，主要用于配合文学史教学的提升性研讨。

3. 每章后加设"研习导引"，提炼本章涉及的重要的学术论争问题，供课堂讨论。

本书主编认为，通常所谓"中国现当代文学史"，就是在对经典作家作品和重要文学现象的历代不断解读、阐释，和各种不同观点的论争中层层积淀而形成的，文学史就是历代读者（研究者）阐释解读（"接受"）所积淀的思想与审美的历史。作为本教材叙述主体的相辅组成部分，"研习导引"所涉及的学术论争、专题学术讲座（二维码视频）和研习提升性文章（二维码文章）所提供的学术信息，都与本教材叙述主干形成了文学史叙述的学术张力。由于本教材主要立足于本科教学，注重加强作品研读，所以会有若干重要的文学论争没被纳入。这也是可理解的。

教师在教学时，可结合各章"研习导引"的思考、探究，引导学生扫描二维码，聆听专家学者专题讲座，参读提升性学术论文，开展课堂讨论，师生互动，组织灵活的教学活动，加深对现当代文学史的理解与把握。要重视加强自学与评论写作指导，培养创新型人才。

本书的配套"作品选"教材为：《中国现代文学作品选 1915—2018》（第四版，四卷本，高等教育出版社 2019、2020 年版），亦系"互联网+"新形态教材，入选作品后均附二维码，链接相关评论文章，体现对作品的导读及研习导引。

考虑到各校课程设置情况的差异，还有《中国现代文学作品选 1917—2013》（第三版　两卷本）出版，供各校选用。另有简编版《中国现代文学史精编 1917—2012》（一卷本，高等教育出版社 2014 年版）、《中国现代文学作品精编 1917—2012》（一卷本，高等教育出版社 2014 年版），供非中文专业选用。

本教材配有全套多媒体课件，供两个学期的课堂教学使用。各校教师可与高等教育出版社编辑部联系免费索取（见书后"教师服务登记表"）。

热诚希望各校同行教师在教学中积累丰富经验，对本教材提出宝贵意见。

朱栋霖

2019 年 8 月 2 日

目 录

上编（1915—1949）

上 编
（1915—1949）

导　言　中国文学现代化的发生

　　中国现代文学，是近现代中国民族危机与社会转型变革的产物，是中国文学在 20 世纪持续获得现代性的长期、复杂的过程中发展形成的。

　　以民主和科学为旗帜的新文化运动，直接催生了中国文学的现代化发生。作为新文化运动的重要构成，新的人学思想与现代启蒙精神成为中国现代文学的主要精神文化传统。20 世纪以来，在中国现代文学恢弘跌宕的历史道路上，现代人学思想、对人的现代发现，是推动中国现代文学史发展的内在动力；人学观念的现代化探索及其对象化表现，讲述中国阵痛、探索、改革、新生的多彩跌宕故事，构成中国现代文学思想与艺术的丰赡多姿。

　　在中国现代文学的历史进程中，文学本体以外的各种文化的、政治的，世界的、本土的，现实的、历史的力量都对文学的现代化发生着影响，这些外因影响着它的萌生、兴起，影响着文学运动、文艺论争、文学创作，形成中国现代文学种种迅速、纷纭的变化，构成一部能折射历史的方方面面、多姿多彩的中国现代文学史。

第一节　人学观念与文学史构成

　　中国现代文学的发展，离不开 19 至 20 世纪中国社会的巨大运动与变革所带来的重大影响。但是，什么是推动与贯穿现代中国文学发展的内在动力？是什么根本性因素激发与规约了现代中国文学的纷繁复杂现象与诸种创作方法更迭、流派纷呈及重组？

　　人学观念，人对自我的认识、发展与描绘，人对自我发现的对象化，即人的观念的演变，是贯穿与推动 20 世纪中国文学发展的内在动力。[①]　所谓人的观念，包括人对自我的认识，人的本质，人性、个人、个性，人的价值、自由、权利、地位（以及人生观、人道观、义利观、荣辱观、幸福观、爱情婚姻观、美丑观、友谊观等），人的未来与发展等。人类对自我的认识，以及这种认识的不断发展、嬗变构成了人类的文明史与人类发展史。人类社会与文明的发展，就是人类一次一次地发现与认识自我的历史，也是人类面对自我如何协调、平衡、和谐人与人、人与社会、人与自然、人与历史的过程。马克思主义的主题就是人的全面发展，人的自由是马克思人学理论的落脚点和归宿。马克思在《资本论》中用"以每一个个人的全面而自由的发展为基本原则的社会形式"来指称未来共产主义社会的本质特征；《共产党宣言》同样

---

　　① 　朱栋霖：《人的发现与文学史构成》，《学术月刊》2008 年第 3 期。

指出，在未来社会，"每个人的自由发展是一切人的自由发展的条件"。"个人的全面发展"正是人类的目标。

人类对自我的发现与认识，也决定了文学的发展。

古人对人的发现与认识，决定了中国古典文学的发展。上古人怀着对自然的恐惧、敬畏、崇拜与憧憬，形成了上古时代原始朴素的天人合一观，上古神话就反映了上古人对自我，对人与自然关系的恐惧、探索与憧憬。儒家理念以仁为本，"仁者，人也"，"仁者，爱人"，以人性与伦理道德的协调关系为主体，形成了以封建宗法观念为基础的传统的理性人文主义。老庄主张无知无欲、适性逍遥，以虚静恬淡为道德之至。佛家主张人生本质痛苦说、解脱说、修行说，主本无、无常、性空。禅宗主张心性本净，"万法尽在自心中"。有儒家人学观，就有古代千年繁若星汉的言志抒情之作；有老庄适性逍遥、虚静恬淡论，就有陶渊明、王维、苏轼、马致远等人的清新脱俗；有禅宗心性、禅悟说，才有以诗谈禅、以禅趣入诗，才有妙悟、顿悟、性灵、神韵说。宋明理学主张"存天理灭人欲"，明代中叶新的社会发展因素涌动，市民阶层诞生，于是有对人的新的发现。新的人学观质疑、挑战程朱理学，有天理人欲之辨。王阳明创心学，提出"心即是天理"，"尔那一点良知，是尔自家底准则"，"致良知"，就是回到自己的本心。王艮标立心学左派，"人性之体，即是天性之体"，"身与道原是一体"。李贽创童心说，"人道即是天道"，"吃饭穿衣即是人伦物理"。萌动于16世纪后期至17世纪末的中国反叛的个性主义思潮，激发出中、晚明新的文学观念的发展，以及各种新的长篇叙事性文体创作的勃兴。从吴中才子唐伯虎、祝允明的疏狂脱略，徐文长的狂放不羁、为情而作，到公安、竟陵主张"独抒性灵，不拘格套"，金圣叹独标"才子书"力赞《西厢记》为"天地妙文"；从汤显祖尊情抑理的《牡丹亭》、冯梦龙等以情教取代礼教的"三言""二拍"，到《水浒传》《金瓶梅》《红楼梦》《儒林外史》对人性、人情、人欲、人格的刻画，以及诸多人情、言情、艳情小说的问世，再到晚明与晚清闲适、人情、香艳小品，乃至沈复的《浮生六记》等，都反映了对人的新发现与文学创作中新的人的观念的活跃与涌动。

近代以来中国社会大裂变，梁启超倡新民说。所谓新民，就是新的人的观念。这是对中国社会现代化与人的观念的现代化的呼唤。梁启超的新民，剥落了封建君主、宗法家族的因束，属于国家，属于社会，故称为国民。所以近代新文学创作与文学观尤其注重文学的社会性、政治功利性。

20世纪初的新文学倡扬个人的旗帜，胡适宣传易卜生个性主义，周作人提出"人的文学"。新文学对人的个性主义的发现，被称为"个人主义的人间本位主义"。这一人的观念具有20世纪文化的现代性。在这一人的理念基础上产生了新文学的新的主题、新的人物，有《狂人日记》对人的历史、现实与未来的思考，有《阿Q正传》对旧的人学观念的反思，有《沉沦》中人性的表现，有《女神》中青春的放歌，有新月派的人性抒发。

文学是人学。中国现代文学创作中的现实主义、浪漫主义、现代主义，是又一意义上的对人的发现。各种创作方法的形成决定于创作主体从什么角度发现人、思考人。看重人的社会性、人与人的关系、人与社会的关系的，就形成现实主义；着眼于人的心灵、情感的，则倾向于浪漫主义；而认定人的心灵真实、潜意识的深刻性的，就走向现代主义。这些都包含于文学是人学这一命题的深刻性中。在中国现代文学百年发展史上，尤见如此。

文学史，就是在创作主体、创作对象（文学形象）、接受主体（阅读与批评）三个层面上，不断实践与表现着对人的发现。中国现代文学史，就是由文学如何实践与表现这一不断演变着的人的观念而构成着，丰富着，发展着。

20世纪中国文学的发展，始终贯穿着两种或多种人的观念，人的声音的对话、交流、对抗、激荡和交融。

1928年的革命文学、20世纪30年代的左翼文学发现了人的阶级性。这是继由新文学发现人的个人性、社会性再向另一端推进的结果。中国传统文化与人的观念一贯看重人的社会性，看重社会群体与个人发展的关系，这使受西方个性主义思想影响的中国新文化与人的观念也并不完全等同于西方个性主义人学观，新文学的人学观始终与人的社会性相结合。因此，关注被压迫者和被侮辱者，为被压迫者、被侮辱者的不幸命运与被压迫地位呼喊，曾是新文学人的观念的一个重要方面。从这一关注人的社会性的思想出发，很容易在一部分持激进思想的人士中产生阶级论。在有不同阶层的人存在的社会中，人必然有其阶级性。这是左翼文学对人的新发现，也为中国文学开拓了一个新的视角，展示了一个人与社会关系的新的天地。左翼文学进而以人的阶级性、革命性取代人性，对峙人情，否定人的个性的自由发展。这是革命文学派的观念与话语。当然，20世纪三四十年代还有茅盾着重人的个性与社会性关系的文学，有巴金、曹禺、沈从文、张爱玲、路翎等各具特点地承传新文学个性主义与人文主义的人的观念，有老舍、钱锺书等强调人的文化属性的人的观念。

此外，第三种人的观念是近现代通俗文学的人的观念：充分世俗化中的充分人性化，传统世俗社会的大众道德与大众人性观。

综观"文革"前"十七年"文学，是多种人的观念、人的话语在对抗、冲突、交奏。20世纪五六十年代社会主义现实主义文学主导文坛，阶级的、革命的人的观念与话语成为主流观念，也是"十七年"文坛唯一的关于人的话语。连续不断地批判资产阶级人性论、人道主义，实现了对新文学个性主义与人文主义的人的观念与话语的否定。这时期，乃有小说《我们夫妇之间》《组织部来了个年轻人》《红豆》《小巷深处》，电影和戏剧《早春二月》《舞台姐妹》及"第四种剧本"、《茶馆》、《关汉卿》等作品，不绝如缕地发出人性的轻微声音。这声音是轻微的，但也是顽强的。即使在《百合花》《青春之歌》《三家巷》这些革命小说中，人性的声音也若隐若现。《青春之歌》以追求个性主义的林道静终于走上革命道路，否定了新文学个性主义道路，但是作家以女性的心灵细致地描写了女主人公在人生道路与婚姻问题上的心灵选择，使这部在实质上重返30年代"革命+恋爱"模式的小说富有人情味与人性美。

在经历了"文革"将文学中的人性赶尽杀绝，以革命性、阶级性抹杀人性的描写后，新时期文学从伤痕文学、反思文学、改革文学到文化寻根等一系列文学沿革，正是以对人的逐步再发现，新文学的人的观念的逐步再寻找，而构成新时期文学发展裂变的内在律动。

中国现代文学的这种变化又是同外来文化所给予的强烈刺激分不开的。

中国现当代文学与中国古典文学相比，最基本的不同，就是3 000年的中国古典文学是在大体一统固定的政治社会体制中发生、发展、繁荣、变化的，而前者是在世界文学潮流中成长、发展的，它自身也成为世界文学的一员。中国现当代文学的历史，是在中国向世界敞开，同时也走向世界的变革中，通过与世界文化的对话和交流，走出自我迷失，实现自我创新的历史。

晚清西学东渐以来，一个新颖奇异、生机勃勃的西方文化景观展示在中国人面前。自此，中国文化、文学乃至民族心理所发生的巨大裂变，都纠结着外来文化的刺激。西方文化刺激着中国人不断发现人，更新、阐扬人的观念，构建现代人学思想，也昭示着文学如何塑造中国现代新人。

在20世纪二三十年代，西方文学进入中国文坛的第一次高潮中，从古希腊文学到19世纪文学的众多作家被译介到中国，其中最具影响的有四位代表性人物。易卜生在新思潮涌入高潮时期被《新青年》隆重推出。但是戏剧家易卜生在中国主要是被作为思想家接受的。易卜生的个人主义连同他的《玩偶之家》对于夫权家庭的批判，对于妇女平等自由权利的呼喊，成为当时中国文化界倡扬个性主义的旗帜。卢梭是又一位对中国现代文学产生重要影响的西方人。《忏悔录》从1928年至1945年竟有张竟生、章独、汪丙琨、凌心勃、沈起予、陈新六种中译本问世。这位启蒙主义思想家坦露自己善恶美丑交织的本来面目的真诚与勇气，激动了许多中国人。"我自己是怎样的一个人，卑鄙、邪恶、善良、宽容、高尚，我都如实说出来了。……全能的天主啊！把无数的众生召唤到我身边来吧，让他们听一听我的忏悔吧。……但愿他们之中每一个人，都怀着同样的真诚，敢于在您的宝座前坦露他的内心，然后再看一看，哪一个敢于对您说：'我比这个人更好。'"郁达夫、郭沫若、张资平、叶灵凤、巴金的小说中都有卢梭式的自剖。那大胆的自我暴露，对于深藏在中国道德裹挟下的人性是暴风雨般的闪击，使伪道学者感受着作假的困难。尼采，曾在一些激进的文化人中产生共鸣。他那攻击一切偶像的精神与张扬超我，吻合了新文学彻底反传统的精神。而弗洛伊德精神分析学也曾在新文学小说创作中引起反响，鲁迅、郁达夫、郭沫若、张资平、叶灵凤、茅盾、曹禺、沈从文等人刻画性爱与人物潜意识都运用了精神分析学理论。

这四位西方人进入当时的中国，对于20世纪初期新文学形成与发展的意义，在于他们启发中国人**重新认识人**——从四个层面揭示了中国现代人学思想的内涵，构建了现代人学观：易卜生主义以理性主义的个人主义，使个人的自由、自尊、人格、人权在理性主义的辉映下显现出耀眼的价值。启蒙主义者卢梭以理性主义思想呈现人性的正负面的复杂性与丰富性。人性复杂性与丰富性的揭示，使人的真实自我获得了理性主义的确证。尼采则把人的自我张扬到极致，并且颂扬了个人对传统社会的叛逆精神。弗洛伊德则揭穿人的深层意识，那在个人潜意识中涌动着的性欲。易卜生、卢梭所揭示的人，是人类对自我的理性主义认识，尼采、弗洛伊德对人的自我的非理性主义层面的揭示，使人学内涵获得了现代性。这使得新文化运动时期中国文化、文学对于人的发现，构成一个完整丰满的、现代性的人学观。20世纪初期新文学、新文学观就是建构于这一新的人学观念之上。鲁迅十分敏感地把握到文学的这一内核，他在新文学的开山之作《狂人日记》中猛烈抨击专制礼教的"吃人"本质，明确发出"真的人"的呼喊。

无疑地，20世纪80年代的新时期文学是对现代人学观念的寻找与恢复，伤痕文学、反思文学、改革文学、文化寻根文学与先锋文学体现了这种现代人学观念的寻找、恢复与深入的过程。与这一过程相呼应的，是西方文学的又一次深刻的影响。西方数世纪的文学在新时期短短十多年中几乎都曾被介绍进中国，其中影响最大、最广、最深的是西方20世纪现代主义文学，尼采、弗洛伊德、贝克特、萨特这四位是对新时期中国文学人学观念影响最大的西方思想家。"上帝死了""力比多""人的荒诞性""他人即地狱""存在先于本质"的思想观念渗透在新时期文学创作中。易卜生、巴尔扎克、托尔斯泰、司汤达等所提倡的传统的人道主义、人文主义已为中国文坛所熟知与普遍接受，而在 20 世纪 20 年代仅为少数激进知识分子所欣赏的尼采、弗洛伊德，在 80 年代再度进入中国时掀起了一阵广泛而经久的热潮。詹姆斯提出的人的意识流理论，伍尔夫、普鲁斯特、乔伊斯的意识流小说，都展示了人的深层意识的空间，这是人类对自我的一次新发现。以卡夫卡、贝克特为代表的荒诞派文学，揭示了人的生存的荒诞性，这是人类对自我处境、人与社会关系的又一次哲学的探询与发现。新时期中国文学的人学思想与美学异彩都是汲取了这些异域的养料，共同地体现了对人的发现与重塑。当然，80 年代上半期文学中对人的所谓寻找，仅是对新文学时期因对失落的人学思想的重启与更新而对人的观念的恢复和再发现，是将被扼制与摧毁了的人的观念、人的形象重塑。曾轰动一时的 80 年代文学，在助推思想解放方面产生了不小的影响。从 80 年代中期开始，萨特、海德格尔的存在主义思想在中国传播，从 80 年代末至 90 年代，"存在主义热"取代了"弗洛伊德热""尼采热"。"存在先于本质"、"自由选择"、人的异化、人与社会对立、个人自我的尊严、当代人的失落感与孤独感，这些存在主义思想渗透在 90 年代的文学创作中。90 年代中国文学耀眼的现象，如私人化写作、女性写作、先锋文学，其哲学观念无不深藏着存在主义。整个 90 年代或许并未产生足以代表这一文学时代的经典杰作，但是 90 年代文学所体现出的对人的新发现，人的观念的新发展，却是不容忽视的。

第二节　中国文学现代化开端

自 19 世纪末到 1917 年的大张旗鼓的新文学革命兴起前的近 20 年，是中国文学现代化的发生期；有了这个文学现代化发生的先导和基础，才有了后 30 年文学在现代化道路上的发展。

19 世纪与 20 世纪之交，中国文化与文学已开始了现代化努力。《1898—1949 中外文学比较史》论述，许多观念的现代性变革，其起点在 1898 年前后发生①。

1895 年甲午战争失败后，中华民族的危机感日益强化，这对民族文化产生了巨大影响。严复的译著将西方 19 世纪主要思潮的一部分介绍到中国，其中影响最大的是标举进化论思想的《天演论》。中国知识分子开始以近代科学的眼光来思考民族命运，从人类世界的发展历史中看到了古老的中华民族正面临被淘汰的危机，有了对自身的深深的不足感，于是产生强烈的变革要求，有了追随日本明治维新的想法，有了学习西方工业化国家的自觉。梁启超在《五十年中国进化概论》（1922）中指出："近五十年来，中国人渐渐知道自己的不足了。……第一期，先从器物上感觉不足。……第二期，是从制度上感觉不足。……第三期，便是从文化根本上感觉不足。"② 他所说的第二期的时间"从甲午战役到民国六七年间"，与中国文学的现代化的先导期基本一致。

这一历史阶段从社会的组织结构上寻求变革，必然要触动文化，带来文化机制的变化，从而影响到文学。

第一，法律对从事文学活动者和报刊繁荣的基本保障。晚清王朝尽管在新政措施上左右摇摆，但还是颁布并实施了一系列有利于文化生产的法律。1906 年的《大清印刷物件专律》，

---

① 参见范伯群、朱栋霖主编：《1898—1949 中外文学比较史》（上卷），江苏教育出版社 1993 年版，第 4—23 页。
② 梁启超：《五十年中国进化概论》，《最近之五十年——申报馆五十周年纪念》，上海书店出版社 1992 年版。

1908 年的《钦定宪法大纲》，规定给予臣民言论、著作、出版等有限自由。1910 年颁布《著作权章程》。1911 年颁布《钦定报律》。同年《大清民律草案》完成，虽未及公布，但它是民国初年暂行民法典的蓝本。[①] 辛亥革命后，《中华民国临时约法》更明确规定"人民有言论、著作、刊行及集会、结社之自由"，并且先后颁布《中华民国出版法》《中华民国著作权法》《著作权法注册程序及规费施行细则》，这些法律从制度层面保障和促进了文化产业的发展。

第二，报刊、书籍等现代出版业的发展。维新时期发生过作用的报刊传媒，在清末的十年里有了相当的规模，在民国更是大步地前进。从 1901 年到 1921 年的 20 年里，报刊的数量增加了 10 倍左右。据统计，1902—1917 年，以"小说"命名的杂志就创办过 27 种（含报纸 1 种），仅据阿英《晚清戏曲小说目》收录 1898—1911 年出版的小说（含翻译）就有 1 145 种。[②]《孽海花》《玉梨魂》印数达两万部。这些均为文学的现代化发展准备了充足的外部条件。报刊编辑在栏目、体裁、题材、主题上都追求对普通民众的影响力，以保证其畅销，刺激文学的发展。报刊繁荣与政治的封建色彩褪减及文学的现代化同步进行着。从 1904 年起，出版重心已经转移到民营出版业。[③] 与官办和教会出版不同，民营出版向产业化方向发展，受制于市场这只看不见的手，它与大众的文化需求保持着联系，决定了现代出版业的大众性与平民化的民主特性。它给以具有现代思想的独立知识分子为主的、进行文学创作的人提供了重要的公共空间，为文学的现代性实现创造着机会。这种出版状况一直延续到 1949 年，保持了 50 年一贯的机制。

第三，现代社会分工在文学创作队伍方面率先实现。1905 年废科举的新政措施将一批读书人抛到了独立知识分子的境地，另有一批知识分子从官场退出也转入了自由撰稿人行列，上海、天津等现代都市形成的过程为自由撰稿的知识分子提供着活动空间，一些接受新式教育的人与上述两种知识分子一起活跃在文学领域。晚清四大小说杂志的编辑者和主要撰稿人梁启超、李伯元、曾朴、徐念慈、黄摩西等和周树人兄弟即是代表。

在报刊传媒繁荣、出版业平民化和自由的文学撰稿人队伍出现的基础上，文学接受机制也发生了变化。朝廷的策论变为报刊上的自由论述，小说由对说书人叙述表演的欣赏变成了阅读的理解。文学接受者的队伍随着维新、立宪和革命的进展而日益扩大，同时伴随着社会思潮的迅速更新，市场机制的调节，文学接受者也唯新是骛，推动着文学自身的变更。

第三节　文学观念变革

从晚清开始，中国文学现代化发生期的观念变革，首功归诸梁启超。**梁启超**（1873—1929），广东新会（今江门市新会区）人，字卓如，一字任甫，号任公，笔名有饮冰室主人等，曾拜康有为为师学习经世致用之学，协助发动公车上书，投身变法维新活动。他主编、创办过《中外纪闻》《时务报》《清议报》《新民丛报》《新小说》，创新文体，提倡新民说，广泛介

①　民国元年（1912）刊行的《民国暂行民律草案》"其基本体例和主要条文与《大清民律草案》没有区别"，见杨立新点校《大清民律草案　民国民律草案》之序言，吉林人民出版社 2002 年版。
②　据陈平原：《中国小说叙事模式的转变》，上海人民出版社 1988 年版，第 20 页。
③　张静庐辑注：《中国现代出版史料》（丁编下册），中华书局 1959 年版，第 384 页。

绍西方近现代文化思潮，宣传思想启蒙。他著名的《少年中国说》《新民说》的中心思想就是启蒙，提出批判、改造中国的国民性，"制造中国魂"。新民，就是呼唤新人，这是对现代中国社会与人的现代化的呼唤。梁启超及其同时代人尤重文学的社会性、政治功利性，这样的文学观一直影响到20世纪初期中国新文学的整体走向。

少年强则国强，少年独立则国独立，少年自由则国自由，少年进步则国进步。

——梁启超

诗界革命 中国文学发展到清代，以诗文为正统，以古人约束今人。晚清文学的革命就是要打破这种格局。梁启超提出诗界革命："第一要新意境，第二要新语句，而又须以古人之风格入之，然后成其为诗。"[1] 新意境即"理想之深邃闳远"；新语句则指来自欧洲、表现新思潮的名词术语；以古人之风格入之，说明他的诗界革命是革其精神而不一定革其形式，即如他所称谭嗣同那样的"独辟新界而渊含古声"。梁启超以诗评家身份标榜诗界革命，但其保留诗歌旧形式的革命终不彻底，真正以诗人面目倡言诗界革命、以俗白文字入诗的是黄遵宪。后来朱自清在《中国新文学大系·诗集·导言》中总结说："清末夏曾佑、谭嗣同诸人已经有'诗界革命'的志愿，他们所作'新诗'，却不过捡些新名词以自表异。只有黄遵宪走得远些，他一面主张用俗话作诗——所谓'我手写我口'——一面试用新思想和新材料——所谓'古人未有之物，未辟之境'——入诗。这回'革命'虽然失败了，但对于民七（1918）的新诗运动，在观念上，不在方法上，却给予很大的影响。"

小说界革命 小说界革命声誉最著。小说观念的变化始自1897年天津《国闻报》所刊《本馆附印说部缘起》。执笔者严复、夏曾佑称"夫说部之兴，其入人之深，行世之远，几出于经史之上。而天下之人心风俗，遂不免为说部（小说）所持"，并说"且闻欧、美、东瀛，其开化之时，往往得小说之助"。鉴于小说历来在四部中只能附于子、史，他们从小说营构人心的角度强调"小说为正史之根"，一改历来小说评点家攀附经史的做法，将小说凌驾于经史之上。梁启超更是充满激情地夸示小说的社会功能，把自古为小道的卑贱文体提到"不可思议之力"的高度。梁启超《论小说与群治之关系》（1902）称："欲新一国之民，不可不先新一国之小说。故欲新道德，必新小说；欲新宗教，必新小说；欲新政治，必新小说；欲新风俗，必新小说；欲新学艺，必新小说；乃至欲新人心、欲新人格，必新小说。何以故？小说有不可思议之力支配人道故。"[2] 梁启超特别地看重小说的启蒙、新民的工具作用。

小说观念在无限提升其社会作用的革命以后，又有其自发的矫正。1908年徐念慈（1875—1908，江苏常熟人）发表《余之小说观》，指出："昔冬烘头脑，恒以鸩毒霉菌视小说，而不许读书子弟一尝其鼎，是不免失之过严；今近译籍稗贩，所谓风俗改良，国民进化，咸惟小说是赖，又不免誉之失当。"并称"小说与人生，不能沟而分之"[3]。这是后来新文学研

① 梁启超：《夏威夷游记》，《饮冰室合集·专集》卷22，中华书局1936年版，1989年影印本。
② 梁启超：《论小说与群治之关系》，《新小说》第1号，1902年。
③ 徐念慈（觉我）：《余之小说观》，《小说林》第9期，1908年。

究会作家文学为人生的主张的滥觞。徐念慈介于梁启超的社会功用与王国维的独立价值之间，更强调小说的审美价值。西方小说的翻译对中国小说观念也有影响。徐念慈曾在《小说林》发表英、美、法等国的翻译小说。林纾根据自己的体悟也说出了狄更斯小说写实主义的成功经验，在许多译序中总结出一些西方小说的艺术经验。

戏剧改良　提倡戏剧观念更新的代表有陈独秀。1904 年，他在《论戏曲》中指出："戏馆子是众人的大学堂，戏子是众人的大教师，世上人都是他们教训出来的。"戏剧改良有小说、报馆不及的方便，不识字的人也可以由看戏而开通风气。① 据载，1899 年上海圣约翰书院已有中国学生演剧活动开展，而且很快有其他学校仿而效之。② 1904 年，陈去病、柳亚子创办我国最早的戏剧杂志《二十世纪大舞台》。1906 年，李叔同、曾孝谷在日本东京发起成立春柳社，不久欧阳予倩、陆镜若也参加活动，宗旨是"研究新旧戏曲，冀为吾国艺界改良之先导"③。1907 年，他们首次公演《茶花女》（第三幕）、《黑奴吁天录》，为新剧开端。新剧家王钟声在上海发起成立春阳社，也演出新剧《黑奴吁天录》。1908 年，他又在从日本回来的任天知的帮助下，以通鉴学校的名义演出根据杨紫麟、包天笑译英国小说《迦因小传》改编的同名新剧，该剧摆脱了京剧的戏曲特征，标志着国内新兴话剧的萌芽。新剧被称为文明戏，是中国现代话剧的早期形态。

文体革命　文体观念革命有着相应的语言观念改变的背景。提倡白话（"俗语"）在当时是许多精英知识分子的共识，几乎形成了一个白话文运动。最早提出言文合一主张的是黄遵宪。出使欧美、日本诸国的经验告诉他，言文合一使各国文化普及，科技发达，社会进步；中国的言文乖离致使科技文化落后。倡导白话文的还有裘廷梁、陈荣衮等。他们主要从维新的社会用途着眼，是为经世致用的实学打算，并非专从文学角度考虑。从文学出发论白话的还是梁启超，他在《小说丛话》中指出："文学之进化有一大关键，即由古语之文学变为俗语之文学是也。各国文学史之开展，靡不循此轨道。……苟欲思想之普及，则此体非徒小说家当采用而已，凡百文章，莫不有然。"④ 这成为后来胡适更彻底主张以白话取代文言的先导。

文学思想与理论新潮　诗歌、小说、戏剧、文体等文学观念的现代性初展，终将上升为中国文学史学观念的现代性萌动。1904 年，京师大学堂的林传甲、东吴大学的黄人分别撰写的《中国文学史》同时问世，是为中国人自撰的首部《中国文学史》。黄人的《中国文学史》启动了新的文学史观念，在现代中国文学史的研究中具有划时代意义。黄人（1866—1913），苏州常熟人，原名振元，字慕庵，一作慕韩，中岁易名黄人，字摩西，别署蛮、野蛮等。1901年起受聘为东吴大学国学教习，1907 年创办《小说林》。他编撰的东吴大学教材《中国文学史》全书 29 册，前 3 册为总论、略论、分论，后 26 册是作家评点与主要作品辑录，体现了清末民初中国文学史学科的学术自觉，钱仲联称其"多石破天惊的议论"⑤。黄人以真、善、美

---

　　① 陈独秀（三爱）：《论戏曲》，《安徽俗话报》第 11 期，1904 年 9 月 10 日；陈独秀另有文言同题论文一篇，载《新小说》第 2 卷第 2 期，1905 年。

　　② 据朱双云：《新剧史》，参见范伯群、朱栋霖主编：《1898—1949 中外文学比较史》（上册），江苏教育出版社 1993 年版，第 24 页。

　　③ 欧阳予倩：《回忆春柳》，《中国话剧运动五十年史料集》第 1 辑，中国戏剧出版社 1958 年版，第 14 页。

　　④ 梁启超：《小说丛话》，《新小说》第 1 卷，1902 年。

　　⑤ 钱仲联：《梦苕庵诗话》，齐鲁书社 1986 年版。

相统一的标准论文学，用进化论来阐释与叙述中国文学史的变化与发展历程，注重在世界各民族文明撞击的背景下，在近代建构民族国家话语体系的文化自觉中，建构进化的中国文学史观，具有鲜明的时代精神和现代性色彩。黄人为现代的中国文学史学科的建立起了奠基性作用。

与此相呼应，当时在苏州任教的王国维（1877—1927，浙江海宁人，字静安，号观堂）在其《〈红楼梦〉评论》（1904）、《人间词话》（1908）及此后的《宋元戏曲考》（1912）中，从理论上表述了具现代性的文学观念。他将叔本华和康德的哲学思想引入文学的精神世界，较同时代人由进化论哲学进入文学更接近文学本体。他从叔本华的"意志"（欲）说出发，作《〈红楼梦〉评论》，认为现实生活中的"'欲'与'生活'与'苦痛'，三者一而已"，要想超然于意志欲望不能满足而造成的痛苦，只有"美术"（艺术）最合适，"艺术之美所以优于自然之美，全存于使人易忘物我之关系"。《红楼梦》的厌世解脱精神是"哲学的也，宇宙的也，文学的也"，是悲剧之最上乘者，是"悲剧中的悲剧"①。《人间词话》以境界为中心概念，表达了新的诗学理论。《宋元戏曲考》专为戏曲做史，推许元杂剧为"一代之绝作"，是"中国最自然之文学"。王国维没有梁启超提倡文学革命的煽动力，却建构实实在在的文学本体新品质。他将文学从"文以载道"的定位上解放出来，成为本体自主的独立存在，具有重大的理论意义和深远的学术史影响。

将小说、戏剧以及白话文从不入文坛的末流提升到文坛正宗的地位，是梁启超与他的追随者对文学观念现代创新的最大贡献；和他同时代的一批有识之士又提倡言文合一，为白话文运动打下了基础；此外再有黄人以进化论、持真善美标准建构中国文学史观念，王国维强调文学"超然于利害之外"，追求"文学自己之价值"。这样，一个完整的、具有现代意义的文学观念就呼之欲出了。

第四节　文体叙述创新

中国文学现代化的发生，从文学的意义上来说，重要的是叙述的问题，即用什么样的文体与语言作出表达。观念的变革并未能在每一文体上直接转换成文学的实绩。在中国文学现代化发生期的20年里，各类文体创新的成就不一。

诗界革命以后，诗人们仍持续创作采用新思想、新材料的诗歌。1909年成立的南社是这一时期影响最大的诗歌社团，不过南社诗人除了政治态度比维新派激进外，在诗歌艺术创新方面没有太大进展，内部甚至曾为宗盛唐之音还是倾向江西诗派（有如同光体诗人）有过争执。

戏剧改良走了两条不同的探索道路：一是汪笑侬式的旧剧改良，把时代政治热情与外来的审美要素注入京剧，对程式讲究的戏曲进行改良；一是春柳社在日本演出的新派剧和上海春阳社等在话剧中渗透戏曲因素的表演，人称文明戏。春柳社在表演形式上有严肃的艺术追求，但剧本常常采用幕表制。春阳社剧目的革命政治色彩浓烈。文明戏重表演、轻剧本的倾向产生了一定的消极影响，在演员失去艺术追求的自觉性和演出市场化的时候，艺术品位无可奈何地流于庸俗。

---

① 　王国维：《〈红楼梦〉评论》，《王国维遗书》第5册，上海古籍书店1983年版，第42—44页。

内容与形式两方面更具有比较鲜明的现代性因素的，是政论散文和小说（含翻译）。

文体革新　晚清文界革命是一场真正的文体革命。尽管维新派文人的文章仍保留着一些古文雅言，还没有全盘采用俗语的勇气，但成绩是可观的。从王韬、郑观应的报章文体到梁启超新文体崛起，加之后来的革命派文人锤炼的诸文体，中国散文革新走过了相当长的一段路。五四后第一个十年的文学成就以小品为最大，溯其原因，离不开发生期内政论诸文体的铺垫。

梁启超是本时期最重要的散文家。先前的报章文体鼓吹变法图强对他和康有为、谭嗣同等具有重要启发，其政论成就与报刊密不可分，依托于近代大众传媒的发达。梁启超称自己亡命日本时的文字为新文体，这些政论文章具有空前的开拓创造精神，思想新颖，文字介于文言与白话之间，"平易畅达，时杂以俚语韵语及外国语法"，"条理明晰"，"笔锋常带感情"①，有很强的鼓动力。他的感情是忧患、变革、爱国的情理交融，《少年中国说》《新民说》《说希望》《过渡时代论》等都是富有魔力的情理文字。他不以"传世之文"而以"觉世之文"自期，其新文体是改造中国国民性（"新民"）、重造中国魂的"觉世之文"，是"笔锋常带感情"的"魔力"文字，也是"读万国书"而后成者。他吸纳古希腊、古罗马的雄辩体与英法近代随笔体，结合魏晋文章的旷放，把古文从义理、考据、辞章中解放出来，以西方近代思潮替代圣贤经典章句的义理，以丰富的世界进化维新的史实突破拘谨的考据，以俗语、外来语入文来丰富文章的表达方法。在钱玄同攻击"桐城谬种"以前，就以实际创作突破了桐城古文的藩篱。

章太炎等的革命派散文，与新文体一样依赖现代传播媒介来宣传自己的主张。变法维新的说服对象起初主要是当政者，后来的启蒙则更多针对一般读书人，革命则要鼓动全民，要更为浅俗直接地向民众宣传。革命派散文因此体现出革命性、斗争性、鼓动性与通俗性相统一的特点。除章太炎文风古奥外，其他一般较能深入普通民众。邹容的《革命军》以浅近直接的文字写成，揭露、控诉几千年来的封建专制统治，号召以民族民主革命去除奴隶根性，恢复天赋人权，实现独立、自由、民主、平等、幸福的"中华共和国"。陈天华的《警世钟》宣扬反帝爱国思想，写法带说唱气息，是知识分子主动采用民间手法向大众靠拢的滥觞。秋瑾的文章有新文体类型的，也有用精纯的白话写就的。《敬告中国二万万女同胞》《敬告姊妹们》等推心置腹，新鲜活泼，深入浅出，明白晓畅而有谈话风。她难能可贵地率先真正做到了言文合一，让人惊讶在白话文运动前竟有这样炉火纯青、历久弥新的白话文章。

章炳麟（1869—1936），浙江余杭（今杭州市余杭区）人，字枚叔，号太炎。少从俞樾学经史，国学造诣精深，是"有学问的革命家"，文章的突出主题是鼓吹反清的民族民主革命，以《序〈革命军〉》《驳康有为论革命书》最为著名。前者与邹容的《革命军》一并风行天下，后者是革命派与改良派论战的代表作。章太炎字里行间活跃着疾恶如仇的个性，行文尖锐大胆，富于创造性和挑战性，渊深的学养与奇倔的个性浑成一体。章太炎虽然在《国学概论》中讲古代"语言文字，出于一本"，但在现实写作中不愿言文一致，用雅言而贬低俗语，常常故为古奥，他习惯的深邃思路，很耗读者的脑筋。这时卓然成家的还有章士钊。辛亥革命后，他主笔《民立报》，大力提倡逻辑，所作社论文章也被名以逻辑文，以精辟严谨著称。1914年二次革命后，他流亡日本，创办《甲寅》杂志，写政论文反对袁世凯复辟。人称他"文体简

---

①　梁启超：《清代学术概论》，东方出版社 1996 年版，第 77 页。

洁有法，铿锵有力，句斟字酌，语无虚说，文无空落"①。

本时期，散文是知识精英的产物，一直有精神价值作支撑，而主导小说趋向的则主要是平民化的市场。小说发展呈现出曲折的多元探索，内容上严肃与娱乐（时称"游戏"）并存，形式则逐渐改良，大致分为两个时期。前期即清末的倾向是理想与谴责并存，刊物阵地以四大小说杂志（《新小说》《绣像小说》《月月小说》和《小说林》）为主；后期即民初主要倾向于消遣游戏，以改革前的《小说月报》与《礼拜六》等杂志为主。

在晚清，梁启超的小说界革命并没有带来纯文学的小说观念，只是理想地提出了一些小说难以承担的社会与政治使命。基于此，小说界出现过一批主题先行、理想化、概念化的作品，如梁启超的《新中国未来记》、陈天华的《狮子吼》（未完），还有写"理想的维新的完人"的妇女题材小说《黄绣球》，以及塑造"中国女斯宾塞"贞娘的《女子权》等。当时《新小说》（1902 年创刊）杂志甚至惯于以自由、平权等思想概念给小说人物命名。这类创作在艺术上没有多少价值，却是中国现代文学史上最早以宣传为使命的文学。此时还是中国问题小说的滥觞期，诸如妇女缠足、扫除迷信、立宪、华工、反帝国主义等主题均有表现。

翻译小说　这一时期，翻译小说带动着创作。自清末开始，形成了中国小说中、西两个传统并存的局面：章回小说、笔记小说继续发展，章回小说从口头演说的评书评话体向书面阅读的接受形式转移，笔记体也呈现了向短篇嬗变的端倪；西方小说翻译介绍进来，虽然不都是一流，但其叙说方式也对中国小说创作发生着影响。有统计显示，1906—1910 年是清末小说的高峰期，1907 年则是翻译小说的高峰期，与创作的繁荣相同步②。清末翻译小说有周树人兄弟的《域外小说集》和徐念慈、包天笑等的译著，影响最大的是林纾的翻译。

林纾（1852—1924），福建闽县（今福州）人，字琴南，号畏庐。一生译欧美小说 180 多种，1 200 多万字，《巴黎茶花女遗事》《迦因小传》译笔哀感顽艳，《黑奴吁天录》《块肉余生述》《撒克逊劫后英雄略》译笔质朴古劲。其译作都与精通外语者合作，但译笔传神还是靠林自己。《巴黎茶花女遗事》的哀感顽艳与中国的才子佳人小说一脉相通，欧派小说又描写细腻真切，因此风靡一时并深深影响了民初及以后的言情小说。他译《黑奴吁天录》与在美华工受虐联系，发出"黄种之将亡"的警告，深入人心。林纾译作引进了西方写实方法，但文学观念仍是中国的，他将狄更斯比附司马迁、班固。他的笔记体小说接近唐代的段成式，长篇的表达采用桐城笔法，情调有才子佳人风，对民初的姚鹓雏等鸳鸯蝴蝶派作家有较深影响。林纾还译有大批通俗作品，在出版市场上很风行，英国作家哈葛德的作品译得最多，柯南道尔的侦探小说也由他最先翻译过来。

第五节　近代市民通俗文学勃兴

近代中国，随着上海都市的崛起，新的市民阶层逐步形成，与之相适应的市民通俗文学随之兴起。

---

① 张申府：《我所认识的章行严先生》，《张申府散文》，中国广播电视出版社 1993 年版，第 521 页。

② 参见樽本照雄：《阿英说〈翻译は创作より多い〉事实か》，《清末小说から》第 49 期，日本清末小说研究会 1998 年版。

　　1892 年，韩邦庆创办了个人刊物《海上奇书》，并在上面连载自撰的长篇小说《**海上花列传**》。韩邦庆（1856—1894），江苏松江（今属上海市）人，字子云，别署太仙、大一山人、花也怜侬。《海上花列传》显示出了近代市民通俗文学的很多特征：它描述的是上海通商以来的"今社会"。小说不再是从历史的起承转合和人生悲欢中总结历史或感叹人生，而是直面当今都市生活进行人生劝诫和社会思考，有着与中国古代文学不同的思维取向。它是一部现代意义上的都市文学。小说不是写由于战争或者饥饿而出现的流民迁徙，而是记录了由于追逐财富而聚集的市民的形成，有着众多的中国"乡民"如何向"市民"转型的精彩篇章。它是具有浓厚的地域色彩的近代都市小说。小说不再写农耕社会的乡绅观念和田园、酒肆与客舍，而是写上海都市形成过程中的都市观念和物质变化，是中国都市现代化过程的文字记录。它是美学上有着自我特色和众多突破的"连载体小说"。它不再是汇集整理或者集成刻印，而是在现代媒体上逐日连载，这样的创作方式对小说的构思、结构的形成、情节的处理等艺术表现都产生了深远的影响。特别是小说采用的双语系统（叙述语言用官话，人物语言用吴语），体现出了作者对小说语言生动性、性格化的追求。

　　韩邦庆的《海上花列传》拉开了中国近代通俗文学的序幕。延续着这样的创作道路前行的是所谓"**鸳鸯蝴蝶派**"。鸳鸯蝴蝶派并没有发表创作宣言，也不是什么组织严密的文学团体，它只是在清末民初以文学杂志为纽带，文学趣味相近的中国传统文人们结成的松散的文学社团流派。鸳鸯蝴蝶派是新文学作家对他们的称呼①。鸳鸯蝴蝶派文学是新文学登上文坛之前中国文学的创作主体。

　　鸳鸯蝴蝶派作家是沿袭着几千年中国传统文化的新时期的文学传人，他们大多数是南社成员。他们的传统性主要表现在文化观念上。1912 年民国政府刚刚建立，包天笑就曾说过一句话："所持的宗旨，是提倡新政制，保守旧道德。"②他们拥护的政治制度是指刚刚成立的共和制度，但是，他们所坚持的文化观念并不是共和制度所要求的人权、民主和自由，而是传统的伦理道德。正是从这个角度出发，他们具有很强烈的民族主义和爱国主义精神。对外，他们反对帝国主义侵略，因此，他们成为现代文学史上写爱国文学、国难文学最多的作家；对内，他们反对袁世凯的帝制和军阀的统治，认为袁世凯的复辟是历史的倒退，军阀的统治是社会混乱的根源。民族主义和爱国主义在他们看来是一个中国人的气节，这是做人的大节。他们以中国的伦理道德为做人的原则，仁爱忠孝、诚信知报、修己慎独，成为他们论人处事的基本标准和文学创作中是非褒贬的评价标准。所以说鸳鸯蝴蝶派文学是中国的伦理道德文学。他们也受到现代人文主义思想影响，在作品中主张婚姻自主、爱情自由，如徐枕亚《玉梨魂》以寡妇不能再醮为悲剧故事，抨击旧道德扼杀人性、人情，在当时反响巨大，产生巨大社会影响。鸳鸯蝴蝶派文学的传统性还表现在对中国传统美学表现手法的继承，他们的小说基本上是章回体和传奇体，诗歌主要是乐府体和民间歌谣，散文追求明清小品的风味，虽然也写一点时事新剧，但对传统戏曲更感兴趣。

　　他们毕竟生活在一个社会转型的新时期，新的文化观念、美学观念必然会对他们产生影

---

　　①　最早这样称呼的是周作人。他在 1918 年《新青年》第 5 卷第 1 号上发表《日本近三十年小说之发达》一文，谈论到中国文学流派时说："此外还有《玉梨魂》派的鸳鸯蝴蝶体，《聊斋》派的某生者体。"

　　②　包天笑：《钏影楼回忆录》，香港大华出版社 1971 年版，第 391 页。

响，城市发展过程中所产生的精神变化和物质变化都在他们的作品中留下了印记。他们是清末民初之际中国引进外国文学热潮中的翻译作家主体，他们翻译了 20 多个国家的众多作品，屠格涅夫、托尔斯泰、果戈理、契诃夫、莫泊桑等世界一流作家的作品是他们首先引进中国的。1917 年 3 月，由中华书局出版的周瘦鹃的《欧美名家短篇小说丛刊》收入 49 篇小说，涉及意大利、西班牙、瑞典、荷兰、塞尔维亚等 14 个国家。当时鲁迅正在教育部主持通俗教育研究会小说股的工作，报请教育部表扬这套译作，执笔称赞此书："所选亦多佳作。又每一篇告著者名氏，并附小像略传，用心颇为恳挚，不仅志娱悦俗人之耳目，足为近年来译事之光……当此淫佚文字充塞坊肆时，得此一书，俾读者知所谓哀情、惨情之外，尚有更纯洁之作，则固亦昏夜之微光，鸡群之鸣鹤矣。"①

　　清末民初以来，新兴的现代传媒在上海蓬勃发展起来，报纸成为最新的文化产业。断了科举之路的鸳鸯蝴蝶派文人纷纷进入报馆，成为各种报纸副刊的主笔和作者。这些文人对现代新闻理念缺乏了解，对文学创作却充满热情，报刊就成了鸳鸯蝴蝶派作家创作的主要载体。在他们的努力下，报纸副刊开始向文学杂志过渡：以《民权报》副刊为大本营，派生出《民权素》《小说丛报》《黄花旬报》《小说新报》《小说季报》《五铜元》《消闲钟》等；从《申报》副刊《自由谈》、《时报》副刊《滑稽时报》、《新闻报》副刊《庄谐丛录》起家，派生出《小说月报》《自由杂志》《游戏杂志》《礼拜六》《女子世界》《小说大观》《小说画报》《半月》《星期》《小说时报》《妇女时报》等数十种杂志。有的刊物如《自由杂志》《小说时报》本身就是报纸副刊的汇刊②。新闻意识对鸳鸯蝴蝶派文学产生了重要影响。此时新闻报纸是国民启蒙教育的主要途径，从副刊意识出发，鸳鸯蝴蝶派作家强调文学的休闲性和趣味性，却也是将国民启蒙作为文学创作的主要取向。新闻报刊的功能主要是记载事情、传播信息、评论是非，它决定了新闻文体的纪实性、新闻性的特点，这样的特点也就成为鸳鸯蝴蝶派文学的文体特色，以传奇的故事写当今的社会生活。新闻报纸面向大众，要求文字浅白，通俗易懂，此时鸳鸯蝴蝶派文学虽还有一些文言作品，白话创作已成为主流。有些杂志甚至明确地提出以白话创作为正宗。例如，1917 年 1 月包天笑为其主编的《小说画报》写的《例言》中就明确提出："小说以白话为正宗，本杂志全用白话体，取其雅俗共赏，凡闺秀学生商界工人无不咸宜。"同年同月，胡适在《新青年》上发表了《文学改良刍议》，提出文言已死，白话为正宗的理念。

　　与古典小说相比，短篇小说是现代小说的一大特色。中国短篇小说产生于清末民初鸳鸯蝴蝶派作家手中。短篇小说的形成并不是这些作家对之有特别的认识，而是由新闻报纸所推动。报纸的篇幅有限，而且按日发行，报纸载体的特殊性催生了短篇小说的出现。特别是中国第一批真正意义上的职业作家由此产生。现代报刊的一个重要特征就是它是一个产业。既然是一个产业，它与作家之间就有了契约关系。作家给它写作品，它就要付给作家报酬。写文学作品还可以得到报酬，无疑给长期以来视舞文弄墨为闲适之事的中国文人巨大的刺激。于是，那些专门以创作文学作品为生的职业作家就诞生了。苏杭一带很多所谓鸳湖派文人以撰稿卖文为生，职业作家的产生对中国的文学创作、文化运行体系、文化走向等各个方面都产生了重要影响。

　　近代市民文学的主要成就是小说创作。此时影响较大的是狭邪小说、言情小说和社会小

---

① 载《教育公报》第 4 卷第 15 期"报告栏"，1917 年 5 月。
② 李良荣：《中国报纸文体发展概要》，福建人民出版社 1985 年版。

说。狭邪小说也被称作冶游小说，由于写的是妓家的故事，鲁迅在《中国小说史略》中将这类小说称作狭邪小说。鲁迅认为以 1892 年的《海上花列传》为界，此书之前虽然写了妓女，总体而言只能算是《红楼梦》的微澜，真正地写妓女嫖客故事的应从《海上花列传》开始。鲁迅说：

> 然自《海上花列传》出，乃始实写妓家，暴其奸谲，谓"以过来人现身说法"，欲使阅者"按迹寻踪，心通其意，见当前之媚于西子，即可知背后之泼于夜叉，见今日之密于糟糠，即可卜他年之毒于蛇蝎"（第一回）。则开宗明义，已异前人，而《红楼梦》在狭邪小说之泽，亦自此而斩也。①

《海上花列传》产生影响后，在清末民初引发了一股狭邪小说创作热。其中代表性的作品是孙玉声的《海上繁华梦》和张春帆的《九尾龟》。此时众多的狭邪小说无论是思想性还是艺术性都明显逊色于《海上花列传》。由于这些小说的纪实性很强，它们为上海都市发展留下了珍贵的文字资料。

晚清最早致力于言情小说创作的是吴趼人。他不仅竭力宣扬小说中的情的作用，还创作了很多言情小说。他此时写了《恨海》《劫余灰》《情变》三部小说，标注为"写情小说""苦情小说"和"奇情小说"。到了民国初年，这股言情小说热已成燎原之势。此时的言情小说大致上分为四类。第一类是《红楼梦》的余绪继续蔓延，代表作是陈蝶仙的《泪珠缘》。第二类是怨情小说，这类小说遵循着发乎情止于礼的传统言情小说的思路，既写情的可爱，又写情的害人，代表作是徐枕亚的《玉梨魂》。第三类是痴情小说，这类小说认为情是可爱、可亲的，那些阻碍情的发展的一切束缚都是可恶、可憎的，它们对情的追求达到了痴迷的程度，代表作是吴双热的《孽冤镜》。第四类是哀情小说，这类小说以生离死别作为故事情节，极其哀怨，代表作有苏曼殊的《断鸿零雁记》和周瘦鹃的《留声机片》《此恨绵绵无绝期》等作品。处于社会变革、思想创新时期的这些言情小说虽然还是中国传统的才子佳人模式，却也处处散发出新的气息。它们无不对中国传统的婚姻模式提出疑问，无不流露出对情的追求的肯定，甚至对寡妇恋爱深表同情。在艺术上接受了当时很为流行的林纾翻译的《巴黎茶花女遗事》的影响，绝大多数作品是以悲剧告终。煽情之中流露出痛苦，绝望之中表现着渴望，这些言情小说在此时流行，为后来新文学提倡的"恋爱自由、婚姻自主"作了很好的社会心理准备。

徐枕亚的《玉梨魂》是民初言情小说代表作，也是当时最著名的畅销小说。小说叙述接受新式教育的善感才子何梦霞在无锡一个乡村当小学教师，与年轻寡妇白梨娘相恋，却难以摆脱名教束缚。梨娘荐小姑代嫁，自己情郁而亡；小姑也自怨自艾地死了；梦霞投军，捐躯战场，各人物以不同方式殉了情。小说有自叙传色彩，运用诗化语言抒情，充分地渲染因"情"而生的种种细微心理变化，有现代小说的细腻，又有古代诗赋语言的典雅，是中西古今文化激荡交融而出的艺术产品。其感伤情调不仅在同时的《孽冤镜》《玉田恨史》等作品中蔚然成风，而且对此后的鸳鸯蝴蝶派有长期的影响，甚至也笼罩过早期的新文学部分作品。小说主人公先恋爱，后革命，以革命作为苦恋的解脱，成为此后现代文学处理此类纠葛的作品的先驱。

---

① 鲁迅：《中国小说史略》，《鲁迅全集》第 9 卷，人民文学出版社 2005 年版，第 271—272 页。

　　鸳鸯蝴蝶派中最具影响的是被誉为"五虎将"的徐枕亚、李涵秋、包天笑、周瘦鹃、张恨水，除张恨水的影响在 20 世纪二三十年代，其余四人都在民初有过大的影响。四大说部（即《玉梨魂》《广陵潮》《江湖奇侠传》《啼笑因缘》）的前两部产生在民初。包天笑的创作贯穿晚清、民初直到 40 年代。周瘦鹃继王钝根主编过《礼拜六》，这份杂志标榜休闲、趣味的风格，而他们将小说与觅醉、买笑、听曲相比较，所取则是完全的娱乐态度。《礼拜六》上发表的作品却并不都是游戏的，也间有暴露专制黑暗的和翻译西方名家的作品。周瘦鹃以创作哀情风格的短篇为主，曾创办个人杂志《紫罗兰片》专写一己哀情。他还是民初出色的翻译家。

　　近代的社会小说有个发展过程。最先登场的是官场谴责小说。**谴责小说**兴起于 1903 年，李伯元于这一年主编《绣像小说》，刊载自己的《文明小史》《活地狱》和刘鹗（洪都百炼生）的《老残游记》。此前他已在《繁华报》上连载《官场现形记》，《新小说》也连载了吴趼人（我佛山人）的《二十年目睹之怪现状》。这些小说不顾温柔敦厚的诗教传统，极力丑诋官府，进行笔无藏锋的讽刺。《老残游记》在谴责之外稍显作者的信心，作品的一些抒情成分比李伯元、吴趼人的峻切刻薄多几分艺术美感。曾朴的《孽海花》当时最畅销，于谴责之外，有历史与政治小说的特点，写得也不像《二十年目睹之怪现状》那样草率。典型的谴责小说，审美上往往"毫无节制"，相当程度是借事实发泄作者无望而浮躁的情绪，不像《儒林外史》那种传统的"婉而多讽"，而是连讽刺带谩骂。小说结构也缺乏节制。由于作者与新闻业的密切关系，常将未经加工的素材编辑成文应付连载。任情揭发、扩充的心态与结构经验影响了民初小说家们，他们热衷于将一些话柄组织到小说中去，堆砌成社会黑幕。小说界革命后，小说显示出前所未有的活力，但由于与报刊市场结合，小说家成为以此谋生的专业化人员，从依附大众的一般趣味到媚俗，进而粗制滥造，又会形成小说的危机，这很快表现在民初小说中。

　　稍后一点，到了辛亥革命前后，有两类社会小说值得关注，一类是工商界小说，一类是政治畅想小说。这两类小说更加合乎上海社会的发展进程。工商界小说的代表作是姬文的《市声》和恽铁樵的《工人小史》。《市声》的叙述比较散乱，却是第一部写中国民族工业发展的小说。同样有首创之功的还有恽铁樵的《工人小史》。这是中国第一部写现代产业工人生活的小说。民初的政治畅想小说延续着梁启超的《新中国未来记》的思路而展开，故事性和政治想象力都有明显的提高，代表作家是陆士谔。他的政治畅想小说的代表作是《新水浒》《新三国》《新中国》《新野叟曝谈》等。民国初年，社会小说向两个方向发展，一是世情小说，一是黑幕小说。此时世情小说的代表是李涵秋的《广陵潮》。这是一部在民国初年产生广泛影响的小说。小说有 100 多万字，从中国的鸦片战争一直写到新文学诞生前夕，具有史诗性质。黑幕小说此时最有影响的作品是朱瘦菊的《歇浦潮》。小说主要写上海都市化、现代化进程中的道德沦丧。由于这类小说以纪实的笔法写丑恶的人生和丑恶的事件，缺乏社会的引导取向，曾受到五四新文学作家的批判。

导言专题讲座
朱栋霖：人的发现与中国现代文学1-5
朱栋霖：现代文学史新形态

导言

拓展研读资料

第一章　新文学革命

　　1915 年《青年杂志》创刊，拉开了新文化运动的序幕，民主与科学欲求将近代以来的中国文化现代化推向高潮。1919 年 5 月 4 日爆发的青年学生运动和随之而来的全民爱国运动，既是新文化运动的成果，也是新文化运动的强力推进器，将新思想、新道德、新文化的时代要求与社会政治革命结合在一起。

　　就内源条件来说，新文学革命继承了明代以来人的觉醒的文化精神和尊个性、重言情的精神传统，是晚清诗界革命、小说界革命与白话文运动的历史发展；就外源条件来说，引进西方民主与科学思想，弘扬现代人文主义精神和批判精神，将文学活动与人学思想变革、人的解放紧紧联结在一起，建构起富有时代精神的价值标准。新文学革命的倡导者以激进的态度、决绝的精神，掀起中国现代思想启蒙运动，反对旧道德、旧思想、旧文学，提倡新道德、新思想、新文学，建构了中国现代精英文学，讲述现代中国探索、改革、创新、崛起的故事，建构中国现代文学话语体系，开启了中国文学现代化的新征程。

第一节　《新青年》与新文化

　　《新青年》杂志　《新青年》以其对中国文化更新和社会革命的贡献及影响，成为中国现代第一刊。《新青年》原名《青年杂志》，由陈独秀在 1915 年 9 月创刊于上海，1916 年 9 月改名为《新青年》，1917 年编辑部移至北京。《新青年》除由陈独秀主编外，也曾由编辑部成员李大钊、鲁迅、沈尹默、钱玄同、胡适、周作人、高一涵等轮流主编，陈独秀总负责。《新青年》先后发表陈独秀的《敬告青年》《本志罪案之答辩书》《文学革命论》，李大钊的《庶民的胜利》，胡适的《文学改良刍议》《建设的文学革命论》，鲁迅的随感录和《狂人日记》《孔乙己》《药》，周作人的《人的文学》等一系列代表时代精神的文章，推动了中国社会思想、文化道德的现代化进程。1920 年上半年，《新青年》编辑部移至上海，实际成为上海共产主义小组的机关刊物，政治色彩日益浓厚。胡适提出

《新青年》应该避免政治倾向，遭到陈独秀、李大钊等反对，随后胡适脱离《新青年》。《新青年》编辑部的分化标志着新文化统一战线解体，也显示出中国社会现代化过程的复杂性。

《新青年》提倡民主与科学，反对旧道德、旧思想，提倡新道德、新思想，影响了以傅斯年等为代表的青年知识分子，形成了新文化统一战线。《每周评论》《新潮》等杂志响应《新青年》的思想主张，以现代启蒙精神批判专制制度和文化，讨论时下中国的思想问题、伦理问题、制度问题、法律问题、家庭问题、妇女解放问题、宗教问题、教育问题、文学艺术问题等，几乎深入到社会的方方面面。

五四运动   1919 年 1 月，第一次世界大战的战胜国在法国巴黎召开和平大会，中国代表要求废除外国在华势力范围，撤退外国在华军队，废除"二十一条"，但西方列强不顾中国的正义要求，竟然将德国在山东的权益转让给日本，于 4 月 30 日签订了《凡尔赛和约》。1919 年 5 月 4 日，北京大学等三校约 3 000 名学生代表聚集在天安门游行示威，打出"誓死力争，还我青岛""还我山东权力""废除二十一条""抵制日货""外争主权，内惩国贼"等标语，要求惩办曹汝霖、陆宗舆、章宗祥等，并痛打章宗祥，火烧赵家楼。北洋政府派军警镇压，并逮捕学生代表。北京学生的爱国行动"一石激起千层浪"，全国各地的教育会、工会、农会等纷纷表示声援。5 月 19 日，北京各高校学生同时宣布罢课，上海、天津、广州、杭州、厦门、武汉、南京、重庆等城市的青年学生也纷纷来京，学生运动规模不断扩大。

6 月 5 日，上海工人宣布罢工，支持学生的爱国运动，抗议政府逮捕学生，迅速引发京汉铁路工人、京奉铁路工人等多地工人罢工游行。6 月 11 日，陈独秀在北京前门外散发《北京市民宣言》时被捕。社会各界纷纷通电，引发知识精英和社会名流的抗议活动。在强大的压力下，北洋政府总统徐世昌提呈辞职，曹汝霖、陆宗舆、章宗祥被免职。6 月 28 日，中国政府代表拒绝在《凡尔赛和约》上签字。

五四运动是中国现代历史上第一场爱国运动，它既是新文化运动进行现代启蒙的成果之一，也是新文化运动的助推器。五四运动极大地促进了现代思想启蒙，民主与科学的观念广泛为国人所认可，成为中国现代思想和学术现代化的重要标志。毛泽东《新民主主义》从中国现代革命史的角度阐释"五四运动所进行的文化革命"的性质与意义，"所谓新民主主义，一句话，就是无产阶级领导的人民大众的反帝反封建的文化"[1]。

以《新青年》为宣传舆论中心，新文化运动传播的新思想文化主要是：

民主与科学   《新青年》以启蒙为己任，致力于引进文艺复兴以来的民主与科学的思想，引进人道主义、启蒙主义、无政府主义、社会主义思想，主张摒弃专制社会的奴性人格，树立现代的独立人格。陈独秀撰写的发刊词《敬告青年》[2]，根据进化论之新陈代谢原理，率先"涕泣陈词"，介绍西方近代民主与科学思想，号召青年"奋其智能，力排陈腐朽败者"，建立现代青年之六条标准：自主的而非奴隶的、进步的而非保守的、进取的而非退隐的、世界的而非锁国的、实利的而非虚文的、科学的而非想象的。《敬告青年》是中国现代文化第一篇重要的文献，陈独秀以"甘冒天下之大不韪"的精神，坚决反对专制政治文化的态度，大胆吸纳民主与科学思想的勇气，提倡现代人格和现代文化的构想，吹响了新文化运动的号角。同期，

---

① 毛泽东：《新民主主义论》，《毛泽东选集》（一卷本），人民出版社 1967 年版，第 660、659 页。
② 陈独秀：《敬告青年》，《青年杂志》第 1 卷第 1 号，1915 年 9 月 15 日。

陈独秀还发表《法兰西人与近世文明》一文，将人权说、生物进化论和社会主义视为"近代文明之特征"①，这里的"人权说"就是民主思想，"生物进化论"是科学思想，"社会主义"是民主与科学结合的社会思想。1919年1月15日，鲁迅在《新青年》第6卷第1号上发表《随感录四十》，呼吁"完全解放了我们的孩子"。同期，《新青年》发表了李大钊的著名演说《庶民的胜利》，称第一次世界大战是全世界"庶民的胜利"，"是资本主义失败，劳工主义战胜"，热烈欢呼俄国十月革命，称"俄国革命是20世纪中世界革命的先声"，宣传社会主义革命思想。

只因为拥护那德谟克拉西（Democracy）和赛恩斯（Science）两位先生。

——陈独秀

批评旧道德、旧思想、旧文化 在倡导民主与科学的同时，《新青年》必然对旧道德、旧思想、旧文化进行猛烈抨击。针对康有为"定孔教为国教"的论调，陈独秀于1916年10月发表《驳康有为致总统总理书》，阐明孔教与帝制之必然联系，定孔教为国教不仅违反"思想自由制"原则，而且也违反"宗教信仰自由"原则。吴虞在《新青年》连续发表《致陈独秀书》《家族制度为专制制度之根据论》《礼论》《儒家主张阶级制度之害》《吃人与礼教》等系列论文，抨击专制制度和封建礼教"吃人"的本质，被称为"只手打倒孔家店"的代表人物。1919年1月，陈独秀发表了《本志罪案之答辩书》，进一步阐明提倡新道德、新思想、新文学与反对旧道德、旧思想、旧文学的关系："要拥护那德先生，便不得不反对孔教、礼法、贞节、旧伦理、旧政治。要拥护那赛先生，便不得不反对旧艺术、旧宗教。要拥护德先生又要拥护赛先生，便不得不反对国粹和旧文学。"坚决地认定"只有这两位先生可以救治中国政治上、道德上、学术上、思想上一切的黑暗"。表达了"若因为拥护这两位先生，一切政府的压迫，社会的攻击笑骂，就是断头流血，都不推辞"的坚定信念和勇于牺牲的精神。

与此相呼应，是当时前后长达十年的东西文化论战。近代西方文明的输入，引起中国社会尤其是思想文化界的强烈震荡。如何看待西方文化，进而又当如何看待自身文化，成为当时人们普遍关注的问题。争论主要在以陈独秀、李大钊等人为主力的《新青年》与杜亚泉（伧父）任主编的《东方杂志》间展开。辜鸿铭发表《春秋大义》一文，鼓吹尊王、尊孔，宣扬中国固有文化，认为西方文化不如中国文化。陈独秀发表《质问东方杂志记者》《〈新青年〉罪案之答辩书》等，阐明新旧文化的根本区别与优劣。其后，进而讨论新旧文化能否融合。1921年后，梁启超的《欧游心影录》、梁漱溟的《东西文化及其哲学》相继发表，将持续多年的东西文化论争推向高潮，参加讨论的还有蔡元培、张东荪、陈嘉异、章士钊、胡适、冯友兰等。这场大论争尽管没有解决提出的所有问题，但争论本身推动了新时代东西文化的交融与思考，加快了中国文化现代化的进程。

对世界文化的"拿来主义" 《新青年》不遗余力地介绍世界先进的社会思潮、哲学思潮

---

① 陈独秀：《法兰西人与近世文明》，《青年杂志》第1卷第1号，1915年9月15日。

和文学思潮，期望从根本上打破旧思想、旧道德和旧文化，从而创造中国现代的新思想、新道德、新文化。胡适认为："今日我国之急需，……一曰归纳的理论；二曰历史的眼光；三曰进化的观念。"① 提出新文化运动的态度是"重新估定一切价值"，目的是"再造文明"："尼采说现今时代是一个'重新估定一切价值'（transvaluation of all values）的时代。'重新估定一切价值'八个字便是评判的态度的最好解释。新思潮的精神是一种评判的态度。新思潮的唯一目的是什么呢？是再造文明。"② 鲁迅提倡"拿来主义"："我们要运用脑髓，放出眼光，自己来拿！"③ "自己来拿"体现为文化态度的主动精神，主动选择世界文化因素，拿到自己的文化结构中，用于自己文化的建设，拿来的目的在于创造，创造后还可以"送去"，参与世界文化建设。"正是中国文化机体自身需变、思变，才引来西方文化为参照系，在中西文化的碰撞、冲突、对话中寻求自我的文化出路。"④

在《新青年》的影响和带动下，《每周评论》《新潮》《星期评论》《少年中国》《晨报副镌》《京报副刊》，以及《时事新报》副刊《学灯》、《民国日报》副刊《觉悟》等刊物，大力介绍西方文学思潮，从古希腊到 19 世纪末的西方哲学思潮、文艺思潮纷纷登陆中国。易卜生对于妇女平等自由权利的呼喊，卢梭袒露本真面目的忏悔精神，尼采攻击一切偶像、张扬超我的精神，弗洛伊德的精神分析学说等，都成为新文化的思想资源。《新青年》第 4 卷第 6 号推出《易卜生专号》，主旨在反传统、反专制，提倡个性自由、妇女解放的作品《娜拉》《国民公敌》恰好和时代精神相吻合。《小说月报》译介世界各国文学作品、文学思潮，提倡写实主义文学，重点介绍欧洲文艺复兴以来的主要文学成就，还以专号的形式介绍俄苏文学和"被损害民族文学"。短短数年，西方文艺复兴以来的各种文艺思潮和左右着它们的哲学思潮都先后涌入中国。写实主义、自然主义、浪漫主义、唯美主义、象征主义、印象主义、精神分析、意象派、立体派、未来派等文艺思潮，人道主义、人性论、进化论、实证哲学、尼采超人哲学、叔本华悲观哲学、托尔斯泰主义、基尔特社会主义、无政府主义、国家主义、马克思主义、社会主义等哲学思潮，这些种种与中国传统的文学批评、文化理念相激相荡，经先进知识分子的选择，在不同程度上被扬弃、吸纳、消化，对中国文学的现代化发生着方方面面的深远影响。

第二节 白话文学与人的文学

倡导文学革命 1917 年 1 月，胡适在《新青年》上发表了《文学改良刍议》，提出文学改良的八项主张："一曰，须言之有物；二曰，不摹仿古人；三曰，须讲求文法；四曰，不作无病之呻吟；五曰，务去滥调套语；六曰，不用典；七曰，不讲对仗；八曰，不避俗字俗语。"⑤ 胡适的"八事"不仅涉及文学的语言形式，也涉及文学的内容"改良"，其中"须言之有物""不摹仿古人""不作无病之呻吟"三条，是针对文学内容方面的改良主张，其余五条是针对文学的语言形式而言的。胡适认定"文学者，随时代而变迁者也。一时代有一时代之文学"，并

---

① 曹伯言整理：《胡适日记全编》(1910—1914)，安徽教育出版社 2001 年版，第 222 页。
② 胡适：《新思潮的意义》，《胡适文存》一集，黄山书社 1996 年版。
③ 鲁迅：《拿来主义》，《鲁迅全集》第 6 卷，人民文学出版社 2005 年版，第 40 页。
④ 范伯群、朱栋霖主编：《1898—1949 中外文学比较史》(上卷)，江苏教育出版社 1993 年版，第 45—46 页。
⑤ 胡适：《文学改良刍议》，《新青年》第 2 卷第 5 号，1917 年 1 月。

从"历史进化论的眼光"断言："白话文学为中国文学之正宗，又为将来文学必用之利器。"① 其时，苏州已编辑出版了白话文学刊物《小说画报》(包天笑主编)。1918 年 4 月，胡适又在《新青年》发表了《建设的文学革命论》，阐明文学革命的宗旨是建设"国语的文学，文学的国语"："我们所提倡的文学革命，只是要替中国创造一种国语的文学。有了国语的文学，方才可能有文学的国语。有了文学的国语，我们的国语才算得真正国语。国语没有文学，便没有生命，便没有价值，便不能成立，便不能发达。"倡导大家"多读模范的白话文学"，"用白话作各种文学"②。

社会最大的罪恶莫过于摧折个人的个性，不使他自由发展。
——胡适《易卜生主义》

　　陈独秀发表《文学革命论》，旗帜鲜明地提出文学革命的"三大主义"："曰推倒雕琢的阿谀的贵族文学，建设平易的抒情的国民文学；曰推倒陈腐的铺张的古典文学，建设新鲜的立诚的写实文学；曰推倒迂晦的艰涩的山林文学，建设明了的通俗的社会文学。"陈独秀坚决排斥"文以载道"和贵族文学、古典文学、山林文学，认为"贵族文学，藻饰依他，失独立自尊之气象也；古典文学，铺张堆砌，失抒情写实之旨也；山林文学，深晦艰涩，自以为名山著述，于其群之大多数无所裨益也"③。在《答曾毅书》中，陈独秀既把文学革命当作"开发文明"、改变"国民性"、"革新政治"的"利器"，又承认"文学之为物"有"其自身独立存在之价值"④。

　　胡适、陈独秀的文学革命主张得到了现代知识界的热烈响应。钱玄同从语言进化的角度说明用典之弊，批判古文学之积习，斥桐城派古文为"高等八股"，证明白话取代文言是历史的必然⑤，提出著名的"选学妖孽与桐城谬种"之说，引起不小震动。刘半农从散文改革、韵文改革、标点分段等角度，发表了文学改革的具体意见⑥。为了扩大文学革命的影响，有力回击守旧派的攻击，《新青年》采用唱"双簧戏"的方式，钱玄同化名"王敬轩"致信《新青年》，"把旧文人们的许多见解归纳在一起，而给以痛痛快快的致命一击"⑦，指斥《新青年》"动辄诋毁先圣，蔑弃儒书，倡家庭革命之邪说"，"文学革命之论""乃大放厥词"⑧。刘半农的《复王敬轩书》逐句逐段予以反击，揭发"王敬轩"卫道士的假面，昌明白话文学乃中国文学之

---

　　① 同时，包天笑在其主编的《小说画报》(第 1 号，1917 年 1 月) 上也倡导"白话文学"，《例言》称："小说以白话为正宗，本杂志全用白话体，取其雅俗共赏，凡闺秀学生商界工人无不咸宜。"包天笑得出了与胡适同样的结论："文学进化之道必由古语文学变而为俗语之文学。"

　　② 胡适：《建设的文学革命论》，《新青年》第 4 卷第 4 号，1918 年 4 月。

　　③ 陈独秀：《文学革命论》，《新青年》第 2 卷第 6 号，1917 年 2 月。

　　④ 陈独秀：《答曾毅书》，《新青年》第 3 卷第 2 号，1917 年 4 月。

　　⑤ 钱玄同：《寄陈独秀》，1917 年 2 月 25 日，胡适编选：《中国新文学大系·建设理论集》，上海良友图书印刷公司 1935 年版，第 48—52 页。

　　⑥ 刘半农：《我之文学改良观》，《新青年》第 3 卷第 3 号，1917 年 5 月。

　　⑦ 郑振铎：《中国新文学大系·文学论争集·导言》，上海良友图书印刷公司 1935 年版，第 6 页。

　　⑧ 王敬轩：《文学革命之反响》，《新青年》第 4 卷第 3 号，1918 年 3 月。

正宗①。傅斯年认为旧戏存在着"违背美学上的均比率""刺激性过强""形式太嫌固定"等问题，提出"当今之时，总要有创造新社会的戏剧，不当保持旧社会创造的戏剧"，提倡改良旧戏剧、创造新戏，引导社会和观众从旧的戏剧观念过渡到新的戏剧观念，并对评戏（京剧）问题提出了建设性意见②。

在这些新潮知识分子的提倡下，白话文报刊和白话文学逐渐发展起来，据统计，自1919年下半年起，全国白话文报刊风起云涌，达400种之多。到1920年，在白话取代僵化了的文言已成事实的情况下，北洋政府教育部终于承认白话为"国语"，通令国民学校采用③。至此，白话文运动取得全面胜利，开辟了中国文学的新时代。

"人的文学"   1918年12月，周作人发表《人的文学》，对新文学进行质的界定："我们现在应该提倡的新文学，简单的说一句，是'人的文学'。应该排斥的，便是反对的非人的文学。"周作人充分汲取西方近代人道主义思想资源，首先把人理解为"从动物进化的人类"，一是"从动物进化的"，一是"从动物进化的"。基于这种灵与肉的辩证，周作人将人道主义理解为"个人主义的人间本位主义"，即以个人为本体的人类大爱。"用这人道主义为本，对于人生诸问题，加以记录研究的文字，便谓之人的文学。"这种人的文学又分为两个方面，一种是正面的，也就是写人的理想和人类发展可能性的文学；一种是侧面的，即写人的日常生活或非人的生活。人的文学与非人的文学的分野并不在于取材，而在于写作者的态度：人的文学是严肃的、希望人的生活，对于非人的生活怀着悲哀和愤怒；非人的文学是游戏的，对于非人的生活感到满足，多带着玩弄和挑拨的行迹。所以，"人的文学，当以人的道德为本"，从平等的两性观和现代爱情婚姻观念书写两性之爱，站在人道主义立场上表现亲子之爱。最后，周作人提出建设人的文学之途径："还须绍介译述外国的著作，扩大读者的精神，眼里看见了世界的人类，养成人的道德，实现人的生活。"这既是建设人的文学的途径，也是建设人的文学之目的④。新文学创作，主要成绩也正在于人的文学。鲁迅的《狂人日记》猛烈地批判专制制度和专制文化"吃人"的本性，发出"救救孩子"的世纪呐喊，憧憬人的世界；乡土小说继承鲁迅乡土小说的启蒙立场，用批判的笔调描写了专制主义下农村的物质生存条件和精神生活语境，揭示农民因长期受专制压迫而形成的国民劣根性；问题小说揭示人生面临的问题，呼唤爱的主题，向往个性解放和婚姻自由。总之，本着人文主义立场，以人性为主要表现对象，揭示人的生存境遇，展现人的生存理想，是新文学的基本主题，并为20世纪中国文学定下基调。

平民文学   1918年12月20日，周作人写作了《平民的文学》一文，在陈独秀的国民文学和社会文学的基础上，提出建设平民文学的主张。"平民文学应该着重与贵族文学相反的地方，是内容充实，就是普遍与真挚两件事。第一，平民文学应以普通的文体，记普遍的思想与

---

① 刘复：《复王敬轩书》，《新青年》第4卷第3号，1918年3月。

② 傅斯年：《戏剧改良各面观》，《新青年》第5卷第3号，1918年10月。

③ 1917年，全国教育联合会第3次会议提出了"推行注音字母方案"。1919年4月，在国语统一筹备会成立大会上议决拟请教育部推行国语教育办法案、注音字母案和颁行新式标点符号案。时蔡元培等人在孔德学校自编了白话文国语读本。江苏省不待教育部颁令，便自行通过了《学校用国语教授案》，各学校开始采用国语教材，用白话文进行教学。1920年1月12日，教育部下令各省改国文为语体文。同年1月24日，教育部公布修正《国民学校令》，规定将"国文"改为"国语"，国民学校第一、二、三、四年级均学语体文。继之，师范学校、中学等也采用语体文教学。

④ 周作人：《人的文学》，《新青年》第5卷第6号，1918年12月。

事实。我们不必记英雄豪杰的事业，才子佳人的幸福，只应记载世间普通男女的悲欢成败。……第二，平民文学应以真挚的文体，记真挚的思想与事实。既不坐在上面，自命为才子佳人，又不立在下风，颂扬英雄豪杰。只自认是人类中的一个单体，浑在人类中间，人类的事，便也是我的事。"① 平民文学是具有普遍性和真挚性的文学，其普遍性在于"记普遍的思想与事实"，普遍的事实就是普通男女的悲欢成败，普遍思想就是人类思想、人类道德，而不是才子佳人的悲欢、英雄豪杰的道德。平民文学并不是通俗文学，也不是慈善主义文学。平民文学不是迎合平民趣味，而是提高，这是平民文学不同于通俗文学的根本之处："平民文学，不是专做给平民看的，乃是研究平民的生活——人的生活——的文学。他的目的，并非要将人类的思想趣味，竭力按下，同平民一样，乃是想将平民的生活提高，得到适当的一个地位。"② 李大钊则提出"我们所要求的新文学，是为社会写实的文学，不是为个人造名的文学"，这样的文学要以"宏深的思想、学理，坚信的主义，优美的文艺，博爱的精神"作为"土壤、根基"③。

第三节 文学论争

新文学革命引发中国文学观念和文学思潮的根本性变化，面对这一变化，中国各派知识分子都不得不进行调整，表现出不同的态度和思想，必然导致思想交锋和学术论争。一方面，新文学立足未稳，为争取新文学的生存权，与复古派、学衡派、甲寅派、鸳鸯蝴蝶派等旧文学展开思想交锋；另一方面，新文学内部也产生了"为人生"与"为艺术"、写实与唯美的论争。

新旧文学论争 胡适、陈独秀提出文学革命的主张，引发了中国现代文学史上第一次思想交锋和文学论争，有坚定支持文学革命的鲁迅、钱玄同、周作人、刘半农等革命派，也有曾毅、方宗岳等部分怀疑的折衷派，更有刘师培、林纾等坚决反对的卫道派。

折衷派虽然部分赞成文学革命的主张，但或顾虑古典文学尽失，或担忧文学革命步伐太快，或指出文学革命矫枉过正。他们表示"不敢绝对服从"，而取折衷之论，"使古来本有之经理艺术不因是而火其传也"。曾毅指出文学革命标准不明，"莫妙于取古今忙人之诗文"，并选择李陵、陶潜之诗和黄太冲、王守仁之文作为标准。④ 对于折衷派的意见，革命派一方面阐明事理，一方面抱着不退让、不妥协的坚定态度，很快就让折衷派偃旗息鼓。

当陈独秀、胡适等提倡文学革命之时，曾以林译小说闻名的林纾以卫道士面目登场，发表《论古文白话之相消长》，断定"古文者白话之根柢，无古文安有白话"⑤。在《致蔡鹤卿太史书》里，林纾攻击陈独秀、胡适"生过激之论，不知救世之道"，"侈为不经之谈"，"覆孔孟，铲伦常"。林纾认为"外国不知孔孟，然崇仁、仗义、矢信、尚智、守礼，五常之道，未尝悖

---

① 周作人：《平民的文学》，《艺术与生活》，河北教育出版社 2002 年版，第 3—7 页。

② 仲密（周作人）：《平民文学》，《每周评论》第 5 号，1919 年 1 月 19 日。

③ 守常（李大钊）：《什么是新文学》，发表于成都《星期日》第 26 号，1920 年 1 月 4 日；见王永生主编《中国现代文论选》第 3 册，贵州人民出版社 1984 年版，第 211、212 页。

④ 郑振铎：《中国新文学大系·文学论争集·导言》，上海良友图书印刷公司 1935 年版，第 4 页。

⑤ 林纾：《论古文白话之相消长》，郑振铎编选《中国新文学大系·文学论争集》，上海良友图书印刷公司 1935 年版，第 81 页。

也"，以说明古文不可废与白话不可行，"天下唯有真学术、真道德，始足独树一帜，使人景从。若尽废古书，行用土语为文字，则都下引车卖浆之徒……均可用为教授矣"。最后表示"拼我残年极力卫道"，也劝蔡元培"以守常为是"①。嗣后，林纾发表文言小说《荆生》《妖梦》，含沙射影，希望当政者"直扑白话学堂，擢人而食"。严复批评白话文"高者不过《水浒》《红楼》，下者将同戏曲中之皮簧脚本"，预言白话文学必然失败②。与此同时，北京大学一批守护国粹的学生创办《国故》月刊，"拥护古典文学"，批评新文学革命。

时任北京大学校长蔡元培在《答林琴南书》中给予辨明，支持新文化运动与新文学革命。蔡元培首先辨明北京大学教员既没有"覆孔孟，铲伦常"之举，也没有"废古文而专用白话"，"《新青年》杂志中，偶有对于孔子学说之批评，然亦对于孔教会等托孔子学说以攻击新学说者而发，初非直接与孔子为敌也"。蔡元培针锋相对地指出，"白话与文言，形式不同而已，内容一也"，不能将白话与引车卖浆之语画等号，白话亦有优秀之作。对于林纾的"守常"之说，蔡元培标举"循思想自由原则，取兼容并包主义"以相对③。

陈独秀发表《新青年罪案之答辩书》，阐明"要拥护德先生又要拥护赛先生，便不得不反对国粹和旧文学"，坚决表示："若因为拥护这两位先生，一切政府的压迫，社会的攻击笑骂，就是断头流血，都不推辞。"④鲁迅在"随感录"等一系列杂文中讽刺、抨击了国粹家，坚决地指出："保存我们，的确是第一义。只要问他有无保存我们的力量，不管他是否国粹。"⑤

与学衡派的论争　东南大学教授梅光迪、胡先骕、吴宓、柳诒徵、汤用彤等创办《学衡》杂志，他们标榜"昌明国粹，融化新知；以中正之眼光，行批评之职事，无偏无党，不激不随"⑥。他们主张中西融合，既要吸收西方先进文化，又要保留传统优秀文化，质疑新文化对传统文化决裂的态度。1922年1月，《学衡》创刊号发表梅光迪的《评提倡新文化者》和胡先骕的《评〈尝试集〉》，批评新文化运动和新文学革命。梅光迪称新文学革命"提倡方始，衰象毕露"，指新文化提倡者为"政客""诡辩家""功名之士"等。⑦胡先骕认为胡适的《尝试集》"价值和效用，为负性的"，宣称"《尝试集》，死文学也，以其必死必朽也"。他鉴取西方文学发展证明："创造新文学，必以古文学为根基而发扬光大之，则前途未可限量，否则徒自苦耳。"⑧

对于学衡派的言论，新文学阵营给予反驳。罗家伦发表长文《驳胡先骕君的中国文学改良论》(《新潮》第1卷第5号)，郑振铎发表《新与旧》(《文学周报》第136期)。鲁迅的反击最

---

① 胡适编选：《中国新文学大系·建设理论集》，上海良友图书印刷公司1935年版，第171—173页。

② 严复：《书札六十四》，郑振铎编选：《中国新文学大系·文学论争集》，上海良友图书印刷公司1935年版，第96页。

③ 蔡元培：《答林琴南书》，胡适编选：《中国新文学大系·建设理论集》，上海良友图书印刷公司1935年版，第165—170页。

④ 陈独秀：《新青年罪案之答辩书》，《新青年》6卷1号，1919年。

⑤ 鲁迅：《热风·随感录三十五》，《鲁迅全集》第1卷，人民文学出版社2005年版，第322页。

⑥ 《〈学衡〉杂志简章》，孙尚扬、郭兰芳编：《国故新知论——学衡派文化论著辑要》，中国广播电视出版社1995年版。

⑦ 梅光迪：《评提倡新文化者》，《学衡》第1期，1922年1月。

⑧ 胡先骕：《中国文学改良论》(上)，郑振铎编选：《中国新文学大系·文学论争集》，上海良友图书印刷公司1935年版，第107页。

为有力，在《估学衡》中评价他们"于新文化无伤，于国粹也差得远"。茅盾在《时事新报·文学旬刊》上连续发表《评梅光迪之所评》(1922年2月24日)、《近代文明与近代文学》(1922年3月1日)、《驳反对白话诗者》(1922年3月11日)，批驳梅光迪关于白话文学是"堕落文学"的言论和胡先骕对新诗的指责。

与甲寅派的论争 甲寅派的主要阵地是《甲寅》周刊，章士钊相继在《甲寅》周刊发表《评新文化运动》《评新文学运动》等文章，重弹文言文优越之老调，提出"国性群德，悉存文言，国苟不亡，理不可弃"[①]。在章士钊的鼓噪下，一批旧派人士宣扬取消白话文学。由于章士钊身兼北洋政府文化教育总长，其言论带有官方性质，鲁迅、郁达夫、沈雁冰、成仿吾、高一涵等新文学家纷纷著文予以批驳，揭露甲寅派提出的读经救国、废弃白话只是"阔人"愚弄统治群众"偶尔用到的工具"。甲寅派是复古派的最后回声，随着甲寅派的失败，新文学取得了全面的胜利。

对鸳鸯蝴蝶派的批判 新文学的提倡者从一开始就对鸳鸯蝴蝶派、名士派的文学不满，甚至将之排斥在文学之外。刘半农"赞成小说为文学之大主脑，而不认为今日流行之红男绿女之小说为文学"[②]。茅盾主编的《小说月报》和郑振铎主编的《文学旬刊》坚决"反抗无病呻吟的旧文学；反抗以文学为游戏的鸳鸯蝴蝶派的'海派'文人们"[③]。茅盾指斥"名士派毫不注意文学于社会的价值，他们的作品，重个人而不重社会；所以拿消遣来做目的，假文学骂人，假文学媚人，发自己的牢骚"[④]。郑振铎的《导言》代表了新文学家对鸳鸯蝴蝶派的整体看法："鸳鸯蝴蝶派的大本营是在上海。他们对于文学的态度，完全是抱着游戏的态度的。……他们对于人生也便是抱着这样的游戏态度的。他们对于国家大事乃至小小的琐故，全是以冷嘲的态度出之。他们没有一点的热情，没有一点的同情心。只是迎合着当时社会的一时的下流嗜好，在喋喋的闲谈着，在装小丑，说笑话，在写着大量的黑幕小说，以及鸳鸯蝴蝶派的小说来维持他们的'花天酒地'的颓废的生活。"这些批评体现了先锋知识分子对文学社会价值的重新定位，无疑具有进步意义。但对文学休闲娱乐功能的忽视，将鸳鸯蝴蝶派等通俗文学一概否定，从一个侧面反映出新文学自身发展过程中的偏激。

人生与艺术之争 为人生和为艺术之争发生在新文学内部，是文学研究会和创造社关于文学观念的争论。文学研究会追求"为人生的艺术"，标举写实主义的文学，主张文学必须和时代相呼应，提倡血和泪的文学。作为文学研究会的理论家，茅盾宣告："我们希望文学能够担当唤醒民众而给他们力量的重大责任。"[⑤] 在《文学与人生》中，茅盾根据丹纳的理论，从人种、环境、时代、作家的人格等四个方面阐述文学与人生的关系，要求研究文学的人"至少要有人种学的常识，至少要懂得这种文学作品产生时的环境，至少要了解这种文学作品产生时代

---

① 章士钊：《评新文学运动》，《章士钊全集》第5卷，文汇出版社2000年版，第366页。

② 刘半农：《我之文学改良观》，胡适编选：《中国新文学大系·建设理论集》，上海良友图书印刷公司1935年版，第73页。

③ 郑振铎：《中国新文学大系·文学论争集·导言》，上海良友图书印刷公司1935年版，第8页。

④ 沈雁冰：《什么是文学》，郑振铎编选：《中国新文学大系·文学论争集》，上海良友图书印刷公司1935年版，第156页。

⑤ 沈雁冰：《大转变时期何时来呢》，郑振铎编选：《中国新文学大系·文学论争集》，上海良友图书印刷公司1935年版，第165页。

的时代精神，并且要懂得这种文学作品的主人翁的身世和心情"。正因为文学是为人生的艺术，所以"新文学作品，大都是社会的"(《什么是文学》)。

与文学研究会不同，创造社深受西方唯美主义思潮的影响，他们标举浪漫主义旗帜，宣称"我们要追求文学的全，我们要实现文学的美!"成仿吾的表述可以代表早期创造社成员的共同心声："至少我觉得除去一切功利的打算，专求文学的全 perfection 与美 beauty 有值得我们终身从事的价值之可能性。而且一种美的文学，纵或它没有什么可以教我们，而它所给我们的美的快感与慰安，这些美的快感与慰安对于我们日常生活的更新的效果，我们是不能不承认的。"①

为人生的艺术和为艺术的艺术虽然有着明显的不同，但是文学研究会和创造社都是反对旧文学的新文学社团，他们的文学主张都是新文化时代精神的体现，文学研究会也重视新文学的艺术美，创造社成员也"知道我们是社会的一分子"，两种意见只是侧重点不同，实质上都是新文学建设不可缺少的。

第四节　新文学革命实绩和历史意义

新文学革命带来文学观念、内容、语言载体、形式的革新与解放。在文学观念上，文以载道、文笔不分、游戏消遣的传统观念被破除了，借鉴于西方的严格意义上的文学观念得到了确立。新文学的理论倡导者和实践者对专制社会思想文化体系的否定改变了文学仿古的风气，表现人生的求真求新精神得到发扬，文学从审美内容到语言形式大大接近生活和民众。文学负有改良人生的使命，有它的社会责任，同时又具有自身的独立性。僵固的文言被摒除，白话由俚俗的边缘进据文人创作的中心，成为文学语言的正宗。外国多样化的文学样式与手法丰富着新文学的创作，新诗的创立、小说的革新、话剧的传入、美文的倡导，使文体得到了大解放与大丰富。早在美国留学时期，胡适就开始运用白话写作诗歌的尝试。1917 年 2 月，《新青年》刊载了胡适的《白话诗八首》。1918 年，《新青年》陆续刊载胡适、刘半农、沈尹默、鲁迅的新诗作品，白话诗歌成为新文学最早出现的文体，证明白话可以作诗，攻克了古典文学最后的一个堡垒②。

1920 年 3 月，胡适出版了《尝试集》，是中国新诗第一部个人专集。1921 年，郭沫若的诗歌专集《女神》出版，以昂扬炽热的诗句，传达出新文化时代精神的最强音。在小说创作方面，鲁迅无疑是最杰出的代表，《狂人日记》是鲁迅第一次运用白话写作小说，也是中国现代文学第一篇白话小说，《呐喊》《彷徨》中的小说"差不多一篇一个形式"(茅盾语)，是新文学最重要的收获。文学研究会成长起来了冰心、叶绍钧、王统照、许地山、庐隐等问题小说作家以及鲁彦、许杰、彭家煌、蹇先艾等乡土小说作家；创造社小说多以抒发个人感情为主，带有浓郁的主观色彩，郁达夫的自叙传小说为其代表，郭沫若、张资平等取得了小说创作的实绩。在散文方面，新文学也有所收获，代表性成就是周作人的美文、鲁迅的《野草》等。

---

① 成仿吾：《新文学之使命》，《创造周报》第 2 号，1923 年 5 月 20 日。
② 胡适在提倡"白话文学"时，发现白话文学在小说、散文等方面已经取得了成绩，唯独在诗歌方面没有实现突破，故从诗歌方面进行"尝试"。"白话诗歌"开启了中国新诗的路子，拓宽了中国诗歌文体，为中国诗歌史作出了巨大贡献。

新文学社团众多，是新文学革命的特色。其中影响最大的是文学研究会、创造社和新月派。

文学研究会于 1921 年 1 月在北京成立，发起人有周作人、朱希祖、蒋百里、郑振铎、耿济之、瞿世英、郭绍虞、孙伏园、沈雁冰、叶绍钧、许地山、王统照 12 人。文学研究会宣称要"研究介绍世界文学，整理中国旧文学，创造新文学"[①]，认为"文学应当反映社会的现象，表现并且讨论人生的一般问题"[②]，创作"为人生"的文学。文学研究会的沈雁冰（茅盾）首先倡导文学的精英立场，反对"消遣文学"和"休闲文学"，重视文学揭示社会问题和批判社会现实的功能。叶绍钧、冰心、许地山、王统照等是 20 年代问题小说的代表。

创造社于 1921 年 7 月在日本东京成立，是由一批留学日本的文学精英组成的文学团体，最初成员有郭沫若、成仿吾、郁达夫、张资平、田寿昌、穆木天、张凤举、徐祖正、陶晶孙、何畏等人，他们创办《创造》季刊、《创造周报》、《创造日》、《洪水》等刊物，主张"为艺术而艺术"，强调文学必须忠实地表现作者自己内心的要求。其作品大都侧重自我表现，带浓厚抒情色彩，直抒胸臆和病态的心理描写往往成为他们表达内心矛盾和对现实反抗情绪的主要形式。后期创造社增加了李初梨、冯乃超、彭康、朱镜我、李一氓、阳翰笙等，出版《创造月刊》《文化批判》《流沙》等杂志，提倡"表同情于无产阶级"的革命文学。

新月社于 1923 年在北京成立，主要成员为一批留学英美的文化精英，有徐志摩、闻一多、梁实秋、陈源、胡适、余上沅等，出版《新月》月刊、《诗刊》季刊，出书近百种。新月派倡导新格律诗，主张诗的"音乐美、绘画美、建筑美"；对中国戏曲的程式化、象征性特点加以肯定。

新文化时期较有影响的文学社团还有语丝社、南国社、湖畔诗派、浅草社、沉钟社、弥洒社、莽原社等。

新文学革命深刻、伟大的**历史意义**体现在以下几个方面：

实现了中国文学由古典向现代的转化，开创了中国文学新时代。新文学革命倡白话、反文言，成功地以白话文取代了占正宗地位的文言文，白话成为中国社会和文化统一使用的主流语言，使 20 世纪中国社会的文化得以大普及。这是一项顺应时代发展的伟大行动。与此相呼应的是以现代白话为书写语言的现代小说、新诗、话剧、散文（"美文"）的文体写作实验的成功，奠定了中国现代文学四大主流文体的文学地位，为其发展开拓了道路。

建构起现代启蒙精神和人文主义文学传统，开启了以现代意识讲述中国改革、创新、崛起的故事，构建中国现代文学话语体系之路。启蒙精神既是新文学反专制的利器，更是新思想、新文化的主体，构成了新文学革命的精神主题和新的人学观念。新文学革命以民主、科学、自由等思想启迪民众，重塑现代人格，视文学为启蒙民众、改造社会、实现人格独立的崇高事业。新文学吸收西方近代以来人性论、人文主义思想资源，传承中国传统中革新积极的人学思想资源，提倡尊重人的权利和基本欲望，深刻批判非人的礼教和非人的文学，敢于表现真切的人性内涵，充满人文主义情怀。新文学的现代启蒙精神和人文主义，成为中国现代文学的核心文学思想与理念。正是在新文化的启蒙精神的作用下，民主与科学的观念逐渐在中国产生影

---

① 《文学研究会简章》，《小说月报》第 12 卷第 1 号，1921 年 1 月。

② 茅盾：《中国新文学大系·小说一集·导言》，上海良友图书印刷公司 1935 年版。

响，中国文学走上了现代文化发展之路。

建立起中国现代的精英文学。新文学就是中国现代的精英文学，其标志在于启蒙立场、批判精神和人文关怀。新文学所建构的现代精英文学，在百年来的中国现代文化与文学的发展中建树了一杆标帜，产生引导方向的作用。在 20 世纪中国文学发展过程中，新文学——精英文学将要历经与各个时代文化的对话、碰撞、批判、改造、重铸。凡是坚持新文学时期开辟的精英文学之路，文学就取得长足进步；进入 21 世纪，在市场化、商品化、世俗化潮流下，中国文学的现代启蒙精神被消解，精英文化立场迷失，应该引起深刻反思。

受新文学革命影响诞生的一批新生代文学家，成为中国现代文学的创作主体，也成为 20 世纪中国的文学精英，发挥着重要的作用。

实践了中国文学与世界文学的对话、交流。新文学的催化剂是世界文学的引入。新文学的建设者们在接受外来文学影响方面表现出强烈的主体精神、开放气度和宽容心态。影响最大的是欧洲 18、19 世纪的写实主义文学思潮和现代主义文学资源与多元化文学观念，这些都成为中国文学走向现代化的资源。新文学的主导——写实主义文学，是新文学与以易卜生等为代表的欧洲现实主义文学对话、交流的结果；浪漫主义文学所表现出来的现代危机感、焦虑感、浪漫激情和理性精神，也是中国作家对世界文学所作出的回应。中国文学开始走上与世界文学同步发展的轨道，世界文学的主题选择（批判精神和现代性焦虑）与文学技术（写实文学技术和现代派文学技术），都在新文学中有所体现。从此，中国文学具有了世界文化视野和人类意识，它所蕴含的精神意识与 20 世纪世界文学有着深刻的相通之处。

新文学革命，开创了中国文学新纪元。

研 习 导 引

是"新文学"，还是"五四文学"？

发端于《新青年》的"新文学"与"文学革命"，是中国现代文学史研究的主体，"新文学"是百年中国现代文学的主要精神资源与不断回顾、传承的核心传统。源于标示自身与传统古典文学（彼时称为"旧文学"）在语言形式与内容上的不同，"新文学"是一个从初始就确定并有明确内涵的命名，这个概念命名已经经典化。

但是近几十年来一个显著的变化是，早已确认的"新文学""新文学革命""新文化运动"命名正在被"五四文学""五四文学革命""五四新文化运动"取代。一个趋势是，新一代的现代文学研究者已普遍使用"五四文学""五四文学革命""五四新文化运动"的名称，来取代与指称原先已十分明确的"新文学""新文学革命""新文化运动"，后者正在悄悄消失。

究竟是"新文学"，还是"五四文学"？这两个概念命名，有何不同？

"文学革命""新文学"，是在《新青年》所鼓吹的新思潮、新文化运动的潮流中诞生，它不是受了五四运动的影响而发生。

毛泽东《新民主主义论》从中国现代发展史的角度进而阐释了"五四运动所进行的文化革命"的性质与意义，并且揭示其性质："所谓新民主主义，一句话，就是无产阶级领导的人民大众的反帝反封建的文化。"①

立足五四运动在新民主主义革命史上的里程碑意义，从这一政治学角度重新整合新文化运动、文学革命、新文学史的阐释，这就是新民主主义文学史观。

新时期，中国现代文学史研究的进展，首先体现在走出了"新民主主义革命文学史"的传统框架，纠正了过往单一的政治—革命文学史观的偏颇，重新阐释发端于新文化运动的、新文学的人文主义精神和它作为中国现代文学的传统。

若名"五四文学""五四新文学""五四文学革命""五四新文化运动"，就是以新民主主义论阐释新民主主义革命文学史。

而"新文学""新文学革命"亦自有其遵循自身文化与文学规律的人文主义内涵与意义，成为中国现代文学的精神传统。这两个概念命名，虽然略有重叠，但明显自有其不同的空间与历史时间性，是不同的内涵、意义的概念命名。

"新文学""新文学革命""新文化运动"就是经典命名与自身内涵的合一。

说不尽的话题

从新文化运动落幕到今天，人们抱着不同的目的、角度和态度阐释它，众说纷纭，莫衷一是，每一种解读既是对历史的回眸，也包含着个人的困惑、追求和对历史、对未来的想象。

傅斯年认为，新文化运动是唤醒公众责任心的运动。

罗家伦提出新文化运动有三种"真的精神"：学生牺牲的精神、社会制裁的精神和民族自决的精神。

胡适认为，新文化精神可以概括为："评判的态度"，也就是尼采说的"重新估定一切价值"。这种"态度"包括四个方面的内容：一是研究当前具体和实际的问题，如伦理、文字、妇女、教育、文学等问题；二是"输入学理"，就是从海外输入新理论、新观念和新学说；三是"整理国故"，就是对我国固有文明作有系统的严肃批判和改造；四是"再造文明"，也就是"中国文艺复兴运动"。（参见唐德刚整理《胡适口述自传》）

毛泽东在《新民主主义论》《五四运动》《青年运动的方向》等文中认为："五四运动的成为文化革新运动，不过是中国反帝反封建的资产阶级民主革命的一种表现形式。""五四运动的杰出的历史意义，在于它带着为辛亥革命还不曾有的姿态，这就是彻底地不妥协地反帝国主义和彻底地不妥协地反封建主义。""五四运动是在当时世界革命号召之下，是在俄国革命号召之下，是在列宁号召之下发生的。五四运动是当时无产阶级世界革命的一部分。"

林毓生在《中国意识的危机》一书中批评"五四时期激烈的反传统主义"。陈独秀、胡适等先锋分子认为"必须在全盘否定中国传统的前提下首先进行思想革命"。林毓生认为，那时开始的全盘反传统造成 20 世纪中国与本土传统文化的决裂。林毓生提出了"传统文化的现代性转化"。

陈平原认为："我们每代人都跟五四在对话，一次次的纪念和阐释中，其实隐含了我们这一代人自己的困惑、追求和对历史、对未来的想象。诸位知道，说五四运动不仅仅是 5 月 4 日北京三千学生在天安门东交民巷等等这一个经历，而是隐含了我们所说的文学革命、思想启蒙

---

① 毛泽东：《新民主主义论》，《毛泽东选集》（一卷本），人民出版社 1967 年版，第 660、659 页。

和政治抗议这三个不同层面的问题。这种关于五四的想象，日后经过一代代中国人的不断的阐发、对话，以后加入了自己时代的一些意义，以至于今天我们所理解的五四可以说是常说常新的五四，这里面有很多意义的转移，甚至一些扭曲和变形。"(《陈平原：对话五四》，2009 年 5 月 2 日凤凰卫视《世纪大讲堂》节目)

20 世纪 90 年代以来，中国大陆与海外学术界关于新文化运动的阐释与对话，有关五四史实、新文化精神、新文化与传统文化、新文化与现代中国，形成多元思考的局面。

新文化运动，成为讨论中国现代问题的知识生长点和思想起跑线。

第一章专题讲座
朱栋霖：中国现代文学经典化
朱栋霖：现代文学史新观念1—4
商昌宝：新文化运动，何以发生？

第一章
拓展研读资料

第二章　20 年代小说

第一节　20 年代小说概述

　　20 世纪 20 年代的中国现代小说是在新文学革命的基础上发展起来的。自 1918 年开始，鲁迅在《新青年》上陆续发表《狂人日记》《孔乙己》《药》等作品，"算是显示了'文学革命'的实绩"①，并引领了现代小说创作的潮流。随后，以《新潮》杂志为中心，聚集了汪敬熙、罗家伦、叶绍钧、俞平伯等一批青年作家。其中代表作有罗家伦的《是爱情还是苦痛》，汪敬熙的《一个勤学的学生》《瘸子王二的驴》，杨振声的《渔家》，俞平伯的《花匠》等。新潮作家群的作品清新、质朴，直面社会问题，但也有简单、幼稚之弊。鲁迅有中肯的评论："自然，技术是幼稚的，往往留存着旧小说上的写法和语调；而且平铺直叙，一泻无余；或者过于巧合，在一刹时中，在一个人上，会聚集了一切难堪的不幸。"② 在这些青年作家身上，清楚地显示出中国现代小说诞生期的特征。现代小说的真正繁荣，是在进入 20 年代以后。

　　20 年代小说高扬着新文化运动时期人的解放的大旗，以摧枯拉朽之势扫荡着旧文学，巩固着新文学的阵地，崭露出自身的卓越风姿。由于 20 年代是新文学的生长发育期，年轻的作家们需要呼唤同道站在一起，拓展新文学道路，所以这一时期的文学具有明显的社团化或流派化特征。就小说而言，这一时期具有重要影响的社团或流派有文学研究会、创造社和在鲁迅影响下逐渐繁荣起来的乡土小说派，它们共同构成了 20 年代小说创作的主潮；影响相对较小但依然具有重要文学史地位的社团还有浅草—沉钟社、弥洒社、狂飙社等。

　　文学研究会呼应新文学革命以来的写实主义传统，并将新文化关于人的解放的精神具体化为为人生的创作主张。文学研究会的主要阵地是沈雁冰主编的《小说月报》。《小说月报》创刊于 1910 年，由商务印书馆发行，原是鸳鸯蝴蝶派的阵地。1921 年沈雁冰接编后全面改版，使其成为文学研究会乃至整个新文学的重要阵地。文学研究会造就了冰心、庐隐、叶绍钧、王统照、许地山等一批青年作家，推动了新文学的发展。

　　冰心（1900—1999），原名谢婉莹，福建长乐（今属福州市）人，现代著名小说家、散文

---

① 鲁迅：《且介亭杂文二集·〈中国新文学大系〉小说二集序》，《鲁迅全集》第 6 卷，人民文学出版社 2005 年版，第 246 页。

② 鲁迅：《且介亭杂文二集·〈中国新文学大系〉小说二集序》，《鲁迅全集》第 6 卷，人民文学出版社 2005 年版，第 247 页。

家、诗人。其早期小说《两个家庭》《斯人独憔悴》《去国》《庄鸿的姊姊》等作品，重点关注婚姻家庭、个性解放等问题，是问题小说的代表作家之一。另有部分小说如《一个军官的笔记》《一个不重要的军人》《一个兵丁》等，则写出了军阀混战时期军人复杂的内心世界及其悲剧命运。冰心认同文学里面应该有思想、有哲学的说法，所以她自觉地在作品中表达自己的哲学思考，这就是贯穿其作品中的爱的哲学。她认为"真理就是一个字'爱'"①，而这个"爱"包含着母爱之伟大、童心之纯真和自然之神圣，它以此来疗救青年们受伤的心，以抵御社会对人的侵害。《超人》《悟》《烦闷》等作品是这一哲学冥想的集中体现。《超人》中的何彬由尼采式的冷硬到内心充满温情，来自儿童禄儿的感染。他最终意识到："世界上的母亲和母亲都是好朋友，世界上的儿子和儿子也都是好朋友，都互相牵连，不是互相遗弃。"何彬性格的转变，生动诠释了冰心赋予其爱的哲学的强大力量，这一方面显示她浓郁的人道主义情怀，另一方面也说明她当时涉世未深，对现实的观察和理解还是较为肤浅的。冰心1931年创作的小说《分》和1933年创作的小说《冬儿姑娘》都产生了重大影响。抗战时期，在重庆以"男士"的笔名发表的纪实性散文《关于女人》，表达了她对女性、母性及其坚忍、奉献等美好品质的赞美。冰心另著有散文集《寄小读者》和诗集《繁星》《春水》等。冰心的散文语言清新流畅，秀丽典雅，感情饱满，被称为"冰心体"。其典雅、素洁而充盈着生命哲理感悟的小诗也在新诗坛上自成一格。

庐隐（1899—1934），原名黄淑仪，又名黄英，福建闽侯人，与冰心、林徽因并称"福建三大才女"，是新文学时期女作家群中优秀的小说家之一。她名列文学研究会，其创作风格带有浓郁的浪漫感伤气息，似乎更接近创造社的郁达夫。沈雁冰曾赞赏她是"'五四'的产儿"，其作品多关注现实女性的处境与命运，充分表达了女性在时代解放思潮中面临的种种情感困惑和人生歧路。其代表作《海滨故人》带有明显的自叙传特征。小说主人公露沙是作者的化身，她为了探究"人生的究竟是什么"，以致得了"哲学病"。和她一起的女高师的同学，都是一群天真烂漫、对未来抱有美好幻想的清纯女子，但涉足爱情、婚姻之后，便"不幸接二连三卷入愁海了"。新时代的女性解放思潮唤起了她们对未来的绚烂想象，而传统女性观念的遗留牵绊着她们前进的脚步。庐隐正是在这一群女子的悲剧命运中，体味着女性解放带来的时代狂欢和个体在命运抉择时无法摆脱的困顿与窘迫。长篇小说《象牙戒指》以石评梅为原型塑造了张沁珠这一形象，以哀怨诗性的笔触抒写了知识女性的爱情悲剧和难以摆脱的人生宿命。《何处是归程》《丽石的日记》《或人的悲哀》等作品，也是反复咏叹着经过新思想启蒙后的知识女性对人生意义的不懈探究及其无法破解的人生困局。女性解放无疑意味着时代的进步，但最初获得解放的女性先驱者注定要承受种种苦痛与磨难。进入30年代，庐隐创作了《火焰》《归雁》等小说，但天不假年，这位才力旺盛的女作家不幸早逝，给正在发展中的新女性文学画上了一个休止符。

女性解放催生了一大批女作家，陈衡哲、冯沅君（淦女士）、苏雪林、凌叔华、林徽因、石评梅等，她们和冰心、庐隐一起，为新文学提供了柔婉清绮的别样风景。

王统照（1897—1957），山东诸城人，字剑三，笔名息庐、容庐，现代小说家。王统照早期作品属于问题小说的范畴，以反映人生与社会诸问题为旨归，他认为："我们究竟相信文学

---

① 谢婉莹：《自由——真理——服务》，《燕京大学季刊》第2卷第1、2期合刊，1921年6月。

与人生是不能相离的。想象任其如何高妙，艺术任其如何精密，但是人是社会的动物，他的种种的思想，无论如何，是由他所处的社会的提示，激动，反映与他的。尽管变化万端，却脱不出'人生'二字的根柢。"① 在反思人生、批判社会现象的同时，王统照早期作品倾向于对爱与美的演绎与追寻，显示了青年作家的浪漫情怀。《沉思》写女优琼逸给画家当裸体模特儿，希望他能画出"一幅极有艺术价值而可表现人生真美的绘画"。但她这份纯洁的爱美之心，为社会习俗所不容。她的爱人、狡猾的官吏和艺术家为她大打出手，乱作一团。她只能一个人独自沉思："……到底我有我的自由啊！……世上的人怎么对于我这种人这么逼迫呢?"《微笑》写盗窃犯阿根被一位女犯人的微笑所感染，最终走向正途。《雪后》写孩子们在雪地上堆起的小楼，被夜里路过的军队踏成泥浆。这些作品都带有浪漫、虚幻色彩。而《湖畔儿语》是他早期最为重要的作品，通过一个儿童的口，讲述了他的母亲做暗娼的凄惨故事，写实性明显增强，但对人间爱与美的呼唤依然贯穿作品始终。随着时代的发展，王统照的创作发生着很大的变化，浪漫色彩逐渐淡化，写实性不断增强，1933 年发表的《山雨》标志着他现实主义创作风格的成熟。

文学研究会不仅提倡创作，也重视翻译和介绍外国文学作品，《小说月报》推出过"俄国文学专号""法国文学研究"等专栏，也翻译出版了大量外国文学作品，为新文学的健康发展提供了丰富的异域资源。文学研究会带有著作工会的性质，组织比较松散，1932 年《小说月报》停刊后，就停止了活动。

在 20 年代初期的文坛上，与文学研究会形成双峰并峙的是创造社。它们一个被称为人生派，一个被称为艺术派，文学观念上的明显差异，使这两大社团之间爆发过激烈论争，使 20 年代初期的文坛显得异常活跃和精彩。

创造社钟情于浪漫主义的感伤情调，在作品中注重张扬个人内心的感受。郑伯奇说："我们这个小社，并没有固定的组织，我们没有章程，没有机关，也没有划一的主义。我们是由几个朋友随意合拢来的，我们的主义，我们的思想，并不相同，也并不必强求相同。我们所同的，只是本着我们内心的要求，从事于文艺的活动罢了。"② 正是本着内心的要求的创作追求，使他们的作品带有明显的自叙传特征。1927 年，在时代思潮的驱动下，创造社向左转，提倡革命文学，成为革命文学思潮中的一支重要力量。1928 年被国民政府查封。

如果说文学研究会提倡写实主义，是秉承了《新青年》以来的创作传统，创造社为什么会高标浪漫主义？原因主要有：其一，这些年轻作家深受日本私小说影响，将内心的苦闷和压抑看作文学反映的主要内容，就使他们的作品带上了浓厚的感伤、浪漫色彩，这在郁达夫的作品中体现得更为明显。其二，创造社作家青年时期便留学日本，他们"读的是西洋书，受的是东洋气"③，内心充满个人的郁积和民族的郁积，文学创作成为他们倾诉和发泄内心苦闷的手段。其三，创造社成员都是一些志趣相投的年轻人，他们有着远大的抱负，却在现实中屡屡碰壁；他们恃才傲物，又敏感脆弱，常常自嗟自怨，这些相近的性情决定了他们文学创作的相似性。

① 王统照：《法郎士之死》，《文学旬刊》(《晨报》附刊之一种) 第 51 号，1924 年 10 月。
② 郑伯奇：《中国新文学大系·小说三集·导言》，上海良友图书印刷公司 1935 年版，第 4 页。
③ 田寿昌、宗白华、郭沫若：《三叶集》，《郭沫若全集》(文学编) 第 15 卷，人民文学出版社 1990 年版，第 140 页。

　　创造社作家在小说、诗歌、散文、戏剧等诸多领域均有突出贡献。就小说而言，郁达夫、郭沫若、张资平等人的作品，是文坛上的重要收获。

　　除此之外，创造社还有一批后起作家，其中较为有名的是周全平、倪贻德、叶灵凤等，他们的小说受郁达夫影响，多为主观抒情、感伤忏悔之作。

　　文学研究会和创造社以其迥然不同的创作风格和思想指向引领了现代小说创作的两大潮流，使新文学进入了流派竞争的发展时期。文学研究会的一部分作家追慕鲁迅，取材于乡土，揭示乡村社会的种种悲剧。在他们的带动下，语丝社和未名社的一部分青年作家也投身其中，使乡土小说创作蔚为大观，形成了乡土小说派。

　　乡土小说的兴起，标志着写实主义文学走出了问题小说的初期创作范式，进入较为成熟的新层面。问题小说在 20 年代初期固然兴盛一时，颇受时人瞩目，但问题小说本身存在着思想大于形象、能够提出问题却无力深入揭示问题更无力解决问题等缺陷，1923 年前后，问题小说热渐渐衰退，乡土小说崭露头角，写实主义小说进入了一个更为成熟的发展阶段。有代表性的乡土小说作家数量较多，主要有：浙籍作家鲁彦（1902—1944），著有短篇小说集《柚子》《黄金》等，30 年代写有长篇小说《野火》(《愤怒的乡村》)；同属浙籍的作家许钦文（1897—1984），著有小说集《故乡》《回家》等，其短篇小说《父亲的花园》颇受鲁迅好评；贵州作家蹇先艾（1906—1994），代表作有小说集《朝雾》《一位英雄》《酒家》《还乡集》等；安徽作家台静农（1903—1990），代表作有短篇小说集《地之子》《建设塔》等。

　　乡土写实小说继承了鲁迅乡土小说的启蒙主义传统，揭示闭塞的乡村世界里农民的愚昧与麻木、世故与巧滑、冷漠与势利，以及由此带来的种种人生悲剧。浙东作家鲁彦的《黄金》是这方面的代表作。陈四桥村的如史伯伯，由于家境殷实，又年事已高，在村里颇受尊重。后来由于在外面闯荡的儿子不往家寄钱，生活日渐拮据，此事在村里传开以后，人们便对他和他的家人冷眼相待、百般欺侮。如史伯母到邻居家串门，被认为是借钱，受到冷遇；女儿在学校受到同学和老师的欺凌；如史伯伯参加婚礼，因穿着灰袍被人奚落，在宴席上人家给他留了一个末座；家里的黑狗也被人打死；家里招了贼也不敢声张，一是没有钱就调不动警察，二是担心人家以为他故意说招了贼，以便赖账。如他大女儿所说："你有钱了，他们都来了，对神似的恭敬你；你穷了，他们转过背去，冷笑你，诽谤你，尽力的欺侮你，没有一点人心。"作者笔如刀锋，冷峻、犀利地剖开了乡村社会人情世态的恶痛肿瘤。同样来自浙东的许钦文和许杰（1901—1993），也将文学之刀指向了积重难返的乡土社会，许钦文的《鼻涕阿二》写一个乡间女子无论怎样工于心计、争强好胜，最终也难逃凄惨的结局；许杰的《惨雾》被评为"是那时候一篇杰出的作品"[1]，写玉溪和环溪两村村民为争一块土地的种植权而发生惨烈械斗的故事，跟鲁彦写械斗的《岔路》相近，但比鲁彦的《岔路》写得更为沉实、厚重。彭家煌的《怂恿》，台静农的《新坟》《拜堂》，许钦文的《疯妇》《石宕》，李健吾的《终条山的传说》等一系列作品，都致力于对乡间悲剧的揭露和批判，也具鲁迅式的"忧愤深广"之风。

　　乡土小说家在发掘乡土世界种种龌龊与罪恶的同时，也往往难以掩饰内心对故乡的怀恋与思念，这使某些作品带上了苦涩的乡愁。鲁迅是第一个提出"乡土文学"概念的人，他当时

---

① 茅盾：《中国新文学大系·小说一集·导言》，上海良友图书印刷公司 1935 年版，第 31 页。

就指出，这些"侨寓文学的作者"笔下，"隐现着乡愁"①。许钦文的《父亲的花园》，通过对故乡花园中一家人幸福生活的回忆，寄托着往事不再、故乡黯淡的愁思。蹇先艾的《乡间的回忆》《到家的晚上》都渗透着故乡寂寥破败、往事难堪回首的伤感情绪。他的第一本小说集的名字《朝雾》，就暗示了物易时移、人生苦短的落寞之情。

乡土写实小说对一些奇异的乡风民俗进行了细致的描绘，在揭示乡间悲剧的同时，也使作品具有了很高的民俗学价值。蹇先艾的《水葬》写了贵州当地将小偷"水葬"的残酷乡俗成规。小偷驼毛被水葬后，尚不知情的母亲每日黄昏站在门前等儿子回来。鲁彦的《菊英的出嫁》写了浙东民间奇异的"冥婚"风俗。菊英8岁夭折，10年后，母亲为她找了一门"阴亲"，陪上丰厚的嫁妆，吹吹打打地把她"嫁"出去。许杰的《赌徒吉顺》写赌徒吉顺赌博输了钱以后，按照当地"典子"的习俗，将老婆"典"给有钱人替人家生儿子。许杰的另一篇小说《出嫁的前夜》，写因婆婆身体不好，急忙娶媳妇"冲喜"的习俗。这类作品具有浓厚的乡土气息和尖锐的批判意识，是乡土写实小说中的精品。

几乎所有的乡土作家以效仿鲁迅小说的写法而走上文坛。许钦文表示："至少，他是我的私淑老师。我可以算作他的私淑弟子。"② 废名（1901—1967）则师法周作人的淡泊宁静，在乡土小说创作中走出了一条与众不同的路子，作品以《竹林的故事》负盛名。作者以清新、淡雅的文笔，描绘了乡间和谐、宁静的生活，具有牧歌情调。

在文学研究会、语丝社和未名社的部分作家将乡土写实小说推向文学史前台的时候，还有很多其他的社团、流派在奉献着他们的佳作，共同构筑起新文学的繁盛局面。其中主要有浅草—沉钟社、弥洒社和狂飙社等。

浅草—沉钟社、弥洒社无论在文学观还是在创作风格上，都近于创造社，尤其是浅草—沉钟社的作家，深受郁达夫创作的影响。与之相比，狂飙社则试图在新文学已有的风格之外另辟蹊径，显示了在艺术上可贵的探索精神。

狂飙社于1924年成立于北京，主要成员有高长虹、向培良、尚钺、黄鹏基、高歌等。1924—1925年，高长虹等人先后编辑《狂飙月刊》、《国风日报》副刊《狂飙周刊》、《弦上》周刊、不定期刊物《狂飙》等。1926年10月，他们在上海复刊《狂飙》，提倡狂飙运动，其影响不断扩大，但就文学创作而言，整体的质量不高。狂飙社汇聚了一批有才华、有锐气的年轻人，所以它早期曾得到过鲁迅的重视与支持，但后来与鲁迅关系破裂，社团成员在创作方面的成就也未能再有发展，最后淡出了人们的视野。

第二节　郁　达　夫

郁达夫（1896—1945），原名郁文，出生于浙江富阳县一个破落的书香之家，是现代著名小说家、散文家，在古体诗词创作方面也卓有成就。

1913年，郁达夫随长兄郁华负笈东瀛，次年入东京第一高等学校预科，并获得官费生资

---

① 鲁迅：《且介亭杂文二集·〈中国新文学大系〉小说二集序》，《鲁迅全集》第6卷，人民文学出版社2005年版，第263页。

② 许钦文：《伴游杭州》，《〈鲁迅日记〉中的我》，浙江人民出版社1979年版，第127页。

格。同年与郭沫若相识，成为共同爱好文学的挚友。1919
年考入东京帝国大学经济学部。1920 年娶妻孙荃。1921 年
6 月与郭沫若、张资平等人发起成立创造社；9 月回国，在
上海筹办《创造季刊》；10 月，小说集《沉沦》作为创造
社丛书之三由上海泰东书局出版，这是现代文学史上的第一
部短篇小说集。1922 年 3 月返回日本参加毕业考试，4 月获
经济学学士学位。随后以学士身份面试进入东京帝国大学文
学部言语学科，但因经济等方面的原因，于 7 月回国，正式
结束了近 10 年的留学生涯。之后郁达夫除在高校教书之外，
大部分时间和精力都用在了编辑刊物和文学创作上，成为举
足轻重的文坛名家。风流倜傥、浪漫多情的郁达夫于 1927
年与王映霞一见钟情，随即订婚，与孙荃宣告分居。1928
年与王映霞在杭州举行婚礼，居西湖风雨茅庐。此后风波迭
起，1940 年郁王离婚。1938 年，郁达夫应新加坡《星洲日
报》社电邀，参与该报副刊编务；新加坡沦陷后流亡至苏
门答腊，因精通日语被迫做过日军翻译，其间利用职务之便

文学作品都是作家的自叙传。
　　　　　　　——郁达夫

暗暗救助和保护了大量文化界流亡难友、爱国侨领和当地居民。1945 年 8 月 29 日，被日本宪
兵秘密杀害于印度尼西亚的苏门答腊岛。1952 年，中国中央人民政府追认他为烈士。

　　郁达夫的文学成就是多方面的，除小说外，其散文和古体诗词也有很高的艺术成就，在文
学理论方面，他也有多种著作问世。但最能代表郁达夫文学成就的还是小说。

　　从题材和内容来说，郁达夫小说最突出的特点是自叙传特色，他的大部分作品都直接取材
于自己的人生，他认为："至于我的对于创作的态度，说出来，或者人家要笑话我，我觉得
'文学作品，都是作家的自叙传'这一句话，是千真万确的。"[1] 把文学作品视为作家的自叙
传，并非郁达夫的首创。在西方，19 世纪的圣伯甫、勃兰兑斯等人就已提出此说；在中国，
胡适在《〈红楼梦〉考证》中也强调，《红楼梦》是一部"'将真事隐去'的自叙的书"[2]。但很
少有作家像郁达夫这样，如此执着地坚持自叙传式的写作，且将由情欲产生的复杂心理表现得
如此淋漓尽致。他的第一部小说集《沉沦》包括《沉沦》《南迁》《银灰色的死》三篇作品，都
带有自叙传性质，其中《沉沦》最有代表性。《沉沦》的主人公"他"是一位留学日本的青
年，患严重的忧郁症。在学校里，他觉得教科书味同嚼蜡，毫无半点生趣。天气好的时候，他
时常捧了一本爱读的文学书，到人迹罕至的山腰水畔，去体会一个人的孤独与凄清，便觉得自
己是一个孤高傲世的贤人，一个超然独立的隐者。与孤独伴随着的是被压抑的爱欲和情欲，他
赤裸裸地告白："知识我也不要，名誉我也不要，我只要一个安慰我体谅我的'心'，一副白热
的心肠！从这一副心肠里生出来的同情！从同情而来的爱情！"但"日本人轻视中国人，同我
们轻视猪狗一样"，这种弱国子民的心态，使他不敢接近日本女孩，便自怨自叹，只能通过自

---

　　① 郁达夫：《五六年来创作生活的回顾——〈过去集〉代序》，赵李红编：《郁达夫自叙》，团结出版社 1996 年版，第
70 页。

　　② 胡适：《胡适红楼梦研究论述全编》，上海古籍出版社 1988 年版，第 99 页。

渎来释放自己的欲望，但事后又懊悔不已。一次偶然的机会，他偷窥老板的女儿洗澡，于激动兴奋之余，又悔恨自责，便匆匆逃到凄清的梅园。他在梅园里，怨恨着自己的哥哥，感叹着自己异国飘零的身世和无爱的孤独的人生。这时候，他听到一对男女在梅林的深处幽会，更加勾起了他难以压制的欲望。晚上，他到了一家妓院，经过一夜酗酒和放纵之后，他遥望着西方的故国，走向波涛的深处，口中断断续续地说着："祖国呀祖国！我的死是你害我的！你快富起来！强起来罢！你还有许多儿女在那里受苦呢！"这最后的声音，是他饱受压抑之后的哀泣，也是一个弱国子民渴望祖国富强的悲鸣。尽管他渴望祖国富强的目的，仅仅是为了使自己能够得到异邦女子的爱情，能够满足自己对爱的渴望，但这番告白，仍然让人动容深思。

怀才不遇带来的"生的苦闷"和得不到异性之爱带来的"性的苦闷"，是郁达夫自叙传小说反复宣泄的人生情怀。《银灰色的死》中的"他"也是一位留日学生，他一边怀念着亡妻，一边无法控制自己到酒馆买色买醉，最后为了吃饭，将亡妻留下的戒指也送进了当铺。他默默地喜欢酒馆里的女招待静儿，后来听说静儿要嫁人了，他便把自己的几本旧书当掉，换来 9 元钱，给静儿买了嫁礼。之后他流落街头，因脑出血死在大街上。小说跟《沉沦》一样，充盈着无法排遣的愁苦和压抑，表现了主人公在不甘沉沦中继续沉沦、在不想放纵中继续放纵的矛盾人生，灵与肉的激烈冲突，欲望和理性的无情撕扯，被表现得很充分。这类自叙情怀的小说，一直是郁达夫创作的主要形态。他回国以后，虽然先后在多所学校任教，也多有作品发表，但愤世嫉俗之情未能稍减，其作品中的苦闷情绪依然十分浓厚。小说《空虚》（最初发表时题为《风铃》）中的质夫，日本帝国大学经济学部毕业，想回国做一番事业，但回国后发现"中国的社会不但不知道学问是什么，简直把学校里出身的人看得同野马尘埃一般的小"。相反，那些不学无术之徒则能飞黄腾达。他苦闷之余，又返回日本。在人生失意的时候，引起他回味的，依然是关于女人的故事。一年暑假，他到汤山温泉避暑。一个风雨之夜，一位独自住在隔壁的少女因为害怕，就跑到他的房间，躺在他的被子上睡去，这引起了他欲望的腾涌。待天亮少女离去之后，"质夫就马上将身体横伏在刚才她睡过的地方。质夫把两手放到身底下去作了一个紧抱的形状，他的四体却感着一种被上留着的她的余温。闭了口用鼻子深深的在被上把她的香气闻吸了一回，他觉得他的肢体都酥软起来了"。随后虽然与这位日本少女多次见面，但这位少女有她的表哥陪着，他所有的幻想都落空了。他也曾狂热地喜欢过一位女留学生，认为她有"文艺复兴时期的处女美"，但几年之后再见，发现这种美在这个女人身上彻底消失了。《青烟》中的"我"感慨地说："时间一天一天的过去了，但是我的事业，我的境遇，我的将来，啊啊，吃尽了千辛万苦，自家以为已有些物事被我把握住了，但是放开紧紧捏住的拳头来一看，我手里只有一溜青烟！"

郁达夫自叙情怀小说中的主人公，无论是"他""我"，还是质夫、伊文、文朴等，都带有作者的影子，都有着相似的气质和命运，这反映了郁达夫小说中自我形象的近似性。他们恃才傲物，鄙视社会上种种庸俗、恶劣现象，不愿同流合污，但常常怀才不遇，生计窘迫，落魄潦倒；他们"孤独、内省、敏感、自卑，愤世嫉俗，而又负载着不堪忍受的感伤"[1]；他们情感丰富，爱欲强烈，渴望着灵肉一致的爱情奇遇，但现实常常击碎他们的梦想，于是他们在痛苦中放纵自己，在酒色的沉迷中获得短暂的解脱，事后又是无尽的悔恨和自责。郁达夫笔下的这

---

[1] 杨义：《中国现代小说史》第 1 卷，人民文学出版社 2005 年版，第 534 页。

一自我形象，充分反映了现代知识分子觉醒以后面临的困境。如果说鲁迅式的"梦醒之后无路可走"是知识分子找不到出路的痛苦，那么郁达夫笔下的人物，则是梦醒之后难以生存的痛苦。前者是理想破灭、激情消失之后的精神之痛，后者是食难果腹、欲难满足的肉身之痛。这二者无高下之分，都是只有觉醒的人才能体会的现代之痛，"这是血的蒸气，醒过来的人的真声音"①，它们共同构成了初期启蒙文学的两翼，共同支撑起初期启蒙文学的大厦。

自然，郁达夫的自叙传小说无论多么贴近他自己的生活，也不能将作品中的一切情节都看作是郁达夫个人的言行。文学创作是作家在个人生活经验的基础上进行的虚构和想象，与作家的真实生活存有一定距离。

在创作自叙传小说的时候，郁达夫也有少数作品关注下层民众的生活，将个人的苦闷与社会的苦难融为一体，使这些作品具有了社会批判意义，超越了自叙传作品内容过于逼仄、有时流于重复的弊病。《春风沉醉的晚上》《薄奠》是其中的代表作。《春风沉醉的晚上》写于 1923 年，当时社会上涌动的各种思潮尤其是社会主义思潮对他产生了一定的影响，使他的思想发生了较大变化，这篇作品就反映了这一点。《薄奠》写于 1924 年，是一篇写自身陷于穷愁却富有同情心的知识者和人力车夫之间交往的作品。车夫不幸死亡，"我"买了纸糊的车去墓地祭奠车夫。面对着大街上的红男绿女，"我""心里起了一种不可抑遏的反抗和诅咒的毒念，只想放大了喉咙向着那些红男绿女和汽车中的贵人狠命的叫骂着说：'猪狗！畜生！你们看什么？我的朋友，这可怜的拉车者，是为你们所逼死的呀！你们还看什么？'"作品显示了作者对下层民众的关注和理解。

郁达夫是现代小说欲望叙事的先锋，这也是他常常为人所诟病的原因②。《沉沦》中主人公的自渎还只是一个开始，后来在《茫茫夜》中，于质夫跟吴迟生之间的暧昧程度，显然已经超过了同性之间交友的限度。到 A 地以后，于质夫难耐心中的寂寞和欲望的冲动，深夜外出寻找刺激。后来在一家小洋货店里，从一位女性售货员那里买来了旧手帕和针，作为释放内心欲望的工具。《秋柳》则对到妓院鬼混一事写得详细、具体。这类明显与社会正常伦理要求相抵触的内容，在郁达夫的作品中是很常见的。《沉沦》出版以后，曾遭受很多人的非议，周作人及时撰文予以辩护，认为它"虽然有猥亵的分子而并无不道德的性质"③。郭沫若认为："他的清新的笔调，在中国的枯槁的社会里面好象吹来了一股春风，立刻吹醒了当时的无数青年的心，他那大胆的自我暴露，对于深藏在千年万年的背甲里面的士大夫的虚伪，完全是一种暴风雨式的闪击，把一些假道学、假才子们震惊得至于狂怒了。为什么？就因为这样露骨的真率，使他们感受着假的困难。"④ 回到作品创作的年代，就会发现郁达夫小说对情色与欲望的焦虑张扬，对情欲苦闷、压抑的大胆暴露，在新文学人的解放的时代有别样意义：首先，它是作者自觉反叛封建道德、抨击虚伪礼教的叛逆精神的惊世骇俗之举，对于长期以来束缚着中国人身心的专制伦理观念是一种大胆的宣战和勇敢的挑衅。其次，这些描写，不是对性行为、性

① 鲁迅：《热风·随感录四十》，《鲁迅全集》第 1 卷，人民文学出版社 2005 年版，第 338 页。

② 唐弢曾评价说："用自然主义手法描写性爱、肉欲，势必削弱以至损害作品积极的思想内容。"唐弢主编：《中国现代文学史简编》，人民文学出版社 1984 年版，第 163 页。

③ 周作人：《沉沦》，李杭春、陈建新、陈力君编：《中外郁达夫研究文选》（上册），浙江大学出版社 2006 年版，第 3 页。

④ 郭沫若：《论郁达夫》，王自立、陈子善编：《郁达夫研究资料》（上），天津人民出版社 1982 年版，第 93 页。

活动的无意义的展览，它伴随着作者痛苦的自我解剖、自我认识，是他对于纯真爱情的向往追求以及求之而不得的结果。他的真率和坦诚的自我暴露有力地证明：人的情欲，人的天性本能，人对于异性的渴望要求，原本是自然的、正常的，而不是可耻的、罪恶的、文艺作品不可以表现的。第三，郁达夫在描写人物的性饥渴、性变态以及狎妓嫖娼时，总是不能摆脱精神上的折磨、压迫，严厉的自我谴责和良心的审判，向善的焦躁与贪恶的苦闷之间紧张的内心冲突，时有冲动而尚思克制，主人公在内心的搏战之后获得灵魂的净化与升华。《迟桂花》在淳朴美好的自然环境中呈现出人性的优美，弥漫于小说全篇的馥郁淡雅的迟桂花的香气，赋予作品纯美的诗的意境。郁达夫小说的某些篇什，笔触虽有露骨，在越轨中不失想象的奇特、用笔的清淡，赋予作品别样的审美。

郁达夫的文学创作活动开始于日本，他深受日本文学的影响，尤其当时在日本广为流行的私小说对他的影响最大，此外，俄国的"多余人"（如屠格涅夫《零余者的日记》）对郁达夫的影响也十分明显。"私小说"是日本大正年间（1912—1925）产生的一种小说形式，又称"自我小说"。这类作品重视描写个体的心理活动和欲望纠葛，不重视作品反映社会生活的深度和广度，带有心理小说的特点。日本私小说家中，对郁达夫影响最大的是佐藤春夫。郁达夫说："在日本现代的小说家中，我所最崇拜的是佐藤春夫。"[1] 佐藤春夫的《田园的忧郁》（最初发表时题为《病了的蔷薇》）是郁达夫钟爱的作品，其中的世纪末情调，深得郁达夫的共鸣。

郁达夫开创了**现代抒情小说**（或称"自我小说"）的新体式，形成了一时风气，还影响了后代不少作家，俨然自成一独具特色的文学流派。

自我的抒写。郁达夫虔信法郎士关于"文学作品都是作家的自叙传"这一断言。他的一系列小说创作具有连贯性的抒情主人公。这是一个以自我为原型，浸透着作者本人强烈主观色彩的零余者的文学形象。小说以自我的个人经验、情感生活为单纯的线索，宣泄着一己的情怀。他的小说中，既有卢梭式的自白，也有维特式的自怜，自惭、自卑与自尊、自傲相纠结，构成了时代的零余者的情感史，在当时中国文坛上展现出独特的风采[2]。作者深信透过自我心灵的观照也能折射大千世界，因为，深刻地表现人性，即能表现社会，而个人的情感体验，又最真切、最可靠。这是郁达夫的小说观，它也使郁达夫这种自我写真的小说别具真切感人的艺术魅力。

感伤的情调。郁达夫把"情调"二字视为衡量小说优劣高下的主要标准。他最喜欢的俄国小说家屠格涅夫即以感伤的抒情笔调深深吸引了他，德国施托姆《茵梦湖》的感伤抒情描写令郁达夫沉醉，具有颓废与伤感情调的英国诗人道森、王尔德的颓废与唯美主义的小说《道林·格雷的画像》、斯特恩的《感伤的旅程》，都成为郁达夫偏爱的艺术[3]。他通常不去经营情节的曲折紧张，注重抒发主人公抑郁寡欢、孤独凄清的情怀，坦诚率真地暴露和宣泄人物感伤的甚至厌世颓废的心境，因其自我的真情抒写而感染读者。

小说结构散文化。他写小说常常自由挥洒，少考虑小说的结构和章法，也极少采用复杂的叙事形式。人物的心理变化就是情节的发展过程，人物被压抑后的哀鸣就是情节发展的高潮。

---

[1] 郁达夫：《海上通信》，《郁达夫全集》第 3 卷，浙江大学出版社 2007 年版，第 61 页。
[2] 参见范伯群、朱栋霖主编：《1898—1949 中外文学比较史》（上卷），江苏教育出版社 1993 年版，第 342—348 页。
[3] 曾华鹏：《五四时期外国文化对郁达夫的影响》，《现代作家作品论集》，江苏文艺出版社 2004 年版，第 17—46 页。

《沉沦》虽无贯穿前后的情节线索，而主人公"他"的孤独感、苦闷感及感伤情调却一以贯之，形成作品内在的一种凝聚力量。现代小说中的一种新文式——自我写真的抒情小说，在他的富有创造性的实践中得以确立。

郁达夫的小说文笔流丽、清新，浸透着浓郁的感情色彩，富有节奏，一如春水行云，流动感强，笔触所到，都显出清、细、真的特色。像《迟桂花》这样的佳作，则可以说是已经进入周至老到、大巧之朴的圆熟审美之境。

郭沫若、张资平与郁达夫同为创造社主要成员，其作品是文坛的重要收获。**郭沫若**在小说、诗歌、散文、戏剧等诸多领域均有突出贡献。郭沫若小说复杂多变，特别是他写于新文化运动落潮期的小说，总是浸淫着一种苦闷求索和穷愁落魄的色彩，以《牧羊哀话》《残春》《喀尔美萝姑娘》等较为成熟，在怪诞而神秘的欲望叙事之下，表现人的情感矛盾和非理性的潜意识冲动。**张资平**（1893—1959，广东梅县人）初期的短篇小说《梅岭之春》《她怅望着祖国的田野》等有浪漫感伤的气息。张资平是一位多产作家，共有 24 部中长篇小说，5 部短篇小说集，他还为新文学史提供了第一部长篇小说《冲积期化石》（1922），这是一部带有自传性的作品，写了贫苦学生韦鹤鸣的求学和恋爱经历，对辛亥革命前后的教育界及政治和家庭制度进行了激烈的批判。从 1925 年发表长篇小说《飞絮》开始，张资平滑向了专写多角恋爱小说的深渊，终至沉溺于性爱、肉欲描写的趣味，俨然一颗"脱了轨道的星球"，虽然拥有大量读者，但也招致了鲁迅等人的激烈批评。

郁达夫作为现代浪漫抒情小说的开创者，就像鲁迅开创了现实主义小说一样，吸引了一大批年轻的追随者，形成了现代浪漫抒情小说的一脉传统。这些受其影响的作家，主要集中在创造社和浅草—沉钟社、弥洒社这些青年文学社团中。主要有创造社的倪贻德、叶灵凤、陶晶孙、叶鼎洛、周全平及冯沅君（虽非创造社成员，但其作品多在创造社刊物上发表）等，浅草—沉钟社的陈翔鹤、林如稷，弥洒社的胡山源，艺林社的刘大杰，乃至文学研究会的王以仁、滕固等。他们各具特色，其共同之处就是都受到了郁达夫现代浪漫抒情小说的影响。此后，丁玲早期的《莎菲女士的日记》也属于这一类文学作品。

倪贻德（1901—1970，浙江杭州人）《玄武湖之秋》和《东海之滨》两个集子中的小说，堪称浪漫抒情派的正宗。主人公多为画家、艺术青年，清寂失意、感觉敏锐，在怀旧中排遣感伤的情绪，富阴柔之美。强烈的自我表现与赤裸裸的真情流露，使他的小说非常接近郁达夫的风格。

陶晶孙（1897—1952，江苏无锡人）在日本有长达十五年的留学经历，所作有浓重的东洋风味。《木犀》全篇笼罩着木犀花的香气，把主人公忆念中的师生恋情写得虚幻而温馨，飘逸而甜美。《音乐会小曲》全篇分三章，以春、秋、冬三季更迭及音乐的旋律，感应人物与三位女性之间微妙的情愫，形式颇为别致。他的小说喜用"晶孙"或"无量君"为主人公命名，受日本私小说的影响颇为明显。

叶灵凤（1905—1975，江苏南京人）有《女娲氏之遗孽》《菊子夫人》《鸠绿媚》《处女的梦》等短篇小说集及长篇小说《爱的滋味》《红的天使》《未完成的忏悔录》等多种。叶灵凤小说擅写两性恋爱题材，情节扑朔迷离而结构多变，受弗洛伊德学说的影响很深，对于变态心理的描写有相当深度，尤擅剖析恋爱中的女性心理，且以明显的现代主义色彩而独放异彩。《女娲氏之遗孽》解剖有夫之妇蕙与青年学生箴相恋时的隐秘心理，丝丝入扣，"把妇人诱惑男子的步骤和周围对于他们的侧目都一步一步地精细地描写出来"①。《姊嫁之夜》写姊弟之间的幻恋，《红的天使》写多角恋爱，《落雁》写老人狎男色，《鸠绿媚》写怪诞的骷髅之恋，古今错综，真幻莫辨，至为新异，《未完成的忏悔录》写法变化多端，开阔灵活。

冯沅君（1900—1974，笔名淦女士，河南唐河人）《卷葹》《春痕》《劫灰》三个短篇小说集，显示了与文学研究会的冰心不同的女性文学风格。她崇尚主观、个性的表现，所作皆带自传性，表现了五四青年女性对爱情的大胆追求，以及家庭人伦之爱和男女异性之爱的冲突，委曲动人，别具风姿。《旅行》《隔绝》《隔绝之后》采用第一人称或书信体写法，写出现代女性在两难处境中的复杂心理，思想内涵较为丰富，笔触大胆泼辣，鲁迅称其"实在是五四运动之后，将毅然和传统战斗，而又怕敢毅然和传统战斗，遂不得不复活其'缠绵悱恻之情'的青年们的真实的写照"②。

弥洒社和浅草—沉钟社都是新文学时期典型的青年文学社团，在艺术倾向上与前期创造社相呼应，为 20 世纪 20 年代浪漫抒情文学推波助澜。

胡山源（1897—1988，江苏江阴人）有《散花寺》等小说。作为新文学时期专心写爱情小说的文学社团弥洒社的主要作家，胡山源的《电影》《三年》等篇，歌颂圣洁的爱情，描写主人公的爱情体验，并不顾及作品的结构情节，以散文化的体式而与郁达夫的抒情小说相吻合，显示了浪漫抒情小说的共同性。他的《睡》，被鲁迅赞为实践弥洒社宣言、"笼罩全群的佳作"③。

浅草—沉钟社（浅草社为沉钟社的前身，故称"浅草—沉钟社"④）的成员有林如稷、王怡庵、陈翔鹤、陈炜谟、陈学昭、冯至、邓均吾、罗石君和杨晦等。这些年轻人受郁达夫的影响很大，作品多取材于身边日常生活，重在表现人物的心理，具有明显的浪漫抒情特征，但在借鉴西方现代艺术方法方面，他们比郁达夫表现得更大胆，所以他们描写人物心理的手段也更为丰富。**陈翔鹤**（1901—1969，重庆人）的小说接近郁达夫，他的《不安定的灵魂》《西风吹到了枕边》《独身者》《茫然》《写在冬空》等，都属自叙传体的浪漫小说，常有一个名为 C 君的主人公，带着郁达夫笔下人物的穷愁潦倒、感伤迷惘，追求个性解放，在人世之丑中彰显艺术之美，有相当强烈的主观抒情倾向。**林如稷**（1902—1976，四川资中人）是浅草社的发起人，他的小说《流霰》《将过去》在创作风格上受郁达夫的影响较为明显，着力刻画人物内心的苦痛、颓丧与忏悔。"向外，在摄取异域的营养，向内，在挖掘自己的灵魂，要发见心里的眼睛和喉舌，来凝视这世界，将真和美歌唱给寂寞的人们"，"却唱着饱经忧患的不欲明言的断肠之曲"⑤。鲁迅的评价道出了陈翔鹤、林如稷等浅草—沉钟社同人小说的抒情风貌。

文学研究会中的一些成员也深受郁达夫的影响，如王以仁（1902—1926，浙江天台人）的

---

① 郑伯奇：《中国新文学大系·小说三集·导言》，上海良友图书出版公司 1935 年版。

② 鲁迅：《且介亭杂文二集·〈中国新文学大系〉小说二集序》，《鲁迅全集》第 6 卷，人民文学出版社 2005 年版，第 253 页。

③ 鲁迅：《且介亭杂文二集·〈中国新文学大系〉小说二集序》，《鲁迅全集》第 6 卷，人民文学出版社 2005 年版，第 242 页。

④ 详见秦林芳：《浅草—沉钟社研究·绪论》，《浅草—沉钟社研究》，中国社会科学出版社 2002 年版。

⑤ 鲁迅：《且介亭杂文二集·〈中国新文学大系〉小说二集序》，《鲁迅全集》第 6 卷，人民文学出版社 2005 年版，第 250—251 页。

《孤雁》《幻灭》，滕固（1901—1941，上海宝山人）的《壁画》。另外一些作品也多写主人公对异性的单相思，且多有癖性畸行，具唯美倾向。

受郁达夫影响的浪漫抒情派小说，是典型的新文学时期青春派文学（作者都是 20 多岁的青年），感伤的抒情是那个时代青春文学的主情调。他们的创作在艺术上有共同的美学特征，一如其追慕的郁达夫。

新文学的**浪漫抒情派小说**，受西方文学的影响十分明显。德国浪漫派抒情文学中，歌德的《少年维特之烦恼》、施托姆的《茵梦湖》有多种中译本，屠格涅夫的《初恋》《前夜》《父与子》也成了新文学界译介的热点，卢梭的《忏悔录》颇受浪漫抒情派文学青年的钟爱①。法国诗人果尔蒙的田园诗、英国湖畔派诗人华兹华斯咏叹大自然的诗篇、俄国浪漫派诗人普希金和英国浪漫主义诗人雪莱的诗作，都在这派作家中激起回响。那个时代追求个性解放、肯定自我价值的风气，对现状的不满和叛逆的意识，对理想的憧憬和感伤苦闷的心理波澜、忧郁浪漫的情怀，在作品中都有出色的表现。个性主义的张扬就是他们突出的精神印记，这恰好与浪漫主义相吻合。郁达夫曾称之为"殉情主义"，郑伯奇则称之为"抒情文学"②。

这类创作以浪漫主义为主，同时兼采现代主义艺术手法。他们"融合了象征主义、表现主义、未来主义等现代主义思潮"③。其小说创作受弗洛伊德泛性学说的影响，不少作品写梦、写潜意识，郭沫若的《喀尔美萝姑娘》《残春》就是按照精神分析学说来写梦。一些作家接受德国表现派的文学主张，认为艺术不是再现，而是表现，如郁达夫的《青烟》，郭沫若的《残春》《喀尔美萝姑娘》就采用了表现主义的幻影、梦境手法。

新文学时期自我写真的抒情小说更新了中国传统的小说作法，丰富了小说的体式，以独特的美学价值，为中国现代小说的发展作出了贡献。

第三节　叶绍钧　许地山

叶绍钧（1894—1988），字秉臣，辛亥革命后改字圣陶，1894 年生于江苏吴县（今苏州）一个清贫的市民家庭。他是中国现代著名小说家、语文教育家、编辑出版家、社会活动家，也是中国现代第一位童话作家。

1911 年，叶绍钧中学毕业后，因经济原因未能升学，便做了小学教员，同年开始发表诗歌和文言小说。1918 年在《妇女杂志》发表第一篇白话小说《春宴琐谭》，标志着他开始自觉地向新文学靠拢。1919 年春，叶绍钧由顾颉刚介绍加入新潮社，成为新文学阵营中的骨干力量。1921 年参与发起成立文学研究会，进入创作的丰收期。陆续出版小说集《隔膜》《火灾》《线下》《城中》等，以其题材之广、数量之多和刻画知识分子形象之独特，为时人瞩目。同时，叶绍钧还开始童话创作，《稻草人》和《古代英雄的石像》成为中国现代童话的滥觞。除

---

① 参见范伯群、朱栋霖主编：《1898—1949 中外文学比较史》（上卷），江苏教育出版社 1993 年版，第 352—355 页。

② 郑伯奇："十九世纪初期英法德俄各国平民作家那种放荡的精神，古代追怀的情致，在我们的作家是少有的。我们所有的只是民族危亡，社会崩溃的苦痛的自觉和反抗争斗的精神。我们只有喊叫，只有哀愁，只有呻吟，只有冷嘲热骂。所以我们新文学运动的初期，不产生与西洋各国十九世纪（相类）的浪漫主义，而是二十世纪的中国和特有的抒情主义。"郑伯奇：《〈寒灰集〉批评》，《洪水》第 3 卷 33 期，1927 年 5 月。

③ 范伯群、朱栋霖主编：《1898—1949 中外文学比较史》（上卷），江苏教育出版社 1993 年版，第 381 页。

文学创作之外，自 1923 年至 1937 年，他先后担任上海商务印书馆和开明书店编辑，还参与编辑《小说月报》《文学旬刊》《中学生》《文学》等杂志，因善于发现和提携青年作家，被称为文坛"伯乐"。全面抗战爆发后，他辗转武汉、成都、重庆等地，后来回到上海，继续从事编辑出版工作。叶绍钧一直关注国文教学，不仅有深入研究，还参与编写了从幼儿园到大学的国文教材，成为著名的语文教育家。

叶绍钧早期的创作属于问题小说的范畴，跟冰心、王统照有些相似，在作品中追寻着的爱与美，讨伐着现实生活的种种恶劣现象。《潜隐的爱》中的"伊"是一个极普通甚至有些蠢笨和丑陋的女孩，自小许配给陈家的第二个儿子。17 岁的时候嫁了过去，做了二奶奶。但很快她的丈夫得了肺病，三四个月以后就死掉了。伊在婆婆家守寡，过着黯淡、寂寞，既无希望也无生气的生活。一天她见到邻居家的孩子十分可爱，不觉心生爱怜，渴望着能抱一抱那个孩子。但她觉得人们都不喜欢她，所以不敢提出这个要求。一次，孩子在她跟前摔了一跤，她顺势将孩子抱起、爱抚，心里获得了极大的满足，她觉得自己和那个孩子融为了一体，"遨游于别一个新的世界"。后来孩子生病了，她去探望，看到孩子在母亲的怀里与母亲亲昵，她受到很大震撼："二奶奶坐在旁边看得呆了，全身像偶像一般，连眼皮也不动一动。然而伊比以前更了解了，彻底地了解了，这就是所谓'爱'！自己也曾亲切地尝过的。更看四周，何等地光明！何等地洁净！而己身就在这光明和洁净里！"童心与母爱像阳光照亮了年轻寡妇的黯淡的生活，让她感受到了生活的温暖。但这种爱是多么无力，它只能给伊带来一时的安慰，却无法改变她痛苦、寂寞的生活。《阿凤》中的阿凤是一个渔民的女儿，6 岁的时候父亲死了，母亲改嫁，她被送给人家做童养媳。她的婆婆动辄打骂她，让她吃尽了苦头。一天她的婆婆外出，她一个人在家里，干完家务以后，她跟孩子玩，跟小猫玩，"这个当儿，伊不但忘了诅咒，手掌，和劳苦，伊并自己都忘了。世界的精魂若是'爱'，'生趣'，'愉快'，伊就是全世界"。痛苦生活中的短暂欢娱被作者无限放大，他似乎忘记了，阿凤的婆婆一会儿就会回家来的，所有的快乐会瞬间消失。《晓行》写"我"早晨漫步于田畴之间，遇到一位车水的农夫，通过"我"与他的对话，显示了农民遭受地主盘剥的苦况。农民交不起地租，被迫投河自杀。地主邵大爷不仅没有丝毫的同情，还扬言："欠租是何等重大的罪名！他便溺死了，还是要向他的女人算！"小说透露出作者悲愤与悲悯的人道主义情绪。如果说上述作品与"问题小说"一样，总不免带上一些空幻色彩，那么这一时期叶绍钧发表的《这也是一个人》（即《一生》），是其早期最为成功的作品。小说中的"伊"15 岁出嫁，生了个儿子不到半岁就夭折了。由于不堪忍受婆婆和丈夫的虐待，她跑到城里做女佣。丈夫死后，她被婆家找回去卖了。她的父亲、公公、婆婆心里有一个成例："不种田了，便卖耕牛，伊是一条牛，——一样地不该有自己的主见——如今用不着了，便该卖掉。把伊的身价充伊丈夫的殓费，便是伊最后的义务！"在女性解放思潮高涨的时候，这篇小说无疑具有很强的情感冲击力，让人们意识到女性解放的紧迫性和必要性。

叶绍钧曾长期在中小学执教，对当时的教育状况有着深刻的观察和了解，所以他创作了大量教育题材的作品，成为现代文学史上最著名的教育小说家。《饭》写农村小学教员吴先生千方百计谋到一个小学教员的职位，但因为没有师范文凭，薪水只有 6 元；月底到学务委员家领薪水，只给了他 3 元，另 3 元欠着，却让他写了一张 10 元的收条；学务委员下来检查时，他因为买菜迟到，被当面训斥，并被扣发三分之一的薪水，欠他的 3 元就只剩下 1 元了。小说不只是揭露教育界为官者的横暴、贪婪与冷酷，也重在写吴先生的猥琐、懦弱和迂腐。《校长》写叔雅为了让自己的几个孩子受到好的教育，就费尽周折谋得一个小学校长的职位。面对教员的懒惰、学生的浮躁，他忧心忡忡。后来当地报纸登载了教员勾搭良家妇女的新闻，让他颜面扫地。他想将该教员和经常外出打牌的两位教员开除，但考虑到前任校长因开除教员而被挤走的教训，顾虑重重，最终将三位教员全部留用。这位校长有着良好的用心，是非分明，但在学校的恶劣风气面前畏首畏尾，最终在颓唐、失望中应付了事。与之相比，《城中》的丁雨生和《抗争》中的郭先生就明显多了些勇气，敢于同教育界的黑恶势力作斗争，尽管结局并不总是乐观的，但也给这类小说中沉闷的基调带来些许亮色。在有关教育题材的短篇小说中，《潘先生在难中》是最为成功的作品。小说中的潘先生听说战争来了，就携妇将雏逃往上海。又担心战事平息，学校开学，自己会丢了饭碗，就一个人偷偷跑回学校。战局依然不明朗，潘先生跑到红十字会交费做了会员，并声称愿意将自己的学校捐出来做战时妇女收容所。他的"义举"换来了一些红十字会的徽章和小旗；他将小旗插到学校门口，并将其中一个小旗插到了自己家门口；他将一枚徽章挂在自己胸前，将其余的贴身放好，准备给自己的老婆和两个儿子。二十多天以后，战事结束，他被推举撰写迎接军阀的标语。他提笔写下"功高岳牧""威镇东南""德隆恩溥"。在写"溥"字的时候，他的眼前"仿佛看见许多影片，拉夫，开炮，焚烧房屋，奸淫妇人，菜色的男女，腐烂的死尸，在眼前一闪"。心里想着战争的罪恶，手里写着歌颂军阀的条幅，潘先生虽良知未泯，但其懦弱、卑怯的性格得到了充分展示。小说有大量的细节描写：如潘先生逃难时的狼狈，为保住饭碗匆匆返回学校时的惶惑，从红十字会讨到小旗时的得意，发现战事未开后悔逃难多花了一笔费用时的懊恼，给学生写入学通知时的得意，在红房子见到局长时的局促。作者活灵活现地将一位小知识分子的灰色人生和自作聪明又苟且懦弱的性格表现得十分生动。沈雁冰十分喜欢这部作品，认为它"把城市小资产阶级的没有社会意识，卑谦的利己主义，precaution（戒备），琐屑，临虚惊而失色，暂苟安而又喜，等等心理，描写得很透彻"①。

　　叶绍钧的长篇小说《倪焕之》（1928）是其教育题材小说的集大成者，曾被沈雁冰称为初期长篇小说的"扛鼎之作"。小说主人公倪焕之怀抱着教育救国的梦想，在辛亥革命以后，与赏识他的校长蒋冰如一起，改革乡村教育，提倡游戏同功课合一，学习同实践合一，在学校里开设农场、商店、戏台。但这些改革措施触动了乡间恶霸蒋士镳（外号蒋老虎）的利益，他唆使人制造谣言，诋毁学校。蒋冰如无力对抗，只能委曲求全，教育改革无声地流产了。在这一过程中，倪焕之爱上了同校的女子金佩璋，幻想着同她一起改良中国教育。但二人结婚以后，金佩璋沉溺于小家庭生活，对教育改革事业丧失了当初的热情。倪焕之十分失望，他不无感慨地说："有了一个妻子，但失去了一个恋人，一个同志。"对教育改革和爱情的双重失望，使他离开了学校，到了上海。五四运动爆发后，他登台演讲，积极参与。现实的斗争使他意识到之前坚持教育救国的狭隘性，并逐渐意识到社会大众的力量。五卅运动爆发后，他汇入时代洪流，在游行队伍和演讲的人群中都有他的身影。尤其在革命者王乐山的引导下，他领悟到了参加社会革命的必要性。但五卅运动最终失败了，王乐山被杀，尸体被扔到黄浦江里去了。残酷的现实使倪焕之感到失望，他开始消沉，酗酒，最终死去。临死的时候他反省自己，觉得自

---

①　沈雁冰：《王鲁彦论》，《小说月报》第19卷第1期，1928年1月。

己全不中用，将来一定会有和自己全然两样的人，来完成革命的事业。倪焕之的死也刺激了金佩璋，她再次振作起来，"萌生着长征战士整装待发的勇气"。小说时间跨度长，涉及了辛亥革命、五四运动、五卅运动等重大历史事件，绵密、扎实地写出了小资产阶级知识分子从教育救国转向社会革命的思想过程，而这一过程，正是很多现代知识分子所实际经历的，因而具有重要的历史意义。茅盾准确地指出："把一篇小说安放在近十年的历史过程中的，不能不说这是第一部；而有意地要表示一个人——一个富有革命性的小资产阶级知识分子，怎样地受十年来时代的壮潮所激荡，怎样地从乡村到城市，从埋头教育到群众运动，从自由主义到集团主义，这《倪焕之》也不能不说是第一部。在这两点上，《倪焕之》是值得赞美的。"①

叶绍钧不只关注人的解放，也不只思考和揭发教育界的卑琐和龌龊，他还密切关注着中国的政治局势，并及时以文学的形式表达一个知识分子的思考和诉求。五卅运动的时候，他发表散文《五月卅一日急雨中》，成为记录这一事件的著名作品。从1927年下半年至1928年，叶绍钧连续发表多篇作品，记录血雨腥风中斗争者们的抗争精神。《冥世别》以荒诞手法描写为信仰献身的五位青年，不堪忍受阳世宣传家们的诽谤，想辞别冥世重返人间诛杀丑类的故事。他们身上带着弹孔刀痕，或将头提在手里，向冥王辞行。冥王怎样安慰和挽留，都不能改变他们的决心。小说写得元气淋漓、惊心动魄，看似荒诞不经，实则入木三分地揭露了当政者和谣言家们的血腥与无耻。《某城纪事》写北伐战争中投机分子假借革命，实行复辟的阴谋。《夜》写一对年轻革命者被杀害，他们的遗孤改易姓氏，由外婆抚养。老妇人痛恨杀人者，痛惜被杀者，决心承担起抚养遗孤的使命。整个作品在压抑、恐怖的气氛中展开情节，婴儿的啼哭与刑场上的尸血相叠加，暗示了屠杀者的暴虐和革命成功的希望。这类作品充分证明了叶绍钧虽然不是一位站在时代政治前沿的激进作家，但他也不是躲在象牙之塔不问政治的隐士，相反，他有着很强的政治敏感度，对中国革命的挫折和希望给予了充分的展示。

进入30年代以后，叶绍钧发表了《多收了三五斗》，对丰收成灾、谷贱伤农的社会进行了批判，成为这一题材领域的名作。

叶绍钧是一位严谨的现实主义作家，他的几乎所有的创作都植根于对现实生活的深入观察和思考。他长年的基础教育生涯为他创作教育小说提供了丰富的素材，而他对中国教育状况的深入思考，使其作品具有了一定的思想深度。在军阀混战期间，他到浏阳战场考察，之后创作了《金耳环》等一批反映军阀混战的作品，《潘先生在难中》也是这次考察的产物。叶绍钧作品对人物的描写扎实、细腻，特别注重通过细节描写刻画人物性格。《金耳环》先写兵痞席占魁看到女人的手臂和手臂上的金首饰而产生的冲动，后写训练的时候排长手上的金戒指引起他无限的向往："一天早上上操，排长拔出长刀来指挥，却使他非常地惊异起来。那柄刀映着朝阳，晶光闪烁不定；但是那执刀的手，发出夺目的金光，灿烂的不止一道，尤其觉得庄严且宝贵。他定一定眼睛，自觉很有把握，并不迷眩了，才向前仔细地看。'还了得，这家伙戴了这么多的戒指！无名指上也是一个，小指头上也是一个，统共是三个！'他开始发见自己的缺点了：就是指头上一个戒指也没有。他想这必须有一个才行；又想起了那些戴着戒指的粉白的手，更觉得非戴一个不可；没有戒指的手，简直不能够举起来枪托。"随后他拿着被袱去当铺，通过威胁和勒索，得了10块钱，去买了个金耳环戴在手上。他渴望着开拔，期待着"破城明

---

① 茅盾：《读〈倪焕之〉》，《文学周报》第8卷第20期，1929年5月。

取三天封刀"，可以抢一大串戒指戴在手上。但开赴战场以后，一个炮弹，就将他戴着金耳环的手炸飞了，那金戒指和金耳环的梦也烟消云散了。小说写席占魁看到排长的戒指时的惊异、回想女人手臂时的猥琐、敲诈当铺时的傲慢和渴望开拔时的焦躁，都通过一个个细节，将人物的心理表现得充分、细腻。叶绍钧的作品语言简洁、俭省、平实，其小说从不大段地铺张华丽的语言，也极少长段的抒情、独白，而是语言干净、简洁、富有表现力。作为一位语文教育家，他其实在有意识地践行语言的规范化，这使他的作品成为现代白话文的典范文本之一。叶绍钧的小说结构严谨，前后回环呼应，结尾发人深省，是典型的短篇小说结构。

许地山（1893—1941），名赞堃，笔名落花生、落华生，生于台湾台南市一个爱国志士家庭。台湾被日本占领以后，他不满 3 岁便随父迁徙，最后落籍福建龙溪。中学毕业以后，在福建漳州和缅甸仰光当过几年教员。1917 年考入燕京大学，1918 年跟瞿秋白、郑振铎合办《新社会》旬刊，1919 年参加了五四爱国学生大游行。1921 年发起成立文学研究会，在《小说月报》发表《命命鸟》《商人妇》《换巢鸾凤》等具有传奇色彩的作品，令人耳目一新。1925 年出版小说集《缀网劳蛛》和散文集《空山灵雨》，奠定了他在文学史上的地位。许地山生在一个佛教色彩浓厚的家庭，他本人对佛教也情有独钟，曾专门到印度研究过佛教；对道教、基督教，他也怀有浓厚兴趣，这使其早期作品或浓或淡地散发着宗教气息。

许地山是文学研究会的一个另类作家，他不像王统照、叶绍钧等人一样，以写实主义为创作基调，而是"扛着浪漫传奇的艺术旗帜，行进在人生派的行列之中"①。但随着时代的发展和社会形势的变化，许地山最终回归到写实主义的道路上来。所以，从传奇到写实，是许地山文学创作经历的两个阶段，前者独树一帜，后者进入文坛主流，丰富和壮大了写实主义文学的阵容。

许地山早期的浪漫传奇小说多以异国风情为背景，关注人的解放的艰难历程与女性的坎坷命运，是人的觉醒与女性解放思潮在文学中绽放的灿烂花朵。《命命鸟》是一个爱情故事，主人公敏明和加陵是缅甸佛教青年会法轮学校的同学，二人倾心相爱。但作为世家子弟的加陵，他的父亲希望他将来出家做和尚；作为俳优之女的敏明，为了随父演出而辍学。按照缅甸人的风俗，两个年轻人明显属相不合，是不能结婚的。敏明的父亲也不希望敏明嫁给加陵，便找来蛊师作法，破坏他们的爱情。此事恰被敏明撞见，计划没有成功，但敏明知道了父亲的态度，不由得心里难过，"绣枕早已被她的眼泪湿透了"。第二天早晨，敏明恍惚中进入了一个像太虚幻境一样的去处，那里"泉水穿林而流，水面浮着奇异的花草"，宛如仙境。她在一棵树上看见一对呆鸟，引路的人说那是命命鸟，敏明觉得那似乎就是她和加陵。隔着一条小溪，她看到对面一位紫衣女子先后向两位男子说着一模一样的情话，而两位男子的回答也一模一样，这让明敏大为不解。正疑惑间，一阵狂风将花瓣刮得干干净净，对面的男女立刻幻化出很凶恶的容貌，互相啮食起来，敏明吓得冷汗直流。这样的画面自然会让敏明对爱情失去信心，似乎悟出了生命的真谛。随后她将自己恍惚中闯入的仙境告诉了加陵，加陵愿意跟她一起到那个迷人的地方，然后他们手牵着手走入绿绮湖水的深处："好像新婚的男女携手入洞房那般自在。"这其实是一个血淋淋的爱情悲剧，也是一个老套的爱情故事：年轻男女相爱遭到父母反对，而双双投湖自杀。但对许地山来说，讲述故事的方式比故事本身更有意义：他用宗教的轻纱将故事包

---

① 杨义：《中国现代小说史》第 1 卷，人民文学出版社 2005 年版，第 366 页。

裹起来，不仅遮掩了故事本身的残酷性，还让人看到宗教式的博爱、顿悟和超脱，极大地丰富了作品的人性内涵。《商人妇》中的惜官把自己值钱的东西全部当掉，送做生意失败的丈夫林荫乔到南洋谋生路。丈夫临走时叮嘱，如果自己五六年不回来，就让惜官到南洋去找他。十年后，惜官到新加坡找丈夫，却被丈夫卖给了一个印度人做第六房姨太太。受尽磨难之后，印度人死了，她独自带着和印度人生的孩子，再回去找自己的丈夫，期待着丈夫能回心转意接纳她。但林荫乔因为把发妻卖给印度人，遭到当地唐人的反对，生意也难以为继，便关了店门搬到别处去了。惜官决定继续查找丈夫的下落，如果真找不到，就回到印度去，因为她已经是一个印度人了。这是一个女性的悲剧，跟五四时期女性解放思潮是血脉相通的，但许地山依然将一种宗教的人生观覆盖在这部作品之上，使主人公显示出心如止水、逆来顺受的豁达与从容。她说："人间一切的事情本来没有什么苦乐的分别；你造作时是苦，希望时是乐；临事时是苦，回想时是乐。"悲剧感被冲淡了，但作品的厚度增加了，审美效果也更为含蓄蕴藉。《缀网劳蛛》中的尚洁又是一位惜官式的人物。她本是一个童养媳，后来被长孙可望救出，便做了他的妻子。街上谣传她的作风有问题，她从不辩解。后来为了救治一个受伤的小偷，被丈夫误解为偷情，结果被丈夫扎伤肩部。之后，她一个人离家到土华岛上去生活。几年后，丈夫悔悟，接她回家。为了赎罪，丈夫离家到槟榔岛上经受生活的磨难。小说中的尚洁信奉着这样的信条："我的行为本不求人知道，也不是为要得人家的怜恤和赞美；人家怎样待我，我就怎样受，从来是不计较的。"宗教使这些女性具有了忍受苦难的能力，但苦难本身在宗教的外衣下依然能够显示出其狰狞的面目，使人体会到女性命运的悲剧性。

这些作品将东南亚的热带风光、特有的习俗和宗教氛围融为一体，诗意浓郁、情节曲折、人物性格独特，是新文学浪漫传奇小说的重要收获。

许地山的小说充满了宗教元素，如《命命鸟》开篇写敏明"坐在席上，手里拿着一本《八大人觉经》"。他们就读的学校就设在佛寺的经堂里。至于敏明恍惚中进入的幻境，更是宗教中人生解脱之后的归宿。《缀网劳蛛》中，长孙可望是在牧师的教化下意识到自己的错误的。这类描写在许地山早期作品中比较多，但这并不意味着许地山的小说就是宗教文学，因为其作品从未抽象地宣扬宗教教义，或机械地演绎宗教信条，相反，他立足世俗生活，描写普通人物，将人的解放尤其是女性解放作为作品的核心主题，以女性的悲剧命运彰显女性解放的迫切性，以女性逆来顺受的心性显示女性解放的艰难历程。所以说，许地山的小说是初期启蒙文学的重要组成部分。

许地山的创作开始于写实主义文学张扬的新文学初期，受此影响，许地山的创作风格逐渐向写实主义靠拢，并最终成为一位优秀的现实主义小说家。尤其留学回国以后，其创作风格的转变是十分明显的。1928 年在《小说月报》发表的《在费总理的客厅里》是其中的代表作。小说中的费总理看上去像是一位慈善家，而实际上做着挪用善款办自家的公司、强占有夫之妇等罪恶勾当。《街头巷尾之伦理》以速写的形式，截取了日常生活中的片段：胡同里拉着煤车在皮鞭下苦苦挣扎的骡子；除了跟洋车夫找麻烦以外一无所知的巡警；被巡警欺侮、被狗咬了一口、沿街乞讨的瞎子；靠儿孙乞讨来养活的家长；吃完中药以后，将药渣倒在街上希望行人将病带走的女人……这些片段组成了一幅日常生活的百丑图，使人看到世风的堕落和世事的冷漠、残忍。《铁鱼的腮》写知识分子怀才不遇、报国无门的悲剧。而《春桃》的发表，标志着其现实主义创作的高峰。这部一女二男式的婚恋小说，以其大胆的想象和匪夷所思的结局，揭示了人性的丰富与复杂。

　　许地山的小说创作数量不多，但其作品风格多变、文体多姿、想象奇崛、语言清丽，具有强烈的陌生化效果，是文学史上的佳构。

研 习 导 引

20 年代文学社团、流派的多样性

　　20 世纪 20 年代的文学，从其发展的形态来看，具有鲜明的社团化、流派化特征。除上面提到的众多小说流派之外，在散文方面有语丝派、现代评论派等；在诗歌方面有新月派、湖畔诗社、象征诗派等。所以，从社团、流派的角度来认识 20 年代的中国文学是一个重要的切入点。当然，这里要注意两个问题：第一，社团和流派关系密切，但并不相同。"文学社团是文人的集合体，文学流派是风格的集合体"①，社团往往是有意组建的，而流派往往是自然形成的，是"时代要求、文学风尚和作家审美追求的结晶"②。一个社团并不一定形成一个流派，而一个流派也可能涵盖着几个社团，所以不能把社团和流派混为一谈。第二，文学史教材习惯于对一个社团的基本特征进行概括，如文学研究会是写实主义，创造社是浪漫主义。这样的概括是仅仅就其主导方面而言的，不能反映一个社团内部的复杂性。像文学研究会中的庐隐、许地山的作品，就带有明显的浪漫、传奇色彩；而创造社的张资平、田汉的作品，跟郁达夫、郭沫若的作品相比就有很大不同。1928 年以后，创造社转向革命文学，对早期的风格进行全面否弃。鲁迅提醒我们："文学团体不是豆荚，包含在里面的，始终都是豆。"③ 所以在学习社团、流派的时候要避免简单化。

关于《沉沦》的争议

　　《沉沦》出版以后，尽管受到了年轻人的欢迎，但在当时的文学界受到了激烈的批评，尤其对其中露骨的性描写非议者甚多。在这种情况下，周作人撰文为之辩护，认为它反映了"青年的现代的苦闷"，"生的意志与现实之冲突是这一切苦闷的基本"④。周作人的辩护极大地提高了《沉沦》的地位，但也受到其他学者的批评。苏雪林在《郁达夫论》一文中对郁达夫进行了刻薄的批评，也顺便讽刺了为《沉沦》辩护的周作人。她认为："郁达夫的《沉沦》只充满了'肉'的臭味，丝毫嗅不见'灵'的馨香。说这部书表现灵肉冲突，也太辱没这个好名词了！……但照我的意见郁氏原来意旨实是想描写灵肉冲突，无奈对于心理学太无研究，自己一向作着肉的奴隶，对于灵的意义原也没有体会过，写作的技巧又幼稚拙劣得非常，所以成了这本非马非驴的作品。其博得好谈'性'问题的周作人的鉴赏，以至成为传诵一时的著作，

---

　　① 朱寿桐：《中国现代社团文学史论》，人民文学出版社 2004 年版，第 2 页。

　　② 严家炎：《中国现代小说流派史》，人民文学出版社 1989 年版，第 2—3 页。

　　③ 鲁迅：《且介亭杂文二集·〈中国新文学大系〉小说二集序》，《鲁迅全集》第 6 卷，人民文学出版社 2005 年版，第 264 页。

　　④ 周作人：《沉沦》，李杭春、陈建新、陈力君编：《中外郁达夫研究文选》（上册），浙江大学出版社 2006 年版，第 3 页。

实在是他意外的收获。"① 类似对《沉沦》的批评意见一直存在着。夏志清在其著名的小说史中论及《沉沦》的时候指出："作者维特式的自怜，夸张了主角对大自然的爱好和内心的苦痛，但对自杀一节，却没有好好交代。"在引述了《沉沦》结尾的几句话以后，接着批评说："这种文体暴露了最糟的矫揉造作的伤感；可是唯其感情过分激动和微不足道的行动绝不调和，《沉沦》反而让人感染到一种神经质的紧张状态，抵消了小说里的伤感气味。"② 直到 20 世纪80 年代以后，大陆学界对《沉沦》的评价趋向一致，把它看作是现代文学的经典作品，并从各种不同的角度对其进行分析和评述，使这部作品的意义和价值得到充分呈现。但这并不意味着过去人们对《沉沦》的批评就变得毫无价值。作为一家之言，那些批评《沉沦》的文章构成了《沉沦》经典化的过程。

第二章专题讲座
张全之：郁达夫《沉沦》
李永东：创造社作家的文化身份和民族认同1-3

第二章
拓展研读资料

① 苏雪林：《郁达夫论》，李杭春、陈建新、陈力君编：《中外郁达夫研究文选》（上册），浙江大学出版社 2006 年版，第 31 页。
② 夏志清：《中国现代小说史》，刘绍铭等译，香港中文大学出版社 2001 年版，第 89 页。

第三章　鲁迅

第一节　鲁迅文学道路

　　鲁迅（1881—1936），浙江绍兴人，原名周樟寿，字豫才，南京求学时学名为周树人，1918 年发表《狂人日记》时开始署名鲁迅。鲁迅出身于一个没落的士大夫家庭，少时正值家道中落，亲历"从小康人家而坠入困顿"的变故——祖父系狱和父亲病殁，作为家中长男，在这一过程中，过早体验了世态的炎凉与人情的冷暖。1898 年，带着"走异路，逃异地"的决绝，远赴南京求学，进江南水师学堂，次年转入江南陆师学堂附设的矿务铁路学堂。在南京，鲁迅开始接触维新变法思想和近代科学文化知识，严复翻译的《天演论》进化论思想对他产生深远的影响。1902 年，因学业优异被选派官费留学日本，在东京弘文学院期间，受在东京的中国革命党人反清革命活动的影响，曾参与光复会的活动。当时日本的思想言论环境对青年鲁迅产生深远影响，他开始思考国民性问题。鲁

要画出这样沉默的国民的魂灵来。

——鲁迅

迅当时关注的是三个相关联的问题："一，怎样才是最理想的人性？二，中国国民性中最缺乏的是什么？三，它的病根何在？"[1] 1904 年 9 月，鲁迅入仙台医学专门学校学医，受到藤野先生的关照，结成铭刻终生的师生情谊。大致来说，日本时期，1906 年之前，鲁迅的著述活动主要集中于科学方面，除了译述爱国主义小说《斯巴达之魂》，还翻译了几篇科幻小说，并先后写了介绍居里夫人新发现的化学元素镭的《说钿》和介绍中国地质矿产分布的《中国地质略论》。仙台学医正是科学救国之梦的延续。

　　仙台求学正值日俄战争期间，课间经常放映时事幻灯片，有一次，幻灯片上出现了这样的一幕：日军正在处决给俄国人做奸细的中国人，而围观的也是一群中国人。麻木的中国人形象深深地刺激了青年鲁迅，开始"觉得医学并非一件紧要事，凡是愚弱的国民，即使体格如何健

---

① 许寿裳：《我所认识的鲁迅》，人民文学出版社 1952 年版，第 59 页。

全，如何苗壮，也只能做毫无意义的示众的材料和看客，病死多少是不必以为不幸的。所以我们的第一要著，是在改变他们的精神，而善于改变精神的是，我那时以为当然要推文艺"①。终于决定弃医从文。就在这时，鲁迅接到母亲的信，被迫回国与朱安女士结婚。几日后，鲁迅返回东京，开展文学计划，首先是筹办文学杂志《新生》，但因提供经费的人中途离开而落空；二是在《河南》杂志发表《文化偏至论》《摩罗诗力说》等系列文言论文，针对中国近代的危机，系统阐述了立人与文学主张，发表后却没有得到任何反响；三是与周作人一起翻译出版《域外小说集》，介绍东北欧和弱小民族具有反抗精神的小说，但销路惨淡。文学计划的接连挫折，给青年鲁迅以重大打击，"凡有一人的主张，得了赞和，是促其前进的，得了反对，是促其奋斗的，独有叫喊于生人中，而生人并无反应，既非赞同，也无反对，如置身毫无边际的荒原，无可措手的了，这是怎样的悲哀呵，我于是以我所感到者为寂寞"②。"这经验使我反省，看见自己了：就是我决不是一个振臂一呼应者云集的英雄。"③ 自此之后，鲁迅逐渐陷入沉默，一直延续到北京绍兴会馆时期，时间长达近十年。

1909 年鲁迅回国，在浙江两级师范学堂任初级化学和优级生理学教员，不久回绍兴任绍兴府中学堂监学。辛亥革命爆发后，南京中华民国临时政府成立，受第一任教育总长蔡元培之邀，1912 年 2 月赴南京任教育部部员，5 月又随教育部北上北京就职，任社会教育司第二科科员，后又升任第一科科长。北京期间，鲁迅寄住于绍兴会馆，在当时压抑的政治环境下看不到中国的希望，自日本时期开始的绝望进一步加深。1912 年至 1918 年在会馆孤寂的 6 年间，鲁迅大多以钞古碑、校古书打发时间，"而我的生命却居然暗暗的消去了，这也就是我惟一的愿望"④。据鲁迅自述，《新青年》编辑钱玄同的到来打破了沉寂，钱玄同向他约稿，他以"铁屋子"的比喻加以拒绝，意思是既然铁屋子绝难打破，就不必再叫醒睡在里面的人。但钱玄同偶然提到的"希望"，又一次触动了他的反思："是的，我虽然自有我的确信，然而说到希望，却是不能抹杀的，因为希望是在于将来，决不能以我之必无的证明，来折服了他之所谓可有，于是我终于答应他也做文章了，这便是最初的一篇《狂人日记》。"⑤ 从此鲁迅打破沉默，一发而不可收，开始在《新青年》上发表小说、杂感、新诗和译作，加入以《新青年》为中心的新思想革命与文学革命，支持"新青年"，宣传新思潮。他的创作和翻译，深刻批判了中国的国民性，传达了现代思想和观念，而且以卓越的文学成就，为文学革命提供了实绩。至 1922 年，成小说 15 篇，后集为《呐喊》，并完成了《热风》里的大部分杂感，翻译了《现代日本小说集》《现代小说译丛》和《工人绥惠略夫》。同时，还在北京大学和北京师范大学等校兼课，在北京大学讲授中国小说史的讲义后来被编为《中国小说史略》出版。这些初步的成就奠定了他在现代文坛的地位。

1920 年《新青年》团体解散，鲁迅虽不是《新青年》的编辑，但对他的影响很大，"我又经验了一回同一战阵中的伙伴还是会这么变化"⑥。鲁迅加入《新青年》是在钱玄同的劝说下，

① 鲁迅：《呐喊·自序》，《鲁迅全集》第 1 卷，人民文学出版社 2005 年版，第 439 页。
② 鲁迅：《呐喊·自序》，《鲁迅全集》第 1 卷，人民文学出版社 2005 年版，第 439 页。
③ 鲁迅：《呐喊·自序》，《鲁迅全集》第 1 卷，人民文学出版社 2005 年版，第 439—440 页。
④ 鲁迅：《呐喊·自序》，《鲁迅全集》第 1 卷，人民文学出版社 2005 年版，第 440 页。
⑤ 鲁迅：《呐喊·自序》，《鲁迅全集》第 1 卷，人民文学出版社 2005 年版，第 441 页。
⑥ 鲁迅：《南腔北调集·〈自选集〉自序》，《鲁迅全集》第 4 卷，人民文学出版社 2005 年版，第 469 页。

以希望的可能性为维系的，现在连这可能性也消失了。《阿Q正传》之后，鲁迅明显加快了写作的进度，结束《呐喊》的创作，并于1922年12月作了一篇《〈呐喊〉自序》，在深深的绝望感中第一次以文字回顾了自己的经历。1923年，鲁迅又一次陷入了沉默。① 这是鲁迅两个创作高峰间的沉默的一年，这之前，是新思想启蒙高潮时期的"一发而不可收"的《呐喊》的创作，其后，开始了《彷徨》和《野草》的创作。两个写作高峰正好衬托出这一年的沉默。②

1923年，发生了对于鲁迅人生有着决定性影响的两件事。7月，周作人亲手送来一封绝交信，曾经誓言永不分离的周氏兄弟突然失和；同月，鲁迅受聘为北京女子高等师范学校讲师，接受北京女子高等师范学校的聘书，因为涉及女师大事件及许广平的爱情，走上了新的人生之路。

1924年2月，鲁迅开始《彷徨》的第一篇小说《祝福》的创作，该月一连写了4篇。在9月一个无人的秋夜，又开始《野草》的写作。打破沉默的秘密，就在《彷徨》，尤其是《野草》中。在《彷徨》中，鲁迅对自我作了深入的反省，并开始与旧我告别。在《野草》中，鲁迅把自身的矛盾全部袒露出来，通过穿越死亡，终于获得新生。

走出绝望的鲁迅以更加独立与务实的姿态面向人生。1924年，北京女子高等师范学校发生校长杨荫榆与学生之间的冲突，校方有教育总长章士钊和以陈源为代表的《现代评论》派文人的支持，要开除带头的学生，鲁迅加入支持弱者的行列，声援学生的抗议行动，这期间与章士钊、《现代评论》派展开了精彩的笔战，现实斗争使其杂文发出了更加耀眼的光彩。在共同的抗争中，鲁迅和许广平走到一起。1926年3月18日发生了段祺瑞执政府枪杀游行示威的爱国学生的惨案，女师大学生刘和珍、杨德群遇害，鲁迅震惊之余，写了《记念刘和珍君》，悼念年轻的生命，抗议军阀暴行。"三一八"惨案后，鲁迅被列入通缉的黑名单，不得不躲避起来。1926年8月，鲁迅接受了新成立的厦门大学的聘书，为了开辟新的生活，他和许广平一道南下，鲁迅赴厦门大学任教，许广平回家乡广东。

厦门的宁静使他得以休息，在教学研究之余，鲁迅写了回忆性散文《朝花夕拾》和后来收在《故事新编》中的小说《奔月》与《铸剑》。1927年1月，鲁迅接受中山大学的邀请，前往向往已久的革命中心广州，任中山大学文科教授兼教务主任。在中山大学，鲁迅公务繁忙，并支持进步学生的文艺活动。7月15日，广州爆发抓捕、暗杀共产党人的清党事件，许多学生失踪，鲁迅力主营救，遭到校方拒绝，便辞去教职，搬住校外白云楼，其间赴广州夏期学术演讲会作了《魏晋风度及文章与药及酒之关系》的著名演讲，影射当时的白色恐怖，并作《野草·题辞》，表达了对新的战斗生活的向往。

1927年10月，鲁迅携许广平来到上海，开始上海十年的生涯。1928年1月，太阳社与激进的创造社年轻成员为了提出"无产阶级革命文学"的口号，将鲁迅视为革命的障碍，围攻鲁迅。鲁迅一面与创造社、太阳社进行论战，一面系统地翻译、研究了国外马克思主义的经典论著。这次论争对于鲁迅思想的影响也是深入的，他说："我有一件事要感谢创造社的，是他

---

① 除了没有间断的日记，1923年所能见到的作品，是收入《鲁迅全集》中的《关于〈小说世界〉》和《看了魏建功君的〈不敢盲从〉以后的几句声明》两篇，以及致蔡元培、许寿裳和孙伏园三位熟人的四封信，前者收入他去世后辑录的《集外集拾遗补编》，后者收入"书信"集，皆为其生平所未亲自收集者。

② 对于鲁迅第二次沉默的论述，见汪卫东：《鲁迅的又一个"原点"——1923年的鲁迅》，《文学评论》2005年第1期。

们'挤'我看了几种科学底文艺论,明白了先前的文学史家们说了一大堆,还是纠缠不清的疑问。并且因此译了一本蒲力汗诺夫的《艺术论》,以救正我——还因我而及于别人——的只信进化论的偏颇。"[1] 1930 年 3 月,中国左翼作家联盟成立,鲁迅在成立大会上发表了讲话,对左翼作家提出忠告,此后更是热心投入对左联的指导工作。1931 年,柔石等五位左联青年作家在上海遇害,鲁迅愤而写下《中国无产阶级革命文学和前驱的血》和《为了忘却的记念》。他与共产党人瞿秋白、冯雪峰等结成了诚挚的友谊,这都对其晚年的人生选择产生了直接的影响。鲁迅还积极参加其他进步的社会活动,先后加入革命互济会、中国自由运动大同盟、中国民权保障同盟和反帝反战同盟。

杂文是鲁迅晚年的主要创作,晚年的杂文记录了鲁迅思想的发展和变化,在 30 年代的政治环境下,他不断变换笔名进行写作,杂文手法更加炉火纯青。鲁迅晚年还坚持完成了《故事新编》里的五篇小说。作为鲁迅第三个小说集,《故事新编》贯穿了鲁迅的创作生涯,显露了他作为中国最杰出的小说家天马行空的艺术创新力,记录了鲁迅晚年面对传统与现实的深刻反思。

1936 年,鲁迅的健康状况开始恶化,他写下名文《死》和《女吊》,并谢绝赴国外疗养。10 月,鲁迅病情复发,于 1936 年 10 月 19 日凌晨逝世。

1940 年 1 月,毛泽东在《新民主主义论》中评价鲁迅:"鲁迅是中国文化革命的主将,他不但是伟大的文学家,而且是伟大的思想家和伟大的革命家。鲁迅的骨头是最硬的,他没有丝毫的奴颜和媚骨,这是殖民地半殖民地人民最可宝贵的性格。"[2]

第二节 《呐喊》《彷徨》

《呐喊》《彷徨》是中国现代小说的艺术高峰。中国现代小说自鲁迅开始,又以鲁迅的创作标志这种新的文学样式的成熟。

《呐喊》收 1918—1922 年所写的 14 篇小说。《呐喊》具有充沛的反专制传统的热情,表现了文化革新和思想启蒙的特色。《彷徨》收 1924—1925 年写的 11 篇小说,写于新文化运动退潮期。鲁迅后来作《题〈彷徨〉》一诗:"寂寞新文苑,平安旧战场,两间余一卒,荷戟独彷徨。"他介绍《彷徨》说:"技术虽然比先前好一些,思路也似乎较无拘束,而战斗的意气却冷得不少。"[3]

《狂人日记》是中国现代文学史上第一篇现代白话小说,1918 年 5 月发表在《新青年》第 4 卷第 5 号,它标志着新文学创作的开端。它以"表现的深切和格式的特别"[4],从一问世就引起了巨大的反响[5]。

① 鲁迅:《三闲集·序言》,《鲁迅全集》第 4 卷,人民文学出版社 2005 年版,第 6 页。
② 毛泽东:《新民主主义论》,刊于延安《中国文化》月刊第 1 卷第 1 期,1940 年 2 月 15 日。
③ 鲁迅:《南腔北调集·〈自选集〉自序》,《鲁迅全集》第 4 卷,人民文学出版社 2005 年版,第 469 页。
④ 鲁迅:《且介亭杂文二集·〈中国新文学大系〉小说二集序》,《鲁迅全集》第 6 卷,人民文学出版社 2005 年版,第 246 页。
⑤ 吴虞曾发表《吃人与礼教》一文表示响应:"我觉得他这日记把吃人的内容和仁义道德的表面,看得清清楚楚。那些戴着礼教假面具吃人的滑头伎俩,都被他把黑幕揭破了。"吴虞:《吃人与礼教》,《新青年》第 6 卷第 6 号,1919 年 11 月。

《狂人日记》通过对一个迫害狂患者的精神状态和心理活动的描写，揭露了从家族到社会的"吃人"现象，抨击了家族宗法制度和礼教的"吃人"本质，表现了最初的现代觉醒意识。

《狂人日记》对专制制度和礼教的揭露与批判是多层次展开的。第一，揭示了狂人周围的环境，一个充满杀机的生存空间。接着通过狂人的联想，将其所处的环境扩展到中国历史和社会，引出了一个触目惊心的发现："我翻开历史一查，这历史没有年代，歪歪斜斜的每页上都写着'仁义道德'几个字。我横竖睡不着，仔细看了半夜，才从字缝里看出字来，满本都写着两个字是'吃人'！"这个发现又把历史和现实具体的肉体上的吃人，上升到仁义道德等纲常名教吃人的更深的层次。第二，尤为深刻的是，鲁迅不仅看到了统治者要吃掉被压迫者这一事实，而且还看到了被压迫者之间也在相互地"吃人"："他们——也有给知县打枷过的，也有给绅士掌过嘴的，也有衙役占了他妻子的，也有老子娘被债主逼死的；他们那时候的脸色，全没有昨天这么怕，也没有这么凶。"作为中国的被压迫者，身家性命都难以自保，但是连他们都念念不忘地想吃人，这是何等令人触目惊心！鲁迅以此揭示了民众的冷漠、残酷以及革命者何以"发狂"的悲剧的深刻社会原因。第三，"吃人"这一现象更存在于用家族血统联系起来的家庭——中国数千年宗法专制社会的基础结构——之中。作品中令人心颤的是刻画母亲吃亲生儿女的那一幕，母亲一面哭个不停，一面还是要吃，难怪作者要说"这真是奇极的事！"第四，作品对"被吃者"的描写具有尤为发人深省的思想力量，在这里，即将被吃的是一个思想高度清醒的"狂人"，已被吃掉的是一个五岁的孩子，而狼子村人吃掉的是革命者的心。吃掉了"叛逆""改革者"，将灭掉民族的希望之光、前进之力；吃掉了孩子，则灭掉了民族的未来！所以《狂人日记》的结尾，发出了"救救孩子！"的召唤。

鲁迅更深入地研究了这一残忍"吃人"现象能够存在的依据，为什么不会遭致反抗？《狂人日记》的第八节可以说是鲁迅对中国研究的精华所在，革命者与统治者的全部理论，以高度凝练的语言表现出来，字字千钧！对统治者来说，"吃人"制度的合法性就是"这是从来如此"。而一切变革者对统治者的否定也在这里："从来如此，就对么？"

《狂人日记》可以说是鲁迅小说创作的总纲。在这篇短短的小说里，鲁迅把对中国问题的全部思考集中概括地反映了出来：专制的罪恶，礼教的杀人，国民的麻木，革命者的孤寂，历史因袭的重担，现实的重重罗网，以至妇女问题，青年问题，儿童问题，都以极其震撼人心的艺术力量尖锐地提了出来，成为鲁迅其后小说创作有所侧重的主题，也成为中国现代小说后来发展过程中若干思路的源头，有的甚至一直延续到今天。

在艺术表现上，《狂人日记》冲破了传统手法，大胆采用了全新的现代创作方法，形成了独特的艺术效果。

关于《狂人日记》的创作方法，学术界曾有过不同的看法，20、30年代较多的评论者认为该小说是现实主义的作品①，1949年后一般沿用这一看法。新时期以来，一些学者认为《狂人日记》是象征主义的作品②，曾有人指认这是"中国的第一篇意识流小说"。此后有学者提出《狂人日记》是采用了"现实主义与象征主义相结合的创作方法"的观点。现实主义与象

---

① 刘大杰：《鲁迅与写实主义》，《宇宙风》第30期，1936年12月。

② 陈涌：《鲁迅与五四文学运动的现实主义问题》，《文学评论》1979年第3期；公兰谷：《论〈狂人日记〉》，《文学评论》1980年第3期。

征主义相结合，在《狂人日记》中是通过狂人这个特殊的艺术形象来实现的。狂人首先是真实的活生生的狂人，塑造这一形象用了现实主义方法。在《狂人日记》里，作家对狂人病态心理的描摹，"语颇错杂无伦次，又多荒唐之言"的思维特点和语言特点的状写，准确、真切、活脱成像。作品写到狂人的一切细节，无不切合迫害狂患者的症状。外界事物在他病态的思维过程中，由联想，经夸张以至歪曲的推理，终于成了荒谬的妄想。作品准确入微地写出了狂人的精神病态，甚至经得起精神病理学者的检查。但是，靠单纯的现实主义方法塑造出来的狂人形象，是提不出礼教吃人这一深刻思想，达不到借小说来"暴露家族制度和礼教的弊害"这一创作意图的。① 作品从反对肉体上吃人提升到揭露礼教吃人，是通过象征主义来实现的，融入了极精彩的象征性细节，尤其是巧妙地在狂人的疯话里一语双关地寄寓了象征的内涵。《狂人日记》用了两种创作方法：实写人物，用的是现实主义；虚写寓意，用的是象征主义。作品的思想性是通过象征来实现的。

《阿Q正传》是中国现代小说史上的一个杰出成就，也是最早被介绍到世界的中国现代小说。小说于1921年12月至1922年2月以笔名"巴人"在《晨报副镌》上连载。阿Q在中国几乎成了家喻户晓的人物，《阿Q正传》也被译成几十种文字在国外传播，国内外研究、评论文章众多，对它的理解和评价众说纷纭，这是作品本身的丰富性所决定的。

对阿Q形象的基本特征，学术界有过长期的论争。鲁迅说："要画出这样沉默的国民的魂灵来。"② 有人认为阿Q是辛亥革命时期落后农民的典型③；有人认为阿Q"是一种精神的性格化和典型化"④；有人认为阿Q作为一个虚构的人物，是某些具有种种消极性格的人的"共名"⑤；还有人认为阿Q是一个一步步走向觉醒的革命农民的典型⑥。

从青年时期在日本留学课间观看那部中国俘虏被斩杀示众的揪心影片开始，鲁迅终其一生都在思考国民性。鲁迅所着重描绘并批判的国民劣根性，主要有退守、惰性、巧滑、虚伪、麻木、健忘、自欺欺人、卑怯、奴性和无特操等，这些与其说是国民劣根性本身，不如说是对民族文化负面性的剖析与鞭挞。《阿Q正传》是鲁迅以小说形态全方位展开国民劣根性的集中批判的作品。"优胜记略"和"续优胜记略"两章，从静态上表现阿Q的弱势生存策略——精神胜利法，鲁迅集中揭示了诸种国民劣根性的表现：身份低微而又自尊自大是自欺，自轻自贱是退守，既自尊自大又自轻自贱则体现为巧滑、奴性，而自慰自欺必须具备虚伪、麻木、健忘的特点，畏强凌弱则为典型的卑怯，亦是奴性和无特操的典型表现。此后几章，动态展现阿Q苟活的处境。第七章"革命"和第八章"不准革命"，展现的就是阿Q式"革命"，在亢奋恍惚的臆想中，"革命"就是报复、抢东西和抢女人。"生计""恋爱"和"革命"，是阿Q的人生"欲望三部曲"。最后结局是第九章"大团圆"——阿Q的悲剧，示众枪毙，"刹那中，他的思想又仿佛旋风似的在脑里回旋了"。饿狼"两颗鬼火"的眼睛"不但已经咀嚼了他的话，并且

① 参见严家炎：《论〈狂人日记〉的创作方法》，《求实集》，北京大学出版社1983年版。

② 鲁迅：《集外集·俄文译本〈阿Q正传〉序及著者自叙传略》，《鲁迅全集》第7卷，人民文学出版社2005年版，第84页。

③ 蔡仪：《阿Q是一个农民的典型吗？》，《新建设》第4卷第5期，1951年8月。

④ 冯雪峰：《论〈阿Q正传〉》，《人民文学》1951年第6期。

⑤ 何其芳：《论阿Q》，《人民日报》1956年10月16日。

⑥ 陈涌：《论鲁迅小说的现实主义》，《人民文学》1954年第11期。

还要咀嚼他皮肉以外的东西"。这是小说高潮处的点睛之笔，鲁迅从纵深的历史与社会环境透视阿 Q 的精神悲剧。

以鲁迅国民性批判的内在逻辑整合，可以发现小说对国民劣根性批判，有其相应的深层结构。鲁迅笔下的阿 Q "有农民式的质朴，愚蠢，但也很沾了些游手之徒的狡猾"[1]。阿 Q 思想性格最突出的特点是他的精神胜利法。他能用夸耀过去来解脱现实的苦恼，用虚无的未来宽解眼前的窘迫，夸口"我的儿子会阔的多啦"！以自己的丑陋去傲视人，用自轻自贱来掩盖自己所处的失败者的地位，用健忘来遗忘所受的欺侮和屈辱。他身上有着畏强凌弱的卑怯和势利，在受了强者凌辱后不敢反抗，转而欺侮更弱小者。凭借这种可悲的精神胜利法，阿 Q 虽在实际中常常遭受挫折和屈辱，而在精神上却永远优胜，总能得意而满足。他有不少符合圣经贤传的思想，如"不孝有三"，对"假洋鬼子"的剪辫子深恶痛绝。阿 Q 是一个深受陈腐观念侵蚀和毒害，愚昧麻木的农民。

所谓精神胜利法的实质到底是什么？学者们的众说纷纭中，有一种说法比较符合鲁迅的原意。它指出，其实质是："常常设想自己处在压迫者、奴役者的地位上，设想也有力量和权力去压迫人，奴役人，而忘记自己是个被压迫者、被奴役者。"[2] 汪应果《鲁迅小说的思想内涵》提出，精神胜利法有两层含义：第一层是用自我精神上心理上取胜来掩盖事实上的失败，或者说，在现实失败面前以精神的自我欺骗来成为精神上的压迫者；第二层是当他倚仗在精神或肉体上高过对方时，他就要成为事实上的压迫者。把两者结合起来，"精神胜利法"的实质就是：一方面被人吃，一方面还总想不费气力地吃掉别人。这个不费气力，既有精神上的自欺自慰，也有向弱者实行报复的意思。[3]

阿 Q 的愚昧麻木，更突出地表现在他对革命的态度和认识上。在传统观念的影响下，阿 Q 对革命一向是"深恶而痛绝之"的，被逼到绝境时，他终于产生了"要投降革命党"的愿望，但这并不是思想上的真正觉醒。作品第七章写他躺在土谷祠里想象革命党来到未庄的情形，表明阿 Q 是带着糊涂观念来理解眼前的革命的。阿 Q 神往革命，只是为了抢点东西；他抱着狭隘的原始复仇主义，幻想着革命后可以奴役曾与他一样生活在底层的小 D、王胡们。阿 Q 的革命观，是陈腐传统观念和小生产者狭隘保守意识合成的产物。鲁迅从阿 Q 这一国民性的剖析中，真正把握住了当时国人的人生观、价值观，看出了建筑在这样民众觉悟基础上的中国革命不论打着什么旗号，都是注定要失败的。辛亥革命失败的教训，并不在于没有发动阿 Q 来参加革命，而在于正是因为中国的阿 Q 太多才遭致失败。

鲁迅痛彻地揭示和批判了阿 Q 式的革命，写出了阿 Q 至死不觉悟和他可悲的"大团圆"下场，反思辛亥革命更深层次的思想悲剧：愚昧民众糊里糊涂地参加革命，又糊里糊涂地被杀；而且可以想象，阿 Q 即使参加革命并掌握政权，他那样的落后的革命意识又将导致怎样的后果！鲁迅通过对阿 Q 的遭遇和阿 Q 式的革命的描写，深刻揭示国民劣根性顽固存在的深层历史与社会原因，反思辛亥革命归于失败的历史教训。赵太爷、钱太爷们从害怕革命、投机革命到垄断革命和镇压阿 Q，说明革命的对象仍然执掌着政权，而在革命中应获得解放的民众

---

①　鲁迅：《且介亭杂文·寄〈戏〉周刊编者信》，《鲁迅全集》第 6 卷，人民文学出版社 2005 年版，第 150 页。
②　支克坚：《关于阿 Q 的"革命"问题》，《文学评论丛刊》第 4 辑，中国社会科学出版社 1979 年版。
③　汪应果：《鲁迅小说的思想内涵》，《艰巨的啮合》，学苑出版社 1998 年版，第 16—26 页。

却再次陷入任人宰割的命运。

《阿Q正传》具有独创的艺术风格。一是外冷内热。作者将一颗火热的心埋藏在心坎里，将思想启蒙者的热情，转化为对阿Q悲剧命运的深切同情，哀其不幸，怒其不争，转化为对辛亥革命中途夭折的无比痛惜，转化为对赵太爷、假洋鬼子之流凶残暴虐、横行乡里的憎恶和鄙视，以犀利的解剖刀冷峻地解剖着一切。二是以讽抒情。鲁迅善用讽刺手法，以讽刺手法批判了阿Q的落后、麻木和精神胜利法，鞭挞了赵太爷、假洋鬼子等人的凶残、卑劣，谴责了知县大老爷、把总、民政帮办的反动实质。而其讽刺，又贵在旨微而语婉，虽无一贬词而情伪毕露。三是形喜实悲。作品展示了一出出喜剧：阿Q种种可笑的行径，未庄人的种种可笑可鄙，阿Q的衙门受审等。但在这种喜剧性场面背后都隐藏着深刻的悲剧，我们在被这些喜剧场面引得发笑的同时，又总是有一股沉重的力量，把我们的笑变成一种含泪的笑：我们在笑阿Q的精神胜利法时，不能不为国民的变态心理感到悲痛；我们在阿Q可笑地厉行男女大防和排斥异端的行径中，看到的是封建思想对人的扭曲；我们在阿Q与王胡比虱子而大逞武功中，看到了阿Q极度困窘的物质生活悲剧和极度空虚贫乏的精神生活悲剧；我们更在阿Q可笑的革命中，看到了辛亥革命没有发动群众，不被群众所理解的悲剧……这种形喜实悲的悲喜剧色彩，正是作品产生巨大艺术魅力的重要因素之一。

从《狂人日记》开始的反宗法专制的主题思路，在《呐喊》《彷徨》的其他篇什中，有不同角度、侧面的延伸扩展。《孔乙己》《白光》通过孔乙己和陈士诚的悲剧命运，揭露了科举制度的吃人本质；《明天》《祝福》通过对中国农村妇女命运的描写，深入而具体地揭示了旧礼教的吃人本质；《药》《阿Q正传》从更深的层次揭示了专制思想和愚民政策的"吃人"；《示众》写出了看客的"吃人"；即如《高老夫子》《肥皂》等作品，又何尝不是写出了旧伦理道德的陈腐虚伪同样在"吃人"？鲁迅在《狂人日记》中所揭露的宗法专制制度和思想"吃人"的总主题，几乎贯穿在《呐喊》《彷徨》的每篇小说中。

在《呐喊》《彷徨》中，农民题材的小说占有重要的位置。鲁迅对中国农民的命运是深切同情的，能看到农民所遭遇的苦难，也洞察他们的弱点与病态，当然也更理解造成他们精神上病弱的社会原因和历史原因。在创作中，一方面，鲁迅把中国农民放在中国农村社会各种现实关系（经济、政治，尤其是文化心理和意识结构等）中加以再现，从而展现了一个辛亥革命时期未经彻底变革的农村的落后和闭塞的典型环境；另一方面，鲁迅着力塑造在这样一个典型环境中生存、挣扎的中国农民的典型性格，把解剖灵魂和改造"国民性"问题联系起来，从而通过对农民性格中的愚弱、麻木和落后的批判，导向对造成这种性格的社会根源的揭露和批判。在这方面，《阿Q正传》堪称代表，其他如《药》《风波》《故乡》等也是如此。《药》通过清末革命者夏瑜惨遭杀害，而他的鲜血却被愚昧的劳动群众"买"去治病的故事，真实地揭示了华老栓们的无知、迷信，既是落后、愚昧的民族社会生活的反映，也是辛亥革命失败的原因之一。《风波》通过发生在乡场上的一场因"皇帝又要坐龙庭"而引起的复辟与剪辫风波，揭露了辛亥革命后中国农村的停滞、落后和农民的贫困、愚昧与精神麻木。《故乡》中，最震动人心的还不仅是闰土的贫困，而是一声"老爷"中所显示的精神的麻木，以及在无出路之中把命运寄托于香炉和烛台的迷信和愚昧。鲁迅所表明的是这样一个思想认识：中国必须有一场深刻而广泛的思想革命，这个革命的主要任务是清除以农民为主体的广大社会群众中根深蒂固的专制势力的影响。①

在鲁迅的农民题材小说中，《明天》《祝福》《离婚》等是以反映农村妇女命运为内容的作品，在这些作品中，鲁迅对传统社会中妇女的命运寄予深切的同情，更揭示了造成她们悲剧命运的精神的与制度的原因。《明天》中，单四嫂子的不幸不仅在寡妇丧子，更重要的是她周围的人对于受苦人的冷漠以及她处在这样的氛围中不得不承受的精神上的孤独和空虚。《祝福》通过祥林嫂的悲剧命运，一方面批判了造成其悲剧的传统宗法与礼教绳索编织成的严密的网，另一方面也把谴责的笔指向了祥林嫂周围的一大群麻木的群众，他们和祥林嫂同属受压迫剥削的劳动者，然而偏偏又是他们维护着三纲五常，并用统治阶级的观念审视、责备、折磨着祥林嫂。《离婚》写出了爱姑外表的刚强泼辣，敢于反抗，但同时也挖掘出了其灵魂深处的软弱。

《在酒楼上》《孤独者》《伤逝》，是《彷徨》的重要篇什，它们的存在，使《彷徨》显出了不同于《呐喊》的强烈的自我色彩。《彷徨》如题，表达了在绝望中寻找不到出路的苦闷状态。通过《彷徨》，鲁迅寄托了个人在绝望中的自我情绪，进行了深刻的自我反思，并通过对自我结局的悲观预测，试图向旧我告别。鲁迅有大量以知识分子为题材的小说，有以深受封建科举制度毒害的下层知识分子为主人公的《孔乙己》和《白光》，有以封建卫道士为讽刺对象的《高老夫子》和《肥皂》。但鲁迅着力描写，并倾注了更多艺术心血的，是那些在寻找出路，彷徨、苦闷与求索的知识分子，他们是一些具有一定现代意识，首先觉醒，然而又从前进道路上败退下来，带有浓重的悲剧色彩的人物，如《在酒楼上》中的吕纬甫、《孤独者》中的魏连殳、《伤逝》中的子君与涓生，鲁迅着重揭示他们的精神悲剧，也深刻剖析自我的精神危机。

《在酒楼上》中的吕纬甫曾经是一个富有朝气的青年，敢于议论改革，到城隍庙去拔神像的胡子。可是十多年后却锐气尽消，变得迂缓而颓唐。《孤独者》中的魏连殳曾经是一个使人害怕的"新党"，在世人的侮辱、诽谤中，他孤独地挣扎着。祖母之死，敲响了魏连殳的丧钟，整篇小说写的就是他的死亡过程。魏连殳写给"我"的唯一也是最后一封信，显现了一种复杂的死亡逻辑，不是立即自杀，而是"躬行我先前所憎恶、所反对的一切"——在精神上杀死自己，让无意义的肉体暂时存活下来。魏连殳如此选择自己的死亡方式，推测其因，一是他说的"偏要为不愿意我活下去的人们而活下去"；二是有意延缓死亡过程，让一个清醒的自我看着另一个自我慢慢走向灭亡，更接近自残与自虐。

《伤逝》与《孤独者》的写作日期，同署为 1925 年 10 月，是鲁迅于结集前尚未公开发表的两篇小说。《伤逝》以涓生的手记的形式，通过带有忏悔情调的独白，讲述了涓生与子君的爱情悲剧。《伤逝》中涓生和子君的爱情悲剧成因，究竟是客观抑或主观？历来有不同看法。从社会等客观原因看，在广大的社会群众实现广泛的思想启蒙和社会解放之前，知识分子想要单独实现他们的理想是不可能的。但作品对造成悲剧主观原因的揭示同样是深刻的：导致二人分手的，不是生活的艰难本身，而是面对爱情的态度。这也是小说精神聚焦所在。这对五四时期勇敢地冲出旧家庭的青年男女，由于他们把争取恋爱自由看作是人生奋斗的终极目标，眼光局限于小家庭的安宁与幸福，缺乏更高远的社会理想来支撑他们的新生活，这使他们无力抵御

---

①　参见王富仁：《中国反封建思想革命的一面镜子——〈呐喊〉〈彷徨〉综论》，北京师范大学出版社 1986 年版，第11—93 页。

社会经济的压力，爱情也失去附丽，结果，子君只好又回到顽固的父亲身边，最后凄惨地死去，而涓生则怀着矛盾、悔恨的心情，去寻找新的生活。鲁迅较早地提出了个性解放的知识分子历史命运与道路的主题。《伤逝》，似乎也是鲁迅在作出个人生活的重大抉择时，对未来结果的一种悲观预测。面临人生重大转折时的自我预测，更是自我总结和自我清算，在作出悲观的预测后，作者也开始与旧我告别。①

　　《故事新编》是鲁迅的第三部小说集，写作时间几乎贯穿其白话小说创作的始终，收 1922 年至 1935 年所作小说 8 篇，1936 年出版。第一篇《补天》，原名《不周山》，是 1922 年所作，最先收入《呐喊》，《铸剑》（发表时初名《眉间尺》）和《奔月》1926 年写于厦门，剩下的 5 篇作于上海，《非攻》作于 1934 年，《理水》《采薇》《出关》《起死》作于去世前一年的 1935 年。《故事新编》是以古代神话、历史与传说为题材的小说，但对于是否属于历史小说，一直存在争议，鲁迅在谈到这部小说集时说："对于历史小说，则以为博考文献，言必有据者，纵使有人讥为'教授小说'，其实是很难组织之作，至于只取一点因由，随意点染，铺成一篇，倒无需怎样的手腕。"② 没有明确说它不是历史小说，但又有意将其与一般意义上的历史小说分开，强调其"随意"性，并且一再提到小说中存在"油滑"之处。所谓"油滑"，就是将现代人、事与语言穿插进古代故事情节之中，古今杂糅，随意调侃。对于"油滑"，历来也有争议，鲁迅谈到它时似乎有所不满，但同时又说"不过并没有将古人写得更死，却也许暂时还有存在的余地的罢"③。有人同意鲁迅所说的"油滑是创作的大敌"④，有人又认为"油滑"恰恰是小说的创新所在⑤。

　　鲁迅说创作《不周山》（《补天》）时，"是想从古代和现代都采取题材，来做短篇小说"⑥，《不周山》收入《呐喊》，如果联系到《呐喊》中几乎都是现实题材的作品，那么，从古代取材的《不周山》有可能是鲁迅有意拓展新的小说题材的一次尝试。《不周山》重写女娲补天的神话传说，意在以弗洛伊德的学说来解释人与文学创造的缘起，《铸剑》借干将莫邪为楚王铸剑的历史传说，写黑色人替眉间尺为父报仇，《奔月》糅合嫦娥奔月和后羿射日的神话传说，写嫦娥离弃后羿的奔月故事，《铸剑》中的复仇情结与《奔月》中的个人隐忧，分明有与《彷徨》相似的自我色彩。而写于晚年的最后 5 篇，取材于历史传说，涉及儒、墨、道诸家，小说对中国思想传统的回顾，寄托着鲁迅晚年对于中国思想传统的总结性反思，以及面对现实试图在传统中寻找积极资源的努力。作为以神话、历史与传说为题材的小说集，《故事新编》具有许多创新之处，一方面，它在本事与具体情节上都有历史的依据，另一方面，它又不局限于历史本身，而是有更高的真实性追求，这表现在个人情感的真诚投入，即作者说的认真，如《铸

　　① 有学者提出，《伤逝》中，鲁迅借助复杂的"隐含作者"，指向了自我的一个极为隐深的反思层面。
　　② 鲁迅：《故事新编·序言》，《鲁迅全集》第 2 卷，人民文学出版社 2005 年版，第 354 页。
　　③ 鲁迅：《故事新编·序言》，《鲁迅全集》第 2 卷，人民文学出版社 2005 年版，第 354 页。
　　④ 鲁迅：《故事新编·序言》，《鲁迅全集》第 2 卷，人民文学出版社 2005 年版，第 353 页。
　　⑤ 王瑶的《鲁迅〈故事新编〉散论》（《鲁迅研究》1982 年第 6 辑）认为"油滑之处"的运用，明显地有使作品整体"活"起来的效果，有助于使古人获得新的生命。刘铭璋的《关于〈故事新编〉的"油滑"问题》（《衡阳师专学报》1982 年第 4 期）、王黎的《卓越的讽刺历史小说——〈故事新编〉是鲁迅创造的新文体》（《河北师大学报》1884 年第 1 期）、龚剑祥的《如何理解〈故事新编〉的油滑之处》（《广州师院学报》1984 年第 1 期）、周成平的《论〈故事新编〉中的油滑》（《江苏教育学院学报》1988 年第 2 期）等都肯定了"油滑"手法的新意。
　　⑥ 鲁迅：《故事新编·序言》，《鲁迅全集》第 2 卷，人民文学出版社 2005 年版，第 353 页。

剑》与《奔月》，也表现在将古今打通，揭示基于历史与人性基础上的真实性，即古今杂糅的"油滑"的运用。尤其是在晚年写的 5 篇小说中，杂文手法的大量运用，使其成为杂文化的小说，浩茫与通脱的创作心态，展现了天马行空的艺术创造力。

鲁迅小说标志着中国现代小说的建立，并成为 20 世纪中国现代小说的杰出范式。鲁迅小说的现代性，不仅在于成熟的现代白话语言以及现代小说格式，而且更深刻地体现在现代小说意识上，不仅具有 20 世纪西方现代文学所共有的现代质素，而且创造性地表现了 20 世纪中国文学现代性的特色。

当新文学初创期的白话文学语言尚处于稚嫩的尝试中，鲁迅的《狂人日记》等小说一出现，就以精确省净的现代白话语言，创立了成熟、完美并具有鲜明个人风格的文学语言世界。其精确，体现在语法结构上对西方文学语言的借鉴，鲁迅以长期翻译外国小说的语言经验，在语法结构上吸取外语语法的精确性，潜在地改造了中国现代白话文学语言的内在构造；其省净，则吸取了传统文言、日常口语甚至中国传统艺术的某些长处。鲁迅小说塑造人物笔墨省净，又能入木三分，写人状物多用白描与"画眼睛"法，继承了中国艺术重在写意传神的传统，"极省俭的画出一个人的特点"①，"显示灵魂的深"②。

鲁迅是中国现代小说形式的最早探索者和先锋，茅盾当年就评说："鲁迅君常常是创造'新形式'的先锋；《呐喊》里的十多篇小说几乎一篇有一篇新形式，而这些新形式又莫不给青年作者以极大的影响，欣然有多数人跟上去试验。"③《狂人日记》的成功不仅在于它是白话的，而且在于其创造性的象征模式，是中国第一篇真正意义上的现代性小说。《孔乙己》的旁观者限知叙事视角的运用、《药》的明暗双线结构、《阿Q正传》的典型化与理念化的成功结合等，每一篇都有独到的匠心。而此后的两部小说集中，《彷徨》对中国传统小说表达技巧的借鉴、《故事新编》天马行空的创造力，则更为丰富地展现了鲁迅小说文体的现代创新。鲁迅小说艺术风格多样。《呐喊》的冷峻、深刻，《彷徨》的蕴藉、深沉，《故事新编》的天马行空，显示了鲁迅作为一个思想型与艺术型的小说家，总能找到思想与艺术之间的最佳融合点。

鲁迅是中国现代文学史最具深刻性、原创性的文体意识的小说家。鲁迅在创作《狂人日记》前十年，弃医从文时就确立了全新的文学观念，并通过对外国小说的翻译和对传统小说的长期研究，积累了丰富的经验。鲁迅的文学观念，既自觉远离中国固有的以文学为游戏和消遣之工具，及"文以载道"、以文学为治化之助的实用文学观，也不同于晚清传入的以审美为唯一目的的西方纯文学观，而是将文学视为参与现代变革的一个终极性的精神立场和独立行动，并能通过强大的感染力传达给需要精神振拔的国人。人的精神现状及其存在的问题，始终是鲁迅小说关注的重点。《彷徨》对绝望期的自我精神世界的深层挖掘，则空前展示了小说精神世界的复杂性和深度。对内在精神世界的关注，不仅是现代小说观念的体现，而且是鲁迅以小说参与中国现代变革的方式。以文学启蒙民众，移人性情，改良社会，始终是鲁迅小说的目

① 鲁迅：《南腔北调集·我怎么做起小说来》，《鲁迅全集》第 4 卷，人民文学出版社 2005 年版，第 527 页。
② 鲁迅：《集外集·〈穷人〉小引》，《鲁迅全集》第 7 卷，人民文学出版社 2005 年版，第 105 页。
③ 雁冰（茅盾）：《读〈呐喊〉》，《文学周报》第 91 期，1923 年 10 月 8 日。

的。① 鲁迅小说对精神世界的深度关注、批判、自我反思，以及因此而对复杂多样小说构型的追求，都与这一具有 20 世纪中国特色的文学观念息息相关。鲁迅小说展现了以文学积极参与历史与干预现实的文化品格，成为 20 世纪中国文学艰难转型的丰富见证或痛苦"肉身"，提升了我们对文学的理解。

鲁迅从小就喜欢阅读中国古典笔记与小说，后来更是全面地接触和研究过中国古典小说，他先后辑录了《古小说钩沉》，著述了《中国小说史略》《中国小说的历史的变迁》等。鲁迅对《儒林外史》的"指摘时弊"、"抨击习俗"、"洞见所谓儒者之心肝"、不饰一辞而"情伪毕露"等优长给予赞誉②；他高度评价《世说新语》在人物描写上的成就，认为作品使"魏晋人的豪放潇洒的风姿，也仿佛在眼前浮动"③。鲁迅对唐传奇的"文采与意想""叙述宛转，文辞华艳"等特点极为赞赏，称之为"唐代特绝之作"④。鲁迅更从《红楼梦》中看到了它打破"传统的思想和写法"的示范作用："敢于如实描写，并无讳饰，和从前的小说叙好人完全是好，坏人完全是坏的，大不相同，所以其中所叙的人物，都是真的人物。"⑤ 从鲁迅小说所坚守的如实描写、抨击时弊和洞察世相的清醒的现实主义精神，从鲁迅小说描写的凝练，白描手法的运用，对人物形象的传神勾勒，富于抒情性和长于讽刺性等方面，都可以体察到鲁迅小说和中国古代小说的深刻的内在联系。这是形成鲁迅小说民族性特点的重要原因。

鲁迅小说创作还受俄罗斯文学、东欧弱小民族文学与日本文学等外国文学的影响。俄罗斯作家果戈理、契诃夫对小人物、灰色人物的病态心理的现实主义刻画以及"哀其不幸，怒其不争"的人道主义创作思想给鲁迅以深刻启悟。波兰作家显克微支"寄悲愤绝望于幽默"的思想风格，俄罗斯作家安德列耶夫的"阴冷"、阿尔志跋绥夫的心理刻画，日本作家夏目漱石幽默讽刺的"轻妙笔致"，被鲁迅融进小说创作中。鲁迅欣赏陀思妥耶夫斯基对病态心理的挖掘，"显示着灵魂的深"，是"高的意义上的写实主义者"⑥。鲁迅还接受过有岛武郎的"爱幼者"进化观念与爱罗先珂式的博爱思想，翻译了日本厨川白村建构于弗洛伊德精神分析学的《苦闷的象征》。鲁迅以拿来主义的态度，形成了独具特色的现代现实主义小说艺术。

鲁迅的小说以其深刻的思想和精湛的艺术，深远地影响着中国现代小说以至整个新文学的发展。

研 习 导 引

说不尽的阿 Q 形象

《阿 Q 正传》一问世，阿 Q 形象及其典型的内涵就引起关注。1922 年，周作人在《阿 Q

---

① 鲁迅晚年谈到为什么做起小说："说到'为什么'做小说罢，我仍抱着十多年前的'启蒙主义'，以为必须是'为人生'，而且要改良这人生。"鲁迅：《南腔北调集·我怎么做起小说来》，《鲁迅全集》第 4 卷，人民文学出版社 2005 年版，第 526 页。

② 鲁迅：《中国小说史略》，《鲁迅全集》第 9 卷，人民文学出版社 2005 年版，第 228—231 页。

③ 鲁迅：《且介亭杂文·病后杂谈》，《鲁迅全集》第 6 卷，人民文学出版社 2005 年版，第 168 页。

④ 鲁迅：《中国小说史略》，《鲁迅全集》第 9 卷，人民文学出版社 2005 年版，第 73 页。

⑤ 鲁迅：《中国小说史略》，《鲁迅全集》第 9 卷，人民文学出版社 2005 年版，第 348 页。

⑥ 鲁迅：《集外集·〈穷人〉小引》，《鲁迅全集》第 7 卷，人民文学出版社 2005 年版，第 105、106 页。

正传》一文中说："阿 Q 这人是中国一切的'谱'——新名词称作'传统'的结晶，没有自己的意志而以社会因袭的惯例为其意志的人。"雁冰（茅盾）在《读〈呐喊〉》中说："作者的主意，似乎祇在刻画出隐伏在中华民族骨髓里不长进的性质——'阿 Q 相'。"

1951 年，冯雪峰在《论〈阿 Q 正传〉》中认为："阿 Q，主要的是一个思想性的典型，是阿 Q 主义或阿 Q 精神的寄植者；这是一个集合体，在阿 Q 这个人物身上集合着各阶级的各色各样的阿 Q 主义，也就是鲁迅自己在前期所说的'国民劣根性'的体现者。"[①] 1956 年，何其芳在《论阿 Q》一文中，一方面认为阿 Q 是"一个具体的活生生的人物"，"一个个性非常鲜明的典型"，另一方面，又用"共名"说来解释阿 Q 典型的影响力。

1956 年，毛泽东在《论十大关系》中谈到《阿 Q 正传》，说："鲁迅在这篇小说里，主要是写一个落后的不觉悟的农民。""他专门写了'不准革命'一章，说假洋鬼子不准阿 Q 革命。"陈涌认为："农民，在鲁迅的实际表现里，证明是中国革命在农村里的真正的动力。"（《论鲁迅小说的现实主义》）

王富仁提出：《阿 Q 正传》的深刻之处恰恰在于，它是把阿 Q 视作辛亥革命之所以失败的最关键的因素。阿 Q 的根本精神弱点在于"缺乏自我意识和个性的自觉，在外部表现上便是对传统封建制度和封建思想现状的消极适应性"，"精神胜利法""在无法改变自身实际社会地位的时候，以被动忍耐的方式适应被压迫、被蹂躏的悲惨处境"（《中国反封建思想革命的一面镜子——〈呐喊〉〈彷徨〉综论》）。1999 年，汪卫东在《鲁迅国民性批判的内在逻辑系统》中认为，《阿 Q 正传》是鲁迅国民性批判的小说表达，整体性地展现了其国民性批判的内在逻辑结构。1993 年，刘禾在《一个现代性神话的由来：国民性话语质疑》中认为，鲁迅的国民性批判话语来自西方传教士对中国人的偏见性描述。

第三章专题讲座
李怡：作为文学的《狂人日记》1-2
李今：重读《伤逝》——一个反讽角度 1-2
汪卫东：两次绝望与文学行动——重识鲁迅及其文学 1-4

第三章
拓展研读资料

---

① 冯雪峰：《论〈阿 Q 正传〉》，《人民文学》第 4 卷第 6 期，1951 年 11 月。

第四章 20 年代新诗

第一节 20 年代新诗概述

中国古典文学史在某种意义上是诗学演变、发展的历史。晚清黄遵宪、梁启超倡导诗界革命，动摇了传统诗学观念，开启了中国诗学现代化的序幕。

20 世纪初期，在先期觉醒的知识分子那里，人的观念发生变动，人逐渐从封建桎梏中解放出来，平民意识不断加强，人的自然天性受到尊重，平民而非贵族、自然而非"天理"，构成人的观念建构的基本取向与立场。中国诗歌便发生了相应的转换。

1916 年前后，胡适受宋诗影响，提出了"作诗如作文"的诗学观念，希望以自由之文破除传统诗歌种种清规戒律对诗情的束缚，要求以白话诗取代文言诗词。后来，他又提出"诗体的大解放"口号，要求"把从前一切束缚自由的枷锁镣铐，一切打破：有什么话，说什么话；该怎么说，就怎么说。这样方才可有真正的白话诗"①。周作人、傅斯年、康白情、沈尹默、刘半农等起而响应，提倡诗歌的自然之美，以破除贵族对诗歌的垄断，还诗于平民。1917 年《新青年》第 2 卷第 6 号刊出胡适的《白话诗八首》，它是新诗最初的尝试之作。此后不久，沈尹默、周作人、陈衡哲、俞平伯、罗家伦、傅斯年、康白情、刘半农，以及陈独秀、李大钊、鲁迅等人，在《新青年》《新潮》《星期评论》《少年中国》《学灯》《觉悟》上发表了一批初期白话新诗。

胡适是中国新诗最初的倡导者与探索者。1916 年，他在美国就接触到欧美诗坛上的意象主义运动，认同其形式上追求具体性、运用口语等主张。他认同意象派诗人庞德关于诗歌要靠具体意象的主张，提出写"具体性""能引起鲜明扑人的影象"的"新诗"，倡导新诗运动②，以白话写诗。1920 年 3 月，他将自己的诗歌在上海亚东图书馆结集出版，题名为《尝试集》③，两年内销售一万册，可见当时影响之大。《尝试集》中的作品，如《威权》《蝴蝶》《一颗遭劫的星》《双十节的鬼歌》《上山》《鸽子》《新婚杂诗》等，或针砭时弊，或表现对自由爱情的向往，或反映个性解放的时代精神，或表达对劳动人民的人道主义同情，或状写自然、抒说友情等。

---

① 胡适：《〈尝试集〉自序》，《胡适学术文集·新文学运动》，中华书局 1993 年版，第 381 页。

② 胡适：《谈新诗》，《星期评论》，1919 年 10 月 10 日。

③ 1922 年 10 月，他重加增删，附《去国集》，共存诗词 64 首。陆游曾说"尝试成功自古无"，胡适反其意而用之，改为"自古成功在尝试"，其诗集因此命名为《尝试集》，以鼓励大家试作新诗。

在诗体上,《尝试集》中有许多未能脱尽旧体诗词影响的半文半白的作品。《尝试集》的价值正如后来陈子展所言:"不在建立新诗的轨范,不在与人以陶醉于其欣赏里的快感,而在与人以放胆创造的勇气。"①

与那一时期的人学观念相关,**初期白话新诗**敢于说真话、道真情,在题材、主题上摆脱了旧诗帝王将相、才子佳人的狭窄范围,广泛抒写社会现象和人生问题,实现了从"向上"到"向下",从求少数人的穷通利达到为人生、为平民的转变。刘半农的《相隔一层纸》《学徒苦》等诗揭露了贫富不均的社会现实。刘大白的《卖布谣》《田主来》等诗反映了农民的贫苦生活,揭露、控诉了剥削阶级的贪婪横暴。沈尹默的《人力车夫》、康白情的《棒子面》等诗表现了知识分子对下层人民的人道主义同情。刘大白的《劳动节歌》、康白情的《女工之歌》、刘半农的《铁匠》等诗歌颂了工人创造世界的精神。黄琬的《自觉的女子》、沈玄庐的《十五娘》等诗从婚姻、爱情视角揭露了封建制度的罪恶。胡适的《老鸦》《鸽子》,沈尹默的《月夜》,俞平伯的《菊》以及周作人的《小河》等诗表现了对个性解放、自由的向往与追求。

在艺术上,初期白话新诗勇于尝试。胡适创造了以通俗明白为主要特征的"胡适之体"。刘半农的《教我如何不想她》讲求押韵,并以自然音节契合流淌的诗情,婉转悦耳。康白情的《草儿》借音乐一鸣惊人,而他的写景诗、记游诗以白话描写色彩、摹写声音,洗尽传统诗人的脂粉气。当时不少诗人从民间歌谣吸取新诗资源,刘半农的《瓦釜集》(1926 年 4 月)是用江阴方言创作的民歌体新诗,刘大白《旧梦》(1924 年 3 月)中的《卖布谣》《田主来》等诗具有古乐府民歌的特点。

然而,初期白话新诗处于新诗的初创阶段,总体看来相当幼稚。许多作品所表现的人道主义往往是浅薄的,如胡适的《人力车夫》虽展示了人力车夫的苦况,却未能揭示其背后深刻的政治、经济原因;刘半农的一些作品对劳动者只是冷眼旁观的廉价同情。一些作品虽然触及个性主义话语,但个性主义理念并未被普遍言说与真正张扬,作为抒情主人公的自我,尚未获得真正独立的人格,大都黏滞于物。艺术上更是存在明显的非诗化倾向。诗人们一味地遵循"有什么话,说什么话,该怎么说,就怎么说"的作诗原则,忽略了对自然生活内容和语言的诗化处理,使诗趋向大白话、散文化;而启蒙理性又使他们大都热衷于以诗说理,所以初期白话新诗大都缺乏飞扬的激情与真正的诗美。

1921 年,随着个性主义理念的高扬,人的自由本质被充分肯定,自我成为言说的中心话语,诗的个性也相应地受到尊重,体现不同主体观念的诗歌流派开始出现,新诗发展进入到第二阶段。

文学研究会诗人　文学研究会成立后,于 1922 年 1 月在上海创办了中国新文学史上第一个新诗专刊——《诗》。不久,文学研究会以《诗》《小说月报》《文学周报》等为阵地,聚集了一个风格相近的诗人群,致力于新诗探索。1922 年 6 月,朱自清、俞平伯、周作人、刘延陵、徐玉诺、郭绍虞、叶绍钧、郑振铎 8 位诗人出版了诗合集《雪潮》,它反映了文学研究会诗歌创作的基本特点。文学研究会还出版了徐玉诺的《将来之花园》、王统照的《童心》、俞平伯的《西还》、朱自清的《踪迹》等专集。文学研究会的诗人将诗和为人生联系起来,他们亦可以被称为白话新诗中的"人生派"。他们承袭了初期白话诗人关注现实、表同情于下层平

① 陈子展:《最近三十年中国文学史》,上海书店 1989 年版,第 227 页。

民的写实主义精神，反对雍容典雅、吟风啸月的贵族文学，提出了"血和泪的文学"口号，有叶绍钧的《浏河战场》，郑振铎的《成人之哭》《社会》，朱自清的《光明》《新年》《煤》，徐玉诺的《人与鬼》《火灾》《问鞋匠》《夜声》等诗。与初期白话诗相比，这些诗对于外在写实与表现自我关系的认识要深刻些。

　　浪漫派　20世纪20年代初，创造社诗人郭沫若、田汉、成仿吾、郑伯奇、邓均吾、徐祖正、倪贻德等人以西方个性主义思想为武器，打破了束缚人的各种枷锁，主体性得到了空前的张扬。他们接受了拜伦、雪莱、济慈、海涅、歌德、惠特曼、华兹华斯等西方浪漫主义诗人及其作品的影响，对初期白话新诗的拘谨、单调、缺乏想象与激情，对写实派过于拘泥于现实，对小诗派和湖畔诗派狭小的境界与格局深感不满，起而强调诗歌创作的灵感、激情与想象，主张诗歌形式的"绝端自由、绝端自主"，由此形成了一套比较完整的现代浪漫主义诗学体系，创作了大量的现代浪漫主义诗歌。他们被称为新诗中的浪漫派。浪漫派的作品主要发表在《创造季刊》《创造周报》《创造日》《创造月刊》上，代表诗人是郭沫若，代表作是其诗集《女神》。创造社浪漫派的其他诗人也像郭沫若一样，感应着新文化时代精神，创作了许多与《女神》颇为相似的热烈豪放的诗篇。例如周赞襄的《魔鬼的夜歌》、朱公垂的《火的洗礼》、程可怀的《火焰》等诗，歌颂焚毁旧世界的大火，张扬自我意志。他们将爱情、婚姻自由作为个性解放、自我觉醒的重要内容，洪为法的《她·他》，成仿吾的《诗人的恋爱》，邓均吾的《遗失的星》，穆木天的《泪滴》《水声》和《落花》等诗，抒写了爱情的喜乐忧愁，变奏出一曲曲生命的华美乐章。创造社浪漫诗歌的精魂是破旧立新，中心内容是表现自我，诗体特征是"绝端自由、绝端自主"，它们真正表现了狂飙突进的新文化时代精神。

　　小诗派　新文化运动高潮后，诗人们的感情由热而冷，感慨颇多，热衷于沉思，不断叩问宇宙、世界、生命和现实人生的真谛，追寻自我价值与意义，以体验思想的自由。这种精神状态使他们对日本短歌、俳句和印度诗人泰戈尔的《飞鸟集》颇感兴趣，受其影响①，1921年至1923年，诗坛形成小诗盛行的局面。小诗的特点是形式短小，或缘事抒情，或因物起兴，或寄情于景，以捕捉刹那间的自我感受与哲思，变外部世界的客观描写为内心感觉的主观表现，充分体现了人觉醒之后的内在困惑。当时几乎所有的诗人都写小诗，使小诗成为"新诗坛上的宠儿"②，形成风靡一时的小诗派。确定小诗美学规范的是周作人、朱自清，代表诗人是冰心和宗白华。冰心有小诗集《繁星》（1923年1月）、《春水》（1923年5月），她的小诗往往以三言两语的格言、警句式的清丽诗句，表现自己内省的沉思和灵感的顿悟，努力发掘事物所蕴含的哲理意蕴。宗白华有小诗集《流云》（1923年12月），"跟冰心的比较起来，更是哲理的"③。他以哲学家的智慧、胸怀去把握自然乃至整个宇宙。吴雨铭的《烈火集》、何植三的《农家的草紫》、梁宗岱的《晚祷》（1925年3月）等，都是当时颇有影响的小诗集。小诗派不以写景见长，而以表现哲理取胜，哲理小诗是他们对于新诗的独特贡献。然而，小诗篇幅过短，容量小，不足以表现繁复深刻的思想与情绪，所以，1925年以后，小诗创作潮流就逐渐消歇了。

---

　　①　参见范伯群、朱栋霖主编：《1898—1949中外文学比较史》（上卷），江苏教育出版社1993年版，第428—433页。
　　②　任钧：《新诗话》，上海国际文化服务社1948年版，第56页。
　　③　任钧：《新诗话》，上海国际文化服务社1948年版，第54页。

湖畔诗派   1922 年 4 月，潘漠华、冯雪峰、应修人、汪静之等在杭州成立湖畔诗社，出版 4 人的诗歌合集《湖畔》（"湖畔诗集" 第一集）；1922 年 8 月，汪静之的诗集《蕙的风》出版；1923 年 12 月，潘漠华、冯雪峰、应修人 3 人的诗歌合集《春的歌集》（"湖畔诗集" 第二集）出版；1924 年冬，魏金枝、谢旦如加入该社，魏金枝编的《过客》定为 "湖畔诗集" 第三集，因故未能出版；1925 年，谢旦如的《苜蓿花》作为 "湖畔诗集" 第四集出版。他们致力于诗歌创作，被称为湖畔诗派。1925 年五卅后，湖畔诗派基本停止了活动。

湖畔诗派是沐浴新文化时代精神而成长起来的诗人，他们身上具有清新、自然、纯情、率真的特点。个性解放思想是他们诗歌创作的基石。然而，与前代诗人不同，他们将爱情、婚姻自由几乎当作了个性解放、自我完善的全部内容。所以，他们的作品主要写爱情，爱情诗是他们对于中国诗歌的主要贡献。朱自清曾指出："中国缺少情诗，有的只是'忆内''寄内'，或曲喻隐指之作；坦率的告白恋爱者绝少，为爱情而歌咏爱情的更是没有。"[1] 湖畔诗派受新思潮影响，摆脱了封建思想束缚，同时也没有初期白话诗人潜意识中的旧文化阴影，他们坦率地告白爱情，抒写新青年爱的觉醒，及对自由爱情的向往与追求。汪静之在《西湖小诗·七》中写道："梅花姊妹们呵，/怎还不开放自由花？懦怯怕谁呢？" 在他看来，自由是爱情的基本含义，爱是实现自由的途径。在另一首诗中，他如此告白："我没有崇拜，我没有信仰，/但我拜服妍丽的你！/我把你当作神圣一样，/求你允我向你归依。"（《不能从命》）这种率真的爱情表白无疑是对传统男女关系的背叛。在他们看来，爱是人的正常的情感，而非卫道者所言的兽性冲动，所以他们才敢大胆地写爱欲："我昨夜梦着和你亲嘴，/甜蜜不过的嘴呵！"（《别情》）宗白华认为："中国千百年来没有几多健全的恋爱诗了（我所说的恋爱诗，自然是指健全的、纯洁的、真诚的）。所有一点恋爱诗，不是悼亡，偷情，便是赠妓女。"[2] 湖畔诗派的情诗没有沾染旧诗文的习气，男女之爱是以人的率真和独立性为前提的，通过对人的正常情感的大胆告白与肯定，揭破了封建礼教的虚伪，展示了一代新人的青春人格与气质，体现了对女性人格、尊严、价值的尊重，对人的情爱自由的肯定，它们是真正的现代情诗。

冯至（1905—1993），河北涿县（今河北省涿州市）人，原名冯承植，沉钟社诗人，曾被鲁迅誉为 "中国最为杰出的抒情诗人"[3]。1927 年 4 月，北新书局出版了他的第一本诗集，也是他这一时期的代表作《昨日之歌》，所收作品写于 1921 年至 1926 年，上卷基本上为抒情短诗，下卷收入 4 首叙事长诗。

《昨日之歌》以歌吟友谊和爱情最为动人，尤其是爱情诗篇别具一格，表现了诗人对于人的哲思。《我是一条小河》以爱情为切入点，揭示了现实世界特别是人的存在的荒诞性，以及诗人对自由的渴望。《在郊原》《默》《蛇》等作品同样表现了诗人对于人的深沉思考，它们 "不似郭沫若的爱情诗，坦率，热情如火；不似《湖畔》派诗质朴自然，天真烂漫；不似刘梦苇杜鹃般啼血；也不似李金发的流于颓废伤感；冯至用奇妙的想象、幻象情丝，比喻和象征的手法，织成一幅幅爱的美锦"[4]。与同时代许多诗歌相比，这些诗歌的感情由热而冷，体现了新

---

①   朱自清：《中国新文学大系·诗集·导言》，上海良友图书印刷公司 1935 年版。

②   宗白华：《恋爱诗的问题》，《时事新报·学灯》，1920 年 8 月 22 日。

③   鲁迅：《且介亭杂文二集·〈中国新文学大系〉小说二集序》，《鲁迅全集》第 6 卷，人民文学出版社 2005 年版，第 251 页。

④   陆耀东：《中国现代四作家论》，武汉大学出版社 1988 年版，第 142 页。

一代知识青年对婚姻、幸福的认识由外在的制度层面进入了更为复杂的个体心理层面；在艺术上，则留下了德国浪漫主义诗歌影响的痕迹。下卷的4首叙事诗是《吹箫人的故事》《帷幔》《蚕马》和《寺门之前》，写于1923年至1926年，均在百行以上。它们受中国传统叙事诗、德国谣曲和海涅等浪漫派诗人作品的影响，情节浪漫曲折，叙事生动有趣，成功地塑造了几个生动的艺术形象，例如忠于爱情、热爱艺术的吹箫人，为婚姻自由而削发为尼的少女，至死心不变的蚕马，痴情不灭的和尚等。它们既揭露了封建婚姻制度的罪恶，表现了青年人对自由爱情的向往，又表现了诗人对于人与自我的荒诞性体验，展示了人的更为深沉的悲剧，如《吹箫人的故事》写的是"爱情实现了的悲剧"[①]。这样，冯至就将初期以来的新诗引向了一个更为深刻的思想层面，特别是将现代叙事诗推到了一个新的艺术高度。

新月诗派　1926年4月，《晨报》副刊《诗镌》创刊，标志着新月诗派的形成。代表诗人是闻一多、徐志摩，重要诗人有朱湘、饶孟侃、孙大雨、杨世恩、刘梦苇、于赓虞、方令孺、林徽因、陈梦家、方玮德、邵洵美、卞之琳等。他们大都曾留学欧美，个人出身、欧美文化的熏染以及当时中国的现实情形，使他们的人学观念相对于初期白话诗人、浪漫派诗人和湖畔诗人而言，发生了较大的变化。他们心中的人不再是"自然""平民"意义上的人，而是贵族化、理性化的人。他们不认同胡适的"有什么话，说什么话；该怎么说，就怎么说"的诗学观，更不满意郭沫若的"绝端自由、绝端自主"的诗歌创作原则。闻一多认为，诗是一种选择的艺术："选择是创造艺术的程序中最紧要的一层手续。自然的不都是美的，美不是现成的。其实没有选择便没有艺术。"[②]在他看来，诗人应依据自己的审美理想，对自然形态的情感进行选择、修饰与规范，使其艺术化。

他们努力使新诗由初期白话诗以来的散文化、自由化向规范化转变。规范化的举措是"本质的醇正""情感的节制""格律的谨严"。所谓"本质的醇正"是针对新诗非诗倾向而言的，也就是要求新诗回到诗本身；他们认为只有言志的内容与语言形式的和谐统一，才能实现诗歌"本质的醇正"。"情感的节制"就是反对诗歌中情感的泛滥，主张理性节制情感。闻一多的《口供》、陈梦家的《摇船夜歌》等诗中的主观情感，经诗人的想象，幻化成为具体可触的客观对象，蕴藉而含蓄。闻一多的《死水》《心跳》将炽烈的感情凝结为死水、静夜意象，情感被节制。朱湘的《雨景》以雨景意象呈现感觉，用感觉传达情感，蕴藉而充满诗意。闻一多的《飞毛腿》《洗衣歌》，徐志摩的《大帅》《一条金色的光痕》，方玮德的《海上的声音》，卞之琳的《几个人》《寒夜》《酸梅汤》等诗，将戏剧式的对话与独白引入诗中，使诗歌戏剧化，情感客观化。与情感的节制原则相一致，新月诗派提出了新诗形式格律化的主张。闻一多在《诗的格律》中指出："诗的实力不独包括音乐的美（音节），绘画的美（词藻），并且还有建筑的美（节的匀称和句的均齐）。"[③]音乐美、绘画美、建筑美是新月诗派新格律诗的基本主张。

在理论建构的同时，他们进行了认真的创作实验，写出了许多优秀的新格律诗，大都收入陈梦家编选的《新月诗选》（1931年9月）。朱湘（1904—1933）是闻一多、徐志摩之外新月

---

① 蓝棣之：《现代诗的情感与形式》，人民文学出版社2002年版，第77页。
② 闻一多：《〈女神〉之地方色彩》，《创造周报》第5号，1923年6月10日。
③ 闻一多：《诗的格律》，《晨报副刊》，1926年5月15日。

诗派最重要的诗人。生前出版了诗集《夏天》(1922)、《草莽集》(1927)，身后出版了《石门集》(1934)、《永言集》(1936)。他在新诗章法、音韵上进行了艰难的探索，代表作《采莲曲》与闻一多的《死水》被称为新格律诗的典范之作。他的长诗《王娇》格律严谨，向来为人所称道。《采莲曲》《催妆曲》《晓朝曲》《摇篮歌》《雌夜啼》等诗篇，将无拘无束的诗情熔铸到完整和谐的形式中，境界优美。

新月诗派在艺术上深受英美诗歌和中国古典诗歌影响。英美诗歌音节凝练、绵密、婉约，为新月诗人格律诗实验提供了有力的参照和借鉴。新月诗人大量阅读、翻译英美诗歌，特别是英国诗歌，尝试用英诗形式如十四行诗和英诗格式如五步抑扬格创作新诗。同时，他们还自觉地吸收中国古典诗歌的格律艺术，使中西诗艺相融合，创造出新的诗体。

新月诗派纠正了自由诗过于散漫而流于平淡、肤浅的弊端，为新诗发展探索出了一条新的路径。

早期象征诗派　20 世纪 20 年代中后期，在新月诗派致力于新诗规范化的同时，涌现出了另一个重要的新诗流派，即早期象征诗派，代表诗人是李金发，重要诗人有王独清、穆木天、冯乃超、蓬子、胡也频、林松青、石民等。早期象征诗派受西方现代哲学思想与艺术熏染，当时称为新浪漫主义，对时代落潮后的中国和自我命运深感迷茫，对启蒙理性失去信心。在他们心中，人不再是强有力的历史创造者、主宰者，不再是理性的崇拜者、言说者，而是迷惘、悲观的失望者，对世界、他人及自我充满怀疑与虚无情绪。所以，他们不再热衷于向大众启蒙，而醉心于自我独语，沉溺于个人感觉世界，进行一种完全个人化、贵族化的创作。他们对初期白话诗的散文化深感不满，1926 年，穆木天 (1900—1971) 提出了"纯粹诗歌"的概念，要求将诗与散文划清界限，要求诗人"找一种诗的思维术"，"以诗去思想"，认为诗歌"要暗示出人的内生命的深秘"，创作"表现败墟的诗歌"①。王独清 (1898—1940) 与之相呼应，强调色、音在纯粹诗歌中的重要性，认为波德莱尔的精神是真正诗人的精神，纯粹诗人须"为感觉而作"，不求民众的了解。②这种纯诗观念，旨在纠正新诗太实、太露的弱点。有论者将这一派诗艺称为"新浪漫类现代主义"③。

李金发 (1900—1976)，广东梅县人，1920 年在法国受波德莱尔、魏尔伦等影响，④开始诗歌创作，这一时期相继出版诗集《微雨》(1925)、《为幸福而歌》(1926)、《食客与凶年》(1927) 等。他率先将西方象征主义的丑恶、死亡、虚无和恐怖的主题引入新诗中，摈弃了中国诗歌思无邪、温柔敦厚的传统，并从波德莱尔、马拉美、魏尔伦的诗中感应了世纪末的病态美，学来了人生痛苦的摹拟和无名忧伤的沉吟。他内心有着"一切的忧愁/无端的恐怖"(《琴的哀》)，风给他"临别之伤感"(《风》)，雨告诉他"游行所得之哀怨"(《雨》)，生命成为"死神唇边的笑"(《有感》)，只有美人与坟墓才是真实(《心游》)。"歌唱人生和命运的悲哀；歌唱死亡和梦幻；抒写爱情的欢乐和失恋的痛苦；描绘自然的景色和感受"⑤，这四个方面构成了李金发诗歌的主要内容。艺术上，他重视象征与暗示，打破了真实描写和直抒胸臆的传统

---

① 穆木天：《谭诗——寄沫若的一封信》，《创造月刊》第 1 卷第 1 期，1926 年。
② 王独清：《再谭诗——寄给木天、伯奇》，《创造月刊》第 1 卷第 1 期，1926 年。
③ 参见骆寒超：《新浪漫类现代主义》，《新诗主潮论》，上海文艺出版社 1999 年版，第 392—448 页。
④ 参见范伯群、朱栋霖主编：《1898—1949 中外文学比较史》(下卷)，江苏教育出版社 1993 年版，第 455—463 页。
⑤ 孙玉石：《中国初期象征派诗歌研究》，北京大学出版社 1983 年版，第 75 页。

表现方式，寻找思想与情绪的客观对应物，《弃妇》《律》《春城》《风》《雨》等诗，就是通过选择某一客观对应物以展示独特的心态与情感。诗中大量出现的省略、跳跃、通感、远取譬和奇谲意象，打破了正常的思维逻辑和语法习惯，使诗风朦胧、晦涩与怪异，李金发因此被称为"诗怪"。

王独清的诗集《圣母像前》（1926）、《死前》（1927）、《威尼市》（1928）等，以感伤的情调，唱出了一个没落阶级飘零子弟内心的挽歌和追求。穆木天的诗集《旅心》（1927）表现了漂泊异国青年的凄苦和忧郁。冯乃超的《红纱灯》（1928）歌咏颓废、阴影与梦幻，朦胧地照出了"现实的哀怨""伤痛的心瘁"。蓬子的《银铃》（1929）摇响的是烦闷、忧愁之音。他们对于死亡的战栗与讴歌，他们的病态呻吟与欢乐，乃是颓废、绝望、神秘的现代情绪的典型反映。

刘西渭认为："李金发先生却太不能把握中国的语言文字，有时甚至于意象隔着一层，令人感到过分浓厚的法国象征派诗人的气息。"[①] 这实际上指出了中国早期象征诗派艺术上不能准确运用汉语和生硬模仿法国象征派的弱点。然而，从当时新诗发展状况看，他们对象征主义诗艺的移植、借鉴，"给新诗带来了一股奇怪而又新鲜的艺术潮流"[②]，开创了新的诗风。

早期无产阶级革命诗歌　在浪漫诗派高举个性解放大旗、新月诗派服膺理性、象征诗派沉醉于"象征的森林"之际，无产阶级革命者、共产党人对人的理解已经超离了新文化个性解放的层面，他们看重的是人的阶级性与革命性，将人界定为阶级的人、社会的人，人的解放被置换为无产阶级和被压迫者的解放。这种新的人学观催生了新的诗歌，即早期无产阶级诗歌。1923年，共产党员邓中夏著文反对新诗人专门作"欣赏自然""讴歌恋爱""赞颂虚无"的诗歌，反对所谓的新浪漫主义和为艺术而艺术的派别；提出新诗人"须从事革命的实际活动"，"须多作能表现民族伟大精神的作品"，"须多作描写社会实际生活的作品"；主张"文体务求壮伟，气势务求磅礴，造意务求深刻，遣词务求警动"[③]。不久，沈泽民亦强调了革命意识与革命文学的关系，以及革命的实际生活经验对于革命文学创作的重要意义[④]。这些理论倡导，使"革命文学"（又称"普罗文学"）、"革命诗歌"在诗人们心中逐渐明晰起来，并上升为自觉的努力与追求。

蒋光慈（1901—1931），安徽六安人，笔名光赤，是早期无产阶级革命派诗歌的代表诗人。1921年在苏俄时开始新诗写作，这一时期出版诗集《新梦》（1925）、《哀中国》（1927），其中大多是政治抒情诗。他提出革命文学的主人"应当是群众，而不是个人"[⑤]，所以他的诗中不再有早期新诗那种时代的个人主义的感伤、哀怨、缠绵的调子，新文化个性解放的主题被无产阶级解放主题、集体主义主题的呼喊所取代，对劳工、平民的人道主义同情发展成为对无产阶级的热烈而空洞的歌颂，人民群众开始成为社会历史的积极倡导者、推动者。他的诗具有雄强豪放的气势和强烈的政治鼓动性。《新梦》是中国现代第一部为十月革命和社会主义新生活放声歌唱的诗集，展示了一个早期共产主义知识分子的赤都心史，但艺术上比较幼稚，热情澎湃而空洞，诗人的真情尚未提升为诗情，语言平直，一览无余。《哀中国》写于回国后的1924—

---

① 刘西渭：《鱼目集——卞之琳先生作》，《李健吾文学评论选》，宁夏人民出版社1983年版，第83页。
② 孙玉石：《中国初期象征派诗歌研究》，北京大学出版社1983年版，第65页。
③ 邓中夏：《贡献于新诗人之前》，《中国青年》第10期，1923年12月。
④ 沈泽民：《文学与革命的文学》，《民国日报》副刊《觉悟》，1924年11月。
⑤ 蒋光慈：《关于革命文学》，《太阳月刊》第2期，1928年2月。

1926年，《新梦》中那种天真的理想已被现实悲愤代替，奔放的情感代替了政治宣讲，无论是对孙中山逝世的哀悼（《哭孙中山先生》），对烈士事迹的赞颂（《在黑夜里》），还是对"灰黑的地狱"般的古都的揭露（《北京》），对于十里洋场上海的抨击（《我背着手儿在大马路上慢踱》），其中都渗透着"我"特有的感受和体验，虽然情感尚未能内在地诗化，表现角度与手法却丰富些。

早期无产阶级革命诗歌一方面沿袭了以胡适为代表的早期白话诗歌直露、平实的特点和郭沫若自由诗直抒胸臆的情感表现方式，另一方面在精神上以无产阶级解放主题、集体主义主题取代了新诗人性解放主题，体现了新诗的红色革命主题走向。

第二节　郭沫若　徐志摩　闻一多

郭沫若（1892—1978），原名郭开贞，号尚武，沫若是他在日本留学时，根据故乡四川省乐山县的两条河流——沫水（大渡河）和若水（雅河）而取的名字，主要笔名有麦克昂、鼎堂、易坎人、杜荃等。他出生于一个地主兼商人家庭，幼年时开始诵读《诗经》《唐诗三百首》等。小学、中学时代，广泛涉猎中国古典文学，打下了坚实的文学基础；并大量阅读《国粹学报》《清议报》以及风行一时的"林译小说"，接受维新思想启迪，萌生了民主思想与叛逆意识。

1913年年底，郭沫若东渡日本留学，先后就读于东京第一高等学校预科、冈山第六高等学校医科、福冈九州帝国大学医学部。由于当时日本高校外语教材多为西方原版文学名著，所以这期间他大量阅读了泰戈尔、歌德、海涅、雪莱、席勒、惠特曼等人的作品。1916年，他与安娜相爱，《新月与白云》《死的诱惑》等是他为安娜写的情诗。此时，受王阳明的"万物一体"宇宙观和泰

生之颤动，灵的喊叫，那便是真诗，好诗。

——郭沫若

戈尔、歌德等人思想的牵引，他开始接受16、17世纪流行于西欧的泛神论思想。

1919年下半年至1920年上半年，在新思潮狂潮激荡下，受惠特曼《草叶集》豪放诗风影响，他的创作激情如火山爆发，进入诗歌创作的爆发期，《凤凰涅槃》《地球，我的母亲！》《天狗》《炉中煤》等都是这一时期写成的。1921年《女神》出版，奠定了他在中国新诗史上的地位。

1921年7月，他参与发起成立创造社。1921—1922年，他几度回国，目睹国内惨状，产生理想破灭感，创作诗文集《星空》，并于1923年出版。同年，他毕业回国，参与创办《创造周报》《创造日》。1924年赴日本，翻译河上肇的《社会组织与社会革命》，开始接受马克思主义思想。1925年，经受五卅运动的严峻考验，开始较自觉地运用阶级观点分析中国形势。1926年写出《革命与文学》，标志着郭沫若文学思想的巨大变化，当年7月投笔从戎参加北伐。1927年3月，写出讨蒋檄文《请看今日之蒋介石》，揭露蒋介石反共、反人民的真面目。

后参加南昌起义，并经周恩来介绍加入中国共产党。起义失败后，回到上海。

郭沫若 1928 年出版诗集《恢复》《前茅》，并于同年 2 月潜往日本，在千叶县与安娜同居，开始了长达 10 年的流亡生活。这期间主要从事中国古代社会史和古文字学的研究，并写了自叙传《我的童年》《反正前后》《创造十年》《北伐途次》等作品。

1937 年全民族抗战爆发后，他受命回国，任抗日统一战线军事委员会政治部第三厅厅长。期间与于立群结合。作有诗集《战声》(1938)、《蝴蝶集》(1948) 等，而历史剧成就尤为突出，其实早在 1926 年，他就出版了包括《聂嫈》《王昭君》《卓文君》三个剧本的《三个叛逆的女性》，显示了历史剧创作的才华。抗战期间的代表作是《屈原》(1942)、《棠棣之花》(1942) 和《虎符》(1942)。抗战胜利后，出版小说集《地下的笑声》、散文集《苏联记行》、文艺论集《天地玄黄》、回忆录《洪波曲》等。

《**女神**》是郭沫若的第一本诗集，1921 年 8 月由上海泰东图书局出版。全书除《序诗》外，共 3 辑。第 1 辑收《女神之再生》《湘累》《棠棣之花》3 篇诗剧；第 2 辑收凤凰涅槃之什、泛神论者之什、太阳礼赞之什各 10 首；第 3 辑收爱神之什 10 首、春蚕之什 8 首和归国吟 5 首。全书包括《序诗》共有诗歌 54 首、诗剧 3 篇。这些诗写于 1916—1921 年，而绝大多数创作于新文学高潮时期，即 1919—1920 年。

《女神》一问世，便以其情感的大解放、诗体的大解放，宣告真正的现代自由体新诗时代的到来。与中国传统诗歌和早期白话新诗相比，它最突出的成就是创造了一个体现新的时代精神的自我抒情形象。

这个自我抒情形象，借助于泛神论，将"人—自我"提高到本体的地位。泛神论是 16 至 17 世纪流行于西欧的一种哲学思想，代表人物是意大利的布鲁诺和荷兰的斯宾诺莎。泛神论认为，"本体即神，神即自然"，否认神为自然界的创造主。郭沫若从中国现实出发对泛神论作了自己的解释，他说："泛神便是无神。一切的自然只是神的表现，自我也只是神的表现，我即是神，一切自然都是自我的表现。"[1] 相比于西欧的泛神论，他特别强调了"我"的重要性，将"我"与神相等同。这样，泛神论在他那里便近似于"泛我论"[2]。这是郭沫若在初期启蒙时期的人学观。这种被改造过的泛神论思想，无疑是《女神》自我抒情形象直接的精神资源。《地球，我的母亲！》将地球当母亲，草木当同胞，宇宙中一切均为地球的化身，这确实是"本体即神，神即自然"思想的艺术体现。对地球的赞美，其实是对自我的肯定，"我的灵魂便是你的灵魂，／我要强健我的灵魂"，也就是自觉铸造现代自我，以应对新的时代。《在梅花树下醉歌》如此歌咏："我赞美这自我表现的全宇宙的本体！"全宇宙成为我的自我表现，我与万物合一，你、我、古人、名胜浑然不分，"一切的偶像都在我面前毁破"，我即是神。《湘累》中，他借屈原之口作夫子自道："我的诗便是我的生命！""我效法造化底精神，我自由创造，自由地表现我自己。我创造尊严的山岳，宏伟的海洋，我创造日月星辰，我驰骋风云雷雨，我萃之虽仅限于我一身，放之则可泛滥乎宇宙。"类似的作品很多，如《我是个偶像崇拜者》《天狗》等，在破除偶像的同时，将自我神化，自我既内在于一切，又超越一切，由此完成了对无视自我存在价值的中国专制主义的猛烈批判。

---

[1]　郭沫若：《〈少年维特之烦恼〉序引》，《文艺论集》，光华书局 1928 年版，第 290—291 页。
[2]　孙党伯：《郭沫若评传》，人民文学出版社 1987 年版，第 139 页。

这个自我抒情形象具有超凡的毁坏与创造力。在《立在地球边上放号》中，他情不自已地咏道："啊啊！不断的毁坏，不断的创造，不断的努力哟！"破旧立新是其志向与个性。《凤凰涅槃》中，凤凰"集香木自焚"体现了彻底破坏旧世界的精神，"复从死灰中更生"则是创造意志的写照，新生后的图景是诗人对五四后中国的创造性想象。《女神之再生》中，他借女神们高唱："我们要去创造个新鲜的太阳，/不能再在这壁龛之中做甚神像！"表现出强烈的历史责任感与创造意志。《匪徒颂》对一切政治革命、社会革命、宗教革命等"匪徒们"高呼万岁，实际是对历史上具有进步意义的破坏与创造力的赞美。他崇拜力，"力的绘画，力的舞蹈，力的音乐，力的诗歌，力的 Rhythm 哟"（《立在地球边上放号》），表现出与中国传统静穆、思无邪、温柔敦厚人格理想截然不同的现代性格。

这个自我抒情形象对新生的中国无限眷恋和热爱。《凤凰涅槃》中的"凤凰更生歌"是祖国的新生之歌，新生的凤凰是《女神》中的自我的化身，他不仅想象、描绘了新鲜、净朗、华美、芬芳、和谐、自由的新中国，而且为之欢唱、赞美，爱国之情由沉郁而激越。《晨安》中，他深情地向年轻的祖国、新生的同胞、扬子江、黄河、万里长城等问候"晨安"。《炉中煤》则是他的爱国恋歌，在《创造十年》中，郭沫若写道："'五四'以后的中国，在我的心目中就像一位很葱俊的有进取气象的姑娘，她简直就和我的爱人一样。……'眷恋祖国的情绪'的《炉中煤》便是我对于她的恋歌。"他将祖国比作"年青的女郎"，自己为"炉中煤"，为了心爱的"人儿"，他"燃到了这般模样"！由此可见，这个自我抒情形象，自觉地将自我与祖国联系在一起，具有传统知识分子忧国忧民的精神。

诗人视野开阔，具有广博的情怀。《立在地球边上放号》中，他"要把地球推倒"。《地球，我的母亲！》中，他"想宇宙中一切现象都是你的化身"，以宇宙为背景审视地球与自我，表现出前所未有的气度。《晨安》中，他不仅向祖国道一声"晨安"，而且深情地问候俄罗斯、泰戈尔、恒河、印度洋、大西洋等，表现出胸怀世界的现代精神。《我是个偶像崇拜者》《天狗》表现出超凡力量。

抒情主人公想象丰富，天马行空，气势如虹，是自由、强力的化身，表现出与传统士大夫和早期白话新诗中抒情主人公截然不同的现代品格，他是新时代精神的体现者，是现代新人的典型。

郭沫若多方接受了泰戈尔、雪莱、海涅、歌德、惠特曼以及波德莱尔、魏尔伦等外国诗人的影响，特别是惠特曼那豪放的诗歌对他影响极大，通过创造性借鉴，他形成了自己独特的诗风[1]。总体看来，《女神》以浪漫主义为主调，象征是其精义，理想主义是其浪漫主义的精髓。那火山般的激情、华丽繁复的语言、急遽的旋律、大胆的夸张，烘托、渲染了诗歌的浪漫激情。尤其是那奇异的想象，使诗人火山爆发式的情感以一种浪漫的方式得以释放，如他以宇宙为背景，想象自己站在地球边上放号（《立在地球边上放号》）；以神话为依托，将自己比作涅槃的凤凰，表现出令人神往的更生景象（《凤凰涅槃》）；把自己想象成气吞宇宙万象的天狗，以神化自我本质（《天狗》）；神思飞扬地描画缥缈的"天上的市街"，翱翔于神奇的太空；等等。借助这种奔放不羁、纵横驰骋的想象力，《女神》表现了新时代那种冲破一切丑恶事物、推倒一切腐朽势力的力量，在浪漫的天空创造了空前的自我抒情形象。郭沫若喜欢象征主义诗

①　参见范伯群、朱栋霖主编：《1898—1949 中外文学比较史》（上卷），江苏教育出版社 1993 年版，第 420—427 页。

人波德莱尔和魏尔伦的作品，受其影响，他自觉地将象征纳入浪漫主义的总体框架中。《凤凰涅槃》就是以凤凰的更生象征诗人自己和祖国的新生。《女神之再生》中共工、颛顼之争，象征当时中国的南北战争，女神之再生象征诗人的再生。《天狗》《炉中煤》《晨安》《匪徒颂》等均具有象征意蕴。

自由体是诗人最得心应手的。这种自由体格式不拘，诗节不限，字数不定，音节自然，一切服从感情的倾泻，真正做到了"绝端的自由，绝端的自主"①，《女神》在新诗史上的一个贡献就是创造了这种白话散文自由体。②

最能代表《女神》风格的是惠特曼式的豪放诗歌，它们"雄而不丽"；《女神》中也有《死的诱惑》《Venus》《雾月》《日暮的婚筵》那种泰戈尔式的"丽而不雄"的清新、婉约之作，它们表现了诗人丰富复杂的情感世界。

《星空》于1923年由上海泰东书局出版，共收诗歌32首、诗剧3篇、小说及散文4篇。它们创作于1921—1922年，反映了诗人在新文化运动落潮后思想上的苦闷与矛盾。

《前茅》1928年由创造社出版部出版，所收诗歌创作于1921—1924年，多数为1923年所作，它们是诗人告别《星空》中那种苦闷、矛盾后的希望之歌。

《瓶》是一部爱情诗集，写于1925年2—3月，刊于1926年4月《创造月刊》第1卷第2期上，包括《献诗》在内共43首。它们抒写了一个男子对一个少女的爱恋之情，着重表现了他等信、收信、读信时焦急、喜悦、失望的情感变化历程，诗行大体整齐，音调悠扬，情意缠绵而想象奇丽。

《恢复》1928年由创造社出版部出版，共收诗歌24首。它们是诗人在大革命失败后的岁月里创作的。这些诗情感直率、真切，节奏急促，旋律激越，格调雄壮。

徐志摩（1896—1931），浙江海宁人，原名徐章垿，出生于当地一个富商家庭。1915年入沪江大学预科，1918年赴美留学，攻读银行学和社会学。1921年到英国剑桥大学学习政治经济学，后兴趣转向文学，受英美诗歌影响开始诗歌创作。1922年回国后，参加新月社等社团，并在北京、上海等地高校任教。1931年因飞机失事身亡。

徐志摩是中国现代自由主义知识分子，向往个人自由，崇拜哈代、托尔斯泰、罗曼·罗兰、泰戈尔、罗素、卢梭、尼采等人，他的理想是个人性灵自由的发展。他一生的4本诗集《志摩的诗》（1925）、《翡冷翠的一夜》（1927）、《猛虎集》（1931）、《云游》（1932），记载了他独特的生命体验和复杂的思想、情感历程。

我的眼是康桥教我睁的，我的求知欲是康桥给我拨动的，我的自我意识是康桥给我胚胎的。

——徐志摩

徐志摩深受英美文化熏染，向往民主自由，他的许多诗歌如《婴儿》《为要寻一颗明星》

---

① 田寿昌、宗白华、郭沫若：《三叶集》，上海亚东图书馆1920年版，第49页。
② 闻一多曾予批评，见《〈女神〉之地方色彩》，《创造周报》第5号，1923年6月10日。

《我有一个恋爱》等，抒写了自己追寻民主自由理想的决心与信心，体现了那一代自由主义知识分子的思想倾向。茅盾曾在《徐志摩论》中对徐志摩诗歌的这一思想特征作出判断。茅盾主要是从社会革命的视角审视徐志摩，未能看到徐志摩诗歌丰富而复杂的内涵，例如他认为徐志摩的全部作品表现的只是自己的政治理想，即"英美式的资产阶级的德谟克拉西"，这显然不够全面，因为徐志摩的全部作品表现的绝不仅仅是他的政治理想。茅盾还认为徐志摩的诗是"圆熟的外形，配着淡到几乎没有的内容，而且这淡极了的内容也不外乎感伤的情绪"①。这些观点同样失之偏颇。因为"对于徐志摩，生活就是诗"，"徐志摩的诗则是赤裸地抒写生活中的真实情感"②。

　　身心沐浴新时代人性解放、自由思想绽放的花雨，徐志摩是个自由浪漫的性灵浪子，中国古代文人浪漫不羁的性灵与西方十八九世纪浪漫主义的自由情怀萃于他一身，他的一生就是那个自由浪漫性灵纯真时代的诗化象征。胡适说徐志摩一生，就是追求爱、自由、美所构成的"单纯信仰"的历史③。徐志摩在康桥爱恋林徽因，1922 年与张幼仪离婚。林徽因与梁思成结婚，徐志摩转而热恋名媛陆小曼（时为王赓妻）。徐陆婚后，受父母反对，中断经济支持。徐志摩诗歌主要表现的就是自己对爱情、自由、美的理解、向往与赞美。在徐志摩看来，理想的爱情、婚姻意味着"良心之安顿""人格之自由""灵魂之救度"，他的大部分诗歌抒写了自己对于爱情的渴望、想象与多种体验。《雪花的快乐》以雪花自喻，雪花的追求即诗人对爱情的向往，雪花的快乐是诗人对自由爱情的愉快体验。《我等候你》抒写的是爱的想望与痴情。《"起造一座墙"》想象爱情能够在现实生活中为自己"起造一座墙"，以维护人生自由。《沙扬娜拉》对日本女郎含情脉脉的娇羞美态的音乐性的微妙弹拨，曲曲传神，令人赞叹。

　　爱情在他笔下是温柔甜美的，是人间痴情，但严酷的现实常使他的痴情受挫。《海韵》一面表现了女郎和诗人自己对于爱情的"单纯信仰"，一面则暴露了容不得恋爱的现实世界。《翡冷翠的一夜》中诗人深深地感到"地狱"般的现实使"娇嫩的花朵""难保不再遭风暴"。然而，诗人的可爱就在于他的痴情，他"是一种痴鸟"，"一种天教歌唱的鸟不到呕血不住口"④。在他心中，爱是神圣的、忠贞的，"你放心走"，"凶险的途程不能使我心寒"，"我爱你"（《你去》）；在"容不得恋爱"的世界，"我拉着你的手，/爱，/你跟着我走；/听凭荆棘把我们的脚心刺透，/听凭冰雹劈破我们的头，/你跟着我走，/我拉着你的手，/逃出了牢笼，恢复我们的自由"（《这是一个懦怯的世界》）。

　　在徐志摩的诗歌中，爱情与自由、美往往又是同义的，对爱的歌咏就是对自由、美的向往与赞美。《我有一个恋爱》《翡冷翠的一夜》《"起造一座墙"》《决断》《这是一个懦怯的世界》《我来扬子江边买一把莲蓬》《雪花的快乐》等诗，爱与美、自由相互渗透、生成，成为诗歌内在的情感、思想结构，诗化地表现了诗人的灵敏的爱心、性灵。

　　对爱、美、性灵自由的追寻，使诗人对妨碍人性自由发展的现实社会深感不满，对下层人民生出一种人道主义的同情。《先生！先生!》《叫化活该》《谁知道》《盖上几张油纸》《太平景

---

①　茅盾：《徐志摩论》，《现代》第 2 卷第 4 期，1933 年 2 月。
②　蓝棣之：《现代诗的情感与形式》，人民文学出版社 2002 年版，第 41 页。
③　胡适：《追悼志摩》，《新月》第 4 卷第 1 期"志摩纪念号"，1932 年 1 月。
④　徐志摩：《猛虎集·序》，《猛虎集》，上海新月书店 1931 年版。

象》《一小幅的穷乐图》《婴儿》《毒药》《大帅》《人变兽》等诗，或暴露军阀战争的罪恶，或展示淫猥的世态，或同情叫化子、孤老鳏寡，或哀悼不幸的爱国青年。这一切其实还是在维护他丰富灵敏的爱心、性灵。

徐志摩曾说大自然是安顿人类灵魂最伟大的一部书，能使人的性灵迷醉。他那些抒写自然的作品，如《山中大雾看景》《再别康桥》《石虎胡同七号》《雷峰塔》《常州天宁寺闻礼忏声》等，描绘了旖旎的自然山水，给人以美的享受。不过，它们大都并非单纯的自然风景诗，其中仍有他那性灵诗心。在五老峰前，他"饱啜自由的山风"（《五老峰》）；以快乐的雪花，表现精神的自由（《雪花的快乐》）；渴望"不朽的灵光""神明的火焰"永远跳动、不变（《那一点神明的火焰》）。大自然有时是他抒写爱、美与自由的场所，有时则是自由性灵的化身，寄予着他的人生理想。

徐志摩后期的《秋虫》《西窗》《我不知道风是在哪一个方向吹》等诗，抒写了自己爱心性灵受挫后的迷茫感。

徐志摩是一位在艺术上不断追求创造性的性灵诗人。他的诗歌大都想象丰富，构思巧妙，意境新奇。《"起造一座墙"》写热恋之人希望对方"在这流动的生里起造一座墙；/任凭秋风吹尽满园的黄叶，/任凭白蚁蛀烂千年的画壁；/就使有一天霹雳震翻了宇宙，——/也震不翻你我'爱墙'内的自由"，也就是期望恋人建造爱情之墙以维护情感的纯真与自由，想象奇异，意境独特。《雪花的快乐》描画了晶莹美丽的雪花，翩翩地在半空里潇洒飞舞，朝着恋人"清幽的住处"努力飞扬的优美图景，意境独特，生动地表现了诗人对于爱情和理想的执着追求。

比喻是徐志摩常用的一种修辞，他诗歌中的比喻鲜明、贴切，且往往富有暗示性。《我等候你》将"我"等候她时的种种复杂情绪化为一系列独特的比喻：一开始，诗人将等待她的情绪比作"希望，在每秒钟上开花"；稍后，因她不来希望落空，于是"希望在每一秒钟上枯死"；她不来对"我"的打击颇大，有如"打死我生命中乍放的阳春"，"打死可怜的希冀的嫩芽"；最后，诗人如此吟咏："每一次到点的打动，我听来是/我自己的心的/活埋的丧钟。"微妙复杂的情绪借助于比喻而变得形象生动，暗示出人生的无望与苦痛。《生活》将生活比作"阴沉，黑暗，毒蛇似的蜿蜒"甬道，比作"在妖魔的脏腑内挣扎"，贴切而隽永。

作为新月派的代表诗人，他的诗歌具有绘画美、建筑美、音乐美。诗中之画主要靠辞藻来描画，徐志摩诗歌的辞藻大都明丽而富有色彩感。《她是睡着了》《五老峰》《月下雷峰影片》《消息》《北方的冬天是冬天》等诗，以富有色彩感的语词，描绘诗人经验中或想象中的某种情景，将之化为形象的画面，明丽或暗淡，灵动或静止，传达出诗人某种独特的情感。其代表作《再别康桥》，每一节都是一幅迷人的图画，如第二节，康河边那被夕阳染成金色的婀娜多姿的垂柳，与波光潋滟中荡漾的艳影，构成了一幅迷人的康河晚照图；又如第五节，斑斓星辉倒映着的水面，随着小舟激起的潋滟柔波荡漾开去，是一幅充满诗情画意的星夜泛舟图，诗中有画，画中有情。

同闻一多一样，徐志摩非常重视诗歌的建筑美，但与闻一多诗歌形体过于整饬、缺少变化不同，"他至少运用和创造了十几种类型的诗形"①。其中虽也有闻一多那种豆腐块式的，但绝

---

① 陆耀东：《二十年代中国各流派诗人论》，中国社会科学出版社 1985 年版，第 264 页。

大多数诗体是在变化中求整饬，整饬中求变化，富有现代自由感。《悲思》《那一点神明的火焰》《落叶小唱》《为要寻一颗明星》等诗歌，都是典型的徐志摩式的单节参差不齐而各节形式基本相同的诗体。《再别康桥》全诗 7 节，每节 4 行，整齐匀称，但诗人为避免过于整齐而导致的呆板，别出心裁地将每节的第二、四行退后一格，且将每行的字数稍作增减，使全诗整齐中富有变化，呈现出参差错落之美。

音乐美是徐志摩诗歌艺术的最重要特点。《海韵》《雪花的快乐》《半夜深巷琵琶》等诗，节奏鲜明，抑扬顿挫，具有音乐的旋律美。如《再别康桥》，每行均为两到三个节拍，第二、四行押韵，且每节自然换韵，旋律轻柔、悠扬。《沙扬娜拉》第一、二句缓慢的节奏和柔和的旋律，传神地表现了娇羞的日本女郎低头与人道别时的情景；第三句，"道一声珍重，道一声珍重"，平声多于仄声，是女郎与人道别时清脆声音的艺术表现；第四句在音乐上则是第三句的延伸和深化，是整个诗乐曲的高潮；第五句是女郎道别话语的直接记录。全诗五句，长短相间，旋律柔和多情，反映了女郎与人道别时的真实神态与情绪。① 大体而论，徐志摩诗歌的节奏轻柔舒缓，旋律和谐悠扬，生动地表现了诗人情感与精神的自由。

闻一多（1899—1946），湖北浠水人，原名闻家骅，出生于一个世家望族、书香门第之家。1912 年考入清华留美预备学校，1919 年开始新诗创作，1922 年毕业后赴美留学，专攻美术，1923 年出版第一本诗集《红烛》，1925 年回国后一直在大学从事教学工作，1928 年出版第二本诗集《死水》，他的诗歌大都收入《红烛》《死水》中，1931 年发表了长诗《奇迹》。他是前期新月派的代表诗人和新格律诗理论的倡导者。

从《红烛》到《死水》，闻一多诗性地呈现了中国现代知识分子深沉、激越的民族意识与爱国情感。留美时期，美国的民族歧视使他的民族情、爱国心油然而生，而从小所受的传统文化教育、熏陶，使他很自然地产生了一种文化自豪感，与郭沫若《女神》中那种通过反传统和赞美新生中国以表达爱国情感不同，他所热爱的是具有悠久历史的文明古国。在《我是中国人》中，他自豪地宣称："我们的历史可以歌唱"；《忆菊》中，他的爱国情聚焦在"四千年的华胄底名花"——秋菊上："我要赞美我祖国底花！/我要赞美我如花的祖国"；他心系故国，祈求太阳"让我骑着你每日绕行地球一周，/也便能天天望见一次家乡"（《太阳吟》）；望不见家乡，他将自己比作失群的孤雁，慨叹"不如棹翅回身归去罢"（《孤雁》）。

1925 年，他提前回国。然而，现实并不是诗人所想象的那样美好，列强横行，民不聊生，满目疮痍，这一切使诗人陷入极度的失望中，不禁呼天喊地："我来了，我喊一声，迸着血泪，/'这不是我的中华，不对，不对！'"失望中不敢相信自己的眼睛，只好"拳头擂着大地"，"追问青天，逼迫八面的风"，最后"呕出一颗心来，——在我心里"（《发现》），爱与失望相交织，爱国之情达到极致。在接下来的日子里，他热望将民族伟大的"记忆""抱紧"，以复兴中国（《祈祷》）；高呼"咱们的中国"，以激励民众的爱国热情（《一句话》）；挥洒"眼泪"浇醒"威武的神狮"（《醒呀》）；将英、日、德、法等国侵占的中国七地比作祖国的"七子"，以控诉帝国主义的侵略罪行（《七子之歌》）。在《洗衣歌》《荒村》《天安门》《飞毛腿》《欺负着了》《静夜》等诗中，他将爱国情具体化为对帝国主义的揭露、批判和对封建压迫下苦难人民的深切同情上。1926 年发表在《诗镌》第 3 期上的《死水》，通过对半封建半殖民地中

---

① 参见陆耀东：《二十年代中国各流派诗人论》，中国社会科学出版社 1985 年版，第 266—267 页。

国"恶之花"的赞美,以愤激之语表现了深切的爱国主义情感。从《红烛》到《死水》,诗人经历了由幻想到现实、由诗境到尘境的人生转变,诗中的爱国情感也由激越而转为深沉。

爱情是闻一多诗歌中的另一个重要内容。出国后写的《红豆篇》收入《红烛》,多为抒写真心相思、相爱之作,其中虽有深挚之情,但基调凄楚、清切;而《死水》中的爱情诗较《红豆篇》内容要复杂得多,有的是烦恼、苦闷和悲怆。[①]

闻一多深入钻研过杜甫、陆游等中国古代诗人的作品,传统诗歌功底非常深厚,他的《律诗底研究》(1922)对传统格律诗形式特征的论析颇见功力。他非常推崇许多外国诗人,从济慈那里,他接受了唯美的诗学观;从哈代、豪斯曼、勃朗宁那里,他意识到了以理性约束情感的重要性;从波德莱尔那里,他获得了寓愤激于沉静的抒情方式和由丑恶开垦美的现代艺术经验;丁尼生诗歌辞藻华丽,富有音乐性,这对闻一多颇有启发;拜伦、雪莱、华兹华斯、史文朋等人的诗歌对闻一多的影响也非常大。

他的新格律诗理论是建立在对中外诗歌艺术广泛借鉴基础上的,他的诗歌大都体现了他的新格律诗主张,具有绘画美、建筑美与音乐美。他曾专攻美术,对色彩非常敏感,特别擅长以富丽的"词藻"勾勒线条,描绘形象,创造意境,使诗中有画,呈现出**绘画美**。如《什么梦?》涂抹了一层阴暗、沉重的色彩;《一个观念》色彩美丽、亲切;《死水》则以多种色彩描画出一幅"恶之花"。他总是对词藻反复推敲而又不露痕迹,如"鸦背驮着夕阳"中的"驮着"(《口供》),"热情开出泪花"中的"开出"(《"你指着太阳起誓"》),"家乡是个贼,他能偷去你的心"中的"偷去"(《你看》),等等,一词千金,给诗以生命。这些美的词藻、画面传达的是诗人对于社会和人生的某种理解、认识与情感形式。

建筑美,指的是诗歌因"节的匀称和句的均齐"而在视觉上给人一种建筑的立体美感。《红烛》中的作品建筑美尚不明显,但《死水》则做到了节的匀称和句的均齐,呈现出鲜明的建筑美。闻一多诗歌的建筑美并不以某一种诗形样式为最佳,而是根据情感抒写的需要而变化。大体而言,其诗的形体约有十几种,如《你莫怨我》每节 4 行,各行字数为 4、7、7、4;《一句话》每节 8 行,各行字数为 9、9、9、9、9、9、3、5,等等,每节行数和每行字数各不相同,以对应、承载不同的内容。不过,闻一多诗歌的建筑美总体来说过于整齐,有如豆腐干,给人局促、呆滞感。

音乐美,指的是诗歌借助于音尺、平仄、韵脚等获取某种节奏,在听觉上给人一种音乐感。闻一多借鉴外国诗歌经验并依据汉语特点,认为对于诗歌来说,节的匀称和句的均齐是外在形式,节奏是内在血脉。而节奏的经营必须注意:一行诗有几个音尺,其中有几个三字尺、二字尺;音尺的排列可以不固定,但每行的三字尺、二字尺数目应该相等。闻一多诗歌的押韵方式也是多种多样的,[②] 变化中有规律,使诗歌获取了一种内在的生命节奏。

闻一多对新诗绘画美、建筑美与音乐美的倡导与成功实践,指引新诗走出"绝端自由"的散文化误区。

---

① 参见陆耀东:《二十年代中国各流派诗人论》,中国社会科学出版社 1985 年版,第 214 页。

② 或隔一句押韵,如《荒村》《死水》等;或每两句押一韵,随即换韵,如《发现》《静夜》等;或每句都押韵,如《你看》等。

研 习 导 引

诗的自由与限制

在新诗初创期，格律诗与自由诗是两种不同的诗体形式，也形成了两种诗学潮流。自由体新诗"不但打破七言五言的诗体，并且推翻词调曲谱的种种束缚，不拘格律，不拘平仄，不拘长短，有什么题目，做什么诗，诗该怎么做就怎么做"，是要"把从前一切束缚诗神的自由的枷锁镣铐，拢统推翻"，以实现"诗体的解放"①。自由诗大胆突破了传统的羁绊，也一定程度地呈现出缺乏艺术节制、语风散漫直白的弊端，这不能不引起一部分诗人的反思，于是又出现了新月诗派关于新格律诗的倡导和实践。在闻一多看来，"越是有魄力的作家，越是要戴着镣铐跳舞才跳得痛快，跳得好，只有不会跳舞的才怪脚镣碍事，只有不会作诗的才感觉得格律的束缚，对于不会作诗的人，格律是表现的障碍物，对于一个作家，格律便成了表现的利器"②。这样的观点与西方一些理论家、诗人可谓不谋而合。康德说："在一切自由的艺术里，某些强迫性的东西，即一般所谓'机械'（套规），仍是必要的（例如必须有正确的丰富的语言和音律），否则心灵（在艺术里必须是自由的，只有心灵才赋予作品以生命）就会没有形体，以致消失于无形。"歌德在他的一首十四行诗中吟唱："谁要伟大，必须聚精会神／在限制中才能显出身手，／只有法则能给我们自由。"艾略特也曾断言，"艺术之中无自由"，"就是在那最自由的诗的花幔后边，也要有些简单的音律的精魂在前行"。

自由与限制是诗歌以及一切文艺都要面对的永恒的课题。艺术的生命个性就是追求自由，这是任何规范都无法限制的。但是，离开了规范又无所谓自由。在追求自由的过程中不断打破和形成规范，是艺术发展的一条重要规律。

新诗之"新"与郭沫若诗歌的评价

从实现诗体的解放来看，郭沫若以《女神》为代表的新诗创作无疑具有不可替代的文学史价值。如果说文学是人学，那么，诗体的解放背后实际还有一个更内在的诗心的解放、人的解放的问题。对此，闻一多在 1923 年 6 月 3 日就发表文章宣称，"若讲新诗，郭沫若君的诗才配称新呢，不独艺术上他的作品与旧诗词相去最远，最要紧的是他的精神完全是时代的精神——二十世纪底时代的精神"，即 20 世纪的"动的"精神、"反抗的"精神、"科学的"精神、"世界之大同的色彩"以及"绝望消极"之中的"挣扎抖擞"的时代情绪。③ 不过，仅一周后，闻一多又发表文章批评《女神》的欧化，他提出：新诗应成为"中西艺术结婚后产生的宁馨儿"。"我要时时刻刻想着我是个中国人，我要做新诗，但是中国的新诗，我并不要做个西洋人说中国话，也不要人们误会我的作品是翻译的西文诗。"④

---

① 胡适：《谈新诗》，胡适编选：《中国新文学大系·建设理论集》，上海良友图书印刷公司 1935 年版，第 295 页。
② 闻一多：《诗的格律》，《晨报副镌》，1926 年 5 月 15 日。
③ 闻一多：《〈女神〉之时代精神》，《创造周报》第 4 号，1923 年 6 月 3 日。
④ 闻一多：《〈女神〉之地方色彩》，《创造周报》第 5 号，1923 年 6 月 10 日。

　　时过境迁，充分体现新时代精神的《女神》，在艺术上已并不为多数读者所认同。与之形成鲜明对照的，却是"徐志摩热"的兴起与持续。关于《再别康桥》，余光中认为："从晚霞到夕阳，从夕阳到星辉，从星辉到悄悄的夏夜，时序交代得井井有条。金柳、青荇、青草、彩虹，和斑斓的星辉，诗中的色彩与光芒十分动人，但听觉上却是一片沉寂，形成特殊的对照。论者常说徐志摩的诗欧化，从这首诗看来，并不如此。综观全诗，无论在情调上或词藻上，都颇有中国古典诗的味道。"[①] 至于徐志摩的"诗心"与"人"的追求，胡适则早有过判断："他的人生观真是一种单纯的信仰，这里面只有三个大字：一个是爱，一个是自由，一个是美。……他的一生的历史，只是他追求这个单纯信仰实现的历史。"[②]

> **第四章专题讲座**
> 朱寿桐：郭沫若的人生体验与创作风格1−2
> 魏建：郭沫若生平的几点补充
> 朱寿桐：新月派文学的绅士文化风格1−5
> 商昌宝：《再别康桥》解读

> **第四章**
> 拓展研读资料

---

①　余光中：《余光中说徐志摩的〈再别康桥〉》，《名作欣赏》2005 年第 10 期。
②　胡适：《追悼志摩》，《新月》第 4 卷第 1 期 "志摩纪念号"，1932 年 1 月。

第五章　20年代戏剧　散文

第一节　20年代戏剧

中国现代戏剧（话剧）初潮与诗界革命、小说界革命相呼应，上海京剧名伶汪笑侬演出了时事新剧。几乎与梁启超、陈独秀等人鼓吹小说、戏曲改良同时，1904年9月，我国第一个具有现代革新意义的戏剧刊物《二十世纪大舞台》（陈去病、柳亚子主编）应运而生。

据现有资料，中国最早的新剧演出可追溯到19世纪末上海教会学校的学生演剧活动。据朱双云的《新剧史》记载，1899年上海圣约翰书院的学生演剧活动，引发周边学校"踵而效之"。这可以视为中国话剧的开端①。在中国戏剧发展史上，最早将现代话剧形式比较完整地搬上舞台的是一群中国留日学生。曾孝谷、李息霜（李叔同）等于1906年冬在日本东京成立春柳社，次年2月组织演出《茶花女》第三幕。1907年6月，有欧阳予倩、陆镜若等加盟的春柳社又在东京本乡座戏院演出曾孝谷改编的五幕剧《黑奴吁天录》。这是中国戏剧从古典形态向现代形态的发展中迈出的重要一步。辛亥革命爆发后，春柳社成员陆续回国，组建春柳剧场，开始了春柳派在国内的演剧活动。陆镜若在上海组织的新剧同志会（1912），王钟声领导的春阳社（1907），任天知领导的进化团（1910），以及全国的学生演剧，尤其是南开新剧团的演剧活动，形成了20世纪初年的新剧（又称文明戏）演出景观。

文明戏以写实的对话、动作替代传统戏曲的唱念做工，采用幕表制演出，并衍生出定型化的角色分配制，以及为宣传鼓动而派生的"言论老生"演说，令时人耳目一新，但与成熟的话剧还有很大差距。文明戏多以低等的滑稽、浅薄的教训迎合观众心理。② 一旦失去了时代氛围与社会心理的支持后，文明戏自身的局限便很快显现，加之演剧队伍艺术理想和自身素质的退化，助长其艺术上的粗制滥造。1914年职业文明戏社团云集上海，演出数百个剧目，人们把这一年新剧的兴盛称为"甲寅中兴"。

到新文化运动前夕，以上海为中心的新剧运动渐露衰落之势，而有着得天独厚条件的南开新剧团坚持纯正的态度，又直接吸取西方现代戏剧艺术，编演《一元钱》《一念差》等写实主义剧作。

---

① 朱栋霖：《清末上海学生演剧是中国话剧开端》，《戏剧艺术》2010年第3期；朱双云：《新剧史·春秋》，《新剧史》，上海新剧小说社1914年版，第1页。

② 转引自洪深：《中国新文学大系·戏剧集·导言》，上海良友图书印刷公司1935年版，第57页。

　　中国现代话剧在 20 世纪初期新思想启蒙与文化批判中获得了新的观念和新的前途。新文化运动的倡导者们对中国戏曲进行了严厉的批判。陈独秀、钱玄同、刘半农、胡适、周作人、傅斯年、欧阳予倩等纷纷撰文，投入对旧戏的讨伐。1918 年 10 月，《新青年》专门刊一期"戏剧改良号"，基本观点是中国传统戏曲与现代话剧势不两立，他们将中国传统戏曲称为"旧剧"，指责它作为封建文化的一部分不能与新文化、新戏剧两立。傅斯年的表达最具代表性："旧戏是旧社会的照相。也不消说，当今之时，总要有创造新社会的戏剧，不当保持旧社会创造的戏剧……使得中国人有贯彻的觉悟，总要借重戏剧的力量；所以旧戏不能不推翻，新戏不能不创造。"① 对"旧剧"——京剧、昆曲——社会的、历史的和美学的激烈批判也曾引来反驳。

　　新剧提倡者所持的理论，一是艺术进化论。胡适在《新青年》"戏剧改良号"上专门作一篇《文学进化观念与戏剧改良》的文章，以"文学也随时代变迁，故一代有一代的文学"的观点，论证中国旧剧中的乐曲、脸谱、嗓子、台步、武把子等属于应该随历史进化而废弃的"遗形物"，主张扫除这种"遗形物"。

　　二是人道主义精神的批判，指向旧剧（京昆）的思想内容和社会本质。周作人在他那篇著名的《人的文学》中以"人的文学"观念讨伐"非人"的旧文学，包括旧剧："凡是妨碍人性的生长，破坏人类的和平的东西，统应该排斥。"傅斯年则论证："在西洋戏剧是人类精神的表现，在中国是非人类精神的表现……最是助长中国淫杀的心理。"②

　　三是写实主义的创作方法，这是新文化运动对旧剧进行美学批判的武器。新文化运动的倡导者们宣扬"真正的戏剧纯是人生动作和精神的表象"，批判旧剧在内容上的"瞒和骗"，包括大团圆的结局。

　　对旧剧的大张讨伐，同时也是现代话剧的开张锣鼓。新文化运动时期翻译介绍外国戏剧理论和创作蔚然成风。从古希腊戏剧到文艺复兴、启蒙运动、古典主义、浪漫主义，以及唯美派、表现派、象征派、新浪漫主义等种种西方现代派文学创作都蜂拥而至，"匆促地而又很杂乱地出现过来"。据统计，从 1917 年到 1924 年全国 23 种报刊、4 家出版社就发表、出版翻译剧本 170 余部，涉及 16 个国家 70 多位剧作家。被比较集中地介绍并产生较大影响的西方剧作家有莎士比亚、莫里哀、萧伯纳、王尔德、契诃夫等，而最有影响的是易卜生。1918 年 6 月，《新青年》精心组织了一组有关易卜生的——从易卜生的传记到剧本和评论——专稿，推出"易卜生专号"，刊登《娜拉》《国民公敌》《小爱友夫》3 个剧本及介绍易卜生的文章。胡适在《易卜生主义》中介绍易卜生的写实主义："易卜生把家庭社会的实在情形都写了出来，叫人看了动心，叫人看了觉得我们的家庭社会原来是如此黑暗腐败，叫人看了觉得家庭社会真正不得不维新革命。这就是易卜生主义。"并分析易卜生的人道主义，或叫个人主义："易卜生生平却也有一种完全积极的主张，他主张个人需要充分发展自己的个性"，"务必努力做一个人。"③

　　中国人自己创作的话剧剧本，今所查证的，最早也许是徐卓呆于 1910 年在《小说月报》

---

① 傅斯年：《戏剧改良各面观》，《新青年》第 5 卷第 4 号，1918 年 10 月。
② 傅斯年：《戏剧改良各面观》，《新青年》第 5 卷第 4 号，1918 年 10 月。
③ 胡适：《易卜生主义》，《新青年》第 4 卷第 6 号，1918 年 6 月。

（第 1 年第 4—6 期）发表的四幕九场悲剧《故乡》，已是当时完整的剧本之一。① 还有 1911 年洪深写的《卖梨人》和与此差不多同时的欧阳予倩的《运动力》。1914 年创刊于上海的《新剧杂志》是当时影响比较大的戏剧刊物，刊登了《双珠记》《玉虎坠》《白牡丹》《忏悔》《苦鸳鸯》《浪子回头》《相思局》《侬薄命》《鸳鸯谱》《善恶鉴》《薄命花》《三生石》《生死缘》等大量剧本。当时活跃的编剧家是陈大悲、周瘦鹃、欧阳予倩、张冥飞、包天笑、姚鹓雏、徐半梅、范烟桥、冯叔鸾（二马先生）等。陈大悲在 1914 年第 1 期《新剧杂志》发表的《浪子回头》已是较完整的话剧本。② 通常认为胡适发表于 1919 年 3 月《新青年》第 6 卷第 3 号的《终身大事》是最早运用现代话剧的形式表现五四时代精神的剧作。③ 其实 1918 年 10 月已有留美学生陈衡哲在《新青年》（第 5 卷第 4 号）上发表剧本《老夫妻》。胡适的独幕剧《终身大事》剧情简单：在半新半旧风气的田先生家庭，田太太请来算命瞎子为女儿田亚梅的婚事算卦，被告知男女生辰相克。田亚梅几年前在东洋就和陈先生相识相恋了，她盼望得到父亲的支持。田先生一向反对田太太的迷信求卜，可他却捧出一部家谱告诉女儿："两千五百年前，姓陈的姓田的只是一家……所以两姓祠堂里都不准通婚。"此时，陈先生托佣人给田亚梅送来字条："此事只关系我们两人，与别人无关。"田亚梅毅然留下一纸，披衣出门，纸条写道："这是孩儿终身大事，孩儿应该自己决断，孩儿现在坐了陈先生的汽车去了。"《终身大事》在内容与形式上都是易卜生《娜拉》的仿制。尽管剧作家自称为"游戏的喜剧"，有趣剧的色彩，但剧本的时代感和现实性是明显的。洪深在评论《终身大事》时说："这一时期，理论非常丰富，创作却十分贫乏。只有胡适的《终身大事》一部剧本，是值得称道的。"④

在时代风气引导下，与文坛上的问题小说同步，一批从内容到形式都借鉴易卜生的问题剧应运而生，中国初期话剧中出现了众多"娜拉"型戏剧作品和"出走"型戏剧人物，如胡适的《终身大事》、余上沅的《兵变》、欧阳予倩的《泼妇》、成仿吾的《欢迎会》、熊佛西的《青春底悲哀》、张闻天的《青春的梦》，甚至在浪漫主义戏剧里，如郭沫若的《卓文君》和田汉的《获虎之夜》，也分别塑造了古代的"娜拉"和出走未成的女性。

以 1920 年上海新舞台演出萧伯纳的《华伦夫人之职业》，以及 1921 年民众戏剧社成立为标志，中国现代话剧进入了全面建设时期。而将戏剧改良的理论付诸实践，则是由从文明戏和旧戏内部发生的新剧革新开始的。

1920 年 10 月，文明戏演员汪仲贤（1888—1937，上海人，本名效曾，艺名优游，笔名有陆明悔等）改编上演萧伯纳戏剧《华伦夫人之职业》，将"纯粹的写实派的西洋剧本第一次和中国社会接触"⑤。演出虽然失败了，但作为我国正式公演的第一部西式话剧，它促使整个戏剧界认真反思。1921 年 1 月，汪仲贤发表《营业性质的剧场为什么不能创造真的新剧》，提出"非营业"的戏剧。介绍西方小剧场运动的宋春舫，则"劝人弃置西洋的'问题剧'而去采用那西洋专为赚钱而写的热闹曲折的'善构剧'了"⑥。陈大悲提出了内涵相同的"爱美的"戏

① 黄振林：《话剧舞台的聚焦与透视》，中国社会科学出版社 2011 年版，第 11 页。
② 黄振林：《话剧舞台的聚焦与透视》，中国社会科学出版社 2011 年版，第 10—11 页。
③ 黄修己：《中国新文学史编纂史》，北京大学出版社 1995 年版，第 325 页。
④ 洪深：《中国新文学大系·戏剧集·导言》，上海良友图书印刷公司 1935 年版，第 23 页。
⑤ 洪深：《中国新文学大系·戏剧集·导言》，上海良友图书印刷公司 1935 年版，第 33 页。
⑥ 洪深：《中国新文学大系·戏剧集·导言》，上海良友图书印刷公司 1935 年版，第 36 页。

剧而产生广泛的影响，由此肇始了 20 年代初期遍及南北各地的"爱美剧"运动，打破了因为文明戏衰落而造成的新剧舞台的沉寂，成为五四以后创造现代话剧的重要实践。

陈大悲（1887—1944），杭州人，就读于东吴大学，组建东吴剧社，后赴日本学习戏剧。他在辛亥革命后曾加入任天知的进化团，改编过文明戏，也演过文明戏，出于对旧戏与文明戏的清醒认识和批判态度，陈大悲转而思考新剧的出路。他以音意切合的翻译——"爱美剧"，说出他对当时话剧界的思考：

> 我们理想中的指导社会的戏剧家是"爱美的"（Amateur）戏剧家（即非职业的戏剧家）。爱美的戏剧家不受资本家操纵，不受座资底支配。①

同时，他自 1922 年 4 月起在《晨报副镌》上传播戏剧理论，普及戏剧知识，为众多刚刚形成、热情高而缺乏戏剧知识的爱美剧社及时提供了打开戏剧艺术殿堂的钥匙。

1921 年 3 月，由汪仲贤倡议，沈雁冰、柯一岑、陈大悲、徐半梅、熊佛西、欧阳予倩、郑振铎、汪仲贤等 13 人发起成立**民众戏剧社**。这个由文明戏和改良旧戏的戏剧家与新文化运动的倡导者会盟而成的五四以后第一个新的戏剧团体，发表了如下宣言：

> 戏剧在现代社会中，确是占着重要的地位，是推动社会使前进的一个轮子，又是搜寻社会病根的 X 光线，又是一块正直无私的反射镜……②

民众戏剧社高扬民众的、为人生的、"真的新戏"的旗帜，提倡写实的社会剧。从五四的问题剧到这时期的写实的社会剧，现实主义戏剧的理论观念终于形成了，新剧从热衷于表现问题或以问题编排戏剧，发展为描写社会现实，反映真实人生，宣传思想，着重发挥社会功能。

蒲伯英（1875—1934），四川人，原名蒲殿俊。他的六幕剧《道义之交》和四幕剧《阔人的孝道》揭露、讽刺了上流社会虚伪的道义。

从文明戏舞台走到话剧创作的陈大悲，在 1920 年至 1924 年为"爱美的戏剧"写了《良心》《英雄与美人》《幽兰女士》《爱国贼》等十几部剧作，内容大多为革命党人的蜕变，伪君子的卑劣，官僚家庭的丑闻，军阀混战的灾难，妓院的陋习和妇女的悲惨命运，表现了社会生活的众多方面；情节结构上受欧洲佳构剧影响，戏剧情节多为偷听隐私、相互争斗、枪杀自尽、良心发现等几种，以适应市民阶层的观剧心理和审美情趣，因而在当时被称为通俗戏剧，成为风行一时、屡被上演的爱美剧目。

熊佛西（1900—1965），江西丰城人，原名熊福禧。早期戏剧集《青春底悲哀》是问题剧的路子，1924 年至 1926 年，戏剧创作转向反映现实中的平民生活和阶级、民族矛盾，如《洋状元》《一片爱国心》《当票》等剧。

汪仲贤的《好儿子》生动、细致地描写经纪人陆慎卿因失业造成家庭经济困窘，家庭矛

---

① 陈大悲：《戏剧指导社会与社会指导戏剧》，《戏剧》第 2 卷第 2 期，1922 年 2 月，见洪深编选：《中国新文学大系·戏剧集》，上海良友图书印刷公司 1935 年版，第 32 页。

② 《民众戏剧社宣言》，《戏剧》第 1 卷第 1 期，1921 年 5 月。

盾激化，并最终铤而走险，被捕入狱的故事。

1925 年以后，新的写实主义戏剧创作注入了"抓住被压迫民族与阶级的革命运动的精神"和"表同情于无产阶级"的阶级观念和抗争意识。"谷剑尘底《冷饭》和胡也频底《瓦匠之家》，都是想用写实的手法，去写出那中下层社会的痛苦生活"，郑伯奇的《抗争》被称为显露出"明白的反帝意识"的"反映时代的戏剧"①。

1921 年至 1922 年年初成立的戏剧社团还有以朱穰臣为总干事的辛酉学社，何玉书、李健吾、封至模、陈大悲等成立的北京实验剧社，陈大悲、蒲伯英发起的新中华戏剧协社，以及由应云为、谷剑尘、汪仲贤、欧阳予倩、徐半梅等组成，前后奋斗了 12 年，举行过 16 次公演的上海戏剧协社。

洪深（1894—1955），常州人，学名洪达，字浅哉。1922 年春，洪深自美国留学回国后在戏剧上做的第一件大事是编成一台全是男角的《赵阎王》，他借鉴奥尼尔《琼斯皇》的戏剧手法，以大段的独白和心理幻觉表现人物的恐惧心理，第一次在中国话剧舞台上表演了表现主义的戏剧艺术。1923 年秋，洪深由欧阳予倩、汪仲贤介绍加入上海戏剧协社，倡导男女合演，建立正规的排演制度，排演"《终身大事》《泼妇》《好儿子》《少奶奶的扇子》，共四剧"②。最充分发挥和显示洪深的导演才能，并给当时戏剧界带来全面影响的，是他在 1924 年为戏剧协社编导的《少奶奶的扇子》的演出。剧作是根据英国剧作家王尔德的名作《温德米尔夫人的扇子》改编，不同于以往文明戏或爱美剧社演出外国剧目，洪深首先对原作作了较大的改动，沿用原作的故事情节，同时又将人物所处的环境、个性、语言、习俗全部中国化，以适应中国观众的审美情趣。其次，采用写实的演剧风格，演员表演自然细腻，舞台布景、灯光、道具力求写真，在中国戏剧舞台上首次运用"硬片做布景，真窗真门，台上有屋顶，灯光按时间气氛而变换"，以致当时观众为之惊叹："原来在京戏和文明戏之外，还有这样的戏！"《少奶奶的扇子》的演出"是中国第一次严格地按照欧美各国演出话剧的方式"，因而"轰动全沪，开新剧未有的局面"③。从 1920 年上海新舞台剧场《华伦夫人之职业》的演出失败到《少奶奶的扇子》演出的成功，时间仅三年半，中国现代话剧取得了长足的进步，标志着新文化运动以来提出的以欧洲戏剧为榜样进行戏剧改革，创造真正的新剧的目的，经过戏剧界的不断实践、反思、探索，终于收到了比较满意的成效。从爱美剧的倡导到建立正规的导表演制度，中国现代话剧在戏剧的外部关系和艺术本体建设方面双管齐下，基本上摆脱了文明戏遗风的困扰，建立起比较完整的具有现代意义的话剧艺术形式。

在 20 年代社会问题剧的模式之外，田汉、郭沫若和丁西林的话剧创作别具一格，他们的共同特点是从文学走向戏剧，很少受文明戏的影响，他们的剧本创作恰恰取得了相当的成就。

田汉、郭沫若那些标榜为新浪漫主义而本质上是浪漫主义的，又带有不同程度现代派戏剧表现手法的剧作，比现实主义戏剧更具艺术光彩。郭沫若此时专注于历史题材的创作，他在中国古代那些具有戏剧性和浪漫色彩的女性人物身上发现了可以注入现代思想的构架，融入了先觉者带有启蒙意识和批评意图的创造激情。1923 年发表《卓文君》和《王昭君》，1925 年在

---

① 洪深：《中国新文学大系·戏剧集·导言》，上海良友图书印刷公司 1935 年版，第 72、93 页。
② 洪深：《中国新文学大系·戏剧集·导言》，上海良友图书印刷公司 1935 年版，第 62 页。
③ 谷剑尘：《剧本汇刊·序》，商务印书馆 1928 年版。

五卅惨案的刺激下创作《聂嫈》,1926 年将这三部戏剧结集为《三个叛逆的女性》出版。在 20 年代,为思想解放所激发,择取古事古诗中的著名女性予以再评价,重塑人物形象,成为一种戏剧现象。郭沫若是诗人写剧,奔放的热情,大胆的形象,优美的语言,动人的抒情,构成其戏剧的浓郁的诗的意境。除郭沫若的古事剧外,还有王独清的《杨贵妃之死》和《貂蝉》,袁昌英的《孔雀东南飞》和欧阳予倩的《潘金莲》等。

丁西林(1893—1974),江苏泰兴人,原名丁燮林,是一位杰出的喜剧家,1923 年创作的第一部独幕喜剧《一只马蜂》一鸣惊人,显露出他出众的幽默才能和高超的喜剧艺术技巧,此后又连续发表《亲爱的丈夫》(1924)、《酒后》(1925)、《压迫》(1926)、《瞎了一只眼》(1927)、《北京的空气》(1930)五部独幕喜剧。《压迫》针对北京租房"一要有铺保,二要有亲眷"的习俗,让一位单身男客与房东太太争辩,又让一位爽直而富有同情心的女房客闯进来说"让我做你的太太",即兴表演了一出双簧戏。男女主人公明快、诙谐的台词为剧作家成功地赢得了舞台喜剧效果,与《终身大事》《兵变》一样成为当年学校爱美剧社演剧的保留剧目,被洪深称为"那时期的创作喜剧中的唯一杰作"。丁西林的喜剧不及讽刺喜剧尖锐辛辣,不取通俗喜剧那种朴实嬉闹,而是接近于英国机智喜剧的雅致幽默。有学者指出,《压迫》不是情境喜剧或巧凑剧,而是世态喜剧或机智剧[①]。他的戏剧人物大多受民主思想的影响,情趣高雅但性格独特,人物之间的思想性格差异构成了丁西林喜剧冲突的张力,在戏剧的嘲弄触发下,飘溢出沁人心脾的温馨。这是以同情、体贴、善意为思想内涵的关怀和温暖,使人观之始觉细微有趣,继之感到惟妙惟肖,再之便是回味不尽,在会心的微笑中品味到其中的意蕴和美感。他的戏剧语言简洁精练、机智风趣。朱自清所说的"平淡的幽默",正是丁西林在这时期喜剧创作的美学特征,也是他对中国现代喜剧的独特贡献。

1925 年,一些留美学生,如余上沅、张嘉铸、闻一多"抱建设中华国剧之宏愿"回国,试图发起一个爱尔兰文艺复兴运动式的"**国剧运动**"。他们在新月社同人的帮助下,商请教育部在北京艺术专门学校增设戏剧系,第二年又在徐志摩主持的《晨报副镌》上开设《剧刊》,倡导国剧运动。国剧运动的倡导者批评伴随介绍易卜生而涌现的许多问题剧一味强调思想、道德和问题,将戏剧舞台当作演讲家的讲台,"艺术人生,因果倒置",导致戏剧的艺术性的丧失;另一方面,因学习西方而造成西方戏剧美学,特别是易卜生的写实剧蜂拥而至,致使戏剧的个性即民族性,主要是古典戏曲的写意性的丧失。因此提出"中国人对于戏剧,根本上就要由中国人用中国材料去演给中国人看的中国戏"[②],即"国剧"的经典要义。对于戏剧本体,国剧理论家们认为"戏剧是广义的,剧本是指演员在舞台上演的戏剧",同时推崇传统戏曲的

---

① 陈瘦竹:《关于丁西林的喜剧》,《戏剧理论文集》,中国戏剧出版社 1988 年版,第 471 页。刘绍铭则认为是受巧凑剧影响:"虽然有人曾经提到丁西林深受莫里哀、契诃夫和米伦的影响,但是在我看来,因为他更侧重于用巧计使情境转变因而产生他所预期的使人惊奇的效果,所以更接近于斯克里伯的巧凑剧的技法。除根据同名小说改编的剧本《酒后》和《北京的空气》外,丁西林的全部创作明确地得力于巧凑剧的绝妙的编剧方法。……丁西林剧中人的事后聪明,给人一种印象,他们事先毫无准备,他们所作的决定和所说的言语,都凭一时冲动。我们在一篇典型的丁西林喜剧中,经常欣然发现剧中人自己对于他们所产生的某种情境的惊奇之感,就像观众一样事先毫无思想准备。"转引自陈瘦竹:《关于丁西林的喜剧》,《戏剧理论文集》,中国戏剧出版社 1988 年版,第 468—471 页。

② 余上沅:《国剧运动·序》,《余上沅研究专集》,上海交通大学出版社 1992 年版,第 49 页。

"写意"，要"在'写意的'和'写实的'两峰间，架起一座桥梁"①。到20世纪80年代，国剧运动及其理论与价值才重新引起戏剧界的再认识。

　　1929年，洪深发表《从中国的新戏说到话剧》，阐释中国现代话剧："话剧，是用那成片段的，剧中人的谈话，所组成的戏剧"，"话剧的生命，就是对话"，并指出"春柳社的新剧，以及文明戏爱美剧，都应当老实地称作话剧的"②。至此，话剧的名称被确定。从新剧到话剧，标志着一种文艺样式从西方"泊"到中国并立足，也标志着中国现代戏剧主体的自觉。

第二节　田　　汉

　　田汉（1898—1968），湖南长沙人，原名田寿昌，自幼受到传统戏曲的熏陶，中学时代在辛亥革命的影响下编写出改良新剧《新教子》和《新桃花扇》。1916年至1922年就读于日本东京高等师范学校，1919年加入少年中国学会。在日本，他几乎是饥不择食地吸收各种西方文化，从莎士比亚、易卜生、托尔斯泰到歌德、王尔德、霍普斯曼，广容博纳。1921年，田汉与郭沫若、郁达夫等筹组创造社，不久脱离创造社另组南国社。自1924年创办小型文艺刊物《南国》半月刊，田汉以波希米亚的方式开展"在野地"的南国戏剧运动。他在艰难困苦中以极大的热情、才华和毅力献身于中国现代戏剧运动，是20世纪20年代中国戏剧创作剧目最丰、成就最高的戏剧家。

　　1920年9月，田汉写的第一个剧本《梵峨嶙与蔷薇》——"写一歌女与琴师之艳遇"，表现出贯穿他一生的"Violin and Rose"情结。而他自认为1920年冬写成初稿的《咖啡店之一夜》"事实上是比较能介绍我自己的

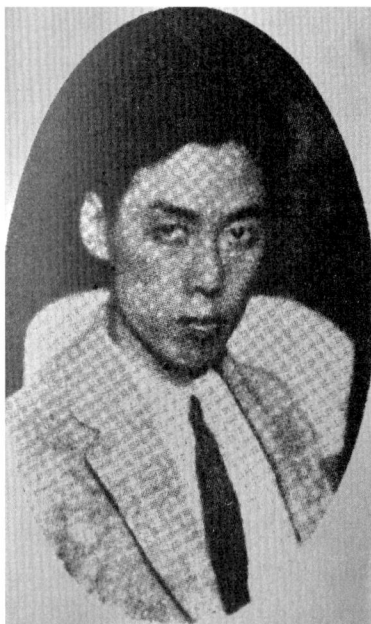

靠思想飞翔的艺术家。

——田汉

'出世作'"③。创作于1922年的独幕剧《获虎之夜》以辛亥革命后的湖南山村为背景，融进更多的写实主义精神，描写一个"浮浪儿童爱上了一个富农的女儿"的悲剧：猎户魏福生为女儿莲姑千挑万选地攀上了陈家，为添嫁妆安置抬枪打虎，而女儿却爱着她的表哥黄大傻。黄大傻在双亲亡故后沦为流浪儿，被视为癫子。开场时，对婚礼的议论和关于猎虎的传奇故事交织在一起，然而一声枪响，却使剧情陡转。被抬枪打中而抬进来的却是去后山看莲姑家灯光的黄大傻。黄大傻在伤痛和悲哀之中倾诉了对莲姑的一片痴情和自己的孤独感，最后绝望自尽。30年代，洪深在选编《中国新文学大系·戏剧集》时称之为"本集里最优秀的一个剧本；在

---

　　①　余上沅：《国剧》，原为英文稿"Drama"，发表于《中国文化论文集》，译文载《晨报》1935年4月17日，转引自洪深：《中国新文学大系·戏剧集·导言》，上海良友图书印刷公司1935年版，第77页。

　　②　洪深：《从中国的新戏说到话剧》，广州《民国日报》，1929年2月，见《洪深研究资料》，浙江文艺出版社1986年版，第176页。

　　③　田汉：《田汉戏曲集（一）·自序》，《田汉文集》，中国戏剧出版社1983年版，第453页。

题材的选择，在材料的处理，在个性的描写，在对话，在预期的舞台空气与效果，没有一样不是令人满意的"。可以说，《获虎之夜》是我国独幕话剧创作臻至成熟的一个标志。

发表于 20 年代后期的《名优之死》和《南归》，是田汉"这一时期最有代表性的作品"[1]。《名优之死》的构思最早源于田汉在日本受到波德莱尔散文诗《英勇的死》的启示，回国后又听说晚清名优刘鸿声晚景凄凉，一次在舞台上"长叹一声就那么坐在衣箱上死了"，因而决意"写一篇中国名伶之死为题材的脚本"[2]。1927 年冬，这部凝练简洁、抑郁磊落的三幕悲剧在上海艺术大学鱼龙会上首演：京剧名老生刘振声正直刚强，重戏德、戏品，爱自己的艺术，贫病交加而矢志不渝。他倾其心血培养女弟子刘凤仙成名，而刘凤仙却被以杨大爷为代表的恶势力盯上，在小报吹捧、金钱诱惑下倦怠堕落，刘振声终于气哑了声，又在喝倒彩声中倒下。剧作以刘振声与杨大爷的三次交锋冲突为主线，剧情发展自然流畅，前台戏与后台戏互为烘托，刘振声的刚正抑郁，左宝奎的诙谐调侃，萧郁兰的泼辣热情，杨大爷的狂妄无耻，均在剧情的自然发展中得到了生动表现。

本时期的田汉本质上是浪漫主义的抒情诗人，他"以一个浪漫主义抒情诗人的敏感，来观察和体验人物内心的感情变化，并且善于渲染气氛，创造情调，使他的人物用热烈的词句倾吐他们的真情或用低沉的语调诉说他们的哀愁。他的作品以鲜明的抒情色彩，像诗一样激动着读者和观众的心。戏剧诗本来包含抒情诗和叙事诗的成分，而田汉作品中的抒情诗成分显然多于叙事诗。他的剧中人经常情不自禁地奔放出自己的情感，宛如长江流水，一泻千里，因此他剧本中的台词不仅很长甚至长达七八百字，而且有些台词与其说是对话不如说是独白。田汉的作品中抒情和幻想的成分多于对于现实描绘的成分"[3]。受唯美主义影响，田汉的戏剧注重表现内心情绪与生命意识，如《生之意识》让婴孩的啼哭成为戏剧情节转机，使老人转怒为喜，如《颤栗》赞美生命"是活泼的，变动的，向上的"。田汉更崇拜王尔德"以全生命求其美"，因而在《梵峨嶙与蔷薇》中塑造为爱、为艺术牺牲，以自己身体助恋人攀登艺术之宫的台阶的歌女。田汉娴熟地运用直觉、暗示、象征等手法。尤其是此际所写的四个剧本《湖上的悲剧》(1928)、《古潭的声音》(1928)、《颤栗》(1929)、《南归》(1929)，在浓郁的抒情和神秘的气氛中显示出象征主义的深刻影响。所以田汉此时的戏剧艺术风格表现出浓烈的诗化倾向和与之相应的音乐美、浪漫主义的传奇性，是诗与剧的统一，但也由此出现了一些结构上的粗疏和席勒式的长篇台词。[4]

在感伤情调的笼罩下，田汉早期剧作出现了两组有所交错的形象系列：一组是艺术家形象。五四时期的田汉"保持着多量的艺术至上主义"，他生活在艺术和艺术家之中，熟悉艺术和艺术家并与之有深厚的感情。他有意表现艺术家，写而不倦。他一再说他的许多剧作都是有模特儿的，是"反映我当时世界的一首抒情诗，什么都涂了浓厚的我自己的色彩"[5]，"我们的

① 陈瘦竹：《田汉的剧作》，《现代剧作家散论》，江苏人民出版社 1979 年版，第 58 页。董健的《田汉二十年代话剧创作简论》则将《获虎之夜》和《名优之死》视作田汉"二十年代的两部最有代表性的剧作"，见《文学与历史》，江苏文艺出版社 1992 年版，第 87 页。

② 田汉：《田汉戏曲集（四）·自序》，《田汉文集》，中国戏剧出版社 1983 年版，第 449 页。

③ 陈瘦竹：《田汉的剧作》，《现代剧作家散论》，江苏人民出版社 1979 年版，第 75 页。

④ 董健：《田汉二十年代话剧创作简论》，《文学与历史》，江苏文艺出版社 1992 年版，第 96—99 页。

⑤ 田汉：《田汉戏曲集（四）·自序》，《田汉文集》，中国戏剧出版社 1983 年版，第 442 页。

生活便马上是我们的戏剧，我们的戏剧也无处不反映我们生活"，于是南国社波希米西亚青年的风采很快就摄入田汉剧作中。田汉早期剧作里的主人公大多是歌女、乐师、诗人、作家，或者学文学的大学生、编辑、画家、京剧演员，即使是《南归》里浪迹天涯的流浪者，也弹着吉他唱着感伤的歌，一身诗人气质。由此组成了具有田汉色彩的艺术家形象系列。田汉在这些艺术家身上倾注了自己的理想，他们大都年轻、正直、善良，怀抱着理想，热爱艺术，追求真诚的爱，然而他们又多是孤独的，受社会压迫，与家人分离，爱情生活遭遇不幸或磨难。

另一组形象系列是孤独的漂泊者的形象。《梵峨嶙与蔷薇》中柳翠和秦信芳都是孤身漂荡，最后又要去做巴黎的漂泊者。《咖啡店之一夜》中白秋英和林泽奇都述说自己像"一位孤单的旅客在沙漠里走"，就连那位没有出场的俄国盲诗人也是被放逐的，怀着吉他在异国漂泊。《获虎之夜》里黄大傻是四处乞讨的流浪儿。在《苏州夜话》和《名优之死》里，画家刘叔康和名优刘振声皆辗转流离。《湖上的悲剧》《古潭的声音》和《南归》中的主人公都是浪迹江湖的诗人，或漂泊惯了的女孩，他们不停地四处漂泊，在漂泊中追求。《南归》是这种人生漂泊、一生探求的典型的诗意表现。疲惫的流浪者告诉苦等他的春姑娘："人生是个长的旅行"，"我是一个永远的流浪者"。剧作家通过春姑娘的眼光，带着虔诚的赞美描述了这样的流浪者跟神一样的诗意形象——"不管是坐着，或是站着，他的眼睛总是望着遥远遥远的地方"。春姑娘拒绝了象征故乡的明弟，在落幕时追寻流浪者到那遥远的地方去。漂泊既是感伤的载体，也为感伤增加力度，也因此，感伤的漂泊者具有特定的历史内容和浪漫主义的美学价值。

田汉在 1927 年以后的剧作，如《火之跳舞》《第五病室》《垃圾桶》《一致》等，显示了田汉戏剧的转机——现实主义成分的明显加强和阶级意识的直接参与。从"唯美的残梦，青春的感伤到现实的觉醒集团的吼叫"[1]，是田汉早期戏剧创作的发展轨迹。

田汉是位浪漫热血青年。1919 年，他与 16 岁的表妹易漱瑜私奔。易漱瑜产后病故，田汉与易的好友黄大琳结婚。1928 年，南洋姑娘林维中通过书信表达对田汉的爱慕，这位从家中逃婚的姑娘对青年剧作家怀着痴情。1929 年，安娥与田汉频频接触。这位红色女郎化名"张瑛"，受命与田汉交往，促成田汉与南国社向"左"转。1930 年，田汉发表著名长文《我们的自己批判》宣告"转向"。1931 年 1 月，中国左翼戏剧家联盟成立，田汉当选为主席，积极从事普罗戏剧运动。转向后的田汉的人学观念和戏剧观念蜕变着，他的戏剧注重表现工农群众所遭受的压迫和剥削，从社会解放的角度表现半殖民地半封建社会的阶级矛盾和阶级斗争，如《梅雨》《一九三二年的月光曲》《洪水》等左翼戏剧。30 年代田汉还创作了许多表现抗日救亡主题的戏剧，如《暴风雨中的七个女性》《乱钟》《扫射》《战友》等，这些戏剧与他描写工农群众苦难和反抗的剧本，正如后来他自己所说的多是为配合政治宣传的"急就章"。而田汉也努力追求在新的高度上的思想和艺术的平衡，三幕剧《回春之曲》因为回归到他所擅长的抒情风格而取得了较高的成就。剧本以恋爱悲喜剧的形式描写了一个抗日救国的动人故事，主人公健康的"回春"、爱情的"回春"和呼唤祖国抗日的"回春"，在这个传奇性故事中得到了戏剧性的、诗意的表现。

全面抗战爆发后，田汉更多地投身到戏曲创作中，探索和尝试对平剧（京剧）、湘剧、桂剧、川剧等传统地方戏曲的改革，改编或创作了《新雁门关》《新儿女英雄传》《江汉渔歌》《风

---

①　田汉：《田汉戏曲集（四）·自序》，《田汉文集》，中国戏剧出版社 1983 年版，第 451 页。

云儿女》《武则天》《武松》等多个戏曲剧本。1947 年问世的话剧《丽人行》是田汉戏剧创作的集大成之作。《丽人行》打破幕的分割，运用话剧的多场次结构，将全剧分为 21 场。剧中三位女性牵引出的三条情节线分别展开，又交织穿插：女工刘金妹被日兵强奸后，含愤自杀被救，但被辱的经历已使她的生活无法回到正常的轨道，迫害和苦难接踵而至；革命者李新群不畏艰险地从事地下革命工作，是剧中代表正义、光明和力量的形象；而李新群的同学梁若英则是动摇彷徨的资产阶级女性。剧作通过这些交织在一起的人物关系和命运的变化，全景式地反映了抗战胜利前后光明与黑暗、正义与邪恶搏斗的艰苦岁月，以及种种人物的挣扎、奋斗和对光明的渴望，尤其是有深度地刻画了梁若英的形象，通过设置戏剧情境，在逼迫她作出一个个尴尬的选择中剖示她的灵魂。

第三节　20 年代散文

新文学中的散文有杂感小品、叙事抒情“美文”，还有散文诗和文艺性通讯。鲁迅甚至认为，本时期散文创作的成就在诗歌、小说之上。

中国现代散文的兴起和其后的繁荣，是与当时报刊业的发达密切联系的。

《新青年》的“随感录”中的一些文艺性的短论和杂文，为现代散文开辟了道路。杂文经鲁迅的运用，在新文学运动中占有重要的地位。

20 世纪 20 年代鲁迅出版的杂文集有：《热风》《华盖集》《华盖集续编》《坟》《而已集》。此外，1932 年出版的《三闲集》是 1927 年至 1929 年杂文的结集。

随后，抒情散文、叙事散文也有了发展。1927 年鲁迅的《野草》出版，标志着散文诗的成熟。1928 年出版的《朝花夕拾》是鲁迅对青少年时代生活的回忆。对父亲、保姆、塾师、故友的追忆，为绵厚的温情所浸透。《无常》《狗、猫、鼠》《二十四孝图》闪烁着反封建的思想光芒。语言凝练，回忆文融杂文手法，是鲁迅散文的特点。

《语丝》周刊刊载的社会批评和文化批评，任意而谈，无所顾忌，文笔幽默、泼辣，时称“语丝文体”。

周作人是语丝社重要的作家。据统计，从 1918 年到 1928 年的 10 年间，周作人在《新青年》《每周评论》《晨报副刊》《语丝》等 20 种报刊上发表散文近千篇。他的平和冲淡的“美文”在艺术上达到了炉火纯青之境。

俞平伯的散文属周作人的美文一派。他 20 年代的散文集有《燕知草》和《杂拌儿》。《桨声灯影里的秦淮河》《陶然亭的雪》《西湖六月十八夜》是散文中的名篇。

文学研究会的散文作家中，朱自清、冰心以文字优美著称。1920 年以后，冰心发表了她最初的一批散文，如《往事》《寄小读者》。《寄小读者》是用通讯形式写的文艺散文。冰心以典雅、清丽的文笔和温暖的柔情，诉说对家国、对母亲、对兄弟、对弱小者、对自然的爱，表现了她的爱的哲学。郁达夫评价她说：中国传统文化的熏陶、故乡的山水、留学生活“助长了她的诗思，美化了她的文体”，“意在言外，文必己出，哀而不伤，动中法度”①。

许地山、叶圣陶也是文学研究会的重要作家。许地山的《空山灵雨》(商务印书馆 1925 年

---

① 郁达夫：《中国新文学大系·散文二集·导言》，上海良友图书印刷公司 1935 年版，第 16 页。

版）收散文小品 44 篇，是新文坛最初成册的个人散文集。其《弁言》说"生本不乐"，而入世以来又"屡遭变难，四方流离"。《空山灵雨》叙事、抒情、设喻时禅机迭出，这并非是从佛教世界观寻求消极的解脱，而是借佛教文化的智慧探求人生哲理，或用以解自身之惑，或用以启迪读者。大多是语含机锋的寓言及抒情小品，可视为散文诗。其中《落花生》平实素朴，它将"把果子埋在地里"的花生与悬在枝上鲜红嫩绿"令人一望而发生羡慕之心"的苹果、桃子、石榴作比较，得出了"人要做有用的人，不要做伟大、体面的人"的道理。

叶圣陶 20 年代的散文，收入他和俞平伯合著的散文集《剑鞘》及 1931 年出版的散文小说合集《脚步集》中。1935 年出版《未厌居习作》。叶圣陶多年从事语文教学和文学编辑工作养成的谨严作风，也在他的散文写作中留下烙印，郁达夫说："我以为一般的高中学生，要取作散文的模范，当以叶绍钧氏的作品最为适当。"[①]《五月三十日急雨中》《藕与莼菜》《没有秋风的地方》都是名作。

20 年代瞿秋白发表的散文有《心的声音》《饿乡纪程》《赤都心史》《浼漫的狱中日记》《那个城》等；杂文有《小言》（七则）、《寸铁》（三则）等。《饿乡纪程》《赤都心史》是现代文学史上最早的文艺通讯，也是最早反映十月革命后苏俄社会真相的作品。

郁达夫是散文名家，他 20 年代的散文有以叙事和抒情为主的（如《还乡记》《还乡后记》《立秋之夜》），有书简（如《海上通信》《一封信》《北国的微音》），游记（如《感伤的行旅》），日记（如《病闲日记》）等。《还乡记》《还乡后记》是郁达夫早期写零余者羁旅生活的记行体作品，途中风物人情和人物的伤感彷徨交相描绘，构成了作品的内在节奏和情韵之美。《海上通信》向友人诉说他对侵略者、资本家的恨，对人民苦难的同情，以及他的自哀自怜的伤感之情。《病闲日记》从容、坦率地记叙了他在广州的一段生活。作家恣笔写来，喜怒哀乐乃至个人隐私都兴会淋漓。

郁达夫说："现代的散文之最大特征，是每一个作家的每一篇散文里所表现的个性，比从前的任何散文都来得强。"这一特点在早期创造社作家群的散文里表现得格外鲜明。郁达夫的散文文笔恣肆，因愤激而生的苦闷、无聊、自怜，乃至自暴自弃、自虐自残，都有着个性解放、离经叛道的意味，可见出魏晋名士的余绪；而不能免于颓废，又是 20 年代郁达夫散文与小说一致处。

郭沫若前期散文分别收在《橄榄》《水平线下》等集中。1924 年 12 月至 1925 年 1 月以《小品六章》为总题发表于《晨报副镌》的六篇散文（《路畔的蔷薇》《墓》《白发》《山茶花》《水墨画》《夕暮》）最为有名。《小品六章》即景生情，情融于景，伤景即自伤，怜物亦自怜，贯穿于其间的是一种甚深的漂流感。见蔷薇而情动，睹白发而生悲，细事微物都触动诗人情怀；爱美，爱青春，爱牧歌式的野趣；重主观性情的抒写等都表现了郭沫若的浪漫主义诗人的风格。作品短小凝练，含蓄淡远，充分地表现了散文诗的特点与优长。

梁遇春散文独树一帜，多收于《春醪集》，《泪与笑》中也有几篇 20 年代的散文。他的散文多谈人生哲理，博学敏思，"如星珠串天，处处闪眼，然而没有一个线索，稍纵即逝"[②]，这与他耽于书斋生活，视野狭窄，而年纪又轻，思想尚未充分成熟有关。梁遇春探索人生，独立

---

① 郁达夫：《中国新文学大系·散文二集·导言》，上海良友图书印刷公司 1935 年版，第 18 页。
② 废名：《泪与笑·序一》，开明书店 1934 年版。

思考。然而"将一个问题，从头到尾，好好想一下"又"总觉头绪纷纷"，常"找不出自己十分满意解决的方法"(《"还我头来"及其他》)，于是不免彷徨，有时堕入怀疑论，而喟叹"人生的意义，或者只有上帝才晓得吧！还有些半疯不疯的哲学家高唱'人生本无意义，让我们自己做些意义'。梦是随人爱怎么做就怎么做的，不过我想梦最终脱不了是一个梦罢"(《人死观》)。《春醪集》就是他的"醉中梦话"。

对社会、人生，梁遇春感到困惑、彷徨，然而却用异常的执着，在悲苦、怀疑中追求一种有意义的、有色彩的、生气勃勃的人生。这种追求与努力表现在《笑》《滑稽和愁闷》这两篇"醉中梦话"里，也表现在《论麻雀及扑克》《谈"流浪汉"》中。后两篇文章批判了中外绅士们的灰色人生，在《谈"流浪汉"》中更提出了"流浪汉"来与"绅士"对立。他的"流浪汉"不是吉普赛人式的漂流者，而是"生命海中的弄潮儿"，是有冒险精神的、"具有出类拔萃的个性的人物"(《谈"流浪汉"》)，是梁遇春自身的人生追求的描述。梁遇春的思想与文风都是非绅士的。

梁遇春被称为"中国的爱利亚"[1]（即英国散文家查理斯·兰姆），他青睐兰姆的随笔文体。英法随笔 Essay，曾是当时深受知识分子钟爱的文体，同"信腕信口"的晚明小品一起引起这一代散文家的共鸣。梁遇春说，他写"流浪汉"受英国 19 世纪末叶小品文家斯密士的影响，而对"流浪汉"精神的颂扬，是受兰姆的启发，兰姆"主张我们有时应当取一种无道德的态度，把道德观念撇开一边不管，自由地来品评艺术和生活"(《查理斯·兰姆评传》)。梁遇春不是刻意模仿兰姆，而是像兰姆一样，率性真诚纵谈人生，毫不掩饰自己的全人格。读梁遇春文，可以感到他那笑中有泪、泪中有笑的神态。对英、美、法三国文学的大量引述，是梁遇春散文写作上的显著特点。英国作家的诙谐，和法国蒙田、伏尔泰的怀疑论的糅合，形成了梁遇春的非绅士的"流浪汉"的散文风格。

新月派和现代评论派的散文以徐志摩和陈西滢影响最大。徐志摩 20 年代的散文集有《落叶》《自剖》《巴黎的鳞爪》，《秋》是 1929 年的演讲，于 1931 年出版。徐志摩的散文笔调轻盈飘然，语言华丽夸饰。华丽则不免繁复，轻盈有时流于轻佻。徐志摩散文以其鲜明的个人风格为人所爱重。陈西滢以"闲话"知名，《西滢闲话》是他的代表作，由它可看出西滢"闲话"的思路绵密别致、别具新意，语言细致，层层剖析，别开生面。

本时期散文，其风貌、风采恰如朱自清所描述的，"绚烂极了"，"有种种的样式，种种的流派，表现着，批评着，解释着人生的各面，迁流曼衍，日新月异；有中国名士风，有外国绅士风，有隐士，有叛徒，在思想上是如此。或描写，或讽刺，或委曲，或缜密，或劲健，或绮丽，或洗炼，或流动，或含蓄，在表现上是如此"。[2]

这是中国文学史上继晚明散文后又一次散文的盛况，是中国散文本体禀性与革故鼎新的新文学潮流相激荡遇合的璀璨。自由灵活的散文便于表现个性与人的心灵的张扬，激荡新文化人的觉醒、人的发现，迸生了天然的契合。郁达夫总结新文学第一个十年散文创作时指出："五四运动的最大的成功，第一要算'个人'的发现。从前的人，是为君而存在，为道而存在，为父母而存在，现在的人才晓得为自我而存在了。……现代的散文之最大特征，是每一个作家

---

① 郁达夫：《中国新文学大系·散文二集·导言》，上海良友图书印刷公司 1935 年版，第 11 页。
② 朱自清：《论中国现代小品散文》，《文学周报》1928 年第 345 期。

的每一篇散文里表现的个性，比从前的任何散文都来得强。"①

　　新的人的观念，构成了中国现代散文的灵魂，是现代"散文的心"，也是推动散文文体自觉并蔚为大观创作风貌的内在动力。

　　本时期散文创作表现出世界文学的广泛影响。英国的小品，蒙田的随笔，尼采的箴言警句，屠格涅夫的散文诗，泰戈尔、厨川白村在 20 年代对我国散文的文体、风格都或直接或间接地发生过影响。新文学运动初期和 20 年代的散文作家们都怀有深厚的学养。鲁迅式的杂文，周作人的美文小品，冰心、朱自清的文笔对后来散文的发展都发生过或仍在发生着深刻影响。

第四节　周作人　朱自清　《野草》

　　周作人（1885—1967），浙江绍兴人，初名櫆寿，号星杓，1901 年到南京江南水师学堂学习，改名作人，自号起孟，1909 年又改号启明，常用的笔名有岂明、开明、独应、仲密、周逴、遐寿等。1901 年到 1905 年在南京求学期间接触了西方科学和民主思想，开始了最初的文学活动，译《侠女奴》《玉虫缘》《荒矶》，创作短篇小说《女猎人》《好花枝》《孤儿记》，根据《旧约》中夏娃的故事改编《女祸传》。1906 年赴日求学。此间更多地接受了西方民主思想的影响，与鲁迅一起筹办《新生》杂志，提倡文艺运动，译《红星佚史》《劲草》《匈奴奇士录》《炭画》《黄蔷薇》，又与鲁迅合译《域外小说集》。辛亥革命前夕除在杭州、绍兴教育界任职外，继续翻译与创作，出版了介绍希腊文学的《异域文谈》，创作短篇小说《江村夜话》，研究儿童文学。娶妻日本女。早期加入《新青年》，在《新青年》《每周评论》等杂志上发表《人的文

小品文是文学发达的极致，它的兴盛必须在王纲解纽的时代。
　　　　——周作人《〈冰雪小品〉序》

学》《平民的文学》《思想革命》等论文，把文学革命由形式的改革转向内容的革新，推动了新文学运动的深入发展。1920 年加入新潮社。同年，筹办文学研究会，起草文学研究会宣言，宣称"文学是……于人生很切要的工作"，揭起了"为人生"的文学旗帜。1924 年与孙伏园等创办《语丝》周刊。他参加了新文学运动，在女师大风潮、五卅运动、"三一八"惨案、"四一二"事变中，站在进步的、革命的方面，写了大量杂文。他在新文化运动落潮后，特别到 20 年代中期思想矛盾也逐渐加深，1928 年以后趋于消沉。全面抗日战争爆发后变节附逆，出任伪职。华北沦陷期间，在敌伪报刊发表文章数百篇，一部分为站在伪职立场的文章。1945 年因汉奸罪被捕，后判刑，1949 年 1 月新中国成立前夕交保释放。晚年定居北京，翻译希腊文学与日本文学，出版《鲁迅的故家》《鲁迅小说里的人物》《鲁迅的青年时代》等著作。1967 年5 月病逝于北京。

　　20 年代是周作人散文创作的鼎盛期。周作人在 20 年代结集出版的散文集有：《自己的园

---

① 郁达夫：《中国新文学大系·散文二集·导言》，上海良友图书印刷公司 1935 年版，第 4 页。

地》（1923）、《雨天的书》（1925）、《泽泻集》（1927）、《谈虎集》（1927）、《谈龙集》（1927）、《永日集》（1929），另有诗和散文诗合集《过去的生命》（1929）。1931 年 2 月出版的《艺术与生活》是 1926 年编就的，收五四前后的文学论文（如《平民的文学》《人的文学》），关于俄国文学、欧洲文学、日本文学的论译，关于日本新村的论文和访问记等 21 篇。序文说："一九二四年以后所写的三篇，与以前的论文便略有不同……即梦想家与传道者气味渐渐地有点淡薄下去了。"总观周作人自编的散文集及后来编辑出版的《集外文》，可大致看出周作人 20 年代散文创作的两种倾向及其演变的轨迹。

周作人的散文历来就有浮躁凌厉和平和冲淡两种风格。20 年代谈时事的杂文属于浮躁凌厉的一类，而杂感、读书随笔及 20 年代他称之为美文的艺术性散文，则属于平和冲淡的一类。

《谈虎集》是 1919 年至 1927 年的杂文的结集，多是"关于一切人事的评论"。《谈虎集·序》说："我这些小文，大抵有点得罪人，得罪社会，觉得好像是踏了老虎尾巴，私心不免惴惴，大有色变之虑，这是我所以集名谈虎之由来。"集中"得罪"的是专制特权、旧文化、反动军阀、帝国主义、国民党的清党罪行。《思想革命》《前门遇马队记》是其中的名篇。这些杂文虽不如鲁迅杂文辛辣、深沉，却也讽刺锐利。

最能表现周作人个性的是他称之为"美文"的散文小品。1921 年 6 月周作人发表了《美文》。周作人说这种美文是"真实简明"的。简明是对文字的要求；真实便是说真话、说自己的话，而不是说假话、说别人的话。美文，也就是周作人在《看云集·冰雪小品·序》中所说，是"个人的文学之尖端，是言志的散文，它集合叙事说理抒情的分子，都浸在自己的性情里"[1]。这种美文在重个性的"英语国民里最为发达"[2]，在中国则兴盛于"处士横议，百家争鸣"的"王纲解纽时代"[3]。

周作人提倡美文的同时，他对于文艺与人生的关系的看法也有了改变。他否认"为人生的艺术"说："……艺术是独立的，……既不必使他隔离人生，又不必使他服侍人生，只任他成为浑然的人生的艺术便好了。'为艺术'派以个人为艺术的工匠，'为人生'派以艺术为人生的仆役：现在却以个人为主人，表现情思而成艺术……初不为福利他人而作，而他人接触这艺术，得到一种共鸣与感兴……这是人生的艺术的要点，有独立的艺术美与无形的功利。"这里，周作人仍把他的艺术称为"人生的艺术"，但它与为人生的艺术不同，在于它独立地表现人生，而这人生又仅是艺术家个人的情思，它是为自己的，而不是为他人的。所以周作人把他的第一个散文集命名为《自己的园地》。由为人生到表现自己，便淡化了艺术的社会职能。他是反对一切载道的个人言志派的。无论美文主张的提出，还是他的散文小品创作实践，都带有周作人的"叛徒与隐士"的个人色彩。风格与人格在他的散文创作中是和谐统一的。

周作人说：美文即现代散文小品，"是那样地旧而又这样地新"[4]，这是因为它是"公安派与英国的小品文两者所合成"[5]，这大致说出了周作人散文小品的渊源。不过需要补充的是他的散文小品的外来影响，绝不止于英国的小品，对法国的蒙田，特别是日本的俳文，也多有借

---

① 周作人：《看云集·冰雪小品·序》，开明书店 1932 年版。
② 周作人：《谈虎集·美文》，北新书局 1928 年版。
③ 周作人：《看云集·冰雪小品·序》，开明书店 1932 年版。
④ 周作人：《永日集·〈杂拌儿〉跋》，北新书局 1929 年版。
⑤ 周作人：《永日集·〈燕知草〉跋》，北新书局 1929 年版。

鉴。这种外来影响也不止于文体上的借鉴,蔼理斯的自由与节制相协调、平衡的原则,影响了他的人格与文格。这些外来影响,又都通过周作人本人的文化教养、个性气质与人生态度而起作用,他的闲适、幽默,忧患意识,中庸精神,博学多识,把外来文化、传统文化融化为一体,形成了他的性格,表现在文章里,便是他的风格。

周作人散文的风格,最突出的、为大家所公认的,便是它的冲淡平和。这是和他的性格一致的。这要在文章中充分地表现出来,需要很高的审美品位、渊博的学识和甚深的艺术功力,而这些,周作人是完全具备的。这样,在娓娓絮谈中,就将知识、哲理与趣味融于一体。冲淡平和,在周作人的散文中,就不只是写作上的特点,而是一种人生态度,一种境界,在艺术上达到了炉火纯青的地步。《吃茶》《谈酒》《乌篷船》《故乡的野菜》等名篇所写都是平平常常的事物、平平常常的生活,然而经周作人细细品味,其中便另有一番情趣与哲理:

> 喝茶当于瓦屋纸窗下,清泉绿茶,用素雅的陶瓷茶具,同二三人共饮,得半日之闲,可抵十年尘梦。(《吃茶》)

"喝不求解渴的酒,吃不求饱的点心",周作人就是用这种艺术的态度品味生活的。所谓"醉翁之意不在酒,在乎山水之间也",这是周作人的生活艺术在他的言志小品中的表现。这种将雅趣与野趣融合、提炼而成的闲适冲和的艺术真趣,是周作人散文的个性和灵魂。一切都灌注着周作人的艺术趣味,一切都因艺术的精练而冲淡平和,连杞天之虑也只是淡淡的忧思。这就是周作人的独立于人生的人生艺术,一种有着鲜明个人风格的、自我表现的言志的艺术。

朱自清(1898—1948),原名自华,字佩弦,号秋实。祖籍浙江绍兴,生于江苏东海县,童年随父定居扬州,自称扬州人。20年代开始文学创作,先写诗,后写散文,是著名的诗人、散文家。曾任清华大学、西南联合大学教授。一生著作20余种,近200万字。

朱自清于1924年出版诗文合集《踪迹》,1928年出版散文集《背影》,1936年出版的《你我》中也有写于20年代的散文。

对个人家境和生活艰难的温情描写,是朱自清写人生的一个重要的侧面。《儿女》写的是"蜗牛背了壳"的那种"幸福的家庭",无论自责或自嘲,都透着艰辛生活的苦涩。《背影》则是朱自清散文的著名篇章。文中"近几年来,父亲和我都是东奔西走,家中光景是一日不如一日。他少年出外谋生,独力支持,做了许多大事。哪知老境却如此颓唐",若非自身也领尝了人生艰难的况味,便不能发此浩叹。《儿女》《背影》等写的虽是家庭及亲人的琐事,但同时也展示了一种相当普遍的人生;加之饱蕴情感的笔墨,遂使这类文字以一种绵厚之力及深长的韵味耐人咀嚼。这是《背影》成为最能代表朱自清风格的作品,数十年来为人吟诵不衰的原因。《执政府大屠杀记》揭露军阀屠戮爱国人民的血腥暴行,为批判"三一八"惨案的散文中的名篇。《生命的价格——七毛钱》《阿河》写了农村底层儿童和妇女的普遍的非人的人生。

朱自清的一些描写山水的名文,寄寓着他的人生态度。《桨声灯影里的秦淮河》的魅力,不只在于它所描写的秦淮河的桨声、灯影、薄霭和微漪,更在于它让人想起《桃花扇》及《板桥杂记》所载的"明末的秦淮河的艳迹"。散文的结尾用繁笔抒写了游后船里满载的惆怅和心里充满的"幻灭的情思"。今日的秦淮河繁华、哀伤,一如明末。繁华的景象留给作者的是哀愁,而这哀愁又来自对繁华背后的不幸人生的同情。和《桨声灯影里的秦淮河》齐名的写景名作是《荷塘月色》。文章开笔便定下了抒情的基调，让读者感受到一种人生的忧烦，和于静谧的景色中寻求暂时解脱的心境。曲折的荷塘，田田的荷叶，伴以月色、微风、清香、树影、灯光、蝉声、蛙鸣……景色如此，似乎确实可以忘情于一时了，却也是伴随着劳碌人生无法排遣的愁思。在《绿》中，对勃勃怒生的生命（绿色）的陶醉与惊诧，只是喜悦，再没有一丝的惆怅！

朱自清散文文人气颇重。重情是朱自清散文的主要特点，动人处是他的至诚和写实，没有任何虚饰夸张。短短一篇《背影》感动着几代读者，就因为它感情的真挚、纯朴。

朱自清长于写景，《桨声灯影里的秦淮河》《荷塘月色》《绿》等名篇都表现了他观察细致、描写精确的特点，有人将朱自清散文比为中国画中的工笔画，确实道出了这类散文的特点。朱自清写景描形、摹声、敷色、设喻、拟想，均面面俱到，一笔不苟，富丽典雅，将人眼中见、心中有、笔下无的景色闲闲叙来，细细描出，从赏心悦目的图景，领略并沉醉于情、理、趣、景相融为一的艺术境界。朱自清的散文是文人学者型的，显示着新一代文人与民族传统文化的联系。

《野草》收散文诗 23 篇，1924 年至 1926 年间作于北京，当初发表于《语丝》，① 1927 年在广州结集出版。

在《〈野草〉英文译本序》中，鲁迅作过如下说明：

因为讽刺当时盛行的失恋诗，作《我的失恋》，又因为憎恶社会上旁观者之多，作《复仇》第一篇，又因为惊异于青年之消沉，作《希望》。《这样的战士》，是有感于文人学士们帮助军阀而作。《腊叶》，是为爱我者的想要保存我而作的。段祺瑞政府枪击徒手民众后，作《淡淡的血痕中》，其时我已避居别处；奉天派和直隶派军阀战争的时候，作《一觉》，此后我就不能住在北京了。

所以，这也可以说，大半是废弛的地狱边沿的惨白色的小花，当然不会美丽。但这地狱也必须失掉。这是由几个有雄辩和辣手，而那时还未得志的英雄们的脸色和语气所告诉我的。我于是作《失掉的好地狱》。

历来对《野草》的解读，往往因这段话而将其视为鲁迅对外在社会现实的表现。但是，《野草》的解读还有一个心灵自剖的层面。

鲁迅写作《野草》之时，正值他内心再次陷入彷徨、绝望之时，写作自有其心灵自剖的意义。《野草》，与其说是一个写作的文本，不如说是心灵追问的过程，是穿越彷徨绝望的心灵行动，它伴随着心理、情感、思想和人格的惊心动魄的挣扎和转换的过程，鲁迅的诸多精神奥秘，蕴于其中。许寿裳曾指出："至于《野草》，可说是鲁迅的哲学。"② 作为穿越绝望的心灵行动，《野草》并非一般意义上的单篇的合集，而是一个精神整体。《野草》，是我们走近鲁迅的一条捷径，恐怕也是最难走的一条道路③。

---

① 鲁迅在 1919 年连载于《国民公报》"新文艺"栏目上的"随感"《自言自语》，可算他最初写的散文诗。
② 许寿裳：《我所认识的鲁迅·鲁迅的精神》，《鲁迅回忆录·专著》（上册），北京出版社 1999 年版，第 502 页。
③ 参见汪卫东：《〈野草〉的"诗心"》，《文学评论》2010 年第 1 期。

　　《野草》是鲁迅人生彷徨时期的作品。《野草》写作时期，与《彷徨》《两地书》(北京时期) 大致相同，作者陷入一种自厌情结中，一种潜隐而强烈的自虐倾向，也从这时期的写作中破土而出。鲁迅面临的首先要解决的问题，是自我的精神危机，他已厌弃在重重矛盾中难以抉择的非生存状态，希望来一次深刻的解决。《希望》《死火》《影的告别》《墓碣文》《过客》《这样的战士》等篇都程度不同地抒写了他精神的苦闷、矛盾和彷徨。曾有学者认为："《野草》的主导思想倾向也是积极地反抗战斗，讽刺和批判。"① 但有学者提出："《野草》是鲁迅内心的冲突和纠葛的象征式 (用厨川的定义) 的写照，呈现的是一种超现实的梦境，与外界的社会和政治现实关系不大。……不必作捕风捉影式的政治索引。"②

　　鲁迅直面矛盾的方式近乎惨烈，他以特有的执拗切入自我矛盾的深层，对纠缠自身的诸多矛盾，进行了彻底的展示和清理。于是，"希望"—"绝望"这一对矛盾，作为诸多矛盾的纠结所在，处于《野草》矛盾的核心。这在《希望》一篇中有极尽曲折的集中展示。该文将长期纠缠于内心的希望和绝望之争作了一次追根究底的审视，逐一剖析出希望的几层悖论，并最终确立了以行动超越矛盾的姿态。《影的告别》中影徘徊于黑暗与光明之间，陷于无论怎样选择结局都是灭亡的两难处境。影明白自己没能预约到一个光明的白天和黄金世界，而是在黑暗里彷徨于无地。那么，就没有"光明"么？"光明"当然是会到来的，只是我们不一定遇到而已："我们总要战取光明，即使自己遇不到，也可以留给后来的。"③

　　勇敢地面对而不是规避和逃离现实的黑暗与自我心灵的苦闷，是鲁迅一贯的清醒的人生精神。这精神贯穿于《野草》整体，尤以《秋夜》《影的告别》为最。《秋夜》写深秋繁霜之夜，"我""自在暗中，看一切暗"④，借"我"的眼撕去被星、月装饰起来的秋夜的天空的神秘，把它的黑暗揭示给人间，指出它的凶残、卑劣、顽固、狡猾和虚弱，使它终于无法隐瞒那竭力隐瞒的凶相与丑态。⑤"我"用深刻而敏锐的眼睛，"读"出了秋夜这部世间书，赞扬了枣树的倔强，否定了种种的梦幻，轻蔑地笑对和驱逐了种种蝇营鸟乱。

　　发源于希望与绝望之争的诸多矛盾，最后归结为一个现实的难题——生与死的抉择，这就是《过客》《死火》《墓碣文》《影的告别》中生与死的追问。诗人在抒写他的苦闷、矛盾、彷徨时不免会生出低回哀婉，乃至悲怆之情，然而同时激愤倔强的声影时可闻见。《希望》的结尾归结为对绝望的否定；死火宁肯烧完也要重返火宅；《死后》中的"我"，为了驱逐敌人，决定索性不死，而坐了起来；《墓碣文》中的死者，也以坐起驱走了他的不敢正视自身血肉的酷爱温暖的朋友，结局虽不免悲凉，但无情地解剖别人也无情地解剖自己的勇气却显示了少有的倔强。《野草》中，这些被许多人目为悲观、绝望、虚无的形象，无一不怀抱九死其未悔之心。

　　独战的战士是《野草》独创的艺术形象，使《野草》的抒情风格为一种悲剧美所浸润。

---

①　李何林：《鲁迅〈野草〉注解》，陕西人民出版社 1973 年版，第 4 页。

②　李欧梵：《铁屋中的呐喊》，岳麓书社 1999 年版，第 250—252 页。

③　鲁迅：《致曹白》，《鲁迅全集》第 14 卷，人民文学出版社 2005 年版，第 57 页。

④　鲁迅：《准风月谈·夜颂》，《鲁迅全集》第 5 卷，人民文学出版社 2005 年版，第 203 页。

⑤　《秋夜》中的"我"是一个清醒的"观察者"，他没有任何不切实际的梦幻，他不仅看到了小粉红花的梦、落叶的梦都于身无补，而且警惕到小粉红花的美丽的梦对战斗的枣树可能发生的不利影响；他看透了夜游恶鸟的得意的飞鸣，不过是倚仗着秋夜的淫威，于是他"吃吃地"蔑视它、耻笑它了；他透过小青虫的"苍翠精致"的外壳和它的种种"英雄"作为，看出它为逃避黑暗，"挤"进窗纸的破洞里来，它们有的不慎遇火焚身，但与为追求光明而战死不是一回事。那些侥幸存活的，正心有余悸地休憩在虚幻的"光明"和"春境"之中。

《秋夜》中的枣树,《过客》中的客,《这样的战士》中的高举投枪的战士,《复仇》(其二) 中的人之子,《雪》中被赞作 "孤独的雪,死掉的雨,雨的精魂" 的朔方的雪,都是这样的独战的战士。这些独战的战士有它的社会土壤和社会典型性,同时又都带有尼采思想的明显烙印。《复仇》(其二) 中的人之子会使读者想起被尼采用作自传题目的那个警句:"看哪,这人!" 它原是彼拉多指着钉上十字架的耶稣说的话。过客也使读者想起作为 "过渡者" 的查拉斯图特拉。朔方的雪使人想起尼采那体验着 "精神惊骇中之快乐" 的鹰鹫。这些有着明显尼采气的独战的战士,是彷徨期的鲁迅独战的产物。从孤独战士到《淡淡的血痕中》"真的猛士" 的出现,再到 "坦然,欣然" 地投身于地火中的 "我",可以寻找出鲁迅由彷徨、独战走出的心灵踪迹。

《野草》中的彷徨、苦闷,实质上是时代的彷徨心理。与《野草》中独战的战士相对立的,是《秋夜》中的天空、《淡淡的血痕中》中的造物、《这样的战士》中的各种好名称、好花样……它们都是 "无物之物",也具有了象征意义。它们的长技是用阴柔、变幻的特别阵法 "无物之阵" 攫人取胜。这是些糅合了儒道两教 "吃人" 精髓的特别阴险、虚伪、既凶且怯的卑劣性格,《狂人日记》的倏隐忽现的吃人者也是这类形象,到《这样的战士》中被概括为无物之物。这类包括在短短篇幅中、用诗和警句写出的,包含深刻的历史的、现实的和文化内涵的反面系列形象,也是鲁迅的独创。在散文中创造像独战的战士、无物之物这样内涵深刻、艺术独特的典型,在中国现代文学中,《野草》是独一无二的。

《野草》的苦闷、彷徨情绪间接地反映着厨川白村《苦闷的象征》的影响;其深刻、警策与隐晦,以及一些形象的尼采气,多见于《查拉斯图拉如是说》及尼采其他箴言体著作。《野草》对现实景象和梦境的交错描写,把一些微妙难言的感觉、直觉、情绪、想象、意识与潜意识准确而生动地表现了出来,有着丰富的心理内涵。这显然吸收了西方象征主义、表现主义艺术,也是厨川白村《苦闷的象征》艺术观的表现。《野草》思维的辩证性,在语言上表现为反义词语的相生相克,由此又派生出句式、节奏上的回环反复,旨远而词约,言尽而意永,把散文诗的抒情特点及诗的意韵发挥到极致。

隐喻手法的大量运用,是《野草》修辞的显著特点,而这是和它思想的深刻、感情的潜沉相表里的,因而读者阅读和欣赏的兴趣便往往偏重于对《野草》思想、艺术底蕴的探寻,对《野草》的理解也人言人殊,个别篇什尤为隐晦难解,然而一有所悟,便顿觉品尝出人生的真味。

1927 年 "四一二" 事变之后,鲁迅从彷徨、颓唐中走出,欢呼地火的到来,在《野草·题辞》中写下 "去罢,野草,连着我的题辞!"

研 习 导 引

中国戏剧的 "新" 与 "旧"

新兴的话剧是新文学运动的重要组成部分。与之相比,中国传统戏曲则属于 "旧" 的存在。曾经,新文化阵营从社会进步与文化更新的立场和策略出发,决绝地将传统戏曲排斥在社会现代化与文化现代性的历史大门之外。诸如要将旧戏馆“全数封闭”①“扫除旧日的种种‘遗形物’”②“旧戏不能不推翻”③“中国旧戏之应废”④ 等声音，竞起一时。不过，“旧戏”并未因此销声匿迹，依旧拥有众多的戏迷。以致鲁迅不免有些无奈地感叹道：“戏剧还是那样旧，旧垒还是那样坚”，“先前欣赏那汲 Ibsen 之流的剧本《终身大事》的英年，也多拜倒于《天女散花》，《黛玉葬花》的台下了”⑤。新文化先锋猛烈挞伐旧剧（京剧、昆曲）的年代，正是梅兰芳、程砚秋等京剧表演艺术成熟之时。1919 年 5 月 1 日至 25 日，梅兰芳率团在日本东京、大阪、神户演出中国京剧《天女散花》《黛玉葬花》等，日本朝野趋之若鹜、盛况空前，赞叹“梅的技艺鬼斧神工”。有人统计至少有六千万日本人“为之疯狂”。1921 年，苏州的有识之士创办了苏州昆剧传习所，存亡继绝，使中国古典艺术一缕尚存。

　　20 年代中后期掀起的国剧运动，对于中国戏剧的新旧问题进行了冷静的思考。在闻一多看来，话剧进入中国，主要不是一种自觉的艺术吸收，而是作为思想解放的工具引进的。即所谓“近代戏剧在中国，是一位不速之客；戏剧是沾了思想的光，侥幸混进中国来的”。他一针见血地指出，五四问题剧忽视了“一种更纯洁的——艺术的价值”⑥。关于中国戏剧的道路，余上沅则提出：“建设中国新剧，不能不从整理并利用旧剧入手……一定要把旧剧打入冷宫，把西洋戏剧用花马车拉进来，又是何苦。中国戏剧同西洋戏剧并非水火不能相容，宽大的剧场里欢迎象征，也欢迎写实——只要它是好的，有相当的价值。”⑦

　　百年中国话剧，本是精英艺术的话剧不时承担政治宣传任务，形成话剧的战斗传统，文艺的感时忧国演化为为政治服务。中国现代话剧的出路何在？而具有本土特色的中国戏曲与观众又在哪里？

什么是现代的“散文的心”

　　在给《中国新文学大系·散文二集》作序时，郁达夫指出，中国古代和现代有两个不同的散文的心。“中国古代的国体组织，社会因袭，以及宗族思想等等，都是先我们之生而存在的一层固定的硬壳……这一层硬壳上的三大厚柱，叫作尊君，卫道，与孝亲……这些就是从秦汉以来的中国散文的内容，就是我所说的从前的‘散文的心’。”与此不同，“五四运动的最大的成功，第一要算‘个人’的发见。从前的人，是为君而存在，为道而存在，为父母而存在的，现在的人才晓得为自我而存在了。我若无何有乎君，道之不适于我者还算什么道，父母是我的父母；若没有我，则社会，国家，宗族等哪里会有？以这一种觉醒的思想为中心，更以打破了桎梏之后的文字为体用，现代的散文，就滋长起来了”。因此，“现代的散文之最大特征，是每一个作家的每一篇散文里所表现的个性，比从前的任何散文都来得强。……只消把现代作家的散文集一翻，则这作家的世系，性格，嗜好，思想，信仰，以及生活习惯等等，无不活泼

---

① 钱玄同：《随感录》，《新青年》第 5 卷第 1 号，1918 年 7 月。

② 胡适：《文学进化观念与戏剧改良》，《新青年》第 5 卷第 4 号，1918 年 10 月。

③ 傅斯年：《戏剧改良各面观》，《新青年》第 5 卷第 4 号，1918 年 10 月。

④ 周作人：《论中国旧戏之应废》，《新青年》第 5 卷第 5 号，1918 年 11 月。

⑤ 鲁迅：《集外集·〈奔流〉编校后记（三）》，《鲁迅全集》第 7 卷，人民文学出版社 2005 年版，第 172 页。

⑥ 闻一多：《戏剧的歧途》，《国剧运动》，新月书店 1927 年初版，引自上海书店 1992 年版，第 55、56 页。

⑦ 余上沅：《中国戏剧的途径》，《余上沅戏剧论文集》，长江文艺出版社 1986 年版，第 205 页。

地显现在我们的眼前"。独特的个性，独立的自我，正是现代的"散文的心"①。这也正如朱自清所言："一篇优美的文字，必有作者底人格，底个性，深深地透映在里边，个性表现得愈鲜明、浓烈，作品便愈有力，愈能感动与他同情的人；这种作品里映出底个性，叫个人风格。"②

20 世纪 80 年代以来关于《野草》的研究

20 世纪 80 年代，《野草》研究的广度与深度开始拓展。孙玉石的《〈野草〉研究》(中国社会科学出版社 1982 年版) 本着严谨的治学态度搜集相关资料，对《野草》进行了全方位的研究，为以后的研究提供了一个扎实的起点。许杰将 70 年代末系列论文结集出版的《〈野草〉诠释》(百花文艺出版社 1981 年版)、王吉鹏的《〈野草〉论稿》(春风文艺出版社 1986 年版) 和肖新如的《〈野草〉论析》(辽宁教育出版社 1987 年版) 等，也都显示了拓展研究空间的努力。钱理群的《心灵的探寻》(上海文艺出版社 1988 年版) 以《野草》为切入点，以之作为理解鲁迅主体精神结构的内在线索，拓宽了对《野草》精神内涵的理解。90 年代，《野草》研究的格局进一步拓展，汪晖的《反抗绝望——鲁迅的精神结构与〈呐喊〉〈彷徨〉研究》将《野草》作为鲁迅"反抗绝望"的人生哲学去把握，探讨了《野草》与西方非理性主义思潮之间的联系。王乾坤的《鲁迅的生命哲学》从哲学形而上学直接切入，对《野草》的精神内涵进行了哲学提升。徐麟的《鲁迅中期思想研究》将《野草》放在对鲁迅中期思想的整体考察中揭示其内在精神线索。解志熙的《生的执着——存在主义与中国现代文学》围绕存在主义哲学命题对《野草》的精神内涵进行了阐释。随着文化研究视野的展开，《野草》与异域文化及本土传统文化的关系也成为 90 年代《野草》研究的关注点，闵抗生的《鲁迅的创作与尼采的箴言》是把《野草》与异域文本比较研究的代表性成果。

第五章专题讲座

汪文顶：现代散文的基本观念 1—4

汪卫东：《野草》——冲决第二次绝望的生命行动

第五章

拓展研读资料

---

① 郁达夫：《中国新文学大系·散文二集·导言》，上海良友图书印刷公司 1935 年版，第 5 页。
② 朱自清：《民众文学的讨论》，《朱自清全集》第 4 卷，江苏教育出版社 1996 年版，第 42 页。

第六章　30 年代文学思潮

从 1928 年开始，无产阶级革命潮流强力地介入文学，令新文学的队伍发生了新的分化组合。新文学精神的秉承者在创作与理论两方面继续探索与发展，而带有鲜明的革命政治色彩的新人逐渐成为文坛的舆论先锋。因此，构成第二个十年文学基本风貌的，一是上承新文学人的文学的文艺、美学思潮及文学创作中的多彩艺术成就，二是左翼革命文学思潮与文学创作。在这两股文学潮流中，人文主义文学思潮是传承了新文学的个性主义、人道主义、人的文学的潮流，而左翼革命文学则是继承了新文学中的社会主义体系。

在中国文学未竟的现代化进程中，始终交织着多重多元文学潮流、人学思想与文学话语的碰撞、交流与激荡。

自 20 世纪初新文学革命始，启蒙—人文主义话语率先引领中国文学的现代化。它孕育着以独立思考、批判精神和人文主义关怀为标志的精英的文学。这是中国文学在中国历史的现代化进程中自觉而必然的选择。它是中国文化自我的张扬，是有生命尊严的个体精神的自由创造。它赋予了中国文学前所未有的现代性的人学品格与操守，确定了中国走向现代文化的世界性的起点。

20 世纪 30 年代，阶级—革命话语作为新兴文学话语在中国文坛掀起波澜，左翼文学因之兴起。它以马克思主义社会革命论的阶级分析方法重新理解人、定义人，试图以政治经济观点的总体性人学阐释，取代个人本位主义的人的个性化抒写与反思。

作为一部分激进知识分子的文化与政治选择，阶级—革命话语与启蒙—人文主义话语的交锋，以及同时并存的市民通俗文学的消闲—人情伦理话语，共同构成了 20 世纪上半叶中国文学的复杂多元版图。

因此，30 年代的文学观念与话语中，主要存在着三种人学思想、人的观念与文学话语的对话、冲突、交流与交融。一种是新文学的民主科学背景上的启蒙—人文主义观念与文学话语的承续与发展，一种是左翼革命文学的阶级—革命的人学的观念与话语。前者延续着新文学的人的文学的传统，除了丰子恺、梁实秋、朱光潜等人在阐述与论争中明确这一观念以外，更多地是通过创作实践表现出新文学人的传统：茅盾着重个人与社会的关系性（当然也吸收了阶级论因素），巴金、曹禺、沈从文执着五四个性主义与人道主义，老舍创作的地域特色背后是文化属性的人。1928 年的普罗文学（"无产阶级革命文学"）、30 年代的左翼文学的发生也基于对社会与人的关系的思考。左翼革命文学理论按照阶级来划分人，处于较高经济、政治地位的是地主阶级、资产阶级，要坚决反对；农民、工人没有经济地位，他们应该是文学的主体与主人，应该被歌颂。这是由新文化发现人的社会性进而发现人的阶级性，这一嬗变是由人的社会性向一端推进的结果。中国传统文化与人的观念一贯看重人的社会性，看重社会群体与个人发展的关系，这使受西方个性主义思想影响的新文化与人的观念也并不完全等同于西方个性主义人学观，新文学人学观始终与人的社会性相结合。因此，关注被压迫者和被侮辱者，为被压迫者、被侮辱者的不幸命运与被压迫地位呼喊，这也是新文学人的观念的一个重要方面。从这一关注人的社会性的思想出发，很容易在一部分持激进思想的青年中产生阶级论。在有不同阶层的人存在的社会中，人必然有其阶级性。这是左翼文学对人的新发现，也为中国文学开拓了一个新的视角，展示一个人与社会关系的新的天地。左翼文学中的激进部分进而以人的阶级性、革命性取代人性，对峙人情，否定人的个性的自由发展。这是左翼革命文学派的人的观念与阶级—革命话语。与此相联系的，是中国左翼作家联盟（简称"左联"）对唯物辩证法创作方法与社会主义现实主义理论的提倡。30年代世界流行"红色革命"，从事文学的革命工作者辗转获得了当时苏联的拉普(俄罗斯无产阶级作家联盟）派文学理论，意在凭借其理论的革命性取代新文学传统。左翼文学以组织形式推动文学运动，这就不同于新文学时期的一般民间文学社团倡导文学观念，因此，30年代文坛上的论争必然地有其尖锐性、激烈性与宗派性。

　　第三种人的观念与话语，是近现代通俗文学的人的观念：充分世俗化中的充分人性化，传统世俗社会的大众伦理道德与大众人性观。这种观念承续着中国文化传统又有新质，主要是渗透在周瘦鹃、包天笑、张恨水、刘云若、秦瘦鸥、李涵秋、毕倚虹等表现社会日常生活的通俗小说创作中。

第一节　人文主义文学思潮

　　30年代的人文主义文学思潮的特点是沉潜深入而不激越，更深刻而淋漓尽致地阐扬了新文学人的文学的学理流脉。30年代对人文主义文学这一思潮的发展既在创作实绩中有辉煌的体现，也在对人的文学的理论探究、深化中演进。前者有老舍、巴金、曹禺、沈从文、李劼人、茅盾诸小说家以及林语堂、何其芳、戴望舒、卞之琳、丁玲（早期）、新感觉派等的各种文体创作实绩的鲜活体现，后者主要是理论资源的开拓，其间的翻译、介绍西方文艺美学思想的工作颇有成绩与开拓性价值。大学里也开设文学与人生的课程，这项工作虽然是以学理性为主，却不可避免地与强调政治的、阶级的人的观念有着冲突。新月派理论家梁实秋在20世纪二三十年代持人文主义文学思想，并且因其与左翼文艺思想的抵牾而产生过影响；与

30年代上海外滩已是万国建筑的博览，一派敞开胸怀面向海洋、迎临世界的开放气势。欧风美雨吹来西方现代化。

之相近且与左翼文艺思想有较大距离的，还有朱光潜、沈从文等人的文学主张。他们共同的特点

是对西方文艺思潮有一个通观，较多地了解世界文艺的真相，与民族传统文化之间的贯通也超出当时一般水平。他们的文艺思想本质上是承传了新文学人文主义文学思潮，而与当时左翼革命文学家所理解的中国政治革命的需要有一定距离，因而不断地受到批评与责难。

30年代文学思潮的阐扬是以翻译与介绍西方精神的文艺美学论著的方式延伸，同时，本土学者的学理性探索论著也不断出现。被介绍的外国文艺与美学理论有柏拉图、托尔斯泰、康德、席勒、柏格森、克罗齐、叔本华、尼采、波德莱尔、瓦雷里、芥川龙之介等人的思想，以19世纪与20世纪初的西方美学、文艺学思想为主，其中被介绍、引用最多的是克罗齐《美学原理》的表现论与精神分析学影响下的泛性论美学思想，影响也最大。日本美学家厨川白村的《苦闷的象征》显然是二三十年代最能引起当时中国美学理论界兴趣的，这本书于1925年分别被丰子恺、鲁迅翻译出版，1925年鲁迅还翻译出版了厨川白村的《出了象牙之塔》，厨川白村的另一著作《文艺思潮论》也于1924年翻译出版（译者樊从予），此外还有《文艺与性爱》（日本松村武雄著，谢六逸译）于1927年出版。接受了弗洛伊德精神分析学的厨川白村之文艺是"苦闷的象征"理论，显然在中国新文学家那里大受青睐。新文学时期的郭沫若、郑伯奇、郁达夫等都认同文艺是苦闷的象征，从而构成了创造社的文艺自我表现说。厨川白村进而就"苦闷"作深入的开掘，提出"人间苦""社会苦""劳动苦"，这使无论强调为人生还是为艺术的艺术家都从"苦闷"中切近社会人生。鲁迅对此理论大加称赞①，意在推动文学走出肤浅的社会现象再现的困境。这些实与新文学时期周作人的人的文学观相近。稍后，与此理论相近的，是朱光潜融合了克罗齐、弗洛伊德诸西方现代理论的《谈美》（1932）、《文艺心理学》（1936）。尽管30年代的鲁迅、郭沫若不再谈厨川白村，但那一类理论的影响已广泛存在。在此前后翻译与出版的一系列文艺、美学论著，标志着中国文学艺术的理论自觉，以及对于艺术与人生的表现关系的理解的深入。例如，曹禺于1936年发表的那篇阐释《雷雨》的著名文论《雷雨·序》②，就是体现精神分析学文艺思想的范本。

这一时期，吕澂、徐朗西、丰子恺、宗白华、梁实秋、朱光潜、王森然、向培良、李幼泉等人以一系列论著对艺术与美的本质特征、门类、构成以及它们与人生的关系作出了论述。这些融合了西方近现代人文主义美学、文艺学思想的理论表述，大体可归为在艺术表现论的主导性观念下关于艺术本质、艺术特性、艺术传达与内容、艺术功能的探讨。艺术与人生是关注的中心，艺术是情或曰情绪的表现，艺术的起源是性，艺术是生命力的投射，艺术是主观的，艺术是个性的展现，艺术无功利，艺术不是道德行为，艺术是人生的升华，艺术是人与人之间情感的交流、审美的移情等，均有全方位的思考：

> 生命力受了压抑而生的苦闷懊恼乃是文艺的根柢，而其表现法乃是广义的象征主义。③

① 鲁迅在北京大学、北京女子师范大学授课，即以《苦闷的象征》为教材。
② 曹禺：《雷雨·序》，原载天津《大公报·文艺》，1936年1月19日；收入《雷雨》，文化生活出版社1936年版。
③ 这是鲁迅引用并表认同的厨川白村语，见鲁迅：《〈苦闷的象征〉引言》，《苦闷的象征》（鲁迅译），北新书局1925年版。引自《鲁迅全集》第10卷，人民文学出版社2005年版，第257页。柯仲平有类似的表述："要求满足而不得满足的伤痛苦闷与那要求满足而得到满足的欢欣，这些都是原始自然艺术的中心内容。"见柯仲平：《革命与艺术》，西安新秦日报馆1927年版。

我以为美的表现，即吾人"精神活动的表现"（Expression of mental activities），吾人的精神活动，即"知""情""意"三大心理作用的总称，美是心理生活全部的表现……但人生惟一的企图，和惟一的欲望，是求"自我的实现"，和"自我的发展"；申言之，即是从"不完全"（Inperfect），达到"完全"（Perfect），从"有限"（Finite）进入"无限"（Infinite），因此对于这"不完全"和"有限"的苦恼人生，力求冲决，以完成其愉快圆满的新人生。①

文学是诉于情感的。②

文学发于人性，基于人性，亦止于人性。③

这些文学观念的表述显示出与新文学的人文主义艺术传统的一脉相承，更深刻地体现着西方人文主义美学传统的影响。其源于西方美学的理论概括方式与自我反思形式，同当时盛行的苏联、日本的拉普、纳普（全日本无产者艺术联盟，改组后称全日本无产阶级艺术团体协议会）革命写实主义机械反映论有质的区别，更异于同时期以阶级斗争论为核心的左翼宣传理论。

从 20 年代末起，虽然有一部分人开始将原先关注艺术与生命力本体的目光部分地转移到唯物史观上来，关注文艺与政治、文艺与阶级（有鲁迅翻译卢那察尔斯基的《艺术论》、冯雪峰翻译卢那察尔斯基的《艺术之社会的基础》等），但大部分的艺术理论研究一如既往地将研究外国文学理论与建构中国文艺学的视野和兴趣投注于艺术与人生。宗白华主张"诗意人生"，他一方面用唯美的眼光看世界，一方面把人生当作艺术品来创造；梁宗岱对象征主义的研究，在介绍西方文学理论的同时，还在中国古代已有的诗学中寻求契合，向着融合、沟通的方向发展；刘西渭（李健吾）的印象式批评，重视批评家的独立地位和主体艺术感受；沈从文的批评视角，主要是关注人性表现与作家风格，对乡土文学、抒情写意文学、富于悲剧感的作家和作品给予了更多的关注；另外还有新感觉派对人的潜意识、直觉的挖掘与表现。

在理论上引人注目的，有梁实秋试图借用西方白璧德新古典主义文艺思想反思和清理新文学创作，追溯人文主义的中外历史根源的新人文主义文艺思想；还有朱光潜运用西方现代表现派美学，结合中国本土文学的谈美与建构的文艺心理学学说；更有胡秋原、杜衡的自由主义文艺思想，坚持艺术自由论，反对艺术宣传政治，"文学与艺术，至死也是自由的，民主的"，"艺术虽然不是'至上'，然而决不是'至下'的东西。将艺术堕落到一种政治的留声机，那是艺术的叛徒"④。

---

① 徐庆誉：《美的哲学》，世界学会 1928 年版，第 31—32 页。范寿康的《美学概论》有类似的表述："所谓美的对象乃是由感觉的材料所构成的主观上的形象。……美，既如上面所述，是感情移入的价值，那末，艺术的观照，除感情移入的态度而外，当然也没有成立的余地。我们在艺术观照的时候，非把自我没浸在艺术品之内不可。这观照是主客合一的境地，也是无我的境地。"见范寿康：《美学概论》，商务印书馆 1927 年版，第 6—25 页。

② 马仲殊：《文学概论》，现代书局 1930 年版，第 91 页。

③ 梁实秋：《文学的纪律》，新月出版社 1928 年版，人民文学出版社 1988 年重印本，第 122 页。

④ 胡秋原：《阿狗文艺论》，《文化评论》创刊号，1931 年 12 月 25 日。

从 20 世纪 30 年代中国文坛多姿多彩的创作现象与实绩，可见那些开放的文艺思想的意义与价值。

梁实秋（1902—1987），浙江杭县（今杭州）人，生于北京，原名梁治华，字实秋。梁实秋的文艺思想，代表了新月派的现代雅士文学理想。他援据美国白璧德新人文主义为学术背景，对中国新文学进行反思与评价，提出以"健康的、常态的、普遍的"人性为核心的理性评价的文学标准，借古典主义的节制概念为其雅士美学追求。白璧德新人文主义是第一次世界大战后对西方历史反思的产物，当时的西方社会陷入了社会与精神的重重危机。新人文主义者认为当时社会危机的根源在于传统道德信仰的丧失，必须重建古代人文精神，恢复"人的法则"，以理性作为衡量一切的准绳进而拯救之。白璧德视古典主义以后的西方文艺思潮为一个整体进行批判，而以浪漫主义为代表，诸如抛弃古典艺术的理性原则和节制精神，一味放纵情感与想象；推崇个性而忽略艺术的普遍性，无节制地宣泄而破坏适度的古典原则。

伟大的文学乃是基于固定的普遍的人性。……人性是测量文学的唯一标准。

——梁实秋

基于新人文主义的文学观与现代雅士文学理想，梁实秋指出中国新文学运动趋于浪漫主义，认为这些作品都是情感泛滥、不加检束的作品。他以古典艺术的美学标准，对启蒙文化、个性解放主张不满，指出浪漫主义专门表现个人而将变态极力扩展，写实主义"以为文学的任务即在重视的描写，随便什么都好拿来作材料，美的、丑的、善的、恶的、重要的、繁冗的，一视同仁"，"忽略题材的选择"①。这样，他在艺术上批判浪漫主义、现实主义，在思想上否定个性主义，整体地否定了新文学运动。他的否定与革命文学提倡者不同，后者是从激进的社会态度出发否定不能让革命者满足的新文学先行者的文学努力，梁实秋则是从西方经典文学理想出发，依据古典主义美学来否定当时文学对人类普遍人性与文学理性的忽略。

在梁实秋的文艺思想中，人性是一个基本概念：

> 伟大的文学乃是基于固定的普遍的人性。

> 文学发于人性，基于人性，亦止于人性。

> 人性是测量文学的唯一标准。②

针对梁实秋的人性论，可作如下理解：

① 梁实秋：《"艺术就是选择"说》，《浪漫的与古典的　文学的纪律》，人民文学出版社 1988 年版。
② 梁实秋：《文学与革命》，《偏见集》，正中书局 1934 年版；梁实秋：《文学的纪律》，新月出版社 1928 年版，人民文学出版社 1988 年重印本，第 122 页。

梁实秋的人性论思想其实与周作人等新文学先行者的人文主义思想相类。他强调以人性作为文学的唯一标准。梁实秋认为，人性是超阶级的，资本家与工人"他们的人性并没有两样，他们都感到生老病死的无常，他们都有爱的要求，他们都有怜悯与恐惧的情绪，他们都有伦常的观念，他们都企求身心的愉快。文学就是表现这最基本的人性的艺术"①。梁实秋的人性概念本质上是一个伦理概念，他在《文学的纪律》一书中陈述自己的人性观："人性是很复杂的，（谁能说清楚某性所包括的是几样成分？）唯因其复杂，所以才是有条理可说，情感想象都要向理性低首。在理性指导下的人生是健康的、常态的、普遍的。在这种状态下所表现出的人性亦是最标准的。"因此他主张文艺上的"合于理性的束缚"。理性是人性的中心，"人性之所以是固定的普遍的，正以其理性的纪律为基础"。他对新文学时期流行的人道主义学说不能接受，把它看成是情感泛滥的结果。梁实秋的人性论，是以理制欲的人性论。

第二节　左翼文学思潮

左翼文学的活动既是一种文学思潮，更是一场以文学为手段、具有鲜明政治目的的革命运动，它以组织化的文学政治活动推动文坛格局的变化。这场文学运动的历史合理性在于它介入中国社会现实的革命动力。就这种革命动力后来的成功而言，无产阶级革命文学有取代此前的文学观念的政治理由，当时的提倡者从新文学人文主义思想中对被压迫的劳动者的同情观念强化开去，强化了阶级意识和革命观念，以一种激进的方式将这种阶级意识与革命观念渗透到人的文学中去，以取代新文学人文主义传统。

1928年开始的**无产阶级革命文学**（"普罗文学"）运动的兴起，有着下列特定的历史背景和原因：早期共产党人对革命文学的倡导，有的共产党人从政治革命直接走向了文学；社会的急剧变革，使激进的小资产阶级作家首先卷进了革命的怒潮，他们要充当无产阶级文化的代表，后期创造社、太阳社酝酿提倡无产阶级文艺就是这样；1927年后的现实政治斗争形势，使建设无产阶级文学成为某种需要；来自国际无产阶级文学运动（"红色30年代"）的影响，诸如苏联文学、日本左翼革命文学，西方的辛克莱、巴比塞、德莱塞等的作品；激进、前卫的青年作家相对集中于上海，提供了组织革命文学队伍的可能性。

早在1923—1926年就有初期革命文学的倡导。邓中夏、恽代英、瞿秋白、萧楚女等人通过《新青年》季刊（中国共产党理论刊物，瞿秋白主编）、《中国青年》周刊、《民国日报》副刊《觉悟》等刊物，宣传革命文学主张②。1924年开始出现以提倡革命文学为宗旨的文学社团，如春雷社。他们要求作家："倘若你希望做一个革命文学家，你第一件事是要投身于革命事业，培养你的革命的感情。""要先有革命的感情，才会有革命文学。"③ 郭沫若号召文艺青年"到兵间去，民间去，工厂间去，革命的旋涡中去"；指出时代所需要的文学，"是替被压迫阶

---

① 梁实秋：《文学的是有阶级性的吗？》，《偏见集》，正中书局1934年版。

② 邓中夏的《贡献于新诗人之前》强调，新文学应该是"惊醒人们使他们有革命的自觉，和鼓吹人们使他们有革命的勇气"。他们强调文学的阶级性，蒋光慈在《无产阶级革命与文化》中提出"因为社会中有阶级的差别，文化亦随之含有阶级性"。沈雁冰发表《论无产阶级艺术》，进一步强调："无产阶级艺术决非仅仅描写无产阶级生活就算了事，应以无产阶级精神为中心而创造一种适应于世界（就是无产阶级居于统治的世界）的艺术。"

③ 恽代英：《文学与革命》的通信，《中国所需要的文学家》按语，《中国青年》第31、80期。

级说话的文学"，"是表同情于无产阶级的社会主义的写实主义的文学"，"是站在第四阶级说话的文艺"①。

　　无产阶级革命文学的基本理论主张是由后期创造社和太阳社成员首先提出的。1928 年 1月，《创造月刊》（第 1 卷第 8 期）上发表麦克昂（郭沫若）的《英雄树》，宣称"个人主义的文艺老早过去了"，代替他们而起的将是"无产阶级文艺"。此后，《文化批判》《流沙》和太阳社的《太阳月刊》等刊物发表《怎样地建设革命文学?》（李初梨）、《从文学革命到革命文学》（成仿吾）、《关于革命文学》（蒋光慈）等文章，提倡无产阶级革命文学。倡导者强调，无产阶级文学要"使读者得到旧社会的认识及新社会的预图"，"对于敌人的厌恶，对于同志的团结，激发斗争的意志，提起努力的精神，这是革命文艺的根本精神，也是它的根本任务"②；为创造无产阶级文学，小资产阶级的作家要"把自己否定一遍"，"克服自己的小资产阶级的根性"③；要"牢牢的把握着无产阶级世界观"，"我们的文学家，应该同时是一个革命家"④。这些倡导初步论述了革命文学的根本性质、任务，涉及作家世界观的转变问题。

　　革命文学的倡导者接受了当时盛行的苏联拉普、日本纳普和福本主义的左倾文艺思潮影响，把无产阶级政治实践活动作为文学反映现实的唯一角度与内容，把文学的功能、作用归结为对实际革命运动的直接实践作用，以政治宣传作用替代文学的自身价值。他们把文学作为政治传声筒，甚至认为无产阶级文学的形式不可避免地要接近口号和标语。这些看法或夸大文艺作用，或忽视文艺特征、轻视生活，或主张作家世界观的突变。倡导者否认无产阶级革命文学运动之于新文学革命的继承关系，把新文学时期的小资产阶级作家当作革命的对象。在由后期创造社创办的宣传革命文学主张的《文化批判》创刊号上，冯乃超发表《艺术与社会生活》一文，把鲁迅、茅盾、叶绍钧、郁达夫、张资平都当作"社会变革期中的落伍者"加以批判⑤。鲁迅在《"醉眼"中的朦胧》《我的态度气量和年纪》（后收入《三闲集》）中给予反击⑥。

　　1929 年秋冬，在上海的中共江苏文委负责人出面过问文化工作，要求双方停止论战，加强团结。党组织安排当时刚从日本回来、未介入双方论战的沈端先（夏衍）来联络双方。冯乃超、沈端先、冯雪峰与鲁迅出席了以"清算过去和确定目前文学运动底任务"为中心的座谈会。商谈的

---

　　①　1925 年五卅运动后，产生了一批反帝题材的作品，如蒋光慈的诗《新梦》《哀中国》和小说《鸭绿江上》《少年漂泊者》。广大文艺青年受政治上国共合作后革命形势的鼓舞，都不同程度地接受革命的影响。沈雁冰、郭沫若、成仿吾、应修人、潘漠华等作家纷纷投入革命斗争，郭沫若、郁达夫、鲁迅等都南下广东。郭沫若发表《革命与文学》（《创造月刊》第 1卷第 3 期，1926 年 5 月），鲁迅发表《革命时代的文学》（1927 年 4 月 8 日在黄埔军官学校讲演）。

　　②　彭康：《革命文艺与大众文艺》，《创造月刊》第 2 卷第 3 期，1928 年 10 月 10 日。

　　③　成仿吾：《从文学革命到革命文学》，《创造月刊》第 1 卷第 9 期，1928 年 2 月 1 日。

　　④　李初梨：《怎样地建设革命文学?》，《文化批判》第 2 号，1928 年 2 月 15 日。

　　⑤　《文化批判》4 月号（1928 年）出版批判鲁迅专辑，《太阳月刊》3 月号（1928 年）发表钱杏邨批评鲁迅的耸人听闻的长篇论文《死去了的阿 Q 时代》，"杜荃"（郭沫若）的文章批评鲁迅为"封建余孽""二重反革命"。《创造月刊》第 2 卷第 5 期（1928 年 12 月）发表批评茅盾的文章。

　　⑥　鲁迅说创造社从"为艺术而艺术"发展到提倡无产阶级文学，仍是敏感的小资产阶级在阶级斗争尖锐化时，为将自己从没落中救出而走向大众的表现："从这一阶级走到那一阶级去，自然是能有的事，但最好是意识如何，便一一直说"，"不要脑子里存着许多旧的残滓，却故意瞒了起来，演戏似的指着自己的鼻子道，'惟我是无产阶级！'"（鲁迅：《三闲集·现今的新文学的概观》，《鲁迅全集》第 4 卷，人民文学出版社 2005 年版，第 139 页）。鲁迅对倡导革命文学的意见是"当先求内容的充实和技巧的上达，不必忙于挂招牌"（鲁迅：《三闲集·文艺与革命》，《鲁迅全集》第 4 卷，人民文学出版社 2005 年版，第 84—85 页）；革命文学家是"踏了'文学是宣传'的梯子而爬进唯心的城垒里去了"（鲁迅：《〈壁下译丛〉小引》，《鲁迅全集》第 10 卷，人民文学出版社 2005 年版，第 307 页）。茅盾在《从牯岭到东京》中也提出批评。

结果是停止论战，成立左联。鲁迅与冯乃超、冯雪峰等人参加了左联的筹备工作。

1930 年 3 月 2 日，鲁迅、冯雪峰、柔石、沈端先、冯乃超、李初梨、彭康、蒋光慈、钱杏邨、田汉、阳翰笙等 40 余人出席了**中国左翼作家联盟**的成立大会，地点在上海的霞飞路。当时尚在日本的郭沫若、茅盾、郁达夫都列名参加了左联。会上通过了由蒋光慈、冯乃超、冯雪峰等根据苏联拉普和日本纳普纲领而制定的左联理论纲领和行动纲领：

> 我们不能不站在无产阶级的解放斗争的战线上，攻破一切反动的保守的要素，而发展被压迫的进步的要素，这是当然的结论。
>
> 我们的艺术不能不呈现给"胜利不然就死"的血腥的斗争。
>
> 艺术如果以人类之悲喜哀乐为内容，我们的艺术不能不以无产阶级在这黑暗的阶级社会中"中世纪"里面所感觉的感情为内容。
>
> 因此，我们的艺术是反封建阶级的，反资产阶级的，又反对"失掉社会地位"的小资产阶级的倾向。我们不能不援助而且从事无产阶级艺术的产生。①

鲁迅在会上作了《对于左翼作家联盟的意见》② 的讲话，对无产阶级革命文学倡导期的经验教训作了深刻的总结。鲁迅根据中国无产阶级文学运动首先经过革命的小资产阶级作家的转变而开始形成起来的历史特点，尖锐地提出作家队伍的改造问题，强调"'左翼'作家是很容易成为'右翼'作家"的危险性。鲁迅在讲话中还针对中国无产阶级文学运动一开始就暴露出来的宗派主义、小团体主义的先天性弱点，号召左联在"目的都在工农大众"的共同目标下扩大联合战线，"造出大群的新的战士"。

左联主要进行了下列文学活动：

第一，创办刊物。左联的刊物包括创刊于左联成立前的《创造月刊》《文化批判》《太阳月刊》，和左联成立后的《拓荒者》（蒋光慈主编）、《萌芽月刊》（鲁迅、冯雪峰主编）、《十字街头》（鲁迅主编）、《北斗》（丁玲主编）、《文学月报》（姚蓬子、周起应主编）、《光明》半月刊（洪深、沈起予编辑）以及秘密发行的《文学导报》（创刊号名为《前哨》）等。

第二，马克思主义文艺理论的译介。冯雪峰等翻译介绍了列宁的《托尔斯泰——俄罗斯革命的明镜》（今译为《列夫·托尔斯泰是俄国革命的镜子》）、《论新兴文学》（《党的组织和党的文学》的主要段落），鲁迅翻译介绍了《苏俄文艺政策》、卢那察尔斯基的《艺术论》和《文艺与批评》、普列汉诺夫的《艺术论》。1928 年年底开始出版《文艺理论小丛书》，1929 年陆续出版《科学的文艺论丛书》等③。左联成立后，瞿秋白从俄文版翻译了马克思主义经典的文艺理论著作，并写了《马克思恩格斯和文学上的现实主义》《恩格斯和文学上的机械论》《关于列宁论托尔斯泰两篇文章的注释》等文，对马克思主义经典作家的文艺思想作了较系统的介绍与阐述。他说明了反对席勒化、提倡莎士比亚化的意义，批评了初期无产阶级文学作品中的主观主义的理想化和革命浪漫蒂克情绪。

---

① 《中国左翼作家联盟理论纲领》，《萌芽月刊》第 1 卷第 4 期，1930 年 4 月 1 日。

② 鲁迅：《二心集·对于左翼作家联盟的意见》，《鲁迅全集》第 4 卷，人民文学出版社 2005 年版，第 238—243 页。

③ 1936 年又有郭沫若等翻译的《文艺理论丛书》出版。

　　第三，加强了与国际无产阶级文学运动的联系。左联设立国际文化研究会，努力输入苏联与西方进步作家的文学作品①。鲁迅与其他作家积极引入俄国和西欧的古典、近代文学遗产②。

　　第四，推进文艺大众化运动。左联成立后，就设立了文艺大众化研究会，并在 1931 年左联执委会决议《中国无产阶级革命文学的新任务》中将文学的大众化作为建设无产阶级革命文学的"第一个重大问题"。

　　第五，左联的文学思想集中体现为无产阶级现实主义、社会主义现实主义创作方法的提倡。左翼文学运动始终标举无产阶级写实主义，但对写实主义的认识与把握有历史的特殊性与阶段性。革命文学运动在开始时独尊无产阶级写实主义创作方法，将写实主义与其他创作方法相对立。从创造社的浪漫主义文学主张中反叛出来的郭沫若提倡"彻底反对浪漫主义的写实主义的文艺"，激烈宣称"浪漫主义的文学早已成为反革命的文学"③，创作方法就具有了政治色彩。1928 年，无产阶级文学的倡导者钱杏邨等人介绍日本藏原惟人的根据拉普唯物辩证法创作方法建构的"新现实主义"理论④，提出了阶级意识和无产阶级世界观问题⑤，以为"在旧现实主义的写实方法上加上了现在的无产阶级世界观，就是新现实主义了"⑥；获得新的世界观成了创作的唯一要素，要直接用集体主义意识这类原则来指导创作，形成了公式化、概念化的作品。李初梨在《怎样地建设革命文学？》(1928) 中较早地用拉普理论阐述中国的无产阶级革命文学："文学，与其说它是自我的表现，毋宁说它是生活意志的要求。文学，与其说它是社会生活和表现，毋宁说它是反映阶级的实践的意欲。""假若他真是'为革命而文学'的一个，他就应该干干净净地把从来他所有的一切布尔乔亚意德沃罗基完全地克服，牢牢地把握着无产阶级的世界观——战斗的唯物论，唯物的辩证法。"⑦ 当时冯乃超、成仿吾、蒋光慈、钱

---

　　① 高尔基的《母亲》、法捷耶夫的《毁灭》、绥拉菲摩维支的《铁流》、肖洛霍夫的《被开垦的处女地》等一批早期无产阶级文学作品被介绍到中国来。西方进步作家的作品，如辛克莱的《屠场》和《石炭王》、雷马克的《西线无战事》、德莱塞的《美国的悲剧》等作品先后被介绍到中国来。

　　② 《奔流》(30 年代初，鲁迅、郁达夫主编)、《译文》(1934 年，鲁迅、茅盾主编) 介绍过易卜生、惠特曼、托尔斯泰、莱蒙托夫、密支凯维支、彼得菲、契诃夫、果戈理等作家的作品。

　　③ 郭沫若：《革命与文学》，《创造月刊》第 1 卷第 3 期，1926 年 5 月。

　　④ 1928 年 7 月，《创造月刊》发表藏原惟人的《到新现实主义之路》(林伯修译)，提出："第一，用普罗列塔利亚前卫的眼光观察世界，第二，用着严正的写实者的态度描写出它来——这就是向着普罗列塔利亚写实主义的唯一的路。"《拓荒者》创刊号 (1930 年 1 月) 发表藏原惟人的《再论新写实主义》，提出三点：第一，掌握唯物辩证法，把无产阶级必然走向胜利的前途用艺术表现出来；第二，个人的性格和思想绝不是个人先天就有的，而是"代表某一一定的时代，某一一定的社会，某一一定的阶级、集团的东西"，必然"由社会的阶级的观点看一切"；第三，要注意到人的复杂性。

　　⑤ 钱杏邨："一个普罗列塔利亚作家要想在一切方面都坚强起来，他一定要能够把握得普罗列塔利亚的人生观与世界观。他应该懂得普罗列塔利亚的唯物辩证法，他应该用着这种方法去观察，去取材，去分析，去描写"，"问题只在作家的观点，不必在其题材"。钱杏邨：《中国新兴文学中的几个具体问题》，《拓荒者》创刊号，1930 年 1 月。

　　⑥ 冯雪峰：《论民主革命的文艺运动》，《雪峰文集》第 2 卷，人民文学出版社 1983 年版，第 131 页。

　　⑦ 20 年代，苏联文艺界以"无产阶级文化派"与"岗位派"为核心形成"拉普"。"无产阶级文化派"代表人物波格丹诺夫在其《普遍组织起来的科学》中提出"普遍组织科学"，真理是"社会经验的组织"而不是客观存在的反映，艺术是主观的阶级心理的体现。这一理论被写进无产阶级文化协会的《无产阶级与艺术的决定》中："艺术通过活生生的形象的手段，不仅在认识领域，而且也在情感和志向的领域组织社会经验。因此，它乃是阶级社会中组织集体力量——阶级力量的最强有力的工具。"参见白嗣宏编选：《无产阶级文化派资料选编》，中国社会科学出版社 1983 年版，第 1 页。"岗位派"宣称要在艺术领域进行一场"像政治经济领域中进行的那样的革命"(张秋华等编选：《"拉普"资料汇编》上，中国社会科学出版社 1981 年版，第 170—176 页)，他们还批判"同路人"。在 1928 年 5 月全苏第一次无产阶级作家代表大会的决议中，"拉普"派进一步提出："只有受辩证唯物主义方法指导的无产阶级作家能够创造一个具有特殊风格的无产阶级文学流派。"

杏邨、麦克昂（郭沫若）、彭康等的文章都表示了与此相同的观点。在与创造社、太阳社关于革命文学的论争中，鲁迅、茅盾则较认同普列汉诺夫、托洛茨基（拉普的对立面）的文学观点。

在 1930 年 11 月的国际革命作家联盟第二次作家代表会议上，中国的左联被吸收为该联盟成员，与在该联盟中起主要领导作用的拉普建立了直接的组织联系。辩证唯物主义创作方法被强调为左翼文学法定的创作方法。左联执委会决议《中国无产阶级革命文学的新任务》（1931年 11 月通过）就明确提出："在方法上，作家必须从无产阶级的观点，从无产阶级的世界观，来观察，来描写。作家必须成为一个唯物的辩证法论者。中国无产阶级革命文学的作家、指导者及批评家，必须现在就开始这方面的艰苦勤劳的学习。"① 以政治、哲学代替艺术，以辩证唯物主义代替创作方法，进一步助长了公式化、概念化的倾向。同时，瞿秋白等受拉普关于"撕下一切假面具""描写活人"的理论的启发，提出要开展反对"革命的浪漫蒂克"的斗争，反对感情主义、个人主义等"浪漫蒂克"倾向，强调必须开始"一个为着普洛现实主义而斗争的运动"，必须"表现真正的生活"，即写出生活本身固有的复杂性与丰富性②。

直到 1933 年，受苏联对拉普的清算和社会主义现实主义创作方法讨论的影响，左联才又根据苏联文艺界的新形势与阐释，对现实主义理论进行再认识。1933 年 9 月，周扬介绍了1932 年 10 月全苏作家同盟组织委员会第一次大会上清算拉普错误的情况。1933 年 11 月，周扬在《现代》杂志发表了《关于"社会主义的现实主义与革命的浪漫主义"——"唯物辩证法的创作方法"之否定》，第一次向国内介绍了社会主义现实主义理论，并批判了唯物辩证法创作方法的错误。周扬的文章根据当时吉尔波丁的《苏联文学之十五年》，从理论上阐发社会主义现实主义（革命现实主义）创作的基本原则。真实性是"不能缺少的前提"，应注意创造典型环境中的典型性格，"在发展中、运动中去认识和反映现实"，"把为人类的更好的将来而斗争的精神灌输给读者"③。这些原则极大地影响了左翼无产阶级文学的创作。

这一时期，鲁迅、瞿秋白、茅盾、冯雪峰、周扬、胡风等人试图以马克思主义的唯物史观为指导，依据社会潮流阐明作者思想与其作品的构成，他们的理论批评文章标志了当时运用马列主义文艺理论的努力与能力。瞿秋白的《鲁迅杂感选集·序言》、茅盾的《徐志摩论》、胡风的《林语堂论》等作家作品论，周扬、冯雪峰关于革命现实主义理论探讨等文章，都尝试用马克思主义文艺思想总结新文学创作的实践经验，对创作起到了指导作用，并显示出不同的理论个性。

1935 年"一二·九"运动爆发，在全民族救亡运动的推动下，由左翼作家周扬、郭沫若等提出了**国防文学**口号，立即得到了广泛响应。在这个口号中，左翼作家仍不能免除"左倾"幼稚与宗派主义的情绪，突出表现在与**"民族革命战争的大众文学"**口号的论争中。后一口号是鲁迅与冯雪峰、胡风为补救国防文学的不足而提出的。在两个口号下，左翼作家表现出了

---

① 中国左翼作家联盟执行委员会决议：《中国无产阶级革命文学的新任务》，《文学导报》第 1 卷第 8 期，1931 年 11 月15 日。
② 史铁儿（瞿秋白）：《普洛大众文艺的现实问题》，《文学》第 1 卷第 1 期，1932 年 4 月。
③ 周扬的文章指出：这是"为大众的文学"，"具有为大众所理解的明确性与单纯性"。文章还指出，浪漫主义为社会主义现实主义所包容，社会主义现实主义是在"不同的创作方法和倾向的竞争中去实现的"。参见周起应（周扬）：《关于"社会主义的现实主义与革命的浪漫主义"——"唯物辩证法的创作方法"之否定》，《现代》第 4 卷第 1 期，1933 年 11 月。

较为突出的宗派主义情绪。鲁迅为此抱病写了《论我们现在的文学运动》《答徐懋庸并关于抗日统一战线问题》，主张两个口号并存，并解释了抗日统一战线内部的关系："我以为文艺家在抗日问题上的联合是无条件的，只要他不是汉奸，愿意或赞成抗日，则不论叫哥哥妹妹，之乎者也，或鸳鸯蝴蝶都无妨。但在文学问题上我们仍可以互相批判。"1936 年 10 月，鲁迅、郭沫若、巴金、谢冰心、周瘦鹃、林语堂等联合发表了《文艺界同人为团结御侮与言论自由宣言》，标志着新形势下文艺界开始了统一战线的筹建。

左联自 1930 年年初成立，到 1936 年年初接受共产国际指示自动解散，在这几年中，提倡和实践无产阶级革命文学，对中国现代文学的发展产生的影响是深入而长远的。左联在政治上受到当时左倾路线的影响，搞了不少"左"的政治活动；在组织上存在着宗派主义、关门主义，把作家团体当成政党组织；在文艺理论上照搬当时苏联文学运动和理论，有明显的教条主义倾向；在文学创作上，在某些作家中存在着轻视艺术规律，公式化、概念化的倾向。总体而言，左联在文学运动方面的声势影响要远远大于其创作践行的功效，此后的左翼文学的成绩也不能简单地与左联直接挂钩，左翼文学家的成绩归因于新文学传统与革命文学观念两者的对话与交融，而前者的影响更为深厚。

不断地进行**文艺思想斗争**，正是左翼文学活动的重要内容。除了语言上的文白之争外，论争基本上是在左翼革命文学运动与自由主义者的人文主义文学派别之间展开①。总体上，这些论争的焦点都不离文学与政治、文学的本体性、文学中的人性与阶级性、文学的功能等，反映了两种人学思想、两种文学话语体系的碰撞、冲突与交流。

第一，30 年代重大的文学论争，首先是 1928 年**革命文学派对鲁迅、茅盾等新文学作家的批判**。

后期创造社、太阳社为了倡导革命文学，把鲁迅、茅盾、叶圣陶、郁达夫、张资平列为批判对象。冯乃超首先发难，在《文化批判》创刊号（1928 年 1 月）上发表《艺术与社会生活》，"就中国混沌的艺术界的现象作全面的批判"，全面否定了新文学与新文学作家。② 成仿吾称以鲁迅为首的语丝派是"闲暇，闲暇，第三个闲暇"③。接着，钱杏邨发表长篇论文《死去了的阿 Q 时代》（《太阳月刊》1928 年 3 月号），全面批判与否定鲁迅创作的意义，称鲁迅的创作"只能代表庚子暴动的前后一直到清末"。《太阳月刊》编者按称鲁迅"根本没有认清十年来中国新生命的原素，尽在自己的狭窄的周遭中彷徨呐喊；利用中国人的病态的性格，把阴险刻毒的精神和俏皮的语句，来混乱青年的耳目"。《文化批判》（1928 年 4 月号）出版了批判鲁迅专辑。茅盾由于写了《蚀》三部曲与发表《从牯岭到东京》为自己的小说与文学观辩护，也被革命文学列为批判对象，《文学周报》（第 8 卷第 10 号，1929 年 3 月）出版批判茅盾专辑。

---

① 1929 年，国民党政权在相对稳定时，曾经提倡"三民主义文学"，也发动过"民族主义文学运动"，出版过《前锋月刊》，在创刊号上发表《民族主义文艺运动宣言》，鼓吹以"民族意识代替阶级意识"，攻击革命文学作家"把艺术囚在阶级上"，是"虚伪投机，欺世盗名"，反对左翼文学运动。在创作上产生了《陇海线上》《黄人之血》（作者均为黄震遐）那样拙劣的反动政治宣传品，但从未有过影响与号召力。

② 冯乃超批评叶圣陶"是中华民国的一个最典型的厌世家，他的笔尖只涂抹灰色的'幻灭'的悲哀"。他指责郁达夫本人对于社会的态度，与《沉沦》的主人公没有差别，陷入了悲哀。他指责鲁迅是"追怀过去的昔日，追悼没落的封建情绪"，反映了社会变革时代落伍者的悲哀，是"隐遁主义"。

③ 成仿吾：《从文学革命到革命文学》，《创造月刊》第 1 卷第 9 期，1928 年 2 月 1 日。

后期创造社、太阳社为了以当时革命文学的理论否定新文学，构建无产阶级革命文学理论，把鲁迅、茅盾作为推行革命文学的障碍，甚至批评鲁迅为"封建余孽""二重反革命"①。成仿吾搬出拉普的口号："谁也不许站在中间，你到这边来，或者到那边去！"王独清宣布：不能和我们组成联合战线的"就是我们的敌人"，"先把这些敌人打倒"！

他们的革命文学理论源自当时苏联盛行的拉普派革命文学理论、日本纳普和藏原惟人的新写实主义提倡的"宣传鼓动的艺术"口号，还有源自美国左翼作家辛克莱的"一切艺术都是宣传"的观念的影响。成仿吾的《从文学革命到革命文学》、李初梨的《怎样地建设革命文学？》都提出这一主张，这也是革命文学派与鲁迅、茅盾的分歧之一。李初梨说："一切的文学，都是宣传，普遍地，而且不可避免地是宣传"②，"艺术是阶级对立的强有力的武器"③。

鲁迅、茅盾对此提出反批评。鲁迅发表《"醉眼"中的朦胧》《革命时代的文学》等，提出："一切文艺固是宣传，而一切宣传却并非全是文艺。"④茅盾在《从牯岭到东京》中批评普罗文学的标语口号不是文学："我们的'新作品'即使不是有意地走入了'标语口号文学'的绝路，至少也是无意地撞了上去。有革命热情而忽略于文艺的本质，或把文艺也视为宣传工具——狭义的，——或虽无此忽略与成见而缺乏了文艺素养的人们，是会不知不觉走上了这条路的。"⑤钱杏邨引用托洛茨基语，提出标语口号是普罗文学不可避免的，⑥茅盾给予尖锐的批评⑦。

这场论争虽然在左联成立前结束，但对革命文学论争的理论问题其实并未分清是非。在左联筹备会上，检讨前两年的错误，归结为"过去文学运动和社会运动不能同步调"，表现为"独将文学提高，而忘却文学底助进政治运动的任务，成为'为文学'的文学运动"⑧。这就是进一步认定，1928 年的革命文学理论在张扬革命方面还不够。左联的理论纲领也参照苏联"拉普"、日本"纳普"的宣言、纲领，全面深化了革命文学主张，例如强调"社会变革期的艺术"是"作为解放斗争的武器"，还提出"反对'失掉地位'的小资产阶级"等。

直到 1932 年，瞿秋白、茅盾、郑伯奇、钱杏邨等才借革命文学派小说《地泉》（又称"华汉三部曲"，作者华汉即阳翰笙）的重印，在五篇序言中清理"革命的浪漫蒂克"文学的标语口号倾向与非现实主义问题。但是，瞿秋白、茅盾、郑伯奇、钱杏邨等人用以纠正"宣传鼓动文学"的理论则是将前者的偏谬推向极致的唯物辩证法创作方法，从而导致用唯物辩证法替换

① 杜荃（郭沫若）：《文艺战线上的封建余孽——批判鲁迅的〈我的态度气量和年纪〉》，《创造月刊》第 2 卷第 1 期，1928 年 7 月。

② 李初梨：《怎样地建设革命文学？》，《文化批判》第 2 号，1928 年 2 月 15 日。

③ 李初梨：《普罗列塔利亚文艺批评底标准》，《我们》创刊号，1928 年 5 月。

④ 鲁迅：《三闲集·文艺与革命》，《鲁迅全集》第 4 卷，人民文学出版社 2005 年版，第 85 页。

⑤ 茅盾：《从牯岭到东京》，《小说月报》第 19 卷第 10 期，1928 年。

⑥ 钱杏邨："宣传文艺的重要条件是煽动，在煽动力量丰富的程度上规定文章的作用的多寡。我们不必绝对地去避免标语口号化，我们也不必在作品里专门堆砌口号标语，然而我们必定要做到有丰富的煽动的力量的一点。""普罗文学不是普罗的消闲艺术，是一种斗争的艺术，是一种斗争的利器！它是有它的政治的使命！创作的内容是必然的要适应于政治的宣传的口号和鼓动的口号的！"参见钱杏邨：《幻灭动摇的时代推动论》，《海风周报》第 14、15 期合刊，1924 年 4 月。

⑦ 茅盾："我简直不赞成那时他们热心的无产文艺——既不能表现无产阶级的意识，也不能让无产阶级看得懂，只是'卖膏药式'的十八句江湖口诀那样的标语口号式或广告式的无产文艺，然而结果是招来了许多恶骂。"参见茅盾：《读〈倪焕之〉》，《文学周报》第 8 卷第 20 号，1929 年 5 月。

⑧ 《上海新兴文学运动底讨论会》，《萌芽月刊》第 1 卷第 3 期，1930 年 3 月。

现实主义，用世界观代替创作方法。关于现实主义与非现实主义的论争，在此后的革命文学的持续发展过程中延续了几十年。

第二，**关于"文学基于普遍人性"的论争**。

这是左联成立前后的重要论争（1928—1930），批判对象是新月派及其所宣传的人性论。梁实秋以新人文主义的立场，针对左翼作家提倡的无产阶级文学，在《文学与革命》（《新月》第 1 卷第 4 期，1928 年）、《文学是有阶级性的吗?》（《新月》第 2 卷第 6、7 期合刊，1929 年 9月）等文章中主张"文学乃是基于固定的普遍的人性"，提出"文学是没有阶级性的"。他的理论显现着新月派人文主义作家的雅士文艺思想。他批评革命文学倡导者"把文学当作阶级斗争的工具而否认其本身的价值"，指出"人生现象有许多方面都是超于阶级的"，这其实具有一定的合理性。

梁实秋的普遍人性论和新月派背景，使左联从一开始就将其列为主要批判对象。梁实秋强调文学是天才创造的，与一般人无关，左翼文学家认为这是否认无产阶级文学存在的合理性。彭康发表了《什么是"健康"与"尊严"——"新月的态度"与批评》（《创造月刊》第 1 卷第 12 期），全面批判新月派。鲁迅在《"硬译"与"文学的阶级性"》等文中给予全面批驳，认为梁实秋提出文学就是表现喜、怒、哀、乐、爱等"最基本的人性的艺术"，那是"矛盾而空虚的"。文学只有通过人，才能表现"性"；然而"一用人，而且还在阶级社会里，即断不能免掉所属的阶级性"[1]。同时，鲁迅在《文学的阶级性》中也批评了革命文学家为"使阶级意识明了锐利起来，就竭力增强阶级性说"，"那真是糟糕透顶了"。他说："在我自己，是以为若据性格感情等，都受'支配于经济'（也可以说根据于经济组织或依存于经济组织）之说，则这些就一定都带着阶级性。但是'都带'，而非'只有'。所以不相信有一切超乎阶级，文章如日月的永久的大文豪，也不相信住洋房，喝咖啡，却道'唯我把握住了无产阶级意识，所以我是真的无产者'的革命文学者。"[2]

第三，**关于"文艺自由"的论争**。

论争发生在胡秋原、苏汶（杜衡）和左翼作家之间。自称"自由人"的胡秋原在 30 年代翻译介绍马克思主义文艺理论。1931 年年底，他连续发表文章《阿狗文艺论》《勿侵略文艺》《钱杏邨理论之清算与民族文学理论之批判——马克思主义文艺理论之拥护》等文，坚称"文学与艺术，至死也是自由的，民主的"，"艺术虽然不是'至上'，然而决不是'至下'的东西。将艺术堕落到一种政治的留声机，那是艺术的叛徒。艺术家虽然不是神圣，然而也决不是叭儿狗，以不三不四的理论，来强奸文学，是对于艺术尊严不可恕的冒渎"。"那种政治主张不可主观的过剩，破坏了艺术之形式，因为艺术不是宣传，描写不是议论。不然，都是使人烦厌的。"[3] 胡秋原坚持文艺自由论，反对艺术宣传政治，他主要是反对来自国民党民族主义文学的"极端反动主义者"，也批评了左翼文坛的"急进的社会主义者"，这两方面都是对文艺的"侵略"[4]。左联则认为，胡秋原是借攻击民族主义文学来攻击左翼文学，痛斥胡秋原是"为虎

---

① 鲁迅：《二心集·"硬译"与"文学的阶级性"》，《鲁迅全集》第 4 卷，人民文学出版社 2005 年版，第 208 页。
② 鲁迅：《三闲集·文学的阶级性》，《鲁迅全集》第 4 卷，人民文学出版社 2005 年版，第 127—128 页。
③ 胡秋原：《阿狗文艺论》，《文化评论》创刊号，1931 年 12 月；《勿侵略文艺》，《文化评论》第 4 期，1932 年 4 月。
④ 胡秋原：《阿狗文艺论》，《文化评论》创刊号，1931 年 12 月。

作伥"。瞿秋白指责其目的是"要文学脱离无产阶级而自由,脱离广大的群众而自由"①。冯雪峰(洛扬)批判胡秋原在"向普罗文学运动进攻"。苏汶自称代表"作者之群"的"第三种人",为胡秋原辩解②,展开了论战。于是两人被宣布为"托派""社会法西斯蒂""反动文人""口头上的马克思主义"等。

这场争论的焦点是文艺与政治的关系。胡秋原、苏汶等反对政治干涉文学,强调艺术的独立性。今日看来,有其合理性。周扬(周起应)则强调:"无产阶级的阶级性、党派性不但不妨碍无产阶级对于客观真理的认识,而且可以加强它对于客观真理的认识的可能性。因为无产阶级是站在历史的发展的最前线,它的主观的利益和历史的发展的客观的行程是一致的。"③瞿秋白则提出文艺"永远是、到处是政治的'留声机'"④,更片面、错误地趋向了另一极端。苏汶在《"第三种人"的出路》中再次说明:文学的武器作用"不能整个包括文学的涵意",文学的阶级性不意味着"那种有目的的意识的斗争","反映某一阶级生活"并非"必然赞助某一阶级的斗争","一切非无产阶级的文学"并非"即是拥护资产阶级的文学"。文章还抗议左翼理论家"借着革命来压服人","有意曲解别人的话"及"因曲解别人而起的诡辩和武断"。歌特(张闻天)在党内刊物上发表《文艺战线上的关门主义》⑤一文,提出"不是无产阶级的作品,但可以是有价值的文艺作品",否认文学真实性标准的独立意义会导致这样的观点:"凡不愿做无产阶级煽动家的文学家,就只能去做资产阶级的走狗",这反而把文学的范围缩小了,束缚了文学家的自由。这篇文章维护了文学真实性标准的独立价值,对真实性与党派性、政治倾向性作了较为辩证的分析。

这是左联成立初展开的第一次关于文艺与政治关系的论争。胡秋原、苏汶也是在左翼政治文学初建时,最早起来捍卫艺术独立性的理论家。

第四,左翼作家对林语堂、周作人等提倡幽默与闲适文学的批判。

1932年林语堂创办《论语》半月刊,1934年主持出版小品文半月刊《人间世》,1935年又办《宇宙风》,以这三个刊物为阵地,形成了一个自我表现的、幽默与闲适的文学流派。林语堂解释:"'性'指一个人之性,'灵'指一人之'灵魂'或'精神'。"周作人的理论与他一致。他们提倡小品文,特重明清小品,推崇闲适与幽默;他们呼唤回归人性,赞赏人的"性灵"(自然本性的流露),强调对灵魂的自我审视与表现,认为文艺要摆脱社会与政治的束缚。而这在主张文学是战斗的武器的左翼理论家们看来,是对社会现实的逃避。鲁迅与左翼作家周木斋、聂绀弩、洪为法、胡风、徐懋庸、唐弢、茅盾等不断撰文批评与反驳林语堂及其论语派文学主张。鲁迅批评幽默小品文是麻痹人心,"靠着低诉或微吟,将粗犷的人心,磨得渐渐的平滑",在"风沙扑面,狼虎成群的时候,谁还有这许多闲工夫,来赏玩琥珀扇坠,翡翠戒指呢",认为它们是十足的"抚慰劳人的圣药"⑥。

---

① 易嘉(瞿秋白):《文艺的自由和文学家的不自由》,《现代》第1卷第6期,1932年10月。
② 苏汶:《关于〈文新〉与胡秋原的文艺辩论》,《现代》第1卷第3期,1932年7月。
③ 周起应(周扬):《到底是谁不要真理,不要文艺》,《现代》第1卷第6期,1932年10月。
④ 易嘉(瞿秋白):《文艺的自由和文学家的不自由》,《现代》第1卷第6期,1932年10月。
⑤ 发表于当时中国共产党秘密发行的机关刊物《斗争》。据程中原:《"歌特"为张闻天化名考》,《中国社会科学》1983年第4期。
⑥ 鲁迅:《南腔北调集·小品文的危机》,《鲁迅全集》第4卷,人民文学出版社2005年版,第591页。

　　左翼作家还批评朱光潜、沈从文等的人文主义文学思想。这些文学家追求人性的、永久的文学价值，强调文学与时代、政治的"距离"。茅盾等就作家把握文学的艺术与时代的问题批评沈从文。

　　此外，还有关于大众语文的论争。这场讨论是因为 1934 年 5 月汪懋祖、许梦因等发动文言复兴运动引起的。6 月，新文学作家陈望道、胡愈之、夏丏尊、傅东华、黎烈文、陈子展、赵元任、沈雁冰等集会，决定掀起反对文言、保卫白话的运动，展开大众语的讨论。这次论争的焦点集中于文学语言问题。它上承左联内部两次文艺大众化讨论，参加人员涉及整个文化界，发表文章数百篇。论争总结了新文学革命时期"文白之争"以后文学语言发展的经验教训，批评了欧化与半文半白的倾向，也纠正了一些左联作家否定白话、提出语言有阶级性的言论，探讨了现代文学语言的特点及其发展方向。

　　归纳起来说，30 年代人文主义文艺美学主张与左翼革命文学理论思潮的对话、碰撞与交流，主要集中在文学艺术发展的外部关系（文艺与政治革命、文艺与阶级、文艺与生活和时代、文艺与人民的关系）上。人文主义者致力于文学艺术内部关系问题、美学范畴的问题，但是在民族问题突出、阶级斗争凸显的时候，纯粹艺术学理的探索很容易被归入到反对时代、政治的框架，难以进入公共舆论的空间。并且由于各执一种观念体系，问题的争论都很不充分。

　　无论怎样，正在认识过程中的马克思主义文艺思想成了左翼革命文学运动的指导思想，而人文主义文学思想也对左翼作家的创作发展产生了影响。新文学的人学观念与现实主义又有了新的生发。

　　30 年代人文主义文学思潮与左翼革命文学理论思潮都影响着当时的文学创作潮流与趋向。文学发展的基本面貌，比 20 年代更多地受到现实政治斗争、阶级斗争、社会革命的制约和影响。左翼文学运动和人文主义作家的文学活动，都是推动 30 年代文学发展的重要力量。它们各自的发展、演变，以及它们之间的相互影响，构成了 30 年代文学发展的基本历史面貌。30 年代的文学阵容，除左翼作家的无产阶级文学运动外，人文主义作家没有严密的组织，形成统一的文学运动，他们也没有像上一个十年，组成众多的文学社团，鲜明地提出各自的主张。他们相近的活动方式是：由几个见解比较一致的作家出版刊物、编辑丛书，因而集合起一批文学趣味、志向相投的作家，共同进行文学活动。这些刊物中，著名的有《文学》（傅东华、王统照等主编）、《文学季刊》（郑振铎、靳以主编）、《文季月刊》（巴金、靳以主编）、《文丛月刊》（靳以主编）、《骆驼草》（周作人、俞平伯、废名等编辑）、《文学》（朱光潜主编）、《大公报·文艺副刊》（沈从文、萧乾主编）、《水星》（卞之琳、巴金、沈从文、李健吾等主编）、《现代》（施蛰存等主编）、《新月》（徐志摩、闻一多、饶孟侃、罗隆基等编辑）。此外，还有开明书店（叶圣陶、夏丏尊等主持）的《开明文学新刊》、生活书店（邹韬奋等主持）的《创作文库》、文化生活出版社（吴朗西、巴金等主持）的《文学丛刊》等。由此形成文学见解和创作倾向各异的许多作家群体，重视艺术规律，文学创作上相互竞争，成绩斐然可观。

第三节 大众文化与通俗文学思潮

虽然被烙上了半殖民地烙印，1920 年到 1937 年的上海，正处于中国现代史上的"黄金时期"①。大上海成为中国最大的经济中心、金融中心、交通枢纽和内外贸易中心。在强劲发展的经济带动下，上海的大众文化事业也进入了一个蓬勃发展时期。据统计，1912—1949 年，上海本地的报纸有 1 580 种，其中 20 世纪二三十年代创刊的报纸有近 1 200 种之多，约占 76%。② 1935 年，上海的出版机构有 260 家，1920 年到 1935 年创办的出版机构就达到 81 家，近 31%③。被称为"东方好莱坞"的上海，电影事业在整个 20 年代发展得更是强劲。当时中国著名的电影公司均成立于这个时期，长城（1921）、明星（1922）、神州（1924）、大中华（1925）、天一（1925）、联华（1930）、艺华（1932）、电通（1933）相继成立。与一阵阵电影拍摄高潮相匹配的是一些著名的影院的诞生，大光明、大上海、国泰等都是当时远东地区一流的影院。④ 1922 年上海创设无线电公司，开始电台播音。小说连播和弹词也与这一新的传播媒体相结合，从书场走向百姓的卧室厅堂。打开收音机听弹词，跟每天翻开报纸看连载小说一样成为市民日常娱乐生活的一部分。到 30 年代，有 20 多家电台每天 14 小时轮番播出评弹演唱。

在中国北方，天津地区的大众文化在这个时期也有着强劲的发展。与上海略有不同的是，天津地区的大众文化有着更多的地域特点。天津开埠甚早，都市化程度在整个北方属最高。晚清天津是义和团运动的一个中心城市。到了民国义和团运动没有了，但是义和团的故事和侠义精神在天津流传和承继。20 世纪二三十年代，天津的曲艺开始繁盛起来，评剧成为天津此时最受欢迎的大众戏曲，与北京盛行的京剧成抗衡之势。天津是中国现代报纸的发源地之一，到了 20 世纪二三十年代，更是掀起了一股办报的热潮，特别是 1930 年创办的《大风报》取得了成功，直接带动了一批走市场路线的大众报纸的创刊和风行。大众文化事业得以迅速发展是由于有着宽松的市场环境和文化氛围，各类大众文学作品、艺术门类既是大众文化事业发展的推动者，也是大众文化事业发展的受益者。

作为都市大众文化重要的组成部分，**现代市民文学**此时明确地提出了市场文学的要求。1929 年，《红玫瑰》主编赵苕狂经过"几度考虑，几度斟酌，决定下了一种方针"，提出了刊物的用稿要求。

一、主旨　常注意在"趣味"二字上，以能使读者感得兴趣为标准，而切戒文字趋于恶化和腐化——轻薄和下流。

二、文体　力求其能切合现在潮流；惟极端欧化，也所不採。

三、描写　以现代现实的社会为背景，务求与眼前的人情风俗相去不甚悬殊。

① 熊月之主编：《上海通史》第 8 卷《民国经济》，上海人民出版社 1999 年版，第 1 页。
② 熊月之主编：《上海通史》第 10 卷《民国文化》，上海人民出版社 1999 年版，第 223 页。
③ 熊月之主编：《上海通史》第 10 卷《民国文化》，上海人民出版社 1999 年版，第 121 页。
④ 熊月之主编：《上海通史》第 10 卷《民国文化》，上海人民出版社 1999 年版，第 167、174 页。

四、目的　在求其通俗化、群众化；并不以研求高深的文艺相标榜。

五、内容　小说、随笔、游记、各地通讯、学校中的故事、感想录……等项并重，务求相辅而行，并不侧重于某一项。

六、撰述　聘定基本撰述员二十人至三十人。由主编者察其擅长于何路文字，并适应读者的需要，而随时请某人写某项文字。

七、变化　对于内容及体裁，当时时适应于环境而加以变化，不拘泥于一格。

八、希望　极度希望：读者不看不志则已，看了以后，一定不肯抛了不看，一定不肯失去了一期不看！——换一句话：每篇都有可以一读的价值；那，读者自然会一心一意地想着它，不愿失去一期不看的了。①

新文学提出的是文学的写实主义，此时的市民文学也提出小说要"力求其能切合现在潮流"，"以现代现实的社会为背景，务求与眼前的人情风俗相去不甚悬殊"。看似他们都强调文学要反映社会现实，但各自的态度不同。新文学作家把文学创作看作是一种"工作"，一种工具，一种 X 光，一种显微镜，他们要求用研究的态度反映现实，而市民文学只要"切合"现实潮流，"切合"眼前的人情风俗，他们是将现实作为背景来表现。前者是将"现实"作为一种客体，作家自我作为一种主体，作家反映现实是主体分析客体的关系；后者是将"现实"作为一种主体，作家自我作为一种客体，作家反映现实是主体融入客体的关系。

在审美形态上，市民文学视新文学"陈义过高""极端欧化""研究高深"，而自我定位为：趣味化、通俗化和群众化。既要反映现实，又要消遣愉悦，这种美学观一直为清末民初以来市民文学作家所坚持，此时又一次获得肯定。

市民文学开始追求作品的创作个性。他们对极端欧化的作品明确表示"也所不採"，要根据作家的创作个性加以组合，形成不同创作风格的作家团体。这一方面说明了市民文学创作向纵深发展，也说明了此时市民文学作家队伍相当庞大，而且相当稳定。

表露出强烈的读者—市场意识。他们明确了文学创作和杂志录用的标准，即读者是否愿意看，读者看了以后是否"一定不肯抛了不看"。读者—市场意识是市民文学创作观的出发点和理论基础，也是市民文学得以立命和发展的生命线。

市场对 30 年代曾市民文学最为深刻的影响是作家中心体制的建立。所谓的作家中心体制是指，名作家引领创作潮流和文学报刊以名作家的创作为标志确立自我的市场份额。名作家是指具有市场效应的职业作家，职业作家名气的大小决定了市场份额的大小。此时市民文学作家以千位数计，真正数得上名的也就是那么十多人。这十多人分别是此时各种市民文学文类的代表作家，例如张恨水以他的《春明外史》《金粉世家》《啼笑因缘》成为社会言情小说代表作家；向恺然以他的《江湖奇侠传》、李寿民以他的《蜀山剑侠传》、王度庐以他的"鹤—铁"系列成为现代武侠小说代表作家；程小青以他的《霍桑探案》成为现代侦探小说代表作家；程瞻庐、徐卓呆以他们的一系列小说成为社会滑稽小说代表作家……在那个热气腾腾的市民文学市场中，真正能呼风唤雨的也就是这十多位作家，他们的一举一动都引起人们的关注。他们从市场中来，又成为市场的中心，影响着市场的走向，这是作家市场化、职业化的必然结果。与市

---

①　赵苕狂：《花前小语》，《红玫瑰》第 5 卷第 24 期，1929 年 9 月。

场中心体制的建立直接相关的是一批市民文学运作者的产生。他们的身份是编辑、导演、书商等，起的作用却是推动（甚至可以说是操纵）着这场市民文学创作盛宴形成。他们挖掘作家，培养他们成名，掀起了一次又一次市民文学的创作旋风，并从中获取利益。其中知名的有世界书局老板沈知方、《新闻报》副刊《快活林》主编严独鹤、《申报》副刊《自由谈》主编周瘦鹃等人。

进入 30 年代以后，20 年代曾红火的《红玫瑰》《紫罗兰》等大型市民文学期刊均先后停刊，取而代之的是报纸副刊成为了市民文学的载体，以及随之而来的书局结集出版。报纸追求的是阅读的广泛性和普遍性，特别是当时的《申报》和《新闻报》是中国数一数二的大众报纸，影响广泛，张恨水的《啼笑因缘》和秦瘦鸥的《秋海棠》成为市民文学的经典作品，与能够在其上分别连载分不开。书局的优势是集团性和规模性，从创作到出版，它能够构造出一套有效的产业链。此时出现的大量的武侠小说丛书、侦探小说丛书、休闲生活丛书均取得了很好的效益，显示了书局出版的实绩。报刊连载和书局出版取代期刊连载，成为市民文学创作的主要载体和出版渠道，说明了社会对市民文学作品的需求相当强劲，同样，报刊连载和书局出版业也营造了蓬勃发展的大众文化氛围。

在都市大众文化强劲发展的推动下，市民文学开始向电影、曲艺等大众文化艺术流转。20年代，中国电影开始关注对市民小说的改编。20 年代中期，根据包天笑小说改编的《空谷兰》和根据徐枕亚小说改编的《玉梨魂》已经给电影带来了很好的票房。1928 年，明星公司根据平江不肖生（向恺然）的《江湖奇侠传》改编的《火烧红莲寺》则将观众带入了新的境界，至 30 年代，该片连拍 18 集续集。张恨水的《啼笑因缘》刚连载完毕，明星公司就将其改编成6 集影片，随即引发了"啼笑因缘旋风"。中国电影进入商业电影时代，市民文学的改编起到强大的推动作用。市民文学被商业电影如此快速而又无缝地接轨，带来的是电影在中国的扎根和市民文学的创作更加强劲。除了商业电影之外，市民文学与弹词也进入了良性循环时期。之前弹词主要根据中国传统的戏曲故事和小说改编，20 年代以后，弹词开始改编市民小说，特别是张恨水的《啼笑因缘》受到了弹词的热捧，不仅改编迅速，而且众人参与，形成了流派。一些优秀的弹词也被市民文学作家看中，改编成小说出版，最有影响的是程瞻庐根据弹词改编的小说《唐祝文周四杰传》。优秀的市民文学作品流畅地在各种大众艺术中流转是大众文化成熟的重要标志，其结果自然是使得大众文化发展更为强劲，且使得大众文化优胜劣汰的市场性得以充分表现。

铺天盖地的都市市民文学和商业电影广告是此时大众文化的一道亮丽的风景线。这些广告不仅数量极大、种类繁多，而且与文学创作、电影制作有着更为密切的联系。虽然有不少媚俗之作，但是作为一种市场化的表现方式，广告体现的中国文学、文艺市场化的基本态势，是调控市民文学、商业电影市场运作的有效手段，也是大众文化繁荣的表现形式。

研 习 导 引

左联与革命文学理论

30 年代左联受苏联拉普、日本纳普影响，强调阶级斗争，提倡唯物辩证法创作方法，以革命的姿态提出"我们的艺术是反封建阶级的，反资产阶级的，又反对'失掉社会地位'的小资产阶级的倾向。我们不能不援助而且从事无产阶级艺术的产生"[1]。

同时成立的左翼剧联，强调戏剧要以唯物论的立场、无产阶级的目的意识，"阐明社会的矛盾，引导大众发生一种革命的热情来反抗奋斗，而达到革命的目的"[2]。

左联的文艺思想一直影响到 20 世纪五六十年代的文艺思想。文艺为政治服务，源自苏联文艺思想的社会主义现实主义创作方法经周扬等人长达 30 年的提倡，对"十七年"文艺产生深刻影响。

有人高调评价："左翼文学现实主义，朝着政治化、社会化、理想化方向完成对'五四'现实主义传统的继承和超越的历史使命，为中国新文学开辟一条新路。"[3]

左联的革命文艺思想，与新文学的人文主义传统究竟是怎样的关系？继承？超越？反驳？断裂？

文艺自由论？抑或文艺为政治？

自称"自由人"的胡秋原称"文学与艺术，至死也是自由的，民主的"，"将艺术堕落到一种政治的留声机，那是艺术的叛徒"。

左翼理论家给予批驳。瞿秋白提出"文艺永远是、到处是政治的'留声机'"[4]。

这场争论的焦点是文艺与政治的关系。这是左联成立初展开的第一次关于文艺与政治关系的论争。胡秋原、苏汶也是在左翼政治文学初建时，最早起来捍卫艺术独立性的理论家。

80 年代初期，《人民日报》社论提出用"文艺为人民服务、为社会主义服务"的方针取代过去惯用的"文艺从属于政治，文艺为政治服务"的方针。

由于中国革命文学与政治关系的愈益紧密，这样的争论伴随着中国现当代文学发展，贯穿于 20 世纪中国文坛始终。

第六章专题讲座
朱晓进：政治文化心理与左翼文学的兴盛1-3
李永东：上海租界与30年代文学1-6

第六章
拓展研读资料

① 《中国左翼作家联盟理论纲领》，《萌芽月刊》第 1 卷第 4 期，1930 年 4 月 1 日。
② 叶沉：《演剧运动的检讨》，《创造月刊》第 2 卷第 6 期，1929 年 1 月。收入艺术剧社编：《戏剧论文集》，神州国光社 1930 年版。
③ 林伟民：《左翼文学："五四"现实主义传统的背离与超越》，《华东师范大学学报》1992 年第 1 期。
④ 易嘉（瞿秋白）：《文艺的自由和文学家的不自由》，《现代》第 1 卷第 6 期，1932 年 10 月。

第七章　30年代小说（一）

第一节　30年代小说概述

中国现代小说发展到20世纪30年代进入成熟、繁荣阶段。讲述现代中国痛苦、探索、蜕变、改革的故事的文学命题，因进入充满活力生机的时代而获得赢取挑战的机遇。

首先，社会、历史的巨大变动和异质文化的激烈碰撞，刺激作家们对中国社会与人生作出新的思考，从而促进了30年代关于人学思想的现代发展。30年代小说家对人的不断发现和对人生的关注，赓续了20年代新文学革命的人文精神[1]，同时，他们对于激变时代的人性、人的精神世界，人与人、人与社会的复杂关系又有了许多新的看法与体察[2]，因而促使长于描写社会生活、表现人的命运、以塑造人为中心的现代长篇小说文体在30年代得到了发展。

其次，30年代小说的成熟与繁荣是广泛借鉴、多方择取中外文学资源的结果。从规模和影响看，苏联社会主义现实主义小说、欧美批判现实主义小说和现代派小说这三类小说的翻译显得最为突出[3]。中国古代小说传统对此期的小说创作也有相当大的影响，诸如巴金的家族题材小说、沈从文等的抒情文体以及通俗文学汲取中国传统诗学营养等。

最后，30年代小说的成熟与繁荣是创作主体积极探索并形成自己鲜明个性的结果。如茅盾从《蚀》反映动荡时世中青年男女的精神历程和心理矛盾起步，到《子夜》则标志着他找到了现代都市生活这一属于自己的艺术世界，他在对法俄批判现实主义、自然主义的继承与创造中形成了恢弘而严谨的艺术风格。这一时期较成熟的小说家都拥有独特的艺术世界：老舍以幽默、温婉的笔触状写北京市民社会，巴金充满热情地展示年轻人与封建家族的激烈对抗，李劼人以法国现实主义式的精细、逼真风格再现四川近代社会。

30年代小说的成熟与繁荣，有下列表现：

一是小说题材空间的拓展。这既表现于对时代变化中的城乡生活多方位的展现，也表现于对历史的开掘。20年代小说着重描写的是农村和现代青年生活题材，范围相对狭窄。这两种

---

[1]　30年代的社会剖析小说与20年代的问题小说、乡土小说在对人的关注与发现、认同方面有一定联系。

[2]　茅盾由《蚀》《野蔷薇》《虹》到《子夜》的创作转向，典型地说明了小说家对"人"的发现与小说创作的关系。

[3]　参见范伯群、朱栋霖主编：《1898—1949中外文学比较史》（下卷），第四编第四章、第五章、第六章、第七章，江苏教育出版社1993年版；郭志刚、李岫主编：《中国三十年代文学发展史》，第八章第三节"三十年代的翻译小说"，湖南教育出版社1998年版。

题材在 30 年代小说中继续得到了表现和开掘：前者如沈从文的湘西世界、废名的湖北黄梅、芦焚的中原农村，后者如茅盾《虹》中的梅行素、巴金"爱情的三部曲"中的吴仁民、丁玲《莎菲女士的日记》中的莎菲等。其表现和开掘的范围大有拓展，时代感也大为加强。30 年代的农村题材小说不再限于 20 年代惯于表现的"老中国的乡村"和"老中国的儿女"，如茅盾所说的"中国乡村的变色"迅疾地得到反映。王统照的《山雨》、茅盾的《春蚕》、叶圣陶的《多收了三五斗》等几乎与时代同步地描写了在帝国主义经济侵略和反动政府的盘剥下农村经济的凋落与农民的苦难，真实地写出了"时代给予人们以怎样的影响"。30 年代小说还表现"人们的集团的活力又怎样地将时代推进了新方向"①，如蒋光慈的《咆哮了的土地》、丁玲的《水》、叶紫的《火》等作品对农民苦难中的觉醒、挣扎与斗争作出了直接的反映。30 年代小说从乡村到都市，从政治到文化，从影响整个中国现代历史进程的重大事件到小人物的日常生活，触及社会各阶层的人物。

　　许多作家同时将目光转向历史，导致 30 年代历史小说的发展与兴盛。他们对历史作出了富有时代色彩的个人化诠释：鲁迅的《理水》《非攻》《采薇》，茅盾的《大泽乡》《豹子头林冲》，郑振铎的《桂公塘》，巴金的《罗伯斯庇尔的秘密》，施蛰存的《将军底头》等。这些作品大都不是"博考文献，言必有据"者，而往往是"只取一点因由，随意点染"②，重在对于历史或传说中的人物、故事作出新的解释，烛照现实世界。这些历史小说的出现，大都缘于现实人生的刺激，为现实与自我表现的需要服务。

　　二是长篇小说的成熟。20 年代长篇小说初创期的艺术表现稚嫩。30 年代，长篇小说的质和量都取得了令人瞩目的成就。叶圣陶于 1928 年创作的《倪焕之》被茅盾誉为"扛鼎"之作，长篇小说名家、名作纷纷出现，如茅盾的《蚀》《子夜》，巴金的《家》，老舍的《离婚》《骆驼祥子》，蒋光慈的《咆哮了的土地》，王统照的《山雨》，萧军的《八月的乡村》等。30 年代小说家们的长篇小说叙事博采古今、融汇中西，有相当高的艺术水准，李劼人（1891—1962）30 年代创作的《死水微澜》是一个范例。小说叙述成都近郊天回镇上的事情，以杂货铺老板娘蔡大嫂与当地袍哥头子罗歪嘴的热恋为线索，对 19 世纪、20 世纪之交成都社会生活状况作了整体性再现，被郭沫若称为"小说的近代史"和"小说的近代的《华阳国志》"③。李劼人留学法国，受福楼拜、左拉的影响较深，其人物刻画、环境描写追求精细、客观和逼真的效果。他将对自幼熟知的中国古典小说的体悟和对法国写实/自然主义小说理论的认识结合在《死水微澜》的创作中，卓有成效。

　　三是小说流派的涌现。最早出现的是**普罗（Proletariat）小说**。普罗小说家主要是太阳社成员，如蒋光慈、洪灵菲、楼建南、戴平万，还有后期创造社成员郭沫若、郑伯奇、华汉（阳翰笙）等。他们高举普罗列塔利亚文学的旗帜，标明革命立场，描写现实革命斗争题材，着力表现无产阶级与其他劳苦大众生活的痛苦不幸和走向革命的必然历程，并将一些重大的历史事件和真实的历史人物摄入创作视野。华汉的《暗夜》、洪灵菲的《大海》、戴平万的《陆阿六》、蒋光慈的《咆哮了的土地》等叙写了农民革命运动；蒋光慈的《短裤党》正面描写上海

①　茅盾：《读〈倪焕之〉》，《文学周报》第 8 卷第 20 号，1929 年 5 月。
②　鲁迅：《故事新编·序言》，《鲁迅全集》第 2 卷，人民文学出版社 2005 年版，第 354 页。
③　郭沫若：《中国左拉之待望》，《中国文艺》第 1 卷第 2 期，1937 年 7 月。

工人第二、第三次武装起义，并且刻画了史兆炎（原型为赵世炎）、杨直夫（原型为瞿秋白）等人物形象。与表现激烈的阶级斗争题材相适应，这类作品在艺术风格上也多显得粗粝浓烈。

普罗小说中还有一类侧重反映大革命前后青年知识分子的思想、人生道路，并形成革命+恋爱的主题模式。洪灵菲的长篇小说《流亡》写小资产阶级知识分子型的革命者的流亡历程，"在革命的故事中糅杂了不少的恋爱场面"①。它触及当时比较普遍地存在于这类知识分子中的个性主义与革命冲突的问题，有些作品（如胡也频的《光明在我们前面》）还比较深刻地呈示了他们走向革命过程中的痛苦、矛盾的心理。但是，这类作品在对革命与恋爱、集体与个人关系的理解上比较普遍地存在着简单化的倾向，所表现的无非是革命如何为恋爱所累、又如何战胜恋爱，或情感最终在革命中升华；往往在写恋爱心理时比较细腻、真切，而写革命活动时却相当浮夸；而且有些作品还脱离文本实际，故意加入爱情的调料，显示出相当突出的浪漫蒂克的倾向。

普罗小说作者对实际的革命情形缺乏真切、深入的认识，写工农群众及其斗争生活不免苍白，概念化痕迹很重；又因许多作者对革命的长期性、复杂性认识不足，便在作品中流露出对革命的不切实际的幻想和狂热情绪。普罗小说是从文学革命到革命文学这一方向转变时期出现的一个小说流派，它的这些不足很快引起了左翼阵营的关注。1932年，华汉的长篇小说《地泉》（包括《深入》《转换》《复兴》三部曲）由湖风书局重印。易嘉（瞿秋白）、郑伯奇、茅盾、钱杏邨和作者本人分别作序，对"革命的浪漫蒂克"倾向提出批评。瞿秋白指出《地泉》的路线是浪漫蒂克的路线，里面那些"最肤浅，最浮面的描写"，"连庸俗的现实主义都没有做到"；"《地泉》正是新兴文学所应当研究的：不应当这样写的标本"②。茅盾指出，《地泉》与那时候同类作品一样，其失败的原因在于"缺乏社会现象全面的非片面的认识"和"缺乏感情地去影响读者的艺术手腕"③。这些批评都切中要害，可视为对普罗小说的缺点所作的批判性总结。

蒋光慈（1901—1931）是普罗小说的代表作家，写有新诗集《新梦》《哀中国》，1925年发表《现代中国社会与革命文学》，提出革命文学的口号。1927年与他人组建太阳社，1928年年初主编《太阳月刊》。五卅运动后，他写出了第一部中篇小说《少年飘泊者》，自称这是花呀月呀声中的"粗暴的叫喊"。小说写佃农的儿子汪中在社会的迫害下逐渐觉醒，参加革命军，最后在战斗中英勇牺牲的故事，比较广泛地展现了五四到五卅时期的社会生活，充满着浪漫主义的激情。1927年4月，他完成中篇小说《短裤党》，迅速反映刚刚过去的上海工人武装起义。大革命失败后，蒋光慈在低沉的心境中写了《冲出云围的月亮》等作品，控诉了反动派屠杀革命者的暴行，反映了大革命失败后知识分子的分化。这些小说反映重大社会历史事件，爱憎强烈，具有了很强的政治鼓动性，但由于缺乏生活积累和深入思索，常常显得简单、空幻、不切实。《丽莎的哀怨》从人性的角度出发描写了白俄贵族妇女丽莎在十月革命后流亡中国、被迫卖淫的痛苦经历。作品基于特定人性尺度对人物的同情，遭到了左翼批评界的严厉批评。蒋光慈自1930年3月起发表代表作《咆哮了的土地》（1932年出版单行本时易名为《田

---

① 孟超：《我所知道的灵菲》，《洪灵菲选集》，开明书店1951年版。
② 瞿秋白：《革命的浪漫蒂克》，《瞿秋白文集》文学编第1卷，人民文学出版社1985年版，第457页。
③ 茅盾：《〈地泉〉读后感》，《茅盾选集》第5卷，四川文艺出版社1985年版，第154页。

野的风》），这是作者的最后一部长篇小说，是普罗小说中的重要作品。小说在广阔的背景下表现一个开创性题材，反映了大革命前后湖南农村中尖锐的阶级矛盾和阶级斗争，表现了当地农民在中国共产党的领导下开展武装斗争、最后奔向金刚山的过程。小说刻画了两个革命者：职业革命者、矿工张进德，回乡领导农民闹革命的知识分子李杰。

左联青年作家群是普罗文学之后逐渐崭露头角的一批追求进步的青年作家。这个青年小说家群体成员众多，成绩显著、影响较大的主要有丁玲、张天翼、艾芜、沙汀、叶紫等。

柔石（1902—1931），浙江宁海人，原名赵平复，较丁玲等稍早走上文坛而具有相同的创作倾向。《二月》（1929）描写他所熟知的青年知识者的生活，思考知识分子的道路。鲁迅称主人公萧涧秋："极想有为，怀着热爱，而有所顾惜，过于矜持，终于连安住几年之处，也不可得。"[1] 萧涧秋离开学校后数年漂泊，来到貌似世外桃源的芙蓉镇，希望过上清静的生活，但在那里历经苦难、凡庸与倾轧，极度失望后再度出走。作品的诗意笔触与生动形象显示了个性主义、人道主义理想的脆弱，也表达了作者对现实社会的愤懑。《为奴隶的母亲》（1930）可视为乡土文学代表作。小说描写了故乡罪恶的典妻习俗。春宝娘被丈夫典给邻村的秀才地主作生育工具，生下另一个男孩秋宝，三年后被赶回家。她处于奴隶地位，既无人的尊严，也没有母亲应有的爱的权利。小说深刻呈现了农村劳动妇女的苦难和现实社会的黑暗，具有强烈的控诉意义。柔石的这些作品在普罗小说的高潮中出现，却没有普罗小说的概念化，它们以对社会现实的深切认识、对艺术表现的追求，显示出了现实主义的力量。

柔石之后的左联青年作家也开始朝向革命现实主义方向发展。**艾芜**（1904—1992），四川新繁（今属成都市）人，原名汤道耕。艾芜早年曾漂泊于中国西南边境和东南亚一带，归国后立志把"身经的，看见的，听过的，——一切弱小者被压迫而挣扎起来的悲剧切切实实地绘了出来"[2]，开始了短篇小说的创作。《南行记》是代表艾芜这一阶段艺术风格的短篇小说集。作品据漂泊期间的所见所闻，叙述边疆异域特殊的下层生活，控诉帝国主义的罪恶。艾芜笔下命运各殊的流民们被生活挤出了正常的轨道，性格中包含被苦难生活扭曲的成分，但灵魂中仍具有美好、闪光的一面。代表作《山峡中》在雄奇苍茫的山峡背景中，描写一群杀人越货的强盗的生活。艾芜侧重刻画了一个外号叫野猫子的姑娘形象，职业、环境使她沾染上了浓重的匪气，心性冷硬蛮泼却未完全泯灭美好人性：从她唱的江水歌可以洞见其心灵深处的理想、隐忧与柔情，在"我"要离开时悄悄留下银元作路费的细节也展示了她的善良、重情与细心。《南行记》利用边地奇丽风光、乐观的人物精神和传奇生活的题材，设置第一人称叙述者并由此形成主观抒情笔调，使小说在写实中具有一种明丽清新的浪漫主义色彩。

叶紫（1912—1939），湖南益阳人，原名余鹤林。叶紫来自底层，经历过轰轰烈烈的湖南农民运动血与火的洗礼。1933 年，他以深厚的生活积累和强烈的生活体验开始创作，其短篇小说集《丰收》《山村一夜》和中篇小说《星》大多取材于大革命失败前后洞庭湖畔农村的生活，以鲜明的时代感和强烈的爱憎反映了农村的阶级压迫以及农民的觉醒和斗争。其代表作《丰收》（续篇《火》）和茅盾的《春蚕》、叶圣陶的《多收了三五斗》一样以丰收成灾为主题。老农民云普叔在严酷事实的教育下，终于抛弃了对统治者的幻想，支持儿子立秋抗租。《丰收》

① 鲁迅：《三闲集·柔石作〈二月〉小引》，《鲁迅全集》第 4 卷，人民文学出版社 2005 年版，第 153 页。
② 艾芜：《南行记·序》，《南行记》，文化生活出版社 1935 年版。

写农民展开有组织的暴动，最后投奔红军根据地雷峰山，始终突出农村的阶级对立和阶级压迫，着力描写农村中父与子两代人的矛盾以及老一代农民的最后觉醒。这是叶紫创作的特色，且对以后的农村题材小说产生了影响。叶紫写出了"太平世界的奇闻，而现在却是极平常的事情"——"这就是作者已经尽了当前的任务，也是对于压迫者的答复：文学是战斗的！"① 在展示农村残酷的阶级对立的同时，叶紫还关注着妇女解放。《星》叙述了农村妇女梅春姐的悲惨际遇和走向革命的斗争历程。作品将妇女解放与阶级解放相结合，将婚姻伦理问题与社会政治问题相交织。

社会剖析小说在 30 年代迅速崛起，成为当时重要的小说流派。社会剖析派作家以马克思主义社会科学理论为指导，继承并发展了新文学时期文学研究会为人生的现实主义精神，在创作方法上建立起了新的革命现实主义文学模式。他们自觉将小说艺术与社会科学相结合，在大规模、全景式地再现中国社会、表现各个阶级现实动向的同时，以科学理性精神侧重从经济角度对中国社会性质、社会生活进行剖示。在文学观念方面，强调对社会现实进行细密的观察，注重在宏大的结构中对历史性题材作客观的描绘，善于在典型环境中塑造具有复杂性格和悲剧命运的典型人物。茅盾是社会剖析小说的开创者，他于 30 年代创作的《子夜》《春蚕》《林家铺子》等提供了该派小说的最初范型。在茅盾小说的影响和示范下，吴组缃、沙汀等青年作家也开始了社会剖析小说的创作。

吴组缃（1908—1994），安徽泾县人，毕业于清华大学中文系。他虽然不是左联成员，但也接受了马克思主义思想的影响，在创作上与茅盾等左翼作家表现出大体相同的倾向。其 30 年代出版的短篇小说集有《西柳集》《饭余集》。他的小说创作始于 1930 年左右，最初曾在艺术上做过比较广泛的尝试和探索。1932 年写成的《簧竹山房》以第一人称叙述了一个凄婉的故事，在富有诗意的描绘中批判了封建伦理对人性的戕害。小说最后写二姑姑偷看青年夫妇的床笫之私，以神来之笔写出了人物内心无法压抑的人性之光。1933 年以后，吴组缃在选材上和写法上发生了较大的变化，不再侧重以伦理视角阐扬人性主题，而以故乡皖南为立足点和观察点，关注着中国农村的日益破败的现状，并从社会经济的角度对农村破产的原因进行了深入的分析，从而使其小说具有了鲜明的社会剖析的特征。短篇小说《一千八百担》采用横截面写法，展示宋氏大家族的子孙聚汇祠堂、勾心斗角争夺一千八百担积谷的场面，反映农村宗法制度的崩溃，末了农民抢谷的情景更表现了农村经济破产以及由此导致的农村革命的兴起。《樊家铺》《天下太平》等也从不同角度以触目惊心的故事反映了农村破产所导致的惨状。吴组缃的这些作品真实地反映了 30 年代农村衰败的情况，并且深刻地呈现了其成因，形象地说明了农村的破产不是偶然的，而是世界经济危机和外国资本加紧对中国经济入侵的结果。在小说艺术上，吴组缃擅长浓缩再现生活，场面集中，结构严谨；在人物刻画上追求个性化，具有浓郁的乡土色彩，讲究细节描写和气氛渲染；文字精致圆润。吴组缃的作品显示了社会剖析小说的艺术生命力。

沙汀（1904—1992），四川安县人，原名杨朝熙，又名杨子青，是左联青年作家群中的一员。他曾受过蒋光慈等普罗小说的影响，又在茅盾创作的示范下，寻找到了适于自己的题材领域和创作方法。《兽道》《在祠堂里》揭露了旧军队对妇女的戕害与虐杀。《代理县长》则把观照

---

① 鲁迅：《且介亭杂文二集·叶紫作〈丰收〉序》，《鲁迅全集》第 6 卷，人民文学出版社 2005 年版，第 228 页。

的目光投诸乡村的上层，写川西某地残破县衙里的代理县长以"瘦狗还要炼它三斤油"的心态，在濒于绝境的灾民身上刮油。在表现方法上，沙汀小说感情内敛，多用白描，善作客观化的叙述，其犀利的讽刺和深刻的剖析常常蕴含和寄托在对人物遭遇和性格的不露声色的叙写之中，风格含蓄而深沉。在叙写故事和人物时，他的小说重视对四川所特有的世态人情的描摹，又善于以充满地方色彩的语言出之，因此具有乡土气息。在社会剖析小说中，沙汀作为一位有特色的讽刺作家，在 40 年代的小说创作中又有发展①。

几乎在左翼小说、社会剖析小说崛起的同时，文坛上还形成了新感觉派和京派两个小说流派。这两个流派，一个以南方的上海为阵地，一个以北方的北平（北京）为中心。三个小说流派有各自不同的人学理念与文学观。如果说社会剖析派是在马克思主义学说的影响下，凸显了人的社会性和阶级性的话，那么京派则坚守新文学的人文精神，认同人与自我的价值、个性主义等理念，所持的乃是新文学时期的自然人性观、人道主义与启蒙精神。而新感觉派则在西方现代主义和都市商业文化影响下，更多地关注着人的感官、直觉、潜意识、性等非理性的方面。三个流派的并存与互争，推动了 30 年代小说的多元发展。

曾与海派发生论争的**京派**，是指 1930 年前后新文学中心南移上海后继续在北平活动的一个自由主义作家群。其主要阵地有《骆驼草》《大公报·文艺副刊》《水星》《文学杂志》等。京派小说家在艺术观上标举健康与纯正，反对文以载道的陈腐，因而在一个充满了变革的时代里，执意拉开与现实政治的距离，去关注纯朴、原始的乡村世界，去寻找和挖掘那里的永恒不变的人性美、人情美。虽然他们没有放弃对城市生活的描写，但这种描写常常是作为与乡村对立的人生而被纳入其叙述框架之中，因而其意义也往往不是自足的，而常常是从反面凸显了乡村的价值。他们在文化思想上继承了新文学改造国民性的传统和人的观念，以人性的价值尺度严肃地表现着"民族品德的消失与重造"的主题，并试图以此去探索"中国应当如何重新另造"②，从而表现出了与社会剖析派不同的文化诉求。在审美趣味上，京派小说家崇尚和谐，鼓吹情感的节制与艺术技巧的恰当。京派理论家朱光潜提出了心理距离说，沈从文则主张情绪的体操——"一种使情感'凝聚成为渊潭，平铺成为湖泊'的体操"③。这导致了小说情感的内敛和理性的节制，具有了乡野的自然、平和、质朴之美。京派小说还讲究艺术技巧，追求题材的新鲜、结构的多样和文字的明净，注重氛围渲染和风情描写，具有圆熟、静穆的诗美和牧歌的情调，为现代抒情小说的发展作出了重要的贡献。

在京派小说家中，以沈从文的成就和影响为最大，其他代表性作家有废名、萧乾、芦焚等。**废名**（1901—1967），湖北黄梅县人，原名冯文炳，其收在《桃园》《枣》等集中的短篇小

---

①　有论者提出，30 年代讽刺小说形成了京派作家以世态讽刺为特色，左联青年作家偏重于政治讽刺这样的显著区别。"京派的所谓世态讽刺，不更多涉及社会制度与政治斗争，主要是对社会风习、人生病态的拨正。它重印象，擅长主观深远地抒发，同情的幽默，喜剧色彩强。后者重观察，讲究客观细致地描写，冷峻的讽刺，悲剧色彩浓。两派的对峙，显示了讽刺小说内部，客观描写与主观夸张、写实与虚幻、悲与喜的矛盾运动，是怎样促进了各样讽刺风格的竞放，形成各有倚重的艺术特点的。"参见吴福辉：《中国现代讽刺小说的初步成熟——论三十年代作家的讽刺艺术》，《带着枷锁的笑》，浙江文艺出版社 1991 年版，第 7—8 页。

②　沈从文：《〈长河〉题记》，《沈从文文集》第 7 卷，花城出版社、生活·读书·新知三联书店香港分店 1984 年版，第 4 页。

③　沈从文：《废邮存底·情绪的体操》，《沈从文文集》第 11 卷，花城出版社、生活·读书·新知三联书店香港分店 1984 年版，第 327 页。

说和长篇小说《桥》，以朴讷、简约的诗化语言和散文化的笔法，描写了故乡黄梅优美的田园风光，显示出了荡漾在乡村朴野之间的平和的人性之美，具有冲淡、典雅、宁静的情趣和意境。此期的代表作《桥》是废名用素朴的芦笛精心吹奏出来的一支平淡而悠远的田园牧歌。它以程小林和史琴子的情感历程为线索，上篇写出了童心的无邪、民情的淳朴、风物的美丽，下篇写到十年后两人因琴子的妹妹细竹的长成而引起了微妙的感情关系，也仍然显得毫无挂碍、一无机心。小说营造出来的这种规避了人生丑陋的和谐、宁静的牧歌世界，正反映了作者对扰攘尘世的厌弃、对人间纯美的追求。在艺术表现上，废名小说淡化故事情节，不追求结构的完整；喜写富有情致的片段，精心构建诗境和画境；善于提炼语言，讲求炼字炼句，并在白话中糅进了一些文言成分，从而使文字显得古奥简练，富有韵味和涩味。所有这些，使他的小说在散文化的同时也诗化了。废名小说对后起的京派小说家产生了很大的影响。

　　萧乾（1910—1999），蒙古族人，生于北京。1933年开始发表小说，结集出版的有《篱下集》《栗子》和长篇小说《梦之谷》。与其他京派作家一样，萧乾打量现实社会时喜用人性视角，小说多展示人间的不平和世态的炎凉。《篱下》《雨夕》等篇在表现这样的内容时均采用了儿童视角，以儿童的天真反衬世道的污浊，既加强了作品的反讽力量，又给作品染上了忧郁的色彩。萧乾小说侧重表现的是都市生活，在题材取向上与废名、沈从文等人不同，但他通过对独立的叙述者的设计，拉开了自己与现实的审美距离，净化了原发情绪。正是在这一点上，他的小说又表现出了京派的审美趣味。长篇小说《梦之谷》（1937）具有自叙传色彩，是其爱情经历的写照。由于没有充分拉开审美距离，小说中充溢着未曾净化过的感伤与反抗的情绪，颇有浪漫之风。

　　芦焚（1910—1988），河南杞县人，原名王长简，师陀是他在40年代用的另一重要笔名，其短篇小说集《谷》曾于1936年获京派主持的《大公报》文艺奖金。他的小说大多取材于故乡农村生活，田园诗意、古朴民风虽然尚存，但已不时地飘散出中原农村衰败的悲音，掺和着作者对黑暗社会的讥刺和对悲凉人生的感叹。较之废名、沈从文等，芦焚作品中梦的成分减少了，现实的成分增加了。

　　值得关注的还有**东北作家群**。这是30年代中期在特定的历史背景下出现的一个具有地域性的作家群体。"九一八"事变后，东北相继沦陷。一批不愿做亡国奴的东北青年作者纷纷流亡到关内的上海、北平等地，他们怀着对故乡的深切思念、对日本侵略者的巨大仇恨创作小说，以粗犷的风格把这片黑土地上的生生死死和不屈的灵魂移到了纸上，开了现代抗日文学的先河，具有浓郁的爱国主义情绪和鲜明的东北地方色彩。这一创作群中比较著名的有萧红、萧军、端木蕻良、骆宾基、舒群、罗烽、白朗等，尤其以萧红的影响为大。

　　萧红（1911—1942），黑龙江呼兰（今哈尔滨市呼兰区）人，原名张迺莹，是有特殊文学天分的女作家，一生坎坷，英年早逝。她写下了《生死场》《呼兰河传》《马伯乐》等中、长篇小说，出版了《牛车上》《旷野的呼唤》等短篇小说集。1934年到上海后，受到鲁迅的关怀，其成名作《生死场》得以与叶紫的《丰收》、萧军的《八月的乡村》一起作为"奴隶丛书"而出版。《生死场》展示"九一八"事变前后东北农村生活图景，描写了王婆、金枝、二里半、赵三等东北农民在"生死场"上的挣扎。由于作品后七章直接描写了农民抗日的盟誓典礼，侧面叙述了革命军的抗日活动，表现了为时代所迫切需要的题材，因此，作品当时被视为抗日文学而受到了左翼文坛的高度肯定。鲁迅称誉它"力透纸背"地表现出了"北方人民的对于生的坚强，对于死的挣扎"①，而周扬则将它与萧军的《八月的乡村》等视为"国防文学的提出之作为现实的基础和根据"②。作品前十章极具真实感地描写了一幅幅农村日常生活的图景，展示了东北农民原始的生活方式。作者借此传达出了那种对没有历史的乡土社会的深切的历史感受，深入剖析了农民对于生与死的盲目态度，反映了改造国民灵魂的时代历史内容。这样的一种主题取向还贯穿在她的许多短篇小说特别是 40 年代的长篇小说《呼兰河传》中。1938 年萧红与萧军正式分手。该年 5 月萧红与端木蕻良在武汉举行婚礼。因战时颠沛流亡，萧红来到香港，完成《呼兰河传》(1940)。《呼兰河传》是作者梦回呼兰河的产物，在思乡念土情感的驱动下，她以细腻抒情的笔触回忆了自己寂寞的童年生活，描写了家乡敬畏鬼神的风俗画面，叙述了祖父、小团圆媳妇、有二伯和冯歪嘴子等人的平凡的人生悲喜剧。这里有对故乡人物执着、坚韧性格的挖掘和赞美，更有对附着在他们身上的愚昧、麻木的民族劣根性的深刻批判。"房子都要搬场了，为什么睡在里边的人还不起来，他是不起来的，他翻了个身又睡了。"这一惊心动魄的细节对他们极度轻视生命价值的动物般的生存方式作出了极其深刻的概括。在这样的风土人情中，小团圆媳妇被虐杀的悲剧是必然会发生的。萧红是一位在小说艺术上勇于创新的作家，她说过："有一种小说学，小说有一定的写法……我不相信这一套，有各式各样的作者，有各式各样的小说。"③ 她打破了小说与散文的界限，创造出了有特色的散文化的抒情小说体式。她在内容取向上喜用怀旧题材，在叙述方式上多用限制叙事，在情感评价上擅用心理视角，这种表现方法上的创新，导致了叙事成分的削弱和抒情成分的增加。与此相关，小说在结构上也呈现出非情节化、非戏剧化的散文化的特征，统领作品的线索不再是线性的时间关系和因果关系，而是作者的心理情感逻辑，这使其小说在放任之中获得了结构性和统一感。萧红的抒情小说是 20 世纪三四十年代出现的抒情小说的精品，对后来的文学创作产生了较大的影响。

　　萧军（1907—1988），辽宁义县人，原名刘鸿霖，也是东北作家群的主要青年小说家。其30 年代的著名作品是长篇小说《八月的乡村》(1935)。作品描写一支抗日游击队在党领导下与敌伪军队、汉奸地主展开战斗，并克服队伍内部思想矛盾的过程，通过对陈柱司令、铁鹰队长等坚强的革命战士以及陈三弟、李七嫂等成长中的人物的塑造，表现了东北人民不甘当亡国奴、在斗争中求生存的坚强意志和战斗精神。它展示的虽然是东北抗日军民战斗生活的一角，却"显示着中国的一份和全部，现在和未来，死路与活路"④。作品结构近乎短篇的连缀，人物描写也近似素描，虽然艺术上还略显粗糙，但风格显得雄浑而遒劲。写于 40 年代的长篇小说《第三代》(后更名为《过去的年代》)展示了辛亥革命后东北人民的斗争生活，在广阔的时空中对城乡各式人物进行了广泛的描写，特别是在对胡子（土匪）特异性格的精心刻画中，既揭示了官逼民反的社会现实，又对东北地区的民魂作出了深度开掘。作品境界开阔，富有气势，结构纵横捭阖，笔致雄健有力，很见艺术功力。此外，东北作家群的其他作家也有不少名作行世，如端木蕻良（1912—1996）的《鹭鸶湖的忧郁》《科尔沁旗草原》，舒群（1913—

---

① 鲁迅：《且介亭杂文二集·萧红作〈生死场〉序》，《鲁迅全集》第 6 卷，人民文学出版社 2005 年版，第 422 页。
② 周扬：《现阶段的文学》，《光明》第 1 卷第 2 号，1936 年 6 月。
③ 聂绀弩：《萧红选集·序》，《萧红选集》，人民文学出版社 1981 年版，第 2—3 页。
④ 鲁迅：《且介亭杂文二集·田军作〈八月的乡村〉序》，《鲁迅全集》第 6 卷，人民文学出版社 2005 年版，第 296页。

1989）的《没有祖国的孩子》，骆宾基（1917—1994）的《边陲线上》等。

第二节 丁 玲 等

丁玲（1904—1986），湖南临澧人，原名蒋伟，出生于一个破落的封建世家，早年在湖南常德、长沙等地求学，1922年入上海平民女子学校，1923年就读于上海大学中文系，1924年到北京。大革命失败后，丁玲在人生苦闷中开始创作，1927年12月和1928年2月在《小说月报》发表处女作《梦珂》和成名作《莎菲女士的日记》。她的早期小说主要收入《在黑暗中》(1928)、《自杀日记》(1929)、《一个女人》(1930) 3个集子中。1930年参加中国左翼作家联盟后，她出版了短篇小说集《一个人的诞生》《水》《夜会》和《意外集》，中篇小说《一九三〇年春上海》以及长篇小说《韦护》和《母亲》等。在上海，丁玲与左翼青年作家胡也频相恋同居。1933年丁玲被当局绑架，囚禁于南京。1936年赴陕北。

丁玲是30年代卓有成就的作家，其小说创作不但忠实地记录了一个青年知识女性的心灵历程和追随时代的踪迹，而且还典型地反映了20年代、30年代之交中国现代文学从文学革命到革命文学的转型以及稍后革命文学

> 我自己是女人，我会比别人更懂得女人的缺点，但我却更懂得女人的痛苦。
>
> ——丁玲

自身的发展。丁玲是"满带着'五四'以来时代的烙印"[1] 而登上文坛的，其早期创作探讨的仍然是20年代新思想革命和个性解放的命题，并且表现了由理想幻灭所导致的精神苦闷。关于此期的创作动机，她在1933年有过这样的说明："我那时为什么去写小说，我以为是因为寂寞。对社会的不满，自己生活的无出路，有许多话须要说出来，却找不到人听，很想做些事，又找不到机会，于是为了方便，便提起了笔，要代替自己来给这社会一个分析。"[2] 这段话自道其早期创作的情思特色。处女作《梦珂》写一个出生于破落家庭的女子走出家庭、闯入社会后陷入困境的故事。女主人公本来是一个正直、善良、有同情心的女孩，但在学校和社会上与一些卑鄙之人接触后，她发现了人心的险恶，于是她渐渐地变了，为了能生存下去，她便不再反抗。小说承续新文学浪漫抒情小说传统，以鲜明的女性意识真实地写出了社会吞噬一位曾经对人生抱有理想的纯真女孩的过程，表述了现代女性在20年代后期的人生感受。

沿着《梦珂》的情思轨迹，《莎菲女士的日记》对现代女性的人生困境和情欲心理作了深刻开掘，它也因此成为早期同类作品的代表作。主人公莎菲的形象是丁玲早期作品所塑造的叛逆、苦闷的青年知识女性形象系列中最成功、突出的典型。莎菲在个性主义浪潮的冲击下背叛旧礼教，大胆走出家门，她渴望爱与欲的满足，要求"享有我生的一切"。但是，客观社会不

---

① 茅盾：《女作家丁玲》，《文艺月报》第1卷第2期，1933年7月。

② 丁玲：《我的创作生活》，《丁玲研究资料》，天津人民出版社1982年版，第109—110页。

会任其取用来满足她的欲望，她对人生意义的执着与爱欲寻求只能导致幻灭。在看不到前途和出路的情况下，她又不愿意放弃反抗和追求，于是，这种痛苦的挣扎便不免带上浓重的悲怆情调和病态色彩。她也因此成了"心灵上负着时代苦闷的创伤的青年女性的叛逆的绝叫者"①。作品以大胆、直率的描写，通过她在爱情与欲望追求上的复杂、矛盾的心理和行为，展示了她的叛逆、病态的性格：一方面，她欣赏苇弟的善良、忠厚，又不满于他性格的平庸、怯懦；另一方面，她倾慕南洋阔少凌吉士的漂亮仪表和高雅风度，又鄙视他市侩主义的卑劣灵魂。在两个男性中，她没有选择前者，也没有选择后者——她在发现其灵魂的庸俗、空洞后却仍然接受了他的吻，而吻过之后又毅然离开了他。这里有她对灵（即自我个性）的坚守，也有灵肉分离后对肉（即性爱）的追求，但性爱的诱惑最终没有使之泯灭灵的光辉。从这个意义上来说，"莎菲女士是'五四'以后解放的青年女子在性爱上的矛盾心理的代表者"②。作品着重刻画的是莎菲在性爱上的矛盾心理，但这一心理反映出了时代投射在一部分知识女性身上的阴影。莎菲的矛盾和苦闷，是经历过个性主义思想洗礼的觉醒青年在时代低压下陷入彷徨状态的真实写照，因而折射出了社会历史内容；其对爱情追求的失落流露出来的是对整个社会的绝望的情绪。小说以第一人称日记体的形式，饱含感情地对女主人公的内心世界作了深入、细腻的揭示，显示出了作者擅长心理描写的出色才能。丁玲以《莎菲女士的日记》为代表的早期作品，以书写女性命运为中心，重视心理描写和情感抒发，显然受到了法国现实主义文学（尤其是福楼拜的《包法利夫人》、莫泊桑的《一生》等作品）对现代社会虚伪文明的批判、对女性命运的深切关注、对爱玛式女子的描写以及心理剖析技巧的启发，也受到了歌德的《少年维特之烦恼》感伤型浪漫主义抒情风格的影响。从中国现代文学自身的源流上来看，这些作品也是郁达夫所开创的以《沉沦》为代表的新文学中浪漫感伤小说的余绪。

1929 年，丁玲的思想发生了变化，其早期小说中的个性主义主题开始为集体主义的革命主题所替代，代表性地体现了 20 年代、30 年代之交中国现代文学从文学革命到革命文学的转型。她力图拓宽视野，突破自身情绪宣泄的局限，创作了以革命者为主人公的长篇小说《韦护》。作品以五卅运动前的社会现实为背景，描写了小资产阶级女性丽嘉与革命者韦护的恋爱与冲突。小说试图表现革命者对个性主义与集体主义矛盾的超越，韦护的形象，对于人们了解此期共产党人的生活，也有相当的认识价值。但是，由于丁玲对革命者的生活并无深刻的了解，致使韦护的形象不够丰满，并且故事本身也"陷入恋爱与革命的冲突的光赤式的陷阱里去了"③。之后的《一九三〇年春上海》（之一、之二）在描写知识分子从个人主义走向集体主义的道路时也带有这样的痕迹，虽然这些作品中的几位女性形象仍较有光彩。此期丁玲处在转换途中，其思想急剧"左转"，其创作在强化社会性和革命性的同时，却在相当大的程度上忽略了艺术的独创性。这也显示了早期普罗小说、左翼文学提倡唯物辩证法创作方法的特点和问题。

1931 年秋，丁玲在《北斗》杂志上发表了短篇小说《水》。它以当年发生的 16 省大水灾为题材，描写了农民与水灾和官府作殊死搏斗的情景，场面壮阔，笔触粗犷，凸显了觉醒、抗

---

① 茅盾：《女作家丁玲》，《文艺月报》第 1 卷第 2 期，1933 年 7 月。
② 茅盾：《女作家丁玲》，《文艺月报》第 1 卷第 2 期，1933 年 7 月。
③ 丁玲：《我的创作生活》，《丁玲研究资料》，天津人民出版社 1982 年版，第 110 页。

争的农民群像，被赞为显示了"作者对于阶级斗争的正确的坚定的理解"①。作品发表后得到冯雪峰等左翼理论家的热情肯定，被视为左翼所倡导的"新小说"的萌芽与重要收获，体现了左翼提倡的唯物辩证法创作方法的成功。茅盾说《水》的发表，"不论在丁玲个人，或者文坛全体，这都表明了过去的'革命与恋爱'的公式已经被清算了"②。《水》既标志着丁玲创作的明显转变，也显示了 30 年代左翼文学的发展。之后，丁玲还沿着《水》的道路，写出了一系列表现工农生活的作品，如《消息》《法网》《奔》《夜会》等，但这些作品显然已失去了丁玲令人瞩目的创作个性与特色。

　　丁玲本时期的长篇小说《母亲》和延安时期创作的短篇小说《我在霞村的时候》延续了早期创作中对中国女性命运的关注。《母亲》以作家自己的母亲为原型，展示了母亲曼贞那一代放开小脚的女性寻求自立、追求真理的坎坷历程，以封建大家庭的一个侧面透露出了整个时代变迁的信息。《我在霞村的时候》则表现了"我"对年轻的贞贞的同情。贞贞在身体遭受日本鬼子蹂躏之后仍然坚强、自尊，不接受任何廉价的同情，对生活依然充满理想。作品同时还通过描写人们对贞贞的冷漠和歧视，对解放区仍然存在的浓厚的封建意识作出了深刻批判，揭示了在民族矛盾上升为时代主要矛盾的背景下反封建的艰巨性。也因此，这篇小说与同样写于延安时期的《在医院中》在此后多次受到政治批判。《在医院中》通过女知识青年陆萍在解放区医院工作的经历，揭露了在解放区存在着的小生产者的习惯势力和官僚主义作风的危害性。这篇小说一方面保留了丁玲小说长于人物心理透视的艺术手法，另一方面又加强了对现实的批判力量。既从社会革命的角度关注时代变迁和阶级斗争，又从思想革命的角度继续关注反封建意义，丁玲的这种创作路向延续到 40 年代后期，在《太阳照在桑干河上》中有着集中、突出的呈示。

　　丁玲 30 年代小说创作的演变过程在现代文学史上是具有**典型意义**的，其演变的三个阶段典型地反映了 20 年代、30 年代之交中国现代文学从文学革命到革命文学的转型以及稍后左翼文学自身的发展。但是，丁玲小说创作中仍然具有一以贯之的特色：强烈的叛逆意识。在她的小说中，叙述话语带有强烈的个性色彩，内容是心灵世界的流动，而目标则往往指向社会批判，它们是个人叙事与社会批判的紧密结合。作家常常喜欢采用的"我"这一叙事角度和日记的文体又加强了这一特征。她的作品文笔动情，文风犀利，锋芒毕露，具有很强的情感浓度和思想力度，这在女性作家的创作中是独特的。作为一个女性作家，丁玲一直对女性命运给予极大的关注，表现出了鲜明的女性主义色彩。她是 20 世纪中国文学史上最早有着成熟的女性话语与独特的女性风格的作家。她独创性地刻画出了梦珂、莎菲、伊萨、阿毛、丽嘉、曼贞、贞贞、陆萍等女性形象，组成了独特的女性形象系列，具有丰富的历史、文化内涵，使她们成为中国现代文学女性形象画廊中一组不可忽略的风景。

　　张天翼（1906—1985），原名张元定，湖南湘乡人，是左联优秀的讽刺小说家。他是一位多产作家，30 年代出版了《小彼得》《从空虚到充实》《畸人集》等十余部短篇小说集，《清明时节》《鬼土日记》等多部中、长篇小说。经过初期小说创作的实践与探索，他在 30 年代中期形成了长于讽刺的艺术个性。

　① 冯雪峰：《关于新的小说的诞生——评丁玲的〈水〉》，《北斗》第 2 卷第 1 期，1932 年 1 月。
　② 茅盾：《女作家丁玲》，《文艺月报》第 1 卷第 2 期，1933 年 7 月。

反虚伪、反庸俗、反彷徨是张天翼这一时期讽刺小说的基本主题。他在别具一格的喜剧世界里展示千姿百态的社会众生相，并栩栩如生地塑造了众多讽刺性人物形象。这些讽刺性形象大致可以分为两类：一类是伪善、狡诈的上层社会的人物。在对这类人物的刻画中，他以毁灭性的笑声烧去其道貌岸然的外衣，显露其人品的恶俗、虚伪。《脊背与奶子》中的族绅长太爷欲火中烧，想调戏任三嫂，遭到反抗，便巧立名目在祖宗香火祠堂上公审她，后又以逼债为名，强迫任三嫂作为债务抵押，按夜服侍他。《砥柱》反讽、揭露这样的事实：社会上的道德"砥柱"其实不过是欲望的流沙。作品中的黄宜庵是一个信服程朱理学的老先生。在坐船护送女儿进城相亲的途中，他一本正经地以礼为人之本的信条来教训女儿，但当他发现隔壁官舱中满嘴淫词的竟是自己的老友，便支走女儿，加入到了淫笑的行列中。张天翼紧紧抓住这些乡绅在道德问题上的言行悖逆，揭露了他们的虚伪和欺世盗名。

另一类是庸俗可鄙的小知识者、小公务员和小市民。《从空虚到充实》里的荆野、《猪肠子的悲哀》里的"猪肠子"、《移行》里的桑华都是小知识者，他们过着空虚、无聊的生活，用喝酒、恋爱来打发日子。他们虽然也有自己的苦闷、不满，但又不能自拔，甚或自甘堕落。《皮带》中的炳生先生一心想当上"挂斜皮带"的官，但在无情命运的拨弄下惶惶然地跌落下来。《欢迎会》中的赵国光为向上爬而向当局献媚邀宠，洋相百出。在对小公务员、小市民向上爬心理的剖析中，最有深度的是《包氏父子》。这篇作于 1934 年的作品也成了他此期的代表作。小说以讽刺的笔法表现了一个下层小市民的悲喜剧。门房老包把改变自己低贱的社会地位的希望寄托在儿子包国维身上，费尽心机地借债供小包上洋学堂。但小包在富家子弟的熏陶、诱导下沾上纨绔习气，最后走上堕落的道路。当得知儿子因打人被学校斥退、自己还要赔偿医疗费时，老包在极度失望中昏了过去。小说强烈地讽刺了小市民一心往上爬的庸俗观念，老包理想的破灭，也客观地反映了小人物的悲剧命运。

张天翼的讽刺小说取得了较高的艺术成就。在艺术构思上，他善于捕捉日常生活中的喜剧性的矛盾，使之交错并结，从而在假象和实质的强烈反差中揭示人物的真实面目；在人物刻画上，他善于抓住被讽刺人物的某个细节特征，以白描的手法加以夸张、反复，以突出其性格；在结构上，他不注重情节的完整性，常常抓住一些生活的片段和戏剧化场面作出速写式的描写，因此，其短篇小说的结构单纯、明快，结尾干脆利落而余味无穷；小说语言简劲、犀利，叙述推进快疾，富有跳跃感，从而形成了泼辣、劲捷的艺术风格。有学者评其风格为"明快、冷峭、尖刻"，"张天翼泼辣豪放而意气浮露，他追求新鲜，出奇制胜，人物的矛盾冲突前后激变，在冷笑中，常使蔑视旧世界的锋芒脱颖而出"，"张天翼对小资产阶级进步性的一面，很少凝神思考，他只对人物的种种丑相，极尽描写，他挖掘的是恶。老舍温婉，讽刺中带绅士气度。张天翼尖辣，笔调愤激而夸张"[1]。张天翼的讽刺小说在抗战以后还有新的发展，写出了《华威先生》这样的讽刺名篇。

第三节 新感觉派小说

新感觉派是 30 年代海派文学中重要的一支，是活跃于 20 年代末至 30 年代前半期的一个

---

① 吴福辉：《锋利、新鲜、夸张——张天翼讽刺小说的人物及其描写艺术》，《带着枷锁的笑》，浙江文艺出版社 1991 年版，第 86 页。

现代主义小说流派。新感觉派的主要阵地是《无轨列车》《新文艺》和《现代》等刊物，主要作家是施蛰存、刘呐鸥、穆时英，此外还有黑婴、徐霞村、叶灵凤等。

施蛰存（1905—2003），生于杭州，幼年随父母去苏州，8岁时随家迁居松江。中学毕业后，先后就读于上海大学、震旦大学法文特别班。1928年以后做过《无轨列车》《新文艺》的编辑，1932年应邀担任《现代》杂志编辑。施蛰存于20年代中期开始创作小说，是新感觉派中成就最高的作家。最初的试作大都收在《江干集》《娟子姑娘》和《追》等集中，艺术上比较幼稚。作者认为"我正式的第一个短篇集"是《上元灯》。其中的10篇作品，大多以成年人怀旧的感情来回顾少年时期的生活，抒发人生的慨叹，有诗的意味。除《渔人何长庆》外，其余9篇都用第一人称，或真切叙写少男少女纯洁的初恋（《上元灯》），或以出人意料的人物和事件侧面反映世态（《栗芋》《闵行秋日纪事》）。《周夫人》《宏智法师底出家》2篇，带有弗洛伊德学说的影响，预示了他后来创作的变化。

自觉运用弗洛伊德精神分析学说创作的小说，主要在《将军底头》《梅雨之夕》和《善女人行品》3本集子中。施蛰存曾热心译介奥地利心理分析小说家施尼茨勒（又译显尼志勒）的作品，他"翻译这些小说，还努力将心理分析移植到自己的作品中去"[1]。施蛰存心理小说中的二重人格描写、变态性心理解剖、人物内心意识流动之表现等艺术，显然来自施尼茨勒。他用心理分析去开掘人物的潜意识和隐意识领域，表现人物的变态心理和梦幻心理，引出了本我（性本能）与超我（道德）尖锐冲突的主题。《将军底头》一篇"写种族和爱的冲突"[2]。主人公唐代将军花惊定奉命征讨吐蕃，途中遇一美女，遂成为其情欲对象，但军纪、道德压抑着他的情欲，他带着这一矛盾挥刀上了战场，后在战斗中被杀了头，还策马回到他心爱的姑娘身旁。小说重点展现的是情欲与道德的冲突，带有一定的神怪、魔幻色彩。收在《将军底头》集中的其他3篇也均以精神分析法来写历史人物，能更充分地体现施蛰存心理分析小说的特点。有较强社会意义的是收在《梅雨之夕》和《善女人行品》中描写现实生活的作品。存理灭欲是中国主流的封建意识形态，而施蛰存围绕着性爱意识，在日常生活中取材，用精神分析方法来剖析国人的本我和超我矛盾，具有较为鲜明的反封建意义。比较成功的作品有描写城镇青年女性性苦闷的《春阳》和《雾》。《春阳》中的婵阿姨年轻时为了钱财同丈夫的牌位拜堂，牺牲了自己的青春，但对情欲的渴望仍然留在心底，她某天来到上海银行取钱，在春暖阳光下萌发出对一个年轻银行职员的爱欲冲动。小说表现了人性无法压抑的思想，对封建道德摧残人性、对资本主义金钱关系异化人性进行了比较深刻的揭露。《雾》写28岁的神父女儿素贞偶然在火车上遇到了一位令她颇为中意的青年绅士，但当她得知这个男子是个电影演员时，竟"好像受到意外的袭击"，内心里骂他是"一个下贱的戏子"。小说通过对素贞的心理分析，说明专制等级观念、守旧思想的流布。1936年，施蛰存出版最后一本小说集《小珍集》，反映的社会生活内容较前开阔。他运用心理分析方法描写上海附近区域里发生的各种怪现象，也表现出回归现实主义的倾向。

刘呐鸥、穆时英的作品更具新感觉主义的特征。刘呐鸥（1905—1940），原名刘灿波，台湾台南人。1920年入日本青山学院，经中学部和高等学部，1926年毕业后插入上海震旦大学

---

[1] 施蛰存：《我的创作生活之历程》，鲁迅等：《创作的经验》，上海天马书店1935年版。

[2] 施蛰存：《将军底头·自序》，《将军底头》，新中国书局1932年版。

法文班学习，结束学业后滞留上海，1928 年开始创作，著有短篇小说集《都市风景线》和未成集的《赤道下》等少量小说。刘呐鸥是中国新感觉派小说的开山作家，收入《都市风景线》中的 8 篇小说也是较早运用感觉主义写出的作品。如书名所示，这些小说是描写上海这个大都市的现代"风景"的，它们采用与现代都市生活快速节奏相适应的跳跃手法（电影蒙太奇）、意识流手法，着重暴露资产阶级男女放纵、刺激的色情生活，写出了大都市的病态和糜烂。《游戏》《两个时间的不感症者》《礼仪和卫生》等都是以男女两性关系为题材，从都市街头到家庭生活全面展示了现代都市里逢场作戏式的情欲泛滥，说明现代都市人性被金钱异化，人已堕落为行尸走肉。《新文艺》的编者曾评介说："呐鸥先生是一位敏感的都市人，操着他的特殊的手腕，他把这……现代生活，下着锐利的解剖刀。有一两篇也触及到了阶级的对立和斗争，在一定程度上暗示了新兴阶级的远大前途（如《流》）。"[①] 但刘呐鸥在暴露都市的病态和糜烂时，却也不无欣赏，流露出病态的情调。

　　穆时英（1912—1940），浙江慈溪人，幼年随身为银行家的父亲来到上海，后毕业于光华大学中国文学系。1929 年开始小说创作，小说集有《南北极》《公墓》《白金的女体塑像》《圣处女的感情》等。穆时英的第一个小说集《南北极》并没有新感觉派的特征。集中的 5 篇小说，大多以闯荡江湖的流浪汉为主人公，宣泄出一种破坏一切、占有一切的流氓无产者的情绪。1932 年前后，穆时英的创作开始转向，用感觉主义、印象主义的方法状写上海社会中的形形色色的人物和纸醉金迷的生活。小说集《公墓》和《白金的女体塑像》集中反映出穆时英小说的新感觉派特征。他醉心于描写都市的爱情生活，表现爱情与死亡的主题。刊登在《现代》创刊号上的《公墓》以流畅、细腻的散文笔调抒写了一个凄凉、感伤的爱情故事，具有浓郁的抒情气息。小说写"我"和欧阳玲同来公墓上坟，祭奠各自的亡母。互通情愫之后，"我"暗暗地爱上了这个患有肺病的姑娘，后因故她南去香港，"我"转学北平。等"我"公开向她表白爱情时，她已经长眠在亡母墓旁。作品缱绻缠绵，哀情脉脉；把爱情和坟墓（死亡）联结为一体，则表现了作者对爱情的现代主义的理解。不过，穆时英的这类纯情、干净的作品并不多，他写得较多的是十里洋场上海畸形的风景，这里充满着战栗和肉的沉醉。《夜总会里的五个人》将五个人物聚集到周末的夜总会，展示了他们不同的命运。他们带着极大的苦恼涌进夜总会，在疯狂的音乐中跳舞取乐，寻找刺激。最后，破产的金子大王胡均益开枪自杀，其余人为他送葬。《上海的狐步舞》则进一步揭露了上海这个半殖民地都市的本质：造在地狱上面的天堂。小说没有连贯的情节，而以感觉主义、印象主义和意识流的方法描写了令人眼花缭乱的都市风景，展示了都市的没落、疯狂的状态。在描写人物的疯狂、半疯狂的精神状态时，作者往往还能写出人物内心深处的悲哀，这个特点也就是他说的"在悲哀的脸上戴了快乐的面具"[②]。《黑牡丹》里那个外号叫作黑牡丹的舞女为了逃避遭奸淫的厄运跳车奔逃，得到别墅主人的救护，终于成为他的妻子，但她对自己以往的舞女身份始终讳莫如深、不敢公开。就是那夜总会里的五个人在寻欢作乐时，哪个没有内心的精神伤痕？在欢乐的假面具下写出人物内心的悲哀，这是穆时英的深沉处。穆时英在《公墓》和《白金的女体塑像》这两个主要的具有新感觉派特征的小说集中，对畸形都市风景的描绘和其间流露出来的不无欣赏的心态造成了海

---

　　① 　见《新文艺》第 2 卷第 1 号，1930 年。
　　② 　穆时英：《公墓·自序》，《南北极·公墓》，人民文学出版社 1987 年版，第 175 页。

派文学或"洋场文学"的风气。穆时英也曾因此被誉为"中国新感觉派圣手"。

中国新感觉派是在日本新感觉派与法国都市主义文学的影响下发展起来的。刘呐鸥等人曾大量介绍过横光利一、片冈铁兵等人的小说。日本新感觉派经历了从提倡新感觉主义到提倡新心理主义两个阶段。其中，刘呐鸥、穆时英较多地受到了前者的影响，施蛰存较多地受到了后者的影响。同时，他们还推崇法国都市主义作家保尔·穆杭。保尔·穆杭小说以新的技巧表现人们普通的价值理念的毁灭及对于及时享乐的沉湎。"在他的著名的短篇（《夜开》《夜闭》等），我们带着一种世界大战以后的贪婪而无法满足的肉感，找到了他所描画的这个时代所固有的这种逃避的需要。"① 刘呐鸥等人创作的"都市文学则注意现代都市里繁华、富丽、妖魅、淫荡、沉湎、享乐、变化、复杂的生活"②，显然受到了他的影响。中国新感觉派作家的创作各有特点，但作为一个流派，又表现出一些共同的倾向。

新感觉派小说表现半殖民地大都市形形色色的日常现象和世态人情，并侧重展现都市生活的畸形与病态，从而提供了另一类型的都市文学。新感觉派小说家喜欢感性地描写富于现代都市气息和特征的人物：从舞女、水手、投机商、银行职员到少爷、姨太太等；这些人物活动的处所则是影戏院、赛马场、夜总会等畸形繁荣的都市环境。在描写处于这种畸形环境中的人物时，又突出了他们病态的行为和畸形的心理：卖淫、乱伦、暗杀和性放纵心理、二重分裂人格等。新感觉派尤擅描写那本身就象征着繁华和堕落、联结着社会上层和下层的舞女，造成了"海派文学"的甜俗。新感觉派作家对30年代都市文学的崛起作出了一些贡献，它在一定程度上也提供了半殖民地都市的真实画面，揭示了资本主义的罪恶和对人性的戕害。

新感觉派在小说结构、形式、方法、技巧等方面有所创新。"刻意捕捉那些新奇的感觉、印象"③，并把主体感觉投诸客体，使感觉外化，创造出具有强烈主观色彩的"新现实"（如写天上的白云"流着光闪闪的汗珠"等）。有时，还进行感觉的复合，通感现象在新感觉派小说里每每出现，如"钟的走声是黑色的"，"她的眸子里还遗留着乳香"，"我听得见自己的心的沉重的太息"等。穆时英的《上海的狐步舞》等借鉴西方意识流手法结构作品，《街景》等时空颠倒，没有贯穿的情节和人物，场景组切迅速，具有跳跃性。在人物刻画上，新感觉派运用弗洛伊德精神分析学说，注重开掘和表现人的非理性、潜意识和变态心理，以施蛰存最为深入。

新感觉派小说是中国现代小说史上第一个独立的现代主义文学流派，也是30年代海派文学中一个较有成就的流派。它不但促进了现代都市文学的发展，而且丰富了现代小说的表现方法。但它存在的某些弊病也不可忽视。首先是对二重人格的描写，虽有一些成功之作，但有些作品在刻画人物时不是从生活出发，而是从弗洛伊德学说出发，教条主义地把人物弗洛伊德主义化，甚至于古人也难幸免。如施蛰存取材于《水浒》的《石秀》，就几乎把《水浒》中的英雄写成了一个现代色情狂和性变态者。其次，刘呐鸥、穆时英的一些作品在暴露大都市资产阶级男女的荒淫、堕落时，同时流露出对这种腐朽生活方式的留恋、欣赏，表现出作家主体精神的颓废。穆时英的《Pierrot》通过主人公潘鹤龄的曲折经历所宣扬的人类不可信论，也正是作者悲观主义思想的投射。西方现代派文学（包括日本新感觉派小说）的悲观主义倾向对中国

---

① ［法］倍尔拿·法意：《世界大战以后的法国文学》，戴望舒译，《现代》第 1 卷第 4 期，1932 年 8 月。
② 苏雪林：《中国二三十年代作家》，台北纯文学出版社 1983 年版，第 442 页。
③ 严家炎：《中国现代小说流派史》，人民文学出版社 1989 年版，第 146 页。

新感觉派作家的负面影响，在他们的作品中留下了印记。

研 习 导 引

莎菲女士与丁玲的命运

凭借《莎菲女士的日记》，丁玲一举成名。关于莎菲女士，茅盾曾作过论断："莎菲女士是心灵上负着时代苦闷的创伤的青年女性的叛逆的绝叫者"，又是"'五四'以后解放的青年女子在性爱上的矛盾心理的代表者"①。对此，丁玲既赞同又有所保留。她同意茅盾视莎菲为体现时代精神的叛逆者，却不认为其中有什么性爱的因素。②饶有趣味的是，丁玲所否认的莎菲的性爱要求，却颇为一位日本学者所重视："在这些问题的描写上，丁玲比她先辈或同辈中的任何一位作家（不论男女）都出色。甚至可以说，敢于如此大胆地从女主人公的立场寻求爱与性的意义，在中国近代文学史上丁玲是第一人。"③

现实中，丁玲也确如她笔下的莎菲，执着地寻找自己的光明。1936年11月，她辗转来到延安，积极投身革命，很快在火线入党。12月30日，毛泽东专门为她填词《临江仙》，赞她是"昨日文小姐，今日武将军"。40年代初，她的杂文《三八节有感》以及小说《在医院中》等，在整风运动中被当作"毒草"批判。1955年，她又和陈企霞一起被打成"丁陈反党小集团"。1958年，在周扬总结文艺界"反右"运动的报告《文艺界的一场大辩论》中，莎菲女士被直接定性为"可怕的虚无主义的个人主义者"，"这个人物虽然以旧礼教的叛逆者的姿态出现，实际上只是一个没落阶级的颓废倾向的化身"④。当年《文艺报》的"再批判"中，张光年还专门写了一篇《莎菲女士在延安——谈丁玲的小说〈在医院中〉》，称"丁玲、莎菲、陆萍，其实是一个有着残酷天性的女人的三个不同的名字，她们的共同的特点，是把自己极端个人主义的灵魂拼命地加以美化。她仇恨的不是延安的某些事物，仇恨的是延安的一切"⑤。

新感觉派小说与都市文学

新感觉派小说具有鲜明的现代主义色彩，可视为中国现代都市文学的发端。作为发端，它在艺术上的争议是不可避免的。沈从文认为："穆时英大部分作品，近于邪僻文字。……属都市趣味，无节制的浪费文字。……所长在创新句，新腔，新境，短处在做作，时时见出装模作样的做作。作品于人生隔一层。……都市成就了作者，同时也就限制了作者。"⑥杜衡则提出："中国是有都市而没有描写都市的文学，或是描写了都市而没有采取了适合这种描写的手法。在这方面，刘呐鸥算是开了一个端，但是他没有好好的继续下去，而且他的作品还有着'非中

① 茅盾：《女作家丁玲》，《文艺月报》第1卷第2期，1933年7月。
② 引自冬晓：《走访丁玲》，《丁玲研究资料》，天津人民出版社1982年版，第195页。
③ [日] 中岛碧：《丁玲论》，《丁玲研究在国外》，湖南人民出版社1985年版，第170页。
④ 周扬：《文艺战线上的一场大辩论》，《人民日报》1958年2月28日，《文艺报》1958年第4期。
⑤ 张光年：《莎菲女士在延安——谈丁玲的小说〈在医院中〉》，《文艺报》1958年第3期。
⑥ 沈从文：《论穆时英》，《沈从文文集》第3卷，花城出版社、生活·读书·新知三联书店香港分店1984年版，第203—205页。

国'即'非现实'的缺点。能够避免这缺点而继续努力的，这是时英。……作者的确是努力在堕落的都市生活的混乱和厌倦中暗示着一种新的势力的勃兴，然而这种努力的效果却是比较薄弱的。"[1]

第七章专题讲座
吴福辉：海派文学研究1—5

第七章
拓展研读资料

---

[1]　杜衡：《关于穆时英的创作》，《现代出版界》1933 年第 9 期。

第八章　30 年代小说（二）

第一节　茅盾小说创作

　　茅盾（1896—1981），浙江桐乡乌镇人，原名沈德鸿，字雁冰，"茅盾"是在 1927 年发表《幻灭》时开始使用的笔名，此外还用过玄珠、郎损、方璧等 130 多个笔名。他的家乡靠近上海，得时代风气之先。父亲沈永锡是一位医生，是当时维新派人物，关心世事，喜求新知。所以，早在家塾启蒙阶段，茅盾就接触到"新学"知识，以后又就读新式小学、中学，既受到良好的中国古代文化教育，又学习了现代科学、文化知识。1913 年，茅盾考入北京大学预科第一类（文科），1916 年毕业后到上海的商务印书馆就职，一直工作到 1925 年年底。他早期的文学活动，就是在这段时间里展开的。

　　在商务印书馆工作初期，茅盾主要编译少年读物，也为《学生杂志》撰稿。1919 年发表的《托尔斯泰与今日之俄罗斯》，是直接受到《新青年》的启示之后"开始注意俄国文学"的结果①。自 1920 年 1 月起，茅盾受商务印书馆委托在《小说月报》开辟"小说新潮"栏目，尝试对这份创刊于 1910 年的老牌杂志进行改革。1921 年

文学家所欲表现的人生，绝不是一人一家的人生，乃是一社会一民族的人生。

——茅盾

1 月，茅盾出任《小说月报》主编，并参与发起文学研究会，促成了当时中国最大的印刷出版机构与新文学社团的合作，他本人也成为新文学运动中引人注目的人物。

　　新文学革命茅盾文学活动的一个重要内容是外国文学的翻译和介绍。在他看来，清末以来的文学翻译带有很大的盲目性和随意性，所以，他特别强调译介外国文学的系统性，要求译介者首先对外国文学的源流和变迁有系统了解，所谓胸中有一部西洋文学发展的历史，然后以"合于我们社会与否"为准则，选择"最要紧最切用的"作品进行翻译，并对所译作品的时代

---

① 　参见茅盾：《我走过的道路》（上），人民文学出版社 1981 年版，第 131 页。

背景、文学史地位、作者生平和思想等相关情况，给予系统介绍。① 茅盾先后发表的《近代戏剧家传》(1919)、《梅特林克评传》(1921)、《罗曼·罗兰评传》(1921)、《陀思妥耶夫斯基在俄国文学史上的地位》(1922) 等，都是对外国作家及其作品进行系统研究之作。结合中国新文学的实际，茅盾始终把译介的重点放在文艺复兴以来的近代文学，尤其是写实派、自然派的作家与作品，同时又密切关注同时代外国文学的新走向，诸如形形色色的现代主义文学流派以及新兴的苏俄无产阶级文学。

茅盾早期文学活动的另一个重要内容是文学批评。在人人争做创作家的浓厚氛围中，茅盾是当时为数不多的自觉以文学评论为志业的批评家。他的批评文字内容广泛，体式多样，既有对具体作家、作品的评判，也有对某一阶段文学状况的鸟瞰，以及对文学思潮的分析和裁断，其中一以贯之的主题，是对文学社会功用的思索。在《现在文学家的责任是什么？》(1920 年 1月)、《文学与人生》(1922 年 8 月) 等文章里，茅盾一再强调，新文学应该承担思想启蒙的责任，表现人生，指导人生，但同时他也认为，文学干预社会人生，不能过于直接，需要通过必要的中介，"总得先有了客观的艺术手段，然后做问题文字做得好，能动人"②。通过客观写实的艺术，达致为人生的目的，是茅盾这一时期文学观的核心内容。从这样的基准出发，他的文学评论特别关注作家及其作品与社会、时代的关系，同时也注意从文学表现的"进化"脉络考察其艺术进境。茅盾对叙事文学抱有特别的兴趣，分析评断都表现出特殊的艺术敏感。作为一个职业批评家，茅盾以专业眼光从事文学批评，积极参与了正在进行着的文学运动，也推动了文学批评现代范式的确立。

茅盾与同时代许多作家有所不同，他当时是在政治与文学两条战线进行工作的。1921 年，茅盾在上海参加了共产主义小组，成为中国共产党最早的党员之一，在为《新青年》《共产党人》等杂志翻译、介绍马克思主义文章的同时，也参与了实际的政治活动。1925 年五卅运动期间，茅盾在上海参加了这场社会抗议运动的组织工作，并于同年发表长篇论文《论无产阶级艺术》，该文所用资料多取自苏联刊印的书刊，明显反映出茅盾的文学观念伴随激进的社会实践所发生的变化。1927 年"四一二"事变后，茅盾遭到蒋介石政府通缉，几经曲折，潜回上海，在蛰居的苦闷情绪中开始了小说写作。他描述当时的情景说：

> 我是真实地去生活，经历了动乱中国的最复杂的人生的一幕，终于感得了幻灭的悲哀，人生的矛盾，在消沉的心情下，孤寂的生活中，而尚受生活执着的支配，想要以我的生命力的余烬从别方面在这迷乱灰色的人生内发一星微光，于是我就开始创作了。③

茅盾创作的第一部小说《幻灭》于 1927 年 9、10 月发表。《蚀》三部曲的故事内容取自茅盾亲身经历的 1927 年大革命，亦即作家自己所说的"动乱中国的最复杂的人生的一幕"。而茅盾后来的小说写作也大都遵循同样的取材原则：当刚刚发生的重大社会事件"在他的同时代人

---

① 茅盾：《对于系统的经济的介绍西洋文学底意见》，《时事新报·学灯》1920 年 2 月 4 日。
② 茅盾：《我对于介绍西洋文学的意见》，《时事新报·学灯》1920 年 1 月 1 日。
③ 茅盾：《从牯岭到东京》，《小说月报》第 19 卷第 10 期，1928 年 10 月。

头脑中所产生的第一印象还没有消失时"，在"现实成为历史之前立刻以最大限度的精确把握住它"，"将其融合到艺术作品中去"①。

《蚀》三部曲（《动摇》《追求》《幻灭》）企图以宏大叙事展现大革命的时代风貌。当时的一些重大事件，常常作为推动情节和人物性格转变的必要时代标志和环境空间被写进作品。不过，三部曲正面展现的主要内容却是知识分子的精神状态。联系三部曲的结构线索，主要不是前后连贯的情节，而是弥漫在作品内的情绪。《动摇》对担负革命领导职责的男主角方罗兰在激烈斗争中进退失据状态的描写，《追求》对张曼青、王仲昭、史循等人在大革命失败后彷徨无路的心态的刻画，为置身大革命时代不同阶段的知识分子分别留下了精神写照。三部曲中最为鲜活生动的人物是时代女性的形象，她们天生丽质且观念开放，在她们的身上，革命的激情和性爱的冲动，追求圣洁的理想与寻求肉欲的享乐和刺激，是复杂地纠结在一起的。《幻灭》中的静女士，本来是作为狂狷放荡的慧女士的对比人物，以文雅娴静的性格出现的，但当她真正投身革命，特别是和置身革命漩流中的强惟力连长相恋之后，她的性格发生了明显变化，甚至大胆宣称享乐性爱是"有益处"的。《幻灭》后半部分的静女士已经成为慧女士性格的延续，小说描写她身体的笔触明显增多，而慧女士也因此不再正面出场。《动摇》描写孙舞阳参与革命的奔放热情、果敢的行动能力，始终与她丰满娇艳的身体联系在一起。《追求》中的章秋柳则把自己"丰腴红润的肉体"作为自我救赎和拯救他者的最根本依凭，她企望通过爱情拯救悲观主义者史循，却因和史循的"肉感的狂欢"而染上不治之症。《蚀》三部曲通过对这些时代女性的身体大胆乃至放肆的描写，多侧面地展示了她们的身体和社会变动、政治革命相互指涉的复杂关系，不仅为新文学的人物画廊增添了新鲜的艺术形象，也为新文学的小说叙事提供了新的方法。

《蚀》三部曲奠定了茅盾小说家的地位，同时也遭到革命文学阵营的指责。茅盾被认为是没有做"'大勇者，真正革命者'的代言人"，而做了"'幻灭动摇的没落人物'的代言人"，其意识"不是新兴阶级的意识"，"他完全是一个小布尔乔亚的作家"②。1928 年 10 月，茅盾流亡日本期间，发表长文《从牯岭到东京》，阐述《蚀》的构思与写作过程，探讨描写小资产阶级知识分子与"时代描写"的关系，对革命文学批评家们仅"有革命的热情而忽视了文艺的本质"的反批评，切中了早期革命文学"左"倾机械论的要害。茅盾在自我辩解的同时，也开始对自己的创作和文学观进行反省。

茅盾在日本期间与秦德君同居，秦是一位参加了北伐大革命的时代女性。源于秦德君的经历与她所提供的材料，茅盾创作了长篇小说《虹》（1930 年 2 月开明书店出版）。主人公梅行素仍然属于时代女性系列中的一员，她在努力挣脱旧式家庭、婚姻的束缚，寻求理想生活的过程中，也曾遇到挫折，受到精神重创，但她并没有像章秋柳那样陷入狂乱的精神状态，而是选择了投身方向明确的社会革命。梅行素的性格，用作家本人的话说，是"有发展，而且是合于

---

① 参见［捷克］普实克：《茅盾和郁达夫》，《普实克中国现代文学论文集》，湖南文艺出版社 1987 年版，第 132—133 页。

② 钱杏邨：《茅盾与现实》，《现代中国文学作家》第二卷，上海泰东图书局 1930 年版，其中批判《蚀》的文章都写于 1928 年。

生活规律的有阶段的逐渐发展，而不是跳跃式的发展"①，所以，远比《蚀》三部曲中的时代女性清澈、明朗而富有理性。此时的茅盾已经度过大革命失败后的精神危机，重新认定了社会发展的"必然的新时代"，在《虹》里，《蚀》三部曲式的缠绵幽怨情调基本消退，当然与作家本人的精神状态有关。茅盾在长篇小说的写作间歇也创作短篇小说。在《蚀》三部曲和《虹》之间，茅盾先后写有五个短篇小说，后来结集为《野蔷薇》。这组小说以青年知识分子的精神苦闷为主要表现内容，主题与情调都和《蚀》三部曲基本属于同一谱系。《野蔷薇》的独特之处主要在于对现代青年情爱心理的深刻剖析，小说的结构明显比《蚀》三部曲整饬严谨，叙述、描写的技术也更为圆熟。

　　1930 年 4 月，茅盾从日本回到上海。因其母亲反对，茅盾恢复与孔德沚的夫妻关系，秦德君离去。茅盾不久参加左翼作家联盟，曾担任过左联的行政书记，进入了一个文学的新阶段。左联前期茅盾创作的短篇小说《大泽乡》《豹子头林冲》和《石碣》，题材取自历史著作或古代小说，以古喻今的指涉对象主要在农民革命。1932—1933 年，在写作长篇小说《子夜》的同时，茅盾创作了一系列短篇小说，如**《林家铺子》**（1932）、**《春蚕》**（1932）及其续篇《秋收》（1933）、《残冬》（1933）。前者以 1932 年"一·二八"战争前后因日本侵略和腐败政治而日益凋敝的江南小城镇为背景，叙述林家杂货小店倒闭过程的故事，细致传神地刻画了林老板这位小商业者的生活境遇和委屈心态；后者也称"农村三部曲"，在一幅具有浓郁的江南水乡风土人情味的风俗画中，通过农村丰收成灾的故事，揭示了帝国主义的跨国资本对中国农民的榨取，描述了新一代农民被迫萌生的反抗意识。这些作品不按照一般短篇小说截取生活片段的写作程式，而是把人物放在相对长的时段上从容叙述。《林家铺子》以林老板与黑麻子、卜局长之间的冲突为主要矛盾，又以若干小事件作为多头线索，情节发展有起有伏，收放自如，首尾照应，在纷繁复杂的细节描写中又显得井然有序。小说描写的虽然是一个小镇，实际上这个小镇是当时中国社会的一个缩影。这些作品注重在社会经济和阶级矛盾冲突中刻画人物的复杂性格与丰富的心理活动，展示人物命运，与《子夜》的写法近似，成为 30 年代社会剖析小说的代表作。而茅盾在《子夜》中未能实现的"都市—农村交响曲"的宏大叙事计划，也在这些作品中得到了弥补。同属农村题材系列的短篇小说《水藻行》（1936）写了一个乱伦的故事，塑造了一个身体健壮、性格乐观、蔑视恶势力也不受传统伦理观念束缚的农民形象。在这篇作品里，农村社会的阶级矛盾退居到背景位置，而人的生理状态与伦理观念的冲突成为主要内容，这不仅在茅盾这一时期的作品中是少见的，在同时期的左翼小说中也颇见异色。

　　20 世纪 30 年代，茅盾是左翼文学创作的重镇。他的《子夜》、"农村三部曲"等作品，显示了左翼文学的实绩，也确立了左翼文学创作的范式——社会剖析小说。茅盾本时期的作品和他的早期创作一样，仍然以描画大时代的风貌为特征，但理性分析的色彩明显加强，人物、场面以至风景都被赋予了明确的社会分析意义，其中反映了茅盾的人学观和文学观。如果说《蚀》三部曲隐含的主题意义是暧昧含混的，题为《追求》的最后一部甚至写的是追求目标的丧失，那么，茅盾左联时期作品的情节发展则有了明确的目的论趋向，为茅盾所认定的历史发展目的提供了比喻性表现，这些作品的意义内涵因此而显得明晰、清澈。

---

　　①　参见茅盾谈《虹》的信，《小说月报》第 20 卷第 5 期《最后一页》，1929 年 5 月。《虹》最初发表在《小说月报》第 20 卷第 6—7 期，1929 年 6—7 月。

1937 年抗日战争全面爆发后，茅盾离开上海，在颠沛流离中创办或参与编辑了《文艺阵地》(1938—1942)、《抗战文艺》(1938—1946)、《笔谈》(1941) 等杂志，同时以大量的作品继续呼应着时代的要求。小说《你往哪里跑》(1938 年，1945 年出版单行本时改题《第一阶段的故事》) 延续了他一贯的写作风格，在重大的社会变动的格局中，展现各色人物的心理与行为，企望为抗战年代留下宏伟画卷，终因时间仓促，不得不草率完篇。1941 年 5 月，茅盾在香港写作、发表的日记体长篇小说《腐蚀》，通过一个参与国民党特务组织的女性赵惠明的内心独白，从特殊的视角，展示抗战时期诡谲变幻的政治风云和复杂的社会关系，其蕴含的时代内容和达到的心理深度，为同时期文学作品所少见。1942 年写于桂林的长篇小说《霜叶红似二月花》，例外地避开了作家惯用的当代时事题材，讲述了辛亥革命到五四前夕的时代浪潮在一个江南小镇引起的社会变化和人物命运波动。小说故事结构、人物描写、对话口吻和叙述语态，特别是女主角婉卿形象的塑造，都流露着中国古典白话小说的韵致，明显呼应了抗战时期普遍兴起的文艺民族化要求。作家最初构思《霜叶红似二月花》的故事时间截至 20 世纪 20 年代末，战乱的环境使他未能完成预定计划，发表的部分仅相当于序曲。抗战胜利前夕，茅盾创作了话剧剧本《清明前后》，通过一个为支持抗战而把工厂迁移内地的民族工业资本家，在所谓抗战的大后方遭受官僚、买办的挤压，濒临破产的遭遇，揭露了国民党统治地区的黑暗政治，并通过重要人物林永清之口，发出愤怒的呼吁："政治不民主，工业就没有出路。"《清明前后》难免带有小说的书面化痕迹，在创作思想上一如他的社会剖析小说。

1949 年中华人民共和国成立以后，茅盾出任文化部部长，以后也一直担任国家和文艺界的领导职务。在从事社会活动和文化活动的同时，茅盾仍有继续创作的愿望，有一部长篇小说已经写出 10 万多字，但终因各种原因未能完篇。他还计划过续写《霜叶红似二月花》，并写出了部分提纲，但最终未能实现。茅盾在这一时期写作和发表的主要是文学理论和批评类文字，先后结集出版的有《夜读偶记》(1958)、《鼓吹集》(1959)、《鼓吹续集》(1962)、《关于历史和历史剧》(1962) 等。"文革"结束以后，茅盾写作的长篇自传《我走过的道路》也是一部重要的传记文献。

第二节　《子　夜》

《子夜》是茅盾于 1931 年至 1932 年创作的长篇小说，1933 年出版。

《子夜》的情节正面展开的是工业资本家吴荪甫奋斗、发达、失败的悲剧。这位曾经游历欧美、精明强干并具有丰富的现代企业管理经验的工业巨子，有一个发展实业、建立强大工业王国的梦。为了实现这个梦想，他雄心勃勃地拼搏，也获得了相当的成功，甚至一气兼并了八个工厂，成为同业的领袖。但是，在公债交易市场上，他受到买办金融资本家赵伯韬的打压；而双桥镇的农民暴动则摧毁了他在家乡经营的产业。他苦心经营的丝厂工潮迭起，处心积虑组建起来的益中公司又因为产品滞销而成为箍在身上的"湿布衫"。三条战线，条条不顺利，"到处全是地雷"。最后终因在公债市场和赵伯韬的角逐失败而破产。

吴荪甫的悲剧当然是个虚构的故事，但在小说中被镶嵌在 1930 年的 5 月至 7 月这段真实的时间里。并且这两个月内中国所发生的重大历史事件，如国民党内反蒋介石势力筹划的北方扩大会议，共产党领导的红军在湘赣的军事行动等，也都被写进了作品。特别是蒋介石、冯玉祥、阎锡山之间的中原大战，几乎贯穿了《子夜》始终。重大历史时事在小说中占据了不可或缺的位置。茅盾在《子夜》中所选取和诠释的历史事件，表明了他对所处的当代的一些重要倾向的关注。1939 年，茅盾曾就《子夜》的写作构思作过这样的解释：

> 我那时打算用小说的形式写出以下三个方面：（一）民族工业在帝国主义经济的压迫下，在世界经济恐慌的影响下，在农村破产的环境下，为要自保，使用更加残酷的手段加紧对工人阶级的剥削；（二）因此引起了工人阶级的经济的政治的斗争；（三）当时的南北大战，农村经济破产以及农民暴动又加深了民族工业的恐慌。
>
> 这三者是互为因果的。我打算从这里下手，给以形象的表现。这样一部小说，当然提出了许多问题，但我所要回答的，只是一个问题，即是回答了托派：中国并没有走向资本主义发展的道路，中国在帝国主义的压迫下，是更加殖民地化了。[1]

茅盾是怀着"大规模地描写中国社会现象的企图"[2] 写作《子夜》的，虽然最后定稿的文本较最初构想的规模有所缩小，但其呈现的矛盾线索和社会场面，已经相当繁复、宏阔。《子夜》的情节和场面，主要是在都市空间展开的。《子夜》共 19 章，除第四章外，小说中人物的活动场景大都在上海展开。从黄浦外滩到南京路，从租界内的高级洋房到闸北的丝厂，《子夜》的取景着眼于大规模、大跨度展开的都市空间。而《子夜》绝少细致地展开都市风景，许多街巷、道路的名字只是一掠而过。茅盾不像同时代的新感觉派小说家们那样，热衷于在大马路的街面、跑马厅的屋顶或百货公司的橱窗里发掘诗情。在 20 世纪 30 年代兴起的都市文学中，《子夜》的独特性在于，它注重的不是静止的街市风景，而是由人的活动构成的社会风俗画面，诸如资本家的客厅、机器轰鸣的工厂、喧闹嘈杂的交易所等。《子夜》里出现的上海实有的地名，多为一闪即逝的空洞符号，某些地点只有在被拿来作为人物命运和情节转换的某种暗示的时候，才会被赋予比较具体的描绘。如开篇那段颇为有名的苏州河两岸的暮色风情，显然是小说主题和主人公命运的一种隐喻。同样的场所后来在第十一章又出现过一次，不过已经不是软风拂面的五月傍晚，而是夏季第一场台风袭击上海之时。而这正当金融资本家赵伯韬图谋从背后扼住吴荪甫以及吴经营的丝厂里工潮一触即发的时刻，其对应关系不言而喻。类似的环境和人物情绪、心境、命运的对应性描写，在《子夜》里很多，并且对应的方式大都比较直接、明显，没有采取隐晦曲折的象征方式。《子夜》的这类手法，严格说基本还处于比喻的层面。在《子夜》里，这种比喻式的表现并不限于空间景致的描写，甚至可以说是贯穿全书的一种写作原则。如第一章写吴老太爷受上海五光十色景象的刺激中风而死，就是一个大的比喻、一则讽喻性寓言。小说又特意安排诗人范博文发表一通所谓封建僵尸来到现代大都市不能不风化的议论，把寓言隐含的意义挑明。

喻体和所指涉的内容的直接对应性，或者说明喻性的原则，导致了《子夜》在整体上的求大求全。茅盾自己说，他最初的构想是想"使一九三○年动荡的中国得一全面的表现"[3]。

① 茅盾：《〈子夜〉是怎样写成的》，《新疆日报》副刊《绿洲》1939 年 6 月 1 日。
② 茅盾：《〈子夜〉·后记》（初版），《子夜》，开明书店 1933 年版，第 577 页。
③ 茅盾：《我走过的道路》（中），人民文学出版社 1981 年版，第 109 页。

追求宏大叙事，而又使用一一对应的比喻手法，自然只能写得"大"而"全"，既要写都市，又要写农村，难免顾此失彼。曾在《子夜》写作过程中多次提出建议的瞿秋白不无遗憾地说："《子夜》的收笔，我老是觉得太突然。"他认为应该"再写一段工人的罢工和示威"①。以明喻的方式，表现宏大的叙事，并不只是茅盾个人的追求，而是左翼文学的一个政治要求。总体而言，《子夜》宏大叙事的追求，还是取得了预想的效果，尤其是作品主体部分的安排，"采用多线交叉发展，然后两条主线先后发展的结构方法"，"从复杂的内容里突出中心，从纷繁的线索中见出主次，做到波澜起伏而有条不紊"，整个作品的情节发展十分紧凑，时间跨度小（三个月），而人物众多，但作者采用了开门见山、和盘托出的手法，一开始就在吴老太爷的吊唁仪式上把几乎全部的重要人物都推上前台，组成复杂的人物关系网络，以及设下情节因果关系的伏笔，从而经纬交汇地构成了长篇小说《子夜》的网状结构。"作者又善于根据矛盾冲突的各种不同发展阶段的情况，运用借题牵线、烘托对比、虚实处理、前后照应等等艺术手法，来巧妙地安排故事情节，做到引人入胜而不落陈套"②，从而把众多的人物和纷繁的线索有条不紊地组织了起来。茅盾建造的这座宏大建筑，局部虽不无缺憾，但材料坚固，气象壮观，为中国现代长篇小说写作开创了新的景观。

在追求宏大叙事的同时，茅盾特别注重细节的谨严。他曾称赞法国作家福楼拜，说到了福楼拜的《萨朗坡》出现，才有真正的历史小说，而在此以前，司各特、大仲马等人的作品"不过是小说，未尝有历史。他们的所谓历史只是主观的杜撰，不是真正的历史"。茅盾特别推重福楼拜在认真查阅文献、亲临现场考察基础上，用"科学的写实的手腕"，客观地再现历史风貌的精神③，而《子夜》的写作也取了同样的态度，写到时代风尚、习俗等细节都注意符合那一年代的特点，他甚至还和瞿秋白推敲过吴荪甫应该乘什么车④。至于书中人物闲谈时所涉及的社会现象，也都有所依据。茅盾明显继承了福楼拜严谨的细节描写，但是，作为一个左翼作家，强烈的社会政治倾向和对历史发展必然走向的坚信，使他在小说的整体叙事中采取了托尔斯泰式的态度，不忌讳在小说中表达自己的倾向，有意识地为具体的形象、场面甚至细节加上理性分析，赋予其意义。有研究者指出，《子夜》的蕴涵不够深厚，概念化痕迹浓重，主要是由此导致的。

茅盾最初是从翻译、介绍外国文学开始步入文坛的，这为他后来从事小说创作提供了丰富的营养，他喜欢读 19 世纪现实主义大师的作品，也兼及浪漫主义、自然主义、象征主义等新浪漫主义作品。对茅盾创作《子夜》影响最大的外国小说家是巴尔扎克与托尔斯泰，茅盾说："我喜欢规模宏大、文笔恣肆绚烂的作品。"⑤ 茅盾钟爱巴尔扎克的《人间喜剧》、托尔斯泰的《战争与和平》以及司各特、大仲马等人的作品。《人间喜剧》这部史诗式的鸿篇巨著的创作宗旨是社会研究，茅盾构思《子夜》也是力图进行全方位、多角度的审视与表现，他选取十里洋场的上海作为小说的中心地，聚焦于上海金融中心——股票市场，从中引发多条线索。巴尔扎

---

① 瞿秋白（施蒂而）：《读〈子夜〉》，《中华日报》1933 年 8 月 13 日。

② 叶子铭：《谈〈子夜〉的结构艺术》，《江海学刊》1962 年第 11 期。

③ 茅盾：《福楼拜的〈波华荔夫人传〉》，初次入《汉译西洋文学名著》，亚细亚书局 1935 年版，转引自《世界文学名著杂谈》，百花文艺出版社 1980 年版，第 367—368 页。

④ 茅盾：《我走过的道路》（中），人民文学出版社 1981 年版，第 110 页。

⑤ 茅盾：《我阅读的中外文学作品》，《中国现代文学研究丛刊》1982 年第 1 期。

克对资本主义世界金钱的罪恶及对资产阶级上流人士家庭的形形色色悲喜剧的刻画，对事件、人物与环境的因果关系的追寻的兴趣，都给茅盾创作《子夜》以启发与借鉴，从中获取艺术经验。

吴荪甫一直是《子夜》解读中众说纷纭的形象，研究者们都注意到了吴荪甫性格的二重性、矛盾性，但如何评价这种性格的意义，则有多种解说，20世纪五六十年代的文学史著述，多从吴荪甫的社会、阶级身份着眼，认为吴荪甫的性格矛盾是中国民族资本家的阶级属性的体现。小说通过吴荪甫等形象，"生动地指出了中国民族资产阶级的动摇性、买办性和反动性"①。而他的失败结局，则被认为是中国民族资产阶级在帝国主义、封建主义双重夹击中的必然命运。"文革"以后，研究界逐渐调整单一的阶级分析观点，调整以往研究中把人物的阶级属性等同于人物性格的思路，以及把吴荪甫笼统称为"反动的工业资本家"的观点。有的研究者把原因追溯到1952年小说作者本人给吴荪甫加上的"'反动'帽子"，认为这深刻影响了后来人们的分析思路。"从此，人们只好不看作者对吴荪甫所曾倾注的同情，也不谈这种同情在读者心中引起的美学感应。"并在此基础上分析说："茅盾在创造吴荪甫这个人物时，绝不是把他作为一个'反动工业资本家'来处理的。相反地，他是在塑造一个失败的英雄，一个主要不是由个人的失误而是由历史和社会条件所必然造成的悲剧的主人公。作者曾对他的命运深感遗憾和惋惜，并激起读者同样的感情。"② 也有研究者从阅读感受出发，认为"当吴荪甫完全以一个工业资本家的面目出现时，他并不怎样吸引人"，"但是，当他在书房里独自一人的时候，读者的感受却完全不同了。他不再仅仅是一个资本家，更是一个普通的中年男子，他的暴躁、沮丧，他那仿佛等待判决似的紧张，那种对失败的不由自主的预感，那种承受不住重负的虚弱，那种竭力要振作自己的挣扎，这一切都使人感到可信，因为那正是我们自己也能够体验到的情感"③。关于吴荪甫等形象的分析，无疑有深入探讨的空间。

研 习 导 引

《子夜》所开创的文学范式

《子夜》开创了社会剖析小说的新的文学范式。事实上，在新文学运动中，为人生而写作、剖析社会问题就已经成为一股强劲的文学潮流，甚至早在梁启超等人提倡小说界革命之时，小说之启蒙、新民的社会功能也已经被高度强调。关键的问题在于，《子夜》展开社会剖析所依赖的观念、思维和方法。对此，瞿秋白在《子夜》出版伊始就曾提出："应用真正的社会科学，在文艺上表现中国的社会关系和阶级关系，在《子夜》不能够不说是很大的成绩。"④ 吴组缃也认为："《子夜》是在作者摸出了那条虚无迷惘的路，找着了新的康庄大道，以其正确锐利的观察对社会与时代有了进一步的具体了解后，用一种振起向上的精神与态度去写的；它在消极的意义上暴露

① 参见丁易：《中国现代文学史略》，作家出版社1955年版，转引自香港文化资料供应社1978年重印本，第301页。

② 乐黛云：《〈蚀〉和〈子夜〉的比较分析》，《文学评论》1981年第1期。

③ 王晓明：《茅盾：惊涛骇浪里的自救之舟》，《潜流与漩涡——论二十世纪中国小说家的创作心理障碍》，中国社会科学出版社1991年版。

④ 瞿秋白：《〈子夜〉和国货年》，《申报·自由谈》1933年4月2、3日。

了民族资产阶级的没落，在积极的意义上宣示着下层阶级的兴起——这后面一点是非常重要的。"① 无产阶级革命的立场与倾向，马克思主义的阶级论与历史观，与现实革命斗争的直接联系，是理解《子夜》的社会剖析及其所开创的新的文学范式的关键。这或许如后来有学者所言："构成《子夜》与'五四'小说的第一个区别，也即《子夜》范式的第一个特点的是小说呈现出的政治意识形态的明晰性、系统性，从小说的功能方面说，它大大地强化了文学的意识形态的论辩性。中国小说的政治意识形态性和党派性的传统是从《子夜》开始得到确立的。"②

关于《子夜》的"理念先行"

《子夜》在中国现代文学史上的重要地位无可争辩，但对于它的艺术评价是毁誉纷呈的。美国汉学家夏志清提出，茅盾"在本书的表现，仅是按照马克思主义的观点给上海画张社会百态图而已。读此书时，我们很容易就发现到书中的人物，几乎可以说都是定了型的，是注定了要受马克思主义者诋毁的那种丑化人物"。作者"把共产主义的正统批评方法因利乘便地借用过来，代替了自己的思想和想法"③。

不过，一个更复杂的问题是，《子夜》可能并未彻底实现原本的理性预设。早在30年代，韩侍桁就已经提出，《子夜》"是一部伟大的作品，但它的伟大只在企图上，而并没有全部实现在书里"。因为作者不由自主地"创造了一个英雄（即吴荪甫，引者注），而且这书也就成了这个英雄的个人的悲剧的书了"，"他置这中心的重力是太过重了，使他的英雄成了过分理想化的人物，读者们无论在哪里总忘不掉这个人，不能不关心着这个人的事业的前途，其他那对于他的企图有着更重要性的场景或人物都全部成了陪衬"④。后来也不断有学者就此展开讨论，如王晓明认为："在我看来，茅盾对《子夜》基本情节的构思过程，就是他的艺术个性和情感记忆逐渐参与决策的过程。那个最初激起他创作冲动的抽象命题，一旦进入他实践这冲动的具体过程，就无法再维持那种至尊的地位。它若有灵，一定会气愤地发现，当茅盾正式写下《子夜》的第一行词句时，它已经处在他感性经验的强有力的挟持当中了。"⑤

第八章专题讲座
朱栋霖：茅盾《子夜》

第八章
拓展研读资料

① 吴组缃：《〈子夜〉》，《文艺月报》创刊号，1933年6月。
② 汪晖：《关于〈子夜〉的几个问题》，《中国现代文学研究丛刊》1989年第1期。
③ 夏志清：《中国现代小说史》，刘绍铭等译，香港中文大学出版社2001年版。
④ 韩侍桁：《〈子夜〉的艺术、思想及人物》，《现代》第4卷第1期，1933年11月。
⑤ 王晓明：《茅盾：惊涛骇浪里的自救之舟》，《潜流与漩涡——论二十世纪中国小说家的创作心理障碍》，中国社会科学出版社1991年版。

第九章　30年代小说（三）

第一节　老舍小说创作

老舍（1899—1966），原名舒庆春，字舍予，原籍北京，满族正红旗人。其父是一名保卫紫禁城的护兵，八国联军入侵北京时阵亡。1905年，老舍在别人资助下入私塾。1913年，考入免费提供膳食的北京师范学校。1918年毕业后先任高等小学校长，后做京师教育局北郊劝学员等职。1922年到天津南开学校任中学部国文教员。1923年1月，在《南开季刊》上发表第一篇小说《小铃儿》。1924年夏，老舍到英国伦敦大学东方学院担任华语教师，这期间创作了《老张的哲学》《赵子曰》和《二马》三部长篇小说，奠定了他幽默小说家的地位。

《老张的哲学》创作于1925年，先在1926年《小说月报》（第17卷第7—12期）上连载，1928年1月由商务印书馆出版。情节结构如小说商业广告上所言，"叙述一班北平闲民的可笑的生活"，并以诙谐、幽默的文笔，着力塑造了一位老张（张明德）的形象，讽刺了他的"钱本位而三位一体"的利己主义处世哲学。小说写"他的宗教是三种：回、耶、佛；职业是三种：兵、学、商；言语是三种：官话、奉天话、山东话"。他"营商，为钱；当兵，为钱；办学堂，也为钱"，他的一切行为都是为了一个"钱"字！小说活生生地刻画出了一个市民阶层中的恶棍形象。《赵子曰》描写了北京钟鼓楼后面天台公寓一群荒废学业的学子们混乱不堪的生活。其主人公赵子曰，取《百家姓》之首字为姓，取《论语》第一篇前两个字为名。小说中写道："赵子曰先生的一切都和他名字一致居于首位：他的鼻子，天字第一号，尖，高，并不难看的鹰鼻子。他的眼，祖传独门的母狗眼，他的嘴，真正西天取经又宽又长的八戒嘴。鹰鼻，狗眼，猪嘴，加上一颗鲜红多血，七窍玲珑的人心，才完成了一个万物之灵的人，而人中之灵的赵子曰！"如此辛辣的描写，反映了作者对这位主人公的批判态度。

感情是否永久不变是不敢定的，可是感情是文学的特质是不可移易的，人们读文学为是求感情上的趣味也是万古不变的。

——老舍

赵子曰喜欢在戏院里当票友、捧伶角；通宵达旦地搓麻将、赌钱；经常在饭馆里山吃海喝，划拳酗酒，醉生梦死。在他生死攸关之际，幸得正派挚友李景纯的劝导，方始醒悟，愿意重新开始新的生活。《**二马**》则将老马（马则仁）和小马（马威）这两代北京人安放在伦敦，借助他们在异域文化中展开的啼笑皆非的故事，来显示中西文化之根本差异。其中写得最成功的人物是老马："他不好，也不怎么坏；他对过去的文化负责，所以自尊自傲，对将来他茫然，所以无从努力，也不想努力。他的希望是老年的舒服与有所依靠；若没有自己的子孙，世界是非常孤寂冷酷的。他背后有几千年的文化，面前只有个儿子。他不大爱思想，因为事事已有了准则。这使他很可爱，也很可恨；很安详，也很无聊。"① 以上三部长篇小说自觉地继承了新文学启蒙主义的传统，对中国国民性进行了深刻的反思和批判。

1929 年老舍从英国启程回国，途经新加坡时作了短暂停留，创作儿童题材的长篇小说《小坡的生日》，表达了作者对种族问题的思考。20 世纪 30 年代前半期，老舍创作了《猫城记》《离婚》《牛天赐传》等长篇作品。《**猫城记**》于 1932 年 8 月开始在《现代》杂志连载，翌年 4 月刊载完毕，8 月出版单行本，是一部长篇讽刺小说。写"我"去火星探险，飞机不幸坠毁，"我"流落到火星上的猫人国。小说通过"我"的观察，描写了猫人国的政治、军事、外交、文化和教育等方面的种种恶劣状况，反映了猫人的愚昧与麻木。小说写猫国有两万多年的文明，是"一切国中最古的国"；在古代打败过外国人，但近五百年来开始敬畏外国人，流传着"外国人咳嗽一声，吓退猫国五百兵"的说法；猫国人喜食迷叶，人人有瘾，个个迷恋，吃得每个人都筋骨酥软，不思进取；在猫国的大学里，校长私吞公款，学生殴打教员，教授以迷信代替科学，以大人物的名言作为科学的标准。小说影射了当时中国百病丛生的社会现实，也表达了老舍对中国共产主义运动的怀疑。小说把政党叫"哄"，其中一个哄是信仰马祖大仙的大家夫斯基，"从三十年代过来的人，都知道它影射革命政党"②。《**离婚**》（1933）描写了一位最有大哥范的张大哥形象："张大哥是一切人的大哥。你总以为他的父亲也得管他叫大哥；他的大哥味就这么足。"他一生的主要使命就是做媒人和反对离婚；他所信奉的人生原则就是八面调和、四方勾兑、一团和气，是一个典型的"滥好人"。小说通过这一形象，揭露了中国民间奉行的无原则、无特操、无反省、无批判的庸人哲学。《**牛天赐传**》（1934）仍然继承着老舍文化批判的路子，继续思考着古老中华民族走向觉醒、自强的道路。牛天赐是一个被遗弃的私生子，被牛家这个笼罩着浓厚的钱本位和官本位思想的家庭养大。父母双亡后，他历经了世态炎凉，成为一个小商贩。后来他的第一个老师王宝斋找到他，将他带到北平读书。小说通过牛天赐的成长过程，"引导我们深思，我们这个国家民族，是如何'教'与'养'我们的下一代，然后又循环往复，既无检讨觉悟，又无改进希望的"③。

在 20 世纪 30 年代中期，老舍的思想开始发生变化，1934 年发表的《黑白李》标志着老舍思想开始向左翼文坛靠近。同时，老舍的中短篇小说创作也进入高峰期，《赶集》（1934）、《樱海集》（1935）、《蛤藻集》（1936）三个短篇小说集陆续出版。中短篇小说中的名作如《微神》《柳家大院》《月牙儿》《新时代的旧悲剧》《柳屯的》《老字号》《断魂枪》等，均创作于这一

① 老舍：《我怎样写〈二马〉》，《老舍生活与创作自述》，人民文学出版社 1982 年版，第 15 页。
② 老舍：《老牛破车》（六），《宇宙风》第 6 期，1935 年 12 月。
③ 吴小美：《论老舍的长篇小说〈牛天赐传〉》，《贵州社会科学》2009 年第 9 期。

时期，其中尤以《月牙儿》和《断魂枪》最负盛名。《月牙儿》通过母女两代人做暗娼的故事，表现了下层民众的悲苦生活，对社会黑暗进行了尖锐的批判。小说中反复出现的月牙儿意象是主人公的情感寄托，也是作者人道主义情怀的化身。《断魂枪》中的沙子龙将横扫江湖的绝技五虎断魂枪秘而不传，说明随着科技的发展，中华国粹已失掉了存在的意义。1936 年 9月，《骆驼祥子》在《宇宙风》连载，标志着老舍登上了文学创作的顶峰。1938 年，中华全国文艺界抗敌协会（简称"文协"）成立，老舍当选为总务部主任，总揽协会事务。他与广大爱国作家一起，坚守在抗战文艺创作的第一线，为抗战胜利作出了重要贡献。1943 年秋，老舍完成长篇小说《火葬》，这部抗战题材的作品尽管艺术上不够成熟，但它是老舍献给抗战的一曲壮歌。自 1944 年年初开始，老舍动手创作史诗般的长篇巨著《四世同堂》，直到 40 年代后期旅美期间才最终完成。

《四世同堂》分为《惶惑》《偷生》和《饥荒》3 部，100 章，80 余万言，它描写了自"七七事变"到 1945 年日本无条件投降这 8 年间，北平小羊圈胡同里以四世同堂的祁家为中心的十几户人家，在北平沦陷后的种种人生遭际，和他们充满矛盾、苦难的日常生活，表现了他们从苟且偷生到进行自觉反抗的思想过程，展示了一个民族面对当亡国奴的命运时奋起反抗的不屈精神。全篇有对战争苦难的全景式显现，也有对老北平文化的深刻反省，有对个人民族气节的高亢礼赞，也有对投机者不惜出卖民族利益的无情鞭挞，可谓是一部饱蘸着民族血泪、充盈着民族不屈精神的苦难史诗。

《四世同堂》是抗战时期具代表性的长篇小说，它以其宏伟的气魄和错综复杂的情节，展示了一个民族在大厦倾覆之后依然顽强屹立的精神力量。

1949 年 10 月，老舍从美国启程回国。他怀着激动的心情投入文学创作，写出了《茶馆》《龙须沟》这样的话剧杰作和自传体长篇小说《正红旗下》（未完）。1966 年 8 月 24 日，老舍含冤自沉太平湖。

第二节 《骆驼祥子》

自 1936 年 9 月起，《骆驼祥子》在《宇宙风》（第 25 期）半月刊上连载，每期一章，连载一年，共 24 章，至 1937 年 10 月载完。1939 年 3 月，第一个单行本由人间书屋发行，此后不断重印。自 20 世纪 40 年代起，被陆续翻译成日、英、法、德、俄等多种文字，成为名副其实的世界文学名著。

《骆驼祥子》写的是一个北京社会底层人力车夫祥子的故事。自新文学诞生以来，人力车夫作为劳苦人民的代表，成为文学关注和表现的对象。鲁迅的小说《一件小事》、胡适的新诗《人力车夫》、郁达夫的小说《薄奠》都是这方面的名作。在老舍此前的作品《老张的哲学》《黑白李》和后来的作品《四世同堂》中，人力车夫的形象也时有出现。在所有描写人力车夫的作品中，《骆驼祥子》无疑是这一题材领域中的扛鼎之作。

小说中的**祥子**出生于农村，在父母双亡、失去土地之后，来到北平谋生。此时的祥子，"像一棵树，坚壮，沉默，而又有生气"。他尝试过各种力气活以后，觉得只有拉车是件容易挣钱的事，便决定以拉车为生。经过三年的辛苦，他攒够了一百元钱，买了一辆车。有了自己的车，他的希望也跟着来了："照这样下去，干上二年，至多二年，他就又可以买辆车，一辆，两辆……他也可以开车厂子了！"这个来自乡间的年轻人，将车当成了他的地——"它是块万能的地，很驯顺的随着他走，一块活地，宝地"。农民对土地的依恋和依靠之情，被转移到了车上，他将车看作他的命、他的宗教。但一次拉着客人出城的时候，他连人带车被当兵的掳走了。在军队撤离的时候，他趁着混乱牵着三匹骆驼逃了出来，路上将三匹骆驼卖掉，得了 35块钱，又回到了京城。人们知道他偷骆驼的事情以后，就送了他一个外号：骆驼祥子。这时的祥子，最大的愿望是再买一辆属于自己的车。他回到人和车厂，将卖骆驼的钱存在车厂，继续租用刘四爷的车。一向仗义的祥子，这次为了买车，开始抢生意，拉着车疯跑，招来其他车夫的骂声。后来他到杨宅拉包月，由于受不了杨太太的苛刻和吝啬，他离开杨宅，又回到了人和车厂。就在回车厂的这个晚上，他在刘四爷的女儿虎妞的逼劝下喝了酒，并跟虎妞上了床。随后，为了摆脱虎妞，他到曹先生家拉包月。一天虎妞找来了，说自己怀孕了，要挟祥子结婚。

曹先生是个社会主义者，被侦探盯上了。孙侦探就逮住了祥子，将祥子攒的所有的钱拿走了。祥子无处可去，只能再次回到人和车厂。虎妞将自己跟祥子的事情公开了。刘四爷虽然坚决不同意，但虎妞还是自己做主嫁给了祥子。跟虎妞结婚后，祥子才知道她并没有怀孕。他觉得虎妞不是女人，是个红袄虎牙的妖精。虎妞真的怀孕了，但后遭遇难产，虎妞和孩子都死了。祥子卖掉车子，给虎妞办了葬礼。他又变得一贫如洗，就像当初刚进北平城时的样子："三起三落，像个鬼影，永远抓不牢，而空受那些辛苦与委屈。……越想越恨，泪被怒火截住……要狂喊一阵，把心中的血都喷出来才痛快！"

在祥子的心中，小福子"是个最美的女子，美在骨头里。……她美，她年轻，她要强，她勤俭。假若祥子想再娶，她是个理想的人"。但祥子想到她有个酒鬼父亲和两个张着嘴等饭吃的弟弟，就犹豫了。祥子继续拉车，他变得自怜、自私，像个刺儿头，跟巡警打架，跟客人瞪眼，跟车行赖账，那个体面的、要强的、怀抱着梦想的祥子已经远去了。

祥子变成了行尸走肉，没有了追求，没有了尊严，没有了廉耻。他到处借钱、骗钱，有钱就去鬼混，过一天算一天。"体面的，要强的，好梦想的，利己的，个人的，健壮的，伟大的，祥子，不知陪着人家送了多少回殡；不知道何时何地会埋起他自己来，埋起这堕落的，自私的，不幸的，社会病胎里的产儿，个人主义的末路鬼！"

祥子命运的转变，有着复杂的原因。

从社会层面来讲，祥子生不逢时。20 世纪 20 年代后期的中国，兵燹肆虐、民不聊生、经济凋敝、国乱民穷。为了争取有限的生活资源，整个社会陷入弱肉强食的丛林法则之中。在这种情况下，一个无权无势的人，想靠自己诚实的劳动发家致富，已经变得没有可能，祥子正落在这种境遇里。他无论怎样地奔波，怎样地节俭，但当他遇到当兵的，或遇到孙侦探这类有官府背景的人的时候，他毫无反抗的可能，只能任人宰割。孙侦探对祥子说："我的傻兄弟，把你放了像放个屁；把你杀了像抹个臭虫！"同样，祥子身边的人，二强子、小福子，甚至虎妞，都无法摆脱这类生存法则的控制，使祥子失掉了借助外界力量摆脱悲剧命运的可能性。祥子出卖了阮明以后，偷偷溜到积水潭边，呆呆地看着湖外的小水沟，他看到"水流渐渐的稳定，小鱼又结成了队，张开小口去啃一个浮着的绿叶，或一段小草。稍大些的鱼藏在深处，偶尔一露背儿，忙着转身下去，给水面留下个旋涡与一些碎纹。翠鸟像箭似的由水面上擦过去，小鱼大鱼都不见了，水上只剩下浮萍"。这一段描写，正是对当时社会状况的暗示："小草—小鱼—大鱼—翠鸟"构成了一个生物链。祥子就像这条小鱼一样，处在生物链的底端。所以说，祥子的悲剧有着深刻的社会根源。

从文化层面来说，北平市民文化有讲体面、顾大局和豪侠仗义的一面，但在社会动荡、生活困苦的年代，其市民文化恶劣、丑陋的一面得到了充分展现。虎妞以居高临下的霸道姿态，强行成就了和祥子的一段婚姻。虎妞的强横，不只仗着是车主的女儿，还仗着自己老北平市民的身份，祥子在她眼里只是一个什么都不懂的乡下佬，是可以任意支配的。而夏先生的姨太太也把这个憨厚的乡下人当成自己的猎物，使得祥子从此堕落，还染了一身脏病。而在祥子身边的那些车夫们，都有着吃、喝、嫖、赌、抽的恶习，他们狡猾无赖、得过且过、逆来顺受。这个车夫群体对祥子具有很大的吸附力，祥子最终"完全入了辙，他不比别的车夫好，也不比他们坏，就是那么个车夫样的车夫。这么着，他自己觉得倒比以前舒服，别人也看他顺眼；老鸦是一边黑的，他不希望独自成为白毛的"。

从祥子个人来说，他进城以后，一直想坚守着自己的农村生活经验，拒绝都市的生存规则。当他的第一辆车丢失以后，刘四爷想借钱给他买车，他拒绝了；曹家的女佣高妈劝他将钱放出去生利，或在邮局里立个储金的折子，可以生利息，祥子也拒绝了，他觉得钱还是放在自己的手里踏实。即使娶老婆，他也是喜欢贫穷的小福子，而不是有钱的虎妞，除了外表的考量以外，他看重的是小福子的勤劳、节俭和要强。这种狭隘的小农意识根本无法应对复杂的都市生活，最终导致乡村人格的全面沦陷。祥子还是一个个人主义者，他自认为凭借自己健壮的身体和勤俭、吃苦的能力，能成为一个高等车夫。所以他从不与人合作，也极少与人交往，想靠自己的努力创造自己的幸福生活。尽管他身边的车夫一个个走向了悲惨的结局，但他以为他可以摆脱这一群体的宿命。但那是一个恶魔般的社会，一个社会底层的人试图以最大的付出获取最微末的生存也是不可能的，所以个人主义的祥子，最终只能成为"个人主义的末路鬼"！

虎妞是小说中的一个重要人物。她比祥子更加生动、更有个性。作为车主刘四爷的女儿，她有较为优越的物质生活条件，但她的悲剧几乎是与生俱来的：长得虎头虎脑，而性格也颇有虎气。在一个崇尚女人美貌和贤淑的社会里，她注定要遭受磨难。果然，到了三十七八岁的年纪，还待字闺中。她的父亲刘四爷，从不关心她的婚事，在这种情况下，她要自己动手来解决，便将目光盯在了老实憨厚的祥子身上。通过一步步设圈套，威逼利诱，她终于达到了跟祥子结婚的目的。她与祥子的结合本身就是一个悲剧：一方面，她在祥子面前始终保持着优越感，对祥子颐指气使，以女地痞式的霸道和蛮横来表达对祥子的疼爱；另一方面，祥子对她毫无感情，将她看作一个吸人血的妖怪。如此畸形的婚姻，对当事双方来说都是悲哀的。但与祥子相比，她粗鲁中不乏率真，蛮横中不乏真情，可悲、可恨中也有可爱、可怜的成分。她是北平市民文化的体现者，也是这一文化的牺牲品。她贪财、自私、势利、强势，但她最终因为自己的愚昧和无知在难产中死去。她低估了她父亲的无情，以为父亲早晚会原谅她，她可以继承遗产；她高估了祥子对她的感情，以为只要结了婚，祥子就会一心一意跟她过日子，她就能得到幸福。但父亲遗弃了她，丈夫对她只有厌恶和恨，最后还以她的死来报复她的父亲。这恐怕都是她始料未及的。过去人们过多强调祥子的悲剧，以及虎妞对祥子的伤害，往往忽视了问题的另一面：虎妞也是一个悲剧人物。她以为她能驾驭祥子，能驾驭自己的命运，她没有意识到，在那样一个社会里，像她这样的一个女子，怎么可能获得支配自己命运的权利和能力？如果说，"祥子与虎妞的关系构成一张命运之网，虎妞是网上的蜘蛛，祥子是网上的小虫"①，那么应该还有一张更大的网，将虎妞作为一个小虫给俘获了，这张更大的网，就是当时罪恶的社会和腐朽的市民文化。

《骆驼祥子》是老舍最为满意的作品，也是现代长篇小说中的经典。老舍以扎实、绵密的文笔，精心结撰了一个车夫的悲惨一生，立体地呈现了当时社会诸多阶层的黑幕，发人深省。同时，作者在作品中注入了浓厚的人道主义感情，处处为祥子的命运感慨悲叹，作品具有了震撼人心的力量。

《骆驼祥子》跟老舍的其他作品一样，具有浓厚的京味，这主要表现在：第一，老舍大量使用北京方言，他自己说："我很会运用北京的方言，发为文章。"② 如《骆驼祥子》中的"嚼谷""摆闲盘""不论秧子""不离儿""明儿个"等；其他作品中也俯拾皆是，如《二马》中的"两腿拧麻花""一个过儿"；《赵子曰》中的"打蹦儿""拉着何仙姑叫舅妈"；《文博士》中的"红脸不兜着""挺脱"；《四世同堂》中的"病包儿""就手儿""归了包堆""坏嘎嘎儿"等。大量北京方言的使用，使作品洋溢着浓郁的京味。第二，老舍写了北京的三教九流、五行八作，如洋车夫、剃头的、窝脖儿的、行商坐贩、说书的、唱戏的、拳师、土匪、娼妓、吃铁杆庄稼的八旗子弟、市民阶层的知识分子等。通过对市民社会各种行当的描写，建构了一部老北京市民生活的百科全书。第三，老舍小说通过市民的日常生活，反映了老北京的风俗习惯和老北京人的性格特征。北京是明清帝都，历来多达官显贵，即使普通百姓也有皇城根儿心态，好自称"爷"，过着"有钱的大讲究，没钱的穷讲究"的生活。他们喜欢泡茶馆消磨时间，热衷谈论时政。老舍在《正红旗下》描写了八旗子弟们在穷困落魄之时依然讲究各种繁文缛节的生活习性。婚丧嫁娶，借钱也要显摆，讲排场，比阔气，往往搞得倾家荡产。生了孩子，刚满三天就汇集亲友，举行"洗三"，念叨着重复了无数遍的口诀，一边洗，亲友一边往盆里扔钱。而老舍对北京胡同和大杂院的描写堪称北京胡同文化和大杂院文化之大成，《四世同堂》的故事始终围绕着小羊圈胡同展开，《骆驼祥子》对祥子、虎妞居住的大杂院的描写，真实反映了当时下层民众的日常生活。而老舍笔下的人物也带有北京文化的印记，《四世同堂》中的祁老人以为北京是风水宝地，什么灾难也过不了七七四十九天，战乱时期还惦记自己的八十大寿。刘四爷则是典型的北京混混，虎妞带有刘四爷身上的地痞气，也精通北京的各种世故。她嫁给祥子时租了"一乘满天星的轿子，十六个响器"，"自己赶了身红绸子的上轿衣；在年前赶得，省得不过破五就动针"，还交代祥子从头到脚都要买新的。粗鲁、豪放的虎妞，也要讲究这老规矩。在她难产的时候，还是那老规矩，四面喊神佛，许重愿，请虾蟆大仙。最终她成为这老规矩的殉葬品。老舍自己说："我生在北平，那里的人、事、风景、味道，和卖酸梅汤、杏儿茶的吆喝的声音，我全熟悉。一闭眼我的北平就完整的，像一张彩色鲜明的图画浮立在我的心中。我敢放胆的描画它。"③

---

① 陈思和：《民间视角下的启蒙悲剧：〈骆驼祥子〉》，《中国现当代文学名篇十五讲》，北京大学出版社 2003 年版，第 307 页。

② 老舍：《老舍选集·自序》，《老舍生活与创作自述》，人民文学出版社 1982 年版，第 113 页。

③ 老舍：《三年写作自述》，《老舍生活与创作自述》，人民文学出版社 1982 年版，第 62 页。

研 习 导 引

老舍的幽默

老舍以幽默作家著称，其早期作品《老张的哲学》《赵子曰》《二马》幽默色彩浓厚。但这几部作品的幽默，有时流于油滑，存在着"为幽默而幽默"的弊病。到写《骆驼祥子》的时候，老舍开始调整自己的创作态度："在这故事刚一开头的时候，我就决定抛开幽默而正正经经的去写。在往常，每逢遇到可以幽默一下的机会，我就必抓住它不放手。有时候，事情本没什么可笑之处，我也要运用俏皮的言语，勉强的使它带上点幽默。……《祥子》里没有这个毛病。"①"抛开幽默"其实不是不要幽默，而是使幽默变得更深沉、含蓄；不是通过机智、俏皮的语言刻意制造幽默效果，而是以情节和人物的滑稽性达到幽默的效果。《骆驼祥子》对刘四爷和虎妞的描写就不无幽默之处；尤其虎妞为了嫁给祥子，与刘四爷吵架的情节，就颇有喜剧的成分。而叙述者对祥子的态度也总是在充满温情的语调中透露着揶揄。所以老舍的幽默是富于变化的。

与鲁迅、钱锺书的幽默相比，老舍的幽默有自己的特点。鲁迅犀利、深邃，仿佛用刀尖去挠人的笑穴，让人笑中带泪；钱锺书博学、睿智，常常居高临下地调侃人物，幽默中藏有言外之意，让人在笑中思索；而老舍的幽默表现在语言的机智、人物性格和行为的滑稽等方面，能让人会心地笑，有时甚至是大笑。对老舍的幽默，历来评价不一。鲁迅对老舍这种幽默是颇为反感的，他在给台静农的信中谈到林语堂的幽默时就顺带刺了一下老舍："文坛，则刊物杂出，大都属于'小品'。此为林公语堂所提倡，……而其作品，则已远不如前矣。如此下去，恐将与老舍半农，归于一丘。"②李长之在谈到老舍的幽默时也指出："与其说老舍的小说是以幽默见长，不如说是讽刺。更恰当地说，他的幽默是太形式的，太字面的，不过作为讽刺用的一种表现方法。"③他还列举了很多例子，说明老舍幽默中存在的三种"不经意的错失"。但后世学者对老舍的幽默大都给予了很高的评价。樊骏认为，老舍的幽默"在他的整个创作中，起了画龙点睛的作用，一切都会因此获得蓬勃的生机"④。所以，如何认识和评价老舍的幽默，是一个值得探讨的美学问题。

关于虎妞与祥子

怎样评价虎妞这一形象，怎样认识她和祥子悲剧命运之间的关系，一直是一个有争议的问题。有研究者认为，虎妞"对于祥子的兴趣和好意，仅仅在于年轻而又老实的祥子能够弥补她自己被耽搁了的青春的需要。这种做法本身，明显地暴露出剥削阶级的唯我主义的丑恶本质"。这位研究者还进一步指出，与大兵和特务相比，虎妞在祥子堕落的过程中发挥了更为重要的作

---

① 老舍：《我怎样写〈骆驼祥子〉》，《老舍生活与创作自述》，人民文学出版社 1982 年版，第 47 页。
② 鲁迅：《书信·340618 致台静农》，《鲁迅全集》第 13 卷，人民文学出版社 2005 年版，第 151 页。
③ 李长之：《评老舍的〈离婚〉》，雷达、李建军主编：《百年经典文学评论》，长江文艺出版社 2004 年版，第 256 页。
④ 樊骏：《认识老舍（下）》，《文学评论》1996 年第 6 期。

用。① 这种看法曾较为普遍。虎妞通过威逼利诱和欺骗等手段达到跟祥子结婚的目的，彻底改变了祥子的人生道路，所以说祥子的人生悲剧是虎妞和黑暗社会共同造成的。但后来的研究者也提出了相反的看法，尤其女权主义文论兴起以后，从性别角度论述《骆驼祥子》的研究者发现"受思维方式局限特别是男性中心意识等因素的影响，《骆驼祥子》中的人物研究长期存在重祥子而轻虎妞这一现象，这不仅指关注程度，更指长期存在同情祥子的命运而轻视虎妞的人生悲剧这一情感倾向"②。所以有研究者开始为虎妞"翻案"，指出在虎妞与祥子的婚姻关系中，祥子并非仅仅是一个无辜的受害者，甚至有研究者直接指出，虎妞"恰恰是中国现代文学史上最有光彩的女性形象"③。

第九章专题讲座
朱栋霖：老舍《骆驼祥子》

第九章
拓展研读资料

---

① 樊骏：《论〈骆驼祥子〉的现实主义——纪念老舍先生八十诞辰》，《文学评论》1979 年第 1 期。

② 李城希：《性格、问题与命运：虎妞形象再认识》，《文学评论》2009 年第 6 期。

③ 陈思和：《民间视角下的启蒙悲剧：〈骆驼祥子〉》，《中国现当代文学名篇十五讲》，北京大学出版社 2003 年版，第308 页。

第十章　30 年代小说（四）

第一节　巴金小说创作

　　巴金（1904—2005），原名李尧棠，字芾甘，"巴金"是他 1928 年写完《灭亡》时开始使用的笔名（从巴枯宁、克鲁泡特金两位的名字中取首尾两字）。巴金出生于四川成都一个封建官僚地主家庭。他的曾祖做过县官，祖父也做过 9 年官，父亲李道河曾任四川省广元县知县。童年时代的巴金基本上是在一种充满"父母的爱，骨肉的爱，人间的爱，家庭生活的温暖"[①] 的环境中度过的。他的母亲陈淑芬是他童年时代的第一位先生，"她很完满地体现了一个'爱'字。她使我知道人间的温暖，她使我知道爱与被爱的幸福。她常常用温和的口气，对我解释种种的事情。她教我爱一切的人，不管他们贫或富；她教我帮助那些在困苦中需要扶持的人；她教我同情那些境遇不好的婢仆，怜恤他们，不要把自己看得比他们高，动辄将他们打骂"[②]。这种爱的教育实质上已带有一定程度的民主主义和人道主义色彩，它使巴金幼小的心田里从此埋下博爱的种子，对巴金后来的思想发展起了重大的启蒙作用。1914 年母亲的病逝与 1917 年父亲的病故，是他人生道路上的一大激变。父亲的死"使这个富裕的大家庭变成了一个专制的大王国。在和平的、友爱的表面下我看见了仇恨的倾轧和斗争；同时在我的渴望自由发展的青年的精神上，'压迫'像沉重的石块重重地压着"[③]。这些压迫主要来自陈旧的专制家庭观念以及长辈的威权。在这虚伪的礼教的囚牢中，巴金看到了自己的兄

我仿佛跟着书中每一个人受苦，跟着每一个人在魔爪下面挣扎。

——巴金

---

　　① 巴金：《短简·我的幼年》，《巴金全集》第 13 卷，人民文学出版社 1990 年版，第 5 页。

　　② 巴金：《短简·我的几个先生》，《巴金全集》第 13 卷，人民文学出版社 1990 年版，第 15 页。

　　③ 巴金：《家庭的环境》，《忆》，文化生活出版社 1936 年版。

弟姐妹在挣扎、受苦以至死亡。年轻巴金的目光从仆人、从自己同辈人的不幸遭遇中，开始投向了社会，并从家庭的专制想到了社会的腐朽。

五四运动爆发，唤醒了巴金。各种广泛传播的主义与思潮在巴金眼前展开了一个崭新的世界，而最先打开少年巴金心扉的，是克鲁泡特金的政论《告少年》与廖·抗夫的剧本《夜未央》。克鲁泡特金是 19 世纪 70 年代无政府主义思想家，巴金由于受到他的启蒙而对他的人格以及他的全部著作推崇备至，从此巴金开始研究起安那其主义；而《夜未央》描写的是俄国民粹主义者的革命斗争的生活，巴金对他们的为人民解放而不惜牺牲自己生命的大无畏英雄气概极为钦佩，从此他大量地阅读了俄国革命民主主义者及民粹主义革命家的传记与著作，这就使巴金早期思想中民粹主义的思想内容得到了加强。对于巴金早期世界观中的这种复杂现象，新中国成立以来理论界对此的认识和评价有一个发展过程。50 年代中期，扬风在《巴金论》中把巴金的前期世界观解释成革命民主主义，指出："巴金所接受的只是无政府主义那些一般的抽象的思想影响，即反对一切束缚，无论是政治的、经济的或道德上的；要求个性解放，即那'万人享乐的新社会'。……这些思想影响大大地加强了和鼓舞了巴金反对旧制度旧礼教的信心和勇气，帮助了巴金民主主义思想的发展和巩固。"[①] 各种阐释旨在探讨那属于巴金创作所特有的火样热情、精神力量历久而不衰的原因。

1923 年，巴金离开闭塞的四川来到上海、南京求学。1927 年，为了进一步对无政府主义进行研究，巴金赴法国留学。旅法期间，国际、国内发生的两件大事给予巴金很深的刺激。一是国内北伐战争的胜利成果被葬送，使他陷入内心极度痛苦之中，他感到"生活完全失了目标"，"失脚踏进那不可挽救的深渊里去"[②]。另一件对巴金有重大影响的事件是，1927 年 7 月，两个被美国政府诬陷犯有抢劫行凶罪的意大利工人、无政府主义者萨柯和樊塞蒂被宣判死刑。樊塞蒂的人道主义思想以及对人类未来社会的坚定信念曾给巴金以极大的鼓舞。他们的被处死这一严酷的阶级斗争现实，和巴金头脑里所接受的那些思想发生了尖锐的矛盾。在极度痛苦之中，巴金开始了他那方式独特的探索活动，他的第一部中篇小说《灭亡》诞生了。

巴金最早的创作始于发表在 1922 年 7 月至 11 月《文学旬刊》（《时事新报》副刊）和 1923 年 10 月《妇女杂志》上的一些新诗和散文。《灭亡》的出世标志着作家文学生涯的正式开始。小说反映的是 1926 年左右北伐战争之前军阀孙传芳统治下的上海的生活。作品从第一章开始就以阴沉的笔调刻画了一幅阶级对立的血淋淋的图画，在这个背景下，作者塑造了一个恨人类的主人公——杜大心。他有强烈的正义感，有无畏的献身精神。他早年由于爱情生活的不幸离开了家，并参加了社会主义的革命团体。人民的苦难与个人的不幸齐集一身，使他变得异常阴郁、孤僻。在一次偶然相会中，他爱上了朋友李冷的妹妹李静淑。然而他所信奉的革命宗教却是不容许他去谈情说爱的，这就使他陷入了更深一层的痛苦之中。他平时从事工会革命工作，与他最为相投的是工会办事员张为群。然而就是这样一个热心为群众效力的好青年，却在一次运送传单的过程中被捕牺牲了。张为群的死使杜大心深感愤怒和内疚，他决心为朋友报仇，去刺杀戒严司令。然而刺杀未遂，他反而被杀。在他死后，李静淑继承了他的遗志，成功地组织

---

① 扬风：《巴金论》，《人民文学》1957 年第 7 期。
② 巴金：《我的眼泪》，《巴金散文精编》，浙江文艺出版社 1991 年版，第 6 页。

了工人的罢工。《灭亡》在当时寻求进步的青年读者中间激起了巨大反响，畅销 20 多版①。"《灭亡》当然不是一部成功的作品"，巴金自己这样说过。然而，在巴金的创作中却自有它的重要意义，它已经表现出巴金小说创作的某些基本特色。诚如作家所说，"我写的是感情，不是生活"②，因此巴金早期作品中大多是作者感情的直接或间接的倾诉；作品并不注重人物个性的刻画，对环境也只作一般的描写，情节线索简单，未跳出"革命+恋爱"的公式，写景大多带有象征色彩。所以说，它的创作方法还不是充分现实主义的。此外，值得注意的是，在艺术特色上，巴金已经在他的处女作中显示了自己心理刻画的技巧，包括运用意识流手法。

　　1928 年年底，巴金离法回国，仍然居住在上海。从 1929 年到 1949 年年底，他一共创作了 18 部中长篇小说，12 部短篇小说集，16 部散文随笔集，还有大量翻译作品。在这当中，中长篇小说无疑代表着巴金在新中国成立前创作的主要成就。比较著名的有：《灭亡》(1929)，《死去的太阳》(1931)，《家》(1933)，"爱情的三部曲"《雾》(1931)、《雨》(1933)、《电》(1935)，《春》(1938)，《秋》(1940)，《火》的第一部 (1940) 和第二部 (1942)，《憩园》(1944)，《第四病室》(1945)，《寒夜》(1946) 等。

　　巴金本人在谈到自己的创作时，曾经使用过前期和后期的概念。在前期创作中，巴金自己所喜爱的是总题为"**爱情的三部曲**"的三个中篇，他曾说过这样的话："我不曾写过一本叫自己满意的小说。但在我的二十几部文学作品里面却也有我个人喜欢的东西，例如'爱情的三部曲'。我的确喜欢这三本小书。这三本小书，我可以说是为我自己写的，写给自己读的。我可以毫不夸张地说，就在今天我读着《雨》和《电》，我的心还会颤动。它们使我哭，也使我笑。它们给过我勇气，也给过我安慰。"③《雾》写于 1931 年夏天，主人公周如水是一个倾向革命的新青年，但是由于封建思想观念的束缚与优柔寡断、软弱的性格特点，他于患得患失中自编自导了一出爱情悲剧。《雨》中的主人公吴仁民属于某个革命组织里的成员。作品以较大篇幅描写他与两位女性的爱情纠葛，并在其中穿插着几位革命者之间围绕革命道路的问题展开的争论。《雨》中所写的爱情仍是悲剧性的，甚至有点悲壮的色彩，而革命者所面临的车尔尼雪夫斯基式的"怎么办"问题，仍然未有解答。《电》是整个"爱情的三部曲"的总结。如果说《雾》里人物在动摇着，《雨》里人物在矛盾着，那么在《电》里人物则开始懂得冷静地行动。在《电》中，巴金让革命与反革命的搏斗白热化，围绕着 E 城开展斗争的敌我双方，实际上就是革命者与国民党蒋介石集团的缩影。整个 E 城的最高统治者是一个新的军阀旅长，反抗他的革命青年也都全部出场。所以巴金后来说："《电》里面的主人公有好几个，而且头绪很多，它很适合《电》这个题目，因为在那里面好像有几股电光接连地在漆黑的天空中闪耀。"④作品以吴仁民从 S 地来到 E 城开始，引出了女主人公李佩珠。在她身上集中了作家关于革命者的理想。在经过一系列挫折之后，她终于成熟起来，并和吴仁民产生了真正的爱情。

　　"爱情的三部曲"是巴金早年对"革命"这一重大的社会问题进行痛苦紧张而又持久思索的总结，它是作家早期世界观的形象化的展现。作品探索了革命的战略、战术、方式、道路，

①　孙沫萍：《读〈灭亡〉》，《开明》第 2 卷第 24 期，1930 年。
②　巴金：《谈我的短篇小说》，《人民文学》1958 年第 6 期。
③　巴金：《爱情的三部曲·总序》，《巴金全集》第 6 卷，人民文学出版社 1988 年版，第 6 页。
④　巴金：《爱情的三部曲·总序》，《巴金全集》第 6 卷，人民文学出版社 1988 年版，第 37 页。

思考了革命者的人生观、政治观以及他们对友谊、婚姻、爱情、家庭等多方面的态度，涉及问题异常广泛，因此是一部巴金心目中所认为的革命者的生活教科书。这就是为什么作家早年特别喜爱它的真正原因。

30 年代是巴金中长篇小说的丰收期，也是巴金短篇小说创作的高峰期，出版了《复仇集》、《光明集》、《电椅集》、《抹布集》、《将军集》、《沉默集》（一）与（二）、《沉落集》、《神·鬼·人》和《长生塔》10 个短篇小说集。在同时代作家中，如此高产是少见的。这些小说的题材非常广泛，涉及的生活面也很宽：从国外到国内，从南方到北方，用作家的话说，"不仅是一个阶级，差不多全人类都要借我底笔来申诉他们底苦痛了"①。这些作品虽然写得不够深刻，但也反映了 30 年代的社会现实，倾吐了人民的心声。其中有以反映外国人的生活为主的作品，数量较多又颇具特色，这可以说是巴金的一个独特贡献。把外国人的生活作为主要内容来写并且数量如此众多，在中国现代文学史上，巴金要数第一人。这类作品集中在《复仇集》中，《电椅集》《光明集》中也有一部分。

此外是反映国内各阶层人民的苦难生活以及他们的反抗斗争的作品，还有收在《长生塔》中的童话作品。巴金的部分童话并没有多少儿童文学的特点，只是作家为了便于对社会现实表达自己的看法而借助的一种形式。巴金还写有《马拉的死》《丹东的悲哀》和《罗伯斯庇尔的秘密》等反映法国大革命的作品。综观 30 年代巴金的短篇小说，在艺术上与同期其他短篇小说家相比较，已经呈现出一些个性特点。在形式上，巴金多用第一人称写小说。这是由于作家所写的内容多半"写的是感情，不是生活"②，而第一人称的写法无疑比较适合抒发情感。在人物塑造上，巴金注重对人的心灵的探索，并从人的心理的角度来透视社会。因此他往往注意人的复杂性格，而不愿作简单的好人坏人的伦理判断。从小说的结构上看，巴金早期短篇小说往往由一个说故事的主人公来对读者娓娓长谈，有时大故事里套小故事，或几个似乎互不相关的故事互相交织，却表现了共同的主题。

巴金 40 年代的代表作有中篇小说《憩园》《第四病室》，长篇小说《寒夜》等。《憩园》所写的仍然是旧家族腐朽、灭亡的故事，其主题可以看作是"激流三部曲"的延续。《第四病室》中的"病室"，可以看作是当时中国社会的缩影，小说所塑造的那个给病人带来信心的大夫寄托了作者对未来的某种理想。《寒夜》是巴金的最后一部长篇小说，作品动笔于 1944 年一个寒冷的冬夜，完成于 1946 年，小说描写了一个小公务员的生离死别、家破人亡的悲剧，并通过他揭示了旧中国正直、善良的知识分子的命运，暴露了抗战后国统区的黑暗现实。作品出色的现实主义成就表现在善于通过小人物的平凡生活琐事揭示重大主题，对人物内心世界的发掘，尤其是病态心理的刻画达到了相当细腻、深刻的程度。与巴金的另一部现实主义杰作《家》相比较，可以看出，巴金的风格已经有了些许的变化，诸如，由"热"变"冷"，作家在《家》中对旧社会的仇恨和热情洋溢的抨击，开始变为对黑暗现实的冷静、客观的分析和解剖，刻画的重点由外部事件转入内心世界的呈现。

与中国新文学的绝大多数开创者一样，巴金的成功是与借鉴西方文艺的经验分不开的。中国现代文学的一些杰出作家有一个共同的特点，就是他们往往最先都是一个翻译家，通过翻译

---

① 巴金：《光明集·序》，《巴金全集》第 9 卷，人民文学出版社 1988 年版，第 161 页。
② 巴金：《谈我的短篇小说》，《人民文学》1958 年第 6 期。

活动，他们一方面把大量西方的文学作品及文艺理论介绍到中国来，另一方面，也在此过程中逐渐形成自己的文艺思想与创作风格。巴金曾自述"在所有中国作家之中，我可能是最受西方文学影响的一个"①。对巴金创作产生重要影响的外国作家有左拉、罗曼·罗兰、卢梭、伏尔泰、雨果、莫泊桑、屠格涅夫、托尔斯泰、陀思妥耶夫斯基、赫尔岑、契诃夫和高尔基等。俄国文艺对他的影响最为深远。首先，巴金早期的人生观、政治观深受无政府主义者克鲁泡特金的影响，体现在他的创作上，就是战斗色彩较浓烈，而理性的分析较少，这就使得他的作品在批判封建专制主义的时候情感激越而思想的厚度不足。其次，"爱情的三部曲"在构思上受车尔尼雪夫斯基的《怎么办?》的影响最大，而在人物塑造上受了屠格涅夫的《罗亭》的影响。"爱情的三部曲"中以爱情的纠葛掩饰革命主题的探讨，关于理想妇女、革命领袖的描绘等，明显来源于车尔尼雪夫斯基的《怎么办?》。其中刻画得最为生动的人物周如水的性格则明显类似于屠格涅夫笔下的罗亭：他们都是在一个勇敢的女性面前全线崩溃的，哪怕他俩的理论体系构筑得再坚固，面对需要越过的世俗偏见的壁垒，他们都无力举步了。第三，"激流三部曲"在塑造人物的经验上得益于托尔斯泰。譬如，高觉慧的良心的自我谴责就与《复活》中聂赫留道夫的灵魂折磨极为相似。第四，契诃夫对小人物的关注在巴金的创作历程中也一直有所表现，尤其是后来像《寒夜》《憩园》对灰色人物、小人物的思想剖析与艺术刻画。

第二节　"激流三部曲"

"激流三部曲"包括《家》《春》《秋》，是巴金的代表作品，特别是《家》，具有永恒的艺术价值。《家》写于1931年，最初在上海《时报》上连载，原题为《激流》，1933年出版单行本时改名为《家》。至于"激流三部曲"的总体构想是在后来的写作中逐渐形成的，从《家》的发表到1940年完成《秋》，间隔了将近十年的时间，有些最初的设想并没有实现，而有些重要的人物、情节则是后来添加上去的。

巴金在《〈激流〉总序》中声称，"在这里我所欲展示给读者的乃是描写过去十多年的一幅图画，自然这里只有生活底一部分，但已经可以看见那一股由爱与恨，欢乐与受苦所组织成的生活之激流是如何地在动荡了"。作品所写的正是这样一股生活的激流：一方面，随着封建宗法制度的崩溃，垂死的封建统治力量疯狂地吞噬着年轻的生命；另一方面，深为革命潮流所吸引的青年一代开始了觉醒、挣扎与斗争的悲壮历程。"激流三部曲"以对人的激情思考与其深刻的时代性激动了一代又一代青年读者。

"激流三部曲"所反映内容的时间跨度是1919年至1924年，当时中国正处于一个风起云涌的动荡的历史转折时期，背景是当时中国还很闭塞的内地——四川成都。三部曲的第一部《家》，集中展现了专制大家庭制度的典型形态。在高老太爷统治下，这个家庭内部充满着虚伪和罪恶，各种矛盾在潜滋暗长，逐步激化。就在这一背景下，作品描写了高氏三兄弟的恋爱故事。其中高觉慧与婢女鸣凤构成了第一个悲剧事件，高觉新与钱梅芬及瑞珏构成了另两个悲剧事件。这几个悲剧事件虽然原因各异，但在一个基本点上是共同的：她们都为追求幸福的爱情而和传统礼教及专制家庭制度发生了不可调和的矛盾，从而导致了她们的悲剧命运，特别是

---

① 巴金：《答法国〈世界报〉记者问》，《巴金论创作》，上海文艺出版社1983年版，第684页。

她们的不幸都与高老太爷直接、间接地相联系着。鸣凤的故事在全书中起着重要的作用，她的死激化了家庭内部的矛盾，直接唤醒了它的第一个叛逆者——高觉慧。鸣凤的死与觉慧的叛逆标志着这个家族已走向盛极而衰的转折点。在觉慧的直接影响与帮助下，觉民起而抗婚并取得了胜利，从而进一步暴露了专制主义色厉内荏的虚弱本质。随着全家至高无上的"君主"——高老太爷的死亡，各种腐朽的东西统统明朗化、公开化了，原先隐匿着的各种矛盾冲突统统爆发出来。于是，一方面是专制势力蛀虫般地对高家的腐蚀，另一方面是以觉慧、觉民为代表的对高家统治原则的公然反抗，它们都在同时加速地进行着，并构成了两把各自向着相反方向撕裂的钳子，把高家温情脉脉的情感纱幕撕得粉碎。《家》的巨大成功，有力地实现了作者写作的初衷："我要反抗这个命运"，"我所憎恨的并不是个人，而是制度"，"我要向一个垂死的制度叫出我的 J'accuse（我控诉）。"①

三部曲的第二部《春》主要描写的是淑英抗婚的故事以及与之相对的蕙表妹的悲剧事件。同样写的是爱情，但《春》和《家》中所描写的内容已有显著不同。《春》不是表现为对美好婚姻的追求以及这一追求实际上不可能实现的矛盾，而是表现为不合理的、丑恶的婚姻制度对妇女的摧残以及作者对专制的婚姻制度的控诉与批判。淑英和蕙一样，受父母、上司之命，要与自己从未见过的、声名狼藉的男人完婚，不敢反抗的蕙患病致死，而淑英则因受时代、新思潮的影响，在觉民、觉慧的帮助下，逃出了专制大家庭的囚笼。这里，《春》实际是表现了专制制度下妇女解放的主题。它也使读者看到，反叛者的队伍扩大了，旧家庭的统治者也转到第二代克明的身上，但统治力量已大不如前了。

三部曲的最后一部《秋》，表现了旧家庭分崩离析、"树倒猢狲散"的结局。这主要是通过对高家第二代、第三代的道德加速腐化以及整个高家已后继无人的描写显示出来的。作品自然地把注意力放到第三代的命运上，描写了周枚与高淑贞的悲剧以及觉英、觉群的堕落。在这里，着重抨击了专制主义假手传统礼教腐蚀、摧残青少年的罪恶。随着第二代家长克明的死亡，整个大家庭的重担已经找不到任何人来承担了，因为就连长房的重孙觉新也起来反抗了。《秋》的主题可以说着重揭示了专制主义精神支柱的崩溃。

在"激流三部曲"所塑造的人物形象群体中，高觉慧无疑是具有重要意义的。他是一个新人的典型。他从朴素的对劳动者的爱和对专制制度的恨出发，走到改良主义和民主主义，最后又走向社会斗争。作者通过这个人物的思想发展过程，表达了自己对新人与新时代的思考。

觉慧的形象是活生生的，富有真实感的，他身上的那些长处和短处都是那个时代的先进青年所特有的。他爱国，追求科学与民主，因而他不信神，反对专制主义。他平时不乘轿子，并爱上婢女鸣凤，归根结底还是出于民主精神的指导。但是，他并不是已经"彻底背叛地主阶级的英雄"，他的思想里仍然有旧家庭思想的残余。比如，他对鸣凤的爱情就远不及鸣凤对他的爱那么坚定和忠贞。在这个问题上，他一直是犹豫不决的，最后在关键时刻他恰恰忘掉了自己先前的承诺，在痛苦之余决定"把那个少女放弃了"。这样的描写恰恰符合当时的历史条件。因为觉慧所处的环境仅仅是能够形成具有民主思想的爱情观念的氛围，但还不是能够实践这种爱情观念的环境。尽管觉慧的爱情观念已完全摆脱了封建阶级的情趣，开始把鸣凤的价值即人的价值放到了中心位置，但他实际上不可能逾越那一道深深的垒堑。他最后离家出走前的心情

---

① 巴金：《关于〈家〉》，《巴金全集》第 1 卷，人民文学出版社 1986 年版，第 442 页。

也是十分真实的，他和高老太爷思想上虽属不同的营垒，但他们毕竟是祖孙关系，他那恋恋不舍的心情正表现了他的人性。

巴金塑造的觉慧形象揭示了他对人的思考的主题：只有反叛才是个性解放的唯一出路，逃离家庭仅仅是第一步而已。觉慧是 20 世纪初在现代新思潮冲击下由新文化运动首先唤醒的中国青年人，是对专制主义大胆的、勇敢的叛逆者，也是满怀热情的、可爱的革命者。觉慧作为高家的第一个掘墓人，以后在《春》《秋》中仍不断地给这个家庭以巨大影响，他已是高公馆内部这股汹涌"激流"的原动力。

"激流三部曲"还塑造了一个在专制主义重压下的软弱与病态的灵魂——**高觉新**。在这个贯穿全书的中心人物身上，进一步反映了巴金对于人的深刻思考。觉新的典型意义在于，他的软弱、动摇的性格正是专制主义及专制家族制度造成的，他的人生悲剧集中反映了这种专制主义对健康人性的戕害。觉新原先是一个相貌清秀、聪慧好学的青年，思想进步，心地善良、正直、忠厚，应该说是很有前途的。实际上他却因择偶时一次荒唐透顶的拈阄而把人生断送了。他的聪明才智被用来做三亲六故的婚娶、丧葬、陪客、庆典的主持或帮手，必须依着长辈的意志躬行他所反对的那一切。他会变成这样完全是由家长制造成的。宗族专制家庭结构决定了觉新作为长房长孙必须承担维护这个家庭的任务。现实和理想出现了尖锐的冲突，造成了觉新性格的两重性。作品正是通过觉新人格的分裂来控诉这种大家庭制度对人的摧残。觉新形象也表现出在专制主义重压下我们民族的懦弱苟且的国民性。鲁迅对这种性格生成的原因有过精辟的论述。他认为根源就在于专制等级制度以及传统思想的毒害，这两者结合起来就成为强大的政治力量和思想统治的力量。觉新所处的环境，上边有冯乐山、高老太爷，还有克明、克安、克定等长辈，他们像高高的金字塔重重地压在他的头上。封建观念，这是觉新无法克服的又一道障碍，他每次总是不由自主地把头往绞索中伸去。觉新的事事退让的性格就在这种环境里形成了。

作为"激流三部曲"中塑造得最具艺术魅力的形象，巴金对觉新的塑造很注意挖掘其内心的复杂性。从表面看来，觉新只是个动摇的人物，实际上他内心里却经历着新、旧两种观念的激烈冲突。巴金把这种冲突写成是民族心理积淀在现代民主思想冲击下的痛苦挣扎，从而体现出历史的深度。为了写好人物的心理活动，作者还让觉新大段倾诉自己的内心情感，并用了很多富有人情味的细节回忆，衬托出人物心境。巴金也十分注意表现觉新的人性美，他与瑞珏在不幸中相濡以沫的爱情描写构成了作品中极为动人的篇章。觉新作为新文学史上中国多余人的代表，其艺术魅力是不容低估的。

"激流三部曲"在艺术上取得了杰出成就。它的结构宏伟且精于构思。巴金比较擅长以"三部曲"的形式反映波澜壮阔的社会生活画卷以及大河奔流的历史趋势，其中以事件为主线索、以场面串联故事的结构特点，使得巴金的小说总是既规模浩大又有条不紊，诸如《家》中的学潮、过年、军阀混战、鸣凤之死……《春》中的海儿之死、蕙的婚礼、淑英出走……《秋》中的梅的婚礼、蕙的安葬直至大火、分家，这些大大小小的事件联结在一起，构成了网中的结，并通过场面的描写把各种人物汇聚拢来，再往下一个事件推去。而前后场面常有所呼应，形成作品的完整性。巴金小说的这一特点深受我国古典小说《红楼梦》的启发，受法国作家左拉的影响也较为明显。左拉的小说从《卢贡-马卡尔家族的命运》到《崩溃》，借一个家族贯穿着展开了资产阶级的盛衰史。托马斯·曼的《布登勃洛克一家》"写了一个家族的四代人，写了这个家族的最兴盛的时期，也写到了最后一个继承人的夭亡"①。这些都无疑直接启发了巴金创作《家》以及整个"激流三部曲"的构思。

"家即社会"的情节典型化原则。在克鲁泡特金等人看来，家庭就是社会的缩影。巴金认同这一看法，将高家作为整个社会的代表或缩影来写，从中反映出19世纪末至20世纪初旧中国的整个社会动态，反映出时代的本质规律。高公馆里，发生在主仆之间、新老两代之间、夫权统治和妇女反抗的斗争之间、新旧思想以及主子内部矛盾关系之间的错综复杂的对抗，就是当时社会上各种尖锐矛盾的缩影，而高家的金字塔形的权力结构就集中体现了几千年中国社会专制主义的法则。

注重发掘人情美与抒情化人物塑造方法。"激流三部曲"描写的人物有名有姓的就有60多位，他们性格鲜明，面目殊异。巴金塑造这些人物，不似茅盾写人重在多侧面表现，也不似老舍重在形神兼备地塑造人，而是重在传情，重在刻画人物的心灵美、人性美。巴金笔下的人物性格比较单纯，但这是丰富的单纯，是外形和内心高度统一的单纯。以鸣凤、瑞珏和梅这三位女性为例，作品让她们都和梅花发生联系——鸣凤在梅园采梅，瑞珏爱画梅，梅表妹则以梅为名，从而表现她们"质本洁来还洁去"的梅花品格。又着重展示她们的内心活动——鸣凤是大段内心自白，瑞珏通过日记，梅则是长篇的内心倾诉。这些心理活动都有一个共同点，即在最困难的时候女性总是想到别人，想到对方，从而表达了巴金创作毕生以求的一个"爱"字。这三位女性形象极其感人。这与巴金偏爱屠格涅夫作品有关。巴金与屠格涅夫在人生态度、艺术旨趣方面有许多相似之处，他比较多地吸收屠格涅夫抒情小说的艺术经验。例如小说的散文化结构与散文语言，情节的发展是让人物自己来行动，并无预设的人物行动提纲。这同茅盾写《子夜》、巴尔扎克先编详细提纲的做法不同，巴金的长篇结构缺点是松散，长处在于便于人物抒情，独具一格的抒情正是巴金的艺术魅力。他们都长于表现青年的心灵，特别是挖掘少女的心灵美。屠格涅夫擅长塑造一些哈姆雷特式的优柔寡断的多余人的形象，他还时常使软弱、动摇的男子与精力充沛、意志坚强的女子结婚。巴金小说中女性心理内涵往往强于男性。屠格涅夫的影响形成了巴金小说特具的抒情风格，忧郁的、哭诉的调子。这些在"爱情的三部曲"中已形成特色，在"激流三部曲"中和整体的现实主义艺术更成熟地融合了。

带有作家强烈道德判断的风俗画描写。对吃年夜饭的描写、对放花炮的描写都异常精彩。但巴金的目的全在于揭示这些风俗画后面的阶级对立，因此巴金写它的目的在于否定这些风俗画。这同沈从文的风俗描写就不同了。

"激流三部曲"在现代文学史上占有着**重要地位**：

"激流三部曲"是反映新文化运动中时代青年生活的长篇小说。新文化运动是中国近代历史上的伟大事件，遗憾的是文学作品却没能够加以刻画。"激流三部曲"虽然不是直接描写五四运动的，这场运动仅仅是作品的背景，但是它充分表达新文化运动的时代精神，反映了那一代青年人的痛苦、彷徨、苦闷与觉醒、奋起、追求，表现了新的人的思考在我国土地上的诞生。因此，"激流三部曲"就成为20世纪中国文学中描绘新旧交替时代的一幅杰出的社会生活的插图。

"激流三部曲"是我国现代文学作品中描写专制大家庭的兴衰史并集中抨击专制主义的小

---

① 巴金：《谈〈秋〉》，《巴金论创作》，上海文艺出版社1983年版，第246页。

说。对专制主义及旧家族制度的攻击从鲁迅小说开始，这一主题从我国现代小说诞生起就吸引了进步作家的注意。继鲁迅之后，真正把这一主题加以推进并取得重大发展的，当推巴金的"激流三部曲"。这部作品全面而深刻地揭示了中国专制主义的特征、弊端和罪恶，诅咒着它的必然灭亡。"激流三部曲"成为 20 世纪中国文学史上抨击专制主义的一座丰碑。

"激流三部曲"和老舍《骆驼祥子》、茅盾《子夜》、李劼人《死水微澜》《暴风雨前》《大波》三部曲、沈从文《边城》在 30 年代先后问世，以杰出的创作实践讲述中国痛苦、探索、改革、新生的故事。它们对中国现代长篇小说这一文体的发展具有重大的作用，以各自卓异的艺术风格标志着中国现代长篇小说的成熟。

研 习 导 引

《家》的抒情性及其争议

巴金以一颗燃烧的心去创作《家》，如端木蕻良所言："作者抑制不住地做出激情的控诉。……巧作安排的情节是作者所不取的，他不愿意象司各脱甚至大仲马那样用故事情节来吸引读者。同时，也不安心于细节的刻画。就如有些电影导演常常愿意在镜头以外进行旁白一样，作者擅长'独白'。对我们在《家》中读到的信，和作者'代序'的信，都可以这样看待。因为巴金追求的是笔锋常带感情，这也就是作者的风格。"① 情感的激流赋予了《家》独特的魅力，却也被有的批评家视为思想上不成熟的表征。巴人认为："巴金唤醒了读者一种勇迈向往之情，但缺乏叫读者认识这现实之复杂画面底艺术形象和艺术机能。留给读者的，是一种激情，而不是识力。这显出巴金底软弱了。"② 思基则提出："巴金创作中的反抗思想，实质上还只是资产阶级民主主义者争取个人的解放和自由，他在表现方法上又'缺少冷静的思考和构思'，这就使它没有成为一种思想性、艺术性较高的作品。"这必然不能满足高层次读者的需求："旧社会里青年知识分子（特别是中学生）开始探寻自己生活道路的时候，接近它，欢迎它，但他们一与马克思、列宁主义相接触，他们欣赏艺术的水平一提高，就从各方面感到了它的不足，并且就要求朝着更远的方向前进。"③

需要补充的是，《家》中流淌的，不仅是"我控诉"的激情，其实还有着"我不忍"的悲哀。"从他的创作中，我们又惊人地发现了他浓厚的家族情结，这不仅体现在他对家族问题持久关注的热情，把创作的重点始终放在家庭中人与人之间的关系上，而且在某种程度上表现出对专制家长、堕落子弟的怜悯和同情，对正常的父慈子孝、兄友弟恭的家族伦理给予首肯，甚至对他歌颂的叛逆者身上所潜藏着对封建孝道之类的道德也流露出理解式的认同。"④

《家》的文化反思

关于《家》的研究，有学者指出："长期以来……把《家》放在五四时期中外文化碰撞的

---

① 端木蕻良：《重读〈家〉》，《文汇报》1978 年 4 月 6 日。
② 巴人：《略论巴金的〈家〉三部曲》，《窄门集》，香港海燕书店 1941 年版，第 195 页。
③ 思基：《读巴金的〈激流〉三部曲》，《文学月刊》1956 年 4 月。
④ 曹书文：《论巴金小说创作中的"家族情结"》，《学术论坛》2001 年第 5 期。

文化背景下，从人类文化学的方位来审视小说中人物的文化心理，考察小说文化价值的论文却很罕见。"并从"新旧时代转型期的异质环境：文化心理的嬗变"，"悲剧的根源：家族宗法制的钳制和封建文化在心理上的积淀"，"病态文化心理：畸形、懦弱性格的基因"三个方面探讨了小说的文化价值。① 还有学者认为："在中国现代小说史上，能够成功地对中国传统家族文化提供其全部特征，并展现其最终命运归宿的长篇小说，当首推巴金的《激流三部曲》。"理由有三：首先，小说在形式、内容和功能诸方面"展示出了中国传统家族文化完备而具体的一般特征"；其次，通过揭示传统家族文化的本质和展示传统家族文化的命运，"巴金挖出了中国传统家族文化深刻而厚重的内蕴"；最后，"巴金也在《激流三部曲》中对还处在萌芽状态的新的家族文化作了热情洋溢的赞誉"②。

第十章
拓展研读资料

---

① 吴定宇：《现代意识与传统观念相撞击的火光》，《中国现代文学研究丛刊》1988 年第 2 期。
② 李金涛：《巴金〈激流三部曲〉对中国传统家族文化的表现艺术》，《湖北民族学院学报》(社会科学版) 1998 年第 2 期。

第十一章　30 年代小说（五）

第一节　沈从文小说创作

沈从文（1902—1988），湖南凤凰县人，原名沈岳焕，笔名休芸芸、甲辰、懋琳、璇若、上官碧等，京派小说的代表作家。他出生于行伍世家，身上流淌着汉、苗、土家等民族的血液，湘西秀丽的自然风光和少数民族长期被歧视的历史，使他形成了特殊的气质，既富于幻想，又在心灵上积淀着沉痛隐忧。他 6 岁入私塾，小学毕业后入伍。此后在长达 5 年多的时间里辗转于湘川黔边境和沅水流域，广泛了解社会生活。在这段时间里，他当过卫兵、班长、司书、书记等，亲眼目睹了湘兵的勇猛威武，也感受到了嗜杀者的残酷暴戾①。年轻的沈从文过早地直面着生活中的鲜血和阴暗，反促使他以后在形诸笔墨时形成了一种追求生活真、善、美的艺术品格。1922年受新文学革命余波之影响，他只身离开湘西来到北京，升学未成便开始学习写作。此后开始在《晨报副刊》《现代评论》《小说月报》等报刊上发表作品。

我要表现的本是一种"人生的形式"，一种"优美、健康、自然，而又不悖乎人性的人生形式"。

——沈从文

表作品。1926 年出版第一部小说集《鸭子》。1928 年在上海与胡也频、丁玲合编文学刊物《红黑》。1930 年起，先后在武汉大学、青岛大学任教。1933 年返回北平，9 月接编《大公报·文艺副刊》，并主持《大公报》文艺奖，有力地扩大了京派文学的影响。抗日战争全面爆发后任西南联大教授，抗战胜利后为北京大学教授，并主编《大公报》《益世报》的文学副刊。新中国成立后被迫离开北京大学，在中国历史博物馆为展品写标签，后从事古代服饰研究。在

---

① 在沅州东乡清乡时，清乡队伍"杀了那地方人将近一千。怀化小镇上也杀了近七百人"。沈从文：《从文自传·清乡所见》，《沈从文文集》第 9 卷，花城出版社、生活·读书·新知三联书店香港分店 1984 年版，第 159 页。

新中国成立后的文坛和现代文学史上沈从文的名字消失多年。美国哥伦比亚大学夏志清教授在《中国现代小说史》① 中高度评价了沈从文的创作。粉碎"四人帮"后，1978 年，沈从文任中国社会科学院历史研究所研究员，出版有《中国古代服饰研究》等著作。

沈从文是一位丰产作家，30 年代是作为小说家的沈从文创作最丰盛的时期。1928 年后，他连续出版了《雨后及其他》《入伍后》《阿丽思中国游记》《神巫之爱》《旅店及其他》《旧梦》《虎雏》《都市一妇人》《月下小景》《八骏图》《新与旧》等，他一生中的 30 多部集子大都出于这个时期。1934 年创作的中篇小说《边城》、1938 年创作的长篇小说《长河》（第一卷）及其他许多优秀短篇小说，则标志着沈从文小说创作的成熟。他以自己丰硕的创作成果为中国现代小说的发展作出了重要的贡献。

与左翼文坛注目于社会政治之"变"不同，沈从文潜心于表现"于历史似乎毫无关系"② 的人性之"常"。他认为"一个伟大作品，总是表现人性最真切的欲望"③，并称自己创作的神庙里"供奉的是'人性'"④。这种表现人性之常的创作宗旨，决定了他的创作主要不是从政治经济的角度，而是从伦理道德与审美的角度去审视和剖析人生。他在创作中正是高扬着这种人性观念去抨击现代异化的人性，讴歌古朴美好的人性的。他的小说题材可分为两类：第一类是写城市与知识阶级的，第二类是写乡村与抹布阶级的。尤其是在第二类题材的创作中，他更多地投注了自己的热情，正面表现了自己的人性取向和情感评价。这显然缘自其强烈的乡村（湘西）情结。他说过，他"笔下涉及社会面虽比较广阔，最亲切熟悉的，或许还是我的家乡和一条延长千里的沅水，及各个支流县份乡村人事。这地方的人民爱恶哀乐、生活感情的式样，都各有鲜明特征。我的生命在这个环境中长成，因之和这一切分不开"⑤。从总体上来看，沈从文这种双重的题材取向与他先乡村后都市的独特的人生道路相关，也与他自己的角色认知相关。他一再宣称："我实在是个乡下人。"⑥

展现都市病态世界的，可以《绅士的太太》《都市一妇人》《八骏图》《某夫妇》《大小阮》《有学问的人》等为代表。《绅士的太太》一文开头写道："我不是写几个可以用你们的石头打他的妇人，我是为你们高等人造一面镜子。"这实际上可视为沈从文都市题材小说的一个总的序言。在这类小说中，他从一个乡下人的眼光出发，用这面镜子首先映照出了上流社会道德沦丧的种种面影，以自然人性的道德尺度鞭挞了衣冠社会人性的堕落和扭曲。《绅士的太太》以冷隽的笔调揭露了两个绅士家庭内部绅士淑女们的种种丑行：绅士在外偷情，太太出于报复与另一绅士家的少爷通奸；而那位少爷在与父亲的三姨太乱伦的同时，又宣布与另一名媛订婚。物欲横

① 夏志清：《中国现代小说史》，刘绍铭等译，香港中文大学出版社 2001 年版。
② 沈从文：《湘行散记·一九三四年一月十八日》，《沈从文文集》第 9 卷，花城出版社、生活·读书·新知三联书店香港分店 1984 年版，第 254 页。
③ 沈从文：《创作杂谈·给志在写作者》，《沈从文文集》第 12 卷，花城出版社、生活·读书·新知三联书店香港分店 1984 年版，第 110 页。
④ 沈从文：《〈从文小说习作选〉代序》，《沈从文文集》第 11 卷，花城出版社、生活·读书·新知三联书店香港分店 1984 年版，第 42 页。
⑤ 沈从文：《〈沈从文小说选集〉题记》，《沈从文文集》第 11 卷，花城出版社、生活·读书·新知三联书店香港分店 1984 年版，第 70 页。
⑥ 沈从文：《〈从文小说习作选〉代序》，《沈从文文集》第 11 卷，花城出版社、生活·读书·新知三联书店香港分店 1984 年版，第 43 页。

流的高等人精神空虚、道德堕落，已异化为两足的低等动物。《都市一妇人》中的女主人公是一个被侮辱与被损害者，被人引诱后沦落为娼，为了不致重遭被遗弃的命运，竟把相好的青年军官的眼睛毒瞎。都市文明在制造着一个个命运悲剧的同时，也在制造着一个个连环的精神悲剧。《八骏图》则以犀利的讽刺之笔画出了八位教授的精神病态（性变态），从更深的层次上揭示出了都市人在理性与情感、意识与下意识的矛盾冲突中的精神分裂和人格异化。受现代文明的压抑，这一都市里的特殊群体生命活力退化，性意识已经严重扭曲；表面上道貌岸然，内心深处却龌龊不堪。"八骏"之一教授甲在蚊帐里居然挂着一幅半裸体的香烟广告美女画；主人公达士先生（也是"八骏"之一）在热恋之中，竟因另一对美丽眼睛的诱惑而推迟了归期。这群"近于被阉割过的侍宦"急需由作为自然人生象征的海来治疗。在这篇小说中提出的"侍宦"观念，是沈从文笞挞中国文化传统的最着痛处的一鞭。虽然它取的只是性爱的视角，却涉及了中国文化生命力萎缩这一广泛的文化现象。自以为深得文化真谛的教授们被传统文化的绳索牢牢捆缚住，导致了人性的残缺，并由此导致了人格的分裂。他们（同时也是他们所代表的文化传承）"营养不足，睡眠不足，生殖力不足"，这是一种文化的倒退。总之，在沈从文的都市题材作品中，都市文明导致的要么是人欲的泛滥，要么是人性的扭曲。因此，既要恢复生命的活力，又不要堕落为行尸走肉，这是沈从文这类小说从反面呈现出的人性道德价值取向。

　　沈从文的人性观在其第二类题材的小说中得到了正面显现。在这类由乡村和抹布阶级构筑起来的湘西世界中，沈从文正面提取了未被现代文明浸润、扭曲的人生形式。作为对这种人生形式表现的极致，便是对所谓"神性"的赞美。在沈从文的美学观中，神性就是爱与美的结合，这是一种具有泛神论色彩的美学观念①。既然爱与美就是"神性"，因此可以说在沈从文作品中神性就是人性的最高表现。《龙朱》《媚金·豹子·与那羊》《神巫之爱》和《月下小景》以民间传说和佛经故事铺衍成篇，从未有现代文明之前的历史中寻绎理想的人生形式，借此赞颂了人性的极致——"神性"。这构成了沈从文乡村小说的一个特殊类型。在这类作品中，洋溢着化外民族青年男女真挚、热烈、活泼的生命活力，作者借此讴歌了浪漫的野性的原始生命形态。这显然是与《八骏图》中所状写的都市侍宦病相对立的。《龙朱》叙写白耳族王子龙朱与黄牛寨公主的恋爱故事。龙朱是美的化身，他美丽强壮如狮子，"是美男子中之美男子"；也是爱的载体，他爱得热情，也爱得美丽。《媚金·豹子·与那羊》写爱的英雄豹子与顶美的女人媚金约会，因发生误会，先后拔刀自尽，为爱和美双双殉葬。《月下小景》的男女主人公为了爱的本能发生两性关系，又为反抗旧习俗服毒自杀。在这些小说中，沈从文借助于传说、故事的素材，用浪漫的手法表现了自己对人性真谛的思考，借神性宣扬了自己的生命哲学，讴歌了健全的生命形态和原始的生命强力。这里作者蕴藏的热情是明显可见的，但是，亦应看到"那作品背后隐伏的悲痛"②。把健全的人生形式放到带原始特征的文化环境中去表现，这是作者的睿智，也是作者的无奈。

---

　　①　沈从文认为："我过于爱有生一切。……在有生中我发现了'美'，那本身形与线即代表一种最高的德性，使人乐于受它的统治，受它的处置。"而这种"美"即"或由上帝造物之手所产生"，它就是"可以显出那种圣境"的"神"。沈从文：《烛虚》，《沈从文文集》第11卷，花城出版社、生活·读书·新知三联书店香港分店1984年版，第277页。
　　②　沈从文：《〈从文小说习作选〉代序》，《沈从文文集》第11卷，花城出版社、生活·读书·新知三联书店香港分店1984年版，第44页。

当他把这种原始的生命形态放到"地方的好习惯是消灭了，民族的热情是下降了"① 的现代环境中来表现时，由这种生命形态所引发的人生悲喜剧就出现了。《柏子》《会明》《灯》《丈夫》等篇，在对乡下人性格特征的展现中，对湘西乡村儿女人生悲喜剧进行了价值重估。这些作品中的乡下人，其道德风貌和人生形式与过去的世界紧密相连，俨然出乎原始的文化环境，他们热情、勇敢、忠诚、正直、善良，德行品性纯洁高尚，合乎自然。但是，与此相伴随的理性的愚昧又使他们无法适应受半殖民地半封建文化形态冲击的现实环境，无法把握自己的人生命运，从而导致其精神悲剧。这种精神悲剧不但表现在他们对悖于人性的雇佣制、童养媳制和卖淫制等丑陋社会现象的顺应，更表现在对自我生存状态的无知和对自我命运的无从把握上。作者以悲痛的心情写出了他们身上极其平凡、琐碎的一面。无论是柏子的"从不曾预备要人怜悯，也不知道可怜自己"，会明的为了"可以发三个月的津贴"而盲目冲上前去，还是老兵的奴隶式的忠诚，乡下丈夫对失去丈夫权利的懵然，所有这些都展示了他们因理性缺失所导致的精神愚昧和人格缺损，都反映了作者在价值重估中对乡下人生存方式的沉痛反省。在对乡下人生存方式的人性重估中，较有深度的是《萧萧》。主人公萧萧的生命始终处在被动的人生状态。作为童养媳，她没有人身自由，也无法把握自己的人生命运。在失身怀孕之后，面临的将是沉潭或发卖的命运。只是因为偶然的原因，才幸免于难。作品结尾处，饶有深意地写到萧萧的大儿子又在迎娶年长六岁的媳妇。生命的悲剧在不断轮回，根因就在于乡下人理性上的蒙昧。作品中祖父对女学生的嘲弄、奚落正说明了这些乡下人与现代文明的隔绝以及由此而导致的理性缺失。

出于对过去人生形式追忆的茫然和对现实人生形式探索的失落，沈从文在想象中用审美理想之光烛照湘西人生历史图景，以《边城》和《长河》唱出了理想的生命之歌②。这类作品以古老湘西为根据，凭借着想象的翅膀构建了理想的人生图景，再造了完美的人生形式。《边城》是沈从文的代表作，也是支撑他所构筑的湘西世界的柱石。它通过一个古朴曲折的爱情故事，表现了对理想的人生形式的追求。与《边城》描绘的静态画面不同，写于抗战时期的《长河》（第一卷）是在动态的现实中展现乡野素朴的人生形式的。它描写沅水辰河流域一个盛产橘柚的乡镇，乡风淳朴，生活如一潭静水。最初搅动这潭静水的是传闻中的新生活运动，天真单纯的人们把"新生活"与兵荒马乱相联系，心理上罩上了一层阴影。真正威胁橘乡宁静的，是驻镇的保安队和强买强卖、为非作歹、对夭夭动了邪念的保安队队长。沈从文在倾心营构理想的人生形式时，清醒地意识到了外在于湘西的现代世界的喧扰和威胁。"'现代'二字已到了湘西"，湘西在变化中见出堕落趋势："最明显的事，即农村社会所保有那点正直素朴的人情美，几乎快要消失无余，代替而来的却是近二十年实际社会培养成功的一种唯实唯利庸俗人生观。"③ 小说在较《边城》更为广阔的历史背景中，写出了社会历史之变，以此映衬了乡间

---

① 沈从文：《媚金·豹子·与那羊》，《沈从文文集》第2卷，花城出版社、生活·读书·新知三联书店香港分店1984年版，第395—396页。

② 沈从文早就说过，"文学是用生活作为根据，凭想象生着翅膀飞到另一个世界里去的一件事情"，人们可以以文学"飞到未来的世界里休息"。沈从文：《记胡也频》，《沈从文文集》第9卷，花城出版社、生活·读书·新知三联书店香港分店1984年版，第81页。

③ 沈从文：《〈长河〉题记》，《沈从文文集》第7卷，花城出版社、生活·读书·新知三联书店香港分店1984年版，第2页。

素朴美好的人生形式之"常"；老水手的愚憨、质朴，滕长顺的义气、公正，三黑子的雄强、不屈，夭夭的活泼、乐观，都表现了美好人性面对生活剧变时的不同应对形式。虽然这里的农民的性格灵魂在时代的大力挤压下不能不失去原有的素朴所表现的样式，但人性之美好仍然令人神往，于此，《边城》的神韵依然可见。这应该是沈从文为了"取得人事上的调和"而加上的"一点牧歌的谐趣"之所在①。他把对未来的希望寄托在几个小儿女性情的天真纯粹上，希冀借此重新燃起年轻人的自尊心和自信力，重造民族品德。这是沈从文面对日益衰颓的现实所作的"庄严与认真"的生命思索，是一种伴随着沉痛感慨和深切忧虑的理想形式。作者就是这样，通过对"这个地方一些平凡人物生活上的'常'与'变'，以及在两相乘除中所有的哀乐"②的描写，讴歌了具有朴素道德美的人性，同时也为在时代大力挤压下美好人性的行将失落唱出了一曲沉痛的挽歌。

沈从文是一位有着**独特性**的作家。他的小说在过去、现在和未来的时间长河中，在乡村和城市的题材空间里，通过人性世界（包括神性世界）和病态世界的对比，严肃地探讨了人生，讴歌了健全的人性。他的人学观和文学理想不是从政治经济角度探索社会进步的道路，而是从人性角度去寻求重造民族灵魂的门径。沈从文独特的人学观与美学观造就了作为文学家的沈从文的为别人所难以替代的独特性，使他在现代文学的交响乐中保持了自己的独特的声音。他的小说在探索理想的人生形式时贯注的关于人的改造的理想，是继承了新文学时期人的文学的观念和改造国民性的传统，他所坚持的是现代意义上的人性立场和文化精神。虽然他借以展示自我现代理想图式的是一个文化不发达的乡村世界，因而往往只能对照病象、探索病因，但这触及了 20 世纪中国文学改造民族性格的基本命题。他企盼通过民族人格的重造，进而探索"中国应当如何重新另造"③。这正是沈从文小说意蕴的复杂性所在。

尽管沈从文是一位从湘西山水中走出来的作家，他也一直自称为"乡下人"，这并没有影响他广泛吸收外国文学的汁液，丰富自己的艺术表现手段。他在谈到自己所受外国文学影响时曾自述"较多地读过契诃夫、屠格涅夫作品"，尤其对屠格涅夫的《猎人笔记》"把人和景物相错综在一处"的手法颇为赞赏，"认为现代作家必须懂得这种人事在一定背景中发生"的情况。④ 如果说他对契诃夫的接受主要体现于对小人物、对平民众生的关注，那么，他对屠格涅夫的接受则主要体现于他小说的抒情性与自然性。在一定程度上，屠格涅夫小说中表现出的那种自然与人相契合而散发出的浓郁诗意激发了沈从文的创作冲动。正是湘西山水自然的孕育与外在因素的激发，才使沈从文建构了他的湘西世界，并逐渐形成了他独特的艺术风格。

沈从文是一位善于吸纳的作家，也是一位富于创造性的作家。苏雪林称他"永远不肯落他人窠臼，永远新鲜活泼，永远表现自己"⑤。从整体上看，他的小说呈现出了一种温柔淡远的

---

① 沈从文：《〈长河〉题记》，《沈从文文集》第 7 卷，花城出版社、生活·读书·新知三联书店香港分店 1984 年版，第 6 页。

② 沈从文：《〈长河〉题记》，《沈从文文集》第 7 卷，花城出版社、生活·读书·新知三联书店香港分店 1984 年版，第 5 页。

③ 沈从文：《若墨先生》，《沈从文文集》第 4 卷，花城出版社、生活·读书·新知三联书店香港分店 1984 年版，第 299 页。

④ 凌宇：《沈从文谈自己的创作》，《中国现代文学研究丛刊》1980 年第 1 期。

⑤ 苏雪林：《沈从文论》，《文学》第 3 卷第 3 期，1934 年。

牧歌情调。在题材的选择上，他不愿写"一摊血一把眼泪"，而喜欢用微笑来表现人类痛苦[1]。即使写国民党政府杀戮青年，如《菜园》《大小阮》等，也是把这一背景推远，从侧面写去。他最擅长描写的是本身就富有牧歌因素的爱情，如《雨后》《三三》《边城》等。在描写这类题材时，他又从人与自然的契合的泛神论思想出发，故意淡化情节，以清淡的散文笔调去抒写自然美。如《边城》对酉水岸边的吊脚楼，茶峒的码头、绳渡，碧溪的竹篁、白塔等都作了细致的描绘，精心勾画出一幅湘西风景图和风俗画。加上作者在描写时又喜欢用一种温柔的笔调，这就创造出了独特的审美意境，酿就了他的小说的清新、淡远的牧歌情调。这种牧歌情调是对应于其理想的人生形式的。沈从文深知理想的人生形式只能存在于理想之中，现实中这种朴素的人性美正在日渐泯灭，因此在歌唱这些牧歌的同时，他又渗进了一丝沉郁，一缕隐痛，致使其温柔平和的牧歌中又混合着一层淡淡的悲愁。如《长河》在展现 30 年代初湘西社会的宁静被打破的现实时，就带上了一种感伤的情调。

创作主体情感的投入，追求小说的抒情性，是沈从文小说的特色。[2] 他常常直接把主体情绪投注到人象和物象之中，使之带上鲜明的情绪色彩；或者借助于记梦和象征曲折地表达主体的情感评价，酿造浓郁的抒情性。沈从文在《烛虚·小说作者和读者》中认为小说包含两个部分："一是社会现象"，"二是梦的现象"；写小说"必须把'现实'和'梦'两种成分相混合"。从总体上看，沈从文小说有很强的写实性。《柏子》《萧萧》等对人生生存状态的描写，都是一种现实主义的把握。沈从文小说为了追求理想的人生形式又掺了梦的成分，因而又具有鲜明的浪漫主义特征。《月下小景》写爱情悲剧，用男女主人公含笑殉情作结；《边城》将人物和环境都作了理想化的处理，分明可以看出作者主观理想的张扬。为了强化抒情性，记梦之外，沈从文小说还善用象征。《边城》是一种整体的象征。不但白塔的坍塌和重修分别象征着古老湘西的终结和新的人际关系的重造，而且翠翠的爱情波折和无望等待从整体上成了人类生存处境的象征。

丰富多样的结构体式，古朴简约的语言风格，是沈从文小说的又一个特征。沈从文有文体作家之称。他的文体不拘常例，故事也不拘常格。他的小说在结构上追求自由，随物赋形，采用过对话体、书信体、日记体、童话、神话等多种体式。与结构上刻意求新相表里的，是讲究"文字组织的美丽"，他因此被称为"文字的魔术师"。他的小说语言具有独立的风貌，"格调古朴，句式简峭，主干凸出，少夸饰，不铺张，单纯而又厚实，朴讷却又传神"[3]。他的小说很少用"的""了"等虚词，既有浅近文言的简约凝练，又有口语的生动活泼。例如《边城》描写翠翠的一段文字："翠翠在风日里长养着，把皮肤变得黑黑的，触目为青山绿水，一对眸子清明如水晶。自然既长养她且教育她，为人天真活泼，处处俨然如一只小兽物。人又那么

① 沈从文：《废邮存底·给一个写诗的》，《沈从文文集》第 11 卷，花城出版社、生活·读书·新知三联书店香港分店 1984 年版，第 303 页。

② 沈从文非常重视创作主体的情感对于创作的作用，认为"真正搞文学的人，都必须懂得'五官并用'不是一句空话"。作家应"习惯于情绪体操"。参见沈从文：《废邮存底·情绪的体操》，《沈从文文集》第 11 卷，花城出版社、生活·读书·新知三联书店香港分店 1984 年版，第 329 页。李健吾曾指出，沈从文的作品不重分析，而重抒情，这是因为"一个认真的热情人，有了过多的同情给他所要创造的人物，是难以冷眼观世的"。参见刘西渭（李健吾）：《〈边城〉与〈八骏图〉》，《文学季刊》第 2 卷第 3 期，1935 年。

③ 凌宇：《从边城走向世界》，生活·读书·新知三联书店 1985 年版，第 318 页。

乖，如山头黄麂一样，从不想到残忍事情，从不发愁，从不动气。"这段文字句式参差简峭，绘形传神，古朴清新，富有表现力。沈从文语言风格的形成受到古典文学的影响，但根本上还是得力于丰富的湘西生活的经验。[1] 无论是叙述语言的流动飘逸，还是人物语言的生动风趣，都源自他湘西水上语言的积累。他的小说语言是在杂糅古典文学的句式、提炼湘西方言基础上形成的。沈从文以其独特的风格为中国现代小说的发展作出了重要贡献。

第二节 《边 城》

《边城》是沈从文最负盛名的代表作，原载于 1934 年《国闻周报》第 11 卷，1934 年 9 月由上海生活书店出版单行本。作品发表以后，获得了广泛的赞誉。京派批评家李健吾称它是"一部 idyllic（田园诗的，牧歌的——引者）杰作""一颗千古不磨的珠玉"，认为它"一切是谐和""一切准乎自然"："细致，然而绝不琐碎；真实，然而绝不教训；风韵，然而绝不弄姿；美丽，然而绝不做作"，对于"在现代大都市病了的男女"是"一副可口的良药"[2]。

《边城》是沈从文浓郁的怀乡情结的艺术结晶，也是支撑他所构筑的湘西世界的坚实柱石。作者满含审美理想地展示了这个朴野边僻地方未被都市文明所扭曲的、"一种近于野兽纯厚的个性"、一种素朴正直的人情美。

沈从文创作《边城》时，正与苏州张家小姐张兆和处于新婚的热恋之中，翠翠"这故事中的人物，一面从一年前在青岛崂山北九水旁见到的一个乡村女子取得生活的必然，一面就用身边新妇作范本，取得性格上的素朴式样"[3]。关于这篇小说的创作动机，沈从文说得很明白："我要表现的本是一种'人生的形式'，一种'优美、健康、自然，而又不悖乎人性的人生形式'。我主意不在领导读者去桃源旅行，却想借重桃源上行七百里路酉水流域一个小城小市中几个愚夫俗子，被一件普通人事牵连在一处时，各人应有的一分哀乐，为人类'爱'字作一度恰如其分的说明。"[4] 湘西一个古朴的爱情故事，构成了小说的情节线索。在小说中，地处湘川黔三省交界的边城茶峒，青山绿水，美不胜收。秀丽的自然风光教化着茶峒白塔下两个相依为命的摆渡人。外公年逾古稀，却精神矍铄。翠翠情窦初开，善良而清纯。他们依着绿水，伴着黄狗，守着渡船，既呼吸着青山碧水的灵异气息，又向来往船客展示着边城乡民的古道热肠。小说在古朴而又绚丽的风俗画卷中，铺衍了一个美丽而又凄清的爱情故事。在端午节赛龙舟的盛会上，翠翠与外公失散，幸得夺魁少年、当地船总顺顺的小儿子、被人誉为"岳云"的美少年傩送相助，顺利返回渡口。英俊潇洒而富有情义的傩送在翠翠灵秀的心灵中留下了深挚的印象，从此她平添了一件不能明言也无法明言的心事。而傩送的哥哥天保也爱上了翠翠并虔诚地派人说媒。此时，傩送也被王团总看上，他情愿以碾坊为女儿的陪嫁而与船总结为亲

---

① 沈从文说："我文字风格，假若还有些值得注意处，那只是因为我记得水上人的言语太多了。"沈从文：《废邮存底·我的写作与水的关系》，《沈从文文集》第 11 卷，花城出版社、生活·读书·新知三联书店香港分店 1984 年版，第 325 页。

② 刘西渭（李健吾）：《〈边城〉与〈八骏图〉》，《文学季刊》第 2 卷第 3 期，1935 年。

③ 沈从文：《水云——我怎么创造故事，故事怎么创造我》，《沈从文文集》第 10 卷，花城出版社、生活·读书·新知三联书店香港分店 1984 年版，第 280 页。

④ 沈从文：《〈从文小说习作选〉代序》，《沈从文文集》第 11 卷，花城出版社、生活·读书·新知三联书店香港分店 1984 年版，第 45 页。

家。在这样的情况下，傩送不要碾坊要渡船，与哥哥天保相约唱歌让翠翠选择。天保自知唱歌不是弟弟的对手，也为了成全弟弟，遂外出闯滩，不幸遇难。傩送因哥哥的死悲痛不已，他无心留恋儿女之情，也驾舟出走、远去桃源了。疼爱着翠翠并为她的未来担忧的外公终于经不住如此打击，在一个暴风雨之夜溘然长逝，留下了孤独的翠翠。虽然好心的顺顺欲接她回家，但翠翠不愿名分未正便搬进船总家，她与杨马兵留在溪边，守着渡船，深情地等待着那个用歌声把她的灵魂载浮起来的年轻人。"这个人也许永远不回来了，也许明天回来。"

　　小说借这一爱情故事所欲表现的是一种审美理想、一种健全的人生形式。作者意在创造出一支审美理想化的田园牧歌。他以诗情洋溢的语言和灵气飘逸的画面勾画出的新奇独特的"边城"，是一个极度净化、理想化的世界。他将理想的人生形式和古拙的湘西风情有机结合和交融起来，在边城明净的底色中，把自我饱满的情绪投注到边城子民身上，描绘了乡村世界中的人性美和人情美，着重塑造了作为爱与美化身的翠翠形象。翠翠在茶峒的青山绿水中长大，大自然既赋予了她清明如水晶的眸子，也养育了她清澈纯净的性格。她天真善良，温柔恬静，在情窦初开之后，便矢志不移，执着地追求爱情，痴情地等待着情人，不管他何时回来，也不管他能不能回来。翠翠人性的光华，在对爱情理想的探寻和坚守中显得分外娇艳灿烂。结尾处所状白塔下绿水旁翠翠伫立远望的身影，散发出熠熠动人的人格力量。翠翠这一纯美动人的艺术形象显然熔铸了作者的审美理想和他本人的"一个玲珑的灵魂"，她与作者其他作品中所刻画的小女子（如《三三》里的三三、《长河》里的夭夭）一样，都是作者理想中的爱和美的化身，而与作者都市题材作品（如《绅士的太太》《都市一妇人》等）中的女性形象则形成了鲜明的对照。

　　作品中其他人物如老船工的古朴厚道，天保的豁达大度，傩送的笃情专情，顺顺的豪爽慷慨，作为美好道德品性的象征，都从某一方面展现了理想人生形式的内涵。就是当年向翠翠母亲求爱而遭拒绝的杨马兵也是那样热诚质朴，在老船工去世以后，主动承担起照应翠翠的责任，品性显得非常高洁。他们虽然个性有别，却"各自有一个厚道然而简单的灵魂"："他们心口相应，行为思想一致。他们是壮实的，冲动的，然而有的是向上的情感，挣扎而且克服了私欲的情感。对于生活没有过分的奢望，他们的心力全用在别人身上：成人之美。"① 在那里，善良厚道的人们的关系也是非常简单的，一言以蔽之，就是一个"爱"字，其中包括两性之爱、祖孙之爱、父子之爱、邻里之爱，而没有任何的机心、阴谋、私欲和倾轧。

　　作为这些人物的活动背景，作者以灵动闲静之笔渲染了茶峒民性的淳厚：这里的人们无不轻利重义、守信自约；酒家屠户，来往渡客，人人均有君子之风；"即便是娼妓，也常常较之讲道德知羞耻的城市中绅士还更可信任"。总之，这里的"一切莫不极有秩序，人民也莫不安分乐生"，俨然是一派桃源仙境。沈从文之所以对边城人性美和人情美作理想化的表现，其意就在于从人性视角出发，为湘西民族和整个中华民族的文化精神注入美德和新的活力，并观照民族性格重造的未来走向。他在谈到《边城》的创作时说："拟将'过去'和'当前'对照，所谓民族品德的消失与重造，可能从什么方面着手。"② 他期待着将这种理想化的人性"保留些本质在年轻人的血里或梦里"，去重造我们民族的性格。作者的这一创作追求无疑是建立在批判现代文明扭曲人性的基础之上的。联系沈从文全部小说来看，与《边城》相对立的，正

---

①　刘西渭（李健吾）：《〈边城〉与〈八骏图〉》，《文学季刊》第 2 卷第 3 期，1935 年。

②　沈从文：《〈长河〉题记》，《沈从文文集》第 7 卷，花城出版社、生活·读书·新知三联书店香港分店 1984 年版，第 4 页。

是那个物欲横流、道德沦丧的"衣冠社会"。

古拙的湘西风情既是健全的人性借以寄托的不可或缺的背景，又是这一理想本身有机的组成部分。小说开头三章集中笔力描绘了湘西风物景观和风俗习惯。幽碧的远山、清澈的溪水、溪边的白塔、翠绿的竹篁、河里上下行的船只、河边的吊脚楼、原始古朴的碾场等湘西特有的山水风物，为人物的活动提供了一个世外桃源式的生活环境；而端午赛龙舟、捉鸭子比赛和高山丛林中男女对歌定情等民俗事象，以及边地所特有的婚嫁礼仪、信仰习俗，都呈现出未受现代文明占据的古风犹存的边城的文化氛围。它们既为故事的发展、人物的刻画作了铺垫，使人性美和人情美的展示有了一个相应的环境，又使边城茶峒拥有了自己独特的文化品格。小说整整三章介绍湘西风情，而没有进入情节叙事，使我们充分感受到了边地的安静和平、淳朴浑厚的文化氛围。在作了充分的静态描述之后，才在整体和谐的文化氛围中，较为集中地描写了一个美丽得令人忧愁的爱情故事。面的渲染与点的凸显，故事的推进与情感的浓化，画面的组接与意境的转换，以及对朴拙的古语和流利的水上语言的使用，共同推动着《边城》走进圆熟静穆、完美和谐的审美境地。《边城》是一颗晶莹圆润的艺术之珠，其人性美与艺术美珠玉生辉，浑然一致。

研 习 导 引

《边城》究竟传达了怎样的"牧歌情调"

通常认为，《边城》显著的艺术特色之一就是其自然舒卷的牧歌情调。如李健吾当年就评论说："《边城》便是这样一部 idyllic 杰作。这里一切是谐和，光与影的适度配置，什么样人生活在什么样空气里，一件艺术作品，正要叫人看不出是艺术的。一切准乎自然，而我们明白，在这种自然的气势之下，藏着一个艺术家的心力。"[1]

不过，沈从文的学生汪曾祺却有不同的看法："提起《边城》和沈先生的许多其他作品，人们往往愿意和'牧歌'这个词联在一起。这有一半是误解。沈先生的文章有一点牧歌的调子。所写的多涉及自然美和爱情，这也有点近似牧歌。但就本质来说，和中世纪的田园诗不是一回事，不是那样恬静无为。有人说《边城》写的是一个世外桃源，更全部是误解（沈先生在《桃源与沅州》中就把来到桃源县访幽探胜的'风雅'人狠狠地嘲笑了一下）。《边城》（和沈先生的其他作品）不是挽歌，而是希望之歌。民族品德会回来么？"[2] 以《沈从文传》名世的汉学家金介甫同样重视《边城》的道德力量："沈从文宣称他的小说解释了'爱'，我们可以肯定他指的不仅仅是浪漫的爱情，因为故事围绕着一个渡船公和他孙女的关系展开。不管描写用的是现实主义手法，还是体现他的理想，沈从文坚持信仰美的力量，认为他在为社会的改善作出贡献。他以一种方式贡献了知识（军队生活和湘西——他的独特范围），以另一种方式推进了社会和道德的上升。"[3] 而另一部《沈从文传》的著者凌宇，则提出了《边城》中的苗

① 刘西渭（李健吾）：《〈边城〉与〈八骏图〉》，《文学季刊》第 2 卷第 3 期，1935 年。
② 汪曾祺：《沈从文的寂寞》，《读书》1984 年第 4 期。
③ ［美］金介甫：《沈从文笔下的中国》，邵华强编：《沈从文研究资料》下集，花城出版社、生活·读书·新知三联书店香港分店 1991 年版，第 801 页。

汉文化冲突问题："《边城》内蕴的苗族文化内涵，却是不言而喻的。这不仅是故事发生的原型地茶峒属于苗区，边城之边的本意，也是防范苗民的戍边之边。而更为重要的，是作为小说叙事深层结构的车路—马路、碾坊—渡船两组意象的对立与冲突，在本质上便是苗汉文化的对立与冲突……《边城》在骨子里，是一场苗汉文化冲突的悲剧。"① 与这种民族文化冲突论不同，在作家苏雪林当年看来，沈从文是"想借文字的力量，把野蛮人的血液注射到老迈龙钟、颓废腐败的中华民族身体里去，使他兴奋起来、年轻起来，好在 20 世纪舞台上与别国民族争生存权利"②。

沈从文小说人性书写的价值争议

沈从文称自己创作的神庙里"供奉的是'人性'"，所"表现的本是一种'人生的形式'，一种'优美、健康、自然，而又不悖乎人性的人生形式'"③。这一点，不仅为众多研究者所认同，也被视为沈从文小说最重要的艺术特色之一。

不过，关于人性与人性理念，不可能不是一个有争议的问题。撇开 20 世纪五六十年代不谈，80 年代初也有学者曾认为，沈从文"忽略或否认人在阶级社会所处的不同经济政治地位及其在人物身上的影响，亦即抹去人的思想上的阶级烙印，阉割人性中极重要的阶级性因素，结果人物也势必变成完全脱离社会现实的抽象的人，纯粹自然的人"④。2000 年，又有学者发表文章，认为沈从文小说"看重人的自然属性而轻视乃至排斥人的社会属性和精神属性"，而"丰富的社会性永远是人性真正优美健全的必要条件"，因此"沈从文的作品不是表现了人性的优美健全，恰恰相反，他的作品表现的是人性的贫困和简陋"。作家"置身于都市上流社会目睹了人性的扭曲畸形后便惊慌失措而怀念、歌颂、肯定湘西原始的丰富的人性。他忠诚地小心翼翼地守护着湘西自然儿女贫困的人性，唯恐他们失足误入现代文明中而使人性扭曲变形。可他自己却因这忠诚的守护而在人性探索的道路上失足了"⑤。

第十一章专题讲座

商昌宝：《边城》解读

吴俊：现代小说叙事模式

第十一章

拓展研读资料

① 凌宇：《沈从文创作的思想价值论》，《文学评论》2002 年第 6 期。

② 苏雪林：《沈从文论》，《文学》第 3 卷第 3 期，1934 年。

③ 沈从文：《〈从文小说习作选〉代序》，《沈从文文集》第 11 卷，花城出版社、生活·读书·新知三联书店香港分店 1984 年版，第 45 页。

④ 吴立昌：《论沈从文笔下的人性美》，《文艺论丛》第 17 辑，上海文艺出版社 1983 年版。

⑤ 刘永泰：《人性的贫困和简陋——重读沈从文》，《中国现代文学研究丛刊》2000 年第 2 期。

第十二章 30年代新诗

第一节 30年代新诗概述

中国现代新诗主要是在思想启蒙的高潮中产生,在个性解放和社会解放的合流中发展,诗歌潮流的形成主要是由不同的诗歌形式的探索来决定。30年代,诗歌潮流呈现两种趋向,即"向内转"(回到自身)与"向外转"(面向社会),正如卞之琳所说:这时期的诗人,"面对狰狞的现实,投入积极的斗争,使他们中大多数没有工夫多作艺术上的考虑,而回避现实,使他们中其余人在讲求艺术中寻找了出路"①。

传承新诗艺术主潮与探索的,是新月派后期诗人和现代派诗人。他们传承了新文学对于人的发现,张扬个性主义与人道主义,专注于主体精神世界的抒写,继续执着于新诗艺术美的追求。新月派在1927年以后的活动由北京转移至上海,新月派诗歌的主要创作力量是徐志摩、陈梦家、孙大雨、叶公超、梁宗岱、饶孟侃、林徽因、方玮德、卞之琳等人,闻一多已经基本上停止了诗歌创作。他们的主要阵地是1928年创刊的《新月》(月刊)和1931年创刊的《诗刊》(季刊)。1931年11月,徐志摩因飞机失事遇难,《诗刊》由邵洵美接编,出至第4期停刊。新月派后期活动以经营新月书店和刊行《新月》《诗刊》为主,1933年6月无形解体。1931年9月,陈梦家在其所编选的《新月诗选》的序中指出:"主张本质的醇正,技巧的周密和格律的谨严差不多是我们一致的方向","我们只为着诗才写诗",此可视为后期新月派的诗歌宣言。后期新月派诗人主张纯粹的自我表现和为艺术而艺术,严肃认真的艺术追求和唯美的艺术观使他们在艺术上取得了耀人的诗果。后期新月派异于前期的特性可以概括为两个方向的新变:一是向内朝着更为隐幽的精神领域的开掘,显示了与世界现代主义思潮的合流;二是向外的扩展,部分新月诗人跳出前期坚执的小我,显示出走向时代社会的新倾向,集中表现在他们生活视野的扩大和作品题材的拓展。而后期新月派给予诗坛重要影响的则主要是前者。象征主义的纯诗理论使后期新月派诗歌超越了前期新月派诗歌的古典含蓄的风格特征,显示出明晰的现代象征主义诗歌的特征。T.S.艾略特及其《荒原》等对新月派诗人创作的影响主要表现在三个方面,即主智化倾向、非个人化倾向的出现和荒原意识的崛起。艾青曾经说过,中国现代

---

① 卞之琳:《戴望舒诗集·序》,《戴望舒诗集》,四川人民出版社1981年版。

文学史上的现代派诗是由新月派和象征派演变而来的。① 后期新月派以其独有的诗学理论和创作参与了 30 年代中国现代主义诗歌的合奏。

1932 年 5 月，施蛰存受现代书局委托创办文艺刊物《现代》，至 1934 年 11 月的第 6 卷第 1 期，共出刊 31 期。《现代》所刊诗歌的"思想、风格、题材，都并不一致"，但其中相当多的诗都包含着先锋意识，从艺术到思想都有若干共同倾向，当时就有评论称为"**现代派**"。戴望舒是主将，施蛰存、南星、玲君、陈江帆、侯汝华、李心若、史卫斯、金克木、林庚、路易士、禾金、何其芳、徐迟、废名等人在题材选择、审美趣味、语言风格和艺术表现手法方面都有近似之处，他们以刊物为中心，形成一支较稳定的诗人群。此后，卞之琳在北平编《水星》文艺杂志（1934 年 10 月—1935 年 3 月），所刊诗歌与《现代》呼应，共同推动着这股新诗潮向前发展。1936 年 10 月，戴望舒主编《新诗》杂志，并邀请卞之琳、冯至、孙大雨、梁宗岱参与，把现代派诗潮推向高潮。与此同时，在《现代诗风》《星火》《菜花》等刊物上也蔓延着这股诗潮。现代派诗人的代表性诗集有《望舒诗稿》（戴望舒，1937）、《鱼目集》（卞之琳，1935）、《汉园集》（何其芳、卞之琳、李广田三人合集，故三人有"汉园三诗人"之称，1936）、《预言》（何其芳，1945）、《二十岁人》（徐迟，1936）、《绿》（玲君，1937）、《石像辞》（南星，1937）、《春野与窗》（林庚，1934）等。抗战全面爆发后，现代诗人群急剧分化，现代派诗潮走向式微，其艺术风格和表现手法则为 40 年代的九叶诗人所继承和发展。

现代派诗植根于 30 年代的社会人生。对其倾向，施蛰存曾在《现代》第 4 卷第 1 期上发表的《又关于本刊中的诗》中作了这样的表述："《现代》中的诗是诗，而且是纯然的现代诗。它们是现代人在现代生活中所感受的现代的情绪，用现代的词藻排列成的现代的诗形。"现代派诗受益于法国象征诗纯粹诗歌观念的辐照，与以李金发为首的初期象征派倡导的纯粹诗歌一脉相承。现代派诗人们注重表现"现代生活"和"现代情绪"，强调诗的词藻和形式要充分自由地表现诗人的情思，他们认为："没有脚韵的诗，只要作者写得好，在形似分行的散文中，同样可以表现出一种文字的或诗情的节奏。"② 现代派诗人群主要由两部分人构成：一部分是由时代的峰巅跌落下来的弄潮儿，血腥的屠杀绞杀了他们心中绚烂的长虹；另一部分是刚走出学院围墙而满怀愤世或梦幻之情的沉思者，他们未经革命浪潮即已跌进梦一般寂寞的深谷。自身思想心态和审美价值取向决定了他们创作内容的基本走向，即与社会公众主题的疏离，更多聚焦于内心世界，抒写自我的情绪与感觉。例如何其芳把这时期自己写诗的道路称为"梦中道路"，他的《预言》《季候病》《再赠》等诗，对于美丽的梦的寻求和对于爱情的怀想纠缠在一起，带着热情的甜蜜和透明的忧郁。废名的代表作《十二月十九夜》写面壁对灯，超越现实，进入了思悟的境界，在深玄的背景下，透露出现代人的孤独感。林庚的《沪之雨夜》《夜行》《空心的城》等诗，表现了敏感的知识者身处繁杂的现代社会中所产生的现代人的忧郁、寂寞和隔膜。虽然如此，仍然可以在这些诗中感受到时代脉搏的跃动和活着的不甘屈服与沉沦者灵魂的闪光。

现代派诗在艺术探索上表现出强烈的现代意识和对于民族艺术传统的向心力，对新诗艺术的提高作出了重要贡献。从外国诗艺渊源看，现代派诗人主要受到了法国象征派诗歌、美国意

---

① 艾青：《中国新诗六十年》，《文艺研究》1980 年第 5 期。
② 施蛰存：《给吴某的回答》，《现代》第 3 卷第 5 期，1933 年。

象派诗歌运动和以 T.S.艾略特为代表的现代主义诗潮的影响。就中国诗歌传统看，现代派诗人更多地注意继承和发展晚唐五代李商隐、温庭筠一路纯粹诗的传统。创作着重于写自己内心的情绪和感觉，传达中又给这些情绪与感觉以一种迷离惝恍的外衣。晚唐诗词中不同于盛唐诗的透明清晰、情调和表现方法，很合现代派诗人群注重隐藏蕴蓄、追求象征的审美情趣，也使他们从这里找到同西方的象征派诗、意象派诗、现代主义诗歌之间的艺术契合点。现代派诗在中外诗歌艺术的融汇点上建立起了属于自己的诗歌美学，其共同的审美原则是追求隐藏自己和表现自己巧妙结合的朦胧美；在表现方法上反对即兴创作和直接抒情，运用隐喻、象征、通感等手法实现情绪的意象化，把心中隐约的、难以描述的情绪转化为具体可感的形象。现代派诗歌意象繁复、内涵丰富、组合奇特，被称为"意象抒情诗"。为了表达新异的诗情诗意，现代派诗尽力捕捉奇特的观念思绪，表现了繁复的诗情和知性，给读者一种新的感受。在诗体形式上，现代派诗创造了具有散文美的自由诗体，在那些成熟的现代派诗中，字句的节奏完全被情绪的节奏所代替，自然流动的口语准确地传达了诗人对复杂、精微的现代生活的感受。也有部分诗人如卞之琳等人这时期的新诗仍注重语言音乐性的经营[1]。

政治抒情诗的兴盛是30年代初突出的文学现象。1927年大革命失败后，郭沫若很快出版了诗集《恢复》。《恢复》中的大部分诗歌格调高昂，激情澎湃，抒写了革命情怀，表达了对敌人的愤怒和对革命前途的坚定信念，是典型的政治抒情诗。其后，殷夫、蒋光慈、钱杏邨、冯宪章等也创作了大量的政治抒情诗。其中殷夫的诗作相对较为出色。殷夫（1909—1931），浙江象山人，原名徐柏庭，学名徐祖华，另有笔名白莽等。1929年起在上海从事党的地下活动，1931年2月被国民党政府秘密杀害，年仅22岁。生前曾自编有《孩儿塔》《伏尔加的黑浪》《一百零七个》《诗集》4本诗集。由于殷夫善于将自我的思想情感与政治原则较好地结合起来，注重真情实感的表达，因此，写出了一些动人的作品，如《别了，哥哥》《血字》《议决》《一九二五年的五月一日》等。他的政治抒情诗在思想感情和艺术表现上都有鲜明的个性特点。由于他的诗作善于表达革命斗争的激情，洋溢着革命的英雄主义精神，因此这些诗被称为"红色鼓动诗"。在诗歌取材上，他能大处着眼，小处落笔，有时还善于抓住典型的材料和富有表现力的细节，深入挖掘。在艺术上，他注意真情实感的表现，形象性和议论性能够较好结合，语调激越，节奏铿锵，语言既精警凝练，又有一定的大众性。鲁迅曾在《白莽作〈孩儿塔〉序》中对殷夫的诗歌给予高度评价："这是东方的微光，是林中的响箭，是冬末的萌芽，是进军的第一步，是对于前驱者的爱的大纛，也是对于摧残者的憎的丰碑。一切所谓圆熟简练，静穆幽远之作，都无须来作比方，因为这诗属于别一世界。"[2]

中国诗歌会诗人的诗歌创作亦可归入政治抒情诗。1932年9月，由左联诗歌组发起组织的中国诗歌会于上海成立，主要发起人有黄浦芳（蒲风）、穆木天、杨骚、森堡（任钧）等，1933年2月创办《新诗歌》旬刊（后改半月刊、月刊，1934年12月停刊，共出版2卷10期）。该会还在北平、广州、青岛、天津、湖州以及日本东京等地成立分会，柳倩、王亚平、胡楣（关露）、奇玉（石灵）、温流、雷溅波、陈残云、袁勃等都是会员。中国诗歌会注重诗歌的现实性，提倡诗歌的大众化。穆木天在《新诗歌·发刊词》中提出这一诗派的共同创作

---

① 参见骆寒超：《现代主义诗潮》，《新诗主潮论》，上海文艺出版社1999年版，第301—449页。
② 鲁迅：《且介亭杂文末编·白莽作〈孩儿塔〉序》，《鲁迅全集》第6卷，人民文学出版社2005年版，第512页。

纲领："我们要捉住现实，歌唱新世纪的意识"，要使"诗歌成为大众歌调"，诗人"自己也成为大众的一个"。"捉住现实"，就是及时、迅速地反映现实的社会和人生，从事反帝抗日和反专制的斗争，强调诗的意识形态化，认为诗歌内容应该包含三种要素：第一，理解现制度下各阶级的人生，着重大众生活的描写；第二，有刺激性，能够推动大众的；第三，有积极性的，表现斗争或组织群众的。大众歌调，就是创造大众化和通俗化诗歌，大量采用歌谣、小调等民间诗体，倡导"诗歌应当与音乐结合在一起，而成为民众歌唱的东西"，使诗歌普及到群众中去。1935年冬，中国诗歌会的诗人热心投身抗日救亡运动，并出版了国防诗歌丛书。其后，中国诗歌会的大多数诗人参加了1937年4月成立的中国诗人协会。

中国诗歌会的诗人创作了大量体现其诗学主张的诗歌。影响较大的诗人有蒲风、穆木天、任钧、杨骚、王亚平、柳倩等。蒲风（1911—1942），广东梅县人，原名黄日华，是中国诗歌会的代表性诗人，出版有诗集《茫茫夜》《摇篮曲》《生活》《钢铁的歌唱》和长篇叙事诗《六月流火》等。蒲风的诗歌能够及时反映重大题材，表现工农大众的生活与斗争，突出对实际革命运动的鼓动作用。他的诗大都采取直接描摹，重视具体叙述，即使是一些抒情诗，也常融入情节因素。蒲风还积极倡导和实践文艺大众化，诗歌语言朴实通俗。当然，上述诗歌追求也使蒲风的诗作产生了抽象喊叫和政治图解的缺点。中国诗歌会诗人尝试讽刺诗、儿童诗、朗诵诗、大众合唱诗等新诗体，在诗歌大众化方面取得了值得称道的成绩。尤其是创作了大量的长篇叙事诗，如杨骚的《乡曲》、穆木天的《守堤者》、王亚平的《十二月的风》、柳倩的《震撼大地的一月间》、温流的《我们的堡》、江岳浪的《饥饿的咆哮》等。茅盾对此作了充分肯定："这是新诗人们和现实密切拥抱之必然的结果。主观的生活的体验和客观的社会的要求，都迫使新诗人们觉得抒情的短章不够适应时代的节奏，不能把新诗从'书房'和'客厅'扩展到十字街头和田野了。""在底层的新的文化运动的意义上，这简直可说是新诗的再解放和再革命。"①

30年代还有一批以臧克家、艾青、田间等为代表的诗人，他们既能坚持现实主义的创作原则，注重反映中国社会的乡土人生，又能注意吸收现代主义的艺术表现方法；既不像中国诗歌会的诗人那样图解政治，又不像新月派和现代派的有些诗歌那样常常唯美主义地摆弄技巧，因此，个性意识、时代内容、艺术形象及艺术形式能在他们的创作中得到较好的结合。**臧克家**（1905—2004），山东诸城人，是一位出自新月派之门又兼收各派之长的诗人。1932年开始在《新月》月刊上发表新诗，1933年自费出版第一部诗集《烙印》，以后又出版了《罪恶的黑手》（1934）、《自己的写照》（1936）、《运河》（1936）等诗集。他用冷峻中带有热情的笔，写出中国农民的深远的苦痛和坚忍，仇恨与不平，为新诗反映农村生活开辟了天地。他的《烙印》《老马》《当炉女》《难民》等，都是有名的诗篇。臧克家的诗显示着他自称的"坚忍主义"：严肃地正对现实生活中的险恶和苦难，"从棘针尖上去认识人生"；带着倔强的精神，沉着而有锋棱地去迎接磨难，尽管"不知道要去的地方"，也不敢确信自己还有力量，却坚信暗夜的长翼底下，伏着一个光亮的晨曦。诗人认为，在人生的搏击中，只有为了生活的挣扎，"留住你身上的沉痛"才是真实的。这种"坚忍主义"，形成了臧克家不肯粉饰现实，也不肯逃避现实的清醒的现实主义。臧克家追求生活的坚实与艺术完整的统一，注重吸收古典诗歌凝练含蓄的特

① 茅盾：《叙事诗的前途》，《文学》第8卷第2期，1937年。

点，苦心于词句与用字的锤炼。由于臧克家诗作注重表现中国的农村生活，有着浓郁的乡土气息，在当时便被称为"农民诗人""乡土诗人"。朱自清认为，正是从臧克家开始，中国现代诗歌"才有了有血有肉的以农村为题材的诗"[1]。田间和艾青的诗歌创作开始也是以农村生活为题材的。艾青（1910—1996）于 1933 年年初在狱中第一次以"艾青"的笔名创作了他的成名作《大堰河——我的褓姆》。1936 年 10 月，他自费出版了第一部诗集《大堰河》，引起了很大反响。艾青吸收象征派诗歌的抒情艺术，以宏阔的胸襟、广泛的题材、深邃的情感、自由的形式和象征与写实相结合的手法，赢得了很高的声誉，被胡风誉为"吹芦笛的诗人"[2]（第十八章专节介绍）。田间（1916—1985）受苏联未来派诗人马雅可夫斯基创作的影响，给 30 年代的诗坛带来另一种特异的风格。30 年代他先后出版了诗集《中国牧歌》(1933)、《未明集》(1935)、叙事长诗《中国农村底故事》(1936) 等。以短促、跳跃的诗行和变形的意象传达急促而紧张的时代节奏和自己内心的热情与骚动，是这一时期田间诗的主要特点。

全面抗战爆发后，30 年代前期和中期两大诗潮的对峙，仿佛一夜间陡然消失，几乎所有的诗人都唱起了民族解放的战歌。

第二节　戴望舒　卞之琳

被称为体现了"新诗的第二次整合"[3] 的，是戴望舒。**戴望舒**（1905—1950），原名戴梦鸥，浙江杭州人。1923 年入上海大学中文系学习，1925 年秋转入震旦大学学习法文，此间开始从事文学创作。20 年代后期始，陆续在《无轨电车》和《现代》等杂志上发表诗作，是现代诗派的代表性作家。1929 年出版第一部诗集《我底记忆》后，先后出版诗集《望舒草》(1933)、《望舒诗稿》(1937)、《灾难的岁月》(1948)，共存诗 90 余首。"这九十余首所反映的创作历程，正可说明'五四'运动以后第二代诗人是怎样孜孜矻矻地探索着前进的道路。"[4]戴望舒的新诗既映现了 20—40 年代的历史风云，也包含着一代知识分子曲折的思想历程，还记载着中国现代主义诗歌从幼稚到成熟的成长道路。

戴望舒的成名作是发表于 1928 年 8 月《小说月报》第 19 卷第 8 期的《雨巷》。诗作发表后，在当时广为流传，作者也因此被称为"雨巷诗人"。这首诗典型地反映了当时知识青年苦闷、幻灭、彷徨而又对理想充满期盼的复杂心态。《雨巷》的诗句长短错落，音调和谐，节奏低沉徐缓，多次使用的复沓手法增强了诗歌的抒情气氛，美化了诗歌的韵律，将对音乐美的追求推到了极致，叶圣陶称赞这首诗是"替新诗底音节开了一个新的纪元"[5]。戴望舒的新诗创作经历了从早期浪漫主义的感伤抒情到成为现代派代表诗人的发展过程。诗集《我底记忆》中的"旧锦囊"一辑 12 首诗可视为诗人的初期创作，"雨巷"一辑 6 首诗标志着向现代派诗的过渡，"我底记忆"一辑收诗 8 首，显示出诗人的创作开始进入成熟期。诗集《望舒草》收录了诗人最具代表性的作品，诗人找到了"新的情绪和表现这情绪的形式"。诗集《灾难的岁

---

① 朱自清：《新诗的进步》，《新诗杂话》，作家书屋 1947 年版。
② 胡风：《吹芦笛的诗人》，《胡风全集》第 2 卷，湖北人民出版社 1999 年版，第 454 页。
③ 龙泉明：《中国新诗流变论》，人民文学出版社 1999 年版，第 323 页。
④ 施蛰存：《戴望舒诗全编·引言》，浙江文艺出版社 1989 年版。
⑤ 参见杜衡：《望舒草·序》，《现代》第 3 卷第 4 期，1933 年。

月》显示了诗人新的转折点，诗集中的前9首可视为他的成熟期创作的余绪，而写于1939年的《元日祝福》以及其后陆续创作的诗歌，表明诗人的创作在思想上和艺术上都发生了新变。

戴望舒前期的作品多写爱情苦闷和个人忧郁。《夕阳下》所抒发的是一种说不清道不明的愁苦伤感的情绪，预示着诗人诗作情绪的基本走向。《雨巷》则在低回而优美的调子里，抒发了浓重的失望和彷徨的情绪。这种忧伤的情调在成熟期有所发展，《林下的小语》《单恋者》《我的素描》等都使低回抑郁的情绪得到完美的表达，呈现在诗中的是两类抒情形象，即忧伤的孤独者和飘忽愁怨的少女。忧郁、伤感的情绪，正是诗人在现实与梦想、生存环境与生命渴求的矛盾冲突中产生的一种强烈的无所依傍的精神状态。在戴望舒诗歌的忧伤的律动中始终徘徊着一个寻梦者不息的灵魂。《乐园鸟》中那不分四季昼夜，"没有休止"地做着"永恒的苦役"般飞翔的华羽的乐园鸟，是痛苦地寻求失去的梦的"天国"的诗人自

诗当将自己的情绪表现出来，而使人感到一种东西，诗本身就像是一个生物，不是无生物。

——戴望舒

我象征。《寻梦者》更是他的精神世界的雕像。诗人写了梦的美丽，更写了寻梦者的艰辛："当你鬓发斑斑了的时候，/当你眼睛朦胧了的时候，/金色的贝吐出桃色的珠……于是一个梦静静地升上来了。"寻梦者顽强而执着的追求精神特征得到了完美的体现。戴望舒诗中的这些内容，植根于那一特定的社会人生，也同多年来的挣扎只换来一颗充满泪水的心的诗人经历有关。

历来的评论拒绝戴望舒的那些更具探索意味的诗，称之为"观念和词藻的游戏"，认为这是戴望舒"越来越深地走进了虚无主义"[①]的表现。其实，戴望舒诗歌创作对新诗史的贡献正是在于他的现代诗艺探索。戴望舒是一位富有艺术自觉意识的诗人，他将民族特点、个人特点和名副其实的"现代"风味融为一体，"上接我国根深柢固的诗词传统这种工夫的完善，外应（迎或拒）世界诗艺潮流变化这种敏感性的深化，而再也不着表面上的痕迹"[②]。他带着中国晚唐温李那一路诗的影响进入诗坛，其时正值新月派诗人大力介绍英美浪漫派诗歌及其理论、提倡新诗格律化之时。在这一背景下，戴望舒受到了法国浪漫派作品的影响。20年代后期，他转向法国象征派诗歌艺术的借鉴。在《雨巷》阶段，主要受魏尔伦的影响，追求诗的音乐性和形象的流动性，以及主题的朦胧性。《望舒草》时期，戴望舒转向法国后期象征派诗人福尔、果尔蒙、耶麦那种更为自由的、朴素亲切的诗风，欣赏果尔蒙的诗"有着绝端地微妙——心灵的微妙与感觉的微妙"[③]。戴望舒在1932年10月到法国之后，"兴趣又先后转到法国和西班牙的现代诗人"，这些诗人对他的创作多少都产生过影响，包括法国诗人爱吕雅、苏佩维埃尔，

---

① 艾青：《戴望舒诗选·序》，《戴望舒诗选》，人民文学出版社1957年版。

② 卞之琳：《戴望舒诗集·序》，《戴望舒诗集》，四川人民出版社1981年版。

③ 戴望舒：《西莱纳集·译后记》，《戴望舒诗全编》，浙江文艺出版社1989年版，第236页。《现代》上一则关于《望舒草》的广告强调指出，戴诗的"特殊魅惑"，"不是文字的，也不是音节的，而是一种诗的情绪的魅惑"。

西班牙诗人洛尔迦等①。戴望舒还受到瓦雷里、波德莱尔等人的影响。这些影响是统一于戴望舒的诗艺探索之中的，他把这种探索同民族现实生活、古典诗歌艺术融合，从而形成了成熟期的独特风格。他的诗作在表现内在灵魂的深度与传达的隐藏适度方面，体现着带有东方特征的民族性很强的现代审美原则与艺术追求。

在诗歌对象的审美选择上，戴望舒成熟期的作品在日常生活中寻觅抒情意象，在微细的琐屑事物中发现诗。江南"雨巷"的凝视，一切有灵魂没有灵魂的东西的"记忆"，深闭而荒芜的"园子"，相对而视的一盏"灯"，都开掘出了令人深思凝想的诗意。如《秋蝇》把一只寒风中垂死的秋蝇作为抒情意象，诗人在抒写时突出了秋的繁杂和寒冷，并在这一背景下逐层推进写了秋蝇垂死时的痛苦挣扎，隐喻了在当时的社会摧残之下的个人的痛苦，也暗示了作者对人的生与死的思考，成为现代新诗的一朵奇葩。杜衡根据戴望舒有关"诗是由真实经过想象而出来的，不单是真实，亦不单是想象"的看法，将戴诗特点归结为"把'真实'巧妙地隐藏在'想象'屏障里"，认为"它包含着望舒底整个做诗的态度，以及对于诗的见解"，对当时诗坛自我表现的狂叫和坦白奔放地直说的诗风，是一种有力的反拨。

戴望舒认为诗是诗人隐秘灵魂的泄露，创作动机"是在于表现自己与隐藏自己之间"。他运用象征、隐喻的意象与曲折、隐藏的手法，委婉地展现主观心境，把情绪和意绪客观化。这种表达特点造成了戴望舒诗歌从情绪、意象到语言都具有朦胧美。《印象》连用七个意象组合成一个虚幻缥缈的境界，来暗示某种缥缈恍惚的记忆和绵延不绝的寂寞，情思隐约，意境深邃。《古神祠前》运用扩展性的流动意象，"我多少的思量"开始是一只蜘蛛，接着变为生出翼翅的蝴蝶，后又化作一只云雀，最后忽而幻化成一只翱翔于青天的鹏鸟，意象随着诗人的潜意识流动，暗示生命缥缈不定，无从捉摸，表现诗人蛰伏在心底的惆怅、怨思越来越广。这类诗歌打破了传统写实主义诗歌的表达方式，把不确定的复杂的主题和情绪隐含在朦胧的形象里，以简单的形式蕴含了多层次的丰富的内容。

从《我底记忆》后，戴诗追求"全官感或超官感"的意象，通过通感、隐喻等方式，形成语言出神入化的奇幻之美，它是全官感与超官感的绞结，给读者以新鲜的感觉。如《路上的小语》："给我吧，姑娘，你底像花一样地燃着的，/像红宝石一样地晶耀着的嘴唇，/它会给我蜜底味，酒底味。"着重感觉的复合性，并赋予感觉意象以丰富的心理内涵，写出内在诗情的微妙感受，显示出戴望舒与法国后期象征诗人深厚的血缘联系。《灯》里写道："太阳只发着学究的教训，/而灯光却作着亲切的密语。""灯光"由视觉转化为听觉，又把两种感觉对比，构成活的情绪的表达。在《不寐》结尾有："让沉静底最高音波/来震破脆弱的耳膜吧。/窒息的白色的帐子，墙……/什么地方去喘一口气呢？"这种夸张使视觉与听觉相沟通，表现诗人耳鸣目眩的痛苦情状。

戴望舒诗歌摆脱了音乐的束缚，运用自然的现代口语，服从于诗人情绪展开需要的内在节奏，创造了具有散文美的现代自由体诗。这种诗"在亲切的日常说话调子里舒卷自如，锐敏，准确，而又不失它的风姿，有节制的潇洒和有工力的淳朴。日常语言的自然流动，使一种远较有韧性因而远较适合于表达复杂化、精微化的现代感应性的艺术手段，得到充分的发挥"②。

① 参见龙泉明：《中国新诗流变论》，人民文学出版社1999年版，第346—351页。
② 卞之琳：《戴望舒诗集·序》，《戴望舒诗集》，四川人民出版社1981年版。

如《我底记忆》选用了亲切自然的口吻，叙说着诗人幽怨哀郁却真实的心境，注意情绪流动的自然，所有的艺术手段都服从于娓娓诉说式的特定情调。意象物境日常生活化，诗句的排列自由化，有意识地摒弃了外在的音韵节奏和字句雕琢，这样就更便于表达对复杂精微的现代生活的感受，比格律诗更有弹性①。

1937年全面抗战爆发后，戴望舒投身于民族解放斗争的行列，诗的内容和格调发生变化，1939年写的《元日祝福》是这种变化的标志。此后写的一批诗作，关注国家、民族的命运，在民族苦难中审视个人的不幸，回荡着强烈的爱国主义的激情，格调由前期诗歌的幽玄、枯涩转变为明朗、雄健。《狱中题壁》表达了对抗日义士的歌颂，《我用残损的手掌》表达了对山河破碎的切肤之痛，对抗战后方的向往和礼赞，《心愿》《口号》表达了对抗战胜利的期待和信心，《偶成》洋溢着胜利的狂喜。这时期的一些诗如《元日祝福》《心愿》《等待》等直接抒情，《狱中题壁》《过旧居》《示长女》《赠内》等寄情于事或寄情于景，写实与象征结合。《我用残损的手掌》则受到了法国超现实主义诗人爱吕雅、苏佩维埃尔等的影响，创造了一个新的艺术境界。诗写的是一种幻象中的世界。诗人不是在现实世界中写感觉，而是在感觉幻象世界中写想象。这样，一切似乎是真实现象，又都是他潜在世界的心像，是感觉的真实，又是超现实的幻象中的诗人的真实。因此卞之琳认为这首诗也"应算是戴望舒生平各时期所写的十来首最好的诗篇之一"。

卞之琳（1910—2000），江苏海门人，毕业于北京大学英文系，著有诗集《三秋草》（1933）、《鱼目集》（1935）、《汉园集》（1936，与人合集）、《慰劳信集》（1940）、《十年诗草》（1942）等，另有多种译著、论著。卞之琳不是一个多产的诗人，70年间只发表了170首左右的诗，人民文学出版社出版的《雕虫纪历1930—1958》（1979年初版，1984年增订版）是卞之琳新诗的重要选集。② 卞之琳的诗歌创作，由于其思想情调和艺术表现的独特性，在相当长的时期里不被看好，也少有学者深入研究，直到80年代以后这种状况才有所改观。

"卞之琳既吸收了从法国象征派到英美现代主义诗歌的影响，又将中国传统哲学和艺术思想创造性地融会于一身，独辟蹊径，凝成了自己独特的诗的结晶。"③ 诗人自己说写白话新诗，既是"欧化"，又是"古化"，"一则主要在外形上，影响容易看得出；一则完全在内涵上，影响不易着痕迹"④。按照卞之琳自己的说法，他的诗作可以1938年为界，分作前、后两期。

卞之琳是后期新月派诗人。他的第一本诗集《三秋草》由新月书店出版。在他最初的创作中，受到新月时期的徐志摩、闻一多的熏陶，同时又接受波德莱尔的影响。1932年后，他广泛地接受了东西方诗歌的艺术手法：中国古代的李商隐、温庭筠、姜白石等，现代新月派诗人，以及西方的波德莱尔、魏尔伦、T.S.艾略特、叶慈、里尔克、纪德、瓦雷里等现代诗人的

---

① 番草对此评价说，由于戴望舒所起的作用，中国新诗从"白话入诗"的白话诗时代进到了"散文入诗"的现代诗时代。后来艾青在40年代提倡"诗的散文美"，影响很大。但艾青承认，散文美这个主张不是他的发明，戴望舒在写《我底记忆》时就已经这样做了。参见艾青：《与青年诗人谈诗》，《艾青全集》第3卷，花山文艺出版社1991年版，第461页。

② 1982年，香港印行卞之琳的《雕虫纪历1930—1958》（增订版），并作了这样的介绍："卞诗继承中国诗传统，借鉴西方现代诗新风，独辟蹊径，形式、语言、风格有一贯的个人特色，亲切、含蓄又多变化。"参见卞之琳：《雕虫纪历1930—1958》（增订版），生活·读书·新知三联书店香港分店1982年版。余光中认为卞之琳"绝对是一流的诗人"。参见余光中：《新诗的赏析——"中文文学周"专题讲演》，香港《中报月刊》创刊号，1980年2月。

③ 唐祈：《卞之琳与现代主义诗歌》，袁可嘉等主编：《卞之琳与诗艺术》，河北教育出版社1990年版，第19页。

④ 卞之琳：《雕虫纪历1930—1958·自序》，人民文学出版社1979年版。

创作技巧，从而形成了自己的现代诗风。卞之琳在
1933—1937 年的创作，诗艺臻于成熟，尤其是他在
1935 年所写的《距离的组织》《尺八》《圆宝盒》《白
螺壳》《断章》《音尘》等，可以看作卞之琳诗作成
就的顶峰。袁可嘉曾用"上承'新月'，中出'现
代'，下启'九叶'"来肯定卞之琳这一时期创作
的特殊地位，认为"他和其他诗人一起推动新诗从
早期的浪漫主义经过象征主义，到达中国式的现代
主义"[1]。

卞之琳认为写诗是把生活经验中那些最深沉的
感受，通过艺术过程，使之结晶升华，成为艺术
品，起艺术的社会作用。他写诗时的克制、淘洗与
提炼，都是循着这个倾向有意而为之的。这个倾向
决定了他的诗歌创作的特征。就诗的内容说，诗作
是诗人对人生体验与沉思的结晶。初期的诗多写下
层生活，曲折反映了当时的社会现实，用冷隽的调
子掩盖着深挚的感受。《酸梅汤》写人力车夫和卖
酸梅汤的老人，感叹生活的无可奈何与季节的代
序，深层意蕴是时间的流逝与生存的困窘。《几个
人》写"一个年轻人在荒街上沉思"，眼前几个人

你站在桥上看风景，看风景人在楼上
看你。

——卞之琳《断章》

生活的无聊与乖谬，一片光景的凄凉。《叫卖》写街头小贩的生活。《路过居》写茶馆里麻木、
贫困的众生相。《尺八》和《春城》等作品则体现了诗人的历史意识的深度。卞之琳在相当一
部分诗中探索宇宙和人生哲理，体现了追求感性和理智统一的趋向，诗人把哲理的思考完全溶
化在象征性的意象之中，隐藏在抒情整体构造的深处。《断章》哲理与形象巧妙融合，写出了
事物的相对性。《距离的组织》有意识地利用因科学、哲学、人文科学的发展而改变了的诗人
的思维与感受来建构诗的意境。时空相对的宇宙意识与关切祖国存亡的社会意识互相交错，使
诗具有丰富的内涵和全新的感受。《圆宝盒》中的"圆宝盒"象征着圆满的生命、理想和生
活，诗表现出来的是感叹日子的流逝，珍惜无尽时间长河里的生命的思想。卞之琳还有些诗写
爱情，如《无题》五首，写的是一粒种子的突然萌发，以至含苞，预感到最终会落空的这样
一段情事。作者自认这组诗首先是专为迎合当年同辈女友当中特殊一位的"妙趣"，但意义超
出了一般爱情诗，这些诗仍然是他玄思的流露。

卞之琳在诗的技巧探求上，融会传统的意境与西方的戏剧性处境，化合传统的含蓄与西方
的暗示，尤其是卞诗"常倾向于写戏剧性处境，作戏剧性独白或对话，甚至进行小说化"[2]。
如《路过居》传达出旧日北平低级小茶馆的典型风味，具有极高的客观真实性。《酸梅汤》则
运用戏剧独白体抒写。卞之琳的诗注意自我意识的客观化，作者的自我意识出离了中心而遁

---

① 袁可嘉：《略论卞之琳对新诗艺术的贡献》，《文艺研究》1990 年第 1 期。
② 卞之琳：《人与诗：忆旧说新》，生活·读书·新知三联书店 1984 年版，第 10 页。

化。有的诗中第一人称"我"非我，如《鱼化石》题下注明是"一条鱼或一个女子说"；有的诗中第三人称"他"即是我，如《航海》中"多思者"就可以认为是诗人自己；有的诗中第二人称"你"即我，如《白石上》"以独白写成，但说话人和听者身份却不明确。'你'可以是任何一个人，也可以是诗人自己。如果'你'想象有人对你这样说，'你'也即是'我'了"①。有些诗可以互换"我""你""他"人称，如30年代前期和中期的大多数诗。卞之琳的诗采用主体声音的分化和对话化方式，创造了中国新诗的现代文本。② 如《春城》通篇用说话的调子，但不是单一的调子，而是几种不同的声音。而所有的声音都具有相对的独立性，虽在作者的意识上展开，但诗人自己遁化在一切声音之外。卞之琳诗艺的另一特点是以暗示和象征构成隐晦的艺术境界。由于诗人把握世界的思维方式的独特性和主体表达的复杂性，并运用深层象征给自己的玄思赋形，由于诗人重意象创造而省略联络，繁复的组织法造成了诗意表达的丰富和朦胧，所以读卞诗需要破译。如《归》，把丰富的内容压缩到四行诗中，前三行写归的种种追求，第四行写这种追求的悲观结局：无处可归，终于归向"灰心"。诗句简化、浓缩、表达上的跳跃同绵密的理意，增加了读解的难度。综观卞之琳成熟期诗歌的艺术探索，在诗篇低回的情调和法国象征主义技法的汲取上，与这时期戴望舒等现代派诗人有共同特征，但在知性与感性结合上，开辟以冷静的哲理思考为特征的现代智慧诗，在诗篇的组织严密繁复上，使内蕴意义无限延伸，表达出现代人复杂敏锐的感情等方面，又与现代派不少诗人的诗不同，形成了个人的独特风格。

卞之琳的诗歌基于言语本身的音乐性，讲究格律，尤其是音顿、音韵和体式。他主张以顿建行，基本的主张是：以二三个单音字为主构成顿（"音组"），由一个或几个顿可以成为一个诗"行"，由几行划一或对称安排，加上或不加上脚韵安排，就可以成为一个诗"节"，一个诗节也可以独立成为一首诗，几个或许多个诗节划一或对称安排，就可以成为一首短诗或一部长诗。卞之琳自谓除了初期，除了少数自由诗，自己一直有意识地这样写诗。卞之琳以顿的参差均衡构成了诗的节奏特征，以韵的呼应变化造成诗的音响效果。繁复的韵式是卞诗的主要特点。如《白螺壳》有意识地套用瓦雷里《棕榈》（Palme）一诗的复杂韵式，每节10行，韵脚排列为 ababccdeed，兼用了交韵、随韵和抱韵。卞诗押韵方式的多样化，还见于对阴韵、复韵及内韵的诸多讲究上，如《叫卖》中"小玩意儿，/好玩意儿"，又如《原子瘤》中"要拔也拔不出，/要挖也挖不出"，前者复合韵直接模仿那叫卖声，后者复合韵则表现出对敌人徒劳无功的嘲弄意味。卞之琳进行了新诗史上最繁复的诗体实验，无论是写作有限制的自由诗还是规范格律诗，都依据相体裁衣原则，做到体式翻新。卞之琳的新格律诗追求，是总结了闻一多等前辈诗人、学者的研究成果，汲取其建设性意见，澄清其迷误，然后逐步完善起来的。

1938年以后，卞之琳的创作进入了一个新的时期。正如他自己所说："后期以至解放后新时期，对我也多少有所借鉴的还有奥登（W. H. Auden）中期的一些诗歌，阿拉贡（Aragon）

---

① 张曼仪：《卞之琳著译研究》，香港大学中文系1989年版，第33页。

② 主体声音的对话指的是抒情独白中存在诸如同意和反对、肯定和补充、问和答等关系因素，包括直接引语，以心问心的自家商量，多变的语气与复调，以及更为复杂的喧哗的众声。参见江弱水：《卞之琳诗艺研究》，安徽教育出版社2000年版，第85—101页。

抵抗运动时期的一些诗歌。"① 诗人在延安的创作，诗风趋向明朗浅白。他的《慰劳信集》原意在以奥登式的机智幽默的笔法，运用格律诗抒写抗战现实，希望在平淡中显出惊奇，讴歌他所敬仰的领袖、高级指挥员和解放区生活的新鲜情趣，② 但诗艺大跌，诗味顿失，实际效果并不是如有的论者所称赞的那样。他后来的诗"大多数激越而失之粗鄙，通俗而失之庸俗，易懂而不耐人寻味"③。1982 年，诗人又写出了《飞临台湾上空》和《访美杂忆》组诗六首，全是严谨的格律体，节奏韵律控制自如，创作风格呈现着向 30 年代成熟期回归的趋向。

研 习 导 引

"雨巷"走来的诗人

第一，显与隐之间。关于《雨巷》，朱自清曾说："戴望舒氏也取法象征派。他译过这一派的诗。他也注重整齐的音节，但不是铿锵而是轻清的；也找一点朦胧的气氛，但让人可以看得懂。""他是要把捉那幽微的精妙的去处。"④ 不过，因为诗歌意蕴的幽微、精妙，因为朦胧的气氛，人们所"看懂的"就难免各不相同了。苏联的批评家曾经"提出论断说诗里的形象姑娘是诗人理想的象征，全诗抒写追求理想而失败，是因为'五四'以来中国革命的理想于一九二七年倒在血泊之中，正如巴黎公社的伟大理想在枪声之下倒下去了"⑤。这样的观点，在国内颇有影响。譬如，孙玉石认为《雨巷》反映了 1927 年大革命失败后一部分青年的心境："原来热烈响应了革命的青年，一下子从火的高潮堕入了夜的深渊。他们中的一部分人，找不到革命的前途。他们在痛苦中陷于彷徨迷惘，他们在失望中渴求着新的希望的出现，在阴霾中盼望飘起绚丽的彩虹。"⑥ 蓝棣之对此有不同的解释："如果一定要说《雨巷》对于一九二七年的大革命有所反映的话，那是一种颠倒过来的影像"——"诗人不是为革命倒在反革命力量镇压的血泊之中而忧伤，而是为这一切所带来的'残忍'而迷茫"，"这个'残忍'也就是《雨巷》所要暗示的，所不可以明说的题旨"。而且，诗人不是在写颓唐消沉，"而是写姑娘在残忍里站起来了，虽受命运打击，但仍然那么妩媚，表示仍然坚持了人的尊严"⑦。除了孙玉石的"社会理想"说、蓝棣之的"残忍暗示"说，80 年代初，还有人主张过"内容虚无"说："撇开诗人把自己那种轻烟薄雾般的哀愁在笔端表现得萦回不绝和艺术上的和谐的音律美外，《雨巷》在内容上并无可取之处。"⑧

第二，古典与现代之间。《雨巷》兼具古典情调和现代色彩，人们通常认为它主要接受了魏尔伦等法国象征派的影响，同时也吸收化用了中国古典诗词的意象，诸如李璟之"青鸟不传

① 卞之琳：《雕虫纪历 1930—1958·自序》，人民文学出版社 1979 年版。
② 卞之琳写了《一位政治部主任》《一位"集团军"总司令》《〈论持久战〉的著者》这组十四行体诗。
③ 卞之琳：《雕虫纪历 1930—1958·自序》，人民文学出版社 1979 年版。
④ 朱自清：《中国新文学大系·诗集·导言》，上海良友图书印刷公司 1935 年版。
⑤ 蓝棣之：《谈戴望舒的成名作〈雨巷〉》，《名作欣赏》2002 年第 1 期。
⑥ 孙玉石：《〈雨巷〉浅谈》，《名作欣赏》1982 年第 1 期。
⑦ 蓝棣之：《谈戴望舒的成名作〈雨巷〉》，《名作欣赏》2002 年第 1 期。
⑧ 凡尼：《戴望舒诗作试论》，《文学评论》1980 年第 4 期。

云外信，丁香空结雨中愁"，李商隐之"芭蕉不展丁香结，同向春风各自愁"，以及杜甫之
"丁香体柔弱，乱结枝犹垫"等。卞之琳因此对诗歌的创造性提出质疑："《雨巷》读起来好像
旧诗名句'丁香空结雨中愁'的现代白话版的扩充或者'稀释'。"① 孙玉石的看法不同，他
认为："在构成《雨巷》的意境和形象时，诗人既吸吮了前人的果汁，又有了自己的创造。"②
蓝棣之则提出《雨巷》的核心意象丁香、春雨，本自 T.S.艾略特的《荒原》，戴望舒当年"因
时代，也因艾略特的七个诗行，触动了很深的当初很不期然的回忆，因而创作了《雨巷》这
首诗"③。

　　第三，关于音律。《雨巷》的音律之美，历来为人所称道，叶圣陶甚至盛赞它"替新诗的
音节开了一个新的纪元"，不过，戴望舒很快就"对诗歌底他所谓'音乐的成分'勇敢的反
叛"（杜衡语），他提出："诗的韵律不在字的抑扬顿挫上，而在诗的情绪的抑扬顿挫上，即在
诗情的程度上。""韵和整齐的字句会妨碍诗情，使诗情成为畸形的。倘把诗的情绪去适应呆滞
的、表面的旧规律，就和把自己的足去穿别人的鞋子一样。愚劣的人们削足适履，比较聪明一
点的人选择较合脚的鞋子，但是智者却为自己制最合自己脚的鞋子。"④ 稍后的《我底记忆》，
是体现戴望舒新的诗学追求的标志。

《距离的组织》的"距离"问题

　　解读《距离的组织》，关键要破解"距离"这个核心意象。从辽远的罗马灭亡星到
"我"眼前的《大公报》，从异地的友人到"我"收到的明信片，从附近的友人到"我"的
家，诗人展开了一次次的时空距离的组织，并在历史与当下、梦境与现实、典故与经验、意
识与潜意识的交错中穿梭自如。如朱自清所言："这篇诗是零乱的诗境，可又是一个复杂的
有机体，将时间空间的远距离用联想组织在短短的午梦和小小的篇幅里。这是一种解放，一种
自由，同时又是一种情思的操练，是艺术给我们的。"⑤ 张曼仪也谈："《距离的组织》运用古
今典故和意象的联系，作时间和空间二度距离的组织，诗人的思绪可不容易追踪，尽管如此，
诗句所提示的一片灰蒙蒙意境，仿佛一幅印象派油画，使人不期然受到感染，悠然而兴苍茫
之感。"⑥

　　其实，诗歌所展开呈现的，只是一个日常生活片段的叙述——"我"在读报，因报上的
某些讯息、因远方朋友寄来的明信片而"思接千载，视通万里"，不知不觉睡着了，入梦了，
梦里经历一场莫名其妙的精神旅行，朋友不期而至，叩门声将"我"从梦境召唤回现实，已
是飘雪的暮色时分。不过，因诗人的精巧编织，这再日常不过的生活却被展现得意味深长。它
是如此熟悉，又是那般陌生，一旦读懂了它，一种熟悉的陌生感（抑或陌生中的熟悉感）便
油然而生。瑞士的布洛曾提出过一个著名的美学理论——"心理距离说"，强调艺术要恰到好

①　卞之琳：《戴望舒诗集·序》，四川人民出版社 1981 年版。
②　孙玉石：《〈雨巷〉浅谈》，《名作欣赏》1982 年第 1 期。
③　蓝棣之：《谈戴望舒的成名作〈雨巷〉》，《名作欣赏》2002 年第 1 期。
④　戴望舒：《论诗零札》，《现代》第 2 卷第 1 期，1932 年。
⑤　朱自清：《解诗》，《新诗杂话》，生活·读书·新知三联书店 1984 年版。
⑥　张曼仪：《卞之琳论》，《卞之琳》（中国现代作家选集），人民文学出版社 1995 年版。

处地营造心理距离。《距离的组织》或可视为"不即不离，若即若离"之审美佳境的一个绝好案例。

第十二章专题讲座

骆寒超：戴望舒的创作个性

第十二章

拓展研读资料

第十三章 30年代戏剧

第一节 30年代戏剧概述

现代戏剧——话剧，是一种来自西方的新的艺术样式，它在中国的发展是缓慢的，其主要成员与基础是部分崇尚艺术的知识者与青年学生，活跃于大、中学的校园中。中国话剧艺术的成熟有待于这种外来艺术与本土文化的融合。30年代中国现代戏剧的发展首先表现在对戏剧理论建设的重视，形成自己的戏剧思想，其中当然孕育着对中国现代戏剧成熟的期望。

滥觞于新文学革命的易卜生式的写实主义与为人生的**戏剧思想**，成为30年代戏剧思想的主流。熊佛西、欧阳予倩、洪深等人都取法写实主义戏剧思想，斯坦尼斯拉夫斯基的写实体验派表导演思想也在此时被适时介绍进中国戏剧界。① 当时的剧作家、导演，如洪深、欧阳予倩、张庚、章泯、陈鲤庭、郑君里等都是推崇斯坦尼斯拉夫斯基的写实体验派演剧理论，并以此建构自己的戏剧思想的。张庚在《戏剧概论》（1936）等中根据斯坦尼斯拉夫斯基的体验派表演理论，提出"心灵的化装"。熊佛西著有《佛西论剧》，他更注重"内心的动作"，他说："一个绝妙的戏剧应该内外动作并重。"② 他的独幕剧《王三》（又名《醉了》）提炼剧中人酒醉之后的复杂的内心冲突，形成丰富、独特的戏剧性，显示出高超、成熟的艺术水准。而两栖于话剧与京剧的资深戏剧家欧阳予倩则提出"形神并存"，注重"灵的写实"③，着意于写实与写意相融合的戏剧艺术④。

从亚里士多德、易卜生、斯坦尼斯拉夫斯基到戈登·格雷，都对中国30年代戏剧思想产生影响，写实论与表现论的共存，显示出期待成熟的中国现代剧坛的活跃性。

在这些戏剧思想的影响下，初生的中国现代话剧酝酿着新的发展。五四时期崭露头角的新进戏剧家欧阳予倩、熊佛西、陈大悲、蒲伯英、白薇、袁昌英、余上沅等，大多坚守在自己的戏剧园地。天津（有南开新剧团）、北京的校园演剧活动相当活跃。而田汉带领下的南国社正

---

① 赵如琳：《史丹尼司拉夫斯基的剧场》，广州《戏剧》第2卷第6期，1931年。1937年，郑君里据英译本译出斯坦尼斯拉夫斯基的《演员自我修养》第1、2章，刊载于上海《大公报》。

② 熊佛西：《戏剧究竟是什么》，《佛西论剧》，北平朴社1928年版，第29页。

③ 欧阳予倩：《予倩论剧》，广州泰山书店1931年版，第67—69页。

④ 欧阳予倩："最要紧的是认定戏剧是艺术，不是浅薄的娱乐。""万不能为思想而艺术。艺术若囿于思想，就失去了艺术的真义，必使艺术没有生气。""艺术的本质是美术，若是忘记了这一点，就不成为艺术了。""戏剧所供给公众的是快乐，快乐就是美的精神。"参见《予倩论剧》，广州泰山书店1931年版，第19、110、221、19页。

以其富有青春魅力的感伤艺术激动着江南的青年，公演剧目有田汉创作的《古潭的声音》《南归》《第五号病室》《火之跳舞》《孙中山之死》和王尔德的《莎乐美》。南国社的演出抒发了青年知识分子的动摇与苦闷的心声，以泪的感伤情调引起共鸣。应云卫领导的上海戏剧协社于1927年后以单纯介绍、排演莎士比亚等的西洋古典名剧为主，朱穰丞、袁牧之主持的辛酉剧社提倡难剧运动以钻研演技，曾上演过《文舅舅》（即契诃夫的《万尼亚舅舅》）等，洪深等领导的复旦剧社排演《西哈诺》等外国名剧。循着这一注重艺术探求的路子，作为精英艺术的中国新型话剧迅速走上艺术成熟的正规道路。

这时，一种前卫的、激进的戏剧思潮与运动从上海发动，呼应着上海方兴未艾的无产阶级革命文学运动（"普罗文学"）。当时在上海的中共地下党员沈端先（夏衍）等人策划于1929年6月5日成立艺术剧社，参加者有冯乃超、郑伯奇、陶晶孙、钱杏邨、孟超、叶沉、许幸之、刘保罗、屈文（司徒慧敏）、朱光、石凌鹤、陈波儿、王莹等人，社长为郑伯奇。艺术剧社第一次提出**无产阶级戏剧**（"普罗列塔利亚戏剧"）的口号，开始了中国共产党对现代戏剧运动的直接领导，意在使中国现代戏剧运动由五四开始的个性主义潮流转向无产阶级革命运动。艺术剧社编辑出版了《艺术》月刊、《沙仑》月刊（夏衍、冯乃超主编）和《戏剧论文集》。他们宣传"普罗列塔利亚戏剧"的主张："普罗列塔利亚是现代负有历史使命的唯一的阶级。一切艺术都应该是普罗列塔利亚艺术"[1]，强调戏剧要以唯物论的立场、无产阶级的目的意识，"阐明社会的矛盾，引导大众发生一种革命的热情来反抗奋斗，而达到革命的目的"[2]。艺术剧社先后于1930年1月、3月上演富有革命色彩的剧目和反映工人与资本家斗争的独幕剧《阿珍》（冯乃超、龚冰庐作）。

无产阶级戏剧运动推动了上海话剧界向"左"转。受其影响的田汉于1930年4月发表《我们的自己批判》，批判南国社的小资产阶级感伤倾向，并改编梅里美小说《卡门》为革命色彩的话剧，以鼓吹革命。

1930年8月，在沈端先等人策划下，以艺术剧社为中心，联合辛酉、摩登、南国社等戏剧团体，成立中国左翼剧团联盟，后又改组为以个人名义参加的中国左翼戏剧家联盟（简称"剧联"）。这是继左联之后的又一个左翼文艺组织。左翼剧社有大道剧社、光华剧社、春华剧社、蓝衫剧团等。当时正处于党内李立三、王明"左"倾路线统治时期，左翼戏剧运动带有明显的"左"的倾向，其理论与指导思想主要受当时苏联拉普、日本纳普思想的影响，无论艺术剧社还是左翼剧联的理论都片面地理解文艺与政治、社会的关系，强调戏剧为政治斗争服务，提出演剧是"所谓一种政治的辅助工作，所以是武器底艺术，斗争艺术！"[3] 剧联的《中国左翼戏剧家联盟最近行动纲领》强调革命戏剧深入工农群众，创作内容强调暴露地主资产阶级与反动派的罪恶，从各种斗争中指出政治出路等。这一戏剧主张把五四时期的社会问题剧观念发展为政治宣传剧理念，后来成为中国现当代戏剧的主导思想，制约和影响了中国现代戏剧

---

①　郑伯奇：《中国戏剧运动的进路》，《艺术》月刊第1卷第1期，1930年3月。收入艺术剧社编：《戏剧论文集》，神州国光社1930年版。

②　叶沉：《演剧运动的检讨》，《创造月刊》第2卷第6期，1929年1月。收入艺术剧社编：《戏剧论文集》，神州国光社1930年版。

③　叶沉：《演剧运动的检讨》，《创造月刊》第2卷第6期，1929年1月。收入艺术剧社编：《戏剧论文集》，神州国光社1930年版。

的发展。

从 1936 年开始的**国防戏剧**，是 30 年代左翼戏剧运动的又一新潮。为了建立抗日民族统一战线，1936 年春左联解散，在这之前左翼剧联已于 1935 年冬自动解散，配合国防文学提出国防戏剧口号，以代替无产阶级戏剧口号。1936 年年初，上海剧作者协会成立，制订了《国防戏剧纲领》。在国防戏剧高潮中出现了不少新人新作，如尤兢（于伶）、宋之的、陈白尘、凌鹤、章泯、姚时晓，剧目有《走私》《咸鱼主义》《洋白糖》《东北之家》《回声》《浮尸》《别的苦女人》《秋阳》《汉奸的子孙》等，"好一记鞭子"（《三江好》《最后一计》《放下你的鞭子》）演遍大江南北。夏衍创作了多幕剧《赛金花》、《自由魂》（即《秋瑾传》）、《上海屋檐下》，其中历史讽喻剧《赛金花》曾被誉为"国防戏剧的力作"。

本时期的主要剧作家有田汉、洪深、曹禺、熊佛西、李健吾、袁牧之、宋春舫等。

田汉创作了《梅雨》《月光曲》等反映工人生活的剧作，宣传社会政治斗争，已消退了他在南国社时期形成的独具魅力的个人风格。熊佛西在河北定县（今定州市）实验"农民戏剧"。在五四时期以介绍西洋戏剧著称的宋春舫创作了独幕喜剧《一幅喜神》（1932）、三幕喜剧《五里雾中》（1936），他的喜剧在幽默中富含机智与精巧，艺术技巧比较讲究。王文显创作了三幕喜剧《委曲求全》（1929 年演出）、《梦里京华》（1927 年演出），于幽默中透出讽刺的锋芒与尖酸辛辣的嘲弄。他的戏先以英语在美国演出，然后以中文在国内出版。他曾任清华大学西洋文学系主任，后以戏剧家名世的李健吾、曹禺、张骏祥、杨绛、陈铨等都先后在清华西洋文学系就读。沉钟社的杨晦于 1933 年发表五幕历史剧《楚灵王》。袁牧之擅写喜剧，《一个女人和一条狗》（1932）等构思巧妙、幽默机智、轻松活泼。丁西林、宋春舫、袁牧之受康格里夫、米林、王尔德等英国世态喜剧的影响，幽默中富俏皮机智；王文显、李健吾、杨绛的讥嘲讽刺则较多受莫里哀、巴蕾、萧伯纳的影响。徐讦在本时期开始文学创作，他的早期剧作受西方现代派尤其是未来派影响明显，有独幕剧《荒场》《鬼戏》《人类史》《女性史》等，后收入《灯尾集》。陈楚淮主要在《新月》发表剧作，其《骷髅的迷恋者》运用象征主义与表现主义的手法刻画一位老诗人在死神降临前哀叹生命、渴望生活的心境，以现代派的奇异色彩在当时引人瞩目。

洪深、欧阳予倩和田汉被称为"中国话剧的三个奠基人"[①]。

30 年代，**洪深**（1894—1955）开始接受左翼革命文艺思想，他参加左翼剧团联盟，并创作了当时颇有影响的左翼剧作《农村三部曲》，包括独幕剧《五奎桥》（1930）、三幕剧《香稻米》（1931）、四幕剧《青龙潭》（1932）。《农村三部曲》以作者熟悉的江南农村为背景，展示了20 世纪二三十年代农民的苦难遭遇，以及他们从苦难中逐渐觉醒，向封建势力、帝国主义势力进行自发斗争的情况。《香稻米》中农民黄二官遇到丰收成灾，剧本揭示了农村经济破产及其社会原因：军阀混战、苛捐杂税、奸商盘剥，加之"洋米大帮大批倾山倒海地运进中国了"。《五奎桥》围绕拆桥与保桥的激烈冲突，展开了农民与地主豪绅间的社会斗争。《五奎桥》的戏剧结构完整严密，戏剧冲突逐渐展开，波澜迭起，当冲突进入高潮，戏剧立即收结。

《农村三部曲》显示洪深的创作思想已从《赵阎王》时的社会问题剧转向政治宣传剧。这是 30 年代初期左翼剧坛的一个趋势，与普罗小说、社会剖析小说相呼应。此时洪深的戏剧创

---

① 夏衍：《悼念田汉同志》，《收获》1979 年第 4 期。

作思维侧重理性化，他以社会政治理论指导戏剧创作，追求戏剧"应求能对社会说一句有益的话"[1]，他认为戏剧要"帮助他们解答目前生活中所遇到的困难问题"，使他们有一个"可以领导着他们走着正路到达光明的人生哲学"[2]。左翼政治宣传剧追求理念化的创作方法，直接地将唯物辩证法化为戏剧创作方法，这就违背了戏剧艺术的创作规律。这当然给洪深的戏剧创作带来影响。当时就有人批评："这，可以概括地说，是形象化的不够；是太机械地处理了题材……事件的发展不是沿着现象对于作者兴趣的逼迫，而是沿着最后的结论所逼成的戏剧的Action（行动）前进的。也因此，人物不是闪耀在作者头脑中的不可磨灭的'幻影'，而是为了整个戏剧 Action 上的需要才出现的代言者。"[3] 这一批评切中要害。

洪深是热血爱国的艺术家，他积极倡导国防戏剧，他的《走私》《咸鱼主义》在当时反响强烈。卢沟桥事变后，洪深毅然辞去复旦大学教授职位，投入抗敌演剧活动。随后赴重庆，1938 年，他被任命为周恩来领导的军事委员会政治部第三厅所属戏剧科科长，与郭沫若、田汉等组织抗敌演剧队与救亡宣传队。他创作了《飞将军》《包得行》《鸡鸣早看天》。三幕喜剧《鸡鸣早看天》(1945) 中，一群因抗战胜利纷纷归家的人们，由于汽车抛锚暂时聚居在川北公路边的小旅店内，通过一天 24 小时之内的变化，作者截取横剖面，以小见大地揭示了抗战胜利后不久社会上阴暗驳杂的丑恶现象与生活的新动向。这部戏剧场景集中，人物众多，喜剧效果强烈，成为洪深的代表作。

洪深是著名导演，他富有创造性地导演了《少奶奶的扇子》、《米》、《丽人行》(田汉作)、《法西斯细菌》(夏衍作)，在我国话剧史上留下了宝贵的艺术经验。他还是我国早期电影事业的开拓者之一。1922 年，他写出我国第一个比较完整的电影文学剧本《申屠氏》，他编剧的《歌女红牡丹》是我国第一部有声电影。作为著名的电影导演，他为我国电影事业的早期发展作出了贡献。

李健吾（1906—1982），山西运城人，其父是辛亥革命晋南领导人，1919 年被北洋军阀杀害，这对李健吾倾向民主主义有深刻影响。他毕业于清华大学西洋文学系，30 年代初留学法国。他的戏剧创作观基于人性："作品应该建在一个深广的人性上面，富有地方色彩，然后传达人类普遍的情绪。"[4] 他刻画戏剧人物重在人性中善恶并存，重在描写人物内心的矛盾冲突。他的早期创作有《母亲的梦》等。1933 年回国后，他发表《这不过是春天》(1934)、《梁允达》(1934)、《以身作则》(1936)、《新学究》(1937)、《十三年》(1937，又名《一个没有登记的同志》)。这些剧作结构完整精巧，语言精练讲究，内在戏剧性丰满深刻，他富有特色的剧作在当时已达到相当水平。

《这不过是春天》(三幕剧) 是李健吾的代表作。剧中，北伐军革命者冯允平突然来到旧日情人、北洋军阀某警察厅厅长夫人的客厅，当冯允平面临即将被捕时，这对于厅长夫人的心灵是个严重考验。她虽然气恼于对方隐瞒其革命者身份，但又不愿失去他的爱情，她终于巧妙地使冯允平化险为夷。剧作在爱情与革命的纠葛中，通过几个反复，着重刻画了厅长夫人内心的

① 洪深：《属于一个时代的戏剧》，《洪深文集》第 1 卷，中国戏剧出版社 1957 年版。
② 洪深：《电影戏剧的编剧方法》，《洪深文集》第 3 卷，中国戏剧出版社 1959 年版。
③ 张庚：《洪深与〈农村三部曲〉》，《光明》第 1 卷第 5 期，1936 年。
④ 李健吾：《以身作则·跋》，《以身作则》，文化生活出版社 1945 年版。

矛盾冲突，她对于旧情的眷恋与对现实身份的满足，对革命者忠于信仰的精神境界的敬佩与对沉溺于富贵生活的庸俗灵魂的反思。《梁允达》中，贪财杀父的梁允达是作者要谴责的对象，但是剧作抓住了梁允达内心世界的善恶并存来展开他的内心冲突。戏剧冲突的高潮不是梁允达同恶痞刘狗的正面交锋，而是梁允达之子四喜受刘狗挑唆，以杀父之事胁逼梁允达，梁允达决定杀死同伙刘狗，这时梁允达的内心冲突激发了戏剧高潮：他的杀父、刺杀刘狗的外部行为被置于幕后，成为戏剧的外在情节以激化内心冲突，戏剧着重刻画的是梁允达杀父后的悔疚不安，他刺杀刘狗前从恶不甘、行善不能的激烈的思想斗争。李健吾创作的戏剧冲突多样而紧凑，运用"佳构剧"的技巧，善于处理情节的"突转"，做到结构严谨、精练紧凑。

李健吾于 40 年代参加上海"孤岛"时期的戏剧活动，创作多幕剧《黄花》（1939）、《青春》（1944）、《贩马记》（1942，下部未完成）。传奇剧《贩马记》以喜剧手法写辛亥革命的悲剧，将革命与爱情两条悲剧线索有机结合，戏剧结构开放自如，吸收中国传统戏曲结构分"折"而不分幕，灵活自如地展现主人公的命运与内心活动，体现了 40 年代我国话剧艺术民族化探索的倾向。他还将外国名剧如莎士比亚的《麦克白》《奥赛罗》改为中国化的《王德明》《阿史那》。

李健吾以"刘西渭"笔名发表的许多文学评论①，如评《雷雨》，评夏衍戏剧，评卞之琳诗，评《边城》等，独具慧眼，见解精辟，文笔空灵精练，备受文坛称誉。后来他成了著名的法国文学翻译家。

夏衍（1900—1995），浙江省杭县（今杭州）人，原名沈乃熙，字端轩，1920 年从杭州甲种工业学校毕业，因成绩优异，被保送赴日留学。第二年考入日本福冈明治专门学校电机科，1926 年入九州帝国大学工学部冶金学科。1929 年与郑伯奇、冯乃超等组织成立了上海艺术剧社，提出了"普罗列塔利亚戏剧"（无产阶级戏剧）的口号。1930 年参加筹建左联，并被选为执行委员。1932 年，根据党的指示，参加电影工作，并秘密任党的电影小组组长。夏衍是继田汉、曹禺之后，我国现代戏剧史上又一位有重要影响的剧作家。他最初写的两个剧本《赛金花》和《自由魂》属于历史剧。

1937 年，夏衍创作了以现实生活为题材的剧作《上海屋檐下》（三幕剧），将笔触伸向上海市民社会的一角。三幕戏以同一个舞台场景——上海弄堂房子——作为一个横剖面，展示了一幅幅悲凉、无奈的人生图画：灶披间住的是小学教师赵振宇夫妇，赵振宇收入低微、生活困难，但他是个乐天派，常用"比上不足，比下有余"来麻醉自己。而他的妻子却狭隘自私，牢骚满腹，常为一些琐事吵吵闹闹，经常怨天尤人，迁怒他人。亭子间住的是黄家楣夫妇，他是靠父亲典房、卖地培养出来的大学生，如今患了肺病，失业在家，一筹莫展，连款待一下从乡下来的老父、尽一点孝心都做不到。为了生活，常和妻子发生口角。前楼上住的是施小宝，她是海员的妻子，因丈夫经常出海不归，为生活所迫，做了流氓的情妇，过着出卖肉体、任人践踏的非人生活，她想挣扎，但逃不出流氓的魔掌。阁楼上住的是老报贩李陵碑，儿子在"一·二八"抗战中阵亡，无依无靠，孑然一身，因思念儿子而精神失常。客堂间住的是小职员林志成，他的好友匡复因投身革命被捕入狱，在白色恐怖下他承担起养活匡复妻女的责任，共同生活一段时间后，林志成与匡复的妻子杨彩玉产生爱情，并同居了。从表面看，他们过得平平稳

---

① 如《咀华集》，文化生活出版社 1936 年版。

稳，但精神上痛苦、无奈，时时受到良心的谴责，有一种沉重的负罪感。匡复出狱后，他们更感无地自容。这一群生活在都市角落里的平凡的小人物，丧失了人的价值和生活的权利，只能痛苦地维系着非人的生存。这里每个人的命运，都是对黑暗现实的申诉。作者写的是几乎无事的悲剧，透过五户人家灰暗的生活和人生的零碎，暗示出时代的风貌。

夏衍的戏剧创作一直处于政治与艺术的矛盾中，从《上海屋檐下》开始，夏衍摆脱了片面强调政治宣传的倾向。他说："这是我写的第四个剧本，但也可以说这是我写的第一个剧本。因为，在这个剧本中，我开始了现实主义创作方法的摸索。"① 他遵循真实性的原则，选取平凡人物和日常生活；他不追求曲折离奇的情节和尖锐激烈的矛盾冲突，自然、平实地再现生活的本来面目。透过这些琐细生活的一端，让人看到形形色色的众生相。"作者在介绍芸芸众生的色相之下，同时提出一些严重的社会问题，一些人与人之间的纠纷，一些人与行为之间的关系"②，揭示出生活的内涵。

与淡化戏剧冲突相一致，夏衍善于刻画戏剧人物的内心世界，流露出含蓄、深沉的抒情特色。他用简洁、朴素的对话来展示人物复杂的情感、心理变化，用无言的动作、典型的细节来透示人物心灵的秘密。《上海屋檐下》的黄家楣夫妇，在老父面前互相责备、抢白，又互相安慰、相濡以沫的复杂情感，通过人物简洁的对话、黄家楣无言地抚摸妻子肩膀的动作，表现得感人至深。黄父临走时悄悄留给孙儿的几块血汗钱，也细微传神。

夏衍的戏剧讲究结构艺术。《上海屋檐下》在同一时间、同一地点，将五户人家的故事同时展开，五线并进。五股生活流，纵的线索层次分明，脉络清晰，但又有横线相联结，像蛛网般纵横交织。虽然五线并行，但又主次分明，其中匡复、林志成、杨彩玉三人的爱情纠葛为结构主线，另外四条线索交错缠绕，相辅相成。

夏衍的戏剧重在创造和人物心境相契合的氛围，有明显的象征性。《上海屋檐下》故事发生的时间是黄梅时节，从开幕到终场，天色昏暗，阴晴不定，细雨连绵。作者将自然气候和社会政治气候联系起来，将人们在自然气候和社会政治气候下的感受、心境融合起来，创造了富有诗意的戏剧氛围。

30 年代中期，田汉的《回春之曲》，曹禺的《雷雨》《日出》《原野》，李健吾的《这不过是春天》，夏衍的《上海屋檐下》的成功，标志着中国现代话剧文学样式的成熟。

第二节　曹禺戏剧创作　《雷雨》

曹禺（1910—1996），祖籍湖北省潜江县，生于天津，原名万家宝，是一位对中国现代戏剧的发展作出杰出贡献的剧作家。曹禺出生于一个没落的官僚家庭，他的父亲官场失意，整个家庭的空气是抑郁的。曹禺后来说："《雷雨》《日出》《北京人》里出现的那些人物，我看得太多了，有一段时间甚至可以说是和他们朝夕相处。"③ 1922 年，曹禺进入南开中学。1925 年，他参加南开新剧团，先后演出过《压迫》(丁西林)、《玩偶之家》《国民公敌》(易卜生)、《织

---

① 夏衍：《上海屋檐下·后记》，《上海屋檐下》，中国戏剧出版社 1957 年版。
② 刘西渭：《〈上海屋檐下〉》，《咀华二集》，文化生活出版社 1942 年版。
③ 曹禺：《曹禺谈〈雷雨〉》，《人民戏剧》1979 年第 3 期。

工》(霍普特曼)等剧，改编并参加演出了《财狂》(莫里哀的《吝啬鬼》)、《争强》(高尔斯华绥作，与张彭春合作改编)，这使他懂得舞台。1930年，曹禺升入南开大学，旋又转入清华大学西洋文学系。在导师张彭春的引导下，他熟悉西方戏剧，通读了英文版《易卜生全集》，学习了西欧古典戏剧与现代剧作，研读了希腊三大悲剧家、莎士比亚、奥尼尔、霍普特曼等的剧本，接触到契诃夫戏剧。在清华期间，曹禺热心校园演剧，热恋同台演出的法律系女生郑秀。这期间，经过五年酝酿，他终于在1933年夏完成了四幕悲剧《雷雨》。那年，他大学毕业。之后他接连发表了《日出》(1936)、《原野》(1937)，显示出他富有魅力的戏剧风格与悲剧艺术才华，也显示出他深入刻画人物内心世界、描写戏剧冲突的卓越艺术才能。《雷雨》《日出》在当时中国剧坛产生巨大影响，对中国现代戏剧的成熟作出了决定性贡献。

《雷雨》对我是个诱惑。与《雷雨》俱来的情绪蕴成我对宇宙间许多神秘的事物一种不可言喻的憧憬。

——曹禺

　　曹禺于1936年应聘到南京的国立戏剧专科学校任教，并与郑秀结婚。全面抗战爆发后，他随学校辗转到重庆，后又到四川江安。1938年，他与宋之的合作改编抗战剧《黑字二十八》(又名《全民总动员》)，1939年创作《蜕变》，1940年创作《北京人》。1942年，他离开国立戏剧专科学校到重庆，任中央青年剧社、中国电影制片厂编导，据巴金小说改编了话剧《家》。1948年发表电影剧本《艳阳天》。

　　新中国成立后，曹禺历任中央戏剧学院副院长、北京人民艺术剧院院长、中国戏剧家协会主席、中国文联主席等职。他先后创作有《明朗的天》(1954)、《胆剑篇》(1961，与梅阡、于是之合作，曹禺执笔)和《王昭君》(1979)。60年代，曹禺的创作转向历史题材。《胆剑篇》中范蠡、伍子胥的形象栩栩如生，历史事实与艺术虚构的关系处理也比较得当。十年动乱后，曹禺以70岁高龄创作《王昭君》，表现王昭君"乃请掖庭令求行"的坚毅性格，肯定昭君和亲的历史作用。由于剧本忽略了这位古代女性心灵复杂的一面，理想化了她出塞后的生活，因而引起争议。但在孙美人这位富有光彩的悲剧女性形象和充满诗情画意的诗意抒情方面，仍展露出剧作家的艺术才华。

　　四幕悲剧《雷雨》发表于1934年，是曹禺的代表作，这是一部杰出的现实主义的家庭悲剧，通过血缘伦常纠葛与情欲冲突，探索人性情欲的复杂与人的悲剧。戏剧集中于一天时间，从上午到午夜两点钟，两个舞台背景(周家客厅、鲁家住房)，从周朴园家庭内、外各成员之间前后30年的错综纠葛中，写了专制家庭中人性的悲剧。悲剧冲突建筑在历史的积累与酝酿中，从历史发展的过程探索人性情欲的复杂与人的生存的悲剧。周朴园是《雷雨》的中心人物。周朴园形象的复杂性，在周朴园对妇女与家人的态度中被揭示得淋漓尽致。他年轻时爱上了女佣梅妈的女儿侍萍。但是为了娶一位有钱、有门第的小姐，周家人逼使侍萍投河自尽。尽管此事主要是封建家长做主，但周朴园本人默认了。因此，他后来的内疚、忏悔是必然的、真诚的。但当活着的侍萍再次出现在他面前时，他立即逼问："你来干什么？"曹禺在剖析周朴园灵魂时，始终把他作为一个人来写，写他与侍萍年轻时的真情，写他深深的内疚与沉痛的回忆。剧终，当侍萍再次出现在周家客厅里，经历了一天人世沧桑的周朴园以沉痛的口吻命令周萍去认生母，并向侍萍忏悔。剧作家的这一笔曾受到不断的批评和指责，实际上这一描写正体现出剧作家深入人物心灵深处的真实性。这是周朴园形象塑造成功的奥秘。

繁漪的悲剧灵魂中响彻着受到个性解放思想影响下的一代妇女的抗议与追求的呼声。在这个悲剧女性身上，闪烁着曹禺艺术才华的独特光辉。剧作家对繁漪倾注了深厚的同情，怀着诗人的充沛激情塑造这个精神与情欲交织痛苦的女性形象。若问繁漪在剧中的贯串动作，她与周朴园，与周萍冲突的内在精神源起，请看第四幕繁漪的自白：

> 繁漪　（向冲，半疯狂地）你不要以为我是你的母亲，（高声）你的母亲早死了，早叫你父亲压死了，闷死了。现在我不是你的母亲。她是见着周萍又活了的女人，（不顾一切地）她也是要一个男人真爱她，要真真活着的女人！
> （揩眼泪，哀痛地）我忍了多少年了，我在这个死地方，监狱似的周公馆，陪着一个阎王十八年了，我的心并没有死；你的父亲只叫我生了冲儿，然而我的心，我这个人还是我的。（指萍）就只有他才要了我整个的人，可是他现在不要我，又不要我了。
>
> 繁漪　（失了母性，喊着）我没有孩子，我没有丈夫，我没有家，我什么都没有，我只要你说：我——我是你的。[1]

这是繁漪之歌，是这位中国娜拉式的宣言。剧中，繁漪在双重的悲剧冲突中走完她心灵的全部历程。作为一个追求自由的女性，繁漪在家庭生活中陷入了周朴园的精神折磨与情欲压抑的悲剧；周萍背弃爱情的行径，又使这位要求反抗专制压迫的女性在爱情追求中遭受抛弃，又一次陷入绝望的悲剧。繁漪与周萍的冲突反映了她与周朴园的深刻矛盾。

《雷雨》的独特戏剧构思在于，将繁漪与周萍的戏剧冲突作为结构全剧冲突的主线。戏剧着力表现她不顾一切地追求周萍的爱情，不顾一切地反抗与报复，对爱情与欲望热切渴望。正是这个女性的精神觉醒与所爆发出来的力量，在"最残酷的爱和最不忍的恨"[2]（着重号为作者原有。——引者）的性格交织中，她的内心向变态发展。爱变成恨，倔强变成疯狂，这就对悲剧进行了更独特而深入的发掘。她绝望中的反抗，充满着一个被压迫女性的血泪控诉，表现出对专制势力及其道德观念的勇敢蔑视与反叛。她反驳周萍："我不反悔"，"我的良心不叫我这样看"。剧作家要赞颂的是繁漪反叛传统伦理道德的勇气。她的"雷雨"式的激情摧毁了封建家庭秩序，也毁灭了自己。繁漪这一悲剧形象，是曹禺对现代戏剧的一大贡献，深刻地传达出反专制与个性解放的时代主题。

在繁漪悲剧的形成中，周萍是重要因素，但造成他人悲剧的周萍，自己也是个悲剧，尽管他的悲剧不同于繁漪。专制家长总是按照自己的意志用软硬兼施的手段控制与铸造子弟的灵魂。周萍空虚、忧郁、卑怯、矛盾的灵魂始终被笼罩在周朴园精神统治威压的阴影中。剧中年

---

① 曹禺：《雷雨》，文化生活出版社 1936 年版。
② 曹禺：《雷雨·序》，文化生活出版社 1936 年版。

轻的周冲的追求，寄寓着剧作家的憧憬。他的死亡，既是对封建势力的控诉，也流露出曹禺这位探索人性问题、寻求人生出路的艺术家面对社会现实的苦闷、悲愤、茫然之情。

当剧作家把鲁侍萍引进周公馆，重提 30 年前旧事，而四凤又在重演母亲的悲剧，这就从历史的角度揭露了女性所受的欺凌，深思人性的悲哀。曹禺运用他刻画悲剧女性形象的优异才能，描写侍萍这个善良妇女精神上所遭受的不堪忍受的重重打击。她受着宿命思想的影响，悲愤、恐惧，被逼上人生尽头。这是《雷雨》反专制主题的深化。而让罢工工人鲁大海出现在董事长周朴园面前，将中国 20 年代劳资斗争的风云席卷进周朴园家庭的内部，父子之间展开一场对立阶级的斗争，意在将鲁大海与周萍同时置放在其生父面前，演示人性与社会的复杂关系及人性的悲哀。在剧本的初版中，鲁大海的结局是走向迷茫。曹禺在新中国成立后曾一度修改为鲁大海决心回到矿上重新发动工人斗争。

《雷雨》的回溯式戏剧结构，主要得力于易卜生戏剧与古希腊悲剧。易卜生将希腊悲剧家惯用的回溯式结构艺术发展到极致，《群鬼》充分体现了易卜生戏剧结构艺术的特点。《雷雨》与《群鬼》在舞台时间、地点、基本事件、人物关系和三一律、回溯式结构等方面，有许多相似之处。[1]《雷雨》要表现的故事时间跨度长达 30 年。曹禺从 30 年来的矛盾着眼，就一天之内的冲突落笔，从戏剧激变的中心单刀直入，大幕拉开，已是危机降临前夕，周家 30 年来惊心动魄的故事都在这最后一天内暴露，悲剧的发生仅仅是过去一系列罪恶的结果。这些相似而并非简单模仿的手法，主要取决于曹禺的创作意图和强化剧本紧张激荡风格的需要。两剧都有"过去的戏剧"与"现在的戏剧"两层戏剧动作。《群鬼》以成功地揭示过去的戏剧动作著称，整个回溯才是《群鬼》的真正戏剧动作。《雷雨》则以表现"现在的戏剧"为主，将"过去的戏剧"与"现在的戏剧"紧密结合起来，用前者来不断推动后者的急剧发展，从而把戏剧的几组重要冲突交织到一起。

曹禺说："《雷雨》对我是个诱惑。与《雷雨》俱来的情绪蕴成我对宇宙间许多神秘的事物一种不可言喻的憧憬。"这种全剧始终闪示的"隐秘"，就是"宇宙里斗争的'残忍'和'冷酷'"。"在这斗争的背后或有一个主宰来管辖，这主宰，希伯来的先知们赞它为'上帝'，希腊的戏剧家称它为'命运'，近代的人撇弃了这些迷离恍惚的观念，直截了当地叫它为'自然的法则'。而我始终不能给它以适当的命名，也没有能力来形容它的真实相。因为它太大，太复杂。我的情感强要我表现的，只是对宇宙这一方面的憧憬。"[2] 年轻时的曹禺受到各种思想的复杂影响，他接受了易卜生等的西方个性主义、人道主义思想影响，也受到基督教思想影响。在该剧 1934 年的初版本序幕、尾声中，鲁妈、繁漪两人发疯，周公馆成了教会医院，周朴园成了基督徒，他去看望这两个病人。剧中人物的血缘纠葛与命运巧合恰恰更真实、深刻地反映了人性的复杂性与人生的残酷性，悲剧的结局引人深思。青年曹禺本人思想的复杂、探索与不确定性，现实主义魅力的深刻性，使《雷雨》呈现多义性与多种阐释的可能性。80 年来《雷雨》历演不衰[3]，富有舞台生命力，已成为中国话剧舞台的经典剧目。

---

①　陈瘦竹：《现代剧作家散论》，江苏人民出版社 1979 年版，第 219—248 页。

②　曹禺：《雷雨·序》，文化生活出版社 1936 年版。

③　据刘克莴的《〈雷雨〉首演春晖中学始末》，1934 年 12 月 2 日，浙江上虞春晖中学高中部学生于春晖中学校庆晚会首演《雷雨》，《杭州师范学院学报》1997 年第 1 期；1935 年 4 月 27 日，由中国留日学生组织的中华同学新剧公演会在日本东京的神田一桥讲堂公演《雷雨》，导演是吴天、刘汝醴、杜宣。当时在日本的郭沫若为《雷雨》日译本作序。

1936 年，曹禺发表了又一部力作——四幕剧《日出》。从《雷雨》的家庭悲剧到《日出》的社会悲剧，曹禺在思想和艺术上都有新的发展。《雷雨》主要是从家庭内部关系剖析人性，《日出》揭示出现代都市社会中上层社会与下层社会之间"损不足以奉有余"[①] 的不合理现象，进一步剖析人的复杂性与异变，探索人生出路。《雷雨》着力表现专制主义对人性的压抑与扼杀，《日出》则剖析金钱化社会人性的迷失。

《日出》中"鬼"似的人们生活的天堂与"可怜的动物"生活的地狱两相比照，揭露出这个现代都市社会是个畸形的、不公平的世界，剖析了形形色色人性的迷失。剧作围绕着银行家潘月亭与李石清斗法的三个回合，对上流社会内部勾心斗角的丑态进行了淋漓尽致的描写。在潘月亭那里，"人不能没有钱，没有钱就不要活着"。戏剧出色地塑造了一个拼命向上爬而终于被摔下来的银行秘书李石清。对李石清的不择手段、卑污虚伪、奸诈逢迎的揭露，体现出剧作家对他灵魂的剖析与批评的深度。但是曹禺塑造李石清艺术形象的成功之处，在于曹禺同时痛楚而悲悯地揭示了李石清复杂的内心，卑污灵魂内还未完全消尽人性与自我认识，金钱的诱惑如何腐蚀人、扭曲着人性。

《日出》以陈白露的休息室与翠喜的卧房为舞台场景，分别联结两类社会生活。通过方达生寻找小东西，来展示社会最底层人们的苦难遭遇。翠喜为生活所迫，操着皮肉生涯。小东西终于逃不出金八的魔爪，只能悬梁自尽。曹禺为了刻画这类人的生活，曾冒着危险深入此中观察、了解，并且发现像翠喜一样的人有着金子似的心。第三幕浸透着剧作家的辛酸血泪与愤怒的抗议，是全剧有机统一体的一部分，是深化戏剧主题的必需。喧嚣嘈杂的地狱充满着骚动不安。这个社会从上层到下层全部腐烂、解体了。剧本还安排了一个不出场的人物金八，达到了对社会揭露的深度。

在《日出》总的气氛里，有一股光明的力量在潜滋暗长。四幕的剧情时间是：黎明前、黄昏、午夜、凌晨日出。这些在剧作家的构思中都是有寓意的。

虽然曹禺说《日出》没有主角，但陈白露毕竟处于舞台中心，她的悲剧形象是剧本的灵魂。《日出》的主题诗是陈白露呼喊出来的，她的内心悲剧性冲突搭起了《日出》戏剧冲突的基本骨架。在方达生面前，她发现了自己的"孩子时代"，也发现了自己的悲剧。人生道路与命运的抉择又一次摆在她面前，她产生了"竹均"与"白露"的激烈内心冲突。"旧我"——她内心中人的要求、意志，要突破"新我"顽强地表现。[②] 因此第四幕一开始，陈白露已是泪流满面，陷入了深深的绝望与痛苦。她从小东西的遭遇终于明白无法掌握自己的命运，她痛苦地回忆着昔日的悲剧，诗人的形象又一次出现在她的眼前，唤醒她的竹均意识。而历史的隐痛同时也被血淋淋地挑出来，她明白寄生的腐朽生活使她陷入深坑无力自拔，而她又决不愿再过这种出卖心灵与肉体的生活。她终于断然结束了个人的生命。陈白露怀着向往日出之心而死，反映了她内心对人的自身价值的憧憬。曹禺刻画了陈白露的心灵悲剧，达到了人性剖析与社会揭露的深刻结合。这是剧作家继繁漪形象之后，为中国现代戏剧创造的又一个杰出艺术形象。从繁漪、侍萍、四凤到陈白露、翠喜、小东西，都体现了曹禺以人的理念对女性命运的深切

---

① 曹禺：《日出·跋》，文化生活出版社 1936 年版。

② 朱栋霖：《论曹禺的戏剧创作》，人民文学出版社 1986 年版，第 106—126 页；《曹禺：心灵的艺术》，北京大学出版社 2010 年版，第 72—85 页。

关注。

　　曹禺在南京国立戏剧专科学校期间完成的第三个剧本《原野》（三幕剧）中将对人性的剖析进一步向心灵深层开掘。《原野》是一个在宗法专制思想影响下农民复仇者的心理悲剧。此剧在莽莽苍苍的原野上展开了仇、焦两家因历史仇恨而激发的冲突。戏剧正面表现的，是八年后仇虎逃出牢狱来到焦家报一家两代之仇。冲突在仇虎与焦母之间展开。曹禺通过激烈的戏剧冲突，刻画仇虎这个农民复仇者那满蓄着仇恨与反抗力量的灵魂。焦母的暴戾、凶残、诡计多端，被刻画得入木三分，又极富个性特征。

　　剧本从内、外两种冲突来塑造仇虎形象①。戏剧的外部冲突——仇虎为复仇而同焦母展开的冲突，表现出农民的反抗；人物的内心冲突——仇虎杀人前的矛盾，杀人后的恐惧、自责，进一步体现出悲剧的成因。《原野》的戏剧动作在这里得到统一，两种冲突没有造成仇虎形象的前后隔离。仇虎复仇杀人的现实对象是焦大星与小黑子，而他们是无辜的。仇虎之所以忍心下手，就在于焦大星是焦阎王的儿子。这种"父债子还"的传统宗法伦理观念，其实是十分愚昧的。不幸者的惨叫触动了人性的神经。仇虎奋起一击，没有触动黑暗统治势力本身，却使自身陷入了自责与痛苦，掉进了恐惧的心狱而不能自拔。焦母叫魂，夜里鼓声，使他神经错乱。愚昧、迷信，将他的心灵推进幻觉引起的恐怖中。曹禺描写舞台上焦家的陈设，右面是黑暗统治者焦阎王的画像，左面则是供奉菩萨的神龛，象征黑暗世界的精神统治孕育着愚昧和迷信。这是仇虎恐惧心狱中的魔鬼，导致了他内心的悲剧性冲突。序幕中，他敲掉了焦阎王给他戴上的镣铐，但无法挣脱精神镣铐的束缚，最后仍然回到十天前挣脱的镣铐面前。实际上，肉体的与精神的两种镣铐他都没能挣脱。②

　　在《原野》中，曹禺塑造仇虎这位因杀人而心灵分裂的悲剧英雄，完成了一次对人性深度的探索。这受到莎士比亚悲剧《麦克白》的影响。第三幕仇虎在森林中逃跑的幻觉描写，则是吸收了美国剧作家尤金·奥尼尔《琼斯皇》的表现主义艺术。

　　在描写仇虎形象的同时，剧本精彩地塑造了花金子与焦大星的形象。金子与焦母针锋相对而勉强自我克制，她满怀狂热的青春激情，对懦弱无能的大星既同情又厌恶，她风流、泼野，以女性的诱惑力吸引着仇虎，并将这种肉体的欲望升华为精神的爱恋。所有这些，都与仇虎的原始的激情互相呼应，并被表现得血肉丰满、富有魅力。焦大星也是曹禺长于描写的人物形象。这个善良人的可怜虫地位，直接导源于焦阎王夫妇的专制家长的刚愎意志，他的忧郁、痛苦的灵魂也系其父母的罪恶直接、间接铸成。这个形象与《雷雨》中的周萍、《北京人》中的曾文清属同一类型。

　　《原野》问世后，褒贬毁誉不一。80 年代，《原野》被搬上银幕与舞台，获得赞誉。

　　抗战时期，曹禺随国立戏剧专科学校迁至四川江安。这时一位学生的姐姐出现，曹禺与她产生情愫。新恋情使曹禺与郑秀原本不适应、矛盾的夫妻关系恶化。剧作家受此人生感触，创作了《北京人》与《家》。

---

　　①　朱栋霖：《论曹禺的戏剧创作》，人民文学出版社 1996 年版，第 157—159 页；《曹禺：心灵的艺术》，北京大学出版社 2010 年版，第 107 页。

　　②　曹禺后来说，在当时，"五四运动和新的思潮还没有开始，共产党还未建立。在农村里，谁有枪，谁就是霸王。农民处在一种万分黑暗、痛苦，想反抗，但又找不到出路的状况中"。参见《曹禺同志谈剧作》，《文艺报》1957 年第 2 期。

　　三幕剧《北京人》以曾家的经济衰落为串联全剧矛盾冲突的线索与戏剧冲突发生的具体背景，展开家庭中人与人之间的情感纠葛，人性的纠结，并透过这些冲突，深入封建家庭这一躯体深处，着力反映出人们在这种精神统治下对新生活的追求，以及这种精神统治的破产。

　　曹禺选取一个典型的没落士大夫家庭，围绕曾皓、曾思懿的形象，对这个旧家庭中人性的解体作出了深刻的剖析。曾文清与愫方是曹禺倾心塑造的两个艺术形象。他们的内心悲剧冲突与不同命运构成了戏剧冲突的主线。曾文清是剧中曾家第二代"北京人"。他聪颖清俊，善良温厚，不乏士大夫阶级所欣赏的潇洒飘逸。他的悲剧在于，他所长期生活其间的封建文化思想和教养，腐蚀了他的灵魂。精致细腻的生活剪子剪去了翻飞的翅翮。他身上理应得到健全发展的真正的人的因素、人的意气，被消耗、吞噬了。"重重对生活的厌倦和失望甚至使他懒于宣泄心中的苦痛。懒到他不想感觉自己还有感觉，懒到能使一个有眼的人看得穿：'这只是一个生命的空壳。'"不说话的曾文清的悲剧在剧中似乎悄无声息，然而惊心动魄。他尽管爱上一支空谷的幽兰，却只敢停留于相对无言中获取慰藉，爱不能爱，恨不能恨。他出走后又沮丧地归来，以至吞食鸦片自杀，都是必然的。当然，曾文清最后的举动，说明他已认识了"自我"，对自己、对封建家庭生活已经厌弃与绝望。曾文清的悲剧有他个人不可推卸的责任，更有深刻的社会原因，后者正显示出剧本思想意义的深刻性。

　　曹禺在愫方与瑞贞这两位受欺压的女性身上投射了一线光辉，昭示出人类对光明与自由的向往。曹禺细致、深入地塑造了愫方这位女性形象，让她受苦受难的灵魂在周围的黑暗中闪烁出光辉。繁漪、陈白露、愫方是曹禺戏剧中三位卓越的悲剧女性形象。他赋予愫方、陈白露形象以更多的诗意与哲学意味，在愫方那富有人情美的忧伤而坚韧的闪光灵魂中倾注了剧作家的审美理想。在愫方形象上，剧作家蕴含了自己个人的一段爱情生活体验，融汇了后来成为他夫人的方瑞的品性。愫方是旧时代的优秀女性，她沉默、忧伤，处处忍让。她爱上了曾文清这样一个废人，面对种种无望的境遇，她的忍受顺从，反映出她所承负的传统思想、道德的因袭重担，但也是她的人格道德力量与丰富的人性美的表现。尽管她充当了无价值爱情的殉情者，但她把对人生的向往和深挚的爱注入曾文清身上，闪动着人性的光辉与温情态度。曹禺谈到《北京人》的写作动机时说："当时我有一种愿望，人应当像人一样活着，不能像当时许多人那样活，必须在黑暗中找出一条路子来。"①

　　根据巴金同名小说改编的话剧《家》（四幕剧），是曹禺又一出色的创造，既忠于原著的精神，又以自我精神的深入感悟达致独特的创造性。改编本以觉新、瑞珏、梅小姐三个人物的关系作为剧本的主要线索②。曾有评论批评剧本没有写"封建社会的主要矛盾"，认为剧中所描写的封建婚姻造成的不幸，"不过是一种感情上的牙痛症罢了"③。这显然是狭隘地理解了艺术同时代、同人生的关系。话剧《家》是一首情思凄婉、深沉美丽的诗。与巴金小说奔放激昂、

---

　　①　曹禺：《和剧作家们谈读书和写作》，《剧本》1982年第10期。

　　②　《曹禺同志漫谈〈家〉的改编》："他觉得剧本在体裁上是和小说不同的，剧本有较多的限制，不可能把小说中所有的人物、事件、场面完全写到剧本中来，只能写下自己感受最深的东西。他读巴金小说《家》的时候，感受最深的和引起当时思想上共鸣的是对封建婚姻的反抗。当时在生活中对这些问题有许多感受，所以在改编《家》时就以觉新、瑞珏、梅小姐三个人物的关系作为剧本的主要线索，而小说中描写觉慧的部分、他和许多朋友的进步活动都适当地删去了。"见《剧本》1956年第12期。

　　③　何其芳：《关于〈家〉》，《关于现实主义》，上海文艺出版社1962年版。

沉郁悲伤的抒情不同，曹禺式的戏剧诗情风格是情思凄婉、缠绵悱恻，又潜动着一脉春温。

从《雷雨》的紧张热烈、激荡郁愤，到《北京人》的平淡而深沉、忧郁而明朗，曹禺一方面保持戏剧风格中属于他个人所有的一贯稳定性特质，另一方面又发展了自己的戏剧艺术与特色。曹禺是一位拥有炽热激情的作家。这种独特而炽热的审美情感决定了他创作的艺术风貌："雷雨"式的沉闷压抑，"雷雨"式的汹涌激荡。这种独特而炽热的审美情感，决定了他戏剧创作的形象思维过程具有情感与形象的直觉性特点。他写《雷雨》"并没有明显地意识着我是要匡正、讽刺或攻击什么。也许写到末了，隐隐仿佛有一种情感的汹涌的流来推动我，我在发泄着被压抑的愤懑，毁谤着中国的家庭和社会。然而在起首，我初次有了《雷雨》一个模糊的影像的时候，逗起我的兴趣的，只是一两段情节，几个人物，一种复杂而又原始的情绪"①。他独特的审美情感在所创作的戏剧世界中留下了鲜明的痕迹。

曹禺处理戏剧冲突，能深入剧中人的内心世界，或表现人物与人物之间的心灵交锋，或刻画剧中人内心的自我交战。表面的争执、外部的冲突都包蕴着剧中人的内心交战。一切外在的冲突、争辩与日常生活场景，都是酝酿、激发与表现内心冲突。只有这类冲突，才是真正富有戏剧性的冲突。《雷雨》在激烈紧张的戏剧冲突中展现人物的心灵交锋。《北京人》在隐约闪烁、迂回曲折的冲突中展开人物心灵上同样错综复杂、严重尖锐的搏击。在他们平淡的看似无心的言辞中，都有心灵的刀枪你来我去。

曹禺戏剧的语言富有心灵动作性与抒情性。《雷雨》与《原野》中的人物由于各怀着深仇宿怨，语言的进攻性更强烈。那种感情的巨大冲击力呈现出紧张激荡的浓郁风格。《北京人》的人物语言更为简洁凝练，有着委婉深长的抒情诗意。剧中人物的教养、身份和戏剧冲突的特点，决定了戏剧语言在隐晦曲折中包蕴了尖锐的内在动作性和抒情性。在愫方、曾文清形象的塑造上，曹禺的语言艺术又有发展，他往往只用一两个词，一句简短的话，甚至几个语气词，来表现人物的复杂情致与内在动作，用无声语言即停顿来抒情。

曹禺戏剧对中国现代戏剧的发展作出了**杰出贡献**：②

他的戏剧深刻、集中地表现了反专制与个性解放的新文学主题，出色地描写了没落专制家庭及其众多人生相，并以《雷雨》《日出》《北京人》为代表，在中国现代戏剧史上树起了一座丰碑。《雷雨》《北京人》等，堪与巴金的"激流三部曲"双峰对峙，在现代文学史上占有重要地位。

曹禺戏剧发展了我国的悲剧艺术，进一步开拓了悲剧文学的表现领域与精神刻画的深度，为悲剧艺术提供了典范。曹禺塑造了蘩漪、陈白露、愫方这样卓越的悲剧女性，刻画了鲁侍萍、周萍、曾文清等优秀的艺术典型，为现代戏剧的人物画廊贡献出一系列光彩夺目的悲剧形象。这些曹禺式的悲剧人物在我国悲剧艺术发展上的意义，还在于他们显示了悲剧人物和悲剧样式的发展。古代悲剧历来以表现英雄、伟人为主，曹禺从现实生活提炼出悲剧冲突，描写平凡生活中受压迫与摧残、遭压抑与扭曲的悲剧人物，反映出悲剧丰富、深刻的社会意义。剧作家描写了灰色人物、小人物的悲剧，运用艺术手段把这种精神痛苦的深度传达得淋漓尽致。他

① 曹禺：《雷雨·序》，文化生活出版社 1936 年版。
② 详见朱栋霖：《论曹禺的戏剧创作》，人民文学出版社 1986 年版，第 304—370 页；《曹禺：心灵的艺术》，北京大学出版社 2010 年版，第 205—249 页。

的悲剧主要不是呈现为悲壮、崇高的美，而是写出一种忧愤深沉、缠绵沉挚的美。

　　曹禺戏剧的高度艺术成就对中国现代话剧文学样式的成熟起了决定性作用，奠定了这一新生艺术样式在中国现代文学中的地位。早期话剧文明戏演出不用剧本。新文化运动高潮中，随着易卜生等外国戏剧文学的介绍，出现了中国最早的话剧文学。此后，田汉、洪深、欧阳予倩、丁西林、熊佛西、汪仲贤、陈大悲等人，都以自己的创作对话剧文学的发展作出了各自的努力。但作为一种新的样式仍处于徘徊状态，尚未发展为完整、成熟的文学样式。1934 年、1936 年曹禺接连发表《雷雨》《日出》，标志着我国话剧文学样式的成熟。与此同时，1934 年李健吾发表《这不过是春天》，1935 年田汉创作《回春之曲》，1937 年夏衍创作《上海屋檐下》，一起把中国的现代新兴话剧推向成熟的阶段。《雷雨》《日出》《北京人》以卓越独特的艺术成就，高度满足了话剧作为舞台艺术所提出的关于人物、冲突、结构、语言等方面的艺术要求，成为中国话剧创作的典范。曹禺戏剧在吸收外来艺术、形成个人风格的同时，能从剧本的精神风貌与艺术表现方面体现出深厚的民族特色，奠定了现代话剧这一新生艺术样式在中国现代文学史、戏剧史的地位。

研 习 导 引

说不尽的《雷雨》

　　这是一个发生在 80 多年前的家庭悲剧。一群被扭曲了人性的人们，在雷雨滂沱、电闪雷鸣烛照之下痛苦地寻找。所有的人都在纠缠着，挣扎着，却被不可知的命运所主宰。极端的痛苦与情热在这个暴风雨的深夜强烈地碰撞，善良、真诚、爱怜、忏悔的心灵被反复撕裂。

　　《雷雨》问世 80 年来经久不衰，它引起几代学者的解读，也吸引着戏剧、影视各路艺术家竞相搬演，人们从各个不同的角度对它的故事情节、人物关系作出各自的解读。令人不解的是，很多导演与演员都说难于把角色演透，很多观众都说没有把剧中人物看懂，不同时代的学者的不同解读新意迭出。

　　这就是经典的魅力。

　　《雷雨》问世不久，周扬撰文指出其反封建性并批评其宿命论：“作者看出了大家庭的罪恶和危机，对家庭中的封建势力提出了抗议，一个沉痛的，有良心的，但却是消极的抗议。……如果说反封建制度是这剧本的主题，那么宿命论就成了它的 Sub—Text（潜在主题）。”[1]

　　而曹禺本人则说：“并没有显明地意识着我是要匡正、讽刺或攻击什么。也许写到末了，隐隐仿佛有一种情感的汹涌的流来推动我，我在发泄着被抑压的愤懑，毁谤着中国的家庭和社会。然而在起首，我初次有了《雷雨》一个模糊的影像的时候，逗起我的兴趣的，只是一两段情节，几个人物，一种复杂而又原始的情绪。”[2]

　　和《雷雨》的主要人物相联系的是该剧的主要戏剧冲突在何处。

　　20 世纪五六十年代强调阶级分析与阶级斗争，突出周朴园和鲁妈的冲突是戏剧的主要冲

---

　　①　周扬：《论〈雷雨〉和〈日出〉》，《光明》第 2 卷第 8 期，1937 年。
　　②　曹禺：《雷雨·序》，文化生活出版社 1936 年版。

突；八九十年代注重反封建主题，认定蘩漪与周朴园的冲突是戏剧的主要冲突。杰出的作品都不能用通常的生活与戏剧的对应关系去套解独创的艺术构思。在《雷雨》中，周朴园处于几组人物关系的中心地位；但是，就戏剧的情节结构看，蘩漪与周萍的冲突才是《雷雨》的主要戏剧冲突。蘩漪是剧中最具"雷雨"性格的人。

<h2 style="text-align:center">经典的改编</h2>

自 1934 年《雷雨》发表以来，已有电影、电视剧、京剧、沪剧、越剧、黄梅戏、评剧、曲剧、歌剧、舞剧等剧种的改编版。

2010 年曹禺百年诞辰之际，曹禺原剧被改编为苏州评弹。苏州评弹版《雷雨》的改编重在阐发原著精神，以蘩漪与周萍的冲突为主线，以蘩漪为评弹版《雷雨》的核心人物，抛弃历来研究中的阶级斗争观点与庸俗社会学，阐发《雷雨》原典作品人性的光辉和命运扣问的主题。

传统话剧的经典演出中，蘩漪被塑造成在绝望中抗争、爆发的悲剧女性，她的阴鸷忧郁、她的歇斯底里在这个定型中被渲染得淋漓尽致。这个形象定型的理论支撑是强调《雷雨》主题的反封建意义，蘩漪是现代中国的"娜拉"，是反封建的斗士。周朴园与鲁侍萍的关系被强化为阶级压迫与阶级斗争，周朴园与蘩漪的冲突被政治化为反封建斗争，蘩漪就是为了反对周朴园作为封建家长的专制独断，周萍之于蘩漪也是资产阶级纨绔子弟所为。评弹版《雷雨》中，蘩漪在挣扎，但挣扎是表象，痛苦是她的内心，她因为痛苦、无爱而挣扎、爆发、歇斯底里。苏州评弹版《雷雨》塑造的蘩漪是一个在痛苦压抑中挣扎并渴求爱的女性。[①]

第十三章专题讲座
朱栋霖：《雷雨》的主要戏剧冲突
朱栋霖：经典《雷雨》：从话剧到苏州评弹
苏州市评弹团：苏州评弹《雷雨》1—2

第十三章
拓展研读资料

---

① 朱栋霖：《经典〈雷雨〉：从话剧到苏州评弹》，《文学评论》2011 年第 2 期。

第十四章　30年代散文

第一节　30年代散文概述

30年代的散文创作，传承了新文学散文探索人生、抒写心灵和风格多样化的传统，同时在表现社会生活的容量、散文样式等方面有了发展。小品散文蔚然可观。创作开始较早的林语堂、郁达夫、丰子恺、夏丏尊等取得较大成就，还涌现出一批新进的青年作家，如何其芳、李广田、丽尼、陆蠡、缪崇群等。林语堂等提倡闲适、性灵、幽默，尽管受到左翼作家批评，但拥有广大读者。杂文因鲁迅而大放异彩。由于普罗文学家的推动和倡导，报告文学成为30年代散文的一个新景观。

丰子恺（1898—1975），浙江桐乡人，原名丰润，于1922年开始白话散文创作，30年代结集出版了《缘缘堂随笔》《随笔二十篇》《车厢社会》《缘缘堂再笔》等。他的散文内容丰富，显示出独特的人生观与艺术风貌。其一，他的散文颇受佛家思想影响，浸润着佛理、玄思，以《渐》《秋》《两个？》等为代表。其二，出于对"世间苦"的厌憎，他耽爱童真与自然，神往于儿童纯真的世界，追求"彻底地真实而纯洁"的儿童生活，如《儿女》《给我的孩子们》等。其三，他也关心社会现实，善于在日常生活中吟味世态人情，写出耐人寻味的人生意味，如《车厢社会》等。丰子恺最喜欢读的是日本夏目漱石与英国斯蒂森的作品。尤其是前者对他影响至深，其轻快洒脱的文笔、独创的描写人生的幽默笔调、对社会恶习的抨击以及独特的构思、新奇的视角等，都给他很大启发。丰子恺擅长漫画，文与画可谓是孪生姐妹，相得益彰，他的散文因而具有其漫画式的独特视角与幽默表述法。在文体上，他多用随笔体，叙述婉曲，描写细腻，运笔如行云流水，于自然神韵中蓄含深婉情思，自成一种率真自然、清幽淡远的艺术风格。

作为抒情叙事散文中的一类，游记散文在30年代也有新的成绩。根据内容，可分为海外旅游散记、国内山水游记。前者有朱自清的《欧游杂记》《伦敦杂记》，郑振铎的《海燕》《欧行日记》，王统照的《欧游散记》，李健吾的《意大利游简》，刘思慕的《欧游漫记》等。这类游记采风问俗、观察世界，有较强的社会性、民俗性和知识性，文风朴素，具有较高的叙事描写的技巧。后者写景抒怀，发现自然，并在自然中发现人性，以郁达夫的《屐痕处处》《达夫游记》最有代表性。郁达夫写山水名胜，善于抓住特征来加以刻画，并在刻画中融入感情，因而写得酣畅淋漓，情景交融；并常常触景生情，生发议论，抒写了一个富有才情的知识分子在动乱社会中的苦闷情怀。此类作品还有钟敬文的《西湖漫拾》《湖上散记》等，以及老舍本时期描写山东济南、青岛一带自然风光的作品。

新进的青年散文家何其芳、李广田等追求散文艺术的独创与完美，带给文坛清新别致的个人抒情风格。

何其芳（1912—1977），四川万县（今重庆市万州区）人，曾求学于上海中国公学、清华大学外文系、北京大学哲学系，毕业后从事教育工作。1938 年去延安，曾任鲁迅艺术学院文学系主任，同年加入中国共产党，之后主要从事党的宣传工作和文艺工作。何其芳是 30 年代京派重要的作家。他最初以诗歌登上文坛，30 年代的诗集《预言》受精致冶艳的晚唐五代诗词和法国象征派诗人瓦雷里等的影响，以冷艳的辞藻和具象的方式抒写青春的忧郁和感伤，具有浓郁的现代派色彩。此时，何其芳也以更大的热情倾注于散文创作。他立志"以微薄的努力来证明每篇散文应该是一种纯粹的独立的创作，不是一段未完篇的小说，也不是一首短诗的放大""追求着纯粹的柔和、纯粹的美丽"①。这种自觉独立的散文文体意识，鲜明体现于他 1936 年前的《画梦录》《刻意集》。《画梦录》共辑录包括《扇上的烟云（代序）》在内的 17 篇散文，耽于幻想，刻意画梦，传达的主要是画梦时"温柔的独语""悲哀的独语"，于孤独中玩味着孤独，在寂寞中吟哦着寂寞，探索并呈现了年轻知识者内心灵魂的颤动和对人生的独特感悟。这些独语体散文写出了处在边缘状态的青年知识分子的孤独灵魂，又表现了现代散文向纯文学的逼近，向散文艺术本体的回归。当时何其芳的文学观是"文艺什么也不为，只为了抒写自己，抒写自己的幻想、感觉、情感"②。他注重对内心世界的开掘，作品具有浓郁的主观抒情性。他善于运用绚丽精致的语言、繁复优美的意象和轻灵玄妙的笔调，委婉地传达内心的复杂情愫，创造出瑰丽飘逸的艺术境界，具有秾丽精妙之美。这时期他倾心于法国象征主义艺术，主要借助梁宗岱的译介，"对于法国象征主义派的作品入迷"③。《画梦录》《刻意集》的艺术追求是与其诗歌《预言》一致的。象征的旨趣，意象的组合，音乐的和谐，色彩的秾丽，都是象征主义与唯美主义的。在 30 年代散文向叙事化和议论化演变时，何其芳等为抒情散文开辟了一个新美学境界。《画梦录》在抒情散文的独立、艺术品格的纯正方面，堪称典范。《画梦录》与曹禺的《日出》、芦焚（师陀）的《谷》一起，于 1937 年获得《大公报》的文艺奖金。④ 30 年代崛起的李广田、丽尼、陆蠡等一批新进作家，大都醉心于表现内心的苦闷、忧郁，并致力于对散文艺术美的追求，何其芳是其中风格独特的一位。1936 年以后，何其芳所作《还乡杂记》《星火集》等，以朴实的笔触和高昂的格调状写现实人生，不再是诗意画梦的风格。

李广田（1906—1968），生于山东邹平，在北京大学求学时与何其芳、卞之琳结为诗友，合出过诗集《汉园集》，被称为"汉园三诗人"。李广田文名胜于诗名，是京派中卓有建树的

① 何其芳：《还乡杂记·我和散文（代序）》，《何其芳全集》第 1 卷，河北人民出版社 2000 年版，第 238—239、241 页。
② 何其芳：《夜歌·〈夜歌〉（初版）后记》，《何其芳全集》第 1 卷，河北人民出版社 2000 年版，第 517 页。
③ 何其芳：《星火集·论工作》，《何其芳全集》第 2 卷，河北人民出版社 2000 年版，第 9 页。
④ 1937 年 5 月 12 日，《大公报》刊登评选委员会对于获奖作品的评语："在过去，混杂于幽默小品中间，散文一向给我们的印象多是顺手拈来的即景文章而已。在市场上虽曾走过红运，在文学部门中，却常为人轻视。《画梦录》是一种独立的艺术制作，有它超达深渊的情趣。"

散文家，30 年代所作收为《画廊集》《银狐集》《雀蓑集》三集。他在《〈画廊集〉题记》中自称，"我是一个乡下人，我爱乡间，并爱住在乡间的人们"。其文多写清峻奇丽的山水风光和败落乡村中的人生面影，把人性主题置放于远离都市的乡间"画廊"中去表现，立意从未受都市文明浸染的乡村去发现、捕捉健康人性之光，诸如《山之子》《回声》《上马石》《五车楼》等。李广田深受英国作家玛尔廷的影响，追求"素朴的诗的静美"。他善于把抒情与叙事、写景结合起来，风格平实浑厚，感情沉郁而略带悲凉。抗战爆发后，李广田的散文进一步贴近现实人生，拓宽了题材领域，感情由沉郁转为泼辣，在柔美中融进了阳刚之气。

丽尼（1909—1968），湖北孝感人，原名郭安仁。丽尼的散文创作经历了从低吟悲风曲到高歌抗争曲的嬗变，主要有散文集《黄昏之献》《鹰之歌》《白夜》等。名篇《鹰之歌》描写搏击长空的雄鹰，借此讴歌在黑夜中英勇牺牲的少女，唱出了"我忘却忧愁而感觉奋兴"的歌声。丽尼的散文注重抒情，大多采用直抒胸臆的方式，率真热烈，但尚能把内心感受凝聚外化为具体形象，并不浅露，同时又能注意色调的搭配和音韵的和谐。

陆蠡（1908—1942），浙江天台人，著有《海星》《竹刀》和《囚绿记》。名篇《囚绿记》写于全面抗战爆发后不久。作品托物言志，构思巧妙，通过回忆北平旧寓里一枝常青藤在被囚后仍不改"永远向着阳光生长"的习性，写出一首深情委婉的爱国主义正气歌。陆蠡的散文善于编织故事、勾勒画面，抒情含蓄委婉，具有隽永的意境；语言凝练优美，节奏舒缓，具有散文诗的风味。

缪崇群（1907—1945），江苏六合人，早期作品辑为《晞露集》《寄健康人》《废墟集》，全面抗战爆发后又有《夏虫集》《石屏随笔》等。他长于抒写人情，善于描绘景物，并力求在具体细微之处发现深意、悟出哲理，语言质朴率真。巴金称他的散文是"有血有泪、有骨有肉、亲切而朴实的文章"①。

30 年代杂文继新文学革命后再度兴盛。鲁迅等名家的倡导、读者和作者队伍的形成，为杂文的发展创造了条件，杂文风行文坛。非左翼的《申报·自由谈》等报刊，都纷纷刊载杂文。在鲁迅的直接影响下，30 年代出现了一批青年杂文作者。其中有《不惊人集》《打杂集》的作者徐懋庸和《推背集》《海天集》的作者唐弢，还有徐诗荃、聂绀弩、周木斋、巴人等。他们以杂文揭露社会矛盾，剖析人生百态，风格各殊，但都表现出了蓬勃的朝气和思想的敏锐。

瞿秋白（1899—1935），江苏常州人，其杂文多收在《乱弹及其他》一书中，以政治批判和文化批判为主，大都具有鲜明的政治倾向性。瞿秋白的杂文善于抓住人物的特点和事物的特征，并借用比喻、象征手段创造出某种社会形象；在艺术上则富有创新精神，形式丰富多样，不拘一格。瞿秋白对杂文理论的建设也作出了重要贡献。《〈鲁迅杂感选集〉序言》首次对鲁迅思想与杂文创作展开了系统论述，是鲁迅研究史上的一篇重要论文，对于推动 30 年代杂文创作也颇具影响。

30 年代散文的另一新收获是**报告文学**。报告文学是从新闻报道和纪实散文发展而来的一种新的散文类型。20 年代初，瞿秋白的《饿乡纪程》和《赤都心史》开了中国报告文学的先河。20 年代中期，围绕着五卅事件和"三一八"惨案出现的纪实散文推动了它的发展。中国

---

① 巴金：《纪念一个善良的友人》，《巴金选集》第 8 卷，四川人民出版社 1982 年版，第 373 页。

报告文学的成熟和繁荣始于 30 年代，是当时急剧变动的社会生活的需要，也是左联积极倡导和组织的结果①。此外，外国报告文学理论和作品的翻译，② 也为其发展提供了示范和推动力。

随着群体性的报告文学写作热潮的出现，30 年代出现过几部大型报告文学集。1932 年阿英编纂的《上海事变与报告文学》，对刚刚发生的"一·二八"事变作了及时反映，是我国第一部以报告文学名义出版的结集。1936 年，茅盾仿效高尔基主编的《世界的一日》，发起征文，编成《中国的一日》。这本 80 万字、近 500 篇的大型报告文学集广泛反映了同年 5 月 21 日中国各地的社会与生活。这是对群众性通讯报告写作的一次检阅，是稍后梅雨主编的《上海的一日》的先导。此外，较重要的结集还有 1936 年梁瑞瑜选编的《活的记录》。

在群体性通讯写作开展的同时，许多新闻界和文学界人士也从事报告文学写作。邹韬奋的《萍踪寄语》《萍踪忆语》，萧乾的《流民图》《平绥散记》和范长江的《中国的西北角》《塞上行》等，通俗明快，产生过一定影响。文学界在报告文学上用力较多、成果最著的是夏衍和宋之的，他们于 1936 年分别发表了代表作。夏衍的《包身工》"在中国的报告文学上开创了新的纪录"③。它将群像和个像相结合，反映了上海日本纱厂中国女工的悲惨生活；艺术上借鉴电影的表现手法，以时间为线索精心布局，叙述描写和议论抒情相结合，具有很强的文学性。宋之的的《一九三六年春在太原》逼真地写出了山西军阀不事抗日、专事"防共"的情景。它以"我"的见闻为线索，巧妙剪裁，结构独特，颇见匠心。这两篇作品克服了此前报告文学重报告轻文学的缺点，达到了新闻性、纪实性与形象性、情感性的统一。

第二节　鲁迅杂文　林语堂

杂文是鲁迅一生倾注精力最多的文体，晚年更是以几乎全部精力投入杂文的创作。在编订完《且介亭杂文二集》写的《后记》中，鲁迅回顾说："我从在《新青年》上写《随感录》起，到写这集子里的最末一篇止，共历十八年，单是杂感，约有八十万字。后九年中的所写，比前九年多两倍；而这后九年中，近三年所写的字数，等于前六年……"④ 鲁迅一生创作的文字，杂文占将近百分之八十。由此可知杂文创作在他的著述生涯中的分量。

杂文可以说是鲁迅通过终其一生的写作所独创的一个现代散文的新文体。它起于《新青年》的随感录，其作者除鲁迅外，还有陈独秀、胡适、钱玄同、刘半农、周作人等，但将其发展成更为成熟的杂感，以至后来公认的杂文，则几乎依赖于鲁迅个人的努力和成就。对于鲁迅杂文的成就，肯定者给予很高的评价，李泽厚认为："有两部散文文学可以百读不厌，这就是《红楼梦》和鲁迅文集（其中百分之八十是杂文，编者注）。"称鲁迅的作品"是当之无愧的中

　　① 　1930 年 8 月 4 日，左联执委会通过决议《无产阶级文学运动新的情势及我们的任务》，号召开展"工农兵通信运动"，"创造我们的报告文学"。左联的许多刊物如《光明》《中流》等成为当时刊载报告文学的重要阵地。

　　② 　其中较有影响者：沈端先译日本作家川口浩的《报告文学论》，贾植芳译捷克报告文学家基希的《一种危险的文学样式》，徐懋庸译法国作家梅林的《报告文学论》，周立波译基希取材于中国生活的长篇报告文学作品《秘密的中国》，阿雪译墨西哥驻沪领事馆外交官爱狄密勒的《上海——冒险家的乐园》等。

　　③ 　《光明》半月刊 1936 年 6 月创刊号《社语》。

　　④ 　鲁迅：《且介亭杂文二集·后记》，《鲁迅全集》第 6 卷，人民文学出版社 2005 年版，第 466 页。

国近代社会的百科全书"①。

在《且介亭杂文·序言》中，鲁迅说："其实'杂文'也不是现在的新货色，是'古已有之'的，凡有文章，倘若分类，都有类可归，如果编年，那就只按作成的年月，不管文体，各种都夹在一处，于是成了'杂'。分类有益于揣摩文章，编年有利于明白时势，倘要知人论世，是非看编年的文集不可的，……况且现在是多么切迫的时候，作者的任务，是在对于有害的事物，立刻给以反响或抗争，是感应的神经，是攻守的手足。"②

鲁迅之钟情杂文，并非偶然，而有着自己的文学想象与理解。早在新文学革命前十年，鲁迅弃医从文，就确立了以文学来"改变（国人）精神"的思路，之后采取的一系列文学计划，是这一思路的展开，在《文化偏至论》与《摩罗诗力说》中，鲁迅抓住精神与诗（文学）这两个变革契机，远接新文化运动思想革命与文学革命的两个主题。

鲁迅杂文创作可分为三个时期：第一个时期是 1918 年到 1923 年，包括《热风》和《坟》中的《我之节烈观》《我们现在怎样做父亲》等三篇长文；第二个时期是 1924 年到 1929 年，包括《坟》的后一部分，《华盖集》《华盖集续编》《而已集》和《三闲集》；第三个时期是 1930 年到 1936 年，出版有《二心集》《南腔北调集》《伪自由书》《准风月谈》《花边文学》《且介亭杂文》《且介亭杂文二集》和《且介亭杂文末编》。另有作者去世后出版的《集外集》《集外集拾遗》及《集外集拾遗补编》中的杂文，涵盖其所有时期。

1918 年到 1923 年的杂感，大多是发表于《新青年》的随感录。鲁迅在《热风·题记》中说："我在《新青年》的《随感录》中做些短评，还在这前一年，因为所评论的多是小问题，所以无可道，原因也大都忘却了。但就现在的文字看起来，除几条泛论之外，有的是对于扶乩，静坐，打拳而发的；有的是对于所谓'保存国粹'而发的；有的是对于那时旧官僚的以经验自豪而发的；有的是对于上海《时报》的讽刺画而发的。记得当时的《新青年》是正在四面受敌之中，我所对付的不过一小部分……"③ 可见当时的杂感写作还是为《新青年》团体作战的一个部分，虽然厚积薄发，所见颇深，但还是采取声援《新青年》的边缘姿态，并没有找到真正属于自己的抗击目标。

1924 年至 1929 年是鲁迅杂文的成形与爆发期，经过 1923 年的沉默，鲁迅走出绝望，真正获得了自己，开始摆脱《新青年》时期的从属姿态，以自由个人的身份站了出来。《华盖集·题记》标志着鲁迅杂文的真正自觉。《华盖集》和《华盖集续编》中《我的"籍"和"系"》、《十四年的"读经"》、《并非闲话》系列、《学界的三魂》、《无花的蔷薇》系列、《记念刘和珍君》等，是传诵一时的名篇。收在《坟》的后一部分中的长篇杂文写于 1924—1925 年，《论雷峰塔的倒掉》《春末闲谈》《灯下漫笔》《论"费厄泼赖"应该缓行》等，都写得沉着痛快，娓娓道来，可见打破沉默后的鲁迅开始进入畅所欲言的状态。《而已集》和《三闲集》中的杂文展现了鲁迅南下后思想转变的轨迹，《答有恒先生》表露了广州清党事件后的震惊和进化论"思路的轰毁"，《魏晋风度及文章与药及酒之关系》在嬉笑怒骂中对当时的白色恐怖进行影射，《怎么写（夜记之一）》《在钟楼上（夜记之二）》写出了面对大时代的心事浩茫的探索心境，

①　李泽厚：《略论鲁迅思想的发展》，《中国近代思想史论》，人民文学出版社 1979 年版，第 439 页。
②　鲁迅：《且介亭杂文·序言》，《鲁迅全集》第 6 卷，人民文学出版社 2005 年版，第 3 页。
③　鲁迅：《热风·题记》，《鲁迅全集》第 1 卷，人民文学出版社 2005 年版，第 307 页。

《革命时代的文学》《小杂感》《革命文学》和《文艺与革命》表达了面对革命思潮的观察、质疑与自我反思。1928 年年初与创造社、太阳社关于"革命文学"的论争，是《三闲集》的主要内容，《"醉眼"中的朦胧》《我的态度气量和年纪》等论战文字，既针锋相对，又晓之以理。

随着后期现实感和紧迫感的加剧，杂文几乎成为鲁迅唯一的文学武器。掌握理论后的批判是《二心集》《南腔北调集》的基调，如加入左联后与新月派有关文学的"阶级性"和翻译问题的论争，对"民族主义文学"的批判，对"自由人"与"第三种人"的批评，以及对国民党迫害左翼作家暴行的控诉等。《中国无产阶级革命文学和前驱的血》和《为了忘却的记念》公开揭露迫害左翼作家的暴行，《"硬译"与"文学的阶级性"》与新月派展开了富有理论深度的论战，《"民族主义文学"的任务和运命》《论"第三种人"》对各种文学思潮进行鞭辟入里的批判。与前一时期相比，鲁迅这一时期的辩论文字篇幅较长，既保持了针锋相对的辩论技巧，又更多诉诸学理的深度辨析，说明他通过对马克思主义文论的翻译和研究，已经具备系统的理论素养。这些杂文也是鲁迅杂文中理论含量最大的。随着舆论环境的恶化，鲁迅不得不经常变换笔名在不同的刊物上发表文章，为了适应灵活多变的"游击"战术，《伪自由书》《准风月谈》《花边文学》里的杂文大多是篇幅短小的短评，措辞也较为隐晦，"这些短评，有的由于个人的感触，有的则出于时事的刺戟，但意思都极平常，说话也往往很晦涩，我知道《自由谈》并非同人杂志，'自由'更当然不过是一句反话，我决不想在这上面去驰骋的。我之所以投稿，一是为了朋友的交情，一则在给寂寞者以呐喊，也还是由于自己的老脾气"（《伪自由书·前记》）。而收在《且介亭杂文》《且介亭杂文二集》《且介亭杂文末编》中的杂文，显示了晚年鲁迅的杂文艺术已达到炉火纯青，《病后杂谈》、《病后杂谈之余》、《题未定草》（一至九）、《"文人相轻"》系列、《"立此存照"》系列，在现实与历史中随手拈来，寄深切忧患于娓娓而谈之中，《儒术》《说"面子"》《运命》《"京派"和"海派"》《从帮忙到扯淡》《隐士》《杂谈小品文》《文坛三户》点到为止，每能于平常中见真相，于现象中见本质，《"这也是生活"》《死》《女吊》则直言不讳，强劲奇崛，迸发出最后的生命异彩。

瞿秋白当时说："杂感这种文体，将要因为鲁迅而变成文艺性的论文的代名词。"[1] 然而，杂文又是鲁迅创作中最受争议的文体[2]。对于杂文文学性的认识，与对其文体特征的界定相关。

一般认为，鲁迅杂文有三个重要的**艺术特点**。其一，是诗与政论的结合。鲁迅"独创了将诗和政论凝结于一起的'杂感'这尖锐的政论性的文艺形式。这是匕首，这是投枪，然而又是独特形式的诗！这形式，是鲁迅先生所独创的，是诗人和战士的一致的产物"[3]。鲁迅的杂文做到了绵密的逻辑和生动的形象的高度统一、思想家的卓识和文学家的才华的高度统一。这种统一的方法就是："论时事不留面子，砭锢弊常取类型"[4]，将政论性、逻辑性与形象性、情

---

[1]　何凝（瞿秋白）：《〈鲁迅杂感选集〉序言》，上海青光书局 1933 年版。

[2]　在他生前就有论者对杂文是否属于文学提出质疑，更多人惋惜鲁迅以如此多的精力投入杂文创作。对于种种非议，鲁迅每每在杂文集的序言和后记中提及，并略作辩解。在《华盖集·题记》中，鲁迅说："也有人劝我不要做这样的短评。那好意，我是很感激的，而且也并非不知道创作之可贵。然而要做这样的东西的时候，恐怕也还要做这样的东西……"见《鲁迅全集》第 3 卷，人民文学出版社 2005 年版，第 4 页。《三闲集·序言》又说："'杂感'之于我，有些人固然看作'死症'，我自己确也因此很吃过一点苦，但编集是还想编集的。"见《鲁迅全集》第 4 卷，人民文学出版社 2005 年版，第 3 页。

[3]　冯雪峰：《鲁迅论》，《雪峰文集》第 4 卷，人民文学出版社 1985 年版，第 13 页。

[4]　鲁迅：《伪自由书·前记》，《鲁迅全集》第 5 卷，人民文学出版社 2005 年版，第 4 页。

感性相融合。如《中国人的生命圈》从"圈"到"线"到"○"，层层推演，逻辑严密，议论深刻；但同时它又创造出了具体的形象，饱含了鲜明的爱憎之情。其二，是从"砭锢弊"的立意出发，塑造出了否定性的类型形象体系。诸如叭儿狗（《论"费厄泼赖"应该缓行》）、蚊子（《夏三虫》）、"完美的苍蝇"（《战士和苍蝇》）等类型形象的塑造，画出了种种黑暗势力的鬼脸，熔铸了作者对社会的真知灼见和针砭批判，并且具有触类旁通的美感特征。其三，是幽默讽刺和曲折冷峭的语言。鲁迅好用反语、夸张，亦庄亦谐，三言两语就能画出论敌的"鬼脸"，语言简洁峭拔，充满幽默感。他的杂文造语曲折，往往不直接得出结论，而采用比喻、暗示、对比等，通过叙述描画突出事物的内在矛盾，含不尽之意于言外。如《推背图》《现代史》则通篇在写变戏法，表面上文不对题，实际是以此比喻现代史，揭露了现代统治者巧立名目、盘剥人民的本质。

鲁迅杂文是对中国议论性散文的创造性发展，为中国文学创造了杂文这一文体范式，展现了独具个性又丰富多彩的思想美学特色。第一，观察深刻，意绪深沉。创伤经历、历史记忆和现实经验，使鲁迅具备了独到的问题意识和观察视角，其对国民性的深刻洞察，形成了别人难以企及的思想与情感的深度。鲁迅杂文理性与感性相互交融，理性洞察因感性的丰富参与显得更为真切，感性表达因理性洞察的支撑变得尤为深刻。晚年，其情感意绪显得更为通脱和深沉。第二，谈锋犀利，一针见血。鲁迅的论战文字，往往抓住对手言说之中的破绽及其背后的隐秘动机，胜敌于一击之中。第三，不拘一格，随机应变。鲁迅杂文在体式和笔法上变化多端，常常融议论于叙事之中，藏讽刺于描述之间，出神入化，曲尽其妙。第四，生动形象，机智幽默。鲁迅杂文常将深刻的议论诉诸生动形象的叙事与描述，不着一字，其意自彰。论辩是语言的交锋，针对对方的语言随机应变，涉笔成趣，是其惯用的技巧，又通过夸张等讽刺手法，揭示对手的逻辑与行为的荒谬之处，机锋巧设，幽默隽永。

杂文紧紧抓住当下，直面现实，但在整体上则显现为人生的历史和行动的轨迹，杂文写作，是处于转型时代让当下变成现代史的行动。鲁迅以杂文为武器，充分地发挥了文学参与历史和干预现实的功能，展现了其个人存在与中国 20 世纪历史的复杂纠缠，也成为 20 世纪中国现代性的最复杂与最丰富的写照。

林语堂（1895—1976），福建龙溪（今漳州）人，原名林和乐、林玉堂，曾先后求学于上海圣约翰大学、美国哈佛大学和德国耶那大学、莱比锡大学等。他是《语丝》杂志主要撰稿人之一。他"语丝"时期的散文集《剪拂集》斥国粹、张民主、倡欧化，对北洋军阀治下的黑暗现实多有讥刺，显得激昂慷慨、浮躁凌厉。1932 年 9 月，林语堂创办《论语》半月刊，嗣后又创办了《人间世》（1934）和《宇宙风》（1935），以发表小品文为主，提倡幽默、闲适和独抒性灵。

林语堂将英文 humour 译成"**幽默**"，加以提倡，认为"幽默之所以异于滑稽荒唐者"，主要在于"同情于所谑之对象"，幽默的特征即为"谑而不虐"[1]。这既是美学观，也是人生观。他以超然之姿态和"深远之心境"，"带一点我佛慈悲之念头"，对现实中的滑稽可笑之处加以戏谑。在他看来，"幽默只是一种从容不迫达观态度"[2]。林语堂力主把幽默和讽刺分开，认为

---

[1] 林语堂：《答青崖论幽默译名》，《论语》创刊号，1932 年 9 月。
[2] 林语堂：《论幽默》，《林语堂文选》（下），中国广播电视出版社 1990 年版，第 79 页。

二者的根本差别就在于与现实的审美距离不同，主张拉开与现实的距离，做"一位冷静超远的旁观者"，由此而达致的和缓、同情便是幽默的基础。林语堂的幽默观深受西方文化特别是英国文化的影响，他强调"参透道理"，"体会人情，培养性灵"，深得西方幽默之精髓。他倡导幽默，是文化对人的发现，不仅发展了中国现代幽默观，推动了 30 年代幽默小品的创作，对改变国民合于圣道的思维方式和枯燥的人生方式也有所补益。正如郁达夫所说，"我们的中华民族，一向就是不懂幽默的民族，但近来经林语堂先生等一提倡，在一般人的脑里，也懂得点什么是幽默的概念来了，这当然不得不说是一大进步"，因此，在"散文的中间，来一点幽默的加味，当然是中国上下层民众所一致欢迎的事情"①。

凡方寸中一种心境，一点佳意，一股牢骚，一把幽情，皆可听其由笔端流露出来，是之谓现代散文之技巧。

——林语堂

　　从其幽默观出发，林语堂主张小品"以自我为中心，以闲适为格调"②，要"语出灵性"，"凡方寸中一种心境，一点佳意，一股牢骚，一把幽情，皆可听其由笔端流露出来"③。他自称提倡小品的目的"最多亦只是提倡一种散文笔调而已"④。这种散文笔调的核心便是闲适和性灵，通过多样化的题材和娓语式笔调，达到"个人之性灵之表现"的无拘无碍、从容潇洒的境界。林语堂、周作人都特别推重明清小品。林语堂对闲适和性灵的提倡，秉承的仍是新文化个性主义思潮；以文学怡养人的性情，是其文学观内核。这些被提倡文学是战斗的武器的左翼作家们认为是不合时宜的，因此曾受到指责。鲁迅的《小品文的危机》是其中有影响的批评。

　　30 年代是林语堂幽默理论的成熟期，也是他小品创作的丰收期。从 1932 年《论语》创刊到 1936 年赴美国，他发表文章（多为小品）近 300 篇，一部分收在《大荒集》和《我的话》中。他的小品题材丰富繁杂，大至宇宙之巨，小至苍蝇之微，无所不包。其中颇具特色且具有较高文化含量的是那些中西文化对比的文章。他主张中西文化融合论，他从袁中郎性灵说与老庄哲学中发现中国传统文化优于西方文化之处，他以老庄道家与克罗齐哲学结合创造自己的融合中西文化的新理念、新发现。这一文化立场使他能娴熟地用比较的新眼光看问题，常常能在中西方文化的互参下发现中国传统文化的弊端，引发出改造国民性的思考。《谈中西文化》以柳、柳夫人、朱三人对话的方式，探讨中西文化的差别，深入浅出，生动别致。林语堂的小品是一种智者的文化散文，蕴含着丰富的文化信息。他追慕纯真平淡，力斥虚浮夸饰，他的小品或抒发见解，切磋学问，或记述思感，描绘人情，皆出于自我性灵，朴素率真而不矫饰，在一定程度上矫正了当时文坛上的浮躁风气。如《秋天的况味》以秋景写人情，以秋天古意磅礴

　　①　郁达夫：《中国新文学大系·散文二集·导言》，上海良友图书印刷公司 1935 年版，第 10—11 页。
　　②　林语堂：《人间世·发刊词》，《人间世》1934 年第 1 期。
　　③　林语堂：《叙〈人间世〉及小品文笔调》，《林语堂文选》（下），中国广播电视出版社 1990 年版，第 25、24 页。
　　④　林语堂：《小品文之遗绪》，《林语堂文选》（下），中国广播电视出版社 1990 年版，第 27 页。

的气象衬托人生之秋成熟的快乐，显得朴素宜人。浓郁的幽默情味，是他突出的艺术个性。现代散文中有过青年式的感伤气息和老年式的训诫色彩，而林语堂的幽默小品则带来了中年式的睿智通达的情味，开辟了现代散文新的审美领域。为了传达出幽默情味，他还将谈话式的娓语笔调引入小品创作。他甚至"相信一国最精炼的散文是在谈话成为高尚艺术的时候，才生出来的"，因为它们对读者含着"亲切的吸引"①。林语堂的幽默小品缩短了与读者的距离，《论语》行销曾达三四万份。作为幽默大师和现代娓语式散文开创者之一，林语堂在当时和后来都产生了很大的影响。

因 20 年代提出"费厄泼赖"、30 年代提倡幽默小品，林语堂都曾遭到鲁迅批判并在国内长期被视为"反动文人""帝国主义走狗"。在海外，他被称为"高人雅士""一代哲人""东方文化传道者"。1935 年 9 月，林语堂在美国出版英文著作《吾国与吾民》，开始较系统地对外介绍中国文化和中国人的生活。1936 年居留美国后，他继续向西方世界介绍中国文化，所著《生活的艺术》《京华烟云》《孔子的智慧》《庄子的智慧》《苏东坡传》等 20 余种，颇受欢迎。其中《生活的艺术》在美国印行 40 版，并被译成多国文字。1965 年林语堂定居台北阳明山后，编有《林语堂当代汉英词典》。"两脚踏东西文化，一心评宇宙文章"，这是他晚年自撰联。林语堂致力于中西文化的交流和沟通，为中国文化走向世界作出了重要的贡献。

研 习 导 引

关于小品文的论争

30 年代，林语堂等大力提倡幽默、闲适的小品文："盖小品文，可以发挥议论，可以畅泄衷情，可以摹绘人情，可以形容世故。可以札记琐屑，可以谈天说地，本无范围，特以自我为中心。以闲适为格调，与各体别，西方文学所谓个人笔调是也。"② 但在鲁迅看来，这样的文章不过是"小摆设"，它的倡导者是"想别人一心看着《六朝文絜》，而忘记了自己是抱在黄河决口之后，淹得仅仅露出水面的树梢头"。幽默、闲适以及独抒性灵的盛行，已经使小品文陷入了危机，"生存的小品文，必须是匕首，是投枪，能和读者一同杀出一条生存的血路的东西"③。相比而言，郁达夫对林语堂抱以更多同情的理解：他"近来的耽溺风雅，提倡性灵，亦是时势使然，或可视为消极的反抗，有意的孤行。周作人常喜引外国人所说的隐士和叛逆者混处在一道的话，来作解嘲；这话在周作人身上原用得着，在林语堂身上，尤其是用得着"④。

第十四章
拓展研读资料

① 林语堂：《论谈话》，《林语堂文选》（下），中国广播电视出版社 1990 年版，第 73 页。
② 林语堂：《人间世·发刊词》，《人间世》1934 年第 1 期。
③ 鲁迅：《南腔北调集·小品文的危机》，《鲁迅全集》第 4 卷，人民文学出版社 2005 年版，第 591、592—593 页。
④ 郁达夫：《中国新文学大系·散文二集·导言》，上海良友图书印刷公司 1935 年版，第 16 页。

第十五章　40年代文学思潮

以 1937 年 7 月 7 日卢沟桥事变为标志，日本全面发动侵华战争，中国进入了全面抗日战争时期。在争取民族独立与解放的背景下，抗战时期国共两党合作，成立了抗日民族统一战线。1945 年 8 月 15 日，日本无条件投降。从 1945 年 8 月开始，中国共产党领导展开了为推翻国民党政府的解放战争。持续的战争和国内政治格局的不断变化，新的历史条件下的民族危机与政治分裂，使中国社会分割为国统区、沦陷区和解放区（根据地）几个区域。尽管有着共同的民族与时代关切，尽管探索现代性的主题并未改变，但不同区域间社会、文化环境的巨大差异，以及与之紧密联系的作家们的文学价值观念与书写方式的差异，导致了 40 年代文学思潮的发生、发展呈现出显著的区域化特征。本时期整体上形成了国统区（包括抗战时期的沦陷区）和解放区（抗战时期称根据地）两大文学和文化体系。国统区文学基本延续了 30 年代的多元化状态，并在民族危机的大背景下呈现新的变化与发展；解放区文学（或称延安文学）则在无产阶级革命政治主导下展开了高度集中的文学规划与实践。

第一节　国统区文学思潮

在动荡、苦难与危机的战争背景下，民族、时代与个人三个命题——三种文学精神的激荡、互渗与转换，驱动着 40 年代中国文学的生成与发展。国统区文学作为本时期中国文学的主体，一方面形成了以深沉悲郁为主色调的开放的审美格局；同时，又由于民族危机与社会历史大动荡的特殊时代，文学以各种方式与现实政治相绞结，不同的文学观念、文学价值取向引发出广泛而复杂的论争。

一、战时背景下文学审美流向的多样化

以民族主义和民主斗争为主题的现实参与。这一时期，民族和民主是文学参与现实的两大主题。从参与方式和状态来看，则经历了两个阶段，即 30 年代的直接配合的高亢激愤阶段，与 40 年代以后趋于深沉凝重，呈现多样化的阶段。

全面抗战爆发后，作家们普遍自觉地以强烈的民族意识回应着救亡的时代主题。1938 年 3 月 27 日，中华全国文艺界抗敌协会（简称"文协"）在武汉成立，郭沫若、茅盾、冯乃超、夏衍、胡风、田汉、丁玲、吴组缃、许地山、老舍、巴金、郑振铎、朱自清、郁达夫、朱光潜、姚蓬子、陈西滢、王平陵等 45 人被选举为理事，周恩来、孙科、陈立夫等为名誉理事，由老舍负责协调"文协"的日常工作。1938 年 5 月，文协会刊《抗战文艺》创刊，至 1946 年

5 月停刊，共出版 71 期。文协成立时提出"文章入伍、文章下乡"的口号，号召作家们以笔代枪地参与到民族独立战争中。"尽量鼓起民众抗战的情绪，唤起民族意识，鼓吹民族气节，描述抗战实况"①，成为文学的中心任务和作家们的共同诉求。街头剧、活报剧、朗诵诗、通讯、报告文学以及通俗文艺等能够快捷参与和配合民族解放战争的文学形式异常活跃。这时，文学在凸显战斗性和时代性、张扬爱国主义激情的同时，也暴露出公式化、概念化的倾向。随着抗战进入相持阶段（以 1938 年武汉失守为起点），以及皖南事变（1941 年 1 月）后国内政治局势的复杂化，高昂激愤的社会情绪开始落潮，作家们开始更冷静地观察和思考危机重重的中国与人生，深入生活的底蕴，文学的表现趋于深刻与多样。

出于对建设现代民主国家的渴望、对社会理想的追求，同时在严峻社会现实的催生下，国内民主运动高潮迭起，以讽喻现实、暴露问题的文学形式张扬民主精神与社会意识，成为相当一部分作家自觉的选择。张天翼、沙汀的小说，陈白尘、丁西林、宋之的、吴祖光的戏剧，袁水拍的诗歌以及冯雪峰、聂绀弩等的杂文，都体现出鲜明的讽刺特色，寄沉痛于嘲谑，在笑声背后传达严肃的社会与人生思考。本时期以郭沫若、阳翰笙、阿英等为代表的历史剧创作热潮，则是作家们干预现实精神的另一种表现。

人道主义文学传统的深化与拓展。民族与个人的苦难往往是孕育杰出文学的土壤。战争带来的动荡促使作家们更深入地体察着人的存在。中国新文学的人道主义传统在这一时期进一步发展，并呈现出沉郁、沧桑与焦灼相交织的审美色调。在 20 世纪二三十年代已经成名的一些作家进入了新的创作阶段，如老舍、巴金等，都沉潜出堪称圆熟的艺术创作。在更年轻一代小说家那里，与战争带来的漂泊流寓的人生际遇相联系，个体性的体验、追忆小说成为一个突出的文学现象，路翎、萧红、师陀等人的创作各具特色。七月派的年轻诗人们用燃烧的主观精神"突入"生活，在他们看来，"在'必然的'法则里，人底力量是决定性的东西"②。

智性审美因素的成长。与情的深沉、深切相辉映和交融，智性审美因素的加强与凸显是作家艺术观念深化的体现，构成了文学审美格局的拓展，也形成了 40 年代文学的一个重要特点。钱锺书的《围城》具有鲜明的学者小说色彩。在昆明西南联大，更是汇聚出一个致力于开掘现代诗智性审美因素的诗人群，其中既有 20 年代就已成名的冯至，也有作为诗坛新生力量、后来被称为"九叶诗人"的穆旦、郑敏、袁可嘉、杜运燮、杭约赫、唐祈、唐湜、辛迪等。

雅俗文学的互动与融合。雅俗互动与融合是本时期文学发展的又一重要动向。在民族危机的大背景下，纯文学与通俗文学两大文学系统之间的对立渐趋消解。1938 年成立文协时，张恨水被推举为理事之一，体现出民族危机背景下文化统一战线的开放与包容。这时，不仅纯文学作家在民族化、大众化旗帜下主动创作了很多面向广大民众的通俗性文艺作品，通俗文学作家也显示出严峻的现实主义态度，以及对现代审美资源的主动吸纳、转化。张恨水的《八十一梦》以"梦"贯穿全篇，通过一种"意念性结构"③ 展开叙事，寄托针砭时弊、感时忧国的现实关切。40 年代，从美学的意义上突破雅俗边界的作家、作品越来越多，诸如徐讦、无名氏、黄谷柳、苏青、施济美、东方蝃蝀等，以及解放区的赵树理等。其中最重要的则是出入于

---

① 张申府：《抗战以来文艺的展望》，《自由中国》第 2 号，1938 年 5 月 10 日。
② 胡风：《自然主义倾向底一理解》，《胡风评论集》（上），人民文学出版社 1984 年版，第 388 页。
③ 杨义：《中国现代小说史》第 3 卷，人民文学出版社 1998 年版，第 738 页。

雅与俗、新与旧、华与洋之间的张爱玲，她以富有现代气息又不乏传统韵致的小说样式，探索着感应时代与超越时代相结合的艺术道路，成为体现中国现代文学的审美创新力的新的杰出代表。

二、广泛而复杂的文学论争

文学论争与政治斗争相结合，文学艺术的不同认识常常被功利地理解为现实政治问题，是本时期文学运动的历史特点。由于持续战争和国内政治分裂，民族危机背景下的现实关切成为贯穿本时期文学发展的核心问题。围绕文学如何参与现实的总命题，文学论争乃至批判频繁而激烈。其中几乎都有左翼阵营的参与，或者发生于左翼内部。一个历史的特殊性在于，30年代兴起的左翼革命文学潮流，此时已经度过了新兴的成长期，开始同区域化存在的无产阶级革命政治体制紧密结合，并被逐步纳入具体革命政治实践中，被要求实施彻底革命化的改造。在此过程中，革命文学内部也发生了深刻的矛盾。这不仅表现为一部分由国统区进入解放区的作家在被改造过程中的不适应，他们已经形成了的文学观念与新的革命要求的不协调，也表现为身处国统区的一部分左翼文人对于革命文学目标与实践方式的不同理解与追求。另外，在大动荡、大转折的历史现实中，坚持文学独立的自由主义文学实际上也不可能真正实现"为艺术而艺术"。在当时的语境下，超离常常不可避免地被视为一种特殊方式的介入，被赋予具体的政治属性。

关于民族形式问题的论争。民族形式问题的核心是新文学如何实现民族化与大众化。这一早在左联时期就曾多次展开讨论的问题此时再起论争，既与抗战背景下重视文学对现实的参与作用和服务功能有关，也同无产阶级革命的政治实践有密切联系。民族形式较早是作为强调马克思主义中国化、反对教条主义的政治口号，由毛泽东于1938年在中共六届六中全会上提出。[1] 1940年，民族形式的讨论在国统区展开，呈现出意见分歧。向林冰强调民间形式是民族形式的"中心源泉"，并进而提出新文学是"畸形发展的都市的产物"，是与资产阶级、小资产阶级趣味和思想相"适切的形式"[2]。与之针锋相对的是葛一虹。他在《民族形式的中心源泉是在所谓"民间形式"吗？》等文中，视民间形式为封建"没落文化"，并高度评价新文学的历史功绩。郭沫若、茅盾、胡风等也都撰文参与了讨论。

关于文艺与政治、时代关系的论争。对于文学的政治性与艺术性、现实服务功能与审美功能的关系的不同理解，使得文艺与政治、时代、生活的关系问题成为贯穿整个40年代的矛盾焦点。

首先是左翼文学界与自由派文人之间的论争。1938年12月1日，梁实秋在《中央日报》副刊《平明》上发表《编者的话》，反对"空洞的'抗战八股'"，主张"与抗战无关的材料，只要真实流畅，也是好的"。沈从文则提出"反对作家从政"，撰文强调在"战争的通俗宣传"之外还需重视能够推动"社会真正的进步"的"专门家"的作用[3]。他们对于文学的丰富性与特殊性的强调，与当时高昂的抗战氛围是不协调的，被视为否定文学的社会责任，"抹杀了

① 毛泽东在《中国共产党在民族战争中的地位》中指出，为"使马克思主义在中国具体化"，"教条主义必须休息，而代之以新鲜活泼的、为中国老百姓所喜闻乐见的中国作风和中国气派"，实现"国际主义的内容和民族形式"的紧密结合。参见《毛泽东选集》第2卷，人民出版社1991年版，第534页。
② 向林冰：《论"民族形式"的中心源泉》，《大公报》1940年3月24日。
③ 沈从文：《一般或特殊》，《今日评论》第1卷第4期，1939年1月22日。

今日全国爱国的文艺界在共同努力的一个目标：抗战的文艺"①。1942 年，沈从文又撰文主张超功利的文学，批评文学因为与商业资本、政治派别的结合而"堕落"②。同年，施蛰存提出"文学的贫困"说，呼唤"纯文学"③。在民族战争背景下，这些观点被左翼文学视为抗战文艺洪流中一些"并不微弱的逆流的声息"④。左翼和自由派的分歧，延续至抗战结束后的国内战争时期。沈从文、朱光潜、萧乾等京派文人撰文表达对内战的不满，倡导不依附党派政治的文学的独立与自由⑤。革命文学阵营对自由主义文艺展开了批判，代表性文章有郭沫若的《斥反动文艺》（1948），以及《大众文艺丛刊》同人集体讨论、邵荃麟执笔的《对于当前文艺运动的意见》（1948）。主张文学自主与独立的自由派被指为"反动文艺"，是"地主大资产阶级的帮凶和帮闲文艺"，对其展开的是一场"两条路线的斗争"。其次是左翼文学界内部的分歧。1945 年 11 月，在抗战结束后国共政治矛盾更加凸现的背景下，重庆《新华日报》曾组织左翼文学界展开关于茅盾的《清明前后》和夏衍的《芳草天涯》两个话剧的讨论。王戎、邵荃麟、画室（冯雪峰）、何其芳等人先后发表了文章。在如何评价政治倾向性较强的《清明前后》与艺术性更突出的《芳草天涯》问题上，左翼文学界内部产生分歧，呈现出对于革命文学目标与实践方式的不同理解与追求。

批判战国策派。40 年代在国统区还发生过左翼文化界对战国策派的批判。1940 年 4 月，西南联大教授林同济、陈铨、雷海宗、贺麟等在昆明创办《战国策》半月刊，后又于 1941 年 12 月在重庆《大公报》办《战国》副刊，因此得名战国策派或战国派。他们视第二次世界大战为"战国时代的重演"，受尼采哲学的影响，崇尚权力意志与英雄崇拜，以重建抗战时期的中国文化。在文学观念上认为"恐怖""狂欢"和"虔恪"是文学的"三大母题"，提倡表现民族意识的"民族文学"，即"那种肯定人生、表现人生伟大精神的壮美的盛世文学"。创作上以陈铨的四幕剧《野玫瑰》为代表。左翼文化界批判战国策派思想是"一派法西斯主义的，反民主为虎作伥与谋反的谬论"⑥，有一定艺术性的《野玫瑰》则被指为"美化汉奸""美化国民党特务"。对战国策派的批判，显示出把学术派别与政治派别相等同、用政治标准裁判文学作品的褊狭。批判并不仅仅针对战国策派本身，同时也指向国民党右翼顽固派，文学论争背后具有现实的政治斗争目的。

关于胡风文艺理论的论争。胡风（1902—1985），湖北蕲春人，原名张名桢。他在日本留学期间曾加入日本共产党。1933 年在上海参加左翼文化运动，任左联宣传部部长、行政书记。20 世纪三四十年代，胡风主编《七月》《希望》，成为左翼文学运动的重要阵地。1955 年，《人民日报》公布《关于胡风反党集团的一些材料》，胡风等人被打成了"反党集团"。

胡风的文艺理论以"主观战斗精神"为中心，关注创作的主体性因素，主张"主观精神

---

① 罗荪：《再论"与抗战无关"》，《国民公报》1938 年 12 月 11 日。

② 沈从文：《文学运动的重造》，《文艺先锋》第 1 卷第 2 期，1942 年 10 月 25 日。

③ 施蛰存：《文学的贫困》，《文艺先锋》第 1 卷第 3 期，1942 年 11 月 10 日。

④ 郭沫若：《新文艺的使命》，《新华日报》1943 年 3 月 27 日。

⑤ 主要文章有沈从文的《从现实学习》（1946）、《〈文学周刊〉编者言》（1946），萧乾的《中国文艺往哪里走?》（1947）、《自由主义者的信念》（1948），朱光潜的《自由主义与文艺》（1948）等。

⑥ 汉夫：《"战国"派对战争的看法帮助了谁? ——斥林同济〈民族主义与二十世纪〉一文》，《群众》第 7 卷第 14 期，1942 年 7 月 31 日。

和客观真理的结合或融合"的为人生的现实主义，后来也被称为"体验现实主义"①。所谓"主观精神"，就是"作家底献身的意志，仁爱的胸怀，由于作家底对现实人生的真知灼见，不存一丝一毫自欺欺人的虚伪"②。在现实主义实现方式上，他特别强调创造主体对现实的搏斗、突入、扩张和体验，这是一种主客观化合的相生相克的斗争的过程。在现实主义的表现对象上，胡风提出"到处都有生活"的主张，即"哪里有人民，哪里就有历史。哪里有生活，哪里就有斗争，有生活有斗争的地方，就应该也能够有诗"。具体到对人民群众的认识，则有"精神奴役的创伤"说："他们底精神要求虽然伸向着解放，但随时随地都潜伏着或扩展着几千年的精神奴役底创伤。"并强调："作家深入他们要不被这种感性存在的海洋所淹没，就得有和他们底生活内容搏斗的批判的力量。"③

为了中国的反封建和争取民主个性解放、个性价值、人性的主体性和庄严，人们一直在做着精神探求。

——胡风

胡风对主观的强调，张扬了作家的主体意识对于文艺创作的自主精神，但也存在过于极端和偏执的不足。张扬主观而缺乏节制，很大程度上影响了他的理论在创作实践中的艺术转化，这较明显地体现于七月派年轻作家们的创作中。胡风的精神奴役的创伤说与鲁迅改造国民性的思想一脉相承，体现出鲜明的启蒙精神与知识分子精英意识。他关于创作心理、方法与过程的阐释，也比较明显地受到了厨川白村《苦闷的象征》的启发，在相当程度上吸收和消化了一些现代主义的因素。

胡风的文艺理论与革命现实主义的分歧十分明显，更与毛泽东《在延安文艺座谈会上的讲话》的精神相抵牾，在革命文学系统是一种异质性的存在，引发出持续的关于现实主义和"主观"问题的论争。冯雪峰、周扬、邵荃麟、何其芳、乔冠华、林默涵等都曾撰文参与。代表革命文学主流的观点认为，胡风的文艺思想是"强调自我，拒绝集体"的个人主义意识的强烈表现，是"小资产阶级文艺思想"在革命文艺阵营中的反映④，是"对于马克思主义与毛泽东文艺思想的曲解"⑤。讨论中胡风等始终坚持自己的主张，分歧未能统一，而讨论所呈现出的具有政治批判性的文学论争方式，对于1949年之后的中国文学产生了深远的影响。

---

① 严家炎：《教训：学术领域应该"费厄泼赖"》，《文学评论》1988年第5期。

② 胡风：《现实主义在今天》，《胡风评论集》（中），人民文学出版社1984年版，第320页。

③ 胡风：《人道主义和现实主义的道路》（1945）、《给为人民而歌的歌手们》（1948）、《置身在为民主的斗争里面》（1944），见《胡风评论集》（下），人民文学出版社1984年版，第66、237、21页。

④ 邵荃麟（执笔）：《对于当前文艺运动的意见——检讨、批判和今后的方向》，《大众文艺丛刊》第1辑，1948年3月。

⑤ 邵荃麟：《论主观问题》，《大众文艺丛刊》第2辑，1948年5月。

第二节　解放区文学思潮

以 1942 年延安文艺界整风为界，以毛泽东发表《在延安文艺座谈会上的讲话》为标志，解放区文学思潮可以分为前后两个时期。

中国共产党历来重视文艺对于政治、军事斗争的宣传鼓动作用。全面抗战爆发后，大量知识分子、作家奔赴延安并受到了欢迎。当时中共中央主管文艺工作的是张闻天，他主张实行宽松自由的文艺政策。一时间，各种文艺团体纷纷成立，文艺界呈现出很活跃的面貌。1936 年，从国统区辗转而来的丁玲创办了根据地第一个文艺团体中国文艺协会，并创办会刊《红色中华·红中副刊》。1937 年 11 月，更大范围的延安文艺界组织陕甘宁特区文化救亡协会（简称"文协"）成立，出版有《边区文艺》《文艺突击》等刊物。1938 年 9 月，根据地第一个文艺联合会性质的文艺团体陕甘宁边区文艺界抗战联合会（简称"文抗"）成立，1939 年 5 月改名为中华全国文艺界抗敌协会延安分会，主办有《大众文艺》《中国文艺》《谷雨》等刊物。延安的另一个重要文艺机构是 1938 年 4 月成立的鲁迅艺术学院（40 年代曾先后改名为鲁迅艺术文学院、鲁迅文学院，简称"鲁艺"），副院长周扬主持日常工作。除周扬外，鲁艺系统的主要作家有何其芳、周立波、陈荒煤、沙可夫、沙汀、刘白羽、林默涵、贺敬之等，而文

无产阶级的文学艺术是无产阶级整个革命事业的一部分，如同列宁所说，是整个革命机器中的"齿轮和螺丝钉"。
——毛泽东《在延安文艺座谈会上的讲话》

抗则以丁玲、萧军、舒群、艾青、白朗、罗烽等为中心。1940 年 10 月 19 日，丁玲、萧军、舒群等组织文艺月会，办有《文艺月报》，针对延安文艺现象围绕各类议题展开激烈的讨论与争辩。周扬后来曾回忆，当时的延安文艺界有两派，一派以鲁艺为代表，包括何其芳，"当然是以我为首"，主张歌颂光明；另一派以文抗为代表，"以丁玲为首"，主张暴露黑暗①。当时根据地的主要文艺组织还有 1939 年 2 月 15 日成立的晋察冀边区文化界抗日救国会（简称"文救会"），1940 年 5 月成立的中华全国文艺界抗敌协会晋西分会（编有《西北文艺》），1940 年 7 月成立的中华全国文艺界抗敌协会晋察冀边区分会（编有《晋察冀文艺》），1941 年 5 月成立的星期文艺学园，1941 年 6 月 18 日成立的晋察冀边区文化界抗日救国联合会，1941 年 10 月 18 日成立的中华全国文艺界抗敌协会延安分会作家俱乐部等。

根据地文艺界成员主要由三方面构成：其一是从中央苏区和南方各根据地随红军长征到达陕北的革命文艺家，如成仿吾、李伯钊、危拱之、徐梦秋、洪水、陆定一、肖华、莫休等；其

---

①　赵浩生：《周扬笑谈历史功过》，《新文学史料》1979 年第 2 辑。

二是来自国统区和沦陷区的知名进步作家，如丁玲、何其芳、周扬、艾思奇、李初梨、萧军、艾青、王实味、周立波、徐懋庸、陈学昭等，他们的文学观念和价值取向并不一致，随着时势的发展变化在革命文学阵营中的处境也呈现出很大的分化和落差；其三是"鲁艺"等根据地艺术院校培养的文学新人，以及在根据地区域成长起来的本土作家，如赵树理、孙犁、西戎、孔厥、西虹、孙谦、贺敬之、黄钢、李卜、韩起祥等人，他们构成了解放区文艺界的新生力量。

　　30年代和40年代之交，与作家队伍来源的广泛相联系，延安文艺界也在一定程度上呈现出文化构成的多元。为中国共产党领导的革命斗争服务的革命政治文化，新文学阵营知识分子，以及民间乡土文化同时并存。在党的领导和组织下，以革命宣传、教育与鼓动为目的的通俗化、大众化文艺活动，诸如群众性的诗朗诵活动与街头诗运动，以及农村演剧活动等，自然十分活跃。当时还曾先后发起与组织过多次群众性的报告文学写作活动，如"长征记""十年来红军战史""苏区的一日""五月的延安""晋察冀一周""冀中一日"等。另一方面，更加注重艺术性和主张知识分子独立思考的文艺创作也在展开。以1940年元旦工余剧人协会在延安公演曹禺名剧《日出》为起点，在解放区曾兴起一股演大戏的潮流。《雷雨》《上海屋檐下》《雾重庆》《复活》《钦差大臣》《婚事》《悭吝人》等中外名剧纷纷上演。这些具有较高艺术水准的大戏，很难为广大农民所喜闻乐见，游离于以秧歌剧、活报剧、地方戏等为主要形式的普及性文艺运动。① 当时还集中出现了一股体现知识分子的批判精神，主张文学的真实性与独立性，对革命队伍内部存在的问题和群众的落后意识进行暴露和批评的文艺潮流，主要有丁玲的小说《我在霞村的时候》《在医院中》和杂文《我们需要杂文》《三八节有感》；严文井的《一个钉子》，鸿迅的《厂长追猪去了》，马加的《距离》《间隔》，雷加的《沙湄》《躺在睡椅里的人》，陆地的《落伍者》，方纪的《意识以外》等小说；罗烽的《还是杂文时代》，艾青的《了解作家，尊重作家——为〈文艺〉百期纪念而写》，萧军的《纪念鲁迅：要用真正的业绩》《论同志之"爱"与"耐"》，王实味的《政治家·艺术家》《野百合花》等杂文；青年艺术剧院演出的暴露延安生活中的矛盾与缺陷的系列短剧《延安生活素描》（包括《多情的诗人》《友情》《无主观先生》《小广播》《为了寂寞的缘故吗?》）等。丁玲主张发扬"为真理敢说，不怕一切"的精神；艾青称作家不是娱人的"歌妓"或"百灵鸟"，领导者要"给艺术创作以自由独立的精神"；王实味则认为政治家"偏于改造社会制度"，文艺家"偏于改造人的灵魂"，二者是"相辅相依的"，并提出"大胆地但适当地揭破一切肮脏和黑暗，清洗它们，这与歌颂光明同样重要，甚至更重要"。这些文艺活动与创作，与现实革命斗争并非是协调的，主要问题在于"新文学史上流传下来的两个基本弱点——内容上的小资产阶级的思想感情和形式上的过于欧化"②。

　　1942年2月，中共开展党内整风运动，清算以王明为代表的教条主义和宗派主义。整风很快延展至文艺界，以"利用整风运动来检查文化人的思想，检查我们对文化人的工作"。1942年5月2日至23日，中共中央在党内整风运动的基础上召开了延安文艺座谈会。在座谈会第一、第三次全体会议上，毛泽东分别作"引言"和"结论"的发言，后以《在延安文艺

---

　　① 1942年6月27日，陕甘宁边区文委临时工作委员会召开延安剧作者座谈会，"演大戏"受到批评；同年9月，张庚发表《论边区剧运和戏剧的技术教育》（《解放日报》1942年9月11日），系统地对"演大戏"进行批评。

　　② 王瑶：《中国新文学史稿》（下），上海文艺出版社1982年版，第552页。

座谈会上的讲话》(简称《讲话》) 为题发表于 1943 年 10 月 19 日的《解放日报》。《讲话》既是党所领导的革命文艺运动的历史经验的总结，同时也是规划革命文艺发展方向、构建无产阶级革命文化与文学形态的纲领性文件。在战时环境中，《讲话》具有集中思想、统一认识的重大意义，有力地推进了解放区文艺的革命化，加强了文艺为党所领导的无产阶级革命斗争服务的作用，并引发了一个持久、宏大的工农兵文艺的历史潮流。

第一，在文艺与政治的关系上，主张"文艺服务于政治"。《讲话》指出："在现在世界上，一切文化或文学艺术都是属于一定的阶级，属于一定的政治路线的。为艺术的艺术，超阶级的艺术，和政治并行或相互独立的艺术，实际上是不存在的。无产阶级的文学艺术是无产阶级整个革命事业的一部分，如同列宁所说，是整个革命机器中的'齿轮和螺丝钉'。"

第二，确立了文艺的工农兵方向。《讲话》的理论核心与出发点，是从战时军事斗争与政治斗争需要出发，从阶级与革命的人的观念出发，解决革命文艺"为什么人"和"如何为"的问题。《讲话》明确提出文艺"首先是为工农兵服务"。在"如何为"即服务的方式方法上，由服务对象的接受水平与趣味决定，主张"向工农兵普及"和"从工农兵提高"的结合，第一位的是普及。因此为老百姓所喜闻乐见的传统民间文艺样式，作为一种文化资源受到特别重视，成为新文学应该认真学习和借鉴的对象。同时，新文化运动引进的西方现代文学样式被视为不合时宜的，甚至是"异端"。

第三，由上述观点出发，《讲话》批判了各种错误或糊涂的文艺观念。毛泽东从阶级论出发，严厉批判了人性论和"文艺的基本出发点是爱，是人类之爱"的文艺观念；批评"从来的文艺作品都是写光明和黑暗并重，一半对一半"，"从来文艺的任务就在于暴露"；批评"还是杂文时代，还要鲁迅笔法"，"我是不歌功颂德的；歌颂光明者其作品未必伟大，刻画黑暗者其作品未必渺小"；批评"提倡学习马克思主义就是重复辩证唯物论的创作方法的错误，就要妨害创作情绪"等糊涂观念。

第四，确立了"以政治标准放在第一位，以艺术标准放在第二位"的批评标准，要求解放区文艺践行"革命的政治内容与尽可能完美的艺术形式的统一"的创作规范。文艺创作必须站在无产阶级革命立场上，以反映党领导的革命斗争和解放区的工农兵生活为中心，以历史乐观主义的态度写光明，注重塑造和歌颂先进典型和英雄形象；分清敌我关系，对于解放区内部存在的不足与问题，不得讽刺、暴露，对于"中国的反动派和一切危害人民群众的黑暗势力"，"需要尖锐地嘲笑"，"冷嘲热讽"；在表现形式上，主张通俗化、大众化，在解放区"可以大声疾呼"，必须通俗、明朗，反对"隐晦曲折，使人民大众不易看懂"。

在《讲话》的指导下，文学的政治功能和阶级属性被鲜明地加以强调，文艺从属并服务于政治成为至上的文学指导方针。由于注重文艺对以农民为主体的工农兵的普及，传统民间文艺形式成为一种重要文化资源并受到特别重视。与此同时，五四以来形成的强调个人书写、注重表现个性、张扬人道主义精神的"人的文学"被视为异端而遭到排挤和否定。《讲话》作为长期以来党制定和实施各种文艺政策的指导思想，不仅对当时的解放区文学具有直接的重大作用，也对后来中国文学的历史发展产生了深远影响。

延安文艺整风过程中，很多文章被视为政治"毒草"受到批判。其中王实味还被冠以"反革命托派奸细分子"、"五人反党集团"头目等罪名被逮捕，后来被处决。丁玲经历了整风运动，经过脱胎换骨的改造，后来写出了《太阳照在桑干河上》那样典范性的革命小说。艾青、萧军等则被边缘化。延安文艺整风，以党内政治斗争为起点自上而下地延展至文艺界，以政治标准裁判文艺思想与创作，对于后来党的文艺领导方式以及中国文学的发展具有深远的影响。

以《讲话》发表为标志，解放区文艺整体上开始进入了高度统一的一体化阶段。此后，群众性的新秧歌剧运动、吸收民间样式的新民歌创作、民族新歌剧创作以及以赵树理为代表的通俗小说成为具有典范性的文艺活动方式或创作样板。

研 习 导 引

文学与政治的关系

40 年代，基于什么是文学、文学与政治之关系的不同理解，文学界的争论异常激烈。在左翼文学界内部，重庆文艺界学习《讲话》，以批判夏衍的《芳草天涯》创作中的"非政治的倾向"为议题。① 萧乾曾撰文说："一个有理想，站得住的作家，绝不宜受党派风气的左右，而能根据社会与艺术的良知，勇敢而不畏艰苦的创作。文学家与其他人类同样有一颗心，对于不平一定要鸣，对于黑暗自然要攻击，但文学家之所以异于其他以笔墨为职业的人，正因为他的笔是重感情，富想象，比较具有永久性的。"② 左翼文学界则旗帜鲜明地列出斗争的对象："更主要的，是地主大资产阶级的帮凶和帮闲文艺。这中间有朱光潜、梁实秋、沈从文之流的'为艺术而艺术论'，有徐仲年的'唯生主义文艺论'和'文艺再革命论'，有顾一樵的'文艺的复兴论'，以及易君左、萧乾、张道藩之流一切莫名其妙的怪论。这些人，或则公然摆出四大家族奴才总管的面目，或者扭扭捏捏化装为'自由主义者'的姿态，但同样遮掩不了他们鼻子上的白粉。"③

《在延安文艺座谈会上的讲话》的意义

从 1942 年开始，《讲话》长期作为党领导文艺工作的纲领性文件。20 世纪 80 年代以来，关于《讲话》的学习与讨论不断。有学者认为："《讲话》代表了先进文化，展现了全新的价值观。"这具体表现为：第一，"指导思想的先进性"，"自觉地运用中国化的马克思主义观点和方法指导文艺创作"；第二，"创作理论的先进性"，即"提出一整套系统的现实主义的创作理论"，"特别是建设、培育和造就创作队伍和文艺大军的理论更是让人耳目一新"；第三，"旗帜鲜明地提出表现'新的人物，新的世界'"，体现了"价值观的先进性"④。与此不同，也有学者认为，"用革命合法性取代文化合法性，勉强完成了自身的理论生产"⑤。1980 年 1 月 16 日，

---

① 《〈清明前后〉与〈芳草天涯〉两个话剧的座谈》，《新华日报》1945 年 11 月 28 日；何其芳：《评〈芳草天涯〉》，《关于现实主义》，上海文艺出版社 1962 年版。

② 萧乾：《中国文艺往哪里走？》，《大公报》1947 年 5 月 5 日。

③ 邵荃麟（执笔）：《对于当前文艺运动的意见——检讨、批判和今后的方向》，《大众文艺丛刊》第 1 辑，1948 年 3 月。

④ 陆贵山：《原创与超越——〈在延安文艺座谈会上的讲话〉的理论优势和历史价值》，《求是》2012 年第 6 期。

⑤ 刘锋杰：《从革命的合法性到文化的合法性——论回到原典的〈讲话〉》，《文艺理论研究》2002 年第 4 期。

邓小平在《目前的形势和任务》中提出："不继续提文艺从属于政治这样的口号，因为这个口号容易成为对文艺横加干涉的理论根据，长期的实践证明它对文艺的发展利少害多。"①《人民日报》的社论《文艺为人民服务，为社会主义服务》（1980年7月26日）提出，用"文艺为人民服务，为社会主义服务"的方针取代过去惯用的"文艺从属于政治，文艺为政治服务"的方针。

按照恩格斯所主张的"美学观点和历史观点"②，理解《讲话》应思考两个问题：其一，《讲话》所包含的美学原则和历史原则是什么？其二，究竟应该依据怎样的美学观点和历史观点去评价《讲话》？

第十五章

拓展研读资料

---

① 邓小平：《目前的形势和任务》，《邓小平文选》第2卷，人民出版社1994年版，第256页。
② 恩格斯：《致斐迪南·拉萨尔》，《马克思恩格斯全集》第二十九卷，人民出版社1974年版，第586页。

第十六章　40年代小说

第一节　40年代小说概述

40年代的小说创作，受到国统区、沦陷区和解放区（根据地）不同的区域环境的深刻影响，以及作家个体性艺术追求的差异，呈现出多样的面貌。

抗战小说　基于宣传鼓动的需要，也应和着国人对前方战况的关切，首先引人注目的是抗战小说的勃兴。许多进步作家走向前线，深入抗战生活，写出了一批反映抗日战场和战区社会生活的作品，当时被称为前线主义小说。这些作品具有很强的纪实性和新闻性，诸如《华北的烽火》①、《刘粹刚之死》（萧乾）、《螺蛳谷》（端木蕻良）、《萧连长》（奚如）、《乌兰不浪的夜祭》（碧野）、《北运河上》（李辉英）、《东战场别动队》（骆宾基）。七月派作家丘东平的《第七连》《一个连长的战斗遭遇》等直面战时的种种残酷，并能够对人物的灵魂展开有力度的透视，富有一种悲壮美，当时颇为引人注目。姚雪垠以《差半车麦秸》成名。小说通过一个绰号叫"差半车麦秸"的农民游击队员形象的塑造，揭示出抗战背景下普通人的民族意识初步形成的过程。因生动的口语，浓郁的乡土气息，以及故事化的叙述方式，小说也成为抗战文艺大众化的一个重要收获。

经历了以笔代枪的短暂昂奋期之后，中国小说家们普遍进入沉淀热情和理性反省的创作状态，写出了一批体现时代氛围并具有相当深邃的历史感和文化意识的优秀作品。在战争状态的维艰时世，社会的动荡与转折，家国的分裂与重组，生命的流徙与固守，以及精神受难中的愤激、沉潜与升华，令这一时期的中国小说在沉郁凝重的整体格局中呈现出丰富流向。大体上看，在解放区（根据地）之外更广袤也更显驳杂的国统区（沦陷区），主要形成了五种小说形态：社会与文化的反思小说，干预现实的讽喻、剖析小说，以都市或乡土为背景的体验小说，与流徙经验相联系的漂泊者小说，契合大众趣味的都市浪漫传奇小说。在这样的格局中，以老舍、巴金为代表的家庭小说的拓展，以张爱玲为代表的都市女性写作的兴起，以路翎为代表的七月派小说的初步形成，以及钱锺书的现代智者小说《围城》的出现，是40年代四个突出的小说现象。维艰时世中小说的丰富流向，尤其是其中一些作家所显示出的审美个性与才华，标

---

① 沙汀、艾芜、周文、舒群、蒋牧良、聂绀弩、张天翼、陈白尘、罗烽等人的合集，1938年2月8日至4月28日连载于《救亡日报》。

志着民族苦难背景下中国小说家在第三个十年所达到的艺术境界。

现实的讽喻与剖析　在民族与民主两大时代主题之下，中国作家的社会责任感与使命感是非常高涨的。除了深邃浑厚的文化反思外，敏锐犀利的现实讽喻与社会剖析，自然成为很多小说家施展才华、彰显批判意识的重要方式。这一创作流向的主河道由左翼写实派构成，而一部分通俗小说家汇流而入，则进一步显示出多难兴邦之中华历史精神的强大聚合力与文学折射的多样性。

张天翼是一位具有杰出讽刺才华的左翼作家，早在30年代初，就以《包氏父子》等名世。他那时展现的"重写阿Q"① 思路下剖析国民性、刻画小人物的艺术才华，在新的危难现实里再次焕发艺术的光彩。1938年在《文艺阵地》创刊号发表的《华威先生》，由一幅幅人物剪影的速写连缀而成，塑造了一位抗战时期文化小官僚的典型。华威不断匆忙游走于各个抗战会场与团体，到处插一腿，强调"要认定一个领导中心"，甚至连妇女界战时保婴会也不放过，这是打着抗战幌子追逐私利、扩张个人权欲的丑类，折射出国难当头背景下沉渣泛起的复杂现实。在当时昂奋激越的社会氛围里，张天翼暴露黑暗的辛辣犀利，显得相当"不合时宜"，一度引起社会与文坛的轩然大波，曾在国统区引起持续了两年之久的关于抗战文艺要不要暴露的争论②。不过，华威身上无孔不入、无缝不钻的权力欲望，却是中国漫长专制历史所形成的官本位文化心理的鲜明折射，由此来看，这部应时而发的小说的魅力将不会因时过境迁而消退。《华威先生》前后，作家还写有《谭九先生的工作》和《"新生"》，后一并收入《速写三篇》。《"新生"》刻画了一个战乱中苟安又怀着不灭的艺术梦的知识分子，在犀利解剖中融入抒情笔调，显示出作家讽刺艺术的丰富性。

左翼作家的讽刺艺术，总体上沿着鲁迅批判国民性的方向展开。如果说张天翼主要是以痛快淋漓的辛辣与犀利见长，沙汀（1904—1992，原名杨朝熙，四川安县人）的特色则更在于民俗化、地域风的显著。家乡川西北农村的乡风民俗、积弊痼疾是孕育沙汀小说艺术的生活土壤。《丁跛公》《代理县长》《凶手》《兽道》等都透视出川西北农村的世态人情和社会黑暗。《防空——在"堪察加"的一角》描写某县粮绅们为了防空协会会长的小小位子而勾心斗角的丑剧，是抗战时期较早讽刺大后方的作品。1940年的《在其香居茶馆里》是其短篇小说代表作。小说在一个"吃讲茶"的世俗化场面里，让小镇各色人等轮番上场，揭开国统区兵役的黑幕，暴露大后方基层的弊政。主要人物是联保主任方治国和土豪邢幺吵吵，他们围绕邢二少爷服兵役事件而各怀鬼胎地展开斗骂，直至大打出手，一个要讨好上级，一个要包庇儿子，最后却因获悉县长更黑的通吃两边而哑然收场。小说在乡土气息扑人的生活场景中，让两个丑类展开自我暴露的窝里斗，斗到不可开交处又戛然而止，构思上颇有果戈理讽刺戏剧《钦差大臣》之妙。40年代中后期，沙汀最重要的作品是长篇小说"三记"：《淘金记》《困兽记》《还乡记》，他走向了写实主义的厚重。其中《淘金记》③ 最出色，甚至曾被卞之琳认为是"抗战以来所出

---

① 张天翼在《我怎样写〈清明时节〉的》中说："我们常见阿Q这种人。现代中国的作品里有许多都是在重写《阿Q正传》。"参见《清明时节》，上海生活书店1936年版。
② 参见苏光文：《"暴露与讽刺仍旧需要"——关于〈华威先生〉所引起的论争》，重庆地区中国抗战文艺研究会、四川省社科院文学所编：《国统区抗战文艺研究论文集》，重庆出版社1984年版。
③ 1943年5月由重庆文化生活出版社出版，曾以《筲箕背》《北斗镇》为名分别在《文艺阵地》第7卷和《文学创作》第1卷发表，出版单行本时始题名为《淘金记》。

版的最好的一部长篇小说"①。小说以四川北斗镇筲箕背金矿的开采为线索，展开基层各股恶势力抢发国难财的内讧，揭露时弊的同时也透视出中国基层宗法制社会的沉滞腐败与黑暗无常。小说的人物刻画较为突出，诸如地主婆子何寡妇的悭吝精诡，失势的袍哥头子林幺长子的贪鄙凶顽，尤其是工于心计、阴险毒辣的没落绅士白酱丹，都能穷形尽相，各具特色和深度。

茅盾首先感应于抗战给中国社会带来的巨大冲击，急就章地写出了长篇小说《第一阶段的故事》，试图全景式地揭示社会各阶层人物的状态，艺术上难免粗糙。他在本时期更重要的作品是 1941 年的日记体长篇小说《腐蚀》。这是一部具有鲜明现实批判色彩的"政治暴露书"，即如作家在"后记"中所言，"《腐蚀》是通过了赵惠明这个人物暴露了一九四一年顷国民党特务之残酷、卑劣与无耻，暴露了国民党特务组织只是日本特务组织的'蒋记派出所'"；同时这又是一部探寻人物灵魂挣扎的"心理暴露书"，还"暴露了国民党特务组织中的不少青年分子是受骗、被迫，一旦陷入而无以自拔的"。小说用女特务赵惠明内心独白的日记形式，展现了一个失足的女性如何在挣扎中走向忏悔自新的崎岖心路。笔触伸向布满累累伤痕的心灵的每一个角落，掀起兽性与人性、沉沦与悔恨、绝望与希望相绞结、相辩驳的心理漩涡。政治暴露的胆魄和心理暴露的深刻，展示了茅盾作为左翼文学巨匠的思想与艺术境界。

社会与文化的反思 "一个文化的生存，必赖它有自我的批判，时时矫正自己，充实自己；以老牌号自夸自傲，固执的拒绝更进一步，是自取灭亡。在抗战中，我们认识了固有文化的力量，可也看见了我们的缺欠——抗战给文化照了'爱克斯光'。"② 老舍写于 1942 年的这段话，可视为那一时代里一种普遍文化意识与眼光的代表。战争促发作家们关切现实的忧患感，民族意识崛起的同时，民族文化的优与弊、常与变，也成为作家们直面和省视的问题。

渗透着民族意识的家庭小说的崛起，是 40 年代突出的文学现象之一。20 世纪二三十年代，在现代个性解放思潮的驱动下，中国作家一次次书写冲出家庭、重造自我的高歌，战乱时代的现实又逼使他们重新审视罹难的国与家。在大家与小家、民族意识与家庭意识难以两全的状态下，以家为视角展开社会与文化反思，成为一部分小说家自觉而又饱含着痛楚的艺术选择。由所表现的历史与现实内容的深广所决定，长篇小说成为这类创作的主要形式。除了其代表性的老舍、巴金本时期的创作外，路翎的《财主底儿女们》（前半部）展现苏州巨室蒋捷三家族在风雨飘摇时代里的分崩离析；王西彦的《古屋》通过孙家大屋这个"古屋"里黯淡而荒唐的人生，反省古老的乡土文化与颓败的家族制度；吴组缃的《山洪》（原名《鸭嘴涝》）描写一个聚族而居的皖南村落里的守全自保与奋起进击，剖析民族危难时局下家庭意识的双重性；师陀的中篇小说《无望村的馆主》书写三类富家的败落，隐含民族衰亡的忧思，也是此类小说中的力作。战争带来的动荡，并未掩盖中国社会转型过程中产生的现代与传统的矛盾冲突，于是另有一批作家以超离但不脱离现实的眼光展开文化的探寻与反省。沈从文的《长河》追索在现代文明冲击之下的湘西世界的社会历史之"变"与乡野生命形式之"常"，可视为另一种形式的关于家的思考与忧患。

《四世同堂》是老舍历时 5 年完成的史诗性巨构，第一部《惶惑》、第二部《偷生》写于 30 年代抗战时期，第三部《饥荒》在 40 年代后期赴美期间完成，共 80 余万言。小说以北平

---

① 卞之琳：《读沙汀〈淘金记〉》，《文哨》第 1 卷第 2 期，1945 年 7 月。
② 老舍：《大地龙蛇·序》，《文艺杂志》第 1 卷第 2 期，1942 年 2 月 15 日。

城小羊圈胡同祁家为中心，展开 1937 年 "七七事变" 至 1945 年日本投降 8 年间北平市民生活的广阔画卷，倾吐古都人民国破家亡的苦难历史与不可征服的民族魂。这是一部具有深刻民族文化自省意识的大书。小说写道："在这样一个四世同堂的家庭里，文化是有许多层次的，像一块千层糕。" 祁老者是宗法制家庭的长者和尊者，战乱中谨小慎微地固守家门，维系家族的秩序与法规，抗战结束后，他的生活理想依然未变。第二代的祁天佑是有气节的，但只能在凌辱中沉河自尽。第三代的分化，显示出旧式家庭在大转折、大动荡时代里分崩离析的必然。瑞全刚烈果敢，最终辍学从戎；瑞丰浮滑不肖，是 "洋派青年"，也是市民的败类；长孙瑞宣 "好像是新旧文化中的钟摆，他必须左右摆匀，才能使时刻进行得平稳准确"。这位着墨最多的人物，体现着衰退的北平市民文化与传统家族文化在现代新潮冲击下的震荡与矛盾。小说在深刻透视家族文化的沉滞与市民阶层的国民劣根性，求索民族积弱的根由的同时，也凛然表现出不可摇撼的民族文化的精魂：杀身成仁的气节与骨气。在 "想作奴隶而不得" 的时代里，祁老者最后迸发出捍卫尊严的正义，闭户于诗书花草的老夫子钱默吟也 "是会为一个信念而杀身成仁的"，祁瑞宣经历了长期的惶惑与偷生，最终投身抗日宣传，那些城市贫民也用各种方式显示着自己的硬骨头。与此形成鲜明对照的，则有国难中出卖灵魂、"有奶便是娘" 的汉奸冠晓荷，以及粗鄙不堪、俗不可耐的大赤包。《四世同堂》是一幅北平社会的全景图，街头巷尾，三教九流，头绪繁多，多向辐射，却又组织得浑然一体、舒卷自如，体现了老舍小说走向宏大圆融的艺术精进。

巴金此时已经渡过了热情奔放的 "激流" 阶段，笔调转为冷静深沉，在一贯的抒情性风格中又注入了忧郁的沉思，这体现在他本时期的一系列作品中，如《还魂草》（1942）、《小人小事》（1943）、《憩园》（1944）、《第四病室》（1945）和《寒夜》（1946）等。中篇小说《憩园》以一座易主的花园为中心，将杨、姚两家的命运相交织映衬，剖析福荫后代、"长宜子孙" 的传统大家庭文化对人性的腐蚀。旧主杨梦痴是一个 "靠祖宗吃饭" 的浪荡子，在吃喝嫖赌中沦为乞丐，最后在牢里染病死去。新主人姚国栋也是一个慵懒的寄生虫，父辈的纵容娇惯，让他的儿子小虎也成为一个骄横的纨绔子弟。巴金在批判封建文化固有的腐朽性的同时，也灌注了深沉的悲悯情怀。杨老三在堕落中尚有未泯灭的良知，姚国栋身旁还有继室无助无奈的苦口良言。小说以一位回乡作家的视角展开叙述，氤氲着一缕遥深悲凉的挽歌情调。

不同于 "激流三部曲" 和《憩园》透析时代变迁中大家庭的崩塌，《寒夜》谛视寒悲时世中小家庭的磨毁。主人公汪文宣和曾树生是上海某大学教育系的毕业生，都有过教育救国的理想，他们在个性解放的现代信念下组建了没有婚礼的 "新式" 家庭。但艰辛的生活磨灭了汪文宣的理想与锐气，他成为一个懦弱平庸、为着一碗饭卖命的小职员。在社会上谨小慎微，在家庭里又被妻子看不起，无休止的婆媳矛盾更令他身心交煎，当重庆街头传来抗战胜利的消息时，他郁愤地死去。曾树生也是一个悲剧性人物，而且更显人性的复杂。这个曾经热情洋溢的新派女性，在内遭遇到家庭的寒酸、婆婆的鄙夷、丈夫的孱弱无能，在外又不过是为了生计而赔笑的洋行 "花瓶"。她努力想恪守人妻人母之道，却又看不下儿子那未老先衰的模样，她备受压抑而又不甘，只能混迹于灯红酒绿来填充空虚的内心，后来随情人远走兰州，无果而归，在寒夜里已经找不到丈夫与故家。《寒夜》笔调蕴藉绵密，是一部关于小人物、小家庭的悲凉史诗，那种身心的煎熬与磨杀，那种庸常灰色人生中无力的挣扎，那种 "寒夜" 里的凄凉悲郁，是力透纸背、感人肺腑的。而小说结尾处借曾树生之耳让读者听到的街谈巷议——"胜利

了两个多月，什么事都没有变好，有的反而变坏"，"我们没有发过国难财，却倒了胜利
楣"——则透露出作家对现实的悲愤与忧患。

都市与乡土的体验　　在离乱动荡的境遇中，无论固守还是流徙，偏安抑或流亡，都会使人
们的城乡经验注入痛楚的味道。而咀嚼和消化这种痛楚，关于家国，关于自我，关于身与心，
会荡起愤激，也会酿出乡愁，能积淀思索，也能蕴育心灵的沧桑，这构成了40年代体验者小
说的多样与丰富。同战争不无联系，此类文学最引人注目的，一是来自上海"孤岛"①——沦
陷区的一些作家的创作，二是在东北沦陷区成长起来的东北作家群的新开拓。与女性特别的身
心敏感相关，本时期最具特色的女性写作也在此域。不同于上一代女作家多浸染于个性解放、
张扬自我的时代风潮，此时的女作家更侧重于发现日常生活中平凡的诗意，中国现代女性文学
的触角已从社会解放潜入了生活本身。

全面抗战爆发至40年代末，上海经历了三个时期，即"孤岛"时期（1937年11月12日
至1941年12月7日）、沦陷时期（1941年12月8日至1945年8月14日）和光复时期（1945
年8月15日至1949年5月27日）。40年代的上海是中国现代小说史上一个特别的历史空间，
虽经战乱，但文脉不断。其中最突出的是张爱玲，与之同辈的则有苏青、施济美等，共同开拓
出雅俗共赏的女性写作路向。苏青的代表作是自传体长篇小说《结婚十年》，以浅白流利却并
不俚俗的纪实笔调，讲述女性涉世的甘苦，具有浓郁的世俗气息和人情味道，刻画女性心理尤
为直率透彻，一度成为畅销书。当时有评论认为："除掉苏青的爽直以外，其文字的另一特点
是坦白。那是赤裸裸的直言谈相，绝无忌讳。在读者看来，只觉她的立笔的妩媚可爱与天真，
决不是粗鲁与俚俗的感觉。"②华北沦陷区的梅娘当时也颇受瞩目，主要作品是所谓水族系列，
即中篇小说《蚌》、短篇小说《鱼》和中篇小说《蟹》，都是写大家庭里女性的困境与命运、
欲望与抗争，笔触细腻舒展，颇得大众读者欢迎。

在上海的特殊环境中，京派的师陀（1910—1988，原名王长简，笔名芦焚，河南杞县人）
这时也写出了能够代表其艺术高度的作品。他最精彩的笔触不在都市洋场，而是遥指故乡的中
原小城。短篇集《果园城记》由18篇系列小说构成，书写各种小人物的命运，展开一张张风
俗画，或深婉悲凉，或亲切温馨，喟叹中渗着思悟，连出一串小城历史与性格的剪影。即如作
者所言："我有意把这小城写成中国一切小城的代表，它在我心目中有生命、有性格、有思想、
有见解、有情感、有寿命，像一个活的人。"③师陀这时期还写出了自己的长篇小说代表作
《结婚》，以战时上海为背景，展现一个小知识者在都市罪恶里的浮沉堕落。小说的讽刺笔调
很鲜明，这当然来自刚肠嫉恶的批判意识，若与《果园城记》两相对照，则亦可见出困居孤
岛的都市异乡人之心态与眼光的映射。《结婚》的重要特色在于复调型的小说叙述的探索，上
部用第一人称限制视角，由主人公胡去恶的六封长信组成，弹出一组扭曲都市心灵的鸣奏曲；
下部转用第三人称全知视角，展开一幅光色斑驳的洋场浮沉图。

曾就读于西南联大的汪曾祺（1920—1997，江苏高邮人）这时也在文坛崭露头角，1948

---

①　1937年11月，国民党军队西撤，上海租界外围地区为日军占领。当时日本尚未向美、英、法等国宣战，由这些国
家所控制的公共租界和法租界宣布"中立"，苏州河南岸地区一度与外隔绝，史称"孤岛"。

②　谭正璧：《当代女作家小说选·叙言》，《当代女作家小说选》，太平书局1944年版，第8页。

③　师陀：《果园城记·序》，上海出版公司1946年版。

年出版了小说集《邂逅集》。汪曾祺是沈从文的学生，他的小说《鸡鸭名家》《戴车匠》《秉》《老鲁》等作品，通过孵鸭行家、赶鸭能手、赶车匠、普通校工一类平凡小人物的书写，表现诚朴、自然的人情美和风俗美，氤氲着浓浓的怀旧气息，颇具文化小说的特点，体现出一位京派传人的艺术才华与个性。

东北作家群成员这时也在开拓着新的艺术天地。1940年12月完成的《呼兰河传》是萧红的长篇小说代表作，以细腻的抒情笔调展开童年的回忆，在"城与人"的叙说中寄托深婉忧郁的乡愁与思考。她笔下的那个北方小城宁静美丽，又好像蒙了尘、打着盹，单调而沉滞。这里没有惊心动魄，只是静静上演着一出出平凡的人生悲喜剧，打开一幅幅乡土民情风俗画。在各色风土人物的吃睡劳作、嬉乐哀哭和生生死死间，有麻木和愚昧，有无情的冷漠，也不乏默默的执着与坚韧，平凡的美丽与善良，其中固然寄寓国民性剖析的痛切，然而这痛切又弥散在怅惘无奈的喟叹之中，这是蒙了尘的生命的永恒。《呼兰河传》体现了作家文体探索意识的自觉，正如茅盾当年所言：它"不像是一部严格意义的小说"，而在"它于这'不像'之外，还有些别的东西——一些比'像'一部小说更为'诱人'的东西：它是一篇叙事诗，一幅多彩的风土画，一串凄婉的歌谣"[1]。1941年，萧红还写下了短篇名作《小城三月》。以儿童"我"的视角，在三月春色的掩映中，吟叹一曲传统东方女性爱情被窒息的生命悲歌，笔调凄婉动人。一往情深的长短悲吟，确定了萧红在回忆体诗化小说领域的重要席位。

…… 我就向这"温暖"和"爱"的方面，怀着永久的憧憬和追求。

——萧红

全面抗战爆发后，东北作家群的年轻成员端木蕻良（1912—1996，满族，原名曹汉文、曹京平，辽宁昌图人）创作了长篇小说《科尔沁旗草原》（1939），以关外大草原的恢阔雄浑与鸳鹭湖的苍凉瑰丽给文坛注入一股激情澎湃的雄奇之力。小说以史诗般的笔触展开草原首富丁府由盛而衰的历史纠葛，对照性地重点塑造了丁宁和大山两个年轻的草原之子，前者是受新思潮浸染试图更新故乡却委顿无力的畸零者，后者体现大草原的原始强力，从复家仇走向救国难，参加了义勇军。《科尔沁旗草原》可当家族小说来看，那种由草原飓风袭来的雄强伟力则又不失为一种独特的体验性创造。小说在文体上跳荡开阖，上半部是直截面的线性奔泻，下半部为横切面的宽幅铺展。萧红在抒情性诗化小说的创造上显示圆熟，年轻的端木蕻良则是在尚力的史诗小说追求中崭露锐气。他是另一种诗小说的探索者，难怪曾有评论家对其作这样的答问："我们的作者是个小说家吗？不，他是拜伦式的诗人。"[2]

骆宾基（1917—1994），原名张璞君，吉林珲春人。骆宾基在40年代的重要创作是短篇小

① 茅盾：《〈呼兰河传〉序》，《文汇报》副刊《图书》第24期，1946年10月17日。
② 王任叔：《直立起来的〈科尔沁旗草原〉》，《巴人文艺论集》，人民文学出版社1984年版。

说集《北望园的春天》。与小说集同名的短篇小说《北望园的春天》以自己所寓居的桂林市里一个不大的北望园为窗口，探视众生百相，传达幽深绵渺又富有悲凉意味的人生体悟。《贺大杰的家宅》注目于桂林火车南站附近的一座家宅，写一个被革职的东北籍军官的闲淡生活，流露出恋乡的淡淡苦涩。集子里也不乏社会关切，如《老爷们的故事》以冷隽的喜剧笔调讥嘲一个卑微小官员的扭曲心理，同时折射维艰时世。本时期骆宾基还有自传体长篇小说《混沌——姜步畏家史》，采用儿童视角，以"作者的幼年与少年两个时期的天真而纯洁的心灵"，来"反映着通过家庭而显现出来的一个东北三等小县城的社会风貌。记载了'九·一八'事变之前的这座满、汉、回、朝四个民族杂居共处的边境城镇的风俗、人情"①。在思乡忆往的愁情中观察社会与人生，骆宾基走的是萧红式的抒情性小说路向，也丰富了现代边城文学的色彩。

流徙经验与漂泊者小说   在40年代的中国，漂泊不仅意味着一种现实的生活状态，同时也内化为深层次的心理情感经验。漂泊固然常常是无奈的现实选择，却又考量和锻造着作家们的心灵主体，感伤零落有时不可避免，但也能于痛楚中逼发出昂进的激情，抑或深沉的思悟，甚至还有从容的智慧。渗透着痛楚的激情、思悟与智慧，正构成战时中国漂泊者小说艺术之三极，分别以路翎、冯至和钱锺书的创作为代表。钱锺书在"孤岛"时期往来于上海和后方，沦陷后又困居沪地，他这时的长篇小说《围城》，首先以机智的现实讽喻引人注目，而在深层空间结构与意蕴来看，则是更内在地展开着人生漂泊行旅中的"围城"体验与哲思。

路翎（1923—1994），江苏苏州人，原名徐嗣兴，是七月派最重要的小说家，在整个现代文学史上，因为其高强度的心灵搏斗的艺术成为极具特色与个性的一位。路翎首先引起文坛注目的，是对于矿区苦难生活与人物悲痛心灵的表现及开掘，以短篇小说集《青春的祝福》和中篇小说《饥饿的郭素娥》为代表。在作家笔下，出现了具有鲜明个性印记的两类人物："农民型工人"和"流浪者型工人"②。作家显然更倾心于放荡不羁甚至散发着野性的后者，这体现了他所竭力寻求的"人民底原始的强力"。诸如逃难流落至矿区的郭素娥，从肉体到精神都陷入极度的"饥饿"，却又健壮而狂野。而她所狂恋着的流浪工人张振山则狞猛强悍，乖戾暴烈，他对郭素娥的爱也注满毒辣的欲望。如果说路翎的中短篇小说是搅动着心灵的巨浪，那么，长篇小说《财主底儿女们》则奔泻出精神的狂潮。这部曾被称为是"中国的《约翰·克利斯朵夫》"的小说，上半部描写苏州巨富蒋捷三家族的分崩离析，下半部重点展现第二代蒋纯祖的漂泊颠沛生活与心灵挣扎历程。企图"在自己内心里找到一条雄壮的出路"的纯祖，孤傲叛逆，处处碰壁。他经历过浮士德式的灵与肉的自我交战，在城市参加革命工作又不能忍耐"左"的专制教条，到"民间去"又痛苦于死水般的沉滞愚昧。这是一个孤独的叛逆者、挑战者，以困兽犹斗的姿态去"独战众数"，却什么也不能改变。路翎对于人物悲怆心灵的深层拷问近乎残忍，大起大落，波澜震荡，不乏陀思妥耶夫斯基式心理小说的味道。抗战胜利后，路翎的创作更多集中于农村和农民题材，延续着他"突进"生活、"扩张"自我的风格，而视角则更集中于揭示中国农民身上"精神奴役的创伤"。重要的作品有长篇小说《燃烧的土

---

① 骆宾基：《幼年·自序》，《混沌》第一部曾以《幼年》为题在桂林出版，后来在上海合并第一、二部出版，题为《混沌》。

② 杨义：《中国现代小说史》第3卷，人民文学出版社1998年版，第172页。

地》、中篇小说《罗大斗的一生》和《蜗牛在荆棘上》等。路翎小说受以主观为核心的胡风理论思想的影响印记十分明显，在心理挖掘、情感幅度方面显示出特色与才华，也留下了恣意有余而缺乏节制的遗憾，他的很多作品读来是有滞重或散漫感的。

如果说年轻的路翎以心灵的狂潮给文坛带来震惊，20 年代已经成名的诗人冯至的小说《伍子胥》，则留下了关于漂泊的深沉思悟。据作者回忆，这部取材于历史故事的象征体诗化小说经过了 16 年的酝酿，最初是受到里尔克的《旗手里尔克的爱与死》所触发。小说没有写实性的故事，也不作心理的直接剖析，而是用一个个散文片段连缀各种人事、风物，来映照一路漂泊中伍子胥的感受与体验，传达具有存在主义意味的生命的被"抛掷"感："因为一段美的生活，不管了爱或是为了恨，不管为了生或是为了死，都无异于这样的一个抛掷：在停留中有坚持，在陨落中有克服。"① 小说的特色与价值，如诗人卞之琳后来所指出的：它"无意中符合了现代世界严肃小说的诗化亦即散文化（不重情节）这样的创作潮流"，"在中国现代小说史上，虽不像一些皇皇巨著'红火'一时，独放的异彩，却也是经得起时间的考验"②。

契合大众趣味的都市浪漫传奇   鲁迅曾说，"诗歌起于劳动和宗教"，小说"起于休息"。娱乐消闲，向来是小说的重要功能之一。在 40 年代，写出契合大众的流行小说又不循旧派通俗文学老路的，是徐訏和无名氏。他们的创作被称为"现代罗曼司"，以浪漫传奇、都市气息、时髦趣味以及异域情调风靡一时。徐訏曾在"孤岛"时期留居上海，无名氏是光复期上海文坛的重要作家。他们以与张爱玲、苏青等女性作家不一样的都市写作，共同构成了新一代海派文学的绚彩流光。

徐訏（1908—1980），浙江慈溪人，原名伯訏。1936 年以中篇小说《鬼恋》成名，而令他声名大振的是 1943 年的长篇小说《风萧萧》，列当年全国畅销书之首，1943 年也曾有"徐訏年"之称。在徐訏的理解中，"小说是书斋的雅静与马路的繁闹融合的艺术"。因此他的小说具有汇合雅俗两极、文人气与大众趣味相兼的特点。《风萧萧》是将多角恋爱与间谍战相混合的浪漫传奇，其中又有对生命价值以及人性与情欲复杂性的严肃探索，不乏哲理意味。徐訏小说在好看好读的同时，又注重象征暗示与心理探索，善写缥缈幽深的梦境，常见弗洛伊德式的精神分析与潜意识挖掘，展示出通俗与先锋两翼共振的特色。

紧随《风萧萧》之后引发大众阅读热潮的，是无名氏（1917—2002，江苏扬州人，原名卜乃夫）于 1943 年年底开始连载的《北极艳遇》（单行本出版时更名为《北极风情画》）和 1944 年的《塔里的女人》。前者是充满异域情调的浪漫传奇，写韩国籍义勇军上校林与波兰后裔奥蕾利亚的爱欲悲欢；后者写兼医生与提琴家于一身的罗圣提与社交名媛黎薇的哀艳故事，充满浪漫唯美与感伤幻灭的色调。后来在"文革"期间，《塔里的女人》曾有近十万册手抄本在"地下"传阅，足见其阅读引力。1946 年 4 月，无名氏由上海至杭州慧心庵隐居，40 年代后期陆续推出"无名氏全书初稿"前三卷，即《野兽·野兽·野兽》《海艳》和《金色的蛇夜》，跃出言情套路，探索所谓"诗与哲理小说及其他等等综合艺术体系"。主人公印蒂是一个浮士德式的复杂人物，历经各种磨难，执着追求生命的圆全。小说大量运用象征隐喻、内心独白，宣泄主观情绪，色调阴郁压抑，交混着各种哲理玄思，在呈现出鲜明现代主义色彩的同

---

① 冯至：《伍子胥·后记》，文化生活出版社 1946 年版，第 108 页。
② 卞之琳：《诗与小说：读冯至创作〈伍子胥〉》，《中国现代文学研究丛刊》1994 年第 2 期。

时，也显露出散漫和芜杂。

第二节　《围　城》

钱锺书（1910—1998），江苏无锡人，字默存，号槐聚，1933 年毕业于清华大学外文系，后入牛津大学、巴黎大学学习和研究，主要学术著作有《谈艺录》《管锥编》《七缀集》等。钱锺书"作为一个中外文史学养渊博精深的著名学者，文学创作只不过是他的余艺。这种'边缘效应'，使他能以从容裕如，凭借着自由的心态和充溢的才气，出入于人生和创作之间"①。其小说不多，除长篇小说《围城》，还有短篇小说集《人·兽·鬼》，其中的四篇小说可分两组：《上帝的梦》和《灵感》，想象奇诡，笔调戏谑。前者写人类世界灭绝之后，宇宙创化出了一位上帝，他开始神圣的创世壮举，不想所造出的却是各种卑庸；后者让一个"国定的"天才作家的灵魂来到地府，在阴间展开一系列虚名欺世之举，却处处碰壁被捉弄。《猫》和《纪念》都是家庭、爱情故事。前者写一个叫爱默的知识女性庸琐空虚终至幻灭的家庭生活，其间穿插一只家猫，与人心相映相譬，颇具喜剧意味，机趣盎然；后一篇里的少妇曼倩也生活于黯淡庸常，又心怀不甘，一次婚外情的

写这类人，我没忘记他们是人类，只是人类，具有无毛两足动物的基本根性。

——钱锺书

尝试令她陷入灵魂的尴尬。这些短篇小说有时写得不无枝蔓，但心理内涵颇丰，不乏冷隽的社会与人生思考，又能做到运笔从容，挥洒自由，初显一位智慧型小说家的才华。

社会讽喻与文化省视　《围城》是一部具有多重意蕴的小说。首先引人注目的是它鲜明的讽喻批判色彩和它对于抗战背景下知识分子群体的刻画，因此也有"新儒林外史"之称。小说在欧风东渐、华洋交杂的文化背景与国难家仇的社会背景之下描画知识界的众生相，他们的卑琐、迂腐、空疏、虚伪与无聊。这里有买假文凭回国陷入彷徨失落的方鸿渐，有最后贩卖私货的留法女博士苏文纨，有外表小鸟依人、内里工于心计的女助教孙柔嘉，有外形木讷、内心龌龊的假洋博士韩学愈，有实为竖子俗物的"新古典主义"诗人曹元朗，有逃难时在大铁箱里一半装读书卡片一半装准备高价倒卖的西药的市侩教授李梅亭，有道貌岸然实为酒色之徒的伪君子高松年……还有湖南三闾大学内部的人事纷争，排挤、倾轧、打击、拉拢与利诱，是官场化、商场化了的中国知识界的缩影。以方鸿渐为代表的留洋学生归国后的茫然无着，则隐含作家对于转型期中国文化危机与困境的反省。那些西化了的中式读书人，中国化了的西方文明样本，以及裹着现代洋装的传统身影与人心，构成一幅华洋交杂、斑驳错乱的文化、历史与社会图景。

关于漂泊的哲思　除了讽喻批判和文化省视，《围城》又是一部富有哲理意味的漂泊者小

---

① 杨义：《中国现代小说史》第 3 卷，人民文学出版社 1998 年版，第 474 页。

说。小说初版序言说："在这本书里，我想写现代中国某一部分社会、某一类人物。写这类人，我没忘记他们是人类，只是人类，具有无毛两足动物的基本根性。"小说关于"人类基本根性"的探索，聚焦于对围城式的人生困局的揭示，主要通过方鸿渐的人生漂泊行旅来展开。方鸿渐留法后回国，又从上海"孤岛"取道浙西、赣南，流落至湖南三闾大学，最后又经香港、桂林转回沪地。一路颠簸，先落空于鲍小姐的肉感诱惑，又周旋于苏文纨和唐晓芙间破灭了一见钟情，在家乡的百无聊赖，在三闾大学的被倾轧，与孙柔嘉结婚后则陷入小家庭的泥沼。他不断渴求走出"围城"，可是从海外到国内，从社会到家庭，从朋友到同事，从欲望到爱情，从理想到现实，却不断地一次次陷入"围城"，出来了又进去，永远走不出。他的每一个人生驿站，法国邮轮、上海"孤岛"、内地大学、婚恋家庭，都是彷徨无主、无所归宿，可谓处处是"围城"。方鸿渐回国后从上海出发又复归上海，在南部半个中国兜了个圈，整体上构成一个大大的"围城"。在"围城"里企图"破围"，又怎能不处处"被围"呢？小说将人生状态、地理空间与精神空间相互映照、阐发，在现实讽喻的同时又具有哲理性的反讽意味，传达出关于存在困境的深切人生体悟。这就是小说人物从英国谈到法国的古老谚语所点明的："结婚（即人生——引者按）仿佛金漆的鸟笼，笼子外面的鸟想住进去，笼内的鸟想飞出来"，以及"（结婚）是被围困的城堡，城外的人想冲进去，城里的人想逃出来"。

语言特色与阅读魅力 《围城》的魅力，离不开它的夹叙夹议、取喻设譬、犀利隽永、旁逸斜出又涉笔成趣的语言特色。诸如讽刺方鸿渐买的假文凭"仿佛有亚当、夏娃下身那片树叶的功用，可以遮羞包丑"；当他在县省立中学演讲时说到只有鸦片和梅毒在中国社会里长存不灭时，则使记录的女生"涨红脸停笔不写，仿佛听了鸿渐的最后一句，处女的耳朵已经当众失去贞操"；至于假洋鬼子张先生，"说话里嵌的英文字还比不得嘴里嵌的金牙，因为金牙不仅妆点，尚可使用，只好比牙缝里嵌的肉屑，表示饭菜吃得好，此外全无用处"……这些连珠妙语，活画出华洋交杂、新旧交叠的文化与社会乱象。至于孙柔嘉的描写——"孙小姐长脸，旧象牙色的颧颊上微有雀斑，两眼分得太开，使她常带着惊异的表情；打扮甚为素净，怕生得一句话也不敢讲，脸滚滚不断的红晕"——则在人物羞怯、沉默的画像中暗含揶揄、嘲弄的态度。当然，妙趣横生的小说语言的深处，始终流淌着一种深沉、凝重的悲剧感。这就如小说结尾处，一只祖传的老钟响起来，却慢了五个钟点，与它同时错位了的还有方鸿渐和孙柔嘉的心思——"这个时间落伍的计时机无意中对人生包涵的讽刺和感伤，深于一切语言，一切啼笑"。

独特的悲喜剧美学形态 《围城》在中国现代文学史上堪称奇书，犀利俏皮中不乏睿智沉思，笑趣盎然处又见悲凉底蕴，描摹世相百态融入知识才学，关切现实的同时又渗透文化辩难与哲性体悟。虽说小说整体上渗透着悲剧感，但这种悲剧感又不断被各种机趣盎然的穿插所漾开，而漾开后又在嬉笑中悄然回流。这不是那种主情性的含泪的笑式的悲喜剧，而是凭借智慧在笑与悲之间从容游走的智慧型悲喜剧。聚社会、文化与人生存在的多重意蕴于一体，集小说与才智于一炉的《围城》，可谓是一部"现代智者小说"[①]。钱锺书在"孤岛"时期曾往来于上海和后方，沦陷后又困居沪地，由此看来，超越现实同时又批判着现实的"围城"体验，

[①] "智者"本指古希腊时专门传授知识和修辞学（辩论术）的哲学家，当时又称"诡辩者"，可借以形容钱氏小说之机智色彩，而小说所包含的深刻现实谛视与现代人生境遇的哲性体悟，具有鲜明的现代色彩，故谓之"现代智者小说"。

也相当程度上关涉着作家对战时"孤岛"的历史体验与人生经验。智性思悟能够超越现实，但又总是处于特定的现实与历史的联系之中，这正是《围城》能在现实性与超越性之间浑融兼收的一个原因所在。

第三节　张　爱　玲

　　张爱玲（1920—1995，祖籍河北丰润），身出名门，祖父张佩纶是清末名臣，祖母是李鸿章的长女。父亲是大家庭的公子哥，母亲则是新派女性。在母亲的影响下，张爱玲读了许多新小说。从上海教会学校圣玛利亚女校毕业后，张爱玲入香港大学，后因日军侵占香港，她不得不中止学业回到上海，就读于圣约翰大学。战时生活困顿，张爱玲被迫辍学。1942年年底、1943年年初的上海，多种期刊创刊或复刊，如比较偏重文学色彩的有《杂志》《紫罗兰》《小说月报》《万象》等，偏重文化色彩的有《古今》《风雨谈》《春秋》《天地》《万岁》等。这些期刊因在日伪统治下求生存，故有个共同的特点，就是不涉政治，这也给擅长写婚姻家庭爱情的女作家们以大显身手的机会。沦陷时期的上海文坛活跃着一批女性作家，其至有些期刊女性作者占了一半，第5期《紫罗兰》几乎成为女作家专号。这些期刊的大量出现，给张爱玲提供了出路。1943年5月，自《紫罗兰》第2期主编周瘦鹃郑重推荐张爱玲《沉香屑　第一炉香》起，张爱玲的名字就出现在上述各种期刊中。《杂志》发表了张爱玲的作品和绘图，并经常邀请张爱玲参与杂志的各项活动，在为她出版《传奇》后还组织专门的评论会。《万象》推波助澜，《古今》对张爱玲家族背景进行深度挖掘与介绍，《风雨谈》《苦竹》发表了多篇对张爱玲评价很高的文章，这些期刊共同向世人展示了张爱玲这位世家才女各方面的才华。1944年8月，张爱玲的小说集《传奇》出版，9月迅速再版，12月散文集《流言》出版。在"一个低气压的时代，水土特别不相宜的地方"，张爱玲其文与其人迅速在1943—1944年的上海文坛为人瞩目。

　　有论者认为张爱玲的出现"太像奇迹了！"① 分析其原因，并不偶然。其一，张爱玲自小就受到很深的中国古典文学与传统文化浸润，后又在教会学校与香港大学接受了良好的西方文学培养，这使她的作品兼具中西文化的气质；其二，她的显赫世家从辉煌到没落，使年轻的张爱玲体味到人生的强烈无常感，使她在作品中往往可以透过日常生活的描写而进入人生的哲学思考；其三，她所生活的战争年代，一切努力随时都可能被破坏，更加重了人生的无常感。沦陷时期的上海，无望的生活，弥漫着世纪末的情绪，更加深了人生的幻灭感。深厚的家学与良好的教育，没落的世家记忆与末世的沦陷区生活，与母亲、继母的纠葛，这就是张爱玲写作的

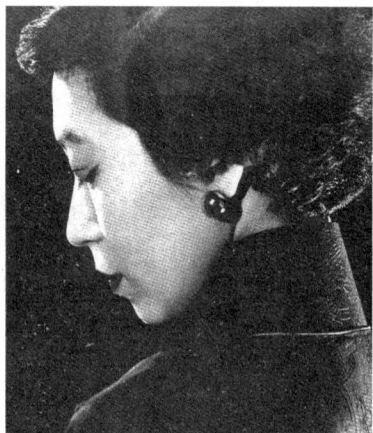

我不喜欢壮烈。我是喜欢悲壮，更喜欢苍凉。壮烈只有力，没有美，似乎缺乏人性。

　　　　　　　　——张爱玲

① 迅雨（傅雷）：《论张爱玲的小说》，《万象》第3卷第11期，1944年5月。

背景与现实。①

　　1947 年张爱玲编剧的两部电影《不了情》与《太太万岁》公映。1955 年，张爱玲到美国。在美国期间，张爱玲为香港电懋公司写了《南北一家亲》《南北喜相逢》《小儿女》《六月新娘》等电影剧本。张爱玲还有感于社会对《海上花列传》与《红楼梦》这两部中国古典小说的价值认识不够，从而花十多年时间执着地介绍与研究，1975 年完成英译《海上花列传》，1977 年台湾皇冠出版社出版了她的考据著作《红楼梦魇》。1993 年完成家族介绍的作品《对照记》。1995 年 9 月 8 日中秋节，房东发现张爱玲病逝于洛杉矶西木区公寓，终年 75 岁。

　　"张爱玲的代表作，《金锁记》和《倾城之恋》等作品，表面上写的是上海等处的世俗生活，是家庭、恋爱、婚姻等枝枝节节，但是它却揭示了这些生活表象之下那些深藏在人性底层的神秘的永恒的秘密。这就是关于人的欲望，关于权力与金钱的欲望的秘密。"②

　　对**女性命运及生存境遇**的思考。张爱玲独特的女性意识，是建立在对传统女性写作的解构之上，与 20 世纪 20 年代以来的女性作家写作形成对话关系。与新文学女性作家讴歌爱情的力量不同，在她的笔下，女性在面对谋生与寻爱的选择时，生存始终被女性放在第一位，爱情只能成为神话。她无奈地揭示了女性无法突破的生存困境。

　　她的深刻性，不仅在于对男权社会中女性被压抑现实的描述，还进一步将女性对男性形成的惯性依赖和女性之间互相杀戮的现实描述出来。张爱玲笔下的女结婚员们基本上都是男性的附庸，她这样描写霓喜："人本来都是动物，可是没有谁像她这样肯定地是一只动物。"（《连环套》）霓喜在一个又一个男人中间周旋，只为了得到衣食无忧的生活。张爱玲笔下的女性还常常可悲地成为男权中心的维护者。小说中的许多老年女性尤其如此，她们不允许自己的儿女逾越所谓的社会规则，在男性缺席的场合，她们就代男性行使权力，成为男权社会的维护者，所获得的报酬就是拥有了至上的权势。如曹七巧（《金锁记》）让儿子远离闺房之乐，扼杀女儿自由恋爱，不能单纯用七巧欲望得不到满足来解释，"七巧是男权社会规定的一个角色。她的欲望背后是一个庞大的男权社会"③。张爱玲笔下的这些老妇人，是女性命运轮回的象征。张爱玲解构新文学以来的爱情神话，也解构母爱神话。张爱玲所做的就是把母亲从神话的神坛上放到现实的人间。葛薇龙的母亲（《沉香屑　第一炉香》）、许小寒的母亲（《心经》）、潆珠的母亲（《创世纪》）对女儿在感情世界的挣扎只能扎煞着手旁观，手足无措。这与以冰心为代表的女性作家所建构的母爱神话和她们所塑造的无私、奉献、博爱的母亲形象形成对比。

　　新文学以来形成的灵肉冲突书写模式，在张爱玲笔下被改铸为以世俗人性为底色的复杂心理版图。她对婚恋爱情的世俗生活有着异乎寻常的敏感体验，深入地探询了在情欲中挣扎、浮沉的男男女女的心理。她的都市世情描摹与女性命运关照不是采用外位的社会化视角，而是深入到女性心理的纵深地带，洞幽烛微地呈现出令人唏嘘、感伤的女性心理世界，呈现出男女婚

　　①　柯灵曾说："我扳着指头算来算去，偌大的文坛，哪个阶段都安放不下张爱玲，上海沦陷，才给了她机会。……张爱玲的文学生涯，辉煌鼎盛的时期只有两年（1943—1945），是命中注定，千载一时，'过了这村，没有那店'。幸与不幸，难说得很。"柯灵：《遥寄张爱玲》，《收获》1985 年第 3 期。
　　②　刘再复：《张爱玲的小说与夏志清的〈中国现代小说史〉》，刘绍铭、梁秉均、许子东编：《再读张爱玲》，山东画报出版社 2004 年版，第 35—36 页。
　　③　刘再复：《张爱玲的小说与夏志清的〈中国现代小说史〉》，刘绍铭、梁秉均、许子东编：《再读张爱玲》，山东画报出版社 2004 年版，第 35 页。

恋挣扎与情欲倾轧过程中人性心理的幽冥变化，以及那种种隐秘与复杂。

《金锁记》写的是一个病态社会与家庭的悲剧，又是心灵被物欲所驱遣直至畸形的人性悲剧，深透地体现了张爱玲对于世俗人性和女性心理的特别敏感与通彻体悟。小说写麻油店老板的女儿曹七巧嫁到了高门大户，可丈夫是个害骨痨的废人，她在身心都不能满足的压抑中爱上丈夫的弟弟姜季泽，曾经主动暗示他，不过姜季泽至多捏一把她的脚就止乎礼了。曹七巧终于熬到丈夫、婆婆都死了，用一生换来了一大笔遗产和家庭地位。这时，荡尽了钱财的姜季泽又来接近她，当发觉这个自己曾心动过的男人是来算计她的钱时，曹七巧暴怒地溅了他一身的酸梅汤。到这里，小说拉开了一个套上了黄金枷锁的女人的悲剧序幕。真正惊心动魄的悲剧开始上演了——身心扭曲的曹七巧又开始残忍地对待自己的儿女。她折磨媳妇，让他们无法有正常的夫妻生活。女儿长安的青春在吞云吐雾中一点点黯淡下去。曹七巧最后以"一个疯子的审慎与机智"，轻描淡写地把女儿说成了个鸦片鬼，断绝其婚姻。这个三十年来"戴着黄金的枷"的女人，"用那沉重的枷角劈杀了几个人"，同时也劈杀了自己的人性。这是病态社会与家庭的悲剧，又是心灵被物欲所驱遣直至畸形的人性悲剧。

《金锁记》的魅力，不仅在于客观上呈现出的深刻的社会与道德批判，更重要的是女作家以自然主义的倾向，对于女性心理与人性展开感性体悟与追问时所达到的深彻。一碗打翻的酸梅汤溅走了姜季泽，也滴落了几十年煎熬中世俗卑微却又只能如此的爱梦——"酸梅汤沿着桌子一滴一滴朝下滴，像迟迟的夜漏——一滴，一滴……一更，二更……一年，一百年。真长，这寂寂的一刹那"。曹七巧在烟榻上与长白吞云吐雾，狡黠地咀嚼儿媳的床笫隐私；她杀戮了女儿长安一生的幸福，这都是令人恐怖的心理扭曲与病态，其实又是她对儿女的最残忍的爱的表现。她的近乎孱弱病态的儿女，是她一生的处心积虑、步步为营、煎熬了自己全部青春而留存的唯一可靠的私产。任何女人不能占有她的儿子，她更不信任任何男人。曹七巧杀戮一般的淡淡闲谈毁灭长安一生幸福的瞬间，是小说故事性的高潮，而真正内在情感的高峰，却是之后她一个人静静独处时，"摸索着腕上的翠玉镯子，徐徐将那镯子顺着骨瘦如柴的手臂往上推，一直推到腋下"。小说在不动声色之间一点一滴地把一个世俗女子的生命风干耗尽过程写出来。张爱玲用"花凋"来命名她的另一部小说，其实，张爱玲绝大多数小说都是写"花凋"的故事——少女在如花般年纪却生命凋零。薇龙、曼桢、翠远、小寒、紫薇、长安、二乔与四美、家茵，她们的少女时代均伴随着无助、伤害、焦虑……张爱玲不断解构着爱情神话，让她们中的很多人直接跨入世俗庸常的妇女生活，冷酷、残忍，却又令人唏嘘。

苍凉为底色的现世人生悲剧。张爱玲曾说，她不是"采取善与恶、灵与肉的斩钉截铁的冲突那种古典的写法"，而是用能"衬出人生的素朴的底子"的参差的对照的手法来写作。这源自她对于人生的独特体验和理解。她的小说里，几乎"全是些不彻底的人物。他们不是英雄，他们可是这时代的广大的负荷者。因为他们虽然不彻底，但终究是认真的。他们没有悲壮，只有苍凉。悲壮是一种完成，而苍凉则是一种启示"[1]。沧桑的历史感、切实的现世感与现代都市的日常人生和心灵相融会，构成张爱玲小说最主要的审美取向与特色，也形成她以苍凉为底色的独特的悲剧感——不是表现为走向顶点的激烈冲突状态，而是在一个个黯淡、哀婉的平凡故事里，以既悲观又享乐的态度去体味现世人生的浮世悲欢与苍凉。她把自己笔下世俗庸常的

---

① 张爱玲：《自己的文章》，《流言》，北京十月文艺出版社2006年版，第13—14页。

男女，置于新旧交杂的社会与战乱动荡的时局中，呈现他们在种种诱惑中的惶惑、种种经营中的虚无、种种追求中的无可附着。

中篇小说《倾城之恋》展开的是出身于式微世家的白流苏与华侨富商子弟范柳原间的情感纠葛。被丈夫离弃多年的白流苏，经历过许多人事炎凉，既孤傲清高又有着小女人的心计。妹妹相亲时她故意吸引范柳原的眼光，后又不断施展小手段来吊住他的心，只为牟取安稳的人生。正如苏青分析白流苏时说的："我知道一个离过婚的女人，求归宿的心态总比求爱情的心来得更切，这次柳原娶了她，她总算可以安心的了，所以，虽然知道'取悦于柳原是太吃力的事'，但她还是'笑吟吟'的。"① 不过，范仅是一时沉迷于她身上传统东方女性的情调，要她做"金屋藏娇"的情人。就在他们互相博弈，多少有些错了位的迎躲拉扯之间，战火燃起，二人只能一起避难，发现彼此谁也离不了谁，种种认真的算计和真真假假都自然抛却了。范柳原最后在一堵灰墙前对流苏说道："有一天，我们的文明整个的毁掉了，什么都完了——烧完了，炸完了，坍完了，也许还剩下这堵墙。流苏，如果我们那时候在这墙根下遇见了……流苏，也许你会对我有一点真心，也许我会对你有一点真心。"小说所呈现的，正是张爱玲式的传奇与普通人的双向寻找——既困守且享受于生活的凡人性，这种日常性是人生的底色，在此之上，交织融会着逝者如斯的古典沧桑意味与文明末世的现代历史感。

《沉香屑 第一炉香》是张爱玲发表的第一篇小说，这是一个表现曾经纯洁的女学生葛薇龙最后如何堕落到"不是替乔琪乔弄钱，就是替梁太太弄人"的过程的文本。来香港求学的上海小姐葛薇龙，本来是清高孤傲的，却渐渐在姑母梁太太所安排的洋场交际生活中沉溺，沦为那个富孀吸引男人的诱饵。这两代女子间，彼此算计又相互倚赖，排斥着又认同、理解着。葛薇龙不是没有自省，却又无法摆脱物质享乐与虚荣的诱惑。她自明于自己的被利用，却又在被利用的过程中一点点释放出固有的女人性。这就像那霉绿斑驳的铜香炉里点燃的沉香屑，袅袅香烟，一旦飘起来就收不回去了。小说流露出的情感态度是悲观而又无可奈何的，但这主要不是来自理性的价值否定，而是有一种感性的理所当然弥漫其中。《封锁》似一则日常生活的寓言，戒严时刻停驶的一列电车上，一对不相识的都市男女攀谈起来，可是当电车又当当地不紧不慢地开起来时，又好像什么也没发生过。"整个的上海打了个盹，做了个不近情理的梦。"小说通过一个富有包孕性的瞬间，恰到好处地点染出都市男女的情欲冲动与失落，这并非一般所谓的稍纵即逝，而是自然而然地留不住，且又无心无力去留，只是一种日常凡庸状态的偶尔释放，其中的偶然与必然，正体现了张爱玲对日常人生的本来性的探索与洞彻。由此成就了小说隽永的审美意味。

张爱玲自幼熟读《红楼梦》，以至于"不同的本子不用留神看，稍微眼生的字自会蹦出来"(《〈红楼梦魇〉自序》)。《红楼梦》对她来说是"一切的泉源"。而这部巨著对她影响最深的莫过于其"繁华"背后的"苍凉"的世事无常之感："陋室空床，当年笏满床；衰草枯杨，曾为歌舞场。……"《红楼梦》的这种令人感到彻骨冰寒的命定、世事无常之感，引起了张爱玲深深的共鸣。

正是在战争大背景下，不过20多岁的张爱玲，就从家族兴衰和个人遭际中感受到"惘惘的威胁"以及由之而来的未来的荒原。生于乱世的张爱玲因家族和个人的际遇使其作品中总是

---

① 苏青：《读〈倾城之恋〉》，陈子善编：《张爱玲的风气——1949年前张爱玲评说》，山东画报出版社2004年版。

笼罩着世纪末的荒凉感，这成为她作品的底色。她的作品，是一个又一个"美丽而苍凉的手势"，她凭借它们最终成为一个苍凉的喻者①。"细节往往是和美畅快"，"而主题永远悲观"，这是张爱玲对《红楼梦》所代表的中国文学精神的认知，她的作品同样是繁复、华美的细节与悲哀的人生主题相缠绕的结晶，同样具有悲哀的主题和欢悦的细节相融合的特点。她的小说与散文，无不是意象繁复、文字华美，而气质苍凉、主题悲哀。小说《倾城之恋》结局看似皆大欢喜的喜剧，实质上却充满苍凉的意味。

张爱玲在文学表现上的天赋，莫过于她对服饰意象的营造。她营造出一系列环佩叮当、衣香鬓影的**服饰意象**。"生命是一袭华美的袍，爬满了蚤子。"（《天才梦》）1939 年，当张爱玲在文坛初试啼声时，她对生命作了这样的隐喻。衣香鬓影成为她笔下世界不可或缺的重要组成部分。而意象繁复的衣饰世界也成为张爱玲作为一位女性作家最有其性别特征的体现。张爱玲认为："对于不会说话的人，衣服是一种言语，随身带着的一种袖珍戏剧。"（《童言无忌》）

张爱玲发表的第一篇小说《沉香屑　第一炉香》即是一个以衣衫作道具的人生寓言。美丽的衣衫使曾经天使般的少女堕落，张爱玲写出了拜金的都市社会里最悲凉的人生寓言。《金锁记》则用小说的主角七巧从年轻到老年服饰装扮的不同来暗示时间的流逝带给七巧身体与心理的变化，以及她对儿女人生命运的控制。老年的七巧身体枯瘦得可怕："她摸索着腕上的翠玉镯子，徐徐将那镯子顺着骨瘦如柴的手臂往上推，一直推到腋下。"这可怕的身体里藏着一个令人恐怖的灵魂，她不仅让自己被金锁控制，也以此来控制儿女的生活。在张爱玲的服饰意象世界中，戒指、镯子、项圈这些首饰也是重要的组成部分。这些圆形的饰品，本是象征着团圆、喜庆与永恒，但在张爱玲的笔下，曹七巧戴的"黄金枷"、葛薇龙手上脱不下去的金刚镯子、扼住郑川嫦颈项的项圈……却成为控制、死亡、悲剧的象征。这是张爱玲对人类文明悲哀的前景的表达——尽管时间在流逝，时代在变化，可是女人自觉不自觉地成为物质的奴隶的历史并没有改变，她们认为只有物质才能够使她们安心，并不自觉地跳入了项圈、戒指这种物化的圈套中不能自拔。

张爱玲将服饰世界建构成一个丰盈的意象系统。她继承了《红楼梦》对服饰细致入微描写的传统。"张爱玲在《传奇》里所描写的世界，上起清末，下迄中日战争；这世界里面的房屋、家具、服装等等，都整齐而完备。她的视觉的想象，有时候可以达到济慈那样华丽的程度。至少她的女角所穿的衣服，差不多每个人都经她详细描写。自从《红楼梦》以来，中国小说恐怕还没有一部对闺阁下过这样一番写实的功夫。"② 她将客观的描写糅入意象的表达，将观念转化为活色生香的意象缤纷的世界。意象繁复的衣香鬓影世界就成为张爱玲小说最生动、最独特的组成部分。

张爱玲文笔细腻传神，流利轻盈，她对一个个通俗言情或日常家庭故事的讲述异常生动诱人，成就了她的新旧华洋交杂、雅俗兼赏的新小说样式的创造。

---

① 张爱玲："中国文学里弥漫着大的悲哀。只有在物质的细节上，它得到欢悦……细节往往是和美畅快，引人入胜的，而主题永远悲观。一切对于人生的笼统观察都指向虚无。"见张爱玲：《中国人的宗教》，《张爱玲散文全编》，浙江文艺出版社 1992 年版。

② 夏志清：《中国现代小说史》，刘绍铭等译，香港中文大学出版社 2001 年版，第 341 页。

研 习 导 引

40 年代小说的丰富性

40 年代是中国现代文学的第三个十年，虽然处于战时的动荡，但中长篇小说在这一时期取得丰收。巴金、老舍、茅盾、沈从文等著名作家都有新的重要作品问世，萧红、萧军、沙汀、艾芜、张天翼、师陀等展现出臻于成熟的艺术境界，张爱玲、钱锺书、赵树理、路翎、徐讦等初登文坛即为中国现代文学贡献出个性卓然的审美新质。在这样的背景下，承继、发展、新变，以及共时与历时的丰富差异性，无论对小说现象还是对具体作家，都是研究 40 年代小说时必须关注的问题。从鲁迅到张天翼、沙汀、艾芜，从沈从文到汪曾祺，从张资平到新感觉派再到张爱玲，一条条若隐若现的文学史脉络值得去深入挖掘。同是讽刺和幽默，钱锺书和赵树理的腔调截然不同；都注目于都市生活，张爱玲和刘呐鸥、穆时英显然有着迥异的眼光；不断被展开的"家"的书写，40 年代小说与五四小说之间，无论所寄予的，还是所期待的，都已经拉开了距离；40 年代涌现出那么多女作家，但她们同上一代女作家之间，似乎有了显著的精神代沟与身份差异。就具体作家而言，美国汉学家夏志清认为，《寒夜》是巴金创作的"最伟大的爱的故事"，最能代表他的艺术水准，其价值远远胜过给作家带来巨大声誉的"激流三部曲"；《围城》是"中国近代文学中最有趣和最用心经营的小说，可能亦是最伟大的一部"；"对于一个研究现代中国文学的人来说，张爱玲该是今日中国最优秀最重要的作家"①。这些观点，自然会引发争论，但争论本身就是对 40 年代小说的丰富性的一种标示。

《围城》面面观

深入到小说文本的内部，有意思的话题则更加多样。《围城》在今天已经成为现代文学的经典作品，关于它的各种解读可谓层出不穷。温儒敏认为，小说包含着三层意蕴："写现代中国某一部分社会，某一类人物"，即对抗战时期古老中国城乡世态世相的描写；"文化反省层面"，以写"新儒林"来对中国传统文化进行反省；"哲理思索层面"，即对人生、对现代人命运的哲理思考。② 与温儒敏发现的严肃、重大的意义不同，蓝棣之在小说中看到的却是最隐秘的私人"症候"："《围城》的题旨并不是要表现英国的古话或法国谚语所谓'围城'这个说法的真理性。最重要的，《围城》写出了作者的压抑与愿望。《围城》所写的并不是什么抽象的人的婚姻生活，而是一种婚姻生活；所写的不是婚姻矛盾的普遍性、共性，而是特殊性。作者所写出来的，是他自己对于婚姻的体验和压抑。作者并不要写一部教训众生之作，而是在写自己的自叙传、血泪书和忏悔录。但由于作品特殊的讽刺风格，使得它的本意被掩盖了。"③ 真正杰出的文学作品，必然能够给读者、研究者提供广阔的精神交锋与碰撞的空间。除了这些或严肃或隐秘的意义，对于《围城》，不应被忽略的还有它的"有意味的形式"——作家的漂泊经

---

① 参见夏志清：《中国现代小说史》，刘绍铭等译，香港中文大学出版社 2001 年版，第 331、380、335 页。

② 温儒敏：《〈围城〉的三层意蕴》，《中国现代文学研究丛刊》1989 年第 1 期。

③ 蓝棣之：《现代文学经典：症候式分析》，清华大学出版社 1998 年版，第 141 页。

验，方鸿渐的迁徙旅途，以及那无法摆脱的永远的漂泊感，怕不是什么巧合。

在《围城》诞生之初，它所收获的却并非只是各种角度的好评。1948 年，沪港两地都出现了对小说的严厉批评。王元化当时撰文称："你在这篇小说里看不到人生，看到的只是像万牲园里野兽般的那种盲目骚动着的低级的欲望。"作品"有的只是色情；再有，就是雾雨下不停止似的油腔滑调的俏皮话了"，"作者对于女人无孔不入的观察，真使你不能不相信，他是一位风月场中的老手，或者竟是一个穿了裙子的男人"，"令人读了如入香粉铺"[1]。巴人则进一步批评小说社会阶级斗争意义的付之阙如："态度傲慢，俨然以上帝自居"；"只看到一切生存竞争的动物性，而忽略了一切生存竞争的社会阶级斗争意义"；"'两个妖精打架'的故事，也成为我们上帝唯一的创作主题"；作者"抓取不甚动荡的社会的一角材料，来写出几个争风吃醋的小场面"，"世界在他面前是赤裸裸的一个女性模特儿"[2]。

想象张爱玲

如果说 20 世纪的中国文坛有传奇存在，那么张爱玲一定可被看作是传奇之一。张爱玲成名于 20 世纪 40 年代的上海，但她红遍上海滩只有两三年的时间，紧接着就是几十年的沉寂，一直到 20 世纪 80 年代才又成为读者追捧的对象，这股热潮随着她的作品不断地被发现、不断地被重新解读而持续不减。

关于张爱玲在中国文学史上的地位，已经有诸多史家作出过评说与分析。最早赏识张爱玲的无疑是《紫罗兰》的主编周瘦鹃，周瘦鹃发表了张爱玲的处女作《沉香屑　第一炉香》。1944 年，在张爱玲发表《金锁记》等多部重要作品后，迅雨（傅雷）撰文《论张爱玲的小说》，比较详尽地分析了张爱玲的作品。他一方面指出："毫无疑问，《金锁记》是张女士截至目前为止的最完满之作，颇有《狂人日记》中某些故事的风味。至少也该列为我们文坛最美的收获之一。"[3] 但另一方面，受到新文艺思想影响的傅雷，对张爱玲进行了严厉的批评："文学遗产记忆过于清楚，是作者另一危机。把旧小说的文体运用到创作上来，虽在适当的限度内不无情趣，究竟近于玩火，一不留神，艺术会给它烧毁的。旧文体的不能直接搬过来，正如不能把西洋的文法和修辞直接搬用一样。何况俗套滥调，在任何文字里都是毒素！"[4] 该文章发表之后，胡兰成迅速为张爱玲进行辩护，在《评张爱玲》一文中他这样写道："鲁迅之后有她。她是个伟大的寻求者。和鲁迅不同的地方是，鲁迅经过几十年来的几次革命和反动，他的寻求是战场上受伤的斗士的凄厉的呼唤，张爱玲则似一枝新生的苗，寻求着阳光与空气，看来似乎是稚弱的，但因为没受过摧残，所以没一点病态，在长长的严冬之后，春天的消息在萌动，这新鲜的苗带给人间以健康与明朗的、不可摧毁的生命力。"[5] 之后，张爱玲从大陆文坛消失，从 20 世纪 50 年代到 80 年代出版的《中国现代文学史》（例如唐弢主编的 1979 年版、1984 年版）都没有关于张爱玲创作的任何介绍。

20 世纪 60 年代，夏志清在海外出版了《中国现代小说史》，对张爱玲给予了相当的篇幅

---

① 方典（王元化）：《论香粉铺之类》，《横眉小辑》创刊号，1948 年 2 月。

② 无咎（巴人）：《读〈围城〉》，《小说》创刊号，1948 年 7 月。

③ 迅雨（傅雷）：《论张爱玲的小说》，《万象》第 3 年第 11 期，1944 年 5 月 1 日。

④ 迅雨（傅雷）：《论张爱玲的小说》，《万象》第 3 年第 11 期，1944 年 5 月 1 日。

⑤ 胡兰成：《评张爱玲》，《杂志》第 13 卷第 2 期，1944 年 5 月 10 日。

进行推介，并高调评价其重要性："对于一个研究现代中国文学的人说来，张爱玲该是今日中国最优秀最重要的作家。"① 90年代特别是张爱玲去世以后，对张爱玲的研究逐渐成为现代文学研究领域的显学，关于张爱玲的研究成果不断推出。刘再复在其《张爱玲的小说与夏志清的〈中国现代小说史〉》中从哲学的高度来评价张爱玲的文学世界："在本世纪中，张爱玲是一个逼近哲学、具有形上思索能力的很罕见的作家。""张爱玲的才能不是表现为'历史家'特点，而是表现为'哲学家'特点。也就是说，她有一种超越空间（都市）和超越时间（历史）的哲学特点。……张爱玲的特点是《红楼梦》的特点，即超越政治，超越国民，超越历史的哲学、宇宙、文学特点。张爱玲承继《红楼梦》，不仅是承继《红楼梦》的笔触，更重要的是承继其在描写家庭、恋爱、婚姻背后的生存困境与人性困境，表达出连她自己也未必意识到的对人类命运的终极关怀，……张爱玲的代表作《金锁记》和《倾城之恋》等作品，表面上写的是上海等处的世俗生活，是家庭、恋爱、婚姻等枝枝节节，但是它却揭示了这些生活表象之下那些深藏在人性底层的神秘的永恒的秘密。这就是关于人的欲望，关于权力与金钱的欲望的秘密。"②

杨照认为将张爱玲纳入新文学的视野是不够的，这甚至是对张爱玲文学内涵的减损："然而张爱玲站上文学史，付出的代价就是她的人和她的作品从此以后，就被划入以鲁迅、巴金、茅盾为起点宗师的'新文学'阵营里。这样做，事实上是使得张爱玲其人其作被迫放进'新文学'的脉络里来阅读、评价，而丢弃了她真正自所从来的'鸳鸯蝴蝶派'传统，更是把她从上海近代殖民都会的文化发展史中隔离，硬生生地缝到了取得政治霸权（hegemony）的知识分子论述结构里去了。"③

张爱玲究竟是传承了新文学传统，抑或鸳鸯蝴蝶派传统？她究竟来自新文学，还是通俗文学？这种种问题，还有待人们研究探讨。

第十六章专题讲座
张晓玥：张爱玲的爱与哀1-4
钟正道：张爱玲的电影梦1-2

第十六章
拓展研读资料

---

① 夏志清：《中国现代小说史》，刘绍铭等译，香港中文大学出版社2001年版，第335页。

② 刘再复：《张爱玲的小说与夏志清的〈中国现代小说史〉》，刘绍铭、梁秉均、许子东编：《再读张爱玲》，山东画报出版社2004年版，第36—37页。

③ 杨照：《在惘惘的威胁中——张爱玲与上海殖民都会》，陈子善编：《作别张爱玲》，文汇出版社1996年版，第43页。

第十七章　现代通俗小说

第一节　现代通俗小说概述

　　现代通俗小说，从文学观念方面看，它比新文学、主流文学的政治功利性要弱些，商业目的性要强些；从趣味上说，现代通俗小说更倾向于消遣、娱乐、游戏；从创作方法上讲，现代通俗小说更有明显的民间传统小说特征，模式化、程式化的倾向比较显著。

　　在小说领域，新文学产生以前，通俗小说曾是正宗，创作队伍和作品颇为壮观。自晚明冯梦龙等开创"三言""二拍"小说新潮以来，清朝以降的所谓讽刺小说、人情小说、狭邪小说、侠义小说及公案、谴责小说（或称拟古派、讽刺派、人情派、侠义派）①等小说类型，为现代通俗小说的发展铺就了大道。现代通俗小说常见的几种类型，诸如社会小说、言情小说、武侠小说、历史小说等，都基本上是旧的传统小说的继承、延续和拓展。现代通俗小说领域几乎很少存在传统与现代的对立、困惑。

　　新文学的异军突起，使得现代通俗小说在应战中不得不调整自己的步伐。几乎与胡适等人大力倡导白话文同步，由包天笑主编的《小说画报》就在《例言》中宣称："小说以白话为正宗，本杂志全用白话体，取其雅俗共赏，凡闺秀学生商界工人无不咸宜。"②在短引中，包天笑也得出了与胡适一样的结论："文学进化之道必由古语文学变而为俗语之文学。"③

　　文学研究会的宣言和《小说月报》的革新，是新文学对通俗文学的公开挑战和对垒。茅

一编在手，万虑都忘，劳瘁一周，安闲此日，不亦快哉。

——《礼拜六》发刊词

---

① 采用鲁迅《中国小说史略》中的小说分类。
② 《小说画报》第 1 号，1917 年 1 月。
③ 《小说画报》第 1 号，1917 年 1 月。

盾把"游戏的消遣的金钱主义的文学观念"视为通俗文学在"思想上的一个最大错误"(《自然主义与中国现代小说》),郑振铎则把通俗文学看成是"冷血文学"(《血和泪的文学》)。其后的创造社对"《礼拜六》《晶报》一流的东西",也嗤之以鼻,一如成仿吾的抨击:"我们一方面要与全国的同志们建设我们的新文学,一方面对于我们前面的妖魔也应当援助同志们,不惜白兵的猛击。这丑恶的妖群,固然不免可惜了我们很贵重的弹药。然而,他们的横奔,是时代的污点,是时代的奇辱,时代要求我们把他的污点揩了,把他的奇辱雪了。朋友们!请来同我们更往前方追击,把他们的战线一条条的夺了,把他们由地球上扫除了罢!"①

面对新文学作家的挑战与批判,通俗小说界建构了攻守的堤防。1922年8月,范烟桥、赵眠云、郑逸梅、顾明道、范君博、屠守拙、孙纪于、姚苏凤、范菊高9人在苏州留园成立**星社**。星社虽没有正式的宣言书和严密的组织法,但日后逐渐壮大,到1932年已有36人。周瘦鹃、程小青、程瞻庐、严独鹤、徐卓呆、江红蕉等人也加入了这个团体。到1937年,陆续加盟的人已达68人。包天笑、姚民哀、赵苕狂、张枕绿、陆澹庵、施济群、陈蝶衣等人也成了社员。全面抗战爆发后,星社星散。中国现代文学史上,支撑时间最长的文学社团非星社莫属,从中可见它的集团凝聚力。在它十周年纪念之际,范烟桥在《星社十年》一文中流露了他们的心迹:"……我们三十六天罡,有何作为?有何贡献?实在怯于落笔。我们应当自励,虽不能像梁山上朋友横行诸郡,也得分文坛一席地来掉臂游行。"② 星社同仁在新文学界的猛烈批判下,并没有完全失却自信和抗争。

在组建社团的同时,通俗小说界也纷纷拓展他们的阵地。在《小说月报》被新文学界接编前后,《礼拜六》翻新,《游戏新报》《小说日报》《星期》《半月》《红》《笑》《快活》《长青》《小说世界》等报刊纷纷出版,通俗小说界呈现一派繁荣景象。

通俗小说界也力图在理论上寻找自己的依据。他们首先指摘革新后的文学研究会刊物《小说月报》算不上是什么创作:"海上某大书店出的一种小说杂志,从前很有点价值。今年忽然也新起来了,内容着重的就是新的创作。所谓创作呢,文法学外国的样,圈点学外国的样,款式学外国的样,甚而连纪年也用的是西历一千九百二十一年。它还要老着脸皮,说是创作。难道学了外国,就算创作吗?"③ 其次,他们也指责新文学的猛烈批判是"党同伐异"和"村妪骂街":"如今所见的批评家,不是一个什么文学会或是什么文学社里的'作誉颂文者',就是专为一党一会里的作品'作注脚者',专为具同党同会里的分子'作捧场者'。所以,这些名为批评家眼光专注在同党同会里的作品上。……对于形式不同的与异党的创作,简直是个故犯的盲子。他们既执着成见,不肯细读,又秉着牢不可破的谬想,闭着眼乱骂。所以,他们的批评文学,并不是公平无偏的指导的评语,乃是他们成见谬想乱骂的结晶。他们在一方面是作誉颂文者、作注脚者、作捧场者,在一方面又兼做骂街的村妪。"④ 与此同时,他们也以其人之道还治其人之身,回敬新文学的"创造自由"论:"小说既没有新旧,也原无什么主义。而现在有些不彻底的批评家,徒以形式上的不同,专骂不用新式标点的小说为恶劣为下等……没有

---

① 成仿吾:《编辑余谈》,《创造季刊》第1卷第3期,1922年10月。
② 范烟桥:《星社十年》,《珊瑚》第8号,1932年10月16日。
③ 寒云:《辟创作》,《晶报》1921年7月30日。
④ 张舍我:《批评小说》,《最小》第5号。

主义。一方面则竭力批评、颂扬、赞美、恭维同其形式同其党类的小说为最高尚的小说，有主义的小说。他们专事攻击异党的小说，谩骂异党的作者，明明是藐视作者的个性和创造自由了。而自己一党的小说被人家攻击，被人家指出缺点和不通之处时，却又大书特书道：'我相信创造的自由，该得尊重，但我尤其相信要尊重自己的创造自由，先须尊重别人的创造自由。'（见《小说月报》第 13 卷第 9 号）我不明白他们为什么只知尊重自己（不如说同党）的创造自由，而不先尊重别人的创造自由呢？难道说只有他们同党的创造自由，该得尊重么？"①

　　实际上，在应战中，通俗小说并没能树立起自己的理论大旗，也没能超越已有的对文学的认识水平。"游戏""消闲""世俗"是他们固守的天地，他们走不出这个精神世界。直到 1949 年写回忆录，现代通俗小说的代表性作家张恨水还是抱定这样的看法："中国的小说，还很难脱掉消闲的作用。除了极少数的作家，一篇之出，有他的用意。此外大多数的人，决不能打肿了脸装胖子，而能说他的小说，是能负得起文艺所给予的使命的。"② 由此可见，现代通俗小说并不像新文学那样急速多变，时时更新，责任感、使命感强。

　　现代通俗小说当然也不是一成不变的，也经历了几个阶段的变化。1912 年，徐枕亚的《玉梨魂》出版，风靡一时，销量竟达数十万册。随后的《雪鸿泪史》《余之妻》《双鬟记》等也很畅销。这是个言情的时代。吴双热的《孽冤镜》《兰娘哀史》，李定夷的《霣玉怨》，天虚我生（陈蝶仙）的《玉田恨史》等也使读者倾倒一时。"卅六鸳鸯同命鸟，一双蝴蝶可怜虫"成了读者的口头禅，"画蝴蝶于罗裙，认鸳鸯为坠瓦"成了作家创作的兴奋点。以前被人们斥为鸳鸯蝴蝶派的，应该适用于这个时代的专以建构鸳鸯蝴蝶式的言情世界的作家。

　　以《小说月报》全面革新为标志，现代通俗小说跨入了 20 年代初期到 30 年代中期的发展成熟期。这一时期，现代通俗小说创作与新文学创作并驾齐驱，双方在不同的读者群中获得了稳定的地位，取得丰硕的成果。这一时期同时也是现代通俗小说的全面发展期，多种类型的创作都有成熟的具有代表性的作家和作品，言情类小说作家有周瘦鹃、刘云若等，武侠类小说作家有平江不肖生、朱贞木、白羽、王度庐、还珠楼主等，社会类小说作家有包天笑、李涵秋、毕倚虹等，侦探类小说作家有程小青、孙了红等，历史类小说作家有蔡东藩、许啸天等。

　　1936 年 10 月，以鲁迅、郭沫若、茅盾等领衔的文艺界各方面代表人士共 20 人共同签署了《文艺界同人为团结御侮与言论自由宣言》。通俗小说代表作家包天笑、周瘦鹃也列名其中。以此为标志，通俗文学为新文学界所接纳并获得高度评价，新文学创作有意识地借鉴通俗小说的创作手法和经验（如老舍、赵树理等），文学的雅俗竞争渐渐演变成雅俗合作。30 年代末到 40 年代，雅俗文学的合流为新中国文学的创作奠定了基调。

第二节　张　恨　水

　　张恨水可以称得上是中国现代通俗小说史上的集大成作家。

　　张恨水（1895—1967），原名张心远，出生在江西广信一个小官吏家庭。原籍安徽潜山，其父是江西景德镇的一个税务官。这个家庭至少也称得上是小康水平。1901 年，张恨水 6 岁

---

① 张舍我：《创造自由》，《最小》第 6 号。
② 张恨水：《写作生涯回忆》，张占国、魏守忠编：《张恨水研究资料》，天津人民出版社 1986 年版。

即入景德镇一家私塾，念的是《三字经》《百家姓》《千字文》。随后，还念过"四书五经"、《左传》。而能吸引他的倒是《红楼梦》《三国演义》之类的书。《千家诗》也使他念得"莫名其妙的有味"。十三四岁时，张恨水就跌进小说圈"着了魔"。于是，自己动手布置了一间书房，"上得楼去，叫人拔去了梯子，我用小铜炉焚好一炉香，就作起斗方小名士来。这个毒，是《聊斋》和《红楼梦》给我的。《野叟曝言》，也给了我一些影响"[1]。这时的张恨水，用他日后的话来说，就是"专爱风流才子高人隐士的行为"[2]。15岁时，张恨水进了学堂，接受了一些新教育。校长是个维新人物，教书时，常讥笑守旧分子，抨击清政府的腐败。张恨水受到了很大的刺激。于是，他也"极力向新的路上走"。而这新的倾向，无非就是除了买小说，也买些新书看，《经世文编》《新议论策选》之类而已。当然，上海新出版的报纸也给了他思想上的触动，但没带来根本性的改观。他嗜好依旧，读小说，把玩那风花雪月式

文字劳工：流自己的汗，吃自己的饭。

——张恨水

的辞章，难怪他日后自称是个"礼拜六的胚子"[3]。16岁时，他开始尝试通俗小说创作。1912年，年仅17岁的张恨水想到英国留学，而他的父亲恰在此时去世，"家里立刻就穷了"。他母亲带着子女回到安徽潜山老家，靠数亩薄田过活。他自称这是他的"终身大悲剧"。

随后，生活的贫困，使得在苏州蒙藏垦殖学校就读的张恨水不得不想办法自找出路。1913年《小说月报》的征稿启事上，注明每千字3元。于是，18岁的张恨水在3天工夫里，赶写了《旧新娘》《桃花劫》2篇通俗小说，寄到商务印书馆《小说月报》编辑部，这是他第一次投稿。虽然后来并没有刊载出来，却得到编者恽铁樵的赞扬和鼓励。这年，他还模仿《花月痕》的套子，开始创作第一部章回体长篇白话小说《青衫泪》，共写了17回。但最终"觉得这小说太不够水准，自己加以放弃了"[4]。

1914年，张恨水学习英文不成，就去汉口为某小报补白，入文明剧团演戏。然而，贫病交加的张恨水适应不了漂泊流浪的生活，不得不重返故里，钻进自己营构的黄土书屋，自学自修起来，成果是文言中篇小说《紫玉成烟》在芜湖《皖江日报》上刊载。1918年，张恨水经人推荐到《皖江日报》任总编辑。长篇小说《南园相思谱》随后在该报副刊上连载。

1924年，张恨水接编《世界晚报》副刊《夜光》。在这前后，张恨水的第一部有影响的长篇小说《春明外史》在该副刊上连载。他开始真正踏上通俗文学的创作之路。随后，一发不可收，一生竟创作一百多部中长篇通俗小说，发表的文字超过两千万字。其代表作有《春明外史》《金粉世家》《啼笑因缘》《八十一梦》等。

---

① 张恨水：《写作生涯回忆》，张占国、魏守忠编：《张恨水研究资料》，天津人民出版社1986年版。
② 张恨水：《写作生涯回忆》，张占国、魏守忠编：《张恨水研究资料》，天津人民出版社1986年版。
③ 张恨水：《写作生涯回忆》，张占国、魏守忠编：《张恨水研究资料》，天津人民出版社1986年版。
④ 张恨水：《写作生涯回忆》，张占国、魏守忠编：《张恨水研究资料》，天津人民出版社1986年版。

《春明外史》于 1924 年 4 月 12 日起在《世界晚报》上连载，直到 1929 年 1 月 24 日才收尾。1930 年由上海世界书局出版单行本。小说以才子佳人的爱情故事为贯穿的线索，将 20 年代北京社会上自总理大帅下至嫖客妓女的各色人等串在一起，形成了一个松散的单珠联结的建构方式。中心情节是才子杨杏园与雏妓梨云一见倾心，但一场好姻缘随美人的香消玉殒而化为一缕烟尘。日后，杨杏园又爱上虽出身大家庭却因非正出而飘零的李冬青，柳荫花下，一双蝴蝶，一对鸳鸯，才子佳人心心相印。但李冬青因先天的疾病不能和杨杏园结合，就荐史科蒂以代己，想促成杨史婚姻。这无疑是套用徐枕亚的《玉梨魂》中的情节。结局是杨杏园始终恋着李冬青，史科蒂只得怅然离开北京，从此，杨杏园心灰意冷，一心学佛。等到李冬青来看望时，杨杏园早已圆寂了。

张恨水在《写作生涯回忆》中曾说过："《春明外史》的人物，不可讳言的，是当时社会上一群人影。但只是一群人影，决不是原班人马。这有个极好的证明。例如主角杨杏园这人，人家都说是我自写。可是书中的杨杏园死了，到现在我还健在。宇宙没有死人能写自传的。"杨杏园并非等同于作者本人，是真实的；但杨杏园和作者之间的相似，也是真实的。尤其是在精神气质上更是一脉相承。这一点张恨水本人似乎也不否认："《春明外史》主干人物，依然带着我少年时代的才子佳人气，少有革命精神（有也很薄弱）。"[1]

杨杏园是客居北京的皖中才子，是在新与旧之间寻求两栖居中的过渡人物。他为人正直诚恳，老成持重，置身于首善之区这个污浊黑暗的环境中，出污泥而不染，决不愿与这个肮脏黑暗的社会同流合污，但仅仅是坚守一己的清白而已，而与不合理的环境抗争，非杨杏园这个"过渡人物"所敢为和能为。他的处世哲学是忍耐。杨杏园所处的是新旧急剧冲突的 20 年代，新与旧的不可调和，使得人们无法回避这二难选择。杨杏园却轻松地完成了自己的抉择，他只想在新与旧之间寻一条不新不旧、亦新亦旧的中间道路。他对理想的婚姻的追求是新旧得兼，而对时代反传统的新潮流的最大不满，也就在于新潮流不符合这新旧参半的中间标准，"解放过度"的事物显然不会得到杨杏园的首肯。而最终在这灾难深重的不合理世道上，环境的迫压，情场的失意，杨杏园在古卷青灯下学佛得道，大彻大悟："五侯蝼蚁各空回，到此乾坤万事灰。今日饱尝人意味，他生虽有莫重来。"于是，圆寂成了杨杏园解脱的最佳方式。这实质上是两重人格最终破产的结果。

张恨水在《〈春明外史〉续序》中断言："信夫，天下之事有相对而无绝对的也。"因而，《春明外史》也是"乐与戚各半焉"。作家这样形容自己写作过程中的内心体验："或曾欣欣然有若帝王加冕之庆焉，或曾戚戚然有若死囚待决之悲焉，亦有若释家所谓无声无色嗅味触法，木然无动，而不知身所在焉。"从中可以窥见作者与《春明外史》中人物同呼吸共命运的心律。

《春明外史》以报人的眼光，揭示了 20 年代中国社会政界、军界、学界以至娱乐圈等社会各阶层的种种丑恶污浊的怪现状。小说在言情的同时，也渗透着社会讽刺的特点。因而，有人认为，《春明外史》"大体上，这是以《二十年目睹之怪现状》为蓝本的一部谴责性小说"[2]。但实际上，《春明外史》充其量也不过是社会—言情小说，张恨水走的是鸳鸯蝴蝶派的创作路子，

---

①　张恨水：《写作生涯回忆》，张占国、魏守忠编：《张恨水研究资料》，天津人民出版社 1986 年版。
②　张友鸾：《章回小说大家张恨水》，张占国、魏守忠编：《张恨水研究资料》，天津人民出版社 1986 年版。

而非晚清谴责小说的途径。

《金粉世家》连载于 1927 年 2 月至 1932 年 5 月的《世界日报》副刊《明珠》上，1933 年由上海世界书局出版单行本。小说以巨宦之子金燕西与平民之女冷清秋的相爱—结婚—离异的人生悲剧为主线，展现了一个香消了六朝金粉的豪门贵族的盛衰史。"小说写了国务总理金铨及其四子四女的配偶外遇，下及男仆使女凡三四十人的显赫华贵的庞大家庭，外及他们的姻亲女友、政客军阀、坤角妓女，形成一个枝叶婆娑、盘根错节的社会伦理关系网络，并揭示他们在树倒猢狲散之后的凄凉景象。"①

在《金粉世家》中，张恨水把豪门贵族的成员划为两类：一类是以金铨为代表的创业者，一类是以金氏四兄弟（金凤举、金鹤荪、金鹏振、金燕西）为代表的败家子。对前者作者也有揭露和讽刺，但主要还是宽容、祖护甚或美化居多。对后者则一律视为纨绔子弟，对他们寄生的腐朽没落的生活予以尖锐的讽刺和批判。在这里，豪门贵族的兴衰被理解成败家子单方的品德和行为所致。因而，《金粉世家》虽然多少"揭示了宗法家族亲子承续荫蔽所造成的子辈依赖性的危机，揭示了由'大树底下好乘凉'到'树倒猢狲散'的家族衰落过程，揭示了'君子之泽，五世而斩'的严峻法则"②，但缺少时代的深刻性。

冷清秋是《金粉世家》中着力刻画的一个主要人物，并且是作家理想中的人物。她美丽清高，才学出众，忍辱负重，淡泊自甘，洁身自好。她虽然多少有点虚荣心，但随后就清醒地认识到了这点。在金燕西准备抛弃她另娶军阀之妹白秀珠时，冷清秋显示了人格的坚强："我为尊重我自己的人格起见，我也不能再去向他求妥协，成为一个寄生虫。我自信凭我的能耐，还可以找碗饭，纵然找不到饭吃，饿死我也愿意。"冷清秋多次谈到自己悲剧的教训："归根结底，还是齐大非偶那四个字，是自己最近这大半年来的错误。"一个带有很深刻的社会内涵的个人命运的悲剧，作者仅仅在"齐大非偶"的层面上作了世俗的理解，这是通俗小说的常情常理。有研究者认为："《金粉世家》如果不是章回小说，而是用的现代语法，它就是《家》；如果不是小说，而是写成戏剧，它就是《雷雨》。"这只能说是"阿私所好的偏见"。《金粉世家》在思想的深刻性上是无法与《家》《雷雨》相比的。

《金粉世家》受《红楼梦》的影响，它曾被过誉为"民国《红楼梦》"：

> 承继着《红楼梦》的人情恋爱小说，在小说史上我们看见《绘芳图》《青楼梦》……等等的名字，则我们应该高兴地说，我们的民国《红楼梦》——《金粉世家》成熟的程度其实远在它的这些前辈之上。《金粉世家》有一个近于贾府的金总理大宅，一个摩登林黛玉冷清秋，一个时装贾宝玉金燕西，其他贾母、贾政、贾琏、王熙凤、迎春、探春、惜春诸人，可以说应有尽有。这些人物被穿上了时代的新装，我们并不觉得有勉强之处，原因是他写着世家子弟的庸俗、自私、放荡、奢华，种种特点，和一个大家庭的树倒猢狲散，而趋于崩溃，无一不是当前现实的题材，当前真正的紧要问题。作者张恨水，在描写人物个性的细腻及布局的精密上是做得绰绰有余

① 杨义：《中国现代小说史》第 3 卷，人民文学出版社 1998 年版。
② 杨义：《中国现代小说史》第 3 卷，人民文学出版社 1998 年版。

的。作者所有作品中也惟有这部是用了心血的精心杰作。①

《金粉世家》在结构布局、人物心理分析、白描手法、细节描写等方面，都有很深的《红楼梦》的影子在。不过，日后张恨水对自己的创作有较为清醒的估价：

> 有人说，《金粉世家》是当时的《红楼梦》，这自是估价太高。我也没有那样狂妄，去拟这不朽之作。而取径也各有不同。《红楼梦》虽和许多人作传，而作者的重点，却是在几个主角。而我写《金粉世家》，却是把重点放在这个家上，主角只是作个全文贯穿的人物而已。就全文命意说，我知道没有对旧家庭采取革命的手腕。②

因为小说重点放在家上，所以《金粉世家》虽与《春明外史》同属社会—言情小说，但前者带有更多的社会性，后者则带有更重的言情性。其实，就现代通俗小说的范畴而言，《春明外史》走的是徐枕亚《玉梨魂》的创作路子，以才子佳人为主，社会写实为辅；而《金粉世家》走的是李涵秋《广陵潮》的创作路子，社会性压倒言情性。

《啼笑因缘》连载于 1930 年 3 月至 11 月上海《新闻报》副刊《快活林》，1931 年 12 月由上海三友书社出版单行本。"在《啼笑因缘》刊登在《快活林》之第一日起，便引起了无数读者的欢迎了：至今虽登完，这种欢迎的热度，始终没有减退，一时文坛中竟有'《啼笑因缘》迷'的口号。一部小说，能使阅者对于它发生迷恋，这在近人著作中，实在可以说是创造小说界的新纪录。"③

《啼笑因缘》中，在北京游学的青年樊家树先后结识侠客关寿峰父女和卖艺女沈凤喜。樊家树对沈凤喜一见倾心，关寿峰的女儿秀姑爱上了樊家树，而樊家树的表兄嫂却一心想撮合他与财政部部长何廉的独女何丽娜的婚事。于是，樊家树陷入了与沈凤喜、关秀姑、何丽娜三人之间的多角恋爱网中。樊家树南下探母回京后，沈凤喜经不住军阀刘国柱的诱骗，成了刘府的太太。秀姑为了成全樊家树见上沈凤喜一面的心愿，去刘府做帮工，促成樊沈相会。樊沈两人虽再度寻盟旧地，但情感的裂痕再也无法弥合。刘将军得知樊沈约会，便愤怒地将沈凤喜毒打成疯。刘将军见秀姑青春貌美，一心想占有她。秀姑将计就计，洞房花烛夜，刺杀了刘将军后逃之夭夭。刘将军被刺，北京城风声鹤唳。樊家树为暂避风声，去天津探望叔父，巧遇何丽娜。叔父力劝樊何婚事，樊家树不答应，何丽娜负气出走，不知去向。樊家树想重新回到学校生活，途中遇暴徒绑票，关寿峰、秀姑及时赶到，解救了他。在关氏父女的精心策划下，樊家树与何丽娜终结百年之好。

《啼笑因缘》的故事核心还是张恨水擅长的言情，但它不仅糅合了社会内容，同时也带上了武侠的招数。因而，《啼笑因缘》几乎囊括了通俗小说所有的套路，使它成为一个兼容并包的小说样式库。按照张恨水的理解，在他创作《啼笑因缘》前后，"上海洋场章回小说，走着

---

①　徐文滢：《民国以来的章回小说》，《万象》第 1 卷第 6 期，1941 年 12 月。

②　张恨水：《写作生涯回忆》，张占国、魏守忠编：《张恨水研究资料》，天津人民出版社 1986 年版。

③　严独鹤：《〈啼笑因缘〉序言》，张占国、魏守忠编：《张恨水研究资料》，天津人民出版社 1986 年版。

两条路子，一条是肉感的，一条是武侠而神怪的"，而他自以为"《啼笑因缘》完全和这两种不同"①。而实际上，《啼笑因缘》与当时流行的通俗小说的不同，只不过是不属于单纯的某一个通俗小说样式，而是社会—言情—武侠小说。

《啼笑因缘》富于社会批判的色彩。小说对军阀的强横霸道、穷奢极欲的丑恶面目的展示，以沈凤喜作为一个社会底层的小人物悲剧命运的描写，对豪门小姐何丽娜畸形、时髦生活的展现，都多少显示出社会批判的意味。《啼笑因缘》对老北京的天坛、先农坛、什刹海、北海、西山等地的风俗景观多方面的描绘，具有较高的民俗学价值。

《啼笑因缘》在艺术上还比较注重人物心理的细致分析和白描手法的运用，这是张恨水创作最为得心应手的地方。《啼笑因缘》的结构布局也特别讲究，严独鹤曾这样评价："全书廿二回，一气呵成，没一处松懈，没一处散乱，更没一处自相矛盾，这就是在结构布局方面很费了一番心力，也可以说，著作方法特别精彩。此外还有两种特殊的优点：（一）暗示，如凤喜之爱羡虚荣，在第五回上学以后要樊家树购买自来水笔、眼镜，已有了暗示。（二）虚写，第十二回凤喜还珠却惠以后，沈三玄分明与刘将军方面协谋坑陷凤喜，而书中却不着一语，只有警察调查户口时，沈三玄抢着报明是唱大鼓的，这一点略露其意，而读者自然明白。第廿二回关寿峰对樊家树说：'可惜我对你两分心力只尽了一分。'只此一语，便知关氏父女不仅欲使樊家树与何丽娜结合，并欲使凤喜与家树亦重圆旧好。"②

《八十一梦》连载于 1939 年 12 月至 1941 年 4 月重庆《新民报》副刊《最后关头》，1943年 9 月由重庆新民报社出版单行本。小说虽然号称"八十一梦"，但实际上除了《楔子》《尾声》外，作者只写了十四个梦。作者在《楔子》中有所交代，云小说原稿因沾了点油星，"刺激了老鼠的特殊嗅觉器官"，乘着天黑，老鼠钻进故纸堆"磨勘"一番，书稿大遭蹂躏。作者随后感慨云："耗子大王虽有始皇之威，而我也就是伏生之未死，还能拿出《尚书》于余烬呢。好在所记的八十一梦是梦梦自告段落，纵然失落了中间许多篇，与各个梦里的故事无碍。"这是"小说家言"，却也暗示着小说触犯了时忌，为当局者所不容。

《八十一梦》以犀利的锋芒批判了社会的黑暗，作者以梦的形式来建构小说。张恨水曾这样"夫子自道"：

> ……我使出了中国文人的老套，"寓言十九托之于梦"。……既是梦，就不嫌荒唐，我就放开手来，将神仙鬼物，一齐写在书里。书中的主人翁，就是我。我作一个梦，写一个梦，各梦自成一段落，互不相涉，免了做社会小说那种硬性熔化许多故事于一炉的办法。这很偷巧，而看的人也很干脆的得一个印象。大概书里的《天堂之游》《我是孙悟空》几篇，最能引起读者的共鸣。……事过境迁，《八十一梦》，无可足称。倒是我写的那种手法，自信另创一格。③

其实，以梦境的方式来建构小说，也非张恨水首创，唐人传奇《枕中记》《南柯梦》和近

① 张恨水：《写作生涯回忆》，张占国、魏守忠编：《张恨水研究资料》，天津人民出版社 1986 年版。
② 引自侯榕生：《简谈张恨水先生的初期作品》，张占国、魏守忠编：《张恨水研究资料》，天津人民出版社 1986 年版。
③ 张恨水：《写作生涯回忆》，张占国、魏守忠编：《张恨水研究资料》，天津人民出版社 1986 年版。

代小说《镜花缘》等作品都以梦的形式展开故事情节。张恨水显然从这些作品中吸取了艺术的营养。

有研究者认为《八十一梦》"是继张天翼《鬼土日记》、老舍《猫城记》、王任叔《证章》之后，现代文学史上的一部奇书。它表明作家已同一批优秀的新文学家一道，对民族命运、社会阴影进行慧眼独具的省察和沉思"①。这些评价显然过誉。《八十一梦》的创作说明张恨水的通俗小说又重新回到了 20 年代的创作老路。《八十一梦》在技巧华丽的外表下，实则故事与人物简单排列组合，缺少精心的小说结构布局，《啼笑因缘》的严谨、紧凑、精巧不见了，是舍弃了言情、增强了谴责的《春明外史》。

40 年代，他已不再把文学仅仅视为谋生的手段，而是与新文学作家一样具有责任感、使命感：

> 我们这部分中年文艺人，度着中国一个遥远的过渡时代，不客气的说，我们所写，未达到我们的企望。我们无疑的，肩着两份重担，一份是承接着先人的遗产，固有文化，一份是接受西洋文明。而这两份重担，必须使它交流，以产生合乎我们祖国翻身中的文艺新产品。②

然而，真正的"文艺新产品"并没有在张恨水的笔下出现。他坚守自家的创作天地，一如他当年坚守自家的小书屋：

> 我觉得章回小说，不尽是可遗弃的东西，不然，红楼水浒，何以成为世界名著呢？自然，章回小说，有其缺点存在，但这个缺点，不是无可挽救的（挽救的当然不是我）；而新派小说，虽一切前进，而文法上的组织，非习惯读中国书，说中国话的普通民众所接受。正如雅颂之诗，高则高矣，美则美矣，而匹夫匹妇对之莫明其妙，我们没有理由遗弃这一班人，也无法把西洋文法组织的文字，硬灌入这一班人的脑袋，窃不自量，我愿为这班人工作。有人说，中国旧章回小说，浩如烟海，尽够这班人享受的了，何劳你再去多事？但这有两个问题：那浩如烟海的东西，它不是现代的反映，那班人需要一点写现代事物的小说，他们从何觅取呢？大家若都鄙弃章回小说而不为，让这班人永远去看侠客口中吐白光，才子中状元，佳人后花园私订终身的故事，拿笔杆的人，似乎要负一点责任。③

张恨水就是为"负一点责任"，一生也没走出传统章回小说的窠臼。

---

① 杨义：《中国现代小说史》第 3 卷，人民文学出版社 1998 年版。
② 张恨水：《郭沫若、洪深都五十了》，《新民报》1943 年 1 月 5 日。
③ 张恨水：《总答谢——并自我检讨》，《新民报》1944 年 5 月 20 日。

研 习 导 引

通俗文学与纯文学的争议与竞争

通俗文学曾受到新文学阵营严厉批判。茅盾起草的《文学研究会宣言》批判的就是鸳鸯蝴蝶派。成仿吾说："这丑恶的妖群，固然不免可惜了我们很贵重的弹药。然而，他们的横奔，是时代的污点，是时代的奇辱，时代要求我们把他的污点揩了，把他的奇辱雪了。朋友们！请来同我们更往前方追击，把他们的战线一条条的夺了，把他们由地球上扫除了罢！"①

但是在另一方面，通俗文学占据了很大的市场，拥有庞大的市民读者群。在审美形态上，市民—通俗文学视新文学"陈义过高""极端欧化""研究高深"，而自我定位为趣味化、通俗化和群众化。既要反映生活，又要消遣愉悦，这种美学观一直为清末民初以来市民—通俗文学作家所坚持。

有人曾说："《啼笑因缘》《江湖奇侠传》的广销远不是《呐喊》《子夜》所能比拟，而且恕我说实话，若以前代小说的评衡标准来估价，民国以来实在不乏水准以上的章回作品，而我们的小说史中列着的新文艺作家们，何尝没有不成熟的滥竽充数的劣品。"②

有学者提出："近现代通俗文学具有它自己的特色，在发挥文艺功能上它完全可以与纯文学相互补。……纯文学重探索性、先锋性，重视发展性情感；通俗文学则是满足于平视性，是集体心理在情绪感官上的自娱、自赏与自我宣泄，崇仰人性的基本欲求。"③

```
[二维码] 第十七章专题讲座
        汤哲声：《啼笑因缘》解读
```

```
[二维码] 第十七章
        拓展研读资料
```

---

① 成仿吾：《编辑余谈》，《创造季刊》第 1 卷第 3 期，1922 年 10 月。
② 徐文滢：《民国以来的章回小说》，《万象》第 1 卷第 6 期，1941 年 12 月。
③ 范伯群：《中国近现代通俗文学史》，江苏教育出版社 1999 年版，第 26 页。

第十八章　40 年代新诗

第一节　40 年代新诗概述

中国现代新诗经过几代诗人的探索，在 40 年代进入一个收获的季节，在多样化的艺术融合中寻找民族诗歌的道路。

全面抗战前期短短的几年中，出现了大量抗战诗歌、诗集，慷慨激昂地记录了全面抗战初期的昂奋的民族情绪和时代气氛。抒情的方式大多是宣言式的战斗呐喊，同时加入了大量的议论。这适应了现实性、战斗性的时代要求，容易产生鼓动性效果，却失去了诗歌应有的审美效果。

为了适应诗歌宣传抗日的大众化需要，一些诗在形式和语言上作了新的尝试。各类诗歌作品多以短诗为主，这是全面抗战初期诗歌创作的特色之一。1938 年前后，在武汉、重庆等地兴起了朗诵诗运动的热潮。《时调》《新时代》《五月》等刊物及《大公报》都发表朗诵诗。高兰是本时期国统区诗歌朗诵运动的主要推动者和主要作者，他的《我的家在黑龙江》《哭亡女苏菲》等诗，不仅采用了自由的形式，而且融进了戏剧中抒情独白的某些特点，深受人们的欢迎。光未然以写作朗诵诗和歌词见长。他的《黄河大合唱》组诗，民族的命运和民族的感情与意志在其中得到了强有力的表现。全诗雄健磅礴，深沉浑厚。中国诗歌会的资深诗人王亚平和蒲风等在本时期的创作也有较大进展。在国统区掀起朗诵诗运动的同时，解放区开展了轰轰烈烈的街头诗运动，并成立战鼓社等。街头诗是通俗易懂、短小精悍、押韵顺口、易写易诵的政治鼓动诗。田间、柯仲平、光未然等于 1938 年 8 月 7 日在延安发动了"街头诗运动日"，这一天延安的大街小巷写满了街头诗。后来街头诗运动推广到各抗日民主根据地，到处都可以看到诗人和人民群众自己写的街头诗。朗诵诗运动和街头诗运动推动了新诗形式与语言向通俗化、散文化方向发展，自由诗体再次崛起。

田间（1916—1985）是抗战时期最受欢迎的诗人之一。他在全面抗战前即已出版《未明集》《中国牧歌》和《中国农村的故事》等诗集，表现出进步的思想倾向和对农村现实的深切关怀。全面抗战爆发后，田间创作了一系列鼓点式的战斗诗篇，结集为《给战斗者》和《抗战诗抄》等。田间善于以精短有力的诗句来表现战斗的激情，鼓点式的节奏，雄壮的声势，与本时期的时代精神正相契合。闻一多称田间为"时代的鼓手"，"鼓舞你爱，鼓动你恨，鼓励你活着，用最高限度的热与力活着，在这大地上"①。解放战争时期，田间还创作了长篇叙事诗《戎冠秀》、《赶车传》（第1部）等，但艺术个性已大为减弱。

蒙古族青年诗人纳·赛音朝克图（1914—1973）从1938年开始创作，有诗集《知己的心》等。他的诗表现了对黑暗现实的不满和对民族富强的渴望，在蒙古族人民中产生了广泛的影响。

维吾尔族青年诗人黎·穆塔里夫（1922—1945）在抗战时期也写了不少诗作。这些诗是他用血泪和生命凝结成的。《中国》《祖国至上，人民至上》等诗作，表达了誓与祖国母亲患难与共、为祖国自由解放而战的决心。《给岁月的答复》抒发了战斗的幸福感。他还有四幕诗剧《战斗的姑娘》，歌颂了抗日游击队的战斗业绩。这些诗不够凝练，却具有澎湃的热情和高昂的格调。

1938年10月武汉失守之后，抗日战争进入相持阶段。相对来说，进入相持阶段以后国统区的诗歌创作缺乏大的洪峰。当特定的历史沉重感压迫着诗人时，一大批感受着时代脉搏与社会神经的诗人突破重重封锁奔赴革命根据地，在解放区新的天地中放声歌唱。艾青、田间、何其芳等都经历了这种生活与创作上的历程。仍然生活在国统区的诗人，面对苦闷、抑郁的社会氛围，表现出对黑暗现实的无比愤怒和对民族新生的执着追求。诗歌创作中的沉思因素渐渐增强了，并出现了一些以沉思著称的诗人和诗作。冯至是这一创作倾向的主要代表。

冯至（1905—1993）早在20年代就是有成就的诗人，写有诗集《昨日之歌》《北游及其他》。抗战时期，冯至创作了诗集《十四行集》（1942年桂林明日社初版），在充满生死考验的时代背景下，深沉地思考着个体生命的意义和人类的前途，并在存在的自我承担和生命的相互关怀中找到了肯定的答案，极富生命——存在哲学的深度和宽广的人文情怀，如《我们准备着深深地领受》《我们听着狂风里的暴雨》《我们站在高高的山巅》和《有多少面容，多少语声》等诗作。《我们来到郊外》《几只出生的小狗》等篇，则表达了作者对民族危机的警醒和对民族解放的光明前景的坚定信念。他虽采用西方十四行诗的形式，却并没有严格遵守这种诗体的传统格律，而是在德国诗人里尔克影响下采用变体，利用十四行结构上的特点保持了语调的自然。这表明了中国现代诗人的感受力、表现力和消化外来艺术营养的能力，至成熟的境界。

年轻诗人力扬也写出了长篇叙事诗《射虎者及其家族》（发表于1942年《文艺阵地》第7卷第1期）。作品以一个射虎者家族的遭遇作为民族命运的象征，探索着民族的出路。作品形象丰满，感情深挚，语言沉实有力，具有鲜明的个性。冯雪峰在皖南事变后被国民党政府投入上饶集中营。在囹圄中，他坚贞不屈，发动难友斗争，帮助他们越狱，并作诗明志以遥寄对党和战友的思念。其中保留下来的诗篇后来结集为慷慨沉郁的《真实之歌》。诗人早期湖畔时期探索人生的稚嫩的"歌笑"和"歌哭"，经过人生炼狱的磨难，升华为探索生命本真意义的哲学沉思，如《审美》《雷击死者》等。长篇抒情诗《灵山歌》歌颂了革命战士的铮铮硬骨和坚定的信念，《雪的歌》《爱，一个接界？》礼赞了深广博大的爱，《孤独》《醒后》解剖了身陷囹圄的自我心灵搏斗的严峻历程，这些诗作曲折、象征地抒发了他对人生和生命的思考，感情浓烈，意境深邃，显示出思想家型的诗人的特点。此外，新月诗人陆志苇的组诗《杂样的五拍诗》和罗大冈的组诗《诗料》等，也都以思想深湛见长。

---

① 闻一多：《时代的鼓手——读田间的诗》，《闻一多全集》第3卷，开明书店1948年版。

从抗战胜利前夕到新中国成立这一阶段，由于国民党政权的独裁与军事上的惨败，其腐朽面目日益暴露出来，激起了富有正义感的诗人们的愤慨。郭沫若的《进步赞》《猫哭老鼠》，臧克家的《宝贝儿》《生命的零度》，邹荻帆的《幽默的人》等，都是政治讽刺诗中的力作，喜剧性品格在这一时期得到了发展。

袁水拍（1916—1982）的《马凡陀的山歌》是这个时期影响最大的政治讽刺诗集。马凡陀是其笔名。诗人"善于从政治上把市民阶层里某些司空见惯的社会生活现象，用漫画式的手法和讽刺语言予以鞭挞，寓讽刺于叙事之中；并汲取民歌、民谣、儿歌中的艺术经验，采用为群众喜闻乐见的五言、七言等诗歌形式"①。语言通俗易懂，可诵可唱。其中，《抓住这匹野马》《主人要辞职》《一只猫》《这个世界倒了颠》《发票贴在印花上》和《万税》等都是代表性的讽刺诗作。如《一只猫》辛辣地嘲讽了国民党对外奴颜婢膝，对内穷凶极恶的嘴脸："军阀时代：水龙、刀，/还政于民：枪连炮。/镇压学生毒辣狠，/看见洋人一只猫：/妙呜妙呜，要要要！"以强烈的对比和漫画手法，给国民党画了一幅逼真的像。又如《发票贴在印花上》用民间流行的"稀奇古怪歌"的写法，列举大量反常现象，集中抨击了国民党政府的倒行逆施："吉普开到人身上"，"房子造在金条上，工厂死在接收上"，"民主涂在嘴巴上，自由附在条件上"，"脑袋碰在枪弹上，和平挑在刀尖上，中国命运在哪里？挂在高高鼻子上。"《山歌》政治性很强，但不是标语口号式的。

诗人臧克家在 40 年代创作了《胜利风》《人民是什么》《枪筒子还在发烧》《宝贝儿》《谢谢了"国大代表"们！》和《"警员"向老百姓说》等讽刺诗，辛辣地嘲讽了国统区的丑恶现实。与《马凡陀的山歌》重叙事性不同，臧克家的讽刺诗更带抒情性。臧克家在抗战时期还写了不少抒情诗和长篇叙事诗。《泥土的歌》是他继《烙印》之后的又一部成功的抒情诗集。

此外，40 年代出版的长篇叙事诗达 1 000 行以上者约 30 部，其中斯因的《伊兰布伦》（1940）、老舍的《剑北篇》（1942）、臧克家的《古树的花朵》（1942）、玉杲的《大渡河支流》（1947）、唐湜的《英雄的草原》（1948）、李洪辛的《奴隶王国的来客》（1948）等均各有特色。

40 年代的国统区先后出现了两个重要的诗歌流派：七月诗派和九叶诗派。七月诗派沿着现实主义道路把自由体新诗推向了一个新的高峰，九叶诗派以现实主义为基础，在借鉴西方现代派技巧方面取得了新的突破。这两个诗派都是希望与痛苦并存、光明与黑暗拼搏的战斗时代的产儿，又都是诗界对诗的个性自觉追求、对诗美的深入探索的结果。

七月诗派是以文艺理论家胡风主编的《七月》（1937 年 9 月创刊）和《希望》（1945 年 1 月创刊）等刊物为主要阵地而形成的一个现实主义抒情诗流派。它因《七月》杂志而得名。主要代表诗人有鲁藜、绿原、阿垅、曾卓、芦甸、孙钿、化铁、方然和牛汉等。七月诗派以胡风的文艺理论为依据，在创作上坚持现实主义原则，主张发扬主观战斗精神，要求作者突进到现实生活中去，并要表现出主客观的密切融合；他们强调艺术性而不作唯美的追求，要求诗人在生活中、斗争中去发现诗意、创造诗美。这是七月诗人创作的出发点和美学标准。

由于七月诗派诞生和成长在中华民族灾难深重的年代中，因此在诗人们的情感世界和艺术世界里充满了深重的忧患意识和浓烈的郁愤情绪，他们的感伤和忧郁凝结着对民族与人民的深厚感情和深切关注。无论是邹荻帆的《走向北方》，还是阿垅的《琴的献祭》，都流贯着一股

---

① 臧克家：《中国新文学大系（1937—1949）·第 14 集·序》，上海文艺出版社 1990 年版。

苍凉悲壮的气息。但同时，七月诗人又是诞生在一个民族意识与群体意识觉醒、高扬的时代，"他们几乎是吸收着五四新文化的营养成长"[1]，心灵中涌动着强烈的个性意识和主体意识，更具有创造精神和战斗品格。胡风的《为祖国而歌》、阿垅的《纤夫》、孙钿的《行程》等，都凸显出一种强劲的生命感和力度。有人称他们的诗是"时代激情的冲击波"[2]。他们以具有鲜明个性的歌唱，表达了普遍的时代情绪和人民群众的心声。

作为一个具有强烈时代激情的现实主义诗歌流派，七月诗派在整体上呈现出的是斑斓浓烈的美感特征。他们普遍采用的是一种喷发式的抒情手段，注重主观感情的直接宣泄和抒发。在诗的形式上，他们一方面以诗情的内在旋律为依据，体式上呈现出多姿多态的特征。既有大体整齐押韵的小诗，如鲁藜的《泥土》、牧青的《牢狱篇·我愿越过墙去》等，又有鼓点式短句的"田间体"，如胡风的《给怯懦者们》等；既有抒情议论的长句诗行体，如化铁的《暴雷雨岸然轰轰而至》《解放》等，又有随诗情起伏而变化多样、句式长短交错的"艾青体"，如绿原的《憎恨》、杜谷的《泥土的梦》等。他们对自由诗的开拓是相当宽广的。这种诗形的丰富性所具有的价值和意义不仅在于它与其精神内涵的和谐，更在于它充分显示了这个流派的创造活力和表现形式上的丰富变化。另一方面，在语言上，他们重视运用灵活自然、充满生活气息的口语，简洁有力，色彩强烈。正如艾青所评价的那样，是"明显与正确的语言，深沉与强烈的语言，诚挚与坦白的语言，素朴与纯真的语言，健康与新鲜的语言，是控诉与抗议的语言"[3]。

绿原是七月诗派最有成就的诗人之一。从充满浪漫憧憬的诗集《童话》，到振聋发聩的《给天真的乐观主义者们》等政治抒情诗，既显示出他在政治上的成熟，也标志着他在诗艺上的进步。《终点，又是起点》《伽利略在真理面前》《你是谁？》都是传诵一时的名篇。

鲁藜有诗集《醒来的时候》《锻炼》等。他的诗大都是朴实而清新的短诗，抒写了诗人在抗日民主根据地的新鲜感受。《泥土》是表现新的人生哲学的名篇。其他如阿垅的《纤夫》、牛汉的《鄂尔多斯草原》等都是充满力度和激情，足以显示七月诗派风格的代表作。

第二节 艾 青

艾青（1910—1996），原名蒋海澄，浙江金华人。艾青是他1933年发表《大堰河——我的褓姆》时开始使用的笔名。他虽出身地主家庭，但因"命相"不好，生下后，被父母送往本村一个贫苦农妇"大叶荷"（即大堰河）家里寄养，大堰河对艾青的疼爱甚于他的父母，这使他从小就感染了农民的淳朴和忧郁，与父母感情淡漠。5岁始回家，进本村蒙馆开蒙。他自幼喜爱美术，1928年初中毕业后，考进杭州国立西湖艺术学院绘画系。在院长林风眠鼓励下，于翌年赴法国留学，专攻绘画艺术，在巴黎度过了三年"精神上自由，物质上贫困"[4]的生活。此间他接触了大量的西方哲学著作和外国文学作品，受到惠特曼、马雅可夫斯基、叶赛

---

① 贾植芳：《在这个复杂的世界里——生活回忆录之二》，《新文学史料》1992年第3期。
② 周良沛：《七月诗选·序》，《七月诗选》，四川人民出版社1984年版，第25页。
③ 艾青：《论抗战以来的中国新诗——〈朴素的歌〉序》，《文艺阵地》第6卷第4期，1942年4月。
④ 艾青：《艾青诗选·自序》，人民文学出版社1979年版。

宁、兰波、凡尔哈仑、波德莱尔等著名诗人的影响，学习绘画之余试验写诗。艾青于 1932 年年初回国，加入左翼美术家联盟，不久以"颠覆政府"的罪名被投进监狱，饱受三年铁窗之苦，狱中正式开始诗歌创作。1933 年，他写下了《大堰河——我的褓姆》这一著名诗篇。该诗发表后，引起了社会和文学界的普遍重视，艾青因此一举成名。茅盾首先称赞此诗是"用沉郁的笔调细写了乳娘兼女佣（大堰河）的生活痛苦"①。该诗表达了诗人对中国广大农民遭际的同情与关切，以及对那个不公道世界的诅咒。从此，"诗成了我的信念，我的鼓舞，我的世界观直率的回声"②。艾青以其独特的艺术风格和审美追求，成为继郭沫若、徐志摩之后中国最优秀的抒情诗人。

《透明的夜》是艾青入狱后写的第一首诗，《大堰河——我的褓姆》是他早期的成名作和代表作。这一时期的作品大都收入诗集《大堰河》和《旷野》集中的《马槽集》内。这一阶段，是艾青从欧罗巴带回芦笛和歌唱"大堰河"的时期，是诗人的准备期也是成名期，并由此确定了一生的奋斗方向。

抗日战争时期，可称"向太阳"时期，是艾青创作生活的高潮阶段。诗作的数量和质量都有重大进展。计有《北方》《他死在第二次》《旷野》等集子，还写了长诗《向太阳》和《火把》。

"我从你彩色的欧罗巴/带回了一支芦笛"（《芦笛》）。艾青是在西方象征派、印象派熏陶下走上诗坛的，这使他的诗歌创作从一开始就表现出与世界现代诗歌艺术的联系；但同时他又没有忘记自己是"大堰河"的"儿子"，一开始就为这块多难的土地和贫苦的人民唱着自己深情的歌。30 年代，面对着新诗创作已形成的现实主义和浪漫主义的传统及现代主义方兴未艾的局面，艾青担负起了创造性地综合这一新诗发展的历史使命。艾青的诗歌一方面深植于民族的土壤，既表现出感情炽烈、富于战斗精神的浪漫主义诗风，又具有现实主义的本色；另一方面，他又广泛地采撷世界诗艺之营养，吸收了象征主义等诗歌艺术的精华。在艾青的诗中，现实主义、浪漫主义和现代主义在互相吸收、融合方面取得了卓越成就，这使艾青的诗呈现出显著的丰富性。艾青以其独具的个性色彩和艺术成就推动了中国新诗的发展。

艾青不仅长期从事文学实践，还根据自己丰富的创作经验，写了《诗论》及其他论文，提出了一系列关于诗的见解。

艾青认为："最伟大的诗人，永远是他所生活的时代的最忠实的代言人；最高的艺术品，永远是产生它的时代的情感、风尚、趣味等等之最真实的记录。"③ 艾青的诗，总是能把个人的悲欢融合到时代的悲欢里，反映自己民族和人民的苦难与命运，反映现实的生活和斗争，鲜明地传达出时代的呼唤和人民的心声。土地和太阳以及与此相关的意象，是艾青诗的主导意象。据统计，四川文艺出版社出版的《艾青选集》共 406 首诗，借"土地"激发诗人情绪的诗，几乎占了 26%。全面直接抒写"太阳"及其相关类的诗占了 10% 左右，且这类诗大篇幅的居多。像《大堰河——我的褓姆》《我爱这土地》《雪落在中国的土地上》《向太阳》《吹号者》《黎明的通知》等著名诗篇即是有代表性的例证。在频频出现的"土地"和"太阳"

---

①　茅盾：《论初期白话诗》，《茅盾文艺杂论集》（上），上海文艺出版社 1981 年版。

②　艾青：《母鸡为什么下鸭蛋》，《艾青谈诗》，花城出版社 1982 年版。

③　艾青：《诗与时代》，《诗论》，人民文学出版社 1980 年版，第 160 页。

意象中，诗人最关心的主题得到了充分而深切的表达。"土地"类意象，凝聚了艾青对祖国和人民最深沉的爱，对民族危难和人民疾苦的深广忧愤。"为什么我的眼里常含泪水？因为我对这土地爱得深沉……"（《我爱这土地》）真实而朴素的诗句，道出了诗人内心深处永恒的"土地"情结。艾青是一个深深地"感染了农民的忧郁"的人，这种来自土地耕植者的忧郁又强化了艾青对土地怀有永恒的忧患感。诗集《北方》中的诗篇，如《雪落在中国的土地上》《北方》《乞丐》《复活的土地》等，真切、深沉地表现了这块古老土地的苦难和复活，以及土地上那些普普通通的农民和士兵的生活和斗争。骆寒超认为，"生存的至真境界是永恒的忧患，是深深潜存在他的创作心态中的"①，这正显示了他由"土地"系列意象延伸出来的象征义。

艾青的成名作《大堰河——我的褓姆》是一首自述性的抒情诗，它发表于 1934 年《春光》杂志第 1 卷第 3 号。这是一个地主阶级叛逆的儿子献给他真正的母亲——中国大地上善良而不幸的普通农妇的挽歌和颂歌。

艾青拥有自己的艺术视野。可以说，他终生在为土地深沉地歌唱，同时也终生对太阳热情礼赞。几十年来，艾青执着地讴歌着太阳、光明、春天、黎明和生命，表现了他对光明、理想和美好生活的热烈向往和不懈追求。他的太阳礼赞是人类不朽的向上精神的体现。那些以太阳和土地为中心意象的诗歌互相映衬，意味着现实与理想的交汇。《向太阳》是艾青写的第一首长诗，最初发表于 1938 年《七月》第 3 集第 2 期。全诗以"我"奔向太阳作为太阳系列意象推延的线索，所推延出来的太阳既是现实时代的颂赞，更是人类进取精神的象征。

1940 年 5 月创作的长篇叙事诗《火把》是《向太阳》的姊妹篇，它最初发表于《中苏文化》1940 年第 6 卷第 5 期。长诗叙写的是一对女青年在某城市参加一次火把游行的故事。浩浩荡荡的火把洪流，热气腾腾的群众集会，使她们对人生的认识不断走向崇高的境界，她们冲破了个人主义和多愁善感的精神藩篱，举起火把投身到革命集体的怀抱，跟着光明的队伍前进。诗中写火把游行的场面，用声、光、色等物象组成了一个个跃动着的充满活力的美的意象。那富有象征意义的光的河流、火的队伍奔腾着昂奋的激情，显示出恢宏的气魄，将艾青抗战以来创作中礼赞光明的主题，升华到一个新的高度。

他的其他诗作，如《煤的对话》《太阳》《吹号者》《黎明的通知》等也都荟萃着宇宙间众多有关光明的物象，从不同侧面显示出诗人对人类至高境界的渴望与追求。

艾青诗歌具有独特的审美意象世界。杜衡曾认为，在这个"男盗女娼"的欧罗巴的大地上，那大堰河的单纯少年开始把灵魂分开了两边……但是悲哀和忧郁对于艾青来说是很难拂去的，一方面他从农民那儿感染了忧郁，另一方面，他从欧洲带回的芦笛里就有忧郁。忧郁对于艾青是气质性的，是他的特色、他的魅力和他的力量所在②。"我耽爱着你的欧罗巴啊，/波特莱尔和兰布的欧罗巴。"（《芦笛》）艾青曾以虔敬的语气表达对波德莱尔与兰波的"耽爱"。作为象征主义先驱的波德莱尔，对 20 世纪的中国现代诗坛影响颇广。艾青和波德莱尔在性格和生活经历上有很多相似之处，如两人生性忧郁，都无法从家庭得到温暖，刚步入青春年华就开

---

① 骆寒超：《论艾青诗的意象世界及其结构系统》，《文艺研究》1992 年第 1 期。
② 参见杜衡：《读〈大堰河〉》，《新诗》第 1 卷第 6 期，1937 年 3 月 10 日。

始漂泊。忧郁的情绪、叛逆的心理成了东西方两位诗人心灵的契合点。艾青的诗中一再回荡着忧郁的调子，不仅《我爱这土地》《雪落在中国的土地上》等诗郁积着深深的忧伤，甚至在歌颂光明的诗如《向太阳》等作品中，也总交织着忧郁悲怆之情。这种抒情基调是诗人敏感的心灵对民族苦难现实和人民悲苦生活的回应。尽管艾青从波德莱尔诗中找到了某种心灵的回响，但由于东西方殊异的文化传统和文化背景，表层情绪的相似并不能说明两位诗人精神内涵的完全吻合。对于艾青来说，"农民的忧郁""流浪汉的心态"是他情感世界的主要特征。他的忧郁不是波德莱尔式的空虚和对现代资本主义社会的绝望，"他的忧郁里包含着悲哀、包含着愤怒、也包含着希望；他的忧郁是充满了生活实感的严肃痛苦，是一颗坚强有力的心灵的震动，是和战斗的愤怒掺和在一起的更深沉的情绪力的升华"①。他的忧郁悲怆的诗情总是无一例外地将人引向一种庄严、崇高的境界，含蕴着振奋人心、催人奋发的巨大力量。这在《吹号者》和《他死在第二次》等诗中表现得尤为强烈。因此，艾青诗的忧郁之情和崇高之美，既是对民族悲剧性境遇的反映，又是它的升华和超越。

艾青追求感受力的统一，即感觉、情绪、想象和思想（理性）的综合。作为现实主义诗人，他的作品中紧密结合现实、富于战斗精神的特点总是和新鲜的诗美结合在一起。艾青是从绘画转向写诗的，他的创作受到印象派绘画的很大影响，从而形成了自己感知世界和艺术地表现世界的基本方式：迅速而准确地把握感觉印象，并将之清新而明晰地再现为视觉形象。艾青的意象是他的主观感情与客观形象的一种契合。如《雪落在中国的土地上》，显然诗人不仅仅是在写自然景观，它包含着诗人一颗忧国忧民的赤子之心，引发人们由"雪落"想到"寒冷"，进而想到这是被侵犯者占领的中国国土，想到我们民族的命运。诗人以此为主体意象，不断地穿插进"戴着皮帽、冒着大雪"的农夫、蓬发垢面的少妇、蜷伏着的年老的母亲……使诗的形象更加丰富，从而使这首诗成为沦陷的国土、被奴役的时代的绝妙写照。

又由于艾青在审美方式上深受象征主义诗歌的影响，一方面，他善于准确、恰当地捕捉意象，并赋予意象以象征意义。艾青说过："象征是事物的影射；是事物互相间的借喻，是真理的暗示和譬比。"② 另一方面，他非常注重声音和色彩的融合，通过二者的融合来构筑新奇的意象，以达到诗的特有情境。他曾说："一首诗里面……没有色调，没有光彩，没有形象——艺术的生命在哪里呢？"③ 他善于用色彩的渲染以及构图线条的安排来增加形象的鲜明性。"Orange——/像拉丁女的眼瞳子般无底的/热带的海的蓝色/那上面撩起了/听不清的歌唱/异国人的 Melancholic。"（《Orange》）这种由色彩和声音组合的世界，给人的感觉奇特又美妙。还有像《手推车》一诗，也是诗人将景、情、光、色、图乃至音响统一得较完美的例子。

艾青诗歌在散文化的自由奔放和诗歌艺术所必需的规范约束之间保持平衡，将绘画的光彩和音乐的律动融汇到诗歌这种高度精微的语言艺术中。艾青的诗具有散文美，他所追求的是"努力把自己所感受到的世界不受拘束地表达出来"④。为了形象表现的自由，他的诗鲜有中国古典诗歌的印痕；他的许多诗不押韵，而是让感情自由地流泻，通过内在的激情来感染读者。

---

①　范伯群、朱栋霖主编：《1898—1949 中外文学比较史》（下卷），江苏教育出版社 1993 年版，第 1076 页。

②　艾青：《诗论》，人民文学出版社 1980 年版，第 201 页。

③　艾青：《诗论》，人民文学出版社 1980 年版，第 192 页。

④　艾青：《艾青选集·自序》，开明书店 1957 年版。

但他又运用有规律的排比、复沓造成变化中的统一，参差中的和谐，运动中的均衡，使奔放与约束显得非常协调。如《大堰河——我的褓姆》，诗节、诗行长短不拘，全诗也不押韵，但递进排比的句式，首尾呼应的手法，又使全诗于自由奔放中见和谐统一。这一切都丰富了现代诗歌艺术，自由体诗在艾青手中成熟起来。

在中国现代诗歌发展史上，艾青是继郭沫若、闻一多等人之后推动一代诗风的重要诗人。艾青的诗一方面保持并发展了现实主义流派"忠实于现实的战斗的传统"，克服、摒弃了其"幼稚的叫喊"①的弱点，另一方面又吸收了浪漫主义与象征主义诗歌艺术的精华，在现实主义与现代主义整合方面取得了卓越成就，从而使自由体诗在艺术上达到了一个新的高度，推动了中国新诗的健康发展。

第三节 九 叶 诗 派

九叶诗派，是在40年代中后期形成的一个追求现实主义与现代主义相结合的诗歌流派。以《诗创造》（1947年7月创刊）和《中国新诗》（1948年6月创刊）等刊物为主要阵地，聚集了一群以辛笛、陈敬容、杜运燮、杭约赫（曹辛之）、郑敏、唐祈、唐湜、袁可嘉、穆旦（查良铮）为代表的"自觉的现代主义者"②。这个诗派曾被称为"现代诗派"或"新现代诗派"，直至1981年江苏人民出版社出版了40年代九人诗选《九叶集》后，才有九叶诗派之称。九叶诗人除了辛笛和陈敬容在30年代初就开始创作外，其他诗人都是此后西南联大或西北联大的学生。作为一个诗歌群体，九叶诗派崛起于抗战后期及解放战争时期。九叶诗人以他们的不懈努力，实践了对中国新诗的又一次探索和创造。九叶诗派的存在，已不止于单纯作为一个诗歌流派的意义，他们融汇西方现代主义的再创新，对中国诗歌传统的继承和发扬，对于推动中国新诗的现代化都提供了经验和教训。

艾青概括了九叶诗派的特点："接受了新诗的现实主义传统，采取欧美现代派的表现技巧，刻画了经过战争大动乱之后的社会现象。"③ 九叶诗派的诗和传统诗有一个显著的契合点，就是扎根现实。他们走出艺术的"象牙之塔"，以现实精神为内核，用诗歌忠实地传达了中国人民诅咒黑暗、渴望光明的时代情绪。另一方面，他们又深受20世纪西方文化的熏陶和影响。40年代的九叶诗人对西方文化的了解和接受整体上超过了前辈诗人，时代和社会的发展给他们在这方面提供了优越的条件。辛笛、穆旦、杜运燮、袁可嘉、唐湜等分别是清华大学、西南联大、浙江大学外文系的学生，辛笛、穆旦、郑敏先后留学海外，攻读英国文学，辛笛在英国聆听过T.S.艾略特的诗歌讲座。九叶诗人不仅阅读过大量的西方文学作品，而且他们大多数是优秀的外国文学翻译者。从古希腊的《荷马史诗》到20世纪现代主义诗歌的西方诗歌传统，是九叶诗歌生命的重要支撑点之一。

九叶诗人感受到现代新文学诞生以来各种思潮的交汇和西方最新文学思潮的冲击，他们的文学观念、诗歌理想表现得更具综合性和现代性。他们对中国新诗的发展有着较为客观和清醒

---

① 艾青：《北方·序》，《艾青选集》第3卷，四川文艺出版社1986年版。
② 唐湜：《诗的新生代》，《诗创造》第8期，星群出版公司1948年版。
③ 艾青：《中国新诗六十年》，《艾青全集》第3卷，花山文艺出版社1991年版。

的认识。"中国新诗虽还只有短短二十年的历史，无形中却已经有了两个传统：就是说，两个极端，一个尽唱的是梦呀，玫瑰呀，眼泪呀，一个尽吼的是愤怒呀，热血呀，光明呀，结果是前者走出了人生，后者走出了艺术，把它应有的将人生和艺术综合交错起来的神圣任务，反倒搁置一旁。"① 他们既反对逃避现实的唯艺术论，也反对扼杀艺术的唯功利论，而企图在现实和艺术之间求得恰当的平衡。

九叶诗人与西方现代主义最直接也是最深刻的联系，是对人的精神世界的关注。20 世纪初，随着西方文明暴露出来的一系列的危机，人类陷入一场精神灾难。人的失落，成了西方现代主义诗歌的一个中心主题。现代主义深感在这充满异化和压迫力量的世界里已无能为力、痛苦窘迫，所以他们反对浪漫主义的一味主观抒情，而倾向诗歌转向内心，躲在自我意识中惨淡经营。总之，对于现代人精神世界的探索成了西方现代主义诗人思想和艺术的集合点。九叶诗人继承了这一传统，他们把诗歌的审美原则建构在内心世界和外在世界的重叠点上，这使他们完成了对现实主义和浪漫主义的一种超越。"在他们诗中，极少看到有狂喊乱叫式的情感宣泄和漫无边际的现实世界的杂陈，而更多的是对人生经验的深刻总结，对宇宙哲学的沉思默想。他们将思想的焦点集中到对人类精神世界的探索上。"② 像郑敏的《时代与死》赞颂生命的永恒，思考生和死的价值和意义。陈敬容的《划分》："我往往迷失于/偶然飘来的一声钟……在熟悉的事物面前/突然感到的陌生/将宇宙和我们/断然地划分。"抒写的是对生命的不可捉摸的感觉。其他如辛笛的《识字以来》、穆旦的《活下来》、唐祈的《三弦琴》等，都是通过对人的精神世界的展示，来完成对人类命运的种种探索。九叶诗人的诗中也常常流露出悲观失望的情绪，但理想并没有破灭，他们是在和"全人类的热情汇合交融/在痛苦的挣扎里守候/一个共同的黎明"（陈敬容《力的前奏》）。他们不会陷入痛苦的感情中不能自拔，反而在黑暗现实面前显得刚健自信。

九叶诗人在艺术上反对浪漫主义诗风，而致力于新诗的现代化建设和感受力的革命，旨在使诗成为现实、象征和玄学的融汇。这样一种诗学追求显然是以现代主义为主导的，但它同时又吸收了现实主义乃至古典主义的成分。九叶诗派的理论家兼诗人穆旦也总结了他们的创作经验："他们在古典诗词和新诗优秀传统的熏陶下，吸收了西方后期象征派和现代派诗人如里尔克、艾略特、奥登的某些表现手段，丰富了新诗的表现能力。"③ 九叶诗派强调拥抱真实的生活，强调反映现实与挖掘内心的统一，这与七月诗派接近；主张诉诸表现，"追一个现实、象征、玄学的综合传统"④，这又表明他们与 20 世纪二三十年代的象征派、新月派、现代派之间有着历史的承接关系。但在吸收和运用西方象征派、现代派技巧，使之具有中国特色方面，九叶诗派显然超过了 30 年代的现代诗派，更超过了 20 年代的象征诗派。

在艺术表现上，九叶诗派的诗歌既有丰富的感觉意象，又表现出鲜明的知性特征。袁可嘉在《新诗戏剧化》中主张，写诗应"尽量避免直接了当的正面陈述，而以相当的外界事物寄托作者的意志与情感：戏剧效果的第一大原则即是表现上的客观性与间接性"⑤。这一主张，

① 陈敬容（默弓）：《真诚的声音》，《诗创造》第 12 期，星群出版公司 1948 年版。
② 范伯群、朱栋霖主编：《1898—1949 中外文学比较史》（下卷），江苏教育出版社 1993 年版，第 1097 页。
③ 袁可嘉：《九叶集·序》，《九叶集》，江苏人民出版社 1981 年版，第 16 页。
④ 袁可嘉：《新诗戏剧化》，《诗创造》第 12 期，星群出版公司 1948 年版。
⑤ 袁可嘉：《新诗戏剧化》，《诗创造》第 12 期，星群出版公司 1948 年版。

正反映了九叶诗派思想知觉化的创作特点。他们在创作中往往将深切的个人感受通过非个人性的客观化的方式表现出来，注意捕捉和描绘具体感性的诗歌形象，并依靠它来暗示诗人的抽象的思想和情绪，而读者则是从诗人创造的新颖、丰富的意象中去感知作者的思绪。如陈敬容的《鸽》中所写："暗红色的旧瓦上／几只鸽子想飞／又停下了／摺叠起灰翅膀伫望"，对鸽子的描写实际是对人生前行途中徘徊观望的表现。不仅如此，他们诗中的许多意象都是有深邃意蕴的象征体，象征功能的开发使诗人的情感得到升华，也使意象的内涵面进一步扩大。如郑敏的《金黄的稻束》中金黄的稻束这个意象象征着疲倦的母亲，也象征着历史。这样，把意象从平凡的现实感升华到更为广阔的历史感，这种理性力量的介入，大大增加了诗歌的表现力度。

语言清晰准确，而诗意朦胧含蓄。T. S.艾略特曾经一再声称，诗人的重要职责就是要用新的表现手法使陈腐的语言重新充满生机。而这也正是九叶诗人所追求的。他们的诗虽富有深潜的哲理内涵，但语言上少有那种玲珑剔透的诗句，更少那种流光溢彩的词藻。他们借鉴了西方现代主义诗歌的表现技巧，增强了诗歌语言的韧性和弹性，丰富了中国新诗语言的表现力。像辛笛的"列车轧在中国的肋骨上／一节接着一节社会问题"（《风景》），杭约赫的"人与人之间稀薄的友情／是张绷紧的笛膜：吹出美妙的／小曲，有时只剩下一支嘶哑的竹管"（《复活的土地》），这种自由联想式的意象组合诗，省略了意象和意象之间的锁链，表达方式与传统诗歌有明显差异。这种现代化了的语言更确切地表现了诗人的现代型情绪和对事物的新感受、新体验。由于很多诗的情绪在表现上不是传统的直陈式，而是通过具体意象来暗示、来象征，故诗意的明确性被削弱，变得朦胧含蓄。

当然，他们的一些诗句有过分欧化的倾向，有些诗过分照顾了形式的需要而忽视了思想内涵。

九叶派诗人也各有自己的鲜明个性。郑敏和陈敬容都把抒情与沉思结合起来，但郑敏偏爱在静态描写中体会生命情趣，如《金黄的稻束》，陈敬容则长于在动态描写中推进思想，故而流水的意象和行进的姿态常常出现在她的诗中。杭约赫的《复活的土地》、唐祈的《时间与旗》都是富于现代意识的抒情长诗，气势宏大，热情奔放。杜运燮的《滇缅公路》颂扬了坚韧的民族精神。辛笛的《布谷》倾诉着人民的苦难。袁可嘉的《沉钟》《冬夜》等诗作形式严谨而意蕴深沉。其诗论则系统地阐述了九叶诗派同人对新诗现代化的理论主张。唐湜的长诗《英雄的草原》有着宏大的气象与浪漫的激情，其抒情短章又给人以意象新颖、清气扑人的感觉。他的诗评亦颇具情采。

穆旦（1918—1977）是九叶诗派中流派风格浓烈且最有成就的诗人。他原名查良铮，笔名梁真。40 年代在昆明即以诗名，与郑敏、杜运燮并称西南联大"三星"。他先后有《探险队》《穆旦诗集》《旗》等诗集问世。"穆旦是中国最早有意识地采取叶芝、艾略特、奥登等现代诗人的部分表现技巧的几个诗人之一。"[①] 他既是一位自觉的现代主义者，同时又是一位具有强烈民族意识的诗人。因而，现代主义者所关心的人本困境问题，中华民族的苦难与希冀，在他的诗作中交叠出现。穆旦的许多诗都致力于展现自己心灵的自我搏斗和种种痛苦而丰富的体验："我们做什么？我们做什么？／啊，谁该负责这样的罪行：／一个平凡的人，里面蕴藏着／无

---

① 杜运燮：《穆旦诗选·后记》，人民文学出版社 1986 年版。

限的暗杀，无限的诞生。"(《控诉》) 穆旦对生命意识的
自觉感悟与理性沉思中，又交织着他对人类命运、历史
沉浮和民族忧患的沉思，使他的诗以痛苦的丰富和感情
的严峻著称。在《在寒冷的腊月的夜里》《赞美》等诗
中，表现出他对黑暗现实的忧愤和对大时代的内在感应。
《赞美》写当时中国的现实："在野草的茫茫中呼啸着干
燥的风，/在低压的暗云下唱着单调的东流的水，/在忧
郁的森林里有无数埋葬的年代"，"说不尽的故事是说不
尽的灾难，沉默的/是爱情，是在天空飞翔的鹰群，/是
干枯的眼睛期待着泉涌的热泪"，"在幽深的谷里隐着最
含蓄的悲哀：/一个老妇期待着孩子，许多孩子期待着/
饥饿，而又在饥饿里忍耐"……面对满目疮痍的国土和
灾难深重的人民，诗人并没有沮丧颓废，而是"以带血
的手和你们一一拥抱"，以激动的心情欢呼着"一个民族
已经起来"。穆旦一方面关注着对生命存在的意义的探
讨，另一方面又表现出对民族命运的忧思。生命体验的
庄严感、历史厚重感、现实人生的时代感的结合，使他
的诗具有了中国特色的现代主义精神品格。

"机智"仅仅停留在"脑神经
的运用"的范围里是不够的，它更
应该跳出来，再指向一条感情的洪
流里，激荡起人们的血液来。

——穆旦

研 习 导 引

关于穆旦的比较研究

在40年代诗坛，穆旦是现代主义色彩最为浓郁的诗人之一，他的创作深受叶芝、T.S.艾
略特和奥登等西方现代派诗人的影响。江弱水于2002年撰文《伪奥登风与非中国性：重估穆
旦》，采用实证方法，分析了穆旦直接模仿或化用奥登、T.S.艾略特等人的很多例子，进而提
出："为什么穆旦的诗中竟然充斥着如此众多的对西方现代诗人尤其是奥登的文学青年式的模
仿之作？唯一合理的解释是：他过于倚重奥登的写法，因为除此之外他别无依傍；他过于仰赖
外来的资源，因为他并不占有本土的资源。""其诗歌原创性的严重不足，与他对中国古典文学
传统的竭力规避是分不开的。穆旦未能借助本民族的文化传统以构筑起自身的主体，这使得他
面对外来的影响无法作出创造性的转化。"① 对此吴思敬、王家新等都曾撰文提出不同意见②。
在另一篇关于穆旦与 T.S.艾略特的比较研究论文中，作者得出的结论却与江弱水截然不同：
"穆旦没有邯郸学步，也没有随波逐流，他借用以艾略特为代表的西方现代主义的形式，表达

---

① 江弱水：《伪奥登风与非中国性：重估穆旦》，《外国文学评论》2002年第3期。
② 参见吴思敬：《穆旦研究：几个值得深化的话题》，《南开学报》(哲学社会科学版) 2008年第1期；王家新：《穆旦与
"去中国化"》，《诗探索》2006年第3期；李章斌：《近年来关于穆旦研究与"非中国性"问题的争论》，《中国文学研究》
2009年第1期。

中国人自身的现实感受，尤其是战争年代中国知识分子的切肤之痛。而且穆旦诗歌没有充斥艾略特式的艰涩典故、神话传说、宗教说教和学院典籍，而有着艾略特所缺乏的激情、血性与泥土气息。他始终用自己个性化的语言和感觉方式表达他对他所热爱的大地、天空和在那里受苦受难的芸芸众生的关怀。"①

发现宗教意识：艾青研究的新开拓

长期以来，艾青主要被视为一位对祖国、土地和人民饱含深情的"进步诗人"或曰"革命诗人"，对于其诗歌的显著特色，诸如土地、太阳的意象系统的阐释，也大都在此价值平台上展开。有学者提出："无论是胡风的评论还是新旧文学史，都有一个巨大的裂痕没有弥补，这就是艾青诗歌中的宗教意识的存在及其流变被回避了。艾青的诗歌中，存在两个传统，一是宗教传统，二是五四传统。宗教传统给他的诗歌带来了忍受痛苦、死后复活的主题，五四传统就是传播对旧制度的叛逆，对统治者、侵略者的正义反抗。这两种貌似对立的主题都统一在艾青早期的诗歌中，寻找到了契合点。"② 并进而结合《圣经》，详细地梳理并重新阐释了艾青诗歌的艺术世界。这也许是艾青研究新的开拓。

第十八章专题讲座

骆寒超：穆旦的创作道路1—2

第十八章

拓展研读资料

---

① 刘燕：《穆旦诗歌中的"T. S.艾略特传统"》，《外国文学评论》2003 年第 2 期。
② 陈卫、陈茜：《神与光——论艾青诗歌及文学史形象》，《文学评论》2009 年第 6 期。

第十九章 40年代戏剧 散文

第一节 40年代戏剧

1937年7月15日，中国文艺界第一个抗日统一战线组织中国剧作者协会（原上海剧作者协会）成立。上海戏剧界、电影界近百人参演三幕话剧《保卫卢沟桥》，作为抗战以来第一个宣传鼓动的抗战剧，拉开了抗战戏剧大幕。"八一三"淞沪会战爆发后，中国剧作者协会与上海剧团联谊社联合发起组织上海戏剧界救亡协会，成立了13支救亡演剧队伍（第十、十二队驻守上海，其他各队奔赴前线、农村和内地），投入抗敌宣传。战时戏剧向时事化、大众化方向倾斜。街头剧、活报剧、茶馆剧、朗诵剧、游行剧、傀儡剧、灯剧等趋于轻型、通俗、灵动的戏剧，在此时呈现出了波澜壮阔之势。譬如"好一计鞭子"（短剧《三江好》《最后一计》《放下你的鞭子》）就是当时盛演的三个短剧，沈蔚德的《民族女杰》（四幕剧，1941）演遍了当时战区。以"卢沟桥事变"为题材的《保卫卢沟桥》（中国剧作者协会集体创作），以台儿庄战役为题材的《台儿庄》，以淞沪会战为题材的《八百壮士》，以及洪深的《飞将军》等，这些剧作表达了同心协力保卫家园的决心。

1937年12月31日，中华全国戏剧界抗敌协会在汉口成立，来自上海、南京等地的数十个进步戏剧团体、千百戏剧人汇聚一堂，确定了每年戏剧节的具体时间（中华全国戏剧界抗敌协会定10月10日为中国戏剧节，1943年国民政府改为11月10日，次年又改为2月15日）。此后，重庆雾季（11月至次年5月，因大雾弥漫，敌机不能来轰炸，而成为演戏良机）演剧活动和上海"孤岛"戏剧成为抗战时期中国的两个戏剧活动中心，迎来了中国话剧的黄金时代。这里没有剧种、流派之别，也没有阶级、阶层之分，抗战洪流把他们裹挟在一起，只是为着同一个信念。田汉、洪深、曹禺、夏衍、郭沫若、阳翰笙、阿英、于伶、陈白尘、宋之的、吴祖光、李健吾、杨绛、杨村彬、姚克、黄佐临、柯灵等著名剧作家已然寻找到了一个在峥嵘岁月中支撑起政治与艺术的平衡点。在30年代已经成名的剧作家继续贡献出一批名剧，田汉有《秋声赋》《丽人行》，洪深有《飞将军》《包得行》《鸡鸣早看天》，曹禺有《蜕变》《北京人》《家》，夏衍有《法西斯细菌》《芳草天涯》。而郭沫若的《棠棣之花》《屈原》《虎符》《高渐离》《孔雀胆》《南冠草》等历史剧，阳翰笙的《李秀成之死》《天国春秋》，欧阳予倩的《忠王李秀成》，陈白尘的《翼王石达开》等太平天国史剧，阿英的《碧血花》《海国英雄》《杨娥传》等南明史剧，杨村彬的《清宫外史》、姚克的《清宫怨》等清宫剧，创造出了中国现代历史剧的黄金时代。陈白尘、丁西林、李健吾、老舍、洪深、宋之的、吴祖光、张骏祥、沈浮、杨绛等人的喜剧创作，或淡雅、或浓烈、或柔和、或泼辣、或机智、或幽默、或犀利，将华夏大地上那些肮脏、污腥、破碎、狡诈、猥琐、卑劣、懦弱和屈服暴露于舞台。

阳翰笙（1902—1993），四川高县人，原名欧阳本义，笔名华汉，在抗战时期创作有历史剧《李秀成之死》《天国春秋》等。五幕剧《李秀成之死》（1937）以太平天国革命史中天京保卫战为依托，粗线条地勾勒出了天王洪秀全昏聩愚顽、洪氏诸王堕落败朽、朝廷重臣罪恶腐化等艺术形象，突出了主人公忠王李秀成之果敢、刚毅和赤诚。六幕剧《天国春秋》（1941）寄托了对国民党制造"皖南事变"的控诉与义愤[1]。剧本以"杨韦事变"为主要线索，塑造了杨秀清、韦昌辉、洪宣娇、傅善祥等人物形象，呈现出的是一个同当时现实世界相应的世态格局。东王杨秀清运筹帷幄、赏罚分明、刚毅果决、光明磊落，是太平天国革命的中坚力量。北王韦昌辉是个混入革命阵营企图窃取实权和利益的阴谋家，阴险狡诈、贪赃枉法、堕落腐化，以阴谋手段残害忠良，最终他残杀了杨秀清和二万多名太平军将士，致使太平天国内部严重分化。西王娘洪宣娇是一个误入歧途但最终醒悟的人物形象，她刚烈任性、无所顾忌，她和东王杨秀清曾经有过一段爱情瓜葛，这反倒被韦昌辉趁机利用。当她看到杨韦事变所带来的严重后果时，终于觉醒了："大敌当前，我们不该自相残杀！"呐喊成了剧作家真正的戏剧意图。阳翰笙试图由剧中的杨韦事变联系到皖南事变。

阿英（1900—1977），安徽芜湖人，原名钱杏邨，笔名魏如晦。阿英于上海"孤岛"时期创作了历史剧《碧血花》（又名《葛嫩娘》）、《海国英雄》（又名《郑成功》）、《杨娥传》，被称为"南明史剧"，轰动"孤岛"剧坛。四幕剧《碧血花》（1939）以桐城名士孙克咸与明末秦淮名妓葛嫩娘的爱情经历为线索，将孙克咸、葛嫩娘置入对整个中华民族之爱的大背景中来描绘，表现出了主人公舍身为国的精神。剧本结尾处葛嫩娘断舌、喷血、喷面的英勇就义行为尤为鼓舞人心。四幕剧《海国英雄》（1940）中，塑造了郑成功百折不挠、坚忍不拔、顽强不屈的个性形象。四幕剧《杨娥传》（1941）截取杨娥一生斗争中的几个重要片段来刻画其强烈的复仇精神。剧本尤以"梦刺"吴三桂戏剧场景最为壮观，它将杨娥那云滇奇女子的复仇个性舒展得尽致淋漓。同期创作的历史剧《洪宣娇》（1941）试图以太平天国革命"成长与毁灭的过程"[2]来隐喻国民党制造皖南事变的行径。五幕剧《李闯王》（1945）以宁武关战役始，以奉天玉和尚（李闯王）坐化终，舒展开来一幅历史画卷。剧本在"迎闯王，不纳粮"的花鼓歌声中，让李闯王登场亮相。迎着"恭祝王爷万岁万万岁"的群众感激之声，来自草莽的李闯王带着农民英雄特有的质朴、爽朗和粗犷来到读者面前。在李闯王最终从参禅中领悟自身的罪愆等戏剧冲突逐步演变的过程中，李闯王矛盾复杂的内心世界逐步展现出来。这些在人物矛盾激荡中发展而来的微妙思想变化，展露出了李闯王这位草莽英雄汹涌的成王欲念，也展现了李闯王这位马上英雄孤意独行的帝王生涯。曾经叱咤风云的李闯王最终只能无奈地栖迟于青灯古佛间，将未尽之心愿消解在暮鼓晨钟之中。

---

[1] 阳翰笙曾说："当时我为了要控诉国民党反动派这一滔天罪行和暴露他们阴险残忍的恶毒本质，现实的题材既不能写，我便只好选取了这一历史的题材来作为我们当时斗争的武器。"参见《阳翰笙剧作选·后记》，人民文学出版社1956年版。

[2] 魏如晦：《洪宣娇·公演前记》，上海国民书店1941年版。

陈白尘（1908—1994），江苏淮阴（今淮安市淮阴区）人，原名陈增鸿，以擅写讽刺喜剧著称。抗战期间，陈白尘创作了《魔窟》《乱世男女》《结婚进行曲》等多幕剧和总称为《后方小喜剧》的一组独幕剧。《乱世男女》勾勒出了抗战时期由南京逃往大后方的一群社会渣滓形形色色的丑态，无情地揭露了国民党统治下社会的败朽和黑暗。《结婚进行曲》通过女青年黄瑛在国统区求职过程中所遭受的种种挫折，暴露出了国民党统治时期现实生活的黑暗无门。抗战胜利前后，以《岁寒图》和《升官图》为标志，陈白尘的喜剧创作将"笑的艺术"打磨得更加成熟。三幕正剧《岁寒图》（1945）描绘了一幅严冬之中挺立不凋的松柏图。该剧以知识分子为题材，既歌颂了坚贞自守的英雄，又深刻暴露了国统区社会的黑暗。这是一首悲壮、深沉的知识分子正气歌。剧作家将一代名医黎竹荪置入一个低俗不堪的市侩社会中来描思摹形，将黎竹荪矢志不移、坚贞不屈、刚正不阿的凛然正气嵌入一个吞噬人的黑暗环境下来对比。完稿于1945年的三幕讽刺喜剧《升官图》显示出了陈白尘的讽刺艺术才华。剧本围绕两个强盗的升官梦展开。一天夜晚，在一间古宅里，两个强盗做了一夜升官发财的美梦。在梦中，他们冒充知县和秘书长，把持了县务会议。他们与各局长的广泛接触过程中，暴露出来各级官僚的腐败糜烂气。这些腐败官僚们或买卖壮丁，或霸占民房，或拿捐款放债，或克扣教师工资，将整个县城弄得乌烟瘴气。省长大人来视察，又促使这群妖魔鬼怪重新玩弄新把戏，采用各种卑鄙手段来伪装自己。哪知省长大人比他们一个个更为贪婪，在设法弄到一批金条和一位美女之后，便宣布视察完毕，并提拔假知县为道尹，财政局局长升为知县，而此时从壮丁中逃回来的真知县被当场枪毙了。最终省长和假知县一起举行婚礼，愤怒的群众把他们统统抓了起来。此刻，两个强盗从梦中惊醒。《升官图》借助梦境来架构整个戏剧场景，淋漓尽致地展现出了官僚集团内部寡廉鲜耻的权钱黑幕关系，这实可称为国民党统治时期活生生的"官场现形记"。剧本用夸张、变形、漫画式的讽刺手法来展示丑角们罪恶的灵魂，产生了良好的戏剧效果。该剧情节、构思、场景、技巧和风格借鉴了果戈理的讽刺喜剧《钦差大臣》。

吴祖光（1917—2003），原籍江苏常州，生于北京，最早以《凤凰城》引人注目，被誉为"神童"。其戏剧创作有《正气歌》《风雪夜归人》《牛郎织女》《林冲夜奔》《少年游》等。这些剧作中孕育着一个个淡雅隽永、清新灵动的戏剧寓言，在幻美星空中徘徊一簇诗意画境时不乏一笔洗练深沉。总体而言，吴祖光戏剧创作大致有三种风格。一种风格积聚《凤凰城》《孩子军》《正气歌》之力烈，另一种风格渲染《风雪夜归人》《牛郎织女》《林冲夜奔》《少年游》之隽永，还有一种风格浸渍《捉鬼传》《嫦娥奔月》之尖锋。《正气歌》（1940）以深沉凝练的笔锋、清新自然的笔调细腻地刻画出了南宋抗元将领文天祥这一悲剧英雄形象。五幕剧《风雪夜归人》（1942）于简练抒情中写出了一个沉痛、隽永的人生悲剧。该剧以浪漫主义手法描写了一段京戏名伶魏莲生和官僚宠姜玉春之间的爱情故事。剧作家以两个边缘小人物（魏莲生和玉春）对自我价值的审视、拷问、觉醒与追求的心理变化过程，以雪原、星空、海棠、龙凤蜡烛、风雪暮色等极富烂漫诗意的戏剧场景来展现追求自由、幸福的人性价值，使这出曾受沪上鸳鸯蝴蝶派话剧《秋海棠》影响的剧作闪耀着新文学人文主义的光华。三幕剧《捉鬼传》（1946）是讽刺喜剧的力作。剧中钟馗考取了状元，却因容貌丑陋反遭罢黜，于是钟馗怒极触柱而死。魂归阴间，阎王却因怜悯其刚直，遂封他为捉鬼大神。钟馗初战告捷，喜极痛饮，醉而化石。待千年后醒来，发现鬼蜮横行，难以捉尽，终于大败而走。吴祖光以笑的幌子将民间传说故事的现实意义发挥得酣畅淋漓。剧中穿古人服饰的宰相、将军、大官们，成为当时国民党官僚的群画像。在古老故事的发展过程中，剧中人随时会说出诸如"四项诺言泡了汤""全国实行戒严令""如今做官要条子、洋房、汽车"等相类的时代性话语，嬉笑怒骂，挥洒自如，于荒诞之中见出社会真实。

杨绛（1911—2016），江苏无锡人，原名杨季康。杨绛的风俗喜剧创作颇具特色，剧作有《称心如意》《弄真成假》。其剧作于上海"孤岛"时期另筑起来一道含泪的喜剧风景，"因为是用泪水洗过的，所以笑得明净，笑得蕴藉，笑里有橄榄式的回甘"①。四幕喜剧《称心如意》（1944）写了青年女学生李君玉在父母双亡后，从北平来上海投靠舅舅和舅老爷的喜剧性遭遇。大舅妈因当银行经理的丈夫爱用年轻漂亮的女书记而打翻醋坛，遂借口需要有人帮她管家理财而让丈夫去信叫来君玉，并让君玉当丈夫的书记以挤掉妖冶漂亮的陆小姐，却又借口担心君玉传染上她女儿的病而把君玉推到二舅家。二舅妈则以四舅妈没孩子为由又把君玉推到四舅家。四舅妈转生妙计再将君玉推给舅老爷徐朗斋。这位舅老爷曾做过官，积有大笔财产，却因脾气古怪、家丁不旺，晚年孤苦伶仃，颇为凄凉。然而，没想到这位一毛不拔的舅老爷，却与君玉相处甚好，并要她继承家业。都在觊觎舅老爷财产的舅妈姨娘们嫉妒异常，想方设法陷害君玉，不料这反倒成全了她和男友的婚事，实乃称心如意。该剧以西方流浪汉体小说架构方式（以李君玉上海投亲遭遇贯穿全剧），行云流水般自然舒展开来一幅现代都市社会人情冷暖、世态炎凉的世俗风情画。杨绛以温婉的生活幽默的姿态掀起都市资产阶级绅士家庭口蜜腹剑、勾心斗角、尔虞我诈的虚伪面纱之时，也将人生中虚伪卑鄙、庸俗浅薄、冷酷无情的阴湿死角剔析了出来，微笑笔底不乏一道揶揄、嘲讪、批判和否定之光。五幕喜剧《弄真成假》（1945）描写周大璋和张燕华为追求金钱婚姻而费尽心机一场空的可笑和可悲。周大璋是一个破落穷苦人家的子弟，为求人上人的社会地位，不惜利用各种手段去结识具有巨额财产的地产商女儿张婉如。他溜须拍马、甜言蜜语、吹牛撒谎，最终博得了张太太的赏识和张婉如的芳心。然而，做惯稳当买卖的地产商张祥甫却认为这笔生意太冒险而百般阻挠，加上怒火中烧的旧情人张燕华从中捣鬼，周大璋这段爱情终告失败。周大璋转而又爱上自说也有大笔财产的张燕华，并闪电式旅行结婚，共度蜜月。最终真相大白，一个没家业，一个没嫁妆，弄真成假，到头来只是费尽心机一场空。不同于《称心如意》的连环式戏剧结构，《弄真成假》采取了对比式结构手法。剧本轮番展现了两个不同的社会境地，同时也展示出同一家庭里面两种截然不同的生活情形。这为周大璋和张燕华费尽心机往上爬提供了一个真实可信的社会背景。该剧饱含了剧作家对金钱至上社会环境否定的悲愤情感。总体说来，《称心如意》和《弄真成假》的喜剧创作都带有几分讥刺与嘲讪，然而面对世事参差和愚谬，剧作家杨绛给予更多的却是原宥和理解，她是取微笑否定的戏剧态度。

活跃在40年代剧坛上的历史剧作家中，擅写清宫史的杨村彬与姚克也颇具影响。**杨村彬**（1911—1989），北京人，原名杨瑞麟，其代表作是《清宫外史》三部曲：《光绪亲政记》（1943）、《光绪变政记》（1944）、《光绪归政记》（1946）。五幕剧《光绪亲政记》较成功地再现了中日甲午战争前后中国社会风云变幻的历史。光绪帝因怯懦不敢忤逆慈禧太后，李鸿章阳奉阴违、瞒报军情而贻误战机，加上太监总管李莲英的挑拨离间，以慈禧太后为代表的整个宫廷充斥着一片骄奢淫逸、阴谋诡计、贪赃枉法、祸国殃民的败朽气。该剧以丰富翔实的史料、整

---

① 柯灵：《上海沦陷期间戏剧文学管窥》，《剧场偶记》，百花文艺出版社1983年版。

饰磅礴的场景、精练风趣的语言塑造了光绪帝优柔寡断、翁同龢刚正迂腐、珍妃贤惠善良、寇连材赤诚耿直等艺术形象，对慈禧、李鸿章、李莲英等的祸国殃民进行了毫不留情的揭露与批判，字里行间蕴藏着剧作家深沉的民族义愤和爱国精神。在中国面临新的民族危机的40年代，《光绪亲政记》的创作与演出产生了很大影响。

　　姚克（1905—1991），生于福建厦门，原名姚莘农，有代表作《清宫怨》（1942）。此剧当年在上海公演时轰动剧坛，赞誉鹊起，后改编为电影《清宫秘史》（1948）。四幕剧《清宫怨》延展了《光绪亲政记》的戏剧内容。剧本以光绪皇帝和珍妃的爱情悲剧为经，以甲午战争、戊戌变法、庚子事变的广阔背景为纬，通过宫廷的日常生活来表现清廷内部维新派和守旧派之间的政治斗争。这点与杨村彬的《光绪亲政记》所写内容相似。值得称道的是，《清宫怨》对光绪皇帝和珍妃的爱情关系描写有其自身独到的视角与感悟。"历史家所讲究的是往事的实录，而戏剧家所感兴趣的只是故事的戏剧性和人生味"①，剧作往往穿透人物形象外壳而渗入人物内心隐幽，直逼人物灵魂。譬如，光绪帝的软弱、郁愤背后积聚着一股励精图治之坚强，珍妃的倔强、凛然背后包孕着一丝相濡以沫之柔情，西太后的专横跋扈背后亦蕴藏着一道情心流淌之真实。大选、辱妃、梦猿、政变、舟盟等戏剧场景以其简劲、典雅、悠婉的笔调，以其性格化、生活化、诗化风格成为《清宫怨》剧中诗意抒情的典范。

　　由费穆导演、根据同名小说改编的话剧《秋海棠》《浮生六记》，曾在40年代沪上剧坛创下连演四百余场的最高纪录。现代话剧在40年代的上海又一次掀起高潮。

　　与此同时，一些江南地方乡土剧种走进上海大都市，来自浙江嵊县的越剧、来自古城苏州的评弹、产自申江本土的沪剧、来自苏北盐城一带的淮剧，在上海都市文化的影响和周边江南文化氛围的熏陶下，吸收昆曲、京剧、话剧、电影的艺术手法，很快成长、发展为独具江南地域和都市文化特色的地方戏曲剧种。越剧的缠绵悱恻、婉转优美，沪剧的潇洒婉转、俗中显雅，苏州评弹的优雅细腻、韵味醇厚，淮剧的浓浓乡土味，都在雅俗融合中显示出特色。为适应上海市民观众的观剧审美心理和新的文化习俗，剧作家们编创新剧或改编、整理传统剧目，形成了多姿多彩的艺术流派，为中国戏曲留下了一大批经典剧目。如越剧有《梁祝》《一缕麻》《香妃》《凄凉辽宫月》《白蛇传》《沙漠王子》《血手印》《浪荡子》和《祥林嫂》，沪剧有《杨乃武》《碧落黄泉》《啼笑因缘》《上海屋檐下》《魂断蓝桥》等。

　　夏衍继《上海屋檐下》（1937）之后，又写了《一年间》（1938）、《心防》（1940）、《愁城记》（1940）、《水乡吟》（1942）、《法西斯细菌》（1942）、《离离草》（1944）、《芳草天涯》（1945）。夏衍的戏剧创作规避惊涛骇浪式宏大场景的展览，代之以平凡生活画卷的截取，以其沉潜隽永、朴素洗练的风格刻画出知识分子的人生心态，透过日常生活来表现时代精神。《法西斯细菌》将政治宣传与戏剧艺术结合得很好。主人公俞实夫潜心搞科研，希望用自己的科研成果为国家、为民族服务。太平洋战争爆发后，日本侵略者捣毁了他的科学之宫，当着他的面残杀爱国青年，血淋淋的事实教育了他，使他认识到"法西斯与科学不两立"，"人类最大的传染病——法西斯细菌不消灭，要把中国造成一个现代化的国家，不可能……"俞实夫由不问政治到再出发的觉醒、转变过程，写得真实可信，颇具感染力。俞实夫的日本妻子静子的形象刻画，尤见夏衍的艺术功力。《芳草天涯》以细腻而独特地描写知识分子的恋爱、婚姻心理而显示出夏衍

---

　　① 姚克：《清宫怨·独白》，世界书局1947年版。

戏剧创作的独特魅力，也因此遭受到粗暴的批评。

　　田汉以抗日、民主两大时代主题写了《秋声赋》(1941)、《风雨归舟》(1942，又名《再会吧，香港》，与洪深、夏衍合作)、《黄金时代》(1942)、《丽人行》(1946—1947)、《朝鲜风云》(1948)等剧作。二十一场剧《丽人行》以全景性构思行云流水般舒展开来一幅广阔的现实画轴，有工人、城市贫民的苦难挣扎和觉醒，有共产党人艰苦卓绝的抗争和奋进，有资产阶级女性的苦闷和动摇，有帝国主义的凶恶和残暴。剧本通过女工刘金妹、地下革命工作者李新群、资产阶级女性梁若英三位女性的不同经历，体现了剧作家对时代的深邃思考。多场式、多线索、开放化、报告员串联全剧等戏剧手法体现了田汉对话剧结构形式的创新。

　　宋之的(1914—1956)，河北丰润(今唐山市丰润区)人，原名汝昭。他以饱满真切的感情、泼辣明快的风格创作了《武则天》(1937)、《小风波》(1940)、《雾重庆》(1940，又名《鞭》)、《刑》(1940)、《祖国在呼唤》(1942)、《戏剧春秋》(1942，与夏衍、于伶合作)、《春寒》(1944)、《群猴》(1948)等剧作。五幕剧《雾重庆》写了一群由北平逃难到大后方重庆的青年学生挣扎、沉沦的悲剧。独幕讽刺喜剧《群猴》以国民党国大代表选举为背景，借各派系傀儡小丑们耍猴式的拉票表演这根政治讽刺锋芒直刺垂死的国民党统治，以喜剧之笑将历史丑角埋葬。

　　于伶(1907—1997)，江苏宜兴人，原名任禹成，笔名尤兢。于伶以敏锐的时代触角创作了《汉奸的子孙》(1936)、《在关内过年》(1937)、《夜光杯》(1937)、《女子公寓》(1938)、《花溅泪》(1938)、《夜上海》(1939)、《长夜行》(1942)、《杏花春雨江南》(1943)等剧作。五幕剧《夜上海》围绕江南开明绅士梅岭春一家在"孤岛"上海屡遭打击的悲剧命运展开，较为广阔地表现了旧上海社会各阶层人物的生活状态，租界内外、抗敌前后方、政治营垒敌友、人生态度的坚毅和动摇，及梅岭春的家庭遭遇、梅萼辉的爱情坎坷、周云姑一家的苦难、舞女生活、汉奸勾当、抗敌斗争等，于茫茫黑夜中揭示开来一片蕴藉饱满的人生世相。四幕剧《长夜行》描写上海沦陷前后"孤岛"知识分子的觉醒和斗争。剧本将俞味辛、陈坚、褚冠球的三种不同人生道路(爱国知识分子、革命者、汉奸)放在一起加以对比描写，唱响了"应该在这黑暗的时代里放射出光芒"的主题。

　　老舍继《残雾》(1939)之后，又写了《国家至上》(1940，与宋之的合作)、《张自忠》(1940)、《面子问题》(1941)、《大地龙蛇》(1941)、《归去来兮》(1942)、《谁先到了重庆》(1942)、《桃李春风》(1943，又名《金声玉振》，与赵清阁合作)等。

　　茅盾写于 1945 年的五幕剧《清明前后》描绘了一个大时代的小插曲。该剧以黄金案事件分开来两条线索：一条线索写民族工业资本家林永清挣扎、摇摆、失败、初醒的艰辛心路历程，指明中国民族工业的终极性悲命问题；另一条线索写大时代里小人物们的可怜与可悲，字里行间都蕴蓄着剧作家的怜悯与愤激之情。

　　沈浮有《重庆二十四小时》(1943)、《金玉满堂》(1943)、《小人物狂想曲》(1945)等，这些剧作都是通过平凡的故事来反映抗战时期大后方城镇生活的真实风貌。沈浮剧作情节穿插紧凑，气氛渲染浓烈，性格刻画鲜明，具备丰富的戏剧性。

　　从美国学习戏剧归来的**张骏祥**(1910—1996，江苏镇江人，笔名袁俊)于 1944 年创作了四幕剧《万世师表》，也是当时有一定影响的剧作。剧本塑造了一位可歌可泣的大学教授林桐的形象。于平平淡淡的生活流里潜移默化地呈现出林桐 25 年来兢兢业业、坚贞自守的知识分子崇高文化品格。此外，他还有《小城故事》(1940)、《边城故事》(1941)、《山城故事》(1944)等剧作。张骏祥的戏剧语言多俏皮机智，常富有讽刺意味，但人物形象有时不够明朗，有时也累于不必要的噱头。

第二节　《屈原》等

　　抗日战争全面爆发以后，郭沫若从日本回国，在周恩来直接领导下从事抗日救亡运动。郭沫若身处国民党统治的中心重庆，"就像在庞大的集中营里"。郭沫若以历史事件和人物为题材，借古讽今，从 1941 年 12 月至 1943 年春，先后创作了《棠棣之花》(1941)、《屈原》(1942)、《虎符》(1942)、《高渐离》(1942)、《孔雀胆》(1942)、《南冠草》(1943) 6 部大型历史剧。郭沫若将历史事件与现实精神巧妙地结合起来，以对历史人物的再创造来表达他对于那个时代的忧愤。

　　所谓历史剧，本质上说是艺术家凭借舞台从事主体与历史、现实之间的对话。郭沫若是一位著名的历史学家，是一位浪漫主义诗人，也是一位有独特创作风格的剧作家。他对历史事件与人物往往有自己的独特理解与看法，他的历史剧创作也有自己处理历史题材与现实关系的独特方法。新文学高潮期《女神》中的历史题材诗剧已经反映了郭沫若处理历史题材的浪漫主义创作特色。郭沫若作于抗战时期的《屈原》等历史剧则更将浪漫主义历史剧与席勒式的

《屈原》剧照

史学家是发掘历史的精神，史剧家是发展历史的精神。

——郭沫若

政治剧结合起来，形成了他独具风格的历史剧创作。郭沫若取材于古代的人和事，但都面对现实说话，借古抒怀以鉴今，融汇着风雷激荡的时代精神，具有强烈的现实战斗性。他曾说："我主要的并不是想写在某些时代有些什么人，而是想写这样的人在这样的时代应该有怎样合理的发展。"[①] 他总是以现代的人学理念去观照历史人物和历史事件，让人们从古代联想到现代，引起深思，启发人们认识历史，面对现实。通常认为，反侵略、反投降、反分裂、反独裁，彰扬历代志士仁人为国家和民族的利益而英勇斗争，不怕流血牺牲的悲剧斗争精神，是郭沫若历史剧的共同主题，正如郭沫若所说："历史还得再向前发展，还须得有更多的志士仁人的血流洒出来，灌溉这株现实的蟠桃。因此聂嫈、聂政姊弟的血向这儿洒了，屈原、女须也是这样，信陵君与如姬，高渐离与家大人，无一不是这样。'杀身成仁，舍生取义'，是千古不磨的金言。"[②]

　　《屈原》是郭沫若抗战时期历史剧的代表作，也是当时最有影响的戏剧之一。剧本写于 1942 年 1 月，正是蒋介石发动第二次反共高潮，制造了震惊中外的皖南事变之后。郭沫若将

---

　　①　郭沫若：《献给现实的蟠桃》，《郭沫若全集》文学编第 19 卷，人民文学出版社 1992 年版，第 342 页。
　　②　郭沫若：《献给现实的蟠桃》，《郭沫若全集》文学编第 19 卷，人民文学出版社 1992 年版，第 342 页。

"这时代的愤怒，复活在屈原的时代里"，用讽喻现实的方法，揭露、抨击了国民党政府的黑暗统治。剧本取材于战国时代楚国爱国诗人屈原的故事，通过楚国统治集团内部爱国与卖国两条外交路线的斗争，成功地塑造了屈原形象，表现了他热爱祖国、反抗侵略、光明磊落、正直无私的崇高品质。屈原是一个爱国的政治家和诗人的典型。他与统治集团内以南后、靳尚为代表的投降派进行坚决斗争，结果遭到投降派的陷害，以致受诬"淫乱宫廷"，被革职、囚禁，受尽污辱。在含冤莫白的情况下，他置个人安危荣辱于度外，仍然关心着祖国的命运和前途。他怒斥南后的卖国行为："你陷害了的不是我，是我们整个儿的楚国啊！我是问心无愧，我是视死如归，曲直忠邪，自有千秋的判断。你陷害了的不是我，是我们的楚国，是我们整个儿的赤县神州呀！"他劝诫楚怀王"要多替楚国老百姓设想，多替中国的老百姓设想"，要坚持联齐抗秦的路线。屈原的形象，寄托着作者的理想，"在这位古代爱国诗人的形象中，可以看到作者本人的面影"，"这是他在新的时代对凶残毒恶的黑暗王国无情的讨伐，强烈的反抗，是透过茫茫星空云雾，对已经来临的光明强烈的希望和信心"[1]。

此前的《棠棣之花》取材于《史记·刺客列传》，是作者在 20 年代的诗剧《棠棣之花》和两幕史剧《聂嫈》的基础上整理创作的五幕史剧，剧作仍以聂政刺杀韩相侠累的故事为主要情节，并增加了三家分晋的内容。剧本批判了"兄弟阋墙，引狼入室"的分裂投降行径，歌颂了聂氏姊弟的爱国主义和自我牺牲精神，突出了主张集合、反对分裂的政治主题。

人的尊严，把人当成人，由仁义观念而产生的杀身成仁、舍生取义的人生精神和悲剧精神，是郭沫若历史剧创作的一个贯穿始终的重要主题。[2] 这是和郭沫若历史剧的政治主题并行的又一主题——人的主题。这个主题反映了郭沫若作为一个杰出的新文学人文主义作家的一贯思考。现代的人的价值与自我的追求，是新文化运动中人学思想的发展而产生的现代观念。郭沫若新文学时期的新诗与翻案剧表现了这一主题，在抗战时期六大史剧中，人的主题被具体演绎为"杀身成仁，舍生取义"精神，并且在这种悲剧精神中注入具有时代特色的反专制、反独裁、反强暴的思想。

以《虎符》为代表，郭沫若历史剧的现代人文主义精神以新的内涵焕发出时代色彩。五幕史剧《虎符》的题材是战国时期信陵君窃符救赵的故事。剧中夺取兵权和驰援赵国等情节都被置于幕后，而以"窃符"为重心，围绕主人公如姬展开，通过如姬不惜以王妃之尊及付出生命的昂贵代价窃符事件的开掘，揭示出生命的崇高意义。如姬是一位"有担当，有勇气，有智谋，有良心，而且不怕死"的人，她为仁义的事业献出了自己的生命，显示了生命的意义："生是奋斗"——生得尊严，死得壮烈。如姬的墓前独白与匕首颂是全剧"生是奋斗"的思想的表现。信陵君是主持公道、维护正义的志士仁人，是仁义的化身。郭沫若认为"战国时代，整个是一个悲剧时代"，"是人的牛马时代的结束"，是"大家要求人的生存权"[3] 的时代。《虎符》中反复张扬着"把人当成人"这一仁义思想，如姬也因具有这一思想被作者看作"时代之先驱者"[4]。

---

① 刘白羽：《〈雷电颂〉——怀念郭沫若同志》，《人民文学》1978 年第 7 期。
② 最早提出这一观点的是王淑明，见王淑明：《论郭沫若的历史剧》，《文学研究》1958 年第 2 期。
③ 郭沫若：《献给现实的蟠桃》，《郭沫若全集》文学编第 19 卷，人民文学出版社 1992 年版，第 342 页。
④ 郭沫若：《虎符·写作缘起》，《沫若文集》第 3 卷，人民文学出版社 1961 年版，第 454 页。

这一思想也不同程度地表现在其他五部史剧中。**《高渐离》**（五幕史剧，又名《筑》）取材于《史记·刺客列传》，描写了荆轲刺秦王失败后，其友高渐离不畏秦王淫威继续行刺的故事。高渐离欲谋刺秦王，却因击筑暴露身份被捕。为伺机再起，忍受矐目去势之刑。高渐离最终以筑歌颂了朋友荆轲的英雄业绩并以筑为武器向暴君发出殊死一击，他虽败犹荣。剧作歌颂了对于专制暴虐统治者的坚毅勇敢、不折不挠的反抗精神，在英雄悲剧中显示其为正义而斗争的惊人意志与杀身成仁的悲壮人生。剧中宋意到江东一带去发动人民，要"和老百姓打成一片"去"开辟未来"的叙述，显然寄寓了作者的政治理想。剧作因为"存心用秦始皇来暗射蒋介石"，所以秦始皇的形象是漫画化的，再版时，作者修改了那些"过分毁蔑秦始皇的地方"。

郭沫若的历史剧以历史事实为依据，但不拘泥于历史，这是他作为一个浪漫主义诗人的本色。他曾说："历史研究是'实事求是'，史剧创作是'失事求似'。史学家是发掘历史的精神，史剧家是发展历史的精神"，"古人的心理，古书都阙而不传。在史学家搁笔的地方，便须得史剧家来发展"①。"剧作家的任务是在把握历史的精神而不必为历史的事实所束缚"，"他可以推翻历史的成案，对于既成事实加以新的解释，新的阐发，而具体地把真实的古代精神翻译到现代"②。根据剧情和表达主题的需要，他遵循"失事求似"的历史剧创作原则，往往适当改动历史事实，虚构人物和事件。例如，如姬为何要舍身为信陵君窃符，她与信陵君的报恩关系与对信陵君的感情，纯是郭沫若凭空虚构的。《史记·屈原贾生列传》中写屈原被疏的原因，是上官大夫与之争宠，心害其能，进谗言，屈原被疏。而《屈原》则改为"淫乱宫廷"被疏，这样进一步揭露了投降派的阴险、卑劣、狠毒。根据主要人物性格来虚构次要人物，以烘托主要人物，这是郭沫若浪漫主义历史剧创作的一个特点③。婵娟这个人物就是这样虚构成功的，其作用是烘托主人公屈原，鞭挞变节之徒。婵娟是作者着墨较多的女性形象，她品行端庄，灵魂高尚，有正义感和爱国心。她敬仰屈原，深知"先生是楚国的栋梁，是顶天立地的柱石"。她对屈原忠心耿耿，崇尚屈原的道德文章，不为谗言所惑，始终将屈原视为自己的恩师、榜样。最后，在探望屈原时，误饮了南后欲毒害屈原的毒酒，不幸身亡。"婵娟的存在似乎是可以认为屈原辞赋的象征的，她是道义美的形象化。"④ 婵娟的形象对刻画屈原起了很好的烘托作用。南后、宋玉的为人，也是作家的虚构与推测。南后是投降派的代表人物，她为了个人的利益，与秦国信使张仪相勾结，出卖祖国和人民的利益，破坏联齐抗秦的抗战路线，采用卑鄙无耻的手段制造所谓"淫乱宫廷"事件，诬陷屈原，甚至欲用毒酒毒死屈原。南后奸诈、阴毒的形象对刻画屈原起了很好的反衬作用。剧中的宋玉是一个"没有骨气的无耻文人"。同是屈原的学生，他与婵娟完全是两样的人。他追名逐利，见风使舵，趋炎附势，卖身求荣，品行恶劣，是个毫无血性的小人。这个形象与婵娟的形象形成了鲜明对照。

郭沫若是个感情激越的浪漫主义诗人，他的历史剧和他的诗一样，具有浓烈的诗意与优美的抒情，他的戏剧也是悲壮、激越、优美的抒情诗，富有浪漫主义色彩。他的史剧构思有浪漫

---

①　郭沫若：《历史·史剧·现实》，《沫若文集》第13卷，人民文学出版社1961年版，第16页。

②　郭沫若：《我怎样写〈棠棣之花〉》，《沫若文集》第3卷，人民文学出版社1961年版，第164页。

③　陈瘦竹：《再论郭沫若的历史剧》，《现代剧作家散论》，江苏人民出版社1979年版，第48页。

④　郭沫若：《〈屈原〉与〈厘雅王〉》，《沫若文集》第3卷，人民文学出版社1961年版，第317页。

主义诗剧的特征，"剧诗人与剧中人融为一体，套用他的话，即剧中人'就是我自己'"①。他的创作主体与他所挚爱的历史人物交流沟通、融为一体，他的浪漫主义诗人的触感与热情，"惯会突进"剧中人物的心灵，一如他所赞赏的歌德创作诗剧《浮士德》的情形一样。② 他是屈原研究者、崇拜者，他写《屈原》，当然屈原"就是我"，"我"就是屈原。雷电颂是屈原当时可能发出的心声，更是郭沫若对于当下黑暗现实的诅咒与对理想未来的渴望，他借屈原之口，吐胸中块垒。《屈原》一剧是以屈原情感的发展来构想全剧与结构剧情的③。剧中，昏庸的楚怀王不听劝诫走上了投降道路，并下令将屈原囚禁起来。在政治理想难以实现并失去自由的情况下，他满腔的愤怒和爱国的激情借助雷电颂作了尽情的喷发：

> 风！你咆哮吧！咆哮吧！尽力地咆哮吧！在这暗无天日的时候，一切都睡着了，都沉在梦里，都死了的时候，正是应该你咆哮的时候，应该你尽力咆哮的时候！
> ……
> 啊，电！你这宇宙中最犀利的剑呀！我的长剑是被人拔去了，但是你，你能拔去我有形的长剑，你不能拔去我无形的长剑呀。电，你这宇宙中的剑，也正是，我心中的剑。你劈吧，劈吧，劈吧！把这比铁还坚固的黑暗，劈开，劈开，劈开！
> ……
> 光明呀，我景仰你，我景仰你，我要向你拜手，我要向你稽首。我知道，你的本身就是火，你，你这宇宙中的最伟大者呀，火！你在天边，你在眼前，你在我的四面，我知道你就是宇宙的生命，你就是我的生命，你就是我呀！我这熊熊地燃烧着的生命，我这快要使我全身炸裂的怒火，难道就不能迸射出光明了吗？
>
> 炸裂呀，我的身体！炸裂呀，宇宙！让那赤条条的火滚动起来，像这风一样，像那海一样，滚动起来，把一切的有形，一切的污秽，烧毁了吧，烧毁了吧！把这包含着一切罪恶的黑暗烧毁了吧！

剧中雷电颂是一首气势磅礴、高亢激越的诗。称这是屈原与郭沫若这两位浪漫主义诗人会心的合奏曲，一点也不为过。剧作家已经完全化为剧中人，雷电颂就是郭沫若的诗，他又回到女神时代的抒情诗心境。在《虎符》中，他的心灵对如姬的倾慕与投入，涌动他以全副心智塑造了一位贤淑、智慧、刚毅的女性形象，并且在墓前吟诵出墓前颂与匕首颂两首诗。这是如姬的诗，更是郭沫若诗心与激情、智慧的结晶。"屈原的独白是雷电的诗，惊涛骇浪的诗；如

---

① 陈瘦竹：《再论郭沫若的历史剧》，《现代剧作家散论》，江苏人民出版社1979年版，第44页。
② 范伯群、朱栋霖主编：《1898—1949中外文学比较史》（下卷），江苏教育出版社1993年版，第1114—1124页。
③ 郭沫若曾说："第三、第四两幕的作用，都为的是要结穴成这一景。在第二幕中一度高潮了的愤懑，借第三幕的盲目的同情——而其实等于侮辱，来加以深化。在第四幕中借诗歌的力量本已有可能陷入陶醉而得到解脱，又借着南后与张仪的侮辱而更加深化。这深深的精神伤害，仅仅靠着骂了张仪是不能平复的。而在骂了张仪之后，终竟遭了缧绁，我是存心使他所受的侮辱增加到最深度，彻底蹂躏诗人的自尊的灵魂。这样逐渐迸进到雷电独白。"参见《〈屈原〉与〈厘雅王〉》，《沫若文集》第3卷，人民文学出版社1961年版，第317页。

姬的独白是月夜的诗，明净深邃的诗。屈原的独白震撼人心，如姬的独白发人深思。"① 两者都是郭沫若的抒情诗，是在《女神》中已经呈现的两种诗风。剧中人物的抒情独白充满诗的意趣，已成为郭沫若历史剧的一大特色。《南冠草》（演出时更名为《金风剪玉衣》）写的是明末少年民族英雄夏完淳推戴鲁王，聚兵抗清，最后壮烈殉国的故事，把夏完淳诗集《南冠草》所含的诗情和史实形象化了。

郭沫若的浪漫主义史剧都是英雄悲剧，其悲剧人物都是杀身成仁、舍生取义的英雄人物和志士仁人。这组郭沫若浪漫主义史剧的悲剧群像，或是著名的诗人兼政治家、杰出的豪侠壮士、民族英豪、忠义信守的志士，或是识大体、具远见、坚毅果敢的女豪杰。郭沫若的浪漫主义史剧创作传承了索福克勒斯、莎士比亚、歌德、席勒和我国元杂剧等的古典悲剧美学传统，悲剧冲突庄重严肃，格调高昂悲壮，富有悲剧崇高感。这同曹禺刻画灰色人物、平凡人物的精神悲剧与忧愤深沉、缠绵沉挚的悲剧美不同。郭沫若的悲剧精神是崇高悲壮。

第三节　40年代散文

报告文学作为一种迅速反映时代面影的散文次文体，在全面抗战初期异常发达，甚至一跃而成为当时文学创作的主流。1938年秋，文协研究部在一个报告中指出：抗战以来，"结构极为庞大的作品渐不多见了，已大抵属于短小精悍，富有煽动性的速写和随感——即所谓报告文学和杂文一类"②。

此期的报告文学最初兴盛于国统区，大多集中描写前方将士的浴血奋战和敌人的凶残横暴。较早将上海"八一三"事变的战斗实况呈献在读者面前的是七月派作家丘东平。他的《第七连》和《我们在那里打了败仗》在战火纷飞的惨烈背景下表现了国民党抗日军队下层官兵的爱国精神。同为七月派作家的亦门（1907—1967，即阿垅），以S. M.的笔名在《七月》上发表了《闸北打了起来》等系列战役报告。曹白的报告文学集《呼吸》描写了上海战时难民的困苦和抗争，并进而记述了上海失陷后江南游击队的抗日斗争。此外，骆宾基的《大上海的一日》和《东战场别动队》等也记述了战时上海军民的事迹。

与上述着重报告东战场实况的作家不同，作家碧野的视线集中在华北战场。他有报告文学集《太行山边》《北方的原野》和《在北线》。范长江的《西线风云》、白朗的《我们十四个》等也是反映华北战况的报告文学名篇。

除报告正面战场的战况外，此期报告文学创作还以宏阔的视野关注着更为辽远的时代风云。30年代的京派作家萧乾此时作为《大公报》的记者，在国内外进行了广泛采访，结集出版的有《见闻》和《人生采访》等。他的作品勾勒了国际风云的变幻。代表作《血肉筑成的滇缅路》在不到五千字的篇幅里，描绘了两千多万民工"铺土、铺石，也铺血肉"的惊天动地的事迹。萧乾的作品新闻性强，在纷繁的头绪中善于剪裁，语言洒脱而有激情。

在抗日民主根据地（和后来的解放区），报告文学的创作在此期也渐趋繁荣。一批国统区作家初到抗日民主根据地后，新鲜的见闻和新奇的感受使他们从事于报告文学的创作，从而引

① 陈瘦竹：《郭沫若的历史剧》，《陈瘦竹戏剧论集》（下册），江苏教育出版社1999年版，第1337页。
② 《抗战以来的中国文艺界》，《抗战文艺》第2卷第6期。

领了抗日民主根据地报告文学创作的潮头。丁玲的《彭德怀速写》、沙汀的《我所见的H将军》（又名《随军散记》，新中国成立后改名为《记贺龙》）、卞之琳的《第七七二团在太行山一带》、周立波的《晋察冀边区印象记》及何其芳的《星火集》中所收的近十篇报告等，就是他们在体验新的生活后写出的最早一批报告文学作品。在延安文艺座谈会之后，以延安为中心的抗日民主根据地出现了一个报告文学创作的高潮。在群众性的通讯运动中，出现了《冀中一日》和《渡江一日》等大型报告文学集。前者是冀中区党政领导人受茅盾主编《中国的一日》的启发，发动冀中人民开展群众性写作运动的结果。内容为1941年5月27日有关冀中生活的个人见闻，于1942年春印出。后者由第三野战军政治部于1949年组织编写，反映了艰苦卓绝的渡江战役。

解放区涌现出了一批报告文学的新进作家。周而复此期以报告文学知名，1945年发表的《诺尔曼·白求恩断片》，以大量的材料和典型的细节，真实刻画了白求恩的感人形象，热情讴歌了他的崇高的国际主义精神。黄钢（1917—1993），湖北武昌（今武汉）人，代表作是《开麦拉前的汪精卫》（1939）。华山、刘白羽作为随军记者，他们以战地报道的形式忠实记录了人民解放战争的光辉历程。华山有《踏破辽河千里雪》《解放四平街》《英雄的十月》等长篇报道，刘白羽此期的报告文学作品集主要有《环行东北》（1946）、《时代的印象》（1948）和《历史的暴风雨》（1949）等。曾克写了《千里跃进》（后改名为《挺进大别山》）等战地报告。

随着大批文化人向内地和香港的转移，打破了30年代以上海为中心的杂文创作格局，将杂文的火种撒播到全国各地。不但在香港，在国统区的桂林、重庆、昆明、成都等地杂文创作活跃，就是在抗日民主根据地的延安也于1940年前后出现过杂文创作的高潮。作者队伍迅速壮大。郭沫若、茅盾、闻一多、朱自清、冯雪峰、夏衍、冯至、张恨水、梁实秋等继续（或转而开始）从事杂文创作，更出现了田仲济、王力、丁易、秦牧、黄裳、秦似等杂文新人，在人数上远远超过30年代。杂文数量大大增加。在12年间，许多作家出版了多部杂文集；散见于国内各报刊上的杂文，数量更是惊人，《新华日报》《华商报》在数年间刊发的杂文数以万计。风格流派更趋多样化。许多杂文作家继承以鲁迅为代表的30年代左翼杂文的战斗传统，针砭时弊，犀利深刻；但同时也出现了许多讲究鼓动性、思辨性、知识性、趣味性的杂文。

40年代，还形成了两个重要的杂文流派："鲁迅风"和"野草"。**鲁迅风杂文流派**出现于"孤岛"时期的上海，主要作者有巴人（王任叔）、周木斋、唐弢、柯灵、孔令境等。1939年1月，《鲁迅风》杂志创刊，是这一流派形成的标志。1941年，周木斋病逝，巴人奉调印度尼西亚，"鲁迅风"杂文流派解体。在这一时期，同人们合出过杂文集《边鼓集》《横眉集》，个人集主要有《生活、思索与学习》《窄门集》（巴人），《消长集》（周木斋），《投影集》《短长书》（唐弢），《市楼独唱》（柯灵），《秋窗集》（孔令境）等。这一流派以继承鲁迅精神和鲁迅杂文为己任，强调以杂文为武器进行战斗。这正如巴人在《鲁迅风》发刊词中所说："生在斗争的时代，是无法逃避斗争的。探取鲁迅先生使用武器的秘密，使用我们可能使用的武器，袭击当前的大敌；说我们这刊物有些'用意'，那便是惟一的'用意'了。"鲁迅风杂文家们在上海沦陷之后，利用英法租界这个特殊环境，围绕抗日救亡这一中心主题写出了许多战斗性杂文。

野草杂文流派因《野草》而得名。《野草》是一个专登杂文的小型刊物，由夏衍、宋云彬、聂绀弩、孟超、秦似5人合编，1940年8月在大后方桂林创刊，1943年6月出至第5卷第5期休刊。1946年10月，在香港复刊，续出11集，另有新集2本。野草杂文作家在反抗日寇、反对投降，批判周作人、战国策派等方面，较为集中地发表了笔锋犀利的文章。夏衍是野草派重要的杂文作家，擅写政论。作者在谈论重大的社会、政治问题时，往往从个人的感受经历说起，收到了以小见大、举重若轻之效。《旧家的火葬》《论"晚娘"作风》等是他这一时期的杂文代表作。聂绀弩（1903—1986）是"野草"派影响最大的杂文作家，此期结集出版的杂文集有《历史的奥秘》《蛇与塔》等。他的杂文常常将历史与现实相互错综、相互映照，在开阔的视野中显示纵横恣肆、雄辩幽默的风格。写于抗战时期的《韩康的药店》是传诵一时的名篇，作者以荒诞的喜剧手法，有意将汉代的韩康与小说《金瓶梅》中的西门庆糅合在一起，影射和讽刺了国民党的文化专制。

与报告文学和杂文相比，由于相对宽松的环境和相对余裕的心境的总体性缺乏，此期叙事、抒情散文不算发达。在国统区，茅盾、巴金、李广田、冯至、梁实秋等以风格不同的叙事、抒情散文真实地描画了动荡时世的面影，忠实地抒写了自己的现实感兴。诗人冯至于1943年出版了游记集《山水》（后又于1947年再版，篇目有所增加）。与1942年出版的诗集《十四行集》一样，《山水》也表现出了一种"沉思"的哲理品格。集中各篇所写之山水，都不是世人所谓之名胜。这一选择包含着作者对大自然的独特理解，他认为，"真实的造化之工却在平凡的原野上，一棵树的姿态，一株草的生长，一只鸟的飞翔，这里边含有无限的永恒的美"（《山水·后记》）。他以"树下水滨明心见性的思想者"的姿态，于平凡的山水自然中领悟、发掘出诗意美，并从沉思、感应中汲取到了生命的滋养。梁实秋从1940年开始写作《雅舍小品》。他的散文创作执意规避抗战题材，专注于日常人生。在人生态度和艺术风格上，他继承30年代"论语派"的余绪，以达士情怀苦中寻乐、苦中作乐，并善于以亦庄亦谐的喜剧化笔触营造出闲适通脱的艺术境界。

在沦陷区，由于恶劣的政治环境，许多作家被迫蛰居，至多也只能以曲笔委婉透露一点心声。以张爱玲、苏青为代表的新进作家，则大多以日常人生为题材抒写一己的人生感悟，并在散文艺术上精致打磨，张爱玲的《流言》和苏青的《浣锦集》就是这类作品。

在抗日民主根据地和解放区，报告文学的兴盛遮掩了叙事、抒情散文的光焰。但尽管如此，还出现了像孙犁、吴伯箫这样的比较注重艺术锤炼的叙事、抒情散文作家。孙犁散文后编于1958年出版的《白洋淀纪事》第二集中。它们以诗情画意，反映了冀中地区人民的斗争生活，表现普通民众的美好心灵。《采蒲台的苇》《织席记》等篇章，"往往善于在概括的叙述中见出气氛，在具体的描绘中见出情感，舒徐自如而又感情浓郁"①。吴伯箫此期出版的散文集主要有《黑红点》《出发集》等，作品结构谨严，文笔洗练，显示出了作者较深的艺术造诣。

研 习 导 引

《屈原》的剧诗风格与特色

《屈原》作为浪漫主义诗剧，为中国现代文学史所罕见。它的诗意与诗情，不仅集中体现于"雷电颂"那样激昂的散体诗篇，而且流淌在全部的戏剧语言中："人物对话，文情并茂，

---

① 林非：《中国现代散文史稿》，中国社会科学出版社1981年版，第151页。

犹如大江东去，一泻千里。诗人郭沫若感受敏锐，想象丰富，见解高超，热情洋溢，不仅写诗，就是写人物的对话，都是形象鲜明，思路开阔，有文采，有气势，决不是三言两语就能曲尽其意。屈原、婵娟……的长段对话，都有浓厚的诗意。"① 这并不取决于语言的形式，而是作家深入戏剧人物的灵魂的结果："郭沫若所以成为剧诗人，决不因为他在剧中插入现成诗句，而是写出剧中人的感情如此激动，非用诗来表现不可。他的戏剧语言在形式上不拘一格，不论有无格律或者是否分行，都有诗的意境。" 这就决定了郭沫若以剧诗为出发点的戏剧构思：剧诗人与剧中人融为一体，抒情性与戏剧性紧密结合——"他的剧诗构思的特征，首先在于剧诗人与剧中人融为一体，套用他的话，即剧中人'就是我自己'。他在《〈浮士德〉简论》中评论歌德时说：'他以他敏锐的直觉，惯会突进对象的核心。'他作诗写剧，深受歌德影响，因此他以抒情诗人的敏感和热情，'惯会突进'剧中人物的心灵，休戚相关，悲喜与共。" 此外，"郭沫若不仅是抒情诗人，而且是戏剧诗人，他从戏剧冲突中来突出抒情因素，这是他的艺术构思的第二特征"②。值得注意的还有，剧诗《屈原》也是《女神》时代狂飙诗人的创造性再现："婵娟的感情行程也是伴随着屈原的情感运动而行进的。对南后的怨愤怒诉，使我们想起了《凤凰涅槃》中的'凤歌'和'凰歌'。如果说'凤歌'显得雄浑豪放，那么'凰歌'则如泣如诉。而屈原的抒情则是像'凤歌'那样激昂悲壮，婵娟的抒情就像'凰歌'那样泣诉怨怒。屈原和婵娟的抒情在整个《屈原》里以不同的变调协奏着，此起彼伏，组成这雄浑悲壮的交响曲。"③

第十九章
拓展研读资料

---

① 陈瘦竹：《剧中有诗——〈沫若剧作选〉学习札记》，《江苏文艺》1978 年 12 月号。
② 陈瘦竹：《再论郭沫若的历史剧》，《现代剧作家散论》，江苏人民出版社 1979 年版，第 43—49 页。
③ 田本相、杨景辉：《〈屈原〉论》，《文学评论》1982 年第 6 期。

第二十章 解放区文学

第一节 解放区文学概述

解放区文学的发展以 1942 年延安文艺整风为界，可划分为前后两个阶段。全面抗战初期，解放区文学汇入了抗战文学的时代潮流。活报剧、通俗小说、街头诗等宣传鼓动效应显著的通俗文艺样式十分活跃。与此同时，大批作家和文艺青年从国统区奔赴延安，他们的文艺观念与革命体制并非完全一致，这一度带来了解放区文艺的多元状态。一批体现知识分子独立思考和人性关怀的创作涌现出来，一度引起很大的关注和争议。小说方面，主要有丁玲的《我在霞村的时候》《在医院中》，严文井的《一个钉子》，鸿迅的《厂长追猪去了》，马加的《距离》《间隔》，雷加的《沙湄》《躺在睡椅里的人》，陆地的《落伍者》，方纪的《意识以外》等；戏剧方面，主要有青年艺术剧院于 1942 年 3 月演出的《延安生活素描》(包括《多情的诗人》《友情》《无主观先生》《小广播》《为了寂寞的缘故吗?》) 等；杂文方面，主要有丁玲的《三八节有感》《干部衣服》《我们需要杂文》，王实味的《野百合花》《政治家·艺术家》，罗烽的《还是杂文时代》《非由缀造而成的散文》《嚣张录》，萧军的《纪念鲁迅：要用真正的业绩》《作家面前的"坑"》《论同志之"爱"与"耐"》，艾青的《坪上散步——关于作者、作品及其他》《了解作家，尊重作家——为〈文艺〉百期纪念而写》等。1942 年延安文艺整风后，在工农兵文艺的旗帜的指引和规范下，解放区文学整体上呈现出与现实革命斗争紧密结合，力求通俗化，强调对民间形式、传统形式的利用和改造，主动适应以农民为主体的基层群众的欣赏习惯、趣味和接受水平的特点，成为战时中国一个独特的区域性文学存在。以诉苦和欢唱相结合的方式展开鼓动、宣传，则形成了解放区文学以明朗、乐观为基调的审美风貌。

戏剧 由于动员和教育群众的需要，戏剧成为受到特别推重的文艺部门①。解放区文艺实践中除了大量独幕剧、活报剧等轻便灵活的小型话剧外，融合歌舞表演的传统戏剧形式更因为群众的喜闻乐见而特别活跃。其中既包括对传统戏曲进行"推陈出新"的旧剧改造，也包括利用民间形式的小歌剧以及民族新歌剧的创演。

1942 年 10 月 10 日，延安平剧研究院成立，毛泽东专门给剧院的题词"推陈出新"成为

---

① 1943 年 11 月 7 日，中共中央宣传部发布的《关于执行党的文艺政策的决定》指出："内容反映人民感情意志，形式易演易懂的话剧与歌剧，已经证明是今天动员与教育群众坚持抗战发展生产的有力武器，应该在各地方与部队中普遍发展。"

旧剧改造的指导方针。1944 年年初的新编京剧《逼上梁山》(杨绍萱、齐燕铭执笔) 依据阶级斗争思想来演绎水浒故事，正确处理了林冲的个人英雄行为和群众革命运动的关系，被毛泽东誉为"旧剧革命的划时期的开端"。1944 年的《三打祝家庄》(李纶、任桂林、魏晨旭执笔) 则"根据毛主席关于三打祝家庄故事的分析，描写梁山农民起义军攻打城市战争中的策略斗争"，主题被认为是"对抗日战争后期的政治形势具有重大的政治意义"。该剧因此也具有了"巩固了平剧革命的道路"[①] 的历史意义。

在陕北民间秧歌基础上加工的《兄妹开荒》风格清新活泼，欢快诙谐，歌唱劳动生产，是较早出现的颇受欢迎的小歌剧作品。同样以秧歌为基础并吸收京剧、话剧等各种形式的大型新歌剧《白毛女》(贺敬之、丁毅执笔)，则以农村姑娘喜儿的悲喜命运，表现农民与地主之间的尖锐阶级斗争，揭示出"旧社会把人变成鬼，新社会把鬼变成人"的主题，成为贯彻《讲话》精神、创造新的民族形式的代表之一。当时有较大影响的新歌剧还有《兰花花》《刘胡兰》《王秀鸾》《赤水河》等。

土色土香的地道的陕北农民的风光。

——李伯钊评《兄妹开荒》

通讯　由于对配合革命斗争的及时性和直接性的强调，新闻通讯在当时是被当作一个文艺部门来看待的，而且成为与戏剧相并立的两项中心工作之一[②]。政策极大地推动了通讯报告一类文体的写作。其中较有影响的报告文学集有《一面光荣的旗帜》(白朗)、《英雄的十月》(华山)、《环行东北》和《光明照耀着沈阳》(刘白羽) 等，主要是书写战争和部队生活，歌颂光荣事迹，及时反映胜利，高扬着革命英雄主义精神。在解放区文艺实践中，新闻性与文学性相结合成为一种具有特别政治意义的写作方式而被强调，这对于新中国成立后散文的发展产生了重要而特别的影响。

诗歌　重视民间形式的利用和改造，甚至将其视为唯一的合法性文学资源，是解放区文学的一个突出特点，这直接塑造了解放区诗歌的民谣化。其特色首先是注重运用比兴手法和民间口语，朴素自然，活泼流畅。另外，为了实现通俗明了、让农村读者易懂的效果，诗的叙事功能被特别突出和强化，在诉苦、翻身的叙事中解说革命道理，抒发阶级感情，成为解放区诗歌思维的模式。

解放区诗歌的一个突出现象是群众写诗的活跃。一类是短篇的新民歌，内容上主要是诉苦和翻身，如《赵清泰诉苦》《翻身歌唱》等，风格上流畅明快，具有质朴的生活气息。其中也

① 魏晨旭：《"巩固了平剧革命的道路"——〈三打祝家庄〉的创作是在毛主席指示下进行的》，《中国戏剧》1978 年第 12 期。
② 1943 年 11 月 7 日，中共中央宣传部发布的《关于执行党的文艺政策的决定》指出："在目前时期，由于根据地的战争环境与农村环境，文艺工作各部门中以戏剧工作与新闻通讯工作为最有发展的必要与可能，其他部门的工作虽不能放弃或忽视，但一般地应以这两项工作为中心。"

常常歌颂伟大革命领袖，最有名的是陕北农民李有源写的《移民歌》(又名《毛主席领导穷人翻身》)，民歌第一段就是《东方红》的前四句歌词。另一类是快板诗。"如果说文艺是一种阶级斗争的武器，那么，快板诗歌正是这种武器中的刺刀和手榴弹。……从它的群众基础上看，能够掌握快板诗歌这种武器的人最广泛，指战员们很喜欢运用这一武器进行思想战，因为快板诗歌最容易普及发展。"① 写有诗集《"运输队长"蒋介石》的战士诗人毕革飞的这段话，适用于包括快板在内的各类群众诗创作。

在深入群众、与工农兵相结合的过程中，专业诗人的写作也普遍追求民谣化，这尤其体现于长篇叙事诗的繁荣。李季的叙事长诗《王贵与李香香》采用信天游的民歌形式，叙写陕北三边一对觉悟的农村青年的革命与爱情故事，传达阶级斗争与人民翻身解放的主题思想，是当时备受推重的一部作品，郭沫若和陆定一都曾为之作序。"《王贵与李香香》的出现，无疑的，是中国诗坛上一个划时代的大事件……它给我们提供了人民文艺创作实践的方向"②，该诗香港版后记中的这段话，代表了它所被认定的历史价值和意义。张志民的《死不着》《王九诉苦》，阮章竞的《漳河水》，严辰的《新婚》，李冰的《赵巧儿》等也都是当时较重要的叙事诗。抗战爆发后由国统区奔赴根据地的艾青和田间也写有叙事诗作品。艾青的《雪里钻》借一批名为"雪里钻"的战马来表现敌后根据地武装斗争的故事，在摒弃忧郁情调的同时，也在丰满意象的营构上显示出自己的个性与特色。田间则有书写贫农石不烂通过找路实现翻身的《赶车传》等。短小断裂的诗行和迫促快速的节奏感，延续"擂鼓的诗人"一贯的激情风格，同民谣体的叙说的调子是有一定距离的。

小说　反映党领导下农民翻身解放的新生活和革命武装军事斗争，是解放区小说的两大题材，由此也分别形成新农村故事与新英雄传奇两种基本的小说写作模式。

抗战时期党在根据地实行减租减息政策，抗战胜利后又在解放区开展了土地改革运动，农民被动员和组织起来发展生产、参加革命斗争。反映农民翻身解放的新生活、农村翻天覆地的大变革，成为此时此地小说创作的主要内容。其中较突出的有两类，第一类是以赵树理等解放区土生作家为主的乡土通俗型，其短、中篇小说最有特色。其中除以赵树理为中心的马烽、西戎、束为等山药蛋派作家外，康濯也是较重要的一位。他在风格、取材上也和赵树理有所接近，通俗平易，通过家庭生活观察农民精神心理的变化，表达新旧变迁的主题，其《我的两家房东》是一时的名篇。

第二类是丁玲、周立波等从国统区而来的左翼作家所代表的社会写实型，以反映土地改革的长篇小说引人瞩目。与赵树理所侧重的讲故事、评书体的传统叙述形式相比，左翼作家等运用的现代小说体式，显然更适合反映大规模的社会变动，深广地揭示复杂的阶级关系与矛盾。丁玲1946年的《太阳照在桑干河上》是最早出现的写土改运动的长篇小说，1951年获苏联斯大林文学奖二等奖。小说气势宏大，运用阶级分析的观点，写出了土改运动背景下中国农村复杂的阶级关系与斗争。在华北一个叫暖水屯的普通村庄里，地主、富农、中农、贫农、革命战士与干部在社会身份之间呈现差别，又因家庭、婚恋联系错综复杂地绞结在一起，呈现犬牙交错、互相渗透的局面。而且每一个阶层的成员，对待革命的心理态度、应对变化的策略也各不

---

① 毕革飞：《谈快板诗创作的点滴经验》，《解放军文艺》1950年第1期。
② 周而复：《〈王贵与李香香〉后记》，香港海洋书屋1947年版。

相同，层次分明地显示出变革中的历史与社会复杂性。小说在透视人性、刻画心理的深度和敏锐性上超越了当时的同类作品，是作家自身艺术优势与新的时代内容、时代精神相结合的产物。延安文艺整风之前，丁玲曾写有备受争议的《在医院中》(1942)，以一个年轻女医生路萍的眼光，透视并批判了解放区革命阵营中的小生产者习气和官僚作风，表现出一个具有现代自我意识的知识分子与新的环境、体制的不协调、不相融。《我在霞村的时候》(1941) 则是一部视角独特的女性意识小说，以一个曾沦为日军慰安妇的少女贞贞为主人公，她背负着肉体和心灵的双重创伤来到根据地，在种种异样的眼光和不平遭遇中，却能够坚强地投身革命、走向新生。《太阳照在桑干河上》显然是作家接受了《讲话》精神洗礼之后，站在正确的立场上自觉"融入"新生活的结果。周立波的《暴风骤雨》也是反映土改斗争的一部代表作品，1951年获苏联斯大林文学奖三等奖。"《暴风骤雨》在思想性方面，在反映现实的深度方面，较之《太阳照在桑干河上》是有逊色的。"这主要表现在作家站在阶级分析立场对于农村复杂社会关系的提纯与规范。在东北元茂屯这个村庄里，地主与农民之间敌我阵线分明，每一个营垒内部也高度一致。这显然更符合思想、政策的要求，但把生活本身的复杂性简单化了。自然而然的，小说在人心、人性的纵深发现方面是不足的。《暴风骤雨》的优长在于生活气息的浓郁与鲜活，"善于描摹农村日常生活的动态，甚至没有忘记在现实生活中间存在的那许多幽默的、有趣的细节，而且这一切都出之于单纯、明快、简洁的语言形式"①。

在形象塑造上，《太阳照在桑干河上》最有特色的是一些作为革命对象的反派人物和有传统因袭的农民。如恶霸钱文贵与地主李子俊的老婆，以及那个分到了田地又悄悄还给过去的主人的农民侯忠全。《暴风骤雨》最精彩的是农民形象，尤其是那位赶车的把式老孙头。他胆小怕事又口无遮拦，风趣幽默中总透出民间的智慧。相比之下，像郭全海这样有坚定立场和革命觉悟的正面人物却在艺术上显得单薄。先进与落后、现代与传统之间的艺术落差，折射出规范化了的革命文学中观念与艺术想象、思想与生活之间的裂痕。土改小说所呈现的两条路线斗争、两种阶级对立的思维，新中国成立以后作为一种写作模式被广泛应用，这种模式所暴露的思想与艺术的矛盾也更普遍地发生开来。

反映革命武装军事斗争的新英雄传奇，主要借鉴传统演义小说的叙述形式，多用章回体，故事性强，情节曲折，语言通俗明快，人物刻画主要通过行动的描写，较少运用现代小说的心理分析形式，充满高昂的革命英雄主义和乐观精神。柯蓝的中篇小说《洋铁桶的故事》② 是当时解放区最早出现的章回体小说，痛快淋漓地讲述晋东南沁源地区一个民兵小分队打鬼子的惊险传奇故事。影响更大的是长篇小说《吕梁英雄传》(马烽、西戎)和《新儿女英雄传》(孔厥、袁静)，分别描写山西吕梁山区和河北白洋淀的农民游击战斗故事。《新儿女英雄传》艺术上更显丰富，反映军事斗争的同时也交织有家庭伦常，不乏人情气息，而且富有荷花淀的地域风情色彩。把传统演义小说形式与革命英雄主义精神结合，反映党领导的革命武装斗争，作为一种写作模式直接影响了新中国成立后革命历史题材的小说创作，成为后来《林海雪原》《敌后武工队》一类革命英雄传奇小说的先导。

孙犁（1913—2002），河北安平人，原名孙树勋。他的小说创作综合了新农村与新英雄两

---

① 陈涌：《丁玲的〈太阳照在桑干河上〉》，《人民文学》1950年第5期。
② 1944年7月至1945年6月连载于《边区群众报》。

种视角，侧重书写战争背景下农村生活的新变化。他主要不表现激烈的斗争，而是在平凡中发现美好心灵的闪光，站在新的时代精神的角度挖掘农民尤其是农村女性的人情美和人性美，形式上多采用淡化情节的散文式结构，以清新明净的语言，在舒卷自然、娓娓道来的抒情笔调中谱写一篇篇富有诗意美的小说。白洋淀水乡湖光芦影的风景画、风俗画的描写与新时代劳动妇女的精神美相映照，使他的小说呈现荷花出水般的清新明丽，给泥土气和硝烟味甚为浓重的解放区文学增添了一缕馨香和润泽，成为与赵树理相并立的最有特色的两位解放区小说家之一。水生嫂（《荷花淀》《嘱咐》）、吴召儿（《吴召儿》）、小梅（《老胡的故事》）、尼姑慧秀（《钟》）、浅花（《藏》）、小鸭（《纪念》）、二梅（《麦收》）……这些在战争艰苦环境下成长和觉醒了的农村女性，坚韧、善良、淳朴、健康、勤劳，又顾大体、识大义，平凡中闪耀高尚，构成了孙犁小说最富魅力的人物系列。孙犁小说在创作方法上以现实主义为主，但也具有浓郁的浪漫气息。1941 年他在《论战时的英雄文学》一文中就提出"浪漫主义适合于战斗的时代，英雄的时代。这种时代，生活本身就带有浓烈的浪漫主义色彩"[1]。孙犁小说的独特审美风格和地域文化气息影响了一批作家，以他为首，后来形成了荷花淀派小说群落。

　　《荷花淀》是最能体现孙犁小说特色与风格的名篇。小说开篇展开了一幅月下白洋淀恬淡自然的风情画：淀里一片银白，水面笼起一层薄薄透明的雾，清风送来荷叶荷花香，农家小院里，又薄又细的苇眉子在女人（水生嫂）的怀里跳跃着。然而笔锋一转，丈夫（水生）回来了，他"第一个举手报了名"，明天就要上战场。女人的手指微微颤动了一下，苇子划破了手，"你总是很积极的"，几分嗔怪，几分担忧，难舍难分，家事国事之间，又一定要割舍。"你明白家里的难处就好了"，女人理解男人的心，也要男人理解女人的为难。这是战火硝烟中的儿女情长，没有豪言，也无法缠绵，只有不动声色中的淳朴牵挂与毅然决绝……女人的心到底还是放不下，她竟然以送衣裳为借口贸然去找丈夫了。不料遭遇到鬼子，宁死也不能受辱，她们的小船像梭鱼钻进了荷花深处。这时，伏击战打响了，荷叶下射出复仇的子弹，敌船三下五除二地被男人们解决了。丈夫在打捞敌人的枪支弹药时还不忘追捞来一盒子饼干，丢在女人们的船上："不是她们是谁，一群落后分子！"这里有革命战士的觉悟，又有白洋淀男儿爽直的感情。

第二节　赵　树　理

　　赵树理（1906—1970），山西沁水人，原名赵树礼。赵树理曾说："我不想上文坛，不想做文坛文学家。我只想上'文摊'，写些小本子夹在卖小唱本的摊子里去赶庙会，三两个铜板可以买一本，这样一步一步地去夺取那些封建小唱本的阵地。做这样一个文摊文学家，就是我的志愿。"[2] 将"文坛"与"文摊"相区别，体现了赵树理对新文学很大程度上与农民相隔膜的历史状况的反省，他要追求另一种文学道路，即采用农村读者所乐于接受的形式，真正反映他们的生活变化，他们的希冀、要求、思想情感与心理。赵树理将自己的文学志趣成功付诸实践，创造出一种可称为新评书体的乡土通俗小说样式，用清新活泼、散发着泥土气息的生活化

---

①　孙犁：《论战时的英雄文学》，《孙犁文集》第 4 卷，百花文艺出版社 1982 年版，第 336 页。

②　李普：《赵树理印象记》，《长江文艺》第 1 卷第 1 期，1949 年 6 月。

语言，真实、细腻地展现了新的变革时代中国农民的生活
与精神世界。这不仅使他成为解放区文学最杰出的代表，
也在整个中国现代文学史上显出独特的光彩。赵树理小说
的适时出现，应和了党在解放区所推行的文学路线，很快
引起了重视，并被视为实践《讲话》精神、体现工农兵文
艺方向的代表，"文摊文学家"历史性地成为另一个文坛
的典范①。因此有人认为："在艺术上赵树理并不属于'五
四'传统。他来自农村，操着农民的语言并且把自己看成
是他们的传声筒。……他学习民间表达方法的天赋，令他
无论如何也算是中国文学语言的一个重要革新者。他的农
民形象显著地区别于'五四'代表者。他强调的不是苦
难，而是乡村中人们的活力。"②

做这样一个文摊文学家，就是
我的志愿。

——赵树理

短篇小说《小二黑结婚》（1943）是赵树理的成名作，
也是现代文学史上的名篇。小说通过一对农村小字辈争取
婚姻自主的故事，描写了中国农村新旧变革中新生力量与
愚昧落后观念及反动封建势力间的冲突，揭示了农民翻身
解放的历史必然性与复杂性。小二黑和小芹是小说着力刻
画的新人形象，他们对婚恋自由的勇敢追求突破了父母的旧观念，也战胜了以金旺、兴旺兄弟
为代表的农村封建恶势力的破坏，但这主要不是出于五四时代兴起的娜拉式的个性解放，而是
新社会环境里的民主、平等意识，体现了时代的变化。二诸葛和三仙姑作为老一代农民出现，
是新人的陪衬，却成为小说中最富特色和艺术魅力的人物。二诸葛凡事总要看一看阴阳八卦，
谈一谈黄道黑道，因为命相不合反对小二黑的婚事，还给儿子收个童养媳，并请区长"恩典恩
典"，是愚昧迂腐意识的代表。三仙姑则不仅装神弄鬼，而且好闲贪懒，喜欢搽脂抹粉，甚至
还有点和女儿争风吃醋，那张脸好像"下了霜的驴粪蛋"，是刘家峧一道独异的风景。作家用
乡间的传统眼光对三仙姑投以更多的嘲弄，却也写活了一个乡间女子的微妙心理。《小二黑结
婚》风格清新质朴，充满喜剧色彩，读来趣味盎然，又不失观察生活的细致和深入，具有很好
的"寓教于乐"作用，1943年9月华北新华书店出版后，"半年间销行三四万册，创出了新文
学作品在农村流行的新纪录"③。

问题小说的追求 中篇小说《李有才板话》（1943）也是赵树理的早期代表作之一，标志
着赵树理"问题小说"意识的确立。小说围绕村政权改选和减租政策施行，展开农民和地主
间的复杂斗争，并对革命工作的群众路线和主观主义、官僚主义展开剖析。地主恶霸阎恒元的
老奸巨猾，县农会主席老杨的稳健务实，以及章工作员的浮泛教条，这些描写体现了作家对农

---

① 周扬于1946年撰文将赵树理誉为"一位具有新颖独创的大众风格的人民艺术家"，并从党的文艺方向的高度指出其
历史意义："'文艺座谈会'以后，艺术各部门都得到了重要的收获，开创了新的局面，赵树理同志的作品是文学创作上的一
个重要收获，是毛泽东文艺思想在创作上的一个胜利。我欢迎这个胜利，拥护这个胜利。"参见《论赵树理的创作》，《解放
日报》1946年8月26日。

② ［德］顾彬：《二十世纪中国文学史》，范劲等译，华东师范大学出版社2008年版，第199页。

③ 杨义：《中国现代小说史》第3卷，人民文学出版社1998年版，第534页。

村现实工作的艰巨性和复杂性的深刻了解。而劳苦辛勤、忍辱负重又满脑子等级观念的老秦，充满民间机智和乐天精神的李有才，以及成长中的农村新人小顺、小元等，则体现出赵树理对中国农民的历史性的深刻理解与坚定信念。关于《李有才板话》的创作，赵树理后来曾说："我的作品，我自己常常叫它是'问题小说'。为什么叫这个名字，就是因为我写的小说，都是我下乡工作时在工作中碰到的问题，感到那个问题不解决会妨碍我们工作的进展，应该把它提出来。例如我写《李有才板话》时，那时我们的工作有些地方不深入，特别对于狡猾地主还发现不够，章工作员式的人多，老杨式的人少，应该提倡老杨式的做法，于是，我就写了这篇小说。"[①] 赵树理主张问题小说不同于新文学初期的"社会问题小说"，而是"农村工作问题小说"，自觉地以革命工作者的立场和身份去解决革命工作中的实际问题。他的问题小说不是为了立言，而是立行性的，是革命工作的一种方式。为了破除农村里"出租土地不纯是剥削"的错误观念，赵树理写了《地板》；关于解放区改造二流子问题，他有《福贵》；关于农业合作化中短缺文化人才，有《小经理》；关于农村家庭和人际关系中的旧观念，有《传家宝》；关于土改中的干部队伍不纯和工作偏差，有《邪不压正》。立足"问题"的小说意识，带来了赵树理小说的扎实与恳切，也限制了他向深广的美学高度跃升。赵树理这一时期的长篇小说《李家庄的变迁》(1946)，试图以村史的形式反映20年代末至抗战中国农村的大跨度历史风云，其艺术上的局促是显见的。

新评书体的小说样式　赵树理胜于一般革命文艺工作者的地方，来自其"文摊文学家"的自觉意识与出色才华，他没有将自己的问题小说流于简单的说教或宣传，而是充分适应着农民读者（也包括基层干部）的阅读习惯和欣赏趣味。鲜活的口语，浓郁的生活气息，幽默轻快的笔调，让他的工作方式坚持了文艺性。在中短篇小说领域，赵树理是现代文学史上堪称文体家的一位。赵树理深受我国传统小说和民间说唱艺术的影响，并将其创造性地加以改造，写出了一种新评书体的新小说样式。其特点主要有四：第一，结构上讲究完整性、连贯性和戏剧性，有头有尾，环环相扣。第二，写人物注重行动性，让人物在自己的语言和行动中鲜活起来，少有静止的心理刻画。第三，将描写融于叙述，但不像传统评书那样大加渲染小趣味，力求节奏更快一些，适应现代的阅读需求。第四，运用经过提炼的生活化语言，笔调幽默轻快，有田间讲古、炕头谈心般的亲切感。

民间化的幽默艺术　赵树理是解放区和根据地土生土长的作家，有地道的农民气质，对农民满怀深情，了解中国农民的痛苦与渴望新生的愿望，也洞悉中国农村的历史复杂性。不同于鲁迅站在启蒙知识者的高度，用凝重的悲剧眼光去透视"老中国的儿女们"的精神因袭与重负，并流露出难以启蒙的无奈、隔膜与孤独感；赵树理是自觉贴近农民，努力怀着乐观的期待，用喜剧的笔调去书写他们在新变革时代里的成长。这又不是生活的美化与简化，赵树理真诚地正视着农民成长过程中不可避免的新旧矛盾和冲突，但在他的笔下，这主要不表现为你死我活的尖锐斗争，而是生活本身的人情世态。面对农民身上的缺点和落后意识，赵树理总抱着同情和理解去认真地批评，而不是严厉批判。所以他的小说不是讽刺喜剧，而是幽默喜剧。幽默区别于讽刺的最大特点是面对负面性时，不纵容但有包容，否定态度里有情感的美化，寓于同情和理解。这又不是俯看人生、显示精神优越感的知识者式的幽默，而是贴近普通人、闪烁

---

①　赵树理：《当前创作中的几个问题》，《火花》1959年6月号。

着民间智慧的乡土幽默。富有时代感的民间幽默小说的创造，是赵树理富有个性的美学特色。

浓郁的地域民俗色彩 赵树理的小说都以家乡晋东南农村为背景，浓郁的地域民俗色彩也是他显著的创作特色。禾场炕头，男耕女织，节庆葬敛，敬神驱鬼，婚俗礼仪，吹拉弹唱，家长里短，都能娓娓道来，写得鲜活生动又贴切自然。这种生趣盎然的乡风民俗色彩，与民间幽默美学、新评书小说体式相得益彰，铸就了赵树理小说世界的独特性。

研 习 导 引

文学史的双向往返

解放区文学是 40 年代文学中一个独特的区域存在。它的面貌、特点、组织方式以及转折变化，是 1949 年之后近 30 年里的中国大陆文学的先声。因此有的学者在讨论文学史分期时，甚至提出以 1942 年作为中国当代文学的起点①。研习解放区文学，需要一种双向往返的文学史视野，去思考解放区文学和当代文学之间的历史联系。在这样的语境中，某些重要作家的文学史意义也可以进一步被发现。譬如丁玲，她可能是中国现代文学史中最具现代女性意识的作家之一。从早期的《莎菲女士的日记》，到《在医院中》《我在霞村的时候》《三八节有感》，再到《太阳照在桑干河上》，再到 50 年代的丁陈反党集团，一条现代知识分子，尤其是女性知识分子的命运与革命体制的关系的历史线索清晰可见。

面对区域性的文学存在

法国文艺家泰纳曾提出，时代、种族和环境是决定文学发展的三个要素。研究解放区文学，仅仅关注历史的大时代是不够的，它的区域文学的文化属性必须予以关注。赵树理和孙犁都是重要的个案。没有晋东南的泥土地和冀中平原的荷花香、芦苇荡，就没有他们的艺术个性与特色。毫无疑问，由于社会生活与文化的变迁，解放区文学的主流艺术思维与审美方式，在今天已经备受冷落。地理文化学的观念也提示我们面对解放区文学史时，需要有更广阔的审美研究视野和更多样的研究方法，只有这样，才能避免被简单化、印象化地遮蔽。任何地域、任何乡土或民间，都不是一成不变的，革命文化之于它所依托的土地，当然不仅仅是汲取，更重要的可能是改造与重塑。对于《王贵与李香香》《白毛女》这些革命文学经典来说，它们对于民间的汲取与注入，需要更细致的文本分析。

关于"赵树理方向"的再认识

毛泽东延安文艺讲话之后，赵树理成为解放区文学的典范作家，"赵树理方向"即成为工农兵文艺方向的代表。其中的因缘际会，需要做深入的历史研究。有学者提出："由于《小二黑结婚》《李家庄的变迁》等作品出版，正值延安整风和毛泽东《在延安文艺座谈会上的讲话》发表期间，把赵树理小说归结为政治运动和《讲话》指导的结果，似乎也就顺理成章了。换

---

① 参见章培恒、陈思和主编：《开端与终结——现代文学史分期论集》，复旦大学出版社 2002 年版。

句话说，肯定赵树理的艺术成就，毋宁是一份关于艺术理念的政治宣言。"① 这提醒我们注意，赵树理与革命文艺之间，在作家的选择的同时，还存在着复杂的被选择的问题。由此需要追问的是，赵树理的被选择过程中，究竟被选择的是什么，是否存在着被忽略的什么？这一问题，联系着 1949 年以后赵树理日渐尴尬的处境和悲剧性命运的生成。"文革"结束以后，学术界开始重新评价赵树理。有人认为，"反封建"是赵树理小说"最突出的内容"②。但也有人认为，赵树理对于中国社会的理解只是停留于阶级斗争的层面，却把"封建主义"这个"最危险的敌人轻轻放过了"③。还有的学者对赵树理小说的艺术与文化的保守性提出严厉批评，诸如排斥五四新文学，排斥西方文化，"对知识分子及其创作隐隐地抱有敌对情绪"④ 等。在未竟的中国现代化进程中，对于赵树理这样传统性特别显著的作家来说，争议不仅不可避免，而且将不断产生。

第二十章
拓展研读资料

① 董之林：《关于"十七年"文学研究的历史反思——以赵树理小说为例》，《"十七年"文学历史评价与人文阐释》，浙江大学出版社 2007 年版，第 8 页。

② 黄修己：《传统要发扬　特征不可失》，《山西日报》1980 年 10 月 7 日。

③ 楼肇明、刘再复：《赵树理创作流派的历史贡献和时代局限》，《赵树理研究资料》，北岳文艺出版社 1985 年版，第 304 页。

④ 戴光中：《关于"赵树理方向"的再认识》，《上海文论》1988 年第 4 期。

中国现代文学大事记 （1897—1949）

1897 年

2 月 11 日，商务印书馆在上海创立。

9 月 5 日，上海《游戏报》刊登《观美国影戏记》，是中国最早的电影评论。

10 月 26 日，严复、夏增佑等在天津创办《国闻报》。

12 月 8 日，《国闻汇编》旬刊创刊，第 2 期发表严复《译〈天演论〉自序》。

1898 年

5 月，张之洞发表《劝学篇》，提出"中学为体，西学为用"。《无锡白话报》创刊。

6 月，光绪帝下诏宣布变法维新。

7 月，光绪帝诏立京师大学堂。

1899 年

本年，河南安阳发现商代甲骨卜辞。

1901 年

1 月，清政府发布"变法上谕"，宣布"维新"，推行新政。

8 月，清廷下诏改革科举制度。

1902 年

11 月，《新小说》月刊在日本横滨创刊，第 2 卷起迁至上海。1906 年 1 月停刊。

1903 年

5 月，邹容《革命军》在上海出版。

12 月，《中国白话报》在上海创刊。

1904 年

本年，林传甲《中国文学史》在京师大学堂问世。

本年，黄人《中国文学史》在东吴大学问世，是我国最早的《中国文学史》。

1905 年

8 月 20 日，中国同盟会在东京成立。

11 月 26 日，中国同盟会机关报《民报》在日本东京创刊。孙中山首次提出"三民主义"。

本年，北京丰泰照相馆拍摄《定军山》，标志中国电影正式诞生。

1906 年

11 月，《月月小说》月刊在上海创刊。1909 年 1 月停刊。

1907 年

2 月，《小说林》月刊在上海创刊，黄人（摩西）主编。1908 年 10 月停刊。

1909 年

10 月，《小说时报》月刊在上海创刊。1917 年 11 月停刊。

本年，中国第一家电影制片公司——亚细亚影戏公司在上海创立。

1910 年

8 月，《小说月报》月刊在上海创刊（商务印书馆发行）。

1911 年

5 月，上海颁布《取缔影戏场条例》，为中国最早的电影放映管理条例。

10 月 10 日，武昌起义爆发。

1914 年

1 月，《中华小说界》月刊在上海创刊。1916 年 6 月停刊。

6 月，《礼拜六》周刊在上海创刊。1916 年 4 月停刊。

1915 年

9 月，陈独秀主编《青年杂志》（第 2 卷起改名为《新青年》）在上海创刊。

1916 年

8 月，沈雁冰（茅盾）自北京大学预科毕业后到上海商务印书馆编译所工作。

12 月 26 日，蔡元培任北京大学校长。

本年，张石川等在上海成立幻仙影戏公司，摄制影片《黑籍冤魂》（根据文明戏改编）。

1917 年

1 月，胡适《文学改良刍议》发表于《新青年》第 2 卷第 5 号。陈独秀被任命为北京大学文科学长，《新青年》随之迁京。

2 月，陈独秀《文学革命论》发表于《新青年》第 2 卷第 6 号。

5 月，刘半农《我之文学改良观》发表于《新青年》第 3 卷第 3 号。

1918 年

5 月，鲁迅《狂人日记》发表于《新青年》第 4 卷第 5 号。

12 月，周作人《人的文学》发表于《新青年》第 5 卷第 6 号。

本年，商务印书馆正式成立"活动影戏部"。

1919 年

1 月，北京大学学生罗家伦、傅斯年等主编《新潮》月刊创刊。

7 月，胡适在《每周评论》第 31 期发表《多研究些问题，少谈些主义》，李大钊在第 35 期发表《再论问题与主义》，形成"问题与主义"论战。

10 月至 11 月，李大钊《我的马克思主义观》连载于《新青年》。

1920 年

1 月，沈雁冰主持《小说月报》"小说新潮"栏目。上海《时事新报·学灯》副刊于 30 日至 31 日发表郭沫若《凤凰涅槃》。

3 月，胡适《尝试集》由亚东图书馆出版。

本年，中国影戏研究社在上海成立。

1921 年

1 月 4 日，文学研究会在北京成立。《小说月报》自第 12 卷第 1 号起由沈雁冰主编。

3 月，沈雁冰、郑振铎、欧阳予倩等在上海组织民众戏剧社，提倡"爱美剧"。

6 月，郭沫若、郁达夫等在日本成立创造社。

7 月，中国第一部长故事片《阎瑞生》问世。

8 月，郭沫若《女神》由上海泰东图书局出版。

12 月 4 日，鲁迅《阿 Q 正传》开始在《晨报副刊》连载，署名"巴人"。

1922 年

1 月，吴宓等在南京创办《学衡》，创刊号发表梅光迪《评提倡新文化者》。

3 月，"浅草社"成立，发行《浅草》季刊。明星影片公司在上海成立。

4 月，湖畔诗社在杭州成立，出版《湖畔》诗集。

1923 年

1 月，胡适创办《国学季刊》，发起整理国故运动。

4 月，张君劢、丁文江等发起"科学与玄学"的论争。

8 月，鲁迅小说集《呐喊》由北京新潮社出版。

1924 年

1 月，田汉创办《南国》半月刊。

4 月，印度诗人泰戈尔来华。

5 月，《电影杂志》（晨社出版）在上海创刊，是 20 年代最重要的电影刊物之一。

11 月，《语丝》周刊在北京创刊，周作人、鲁迅先后任主编。

12 月，《现代评论》周刊在北京创刊。

1925 年

4 月，《莽原》（鲁迅主编）周刊在北京创刊。

6 月，邵氏四兄弟在上海创办天一影片公司。

7 月，《甲寅》（章士钊主编）在北京复刊为周刊。

8 月，韦素园、李霁野、台静农、曹靖华等组织未名社。

10 月，陈翔鹤等在北京组织沉钟社。

本年，赵太侔、余上沅在北京艺术专门学校增设戏剧系。

1926 年

3 月，《创造月刊》（郁达夫主编）创刊。

6 月，平江不肖生《江湖奇侠传》由世界书局出版。

8 月，鲁迅离京南下，小说集《彷徨》由北京北新书局出版。

1927 年

1 月，成仿吾发表《完成我们的文学革命》（《洪水》第 3 卷第 25 期），提出"文学革命"论。

春，胡适、徐志摩、邵洵美等在上海创办新月书店。

秋，蒋光慈、钱杏邨等成立太阳社。

10 月，鲁迅抵上海，此后定居于上海。

本年，田汉领导的南国社正式成立，同时创办南国艺术学院。

1928 年

1 月，蒋光慈等创办《太阳月刊》。闻一多的诗集《死水》由新月书店出版。

2 月，丁玲《莎菲女士的日记》在《小说月报》第 19 卷第 2 号发表。

3 月，综合性月刊《新月》在上海创刊。钱杏邨《死去了的阿 Q 时代》发表于《太阳月刊》3 月号。鲁迅《"醉眼"中的朦胧》发表于《语丝》第 4 卷第 11 期，回答创造社的攻击，从此开始无产阶级革命文学的论争。

本年，明星影片公司拍摄武侠神怪片《火烧红莲寺》，上映后创下国产影片最高卖座纪录。

1929 年

1 月，巴金《灭亡》连载于《小说月报》。同年 10 月由开明书店出版。

4 月，张天翼《三天半的梦》发表于《奔流》第 1 卷第 10 期。戴望舒诗集《我底记忆》由上海水沫书店出版。

5 月，田汉《名优之死》发表于《南国月刊》第 1 期。

8 月，叶绍钧《倪焕之》由开明书店出版。

1930 年

1 月，鲁迅与冯雪峰合编《萌芽月刊》创刊，至第 1 卷第 3 期为左联机关刊物。

3 月 2 日，中国左翼作家联盟成立，鲁迅发表《对于左翼作家联盟的意见》。

4 月，刘呐鸥小说集《都市风景线》由上海水沫书店出版。

1931 年

3 月，中国第一部有声电影《歌女红牡丹》上映。

4 月，巴金长篇小说《家》(原名《激流》) 连载于上海《时报》。

9 月，陈梦家编《新月诗选》由上海新月书店出版。丁玲主编左联机关刊物《北斗》。

10 月，鲁迅《"民族主义文学"的任务和运命》发表于《文学导报》第 1 卷。

1932 年

1 月，"一·二八"战争爆发。

5 月，施蛰存主编《现代》月刊创刊。

6 月，瞿秋白《大众文艺的问题》发表于左联机关刊物《文学月报》创刊号。

7 月，《北斗》第 2 卷第 3、4 期合刊发表周起应（周扬）等讨论文艺大众化问题的文章。

9 月，中国诗歌会在上海成立。林语堂等主办《论语》半月刊在上海创刊。

11 月，鲁迅《论"第三种人"》发表于《现代》第 2 卷第 1 期。

1933 年

1 月，茅盾《子夜》由开明书店出版。

2 月，中国诗歌会机关刊物《新诗歌》旬刊创刊。

8 月，戴望舒《望舒草》由上海现代书局出版，附有杜衡序言。

10 月，沈从文发表《文学者的态度》，引起"京海"论争。

11 月，周起应（周扬）《关于"社会主义的现实主义与革命的浪漫主义"——"唯物辩证法的创作方法"之否定》发表于《现代》第 4 卷第 1 期。

1934 年

1 月，郑振铎、靳以主编《文学季刊》在北平创刊。沈从文《边城》在《国闻周报》连载，单行本当年 9 月由上海生活书店出版。

4 月，林语堂等主办《人间世》半月刊在上海创刊。共出 42 期。

5 月，艾青《大堰河——我的褓姆》发表于《春光》第 1 卷第 3 号，收入诗集《大堰河》。

7 月，曹禺《雷雨》发表于《文学季刊》第 1 卷第 3 期。

10月，周扬以"企"为笔名在2日的《大晚报》发表《国防文学》，首次提出"国防文学"口号。

1935 年

9月，林语堂主编《宇宙风》半月刊在上海创刊。

10月，戴望舒主编《现代诗风》创刊号出版。

1936 年

1月，周扬和胡风就现实主义"典型"问题展开论争。鲁迅《故事新编》由上海文化生活出版社印行。

春，中国左翼作家联盟解散。

6月，巴金、靳以主编《文季月刊》创刊，发表曹禺《日出》。胡风《人民大众向文学要求什么》发表于《文学丛报》第3期，提出"民族革命战争的大众文学"的口号。周扬《关于国防文学》发表于《文学界》创刊号。

7月，李劼人《死水微澜》由上海中华书局出版。

8月，茅盾《关于引起纠纷的两个口号》发表于《文学界》第1卷第3号。鲁迅《答徐懋庸并关于抗日统一战线问题》发表于《作家》月刊第1卷第5期。

1937 年

4月，明星影片公司影片《十字街头》上映。

9月，胡风主编《七月》在上海创刊。

本年，曹禺《原野》(三幕剧)发表于《文丛》。

本年，街头剧《放下你的鞭子》由各地剧团演出，反应强烈。

1938 年

3月27日，中华全国文艺界抗敌协会("文协")在武汉成立，老舍被推选为总务部主任。

4月，张天翼《华威先生》发表于《文艺阵地》第1卷第1期。此后引起关于抗战文学暴露问题的讨论。4月10日，鲁迅艺术学院("鲁艺")在延安成立。

1939 年

年初，延安展开民族形式问题的学习与讨论，周扬、艾思奇、何其芳等先后发表文章。

1月，沈从文发表《一般或特殊》，引起关于"反对作家从政"的讨论。

本年，上海华成影片公司摄制的《木兰从军》连映85天，是"孤岛"电影代表性作品之一。

1940 年

1月，陕甘宁边区文协代表大会开幕。

2月，陕甘宁边区文协主办《中国文化》月刊创刊号发表毛泽东《新民主主义论》(当时题为《新民主主义的政治与新民主主义的文化》）。

1941 年

1 月，宋之的等组织旅港剧人协会，演出《雾重庆》《心防》《马门教授》等。

7 月，《万象》创刊。胡风主编《七月诗丛》第 1 辑由南天出版社出版。

12 月，日本侵略军占领上海租界，"孤岛"时期结束。

1942 年

3 月，丁玲在《解放日报》文艺副刊上发表《三八节有感》（3 月 9 日），艾青发表《了解作家，尊重作家——为〈文艺〉百期纪念而写》（3 月 11 日），罗烽发表《还是杂文时代》（3 月 12 日），王实味发表《野百合花》（3 月 13 日、23 日），萧军发表《论同志之"爱"与"耐"》（4 月 8 日），此外，王实味还在《谷雨》上发表《政治家·艺术家》。这些文章后来引起了延安文艺界关于歌颂与暴露等问题的讨论。3 月 23 日，《新华日报》发表批评《野玫瑰》的文章。

5 月 2 日至 23 日，延安文艺座谈会召开，毛泽东发表《在延安文艺座谈会上的讲话》。

1943 年

2 月，延安举行春节秧歌盛大演出活动。鲁艺演出了《兄妹开荒》等剧。

5 月，赵树理作《小二黑结婚》，9 月由华北新华书店出版。

10 月 19 日，《解放日报》发表毛泽东《在延安文艺座谈会上的讲话》。

12 月，赵树理《李有才板话》由华北新华书店出版。

1944 年

4 月 11 日，周扬《〈马克思主义与文艺〉序言》在《解放日报》发表。

10 月，范泉主编《文艺春秋》创刊，1945 年 12 月改为月刊，1949 年 4 月停刊。

1945 年

1 月，胡风主编《希望》在重庆创刊。创刊号发表胡风《置身在为民主的斗争里面》和舒芜的《论主观》，引起关于现实主义以及"主观"问题的论争。

10 月，中国共产党派出几批人员前往长春接管株式会社满洲映画协会。

11 月，路翎《财主底儿女们》（上卷）由重庆希望社出版。

本年，歌剧《白毛女》在延安上演。

1946 年

1 月，郑振铎、李健吾主编文学月刊《文艺复兴》在上海创刊。

2 月，钱锺书《围城》连载于《文艺复兴》。

8 月 26 日，周扬《论赵树理的创作》发表于《解放日报》。

1947 年

春，联华影艺社第一部影片《八千里路云和月》首映。

8 月 10 日，《人民日报》发表陈荒煤《向赵树理方向迈进》。

1948 年

4 月，周立波《暴风骤雨》（上卷）由东北书店出版，下卷于 1949 年 5 月出版。

7 月，费穆《小城之春》（文华影业公司摄制）上映。

8 月，沈从文《长河》由上海开明书店出版。

9 月，丁玲《太阳照在桑干河上》出版。

1949 年

7 月 2 日，中华全国文学艺术工作者代表大会在北京召开。

高等教育出版社教师服务登记表

　　建设精品教材，向高校师生提供系列化教学解决方案和教学资源，是高等教育出版社服务教育的重要方式。为支持本课程的教学，我们推出了本教材的配套教学演示文稿，由教材编写者精心编写，汇集了他们丰富的教学经验，供选用本教材的教师教学时参考。

　　为保证该服务仅为教师获得，烦请授课教师填写如下开课情况证明，我们将为您免费寄送教学课件。

我们的联系方式：

地址：北京市朝阳区惠新东街 4 号富盛大厦 21 层　高等教育出版社文科事业部文科分社

邮编：100029　　　　　E-mail：humn@ hep. com. cn

电话：010-58556250　　传真：010-58581414

证　　　明

　　兹证明_____大学_____系/院_____级_____专业_____学期（学年）开设的_____课程，采用高等教育出版社出版的_____（书名和作者）作为本课程教材。授课教师为_____，学生共_____个班_____人。

授课教师需要与本书配套的网上资源和教学课件。

教师电话：_____

E-mail：_____

邮编和地址：_____

系/院主任：_____（签字）

（系/院办公室盖章）

____年____月____日